PENELOPE DOUGLAS

CORRUPT

Traduzido por Marta Fagundes

2ª Edição

2024

Direção Editorial:
Anastácia Cabo
Arte de Capa:
Bianca Santana e glancellotti.art

Tradução:
Marta Fagundes
Diagramação e revisão:
Carol Dias

Copyright © Penelope Douglas, 2015
Copyright © The Gift Box, 2020
Todos os direitos reservados.
Nenhuma parte do conteúdo desse livro poderá ser reproduzida em qualquer meio ou forma – impresso, digital, áudio ou visual – sem a expressa autorização da editora sob penas criminais e ações civis.
Esta é uma obra de ficção. Nomes, personagens, lugares e acontecimentos descritos são produtos da imaginação da autora. Qualquer semelhança com nomes, datas ou acontecimentos reais é mera coincidência.

Este livro segue as regras da Nova Ortografia da Língua Portuguesa.

CIP-BRASIL. CATALOGAÇÃO NA PUBLICAÇÃO
SINDICATO NACIONAL DOS EDITORES DE LIVROS, RJ
Meri Gleice Rodrigues de Souza - Bibliotecária - CRB-7/6439

D768c
2. ed.

Douglas, Penelope
  Corrupt / Penelope Douglas ; tradução Marta Fagundes. - 2. ed. - Rio de Janeiro : The Gift Box, 2024.
  448 p. (Devil's night ; 1)

Tradução de: Corrupt
ISBN 978-65-85940-04-7

1. Romance americano. I. Fagundes, Marta. II. Título. III. Série.

24-87857   CDD: 813
                  CDU: 82-31(73)

LINHA DO TEMPO DOS FLASHBACKS

Esta é uma linha do tempo de todos os capítulos em flashbacks ao longo da série. Algumas coisas acontecem simultaneamente entre livros diferentes, e esse guia pode te ajudar a organizar os acontecimentos. As referências fazem sentido se você estiver lendo ou tiver acabado de ler, porém fique ciente que há spoilers de todos os livros.

Cada caixa de texto representa um único dia, sempre em ordem, e cada tópico alinhado está na sequência do acontecimento.

Para informação, os Cavaleiros têm a mesma idade. Banks e Emory estudam na série anterior no colégio. Erika, Winter e Alex estão três anos atrás. No ensino médio americano, isso corresponderia à seguinte ordem:

Cavaleiros – 4° e último ano do ensino médio
Banks e Emory – 3° ano
Erika, Winter e Alex – 1° ano

> **Damon e Winter –** crianças de 8 anos, na fonte

Cerca de sete anos depois… (Os cavaleiros estão no 4° ano; Banks e Emory no 3°; Winter e Rika no 1°)

> **Will e Emory –** Discussão sobre o livro Lolita na sala de aula

> **Will e Emory –** A festa do pijama na escola

> **Damon e Winter –** ele vê Winter na secretaria da escola
> **Damon e Winter –** ela é empurrada para dentro do vestiário masculino
> **Damon e Winter –** a conversa com Winter no refeitório

> **Will e Emory –** o nado noturno na piscina/Trevor no gazebo

> **Will e Emory –** o jogo fora de casa/a volta para casa no ônibus/cena no The Cove

> **Will e Emory –** cinema

> **Damon e Winter –** na festa de Arion, Damon entra de penetra na casa e assusta Winter

> **Will e Emory –** refeitório e cena do confronto no vestiário
> **Will e Emory –** no quarto dela/ cena das velas

> **Will e Emory** – a descoberta do quarto Carfax, e a cena de Martin no cemitério
> **Will e Emory** – Baile na escola, cena no The Cove e no ônibus
> **Will e Emory** – descoberta dos hematomas

> **Kai e Banks** – encontro no confessionário
> **Will e Emory** – escola e sala do diretor
> **Kai e Banks** – a saída dos caras para a Noite do Diabo, cena da Banks na bicicleta
> **Kai e Banks** – Damon os encontra no campanário
> **Kai e Banks** – no cemitério
> **Damon e Winter** – ensina Winter a dirigir, passeio na motocicleta
> **Kai e Banks** – no salão de festas, eles deparam com Natalya
> **Kai e Banks** – no The Pope
> **Will e Emory** – cemitério na noite da Noite do Diabo, escola e ginásio de luta

> **Will e Emory** – o dia seguinte à Noite do Diabo, o alarme de incêndio dispara
> **Damon e Winter** – aciona o alarme de incêndio, Winter dentro do armário

Menos de dois anos depois... (Os cavaleiros acabaram o primeiro ano de faculdade; Emory terminou o ensino médio)

> **Will e Emory** – cena em que o irmão de Emory leva uma surra

Poucos meses depois... (Os Cavaleiros estão no segundo ano da faculdade; Rika e Winter estão no terceiro e penúltimo ano do ensino médio, enquanto Emmy cursa o primeiro ano de faculdade)

CORRUPT

Damon e Winter – cena do carro de Miles/pegadinha no cinema
Damon e Winter – cena do chuveiro

Rika e Michael – Rika se esconde no carro de Michael na noite de Noite do Diabo
Rika e Michael – nas catacumbas pela primeira vez
Rika e Michael – Michael e os amigos aprontam na Noite do Diabo
Rika e Michael – cena do incêndio na casa abandonada
Rika e Michael – Damon dá uma passada na casa de Winter
Damon e Winter – ele observa Winter dançar
Rika e Michael – Rika enfrenta Miles e Astrid no Sticks
Rika e Michael – incêndio do gazebo/Rika vandaliza a vitrine da joalheria *Fane*
Rika e Michael – cena do Armazém
Rika e Michael – Damon ataca Rika
Damon e Winter – Damon leva Will para casa
Damon e Winter – Damon vai até a casa de Winter

Will e Emory – Emmy está na faculdade, vê a série de vídeos na internet e pega o primeiro voo de volta
Damon e Winter – são acordados por conta dos vídeos vazados
Rika e Michael – com os vídeos online, Michael repara no moletom que Rika está usando
Will e Emory – Emmy confronta o irmão na delegacia
Damon e Winter – invade a casa de Winter de noite e a abraça pela última vez

---

Então... três anos se passam, eles saem da cadeia e o livro *Corrupt* começa!

"Você é meu criador, mas eu sou seu mestre."
Mary Shelley, Frankenstein

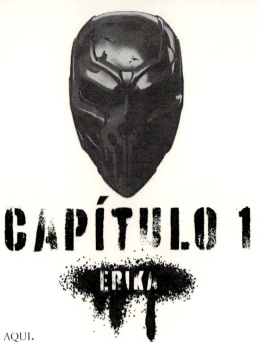

CAPÍTULO 1
ERIKA

Ele não estará aqui.

Não haveria razão para ele aparecer na festa de despedida do irmão, já que os dois não se suportam, então...

Não, ele não estará aqui.

Arregaçando as mangas do meu suéter, acelerei os passos assim que cruzei a porta da casa dos Crist, atravessando o hall de entrada em direção às escadas.

Pelo canto do olho, vi o mordomo virando o corredor, mas não parei.

— Senhorita Fane! — gritou atrás de mim. — Você está muito atrasada.

— Sim, eu sei.

— A senhora Crist estava te procurando — informou.

Franzindo as sobrancelhas e estacando em meus passos, virei-me para ele.

— É mesmo? — Dei um olhar zombeteiro.

Os lábios dele ficaram rígidos, mostrando sua irritação.

— Bom, na verdade, ela pediu que *eu* a procurasse.

Um sorriso escapou enquanto me inclinava no corrimão, depositando um beijo em sua testa.

— Bem, estou aqui — assegurei. — Você pode voltar para suas tarefas importantes agora.

Virei em direção às escadas outra vez, ouvindo a música suave da festa que acontecia no terraço.

É claro que eu duvidava que Delia Crist, a melhor amiga da minha mãe e matriarca de Thunder Bay, nossa pequena comunidade na Costa Leste, tivesse gastado seu precioso tempo à minha procura por conta própria.

— Seu vestido encontra-se sobre a cama! — gritou assim que cheguei ao corredor que dava acesso aos quartos.

Suspirei audivelmente ao acender as luzes.

— Obrigada, Edward.

Eu não precisava de um vestido novo; já tinha uma porção que só cheguei a usar uma vez, e, aos dezenove anos, eu mesma poderia escolher as minhas roupas. Não que ele fosse aparecer aqui para ver, de qualquer forma, mas, se viesse, eu sabia que nunca olharia para mim.

Não. Eu deveria ser grata. A Sra. Crist pensou em mim, afinal, e foi legal da parte dela se assegurar de que eu tivesse um vestido para usar.

Uma camada fina de areia cobria meus pés e pernas, e inspecionei a barra do meu short jeans para ter noção de quão molhada fiquei na minha ida à praia. Será que eu precisava de um banho?

Não. Já estava atrasada pra caramba. Dane-se.

Ao entrar no meu quarto – o que os Crists designavam a mim quando eu acabava dormindo aqui –, vi o sexy vestido branco de festa, e imediatamente comecei a me despir.

As alças finas não serviam para nada, muito menos para sustentar meus seios, mas o vestido ajustava-se muito bem ao meu corpo, e o tom fazia com que minha pele parecesse mais bronzeada do que já estava. A senhora Crist tinha muito bom gosto, e pareceu um gesto bacana ela ter me dado o vestido. Estive muito ocupada ajeitando as coisas para o início das aulas amanhã, e nem mesmo me atentei em procurar o que deveria usar esta noite.

Entrando intempestivamente no banheiro, enxaguei os tornozelos e pés para retirar a areia da praia que grudou durante minha caminhada. Depois, penteei meu longo cabelo loiro e apliquei uma camada de *gloss* nos lábios. Corri de volta para o quarto, peguei os sapatos de tiras marrons que ela deixou ao lado do vestido e me dirigi para o corredor e escadas.

Faltam doze horas para eu ir embora.

Meu coração bateu acelerado à medida que atravessei o hall às pressas rumo à parte dos fundos da casa. A esta hora, amanhã, eu estaria completamente por conta própria – sem mãe, sem Crists, sem lembranças...

E, mais importante de tudo, não teria que ficar imaginando, esperando ou temendo que fosse vê-lo. Nem ficaria andando em corda bamba, dividida entre a euforia e o desespero quando o via. *Não.* Poderia abrir meus braços e girar em um amplo círculo sem correr o risco de esbarrar em

CORRUPT

alguém conhecido. Calor dominou meu peito, e não sabia dizer se era por emoção ou medo, mas eu estava pronta.

Pronta para deixar tudo para trás. Ao menos por um tempo.

Virando à direita, passei pelas duas cozinhas — uma para uso diário e outra adjacente para o serviço de *Buffet* —, e fui em direção ao solário ao lado da mansão. Abri as portas duplas e entrei no imenso jardim com piso de cerâmica, paredes e teto feitos de vidro, e senti imediatamente a mudança de temperatura. Calor e umidade encharcaram o tecido do meu vestido, fazendo com que ele aderisse mais ainda ao meu corpo.

As árvores ao redor se erguiam na quietude da sala escura, iluminada apenas pela luz da lua que atravessava os vitrais do teto. Inspirei o doce perfume das palmeiras, orquídeas, lírios, violetas e hibiscos, lembrando-me do *closet* de mamãe e de todos aqueles perfumes que exalavam de seus casacos e cachecóis amontoados em um único espaço.

Virei à esquerda e parei em frente às portas que levavam ao terraço. Coloquei os saltos enquanto observava a multidão.

Doze horas.

Ergui meu corpo e agarrei um punhado de cabelo para colocar sobre meu ombro, de forma que cobrisse a cicatriz do lado esquerdo do pescoço. Ao contrário do irmão, Trevor com certeza estaria por aqui, e ele não gostava de ver a marca em minha pele.

— Senhorita? — um garçom ofereceu-me o que servia em sua bandeja.

Sorri, pegando um copo de cristal que eu sabia ser um Tom Collins.

— Obrigada.

A bebida amarelo-limão era uma das favoritas do casal Crist, logo era a que mais circulava entre os convidados.

O garçom desapareceu por entre a multidão, mas permaneci parada no mesmo lugar, observando o jardim com os olhos.

As folhas das árvores se agitavam, a brisa suave ainda soprava os vestígios do dia quente; observei todos ao redor em seus elegantes vestidos de festa e ternos.

Tão perfeitos. Tão arrumados.

As luzes nas árvores e os empregados vestidos em seus trajes brancos. A piscina cristalina decorada com velas flutuantes. As joias brilhantes refletindo nos dedos e pescoços das mulheres.

Tudo ali era tão refinado, mas quando eu olhava para aqueles adultos e a família com quem cresci ao redor, cheios de dinheiro e vestidos em roupas de grife, era como ver uma camada de tinta que você usa para tentar encobrir madeira apodrecida. Havia atitudes sombrias e sementes ruins, mas quem se importa se a casa estiver caindo aos pedaços sendo bela por fora, não é mesmo?

O cheiro da comida permeava o ar acompanhado da música suave tocada pelo quarteto de cordas, e eu estava na dúvida se devia procurar a Sra. Crist e informar que cheguei, ou ir atrás de Trevor, já que a festa era em sua homenagem.

Ao invés disso, pressionei o copo de cristal com mais força, sentindo o pulso acelerar enquanto resistia à urgência de fazer aquilo que mais queria. O que eu sempre fazia.

Procurar por *ele*.

Mas era óbvio que não, ele não estaria aqui. Provavelmente.

Talvez ele estivesse.

Meu coração começou a martelar no peito, e senti o calor esquentando meu pescoço. E, contra minha vontade, meus olhos começaram a percorrer o lugar. Ao redor da festa e por entre os rostos, procurando por...

Michael.

Eu não o tinha visto por meses, mas ele estava em todo lugar, especialmente em Thunder Bay. Nas fotos que sua mãe mantinha pela casa, no cheiro que circulava pelo corredor, vindo de seu quarto...

Talvez ele esteja aqui.

— Rika.

Pisquei, inclinando a cabeça para o lado ao ouvir Trevor chamar meu nome.

Ele andou por entre os convidados, o cabelo loiro recém-cortado rente à cabeça, os impacientes olhos azuis profundos, e os passos determinados.

— Oi, amor. Estava começando a pensar que não viria.

Hesitei, sentindo meu estômago embrulhar. No entanto, forcei um sorriso assim que ele me alcançou na porta do solário.

Doze horas.

Ele deslizou a mão pelo lado direito do meu pescoço – nunca pelo esquerdo –, e esfregou o polegar pela minha bochecha, o corpo agora colado ao meu.

Olhei para os lados, sentindo-me desconfortável.

— Trevor...

— Eu não sei do que seria capaz se você não aparecesse hoje à noite

CORRUPT

— disparou. — Talvez jogar pedras na sua janela, uma serenata, levar flores, doces, um carro novo...

— Eu já tenho um carro novo.

— Estou falando de um carro *de verdade*. — Ele finalmente deu um sorriso.

Revirei os olhos e me afastei de seu agarre. Pelo menos ele estava brincando comigo outra vez, mesmo que fosse para desdenhar do meu novo Tesla. Aparentemente, carros elétricos não são considerados *de verdade*, mas ei, eu poderia relevar a zoação se aquilo significasse que ele cansou de me fazer sentir como merda a respeito de tudo.

Trevor Crist e eu éramos amigos desde o momento em que nascemos; fomos para escola juntos desde sempre, e nossos pais teimavam em nos jogar um para o outro como se um relacionamento fosse inevitável. E, ano passado, finalmente acabei cedendo.

Namoramos durante quase o primeiro ano inteiro da faculdade, estudando na Brown juntos – ou, mais precisamente, eu me inscrevi na Brown e ele me seguiu até lá –, mas tudo acabou em maio.

Ou *eu* terminei tudo em maio.

Era culpa minha ser incapaz de amá-lo. Era culpa minha não querer mais tentar. E era culpa minha ter transferido minha faculdade para outra cidade onde ele não pudesse me seguir.

E foi culpa minha que ele finalmente cedeu à pressão do pai para transferir seu curso para a Academia Militar em Annapolis; e eu era a culpada por estar rompendo a relação entre nossas famílias.

Era minha culpa e eu precisava de espaço.

Exalei um suspiro e forcei meus músculos a relaxar. *Doze horas.*

Trevor sorriu para mim, seus olhos se aquecendo ao pegar minha mão e me levar de volta para o solário. Ele me puxou por trás das portas de vidro, e pressionou seus quadris aos meus, sussurrando em meu ouvido:

— Você está maravilhosa.

No entanto, eu me afastei outra vez, ganhando alguns centímetros de espaço entre nós.

— Você também.

Ele se parecia muito com o pai, com aquele cabelo loiro-areia, maxilares fortes, e aquele sorriso capaz de fazer qualquer pessoa virar pudim em suas mãos. Ele também se vestia tal qual o Sr. Crist, parecendo elegante em seu terno azul-escuro, camisa branca e uma gravata prateada. Tão refinado. Tão perfeito. Trevor seguia sempre na linha.

— Não quero que você vá para Meridian — ele disse, estreitando os olhos. — Você não tem ninguém lá, Rika. Pelo menos na Brown, eu estava na área, e o Noah estava a menos de uma hora de distância de Boston. Você tinha amigos por perto.

Sim. Perto.

Exatamente a razão para que quisesse fazer tudo diferente. Nunca estive longe da vigilância das pessoas ao meu redor. Sempre havia alguém – meus pais, Trevor, meu amigo Noah – para me segurar quando eu caía. Até mesmo quando fui para a universidade, abrindo mão de ter minha mãe e os Crist por perto, Trevor me seguiu. E então, lá estava eu, com as mesmas amizades do ensino médio que acabaram matriculados em universidades próximas. Era como se nada tivesse mudado.

Eu queria arranjar alguns problemas. Queria me molhar na chuva, encontrar alguma coisa que fizesse meu coração bater mais rápido outra vez e saber qual era a sensação de não ter ninguém ao redor para me proteger.

Tentei explicar isso a ele, mas, toda vez que abria a minha boca, era incapaz de encontrar as palavras corretas. Dito em voz alta pareceria egoísmo e ingratidão, mas, por dentro...

Eu precisava saber quem eu era. Precisava saber se seria capaz de me sustentar sem a influência do meu sobrenome de família, do apoio de outras pessoas, ou de Trevor o tempo inteiro pairando ao meu redor. Se eu fosse para uma nova cidade, com gente que não conhecia minha família, será que eles me dariam atenção? Será que gostariam de mim?

Eu não estava satisfeita na Brown nem com Trevor, e, por mais que tenha desapontado aqueles que me cercam, era isto o que eu queria.

Conheça a si mesma.

Meu coração trepidou com a lembrança das palavras do irmão de Trevor. Eu mal podia esperar. Só mais doze horas...

— Mas acho que isso nem é inteiramente verdade, não é? — ele perguntou com um tom de voz acusatório. — Michael joga pelo Storm, então ele vai estar perto de você agora.

Franzi o cenho, respirando profundamente antes de colocar minha bebida em qualquer lugar por ali.

— Com uma população de mais de dois milhões de pessoas, duvido que vou esbarrar nele com frequência.

— A não ser que você o procure.

Cruzei os braços à frente do meu peito, com o olhar focado em Trevor e me recusando a entrar nessa discussão outra vez.

CORRUPT

Michael Crist era o irmão de Trevor. Um pouco mais velho, mais alto e muito mais intimidante. Eles não tinham quase nada em comum, e se odiavam profundamente. O ciúme do irmão mais velho sempre existiu, desde que conheço Trevor.

Michael estava formado pela Universidade de Westgate, e fora convocado para um time da NBA quase que imediatamente. Ele jogava pelo Storm, de Meridian, um dos melhores times da liga de basquete, então, sim, eu poderia dizer que conhecia uma pessoa naquela cidade.

Isso não me servia de muita coisa, no entanto. Michael quase nunca olhava para mim, e, quando falava comigo, seu tom era o mesmo que usaria para conversar com um cachorro. Eu não planejava cruzar meu caminho com o dele.

Não. Aprendi minha lição há muito tempo.

Estar na cidade de Meridian não tinha nada a ver com Michael. Era perto da minha casa, então eu poderia visitar minha mãe com mais frequência, mas também era um lugar para onde Trevor nunca iria. Ele odiava cidades grandes, e detestava seu irmão ainda mais.

— Sinto muito — Trevor desculpou-se com gentileza. Pegou minha mão e puxou-me contra seu corpo outra vez, deslizando uma mão em minha nuca. — É só que eu te amo, e odeio tudo isso. Nós pertencemos um ao outro, Rika. Sempre fomos nós.

Nós? Não.

Trevor não fazia meu coração disparar e bater forte como se eu estivesse em uma maldita montanha-russa. Ele não estava em meus sonhos, e não era a primeira pessoa em quem eu pensava quando acordava de manhã.

Ele não me assombrava.

Coloquei uma mecha atrás da orelha, percebendo que seu olhar desviou para a lateral do meu pescoço. Ele afastou o olhar rapidamente, como se não tivesse visto nada. Acho que a cicatriz me tornava menos do que perfeita aos seus olhos.

— Vamos lá... — insistiu e recostou a testa à minha, segurando meus quadris. — Sou bom para você, não sou? Sou legal, e sempre estou aqui para você.

— Trevor — argumentei, tentando sair de seu agarre.

Mas então sua boca aterrissou contra a minha, o cheiro de seu perfume atingiu minhas narinas à medida que seus braços circundaram meu corpo.

Empurrei seu peito com meus punhos, tentando afastar minha boca da dele.

— Trevor — resmunguei, baixinho. — Pare com isso.

— Eu dou tudo aquilo de que você precisa — retrucou, em uma voz zangada, mergulhando a cabeça no vão do meu pescoço. — Você sabe que seremos nós.

— Trevor! — Tensionei todos os músculos do meu corpo, finalmente conseguindo empurrá-lo para longe de mim.

Baixando as mãos, ele deu um passo para trás. Eu também me afastei um passo, sentindo o tremor em minhas mãos.

— Rika. — Tentou me alcançar outra vez, mas estiquei o corpo, afastando-me mais ainda até que ele abaixou a mão. — Tudo bem — balançou a cabeça e zombou: — Vá para suas aulas, então. Faça novos amigos e deixe tudo para trás, se quiser, mas seus demônios ainda vão persegui-la onde você estiver. Não há como escapar deles.

Ele passou os dedos pelo cabelo, encarando-me enquanto ajeitava sua gravata e dava a volta por mim para sair pela porta.

Olhei para as janelas atrás dele, sentindo a raiva crescer em meu peito. O que ele quis dizer com aquela merda? Não havia nada me segurando e nada do qual eu estava tentando escapar. Eu só queria ser livre.

Afastei-me da porta, incapaz de dar o fora dali. Eu não queria desapontar a Sra. Crist, saindo furtivamente da festa de seu filho, mas também não queria mais passar minhas últimas horas na cidade, aqui. Eu queria estar com a minha mãe.

Dei a volta, pronta para sair, mas meu olhar foi atraído para cima e, na mesma hora, parei.

Meu estômago deu um nó, e não pude respirar.

Merda.

Michael estava sentado em uma das cadeiras acolchoadas que ficavam na parte de trás do solário; seus olhos estavam fixos aos meus, parecendo extremamente calmos.

Michael. Aquele que não era nem um pouco gentil. Aquele que nunca foi bondoso comigo.

Senti o aperto na garganta, e tentei engolir, mas não conseguia me mover. Eu simplesmente o encarei, paralisada. Ele esteve ali o tempo todo, desde o momento em que entrei?

Ele se recostou à poltrona, praticamente envolto pela escuridão e as sombras das árvores acima. Uma mão descansava em cima de uma bola de basquete, sobre sua coxa, e a outra, repousava no encosto lateral; uma garrafa de cerveja pendurada entre seus dedos.

CORRUPT

Meu coração começou a bater tão descompassado que chegava a doer. O que ele estava fazendo?

Ele ergueu a garrafa até seus lábios, ainda me observando, e desviei o olhar por um segundo, sentindo o embaraço tomar conta do meu rosto.

Ele presenciou todo o episódio com Trevor. *Porcaria.*

Olhei para cima outra vez, admirando o cabelo castanho claro num estilo que o deixava digno de uma capa de revista, e os olhos cor de mel, que mais se pareciam cidra com manchas de especiarias. Na escuridão, eles pareciam mais escuros do que realmente eram, mas eles me trespassavam por baixo das sobrancelhas estreitas e castanhas que se inclinavam no centro, fazendo-o parecer mais formidável do que já era. Os lábios cheios não mostravam um pingo de sorriso, e a sua estrutura física praticamente dominava a cadeira.

Estava usando calça social com um blazer preto combinando, e a camisa social branca estava aberta no colarinho. Sem gravata, porque, como sempre, ele fazia apenas o que queria.

E isso era tudo o que qualquer pessoa poderia usar para descrevê-lo. Como ele *surgia.* Como ele se parecia. Acho que nem mesmo os pais dele sabiam o que se passava por trás daqueles olhos.

Observei o momento em que ele se levantou da cadeira e deixou cair a bola de basquete no assento, mantendo os olhos focados em mim enquanto caminhava.

Quanto mais perto chegava, mais alto se parecia em seus 1,93m. Michael era magro, mas musculoso, e me fazia sentir pequena. De várias formas. Era como se estivesse caminhando diretamente para mim, e meu coração começou a martelar no peito enquanto eu estreitava os olhos, abraçando meu próprio corpo.

No entanto, ele não parou.

O leve toque de seu sabonete líquido me atingiu quando passou por mim, e virei a cabeça, meu peito doendo enquanto ele deixava o solário sem dizer uma palavra sequer.

Mordi os lábios, lutando contra as lágrimas.

Uma noite, ele me notou. Uma noite, três anos atrás, Michael viu algo em mim e gostou. E, da mesma forma que o fogo começou a acender, prestes a explodir em meio às chamas, se extinguiu. Escondeu-se ante a raiva e o calor, e foi contido.

Saí em disparada dali, em direção à casa, através do saguão e pela porta da frente. Raiva e frustração castigando cada nervo do meu corpo enquanto andava até o meu carro.

Sem contar com aquela noite, ele me ignorou pela maior parte da minha vida, e sempre que dirigiu a palavra a mim, era como um corte afiado.

Engoli o nó na garganta e entrei no carro. Esperava que nunca o encontrasse em Meridian. Esperava que nossos caminhos nunca se cruzassem e que nunca tivesse que saber notícias dele.

Eu me perguntava se ele ao menos sabia que estava me mudando para lá. Não importava, de qualquer forma. Mesmo que morássemos na mesma casa, eu bem poderia estar em outro planeta que não o dele.

Assim que dei partida no carro, *37 Stitches*, do Drowning Pool, começou a tocar pelos alto-falantes, e acelerei pela longa entrada da mansão, apertando o controle para abrir os portões. Pisei mais fundo ainda na estrada. Minha casa ficava a poucos minutos de distância dali e era um percurso tranquilo que fiz muitas vezes na minha vida.

Inspirei profundamente, tentando me acalmar. *Doze horas.* Amanhã eu deixaria tudo isto para trás.

Os imensos muros de pedra da propriedade dos Crist já não estavam à vista, dando lugar às árvores que flanqueavam a estrada. E, em menos de um minuto, as lâmpadas dos postes da minha casa apareceram, iluminando a noite. Desviando à esquerda, acionei outro botão no painel e atravessei os portões com meu Tesla, vendo que as lâmpadas externas lançavam um brilho suave ao redor da entrada de veículos circular, com uma imensa fonte no centro.

Estacionando o carro em frente à propriedade, corri até a porta, apenas querendo rastejar para debaixo das cobertas até que a manhã chegasse.

No entanto, ao olhar para cima, fiquei surpresa ao ver uma vela acesa na janela do meu quarto.

O quê?

Não estive em casa desde o fim da manhã. E, certamente, não deixei uma vela acesa. De cor marfim, estava situada dentro de um castiçal de vidro cilíndrico.

Fui até a porta, destranquei e entrei.

— Mãe? — chamei.

Ela havia me enviado uma mensagem de texto mais cedo, dizendo que ia dormir, mas não era incomum que tivesse problemas para isso. Ela ainda devia estar acordada.

CORRUPT

O perfume familiar de lírios penetrou pelas minhas narinas, por conta das inúmeras flores que ela mantinha pela casa, e olhei ao redor do imenso hall de entrada; o piso em mármore branco parecendo cinza na escuridão.

Inclinei-me contra as escadas, observando os três andares em um silêncio sinistro.

— Mãe? — gritei seu nome outra vez.

Circulando o corrimão branco, subi os degraus às pressas até o segundo andar e virei à esquerda; meus passos soando silenciosos contra o carpete marfim e azul que recobria o chão de madeira.

Abri a porta do quarto da minha mãe, de leve, e entrei, vendo o lugar em total penumbra, exceto pela luz do banheiro acesa, que ela sempre deixava. Andando até a cama dela, estiquei o pescoço, tentando vislumbrar seu rosto virado para as janelas.

O cabelo loiro estava esparramado sobre o travesseiro, e estendi a mão para afastar uma mecha de seu rosto.

O movimento de seu peito, subindo e descendo, mostrava claramente que ela estava adormecida. Um olhar para sua mesinha e vi meia-dúzia de frascos de comprimidos, me perguntando qual deles e quantos ela havia ingerido.

Olhei de volta para ela, com o cenho franzido.

Médicos, reabilitação domiciliar, terapia... Por anos, desde a morte do meu pai, nada funcionou. Minha mãe queria se autodestruir em um processo de luto e depressão.

Ainda bem que tivemos a ajuda dos Crist, e era por isso que eu tinha meu próprio quarto na casa deles. Não somente o Sr. Crist, sendo o administrador do fundo fiduciário de todos os bens do meu pai, até que eu me formasse na universidade, mas também a Sra. Crist, que agiu como uma espécie de segunda mãe para mim.

Eu era muito grata por todo o cuidado e ajuda deles por anos... mas agora... estava pronta para assumir tudo. Estava pronta para cuidar da minha própria vida, sem a ajuda dos outros.

Saí do quarto da minha mãe em completo silêncio e fechei a porta, seguindo direto para o meu próprio, duas portas abaixo.

Quando dei um passo para dentro, deparei com a vela que ainda queimava próximo à minha janela.

Com o coração acelerado, olhei rapidamente ao redor, não vendo ninguém. Ainda bem.

Teria sido minha mãe quem acendeu a vela? Pode ter sido. Nossa governanta estava de folga hoje, então mais ninguém esteve em casa.

Comprimi os olhos e me aproximei devagar da janela, até que meu olhar aterrissou em uma caixa de madeira estreita sobre a pequena mesa redonda perto da vela.

Senti-me inquieta. Será que Trevor havia deixado aquilo de presente para mim?

Mas poderia ter sido minha mãe, ou até mesmo a Sra. Crist. Talvez.

Removi a tampa e a coloquei de lado, retirando o papel de seda, e tive o vislumbre de um metal cinza-chumbo com detalhes entalhados.

Arregalei os olhos, e imediatamente enfiei a mão na caixa, sabendo exatamente o que eu encontraria. Curvei os dedos ao redor do cabo e sorri, retirando uma pesada lâmina de aço Damasco.

— Uau...

Balancei a cabeça, incapaz de acreditar. A adaga tinha o cabo preto, e a empunhadura bronzeada em forma de cruz. Apertei o agarre sobre ela, erguendo a lâmina para observar os entalhes alinhados.

De onde diabos isso veio?

Eu amava punhais e espadas desde que comecei a praticar esgrima aos oito anos de idade. Meu pai dizia que as artes de ser um cavalheiro não eram apenas atemporais, mas necessárias. O xadrez me ensinaria estratégias; com a esgrima eu aprenderia sobre a natureza humana e autopreservação; e a dança instruiria o meu corpo. Tudo o que é necessário para a formação de uma pessoa.

Segurei o cabo, lembrando-me da primeira vez que ele colocou um Florete de esgrima na minha mão. Era a coisa mais linda que já tinha visto, e ergui a mão, deslizando um dedo pela cicatriz no meu pescoço, de repente, me sentindo próxima a ele outra vez.

Quem havia deixado isso aqui?

Espiando dentro da caixa, peguei um pequeno pedaço de papel escrito com caneta preta. Lambendo os lábios, li as palavras em silêncio. *Cuidado com a fúria de um homem paciente.*

— O quê? — murmurei para mim mesma, franzindo as sobrancelhas em confusão.

O que isso significava?

Então ergui o olhar e deixei a lâmina e o pedaço de papel caírem no chão.

Parei de respirar, sentindo o coração querendo arrebentar meu peito.

Três homens estavam parados do lado de fora da minha casa, lado a lado, me encarando através do vidro da janela.

Aquilo era uma brincadeira?

Eles permaneciam imóveis, e senti um arrepio correr pela minha pele ao ver a forma como me encaravam.

O que estavam fazendo?

Os três usavam jeans e coturnos pretos, mas quando olhei para o vazio negro de seus olhos, cerrei os dentes tentando evitar que meu corpo inteiro tremesse.

As máscaras. Os moletons pretos e as máscaras.

Balancei a cabeça. *Não*. Não poderia ser eles. Aquilo só podia ser uma brincadeira.

O mais alto estava de pé, à esquerda, usando uma máscara cinza metalizada com marcas de garras deformando o lado direito de seu rosto.

O do meio era o mais baixo, e olhava para mim através de sua máscara preta e branca com uma listra vermelha ao longo de sua face esquerda, que também parecia cortada e rasgada.

E o que se mantinha à direita, com a máscara totalmente negra e oculta por baixo do capuz, o que impossibilitava que seus olhos ficassem à vista, era o que, finalmente, me fez estremecer.

Dei um passo para trás, para longe da janela, e tentei resgatar o fôlego enquanto pegava o telefone. Pressionando a tecla 1 na linha fixa, esperei que alguém atendesse na sala de segurança, situada a alguns minutos dali.

— Sra. Fane? — um homem atendeu.

— Sr. Ferguson? — Respirei fundo, espiando pela janela. — Aqui é a Rika. Será que você poderia enviar um carro até...

Interrompi o que ia dizer ao perceber que a entrada da propriedade agora estava deserta. Eles tinham ido embora.

O quê?

Desviei o olhar para a esquerda e direita, inclinando-me sobre a mesa para ver se eles tinham se aproximado da casa. Onde diabos tinham se enfiado?

Fiquei calada, atenta a qualquer ruído ao redor da casa, mas tudo estava tranquilo e quieto.

— Senhorita Fane? — o Sr. Ferguson me chamou. — Ainda está na linha?

Abri a boca e gaguejei:

— Eu... e-eu pensei ter visto alguma coisa... do lado de fora da minha janela.

— Vou mandar um carro da segurança agora mesmo.

Assenti.

— Obrigada. — Desliguei o telefone, ainda encarando a janela.

Não poderia ser eles.

Mas aquelas máscaras... Eles eram os únicos que usavam aquelas máscaras.

Por que eles vieram aqui? Depois de três anos, por que vieram até aqui?

CAPÍTULO 2
ERIKA

Três anos atrás...

— Noah? — Reclinei-me contra a parede ao lado do armário do meu melhor amigo enquanto ele pegava o livro da próxima aula. — Você já tem um par para o Baile do Inverno?

Ele fez uma careta.

— Isso é daqui a dois meses, Rika.

— Eu sei. Estou aproveitando enquanto dá.

Ele sorriu, fechando a porta com um baque e abriu o caminho no corredor.

— Então você está me convidando para um encontro? — ele me provocou com seu jeito arrogante. — Eu sabia que você estava a fim de mim.

Revirei os olhos, andando atrás dele, já que minha sala de aula era na mesma direção.

— Será que dá para você facilitar, por favor?

Porém tudo o que ouvi foi um bufo.

O Baile de Inverno era um festival ao estilo Sadie Hawkins[1]. As meninas convidam os garotos, e eu queria escolher a rota mais segura ao escolher um amigo para ir comigo.

Os estudantes corriam à nossa volta, em direção às suas salas de aula, e segurei a alça da minha mochila sobre o ombro quando agarrei o braço de Noah, fazendo-o parar.

---

1 Sadie Hawkins foi uma personagem feminina de uma HQ que deu origem a uma espécie de folclore onde as meninas convidam um garoto para dançar durante o baile. É bem tradicional nas festinhas de Middle e High School dos Estados Unidos e Canadá.

— Por favor? — implorei.

No entanto, ele desviou o olhar, parecendo preocupado.

— Tem certeza de que Trevor não vai chutar a minha bunda? A julgar pela maneira como ele sempre está ao seu redor, é até de se estranhar que ele não tenha instalado um GPS em você.

Aquela era uma boa pergunta. Trevor ficaria bravo porque não ia convidá-lo, mas eu só queria amizade, e ele queria mais do que isso. Eu não queria lhe dar esperanças.

Acho que poderia atribuir meu total desinteresse por conhecê-lo desde a infância – ele era praticamente da família –, mas eu também conhecia seu irmão mais velho por toda a minha vida, e meus sentimentos por ele não tinham nada de familiar.

— Vamos lá... Seja meu parceiro — insisti, esbarrando em seu ombro. — Eu preciso de você.

— Não, você não precisa.

Ele parou na frente da minha sala de aula, que ficava antes da dele, e se virou para me encarar com um olhar aguçado.

— Rika, se você não está a fim de chamar o Trevor, então chame outra pessoa.

Exalei um suspiro profundo e desviei o olhar, cansada daquela conversa.

— Você só está me convidando porque sabe que isso é seguro — ele argumentou. — Você é linda e qualquer cara ficaria extasiado em poder sair contigo.

— É claro que eles estariam. — Sorri com sarcasmo. — Então diga sim.

Ele revirou os olhos, balançando a cabeça.

Noah gostava de tirar conclusões ao meu respeito. Sobre a razão de eu nunca namorar ninguém ou porque eu me esquivava disso ou daquilo, mas, por mais que ele fosse um bom amigo, queria que parasse de fazer isso. Eu não me sentia confortável.

Ergui a mão trêmula e acariciei a cicatriz fina e pálida em meu pescoço; aquela que ganhei aos treze anos.

No acidente de carro que matou meu pai.

Percebi que ele me observava e abaixei a mão, já sabendo o que estava pensando.

A cicatriz de cerca de 5 cm percorria a pele do meu pescoço no sentido diagonal, no lado esquerdo, e, por mais que já estivesse esmaecida com o tempo, eu ainda achava que era a primeira coisa que as pessoas notavam em mim.

CORRUPT

Era sempre seguido de perguntas e olhares piedosos, seja da família ou amigos, isso sem mencionar os comentários e risos maldosos que eu recebia das meninas na época do fundamental. Depois de um tempo, passei a senti-la apenas como um apêndice, do qual estava sempre consciente.

— Rika — ele abaixou o tom de voz e disse, com um olhar gentil: — Querida, você é linda. Com esse longo cabelo loiro, pernas que nenhum garoto dessa escola pode ignorar e os olhos azuis mais bonitos da cidade. Você é espetacular.

O primeiro sino soou e mudei a posição dos pés, agarrando com força a alça da minha mochila.

— E você é meu amigo preferido — retruquei. — Quero ir com você. Tudo bem?

Ele suspirou, resignado. Eu sabia que tinha vencido aquela discussão, e abafei um sorriso.

— Tá bom — murmurou. — Temos um encontro. — Virando-se, ele se afastou em direção à sua aula de Inglês.

Sorrindo, senti meus nervos relaxarem. Eu sabia que estava impedindo que Noah tivesse um encontro promissor com outra garota, então precisava fazer alguma coisa para compensá-lo.

Entrei para a aula de Cálculo e coloquei a mochila na parte de trás da minha cadeira, na fileira da frente; peguei o livro e o coloquei sobre a mesa. Minha amiga Claudia se sentou ao meu lado, com um sorriso, e logo me sentei para escrever meu nome na folha em branco que o Sr. Fitzpatrick deixou em cima de todas as carteiras. As aulas de sexta-feira sempre começavam com um teste surpresa, então todo mundo já sabia o que fazer.

Vários alunos entraram apressados; as garotas agitando suas saias xadrez verde e azuis e os garotos com os nós das gravatas quase desfeitos. Estávamos praticamente no fim do dia.

— Vocês souberam da novidade? — alguém disse atrás de nós, e virei a cabeça, vendo Gabrielle Owens inclinada sobre sua mesa.

— Que novidade? — Claudia perguntou.

Ela abaixou o tom de voz quase em um sussurro, emoção cruzando suas feições.

— Eles estão aqui — ela disse.

Dei uma olhada para Claudia e de volta para Gabrielle, em confusão.

— Eles quem?

Porém, o Sr. Fitzpatrick chegou, alardeando em sua voz grave:

— Todos sentados!

Claudia, eu e Gabrielle nos ajeitamos e olhamos diretamente para a frente da sala, encerrando a conversa.

— Por favor, sente-se, Sr. Dawson — o professor ordenou a um aluno nos fundos, assim que tomou seu assento à mesa.

Eles estão aqui? Reclinei-me na minha cadeira, tentando entender o que ela quis dizer com aquilo. Olhei para cima e vi uma garota entrar correndo na sala para entregar um bilhete ao Sr. Fitzpatrick.

— Obrigado — ele respondeu e abriu o pedaço de papel.

Observei sua reação passar de relaxamento para agitação; seus lábios franziram, assim como suas sobrancelhas.

O que estava acontecendo?

Eles estão aqui. O que aquilo...?

Arregalei os olhos e me senti enjoada.

ELES ESTÃO AQUI. Abri a boca, em busca de ar, e senti a pele arrepiar como se estivesse com febre. Uma excitação me agitou e cerrei os dentes, tentando conter o sorriso que queria escapar.

Ele está aqui.

Ergui os olhos, de leve, observando o relógio que marcava quase duas da tarde.

E era dia 30 de outubro, véspera do Halloween.

A *Noite do Diabo*[2].

Eles estavam de volta. *Mas por quê?* Já haviam se formado – mais de um ano atrás, então, por que agora?

— Por favor, assegurem-se de colocar os nomes em suas folhas — o Sr. Fitzpatrick instruiu, com a voz afiada —, e resolvam os três problemas que estão no quadro. — Ele ligou o projetor, sem perder tempo, e as operações matemáticas apareceram de uma vez. — Virem as folhas para baixo quando terminarem — avisou. — Vocês têm dez minutos.

Peguei o lápis, sentindo meu corpo inteiro agitar-se em antecipação, e tentei me concentrar na solução das equações ao quadrado.

Mas estava sendo difícil. Eu olhava o tempo inteiro para o relógio. *A qualquer minuto...*

Abaixei a cabeça e me obriguei a prestar atenção na tarefa; meu lápis cravando-se na superfície de madeira abaixo da folha, enquanto eu piscava, tentando focar nos exercícios.

— Encontre o vértice da parábola — sussurrei para mim mesma.

---

2   No inglês, Devil's Night. Apesar de a série não ter seu nome traduzido, optamos pela tradução para garantir a fluidez do texto.

CORRUPT

Resolvi rapidamente o problema, seguindo para a próxima, sabendo que se parasse um segundo, perderia o foco.

Se o vértice da parábola tiver coordenadas... continuei.

O gráfico de uma função é uma parábola, que se abre...

Continuei fazendo os exercícios, terminando o primeiro, depois o segundo, e por fim, o último.

Até que ouvi a música suave e congelei, de imediato.

Meu lápis pairou sobre meus cálculos quando o som do leve solo de guitarra ressoou pelos alto-falantes. Ficando cada vez mais alto, encarei a folha do papel, sentindo o calor agitar meu peito.

Sussurros ecoaram na sala de aula, seguidos de alguns risinhos animados, até que a suave melodia que tocava deu lugar aos violentos toques da bateria, guitarra e as insanas e rápidas batidas do coração. Segurei o lápis com mais força.

A música *The Devil In I,* do Slipknot, soou pela sala – e, pela escola inteira também.

— Eu falei pra vocês! — Gabrielle disse, exaltada.

Ergui a cabeça, vendo vários alunos saindo de seus lugares para correr até a porta.

— Eles estão aqui mesmo? — alguém praticamente gritou.

Todo mundo se amontoou na porta da sala, espiando pelo pequeno vidro acima, tentando ter um vislumbre deles pelo corredor. No entanto, permaneci em minha cadeira, sentindo a adrenalina correr pelo meu corpo.

O Sr. Fitzpatrick respirou profundamente e cruzou os braços, de costas, certamente esperando que o tumulto logo acabasse.

A música ressoou e as conversas animadas dos outros alunos preencheram o ambiente.

— Onde? Ah, lá estão eles! — uma garota gritou, e ouvi as batidas vindas do corredor, como se estivessem socando os armários. Cada vez mais perto.

— Deixe-me ver! — outro aluno reclamou, empurrando quem estava na frente.

Uma garota se ergueu na ponta dos pés e gritou:

— Saiam da frente!

Então, todos eles se afastaram para trás. A porta se abriu e os alunos se espalharam, como as ondulações na água de um lago.

— Eita, merda. — Ouvi um garoto sussurrar.

Devagar, todo mundo se dispersou, alguns voltando a se sentar em suas cadeiras, outros permanecendo de pé. Agarrei meu lápis com as duas mãos, sentindo o estômago revirar como se estivesse em uma montanha-russa, assim que os vi entrando na sala, estranhamente calmos e sem pressa alguma.

Eles estavam aqui. Os Quatro Cavaleiros.

Eles eram os filhos amados de Thunder Bay, e cursaram o ensino médio aqui. Haviam se formado quando eu ainda era caloura. Os quatro foram para diferentes universidades depois disso. Eram alguns anos mais velhos, e embora nenhum deles soubesse da minha existência, eu sabia quase tudo sobre eles. Os quatro adentraram lentamente na sala, preenchendo o espaço onde os raios de sol lançavam sua sombra no chão.

Damon Torrance, Kai Mori, Will Grayson III e — fixei o olhar na máscara ensanguentada daquele que parecia sempre ser o líder mais que os outros —, Michael Crist, o irmão mais velho de Trevor.

Ele inclinou a cabeça para a esquerda e apontou com o queixo para algo no fundo da sala. Os alunos se viraram, observando um dos caras dar um passo adiante, com um sorriso no rosto, ainda que tentasse disfarçar.

— Kian — um cara disse, animadamente, dando um tapa no ombro do garoto quando passou por ele em direção aos Cavaleiros. — Divirta-se. Use camisinha.

Alguns alunos riram, enquanto algumas garotas se mexiam nervosamente em seus assentos, sussurrando e rindo umas com as outras.

Kian Mathers, do terceiro ano, como eu, era um dos melhores jogadores de basquete da escola. Ele deu um passo em direção aos Cavaleiros, e um deles — o que usava a máscara branca com uma listra vermelha — enganchou um braço em seu pescoço e o levou para fora da sala.

Eles pegaram outro estudante, Malik Cramer, e o que usava a máscara totalmente preta o puxou para o corredor, atrás dos outros dois, e provavelmente já pronto para recolher mais alguns jogadores de outras salas de aula.

Observei Michael e a forma como sua estrutura física não tinha nada a ver com o modo como ele preenchia o ambiente, e pisquei com força, sentindo o calor aquecer minha pele.

Tudo a respeito dos Cavaleiros me fazia sentir como se eu estivesse andando em corda-bamba. Balance o cabelo de forma errada ou pise com um pouco mais de força – ou com suavidade –, e você sumiria para tão longe da mira deles, e nunca mais apareceria.

O poder deles veio de duas coisas: eles tinham seguidores e não estavam nem aí. Todos os idolatravam, inclusive eu.

CORRUPT

29

Mas ao contrário dos outros estudantes que os admiravam, os seguiam e fantasiavam com eles, eu simplesmente ficava imaginando como seria ser como eles. Eles eram intocáveis, fascinantes e nada do que fizessem era errado. Eu queria aquilo.

Eu queria estar por cima.

— Sr. Fitzpatrick? — Gabrielle Owens foi até o professor, com uma amiga logo atrás. Ambas levando seus materiais. — Nós temos que ir até a enfermaria. Vemos o senhor na segunda! — Então se espremeram por entre os Cavaleiros e desapareceram pela porta.

Olhei para o professor, sem saber por que ele simplesmente as deixou sair. Era óbvio que elas não estavam indo para a enfermaria, e sim, indo atrás dos caras.

Mas ninguém – nem mesmo o próprio Sr. Fitzpatrick – ousou contestá-las.

Os Quatro Cavaleiros não apenas mandavam na cidade ou na escola quando estudaram aqui, mas também mandavam nas quadras, quase nunca perdendo uma partida nos quatro anos em que jogaram pelo time.

No entanto, desde a saída deles, o time do colégio não foi mais o mesmo, e o ano passado praticamente foi um desastre humilhante para Thunder Bay. Doze derrotas dos vinte jogos, e acho que todo mundo já não aguentava mais. Alguma coisa estava faltando.

Deduzi que talvez seja por essa razão que os Cavaleiros estavam aqui agora. Talvez tenham sido chamados de volta pela escola, para que durante o final de semana trouxessem alguma inspiração para o time ou seja lá o que fizessem para dar uma animada nos meninos para colocá-los de volta aos trilhos, antes que a temporada começasse.

E, por mais que os professores, como o Sr. Fitzpatrick, fechassem a cara para os trotes que eles pregavam, certamente foi isso o que ajudou o time a se tornar uma unidade naquela época. Por que não ver se isso poderia funcionar outra vez?

— Todo mundo sentado! Garotos, podem sair — ele disse para os Cavaleiros.

Abaixei a cabeça e senti a euforia percorrer meu corpo, flutuando desde a barriga até o peito. Fechei os olhos, sentindo a cabeça enevoada.

Sim, talvez fosse disso que eles precisassem...

Quando abri os olhos outra vez, deparei-me com um par de longas pernas em um jeans preto lavado passando pela minha mesa, perto da janela, até que ele parou.

Mantive o olhar para baixo, com medo de que minha expressão pudesse revelar o que estava sentindo por dentro. Talvez ele apenas estivesse verificando a sala outra vez, em busca de mais jogadores.

— Alguém mais? — um dos outros caras perguntou.

Mas ele não respondeu ao amigo. Ele apenas permaneceu ali parado, ao meu lado. O que ele estava fazendo?

Mantendo a cabeça ainda para baixo, olhei de esguelha e vi as mãos dele levemente curvadas ao lado de seu corpo. Vislumbrei a veia na parte de cima de sua mão, e a sala inteira pareceu tão silenciosa, que pavor tomou conta de mim e prendi a respiração.

O que ele estava fazendo parado aqui?

Devagar, ergui o olhar e senti meu corpo ficar tenso na hora, vendo os olhos castanho-dourados apontando diretamente para mim.

Desviei o olhar, imaginando se eu tinha perdido alguma coisa. Por que ele estava olhando para mim?

Michael olhou para baixo, em sua máscara vermelha aterradora – uma réplica de uma das máscaras desfiguradas do jogo de videogame Army of Two –, fazendo meus joelhos tremerem.

Sempre tive medo dele. O tipo emocionante de medo que sempre me deixava excitada.

Contraí os músculos das coxas, sentindo a palpitação entre as pernas, naquele lugar que sempre parecia vazio quando ele estava perto, mas não o suficiente.

Eu gostava daquilo. Gostava de me sentir apavorada.

Todo mundo permaneceu em silêncio atrás de mim, e o vi inclinar a cabeça como se estivesse considerando alguma coisa. O que estava passando em sua cabeça?

— Ela só tem dezesseis — o Sr. Fitzpatrick informou.

Michael olhou para mim por mais um instante antes de se virar para o professor.

Eu tinha somente dezesseis – até o próximo mês, de qualquer forma –, o que significava que não poderiam me levar com eles. A idade dos jogadores de basquete não influenciava em nada, mas qualquer garota que se juntasse a eles deveria ter dezoito anos, deixando as dependências da escola por escolha própria.

Não que eles fossem me levar, de qualquer jeito. O Sr. Fitzpatrick estava enganado.

CORRUPT

31

O professor o encarou e, por mais que eu não conseguisse ver o olhar de Michael, de onde estava, acho que irritou bastante o professor, já que o dele vacilou. Ele abaixou o olhar, piscou e recuou.

Michael voltou a olhar para mim, e senti uma gota de suor escorrer pelas costas.

Então, ele deixou a sala, com Kai logo atrás. E eu sabia que era ele, porque a máscara que usava era a prateada. A porta se fechou em seguida.

Mas que porcaria tinha sido aquela?

Sussurros se espalharam pela sala, e pude ver, pelo canto do olho, a cabeça de Claudia inclinada na minha direção. Olhei para ela, vendo suas sobrancelhas arquearem em uma pergunta silenciosa, mas a ignorei, voltando a focar a atenção no meu teste. Eu não o tinha visto desde que ele havia aparecido em sua casa, rapidamente, no verão. E, como de costume, fui totalmente ignorada.

— Tudo bem, pessoal! — Sr. Fitzpatrick gritou. — De volta aos exercícios. Agora!

As conversas animadas se transformaram em sussurros, e todos, aos poucos, voltaram a seus afazeres. A música, que havia desvanecido a um zumbido, parou, e pela primeira vez, desde que entrei na sala, deixei que um sorriso deslizasse pelo meu rosto.

Esta noite seria o caos. A *Noite do Diabo* não era apenas um trote. Era algo especial. Não somente porque eles haviam escolhido novos jogadores de todas as turmas, os levariam para um lugar desconhecido, zoariam com eles e os deixariam bêbados, mas pelo que fariam depois... Os Cavaleiros tocariam o terror na cidade como se aqui fosse o playground deles.

No ano passado, com a ausência deles, tudo havia sido tedioso, mas todo mundo sabia o que aconteceria esta noite. A começar de agora, no estacionamento, onde os caras e algumas garotas se enfiariam em seus carros, sem sombra de dúvidas.

Peguei o lápis de volta e respirei rapidamente enquanto balançava meu joelho direito para cima e para baixo.

Eu queria ir.

O calor em meu peito estava começando a se dissipar, e minha cabeça, que parecia mais aérea que tudo há um minuto, estava aos poucos se assentando no lugar.

Em mais um instante eu me sentiria do mesmo jeito de sempre antes que ele entrasse na sala: comum, fria e insignificante.

Depois da aula, eu iria para casa, veria como minha mãe está, mudaria de roupas, e iria passar um tempo na casa dos Crist; uma rotina que começou logo depois da morte do meu pai. Algumas vezes eu ficava para jantar, e em outras voltava para casa para comer com a minha mãe se ela estivesse disposta.

Então iria para a cama, tentando não me preocupar com o fato de um irmão tentar me colocar para baixo mais um pouco, enquanto me recusava a aceitar o que havia sido despertado dentro de mim, sempre que o outro estava perto.

Risadas e uivos se fizeram ouvir do lado de fora das janelas, e eu hesitei, fazendo meu joelho parar de balançar.

Foda-se.

Peguei meu livro de Cálculo na parte inferior da minha cadeira, assim como minha mochila, e estendi para Claudia, sussurrando:

— Leve isso pra casa com você. Eu pego no fim de semana.

Ela franziu o cenho, antes de tentar dizer:

— O qu...?

Mas não a deixei terminar, levantando-me da cadeira e indo em direção à mesa do professor.

— Sr. Fitzpatrick? — Aproximei-me, com as mãos cruzadas atrás das costas. — Será que eu poderia ir ao banheiro, por favor? Já terminei minha tarefa — menti em uma voz suave.

Ele mal olhou para cima, apenas acenando com a mão para que eu saísse. Sim, eu era esse tipo de aluna. *Hã, Erika Fane? A garota recatada que sempre estava de acordo com o código de vestimenta e conduta, e sempre se voluntariava para trabalhar nos eventos esportivos de graça? Boa menina.*

Fui em direção à porta sem nem ao menos hesitar antes de deixar a sala.

Quando ele percebesse que eu não voltaria, já teria sumido dali. Talvez eu entrasse em apuros, mas seria tarde demais para me impedir. Estava consumado. Sofra as consequências na segunda-feira.

Disparando para fora da escola, avistei um monte de carros, caminhonetes e SUVs, à esquerda, enfileiradas na esquina do prédio. Eu não estava planejando perguntar se eu poderia me juntar a eles, ou me fazer ser notada por qualquer um. Eles ririam de mim ou dariam tapinhas na minha cabeça, me mandando de volta para a sala.

Não. Eu nem mesmo seria vista.

Correndo em direção aos carros, avistei a Mercedes Classe G preta de Michael, e me escondi atrás dela enquanto espiava pelo canto.

— Entrem em seus carros! — alguém gritou.

Avistei Damon Torrance mais à frente. A máscara preta que ele usava estava posicionada no topo de sua cabeça, e ao passar pelo amontoado

CORRUPT

de carros, ele jogou uma cerveja para um cara que estava na carroceria de uma caminhonete. O cabelo escuro estava escondido por baixo da máscara. Damon era muito atraente, com aquelas maçãs do rosto salientes e os impressionantes olhos pretos.

Mas eu não gostava nem um pouco dele. Desde quando eu era caloura, e eles todos já estavam no último ano, não tive tanto conhecimento de causa de seus comportamentos na escola, mas o vi inúmeras vezes na casa dos Crist para saber que havia algo errado com ele. Michael lhe deu muita trela, mas ainda assim o mantinha no cabresto, e por um bom motivo. Ele me dava medo.

E não o tipo de medo que eu sentia de Michael, e que gostava de sentir.

Devia haver em torno de umas vinte e cinco pessoas, mais ou menos, contando com o time de basquete e algumas garotas, mas as aulas acabariam em menos de uma hora, o que significava carros lotados em busca deles para se juntarem à farra.

— Para onde estamos indo? — um dos caras perguntou, olhando para Damon.

No entanto, foi Will Grayson que deu um passo à frente, depois de dar uma batidinha no ombro do amigo depois de passar por ele, e respondeu:

— Para um lugar onde ninguém escute os seus gritos.

Sorrindo, ele abriu a porta de seu Ford Raptor preto, subiu e ficou de pé entre a porta e a carroceria, olhando por cima do capô.

Will segurou sua máscara branca com uma lista vermelha, o cabelo castanho em estilo moicano e os sedutores olhos verdes sorridentes.

— Ei, você viu Kylie Halpern? — perguntou, olhando para alguém por cima da cabeça de Damon.

Espiei pela lateral do carro, vendo Kai com sua máscara prateada no topo da cabeça, e Michael, com o rosto ainda oculto por trás da sua.

— Puta merda, aquelas pernas! — Will alardeou. — Um ano fez bem pra caralho a ela.

— Sim, sinto falta das garotas do ensino médio — Damon disse, abrindo a porta do passageiro do Raptor de Will. — Elas não dão nenhuma chateação.

Observei Michael, a menos de um metro e meio à frente, abrir a porta traseira do lado do motorista de seu carro e jogar uma sacola para dentro, fechando-a em seguida.

Apertei meus punhos, sentindo uma fraqueza súbita nos braços. *Que merda eu estava fazendo?* Eu não deveria estar fazendo isso. Eu certamente entraria em apuros ou passaria vergonha.

— Michael? — Ouvi a voz de Will. — Esta será uma longa noite. Você viu alguém do seu interesse?

— Talvez. — Eu o ouvi responder em sua voz profunda.

Então ouvi uma risada suave de alguém. Acho que de Kai.

— Mano, eu te desafio — ele provocou como se soubesse de algo. — Ela é linda, mas eu esperaria até que seja maior de idade.

— Vou tentar. — Ouvi Michael dizer. — Um ano também fez muito bem a ela. Está ficando cada vez mais difícil não notá-la.

— De quem vocês estão falando? — Damon interrompeu.

— De ninguém — Michael cortou, parecendo meio brusco.

Sacudi a cabeça, afastando suas palavras. Eu tinha que sair das vistas, antes que alguém percebesse minha presença.

— Coloquem todo mundo nos carros — Michael ordenou.

Minha respiração acelerou, e inspirei profundamente quando segurei a maçaneta da caminhonete, ouvindo o clique quando puxei para abrir.

Com um rápido olhar para o lugar onde os caras estavam, e com os ouvidos em alerta, abri a porta e rapidamente mergulhei para dentro, fechando a porta e esperando que ninguém tivesse me notado na loucura de todos entrando em seus veículos.

Eu não deveria estar fazendo isso.

Claro, prestei atenção neles ao longo dos anos. Absorvi seus jeitos de conversar e os maneirismos, percebendo coisas que outros não notavam, mas nunca os tinha seguido.

Será que aquele era o estágio um ou o dois para virar uma perseguidora? *Ai, meu Deus.* Revirei os olhos sem querer pensar no assunto.

— Vamos embora! — Kai gritou, e o som de outras portas batendo foi ouvido.

— Vejo vocês lá! — Will gritou de volta.

O carro abaixo de mim balançou e eu arregalei os olhos enquanto as pessoas entravam na Mercedes de Michael.

E então, uma a uma, as quatro portas foram fechadas, e o silêncio da cabine foi preenchido com as risadas e brincadeiras de diversas vozes masculinas.

O SUV rugiu para a vida, vibrando abaixo de mim, e acabei me deitando de costas, repousando a cabeça no assoalho, sem saber se devia me sentir bem por não ter sido pega em flagrante, ou enjoada por não fazer a menor ideia de onde eu tinha me enfiado.

CORRUPT

CAPÍTULO 3

ERIKA

Dias atuais...

— Por aqui, Srta. Fane. — O homem sorriu e pegou um molho de chaves, guiando-me até os elevadores. — Meu nome é Ford Patterson, um dos gerentes.

Ele estendeu a mão e eu o cumprimentei.

— É um prazer conhecê-lo — respondi.

Olhei ao redor do saguão do meu novo edifício de apartamentos, Delcour, enquanto andávamos. Era um arranha-céu de vinte e dois andares, na cidade de Meridian, construído para abrigar apartamentos e coberturas, e, mesmo não sendo tão alto quanto os edifícios que o cercavam, ainda assim, se destacava. Todo preto e com acessórios dourados do lado externo, era uma obra de arte, e o interior era igualmente luxuoso. Eu não podia acreditar que moraria aqui.

— O seu apartamento fica no vigésimo primeiro andar — ele explicou, parando quando chegamos ao elevador e apertando um botão. — E tem uma vista maravilhosa. Você ficará satisfeita.

Agarrei a alça da bolsa, que cruzava sobre meu peito, mal podendo esperar. Nada parecia tão bom quanto poder acordar pela manhã e contemplar a cidade enorme, o horizonte de prédios que podiam alcançar o céu e milhões de pessoas trabalhando e vivendo por ali.

Enquanto uns se sentiam perdidos em cidades grandes – as luzes, os ruídos e a agitação –, eu mal conseguia conter a onda de excitação por fazer parte de algo tão grandioso. A energia me deixava empolgada.

Conferi meu telefone outra vez, me assegurando de não ter perdido nenhuma ligação da minha mãe. Ainda estava preocupada com ela. E meio que preocupada comigo também, mesmo que não tenha deixado que isso me impedisse de sair de Thunder Bay esta manhã.

Depois de o Sr. Ferguson deixar minha casa na noite passada, sem encontrar nada dentro ou fora do local, rastejei para a cama da minha mãe e encarei o bilhete que havia sido deixado na caixa com o punhal.

Cuidado com a fúria de um homem paciente.

Pesquisei no Google e descobri que aquela era uma citação de John Dryden, e eu sabia o que significava. Aqueles que são pacientes, planejam. E tenha cuidado com um homem que planeja.

Mas um plano para o quê? E quem eram aqueles do lado de fora da minha casa, usando aquelas máscaras ontem à noite? Poderia ser os Cavaleiros? Será que foram eles que me enviaram a adaga?

Acordei esta manhã, ignorei a mensagem de Trevor, que estava bravo por eu ter deixado a festa mais cedo, e perguntei à minha mãe e Irina, nossa governanta, se elas sabiam algo a respeito do presente misterioso. Nenhuma das duas sabia de nada.

O bilhete não estava assinado, e ninguém soube explicar como a caixa foi parar lá.

Captei o flash momentâneo de preocupação que atravessou o rosto da minha mãe, então decidi esconder a nota e classifiquei o punhal como algo que Trevor talvez tivesse deixado para mim como uma surpresa. Não queria que ela ficasse com medo por mim.

Mas, definitivamente, eu estava assustada.

Alguém esteve na minha casa, bem debaixo do nariz da minha mãe.

Na pressa para pegar a estrada esta manhã, enfiei a caixa fina, com o punhal, dentro do carro e sem saber por que acabei trazendo-a comigo. Eu deveria ter deixado em casa.

Um suave *ding* soou, e eu segui o Sr. Patterson para dentro do elevador, vendo-o pressionar o botão vinte e um. No entanto, franzi o rosto, ao perceber que não havia mais um andar acima deste.

— Pensei que o prédio tivesse vinte e dois andares — averiguei, parada ao lado dele.

— E tem. — Ele assentiu. — Mas o último andar é composto apenas por um apartamento, e conta com um elevador privativo do outro lado do saguão.

Virei a cabeça para a frente outra vez, ao compreender.

CORRUPT

— Entendi.

— Há somente dois apartamentos no seu andar — explicou. — Já que são bem espaçosos. No entanto, o outro apartamento está vago, então você desfrutará de bastante privacidade.

Ele disse que os apartamentos eram bem espaçosos no meu andar? Não me lembro de ninguém falando sobre isso quando enviei o e-mail para a gerência para estabelecer o contrato de locação.

— E aqui estamos nós — ele cantarolou, dando um passo à frente assim que as portas se abriram. Estendendo o braço no ar, sinalizou para que eu tomasse a dianteira.

Ao sair do elevador, olhei para a esquerda e direita, vendo o corredor estreito e bem-iluminado, com o chão em mármore preto e as paredes pintadas com a cor de um entardecer. Ele virou à esquerda, guiando-me até a porta do apartamento, mas olhei para trás e vi a imensa porta preta com o número 2014 em dourado.

Aquele devia ser o vazio.

Chegamos à porta – minha, aparentemente –, e o gerente imediatamente deslizou a chave e a abriu, entrando em seguida.

Eu o observei caminhar pelo lugar, enquanto permaneci congelada à porta.

— Hum... — *Okay*.

Isto não fazia o menor sentido. Este apartamento era enorme.

Lentamente dei um passo para dentro, meus braços flácidos ao lado do corpo, enquanto eu observava o teto alto, a espaçosa sala de estar e uma parede de janelas de cima a baixo, que dava acesso ao belo terraço adornado com uma fonte e grama de verdade do lado externo. O mesmo mármore negro do corredor fazia conjunto, dessa vez, com paredes de coloração creme.

— Como você pode ver — Sr. Patterson começou a dizer assim que chegou à fachada de vidro e destrancou as portas —, você tem uma cozinha gourmet com os utensílios top de linha, e vai amar o espaço aberto que preserva a vista da cidade.

Olhei ao redor da cozinha, a ilha de granito brilhando com a luz do sol que incidia através das janelas. Os utensílios cromados eram tão impressionantes quanto os da minha própria casa, e o lustre central, de ferro forjado – simples, sofisticado e lindo –, combinava com o que estava pendurado acima da minha cabeça, na sala de estar.

Ele continuou falando sobre os três quartos, pisos aquecidos e duchas de alta pressão, e eu apenas balancei a cabeça, ainda impressionada.

— Espera...

— Há uma academia de uso comum — ele me interrompeu — no segundo andar, assim como uma piscina coberta. Ambas ficam abertas 24 horas, e como você mora em uma das coberturas, também pode desfrutar de um terraço privativo.

Minhas sobrancelhas se arquearam em confusão. *Eu estava na cobertura? O quê?*

— Espera um pouco... — Eu ri, começando a pirar.

Mas ele apenas continuou explanando sobre o lugar.

— Existem duas portas de acesso para o seu apartamento — ele disse em um tom de voz sério. — Uma delas é a que dá acesso à escada de incêndio, mas assegure-se de mantê-la trancada o tempo todo. — Ele apontou para o final do corredor, e inclinei a cabeça para conferir a porta de metal quase escondida na escuridão. — Somos muito rígidos com a segurança aqui, mas preciso que você esteja atenta à entrada alternativa.

Coloquei uma mão na testa, limpando a camada fina de suor. O que diabos estava acontecendo ali? O apartamento já estava praticamente mobiliado com sofás de aparência caríssima, mesas e eletrônicos, e vi quando ele pegou um tablet e acionou uma porta privativa da imensa parede de vidros que dava para a vista da cidade.

— Agora, deixe-me te mostrar o...

— Espera... — disparei, interrompendo-o. — Me desculpe, mas acho que está havendo um engano. Eu sou Erika Fane. Aluguei um apartamento de um quarto e banheiro, não uma cobertura. Não faço a menor ideia de quem seja o dono desse apartamento, mas estou pagando um aluguel por um lugar muito, muito menor.

Ele pareceu confuso, mas pegou sua pasta de arquivos, muito provavelmente checando a informação.

Não é como se não tivesse amado a cobertura, mas não pagaria milhares de dólares, todo mês, por algo que eu não precisava.

Ele soltou uma risada, analisando os documentos.

— Ah, sim. Esqueci... — Olhou para mim. — Aquele apartamento foi alugado, infelizmente.

Meus ombros cederam em uma postura derrotista, sentindo a decepção me abater.

— O quê?

CORRUPT

— Houve um pequeno mal-entendido, e lamentamos muito por isso. Fui orientado pelos proprietários do edifício para que honrasse seu contrato de aluguel, como um pedido de desculpas. Havia duas coberturas, ambas desocupadas, então não vimos nenhuma razão para que não a oferecêssemos a você. Seu contrato ainda estará vigente por um ano, e o valor do aluguel permanecerá o mesmo durante este período. — Ele estendeu as chaves para mim. — Ninguém te ligou para informar?

Eu o encarei e retirei as chaves de sua mão.

— Não — respondi. — E ainda estou um pouco confusa. Por que você me ofereceria este apartamento duas vezes maior, pelo mesmo valor?

Com um sorriso, o gerente aprumou sua postura. Era a mesma atitude que minha mãe tinha, quando eu era criança e ela havia se cansado de responder às minhas perguntas.

— Como eu disse antes — ele emendou —, sentimos muito pelo mal-entendido. Por favor, aceite nossas mais sinceras desculpas, e espero que esta cobertura atenda às suas expectativas durante seus estudos este ano. — Abaixou a cabeça. — Por favor, avise-me se precisar de alguma coisa, Srta. Fane. Estou ao seu dispor.

Então ele passou por mim e saiu do apartamento, fechando a porta atrás de si.

Fiquei ali parada, sentindo a vertigem se formar, como se o ar tivesse sido retirado dos meus pulmões. Eu não podia acreditar naquilo. Como isso foi acontecer?

Girei lentamente ao meu redor, avaliando a sala, a situação e, acima de tudo, o silêncio. Eu estava completamente sozinha aqui.

Por mais que fosse lindo, estava empolgada em poder dormir em um colchão de ar esta noite antes de sair para comprar meus próprios móveis amanhã. Estava animada em ter um apartamento pequeno e aconchegante, com vizinhos ao lado.

No entanto, as aulas começariam em dois dias. Não havia mais tempo hábil para encontrar outro lugar.

— Merda — suspirei audivelmente.

Andei devagar pela entrada do apartamento, percorri todos os quartos, deparando-me com um banheiro espaçoso com duas pias e um chuveiro de ladrilhos em ardósia. Abrindo porta por porta dos armários abaixo das pias, reparei no estoque de toalhas de banho e de rosto, assim como esponjas.

Então, segui até o quarto principal, e percebi que a cama king-size, combinando com os móveis brancos e cortinas, já estava arrumada com lençóis e colcha da mesma cor. Até mesmo o maldito relógio, na mesa de cabeceira, estava com a hora certa.

Inacreditável. Tudo havia sido preparado para mim. Do mesmo jeito que faziam em casa.

A decoração podia até ser um pouquinho diferente, e o ambiente certamente havia mudado, mas minha vida, não. Já estava tudo organizado. Eu apostava que, se abrisse a geladeira, a encontraria abastecida também.

Precisava dar o braço a torcer àquelas mães de Thunder Bay, que fizeram questão de garantir que eu estivesse bem aconchegada. De forma alguma isso poderia ser alguma espécie de comitê de boas-vindas, que fazia questão de deixar uma cesta de frutas para o convidado.

Balancei a cabeça, sentindo as paredes se fechando ao meu redor.

As mulheres de Thunder Bays eram damas ocupadas. Elas eram poderosas, influentes e meticulosas, e como seus filhos, nós nos sentávamos confortavelmente sob suas redomas. Eu, mais ainda, pela ausência do meu pai, e por minha mãe ser tão... frágil.

Quando era criança, amava aquela sensação de segurança e abrigo, mas queria fazer as coisas por minha própria conta e risco agora. Espaço, distância, e talvez, um pouco de dificuldade. Era isso o que eu estava buscando.

Suspirei e coloquei as chaves dentro do bolso do meu short jeans branco. Agarrando as bordas do meu suéter, retirei-o, ficando apenas com a camiseta de manga curta cinza.

Voltei à sala de estar e passei pela soleira do espaço aberto ao terraço; de chinelos pretos, senti a grama tocar a ponta dos meus dedos. Contemplando ao redor, reparei no design retangular do espaço, sendo que um dos lados oferecia a completa vista da cidade.

À esquerda, vi mais janelas, provavelmente as do apartamento desocupado que dividia o mesmo andar. E então, olhando à direita, meu olhar foi atraído para a parte mais alta do prédio. Tão alta, que tive que inclinar o pescoço para trás para poder enxergar o andar acima do meu, cujo apartamento tomava o lado inteiro do edifício, deixando as janelas parcialmente visíveis de onde eu estava.

Parecia que havia mais de uma sacada, e uma perfeita vista do terraço. Fiquei pensando se alguma família morava ali, para que precisassem de tanto espaço, mas então me lembrei que o Sr. Patterson mencionou um "ele".

Meu olhar percorreu as janelas daquele apartamento, tomando ciência de que eu não estava sozinha aqui em cima, afinal.

Despertei sob a névoa do sono, enquanto me deitava de barriga para baixo e agarrava o travesseiro.

Meus ouvidos se aguçaram para tentar identificar o ruído que parecia vir de algum lugar distante.

Tap, tap... tap... tap... tap...

Ergui-me sobre os cotovelos, tentando focar meu olhar.

Alguém estava batendo? Mas quem poderia ser? Eu não conhecia ninguém aqui – pelo menos, ainda não. Havia chegado hoje, e não tinha vizinhos ao lado...

Além do mais – olhei para o relógio sobre a mesinha –, já passava de uma da manhã.

Virei e me sentei na cama, esfregando meus olhos sonolentos. Lentamente o torpor foi se dissipando.

Tenho certeza de que ouvi uma batida. Um retumbar ritmado.

Olhei à minha volta, vendo a luz da lua incidindo através das janelas sobre os lençóis brancos; tentei detectar algum som no silêncio do quieto e escuro apartamento.

Até que um enorme baque se fez ouvir, e dei um pulo, assustada. Afastei as cobertas e peguei o celular sobre a mesa de cabeceira.

Aquilo não era uma batida.

Segurando o telefone em minha mão, andei na ponta dos pés pelo chão do quarto, tentando ouvir qualquer outro som, além de vasculhar meu cérebro para me lembrar se havia trancado todas as portas. A da frente, a do terraço de vidro e a...

Será que eu havia trancado a porta dos fundos? *Sim*. Sim, claro que tranquei.

Então outra pancada soou e eu estaquei. *Mas que porra?*

Era um baque surdo e pesado, como se um peso-morto estivesse caindo no chão, mas eu não fazia a menor ideia se era acima de mim, abaixo, ou ao lado.

Arrastei-me pelo corredor, pela sala de estar e passei pelas latas de tinta que comprei mais cedo. Eu até poderia não ter ficado com o pequeno apartamento que queria, ou ter sido capaz de comprar minhas próprias vasilhas e panelas, mas faria com que aquele lugar tivesse a minha cara, a começar pelas paredes mais coloridas.

Passei correndo pela cozinha, em silêncio, peguei uma faca do suporte e a empunhei, com a lâmina às minhas costas à medida que me aproximava da porta da frente. Ainda não fazia ideia de onde o som provinha, mas o senso comum indicava que eu deveria checar primeiro as portas de acesso.

Espiei pelo olho-mágico, sentindo os pelos dos braços arrepiando. Por mais que quisesse ser independente, nesse momento, estava um pouco assustada por estar só. Fiquei na ponta dos pés, espiando pelo buraco da porta outra vez; observei o elevador à distância, no corredor, e a oscilação das luminárias.

Mas não havia nada e nem ninguém. O corredor, aparentemente, estava deserto.

Virei a cabeça para trás ao ouvir as pancadas soarem outra vez.

Resolvi andar pelo apartamento, enquanto ouvia as batidas que agora pareciam mais aceleradas e constantes. Tentei seguir a direção do som, me aproximando cada vez mais, até que pressionei o ouvido contra a parede que dava para o corredor; meu coração pulsava à medida que as vibrações tocavam minha pele.

Recostando o rosto contra a superfície fria, engoli o nó que se formou na garganta quando as batidas se tornaram cada vez mais rápidas.

Havia alguém ali. No apartamento vago.

Pegando o telefone, disquei para a portaria, mas ninguém atendeu. Sabia que havia um gerente noturno chamado Simon Alguma Coisa, só que muita gente não ficava de plantão *durante* a noite toda. Talvez ele estivesse longe do telefone.

Com o ouvido ainda grudado à parede, me perguntei se deveria ignorar aquilo e esperar amanhecer para perguntar ao gerente sobre o assunto, mas quanto mais longe ia acompanhando o som através da vibração da parede, mais alto o ruído se tornava, e quando dei por mim, estava praticamente grudada na porta dos fundos.

Abrindo-a devagar, enfiei a cabeça e espiei pelo corredor, segurando a pesada porta de metal aberta apenas o suficiente para que eu pudesse olhar.

Olhando à direita, vi uma porta exatamente igual à minha. E então escutei o grito estridente de uma mulher, e comecei a respirar com mais dificuldade.

CORRUPT

Até que mais um grito se fez ouvir. E mais outro, e outro, e...

Ela estava transando? Fechei a boca para evitar que uma risada escapulisse. *Ai, meu Deus.*

Mas pensei que o lugar estivesse vazio.

Dei um passo para fora, com a faca em punho — só para o caso de precisar —, e caminhei silenciosamente até a outra porta, olhando ao redor para ver as pequenas câmeras de segurança acima da parede, provavelmente instaladas quando os apartamentos foram construídos.

Pressionando o ouvido na porta, eu ouvi, juntamente do *bump, bump, bump* de alguma coisa se chocando contra a parede, os gritos ofegantes da garota cada vez mais altos.

Apertei os dentes contra meus lábios, escondendo meu sorriso com a mão livre.

Mas então a mulher começou a gritar:

— Não! Ah... oh, meu Deus! Por favor!

Minha expressão mudou ao detectar o medo na voz feminina. Os gritos agudos e breves eram diferentes agora. Aterrorizados e em pânico, como se ela estivesse sendo esganada. Minha boca secou, de repente, enquanto permaneci ali em pé, ouvindo.

— Aaah! — gritou outra vez. — Não, por favor!

Afastei-me da porta, não achando mais graça nenhuma naquilo.

Mas então algo se chocou contra a porta, do lado de dentro, soando como um baque surdo. Recuei, assustada.

— Eita, merda! — Travei os dentes.

Olhei para as câmeras, pensando se elas registravam as imagens para o escritório de segurança, no saguão, ou se serviam apenas para quem estivesse dentro do apartamento. Será que eles sabiam que eu estava aqui fora?

Disparei em direção à minha porta e girei a maçaneta, que não abriu.

Estava trancada.

— Caralho! — sussurrei. A porra da porta trancava automaticamente.

Outro baque atingiu a porta, a poucos passos de onde eu estava — muito perto —, e desviei o olhar, sentindo dificuldade para respirar.

Girei a maçaneta outra vez, torcendo e puxando, mas sequer se movia.

Outra batida ressoou contra a porta, e estiquei o corpo, deixando a faca cair.

— Merda!

Quando me abaixei para pegar a lâmina, a outra porta se abriu, e disparei pela escadaria abaixo, me escondendo atrás da parede. Esqueci da faca por completo.

Porra!

Foda-se. Seja lá quem fosse a pessoa que estava vindo do apartamento ao lado, não era alguém que eu quisesse conhecer. Desci os lances de escadas sentindo o grito preso na minha garganta, enquanto o medo se alojava em meu peito.

Um baque soou acima de mim e olhei para trás, vendo uma mão se apoiar no corrimão enquanto quem quer fosse, pulava um lance de escadas.

Ai, meu Deus! Corri desesperada, degrau a degrau, gotas de suor descendo pelo meu pescoço. As passadas estavam ficando cada vez mais perto, e minhas pernas pareciam a ponto de fraquejar à medida que esforçava meus músculos em uma fuga alucinada. Ofeguei ao ver a porta que dava direto para o saguão do prédio. Corri contra ela e abri de uma vez, olhando mais uma vez para trás para ver se ele – ou ela –, ainda estava em meu encalço.

No entanto, me choquei contra uma parede, e dei um grito quando mãos agarraram a parte superior dos meus braços.

Olhei para cima e perdi o fôlego, vendo Michael Crist elevando-se sobre mim, com um olhar tenso.

— Michael? — ofeguei, confusa.

— Que merda você está fazendo aqui? — Ele arqueou uma sobrancelha, e me afastou de seu corpo, largando meus braços. — Está de madrugada.

Abri a boca, mas nada saiu. Por que ele estava aqui?

Ele estava parado na frente de um elevador, um diferente do que usei esta manhã. Usando um terno preto, ele parecia ter acabado de sair de um *nightclub* ou algo do tipo. Uma morena bem jovem estava ao lado dele, belíssima em um vestido de festa apertado e que mal chegava aos joelhos.

De repente, senti-me exposta, vestida apenas em meu short de seda e regata branca, com o cabelo provavelmente todo emaranhado.

— Eu... — Olhei por cima do ombro outra vez, percebendo que seja lá quem estivesse me seguindo pelas escadas, ainda não havia passado pela porta.

Girei a cabeça de volta, olhando para Michael.

— O que você está fazendo aqui?

— Eu moro aqui — ele disse, ríspido, com o mesmo tom intolerante com o qual me tratava.

— Mora aqui? — repeti. — Achei que morasse no prédio da sua família.

Ele enfiou uma mão dentro do bolso e inclinou a cabeça, de lado, com um olhar à queima-roupa, como se eu fosse estúpida.

CORRUPT

— Claro. — Fechei os olhos, suspirando, compreendendo tudo. — É claro... Você é o cara que mora no vigésimo segundo andar.

Comecei a ligar todas as peças: o elevador privativo em que ele e a garota estavam de frente, o homem solitário que vivia no andar acima, a Sra. Crist enviando para mim o link do Delcour como uma sugestão, sem me dizer que pertencia à família...

E o luxuoso apartamento todo para mim, preparado e à minha espera.

A Sra. Crist – assim como o marido dela –, fizeram questão de que eu acabasse aqui. Mantendo-me perto e debaixo de suas asas.

— E quem é esta?

Dei uma olhadela na jovem de cabelo castanho escuro e olhos penetrantes, elegante como uma estrela de cinema em alguma estreia.

Michael olhou para ela e respondeu:

— A namorada do meu irmão mais novo.

— Aw... — ela disse.

Desviei o olhar, irritada.

A namorada do seu irmão mais novo. Ele não podia nem mencionar o meu nome.

E eu não era mais a namorada de Trevor. Não tinha certeza se ele sabia disso, mas há meses não estávamos mais juntos. O assunto deve ter vindo à tona em alguma conversa na casa deles.

— O que você ouviu? — exigiu saber, e olhei para ele, que me encarava.

Hesitei, sem saber se deveria contar sobre os barulhos ou os gritos femininos. Não me sentia segura lá em cima agora, e o que eu queria era chamar o gerente. Michael quase nunca prestava atenção em mim, logo, ele não daria a mínima para o que eu falasse.

— Nada — eu disse, soltando um suspiro. — Deixa pra lá.

Ele me analisou por um instante e, logo depois, pegou um cartão branco e o deslizou na frente de um painel na parede, fazendo com que as portas do elevador privativo se abrissem de imediato. Voltando-se para a garota, ele disse:

— Não fique à vontade. Estarei lá em cima em um minuto.

Ela assentiu e um sorriso sutil surgiu em seus lábios enquanto seguia em direção ao elevador. As portas se fecharam logo depois que pressionou o botão.

Michael me ignorou e seguiu em direção à mesa da recepção, conversando com alguém da segurança. O homem assentiu e entregou um molho de chaves. Quando voltou até onde eu estava, senti a boca seca ao ver quão alto e atlético ele era.

Meu Deus, ele era lindo.

Depois de todos esses anos, acompanhando-o com os olhos durante toda a minha vida, meu corpo ainda se aquecia sempre que ele estava perto.

Cruzei os braços à frente dos meus seios, tentando controlar as batidas do meu coração. Não deveria querer estar tão próxima a ele. Não depois de vê-lo me tratar tão mal por tanto tempo, sempre me afastando.

Ergui a mão até meu pescoço, passando um dedo, sem perceber, pela fina cicatriz irregular.

— Simon vai dar uma conferida na escada de emergência e no seu andar — ele disse. — Vamos. Vou te levar até lá.

— Eu disse que pode deixar — insisti, sem arredar o pé. — Não preciso de ajuda.

No entanto, ele caminhou em direção ao outro elevador, e vi o segurança desaparecendo por trás da porta da escada de emergência.

Com relutância, segui Michael, entrando no elevador, ainda descalça, e vendo-o apertar o botão do meu andar.

— Você sabe onde moro? — perguntei.

Ele não respondeu nada.

O elevador começou a subir e fiquei lá, perto dele, tentando permanecer imóvel. Eu não queria respirar com força ou remexer meus pés. Sempre estive muito consciente da presença dele, e temia que notasse. Talvez se achasse que ele me via como uma pessoa normal, não me preocupasse tanto com o que pensava de mim.

No entanto, abaixei os braços e encarei as portas à frente; o fluxo suave da saída de ar fez com que o cabelo dançasse sobre a pele do topo dos meus seios. Lambi os lábios, sentindo a atração por ele bem ali, a centímetros de distância. Meu peito subia e descia, calor rastejava pelo meu pescoço, e senti meus mamilos enrijecerem à medida que o fogo que percorria minha pele se movia em direção à minha barriga, seguindo em direção ao centro das minhas coxas.

Meu short de pijama parecia apertado, de repente, e senti um vazio no estômago como se estivesse há dias sem comer.

Jesus.

Ergui a mão e coloquei uma mecha do cabelo atrás da orelha, sentindo seu olhar sobre mim.

Porém não ousei desviar o olhar. Depois de ver a modelo de revista que ele trouxe para sua casa, para passar a noite, tudo o que eu podia fazer era manter a postura ereta, erguer os ombros e lidar com isso.

CORRUPT

Como tenho feito por anos.

Quando o elevador parou e as portas se abriram, Michael saiu primeiro, sem demonstrar o cavalheirismo do Sr. Patterson. Caminhou diretamente para o meu apartamento, e eu o segui, falando às suas costas:

— Quando o Sr. Patterson me mostrou o lugar hoje, ele disse que o outro apartamento estava desocupado. — Olhei para a porta que ficava atrás de mim, onde supostamente ninguém estava morando. — Mas ouvi uns barulhos alguns minutos atrás.

Ele se virou e olhou para a porta do outro apartamento.

— Que tipo de barulhos?

Cabeceiras batendo contra as paredes, gritos, gemidos, ofegos, pessoas mandando ver...

Dei de ombros, decidindo ser vaga.

— Apenas... ruídos.

Ele exalou um suspiro irritado. Passando por mim, Michael caminhou até o outro apartamento e testou a maçaneta, batendo várias vezes na porta quando percebeu que estava trancada.

Quando a porta se abriu, arregalei os olhos em surpresa, mas o mesmo segurança que havia subido as escadas saiu de lá de dentro.

— Não há nada aqui, senhor. Chequei as escadas e também não há nenhum indício de desordem.

— Obrigado — Michael disse. — Certifique-se de que o apartamento esteja trancado e volte lá para baixo.

— Sim, senhor.

O segurança trancou a porta do apartamento e seguiu em direção ao elevador. Michael voltou para onde eu estava, segurando as chaves e parecendo cada vez mais impaciente.

Ele esbarrou em mim e depois destrancou minha porta da frente.

— Como você sabia que me tranquei do lado de fora? — Entrei logo atrás dele no apartamento.

— Eu não sabia. — Guardou as chaves no bolso da calça. — Mas imaginei que só poderia ter sido isto o que aconteceu. Você não estava com chave nenhuma, e a porta dos fundos que dá direto para a escada de emergência tem bloqueio automático. Nunca se esqueça disso.

Revirei os olhos, observando-o avançar pela sala. Três anos atrás – porra, cinco dias atrás –, adoraria que ele estivesse no mesmo lugar que eu. Conversando, prestando atenção em mim...

Mas não era isto o que ele estava fazendo agora. Eu continuava tão invisível quanto o ar que ele respirava. Só que muito menos importante.

Uma noite. Ainda tão presente em minha memória, tão vívida e selvagem, e tudo o que eu mais queria era que ele se lembrasse também. No entanto, tudo havia se transformado em uma porcaria, de qualquer forma, exatamente do mesmo jeito que ele sempre me tratava.

Cruzando os braços à frente do corpo, decidida, olhei para outro canto, apenas esperando que ele saísse dali.

Ele conferiu todos os quartos, a porta dos fundos; voltou para a sala e checou até mesmo se as portas de vidro estavam trancadas, por segurança.

— Não é incomum que a equipe de funcionários às vezes, durante os intervalos, faça uso dos apartamentos desocupados — ele comentou, olhando ao redor. — Você deve ter trabalhado duro para conseguir pagar por isto. Assim como os cartões de crédito na sua carteira, além do carro novo e estiloso.

Cerrei os dentes, sentindo a torrente de emoções descontroladas me atingir. Detestei ouvir o que suas palavras implicavam. Não era nada daquele jeito simples, e também não era justo.

Ele deu um passo na minha direção, travando o olhar no meu.

— Você fugiu do meu irmão, da minha família, da sua mãe, até mesmo dos seus amigos — acusou —, mas o que aconteceria se, um dia, tudo aquilo que mais valoriza – sua casa, seu dinheiro, e as pessoas que você ama –, simplesmente não existissem mais? Você precisaria de ajuda? Será que finalmente perceberia quão frágil você é sem todo o conforto que acredita não precisar?

Eu o encarei, com todos os meus músculos retesados, sem querer me entregar.

Sim, claro. Eu desfrutava do dinheiro. E talvez, se estivesse falando sério mesmo sobre ser independente, jogaria tudo para o alto. Os cartões de crédito, o carro, até mesmo a grana que eu recebia mensalmente.

Então era comigo que ele estava implicando? Uma covarde boa de papo, mas que nunca realmente soube o que é sofrimento ou teve o esforço de lutar por qualquer coisa?

— Não... Acho que você ficaria bem — ele disse em um tom rouco e sensual quando segurou uma mecha do meu cabelo, deslizando por entre os dedos. — Garotas bonitas sempre podem dar algo em troca, não é mesmo?

Ergui o rosto, com o olhar agora fixo ao dele, enquanto afastava sua mão. Mas qual era o problema dele, porra?

Ele deu um sorriso enviesado, quando seguiu em direção à porta.

CORRUPT

— Boa noite, Monstrinha.

E me virei, de supetão, vendo-o sair pela porta, fechando-a logo atrás de si.

Monstrinha. Por que ele me chamou assim? Eu não tinha ouvido este apelido em mais de três anos.

Não desde aquela noite.

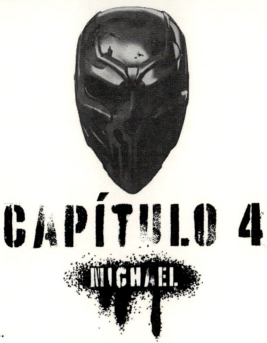

CAPÍTULO 4
MICHAEL

Dias atuais...
Não fique sozinho com ela.

Era minha única regra. A única que fiz a mim mesmo e prometi seguir à risca, mas que havia acabado de quebrar.

Respirei profundamente, meus braços cruzados sobre o peito, enquanto observava o painel do elevador. *Ninguém mais a conhecia.*

Não como eu. Eu sim, conhecia. Sabia o tanto que ela era boa.

Erika Fane desempenhava seu papel muito bem. A filha obediente e altruísta; a amável e simpática namorada do meu irmão; e a bela e brilhante aluna da nossa crescente comunidade à beira-mar. Todos a amavam.

Ela achava que não significava nada para mim, que era invisível e sem valor. Ela queria tanto que eu abrisse meus olhos e prestasse atenção nela outra vez, mas não tinha percebido que já estava fazendo isso. Eu conhecia a puta enganadora que havia por baixo daquela brilhante perfeição, e disso eu não podia me esquecer.

Por que caralho tive que levá-la até seu apartamento? Por que fiz questão de me assegurar de que ela estava bem? Estar tão perto dela me fez vacilar. Fez-me esquecer.

Ela irrompeu pela porta da escada de emergência, assustada e corada, parecendo tão pequena e frágil, e meu instinto protetor imediatamente saltou fora.

Sim, ela atuava muito bem.

Não fique sozinho com ela. Nunca fique sozinho com ela.

CORRUPT   51

As portas do elevador se abriram e entrei diretamente no corredor, virando-me em direção à minha sala de estar às escuras. Desacelerei os passos, notando a presença da garota que enviei aqui para cima e de quem havia praticamente me esquecido. Ela estava sentada no meio da sala, montada em uma cadeira de madeira.

Completamente nua.

Contive um sorriso, surpreso com sua engenhosidade. A maioria das mulheres esperaria uma instrução.

Forcei os olhos, aproximando-me da cadeira enquanto seus lábios se curvavam com um sorriso. Os antebraços apoiavam-se no encosto da cadeira, enquanto suas pernas arreganhadas e os pés calçados em um salto agulha plantavam-se no chão.

Parei a um passo de distância e permiti que meus olhos percorressem seu corpo: flexível, aberto e pronto para mim. Os seios eram cheios e perfeitos, e meu olhar desceu pela barriga bronzeada, aterrissando na boceta depilada. Estaria ela já molhada?

Estendi o braço e passei as costas da minha mão sobre sua bochecha; ela se inclinou contra a carícia, me olhando com diversão, enquanto o cabelo escuro e sedoso se derramava sobre seus seios. Até que abriu a boca e capturou meu polegar entre seus dentes, mordendo-o com gentileza.

Olhei para ela, abaixo, esperando para ver o que faria a seguir. Ela o sugaria? Lamberia? Talvez desse uma mordida mais agressiva? Eu gostava de mulheres confiantes. Gostava quando mostravam o fogo ardente dentro delas, ao invés de permanecerem sentadas sem fazer nada.

Mas então ela desistiu e me deu um sorriso tímido, deixando-me assumir. Eu deveria atacá-la, enquanto estivesse disposta a ser apenas um pedaço de carne, acho. Meu Deus, eu estava entediado pra caralho.

Levantei seu queixo com a ponta do dedo, comandando em uma voz gentil:

— Fique aqui.

Eu precisava de uma pausa para entrar no clima para algo que já queria.

Deixei-a na sala e segui rumo ao meu quarto, retirando o terno enquanto subia as escadas. Entrei no aposento espaçoso, preenchido pela cama king-size, e segui em direção ao chuveiro, que se situava entre o quarto e a suíte. Ficava exposto e totalmente visível da cama. Às vezes vinha bem a calhar quando eu tinha uma garota ou duas, e queria vê-las brincar.

Retirei minhas roupas, jogando-as de qualquer jeito no chão, e entrei debaixo do chuveiro, sem pressa alguma de voltar à sala, lá embaixo.

O jato forte imediatamente encharcou meu cabelo, espalhando o calor pelos meus ombros e costas. Quisera eu poder dizer que as longas horas na academia, o treino intenso para me preparar para a temporada, ou os exercícios exaustivos eram os causadores da tensão que podia sentir na cabeça e no corpo, mas sabia que não eram. Eu tinha vinte e três anos, estava na melhor fase da minha vida, e confrontava as exigências contra as quais sempre tive que lidar.

Não era o basquete. Era ela.

Depois de três longos anos, ela estava aqui, eles estavam aqui, e eu dificilmente conseguia pensar em outra coisa.

Fiquei imaginando se ela ainda iria me querer depois que tudo estivesse acabado. Depois de anos me observando, provavelmente ansiando meu toque, não seria irônico pra caralho que quando eu finalmente a tivesse em minhas mãos, e pressionasse meu corpo contra o dela, ela me desprezasse?

Sim, você vai estar na minha cama, boneca, mas não até que me odeie.

Soltei um suspiro e curvei a cabeça, fechando os olhos.

Porra. Envolvi meu pau com a mão, sentindo-o pulsar e latejar à medida que se tornava cada vez mais rígido somente por pensar nela.

Percorri meu dedo pela glande, limpando a gota de sêmen que era apenas uma pequena porção do que estava prestes a ejacular.

Caralho.

Bastou apenas pensar nela, e em como quase perdi o controle no elevador, mais cedo.

Havia sido divertido. A maneira como ela se esforçou tanto para não demonstrar que estava quase pirando por minha causa. Como a respiração superficial fez seus seios se agitarem para cima e para baixo, e como os mamilos despontaram pelo tecido da regata curta que usava, fazendo-me querer pegar um deles entre meus dentes e ensiná-la a gritar meu nome da mesma forma que fazia em seus sonhos.

Aquela pele dourada, bronzeada do sol de Thunder Bay, parecia um banquete; aquele cabelo loiro e liso que roçava seu rosto e pescoço, e se derramava pelas costas. Parecia tão suave que não pude me conter em tocar os fios brilhosos.

Eu me saí muito bem em ignorar a presença dela por quase toda a minha vida; primeiro, porque ela era muito nova para mim, e depois, porque eu precisava ser paciente.

Agora, o momento era perfeito, pois ela estava aqui, e eu também.

Só que não estava sozinho.

E a melhor parte? Ela não fazia a menor ideia de que sabíamos de tudo. Ela não fazia a menor ideia de que estávamos atrás dela.

Desligando a água, respirei fundo, sentindo meu pau latejar em agonia, precisando de alívio. Enrolei uma toalha ao redor dos quadris e penteei o cabelo com meus dedos, saindo do quarto rumo às escadas.

Alex, a jovem mulher que eu havia escolhido para festejar com o time hoje à noite, ainda estava sentada, obedientemente, na cadeira; a bunda em formato de coração parecendo agora muito mais atraente por conta do meu pau duro.

Mas ainda não estava disposto. Servi um copo de bebida para mim e fui até as janelas com vista para a cidade. As luzes dos postes iluminavam a noite, fazendo com que de longe tudo se parecesse a um mar de estrelas flutuantes, e essa foi uma das primeiras coisas que aprendi quando estive em Meridian, ainda criança. A cidade era, certamente, muito mais inspiradora à distância. Como a maioria das coisas.

Quanto mais perto você chegava de algo belo, menos bonito isto se tornava. O fascínio se encontrava no mistério, não na aparência.

Abaixando meu olhar, avistei Rika através dos vidros de suas janelas. O apartamento dela ficava no andar inferior, mas não exatamente logo abaixo do meu, o que me permitia uma excelente visão de seu terraço, assim como do restante do lugar. Fixei os olhos, observando-a circular por lá, imaginando o que deveria estar fazendo.

Uma parede tinha um forro logo abaixo, e latas de tintas se espalhavam pelo chão da sala. Ela subiu em uma escada e ficou na ponta dos pés, tentando alcançar a quina entre a parede e o teto; suas mãos alisavam alguma coisa no local.

Ela devia estar colocando fita adesiva para o acabamento da pintura. Era quase duas da manhã. Por que ela estava pintando naquele horário?

O belo traseiro estava empinado, e a renda preta da parte inferior de sua regata se levantou, revelando a pele de sua barriga.

Calor percorreu meu peito, direto até minha virilha; meu coração acelerou. Rika tinha um corpo lindo pra caralho, ainda que não fizesse a menor ideia de como usar isto a seu favor.

Mãos frias e suaves deslizaram pelos meus ombros, e a garota nua se postou ao meu lado. O modo de privacidade do vidro não estava acionado, mas as luzes também não, o que significava que Rika não poderia ver nada do meu apartamento, mesmo se olhasse para cima.

Alex olhou pela janela, provavelmente conferindo o que havia atraído minha atenção, e se virou para mim, deslizando a mão por baixo da toalha.

— Hummm... — gemeu ao sentir o tamanho da minha ereção. — Você gosta dela.

Fiquei quieto, ainda observando Rika enquanto a garota acariciava o meu pau.

— Não.

Uma vez pensei que talvez gostasse dela. Por algumas horas, muito tempo atrás, ansiávamos pela mesma coisa, e pensei que poderia confiar nela.

Foi um erro que custou a liberdade dos meus amigos.

— Mas você a quer — insistiu, esfregando-me cada vez mais rápido, sabendo exatamente por quem meu pau estava duro.

Deixei que ela me tocasse, mas, infelizmente, não sentia desejo algum em retribuir suas carícias. Mantive o olhar para baixo, onde Rika agora descia da escada e se postava de quatro no chão, posicionando a fita adesiva nos rodapés. Seu corpo estava arqueado, me provocando.

Gemi um grunhido, à medida que a garota me masturbava com mais força.

— Sim — ela provocou —, ela é tão meiga e inocente, não é?

Senti a garganta seca e forcei-me a engolir, enquanto meu olhar permanecia fixo em Rika.

— Ela não é nenhum dos dois — respondi entredentes.

— Talvez não — a garota caçoou. — As tímidas costumam ser as piores, no fim das contas.

Então ela se inclinou e plantou os lábios no meu pescoço, sussurrando:

— Aposto que seu irmão pode dizer direitinho o quão má essa garota é...

Jesus.

Apoiei a mão na janela, me inclinando, enquanto Rika se sentava sobre os próprios joelhos e olhava para a parede acima, que aparentemente estava pronta para receber a pintura.

Eu esperava que aquilo não fosse verdade. Eu só queria duas coisas: que meu irmão não a tivesse quebrado, como ele gostava de se gabar, e que Rika tivesse tanta garra em si mesma, como sempre achei que tivesse.

— Sim — a garota ofegou, depositando uma trilha de beijos pela minha mandíbula. — Aposto como ele sabe exatamente do que ela gosta.

Endireitei o corpo de imediato, virando cabeça e colocando a mão em sua garganta, segurando com força.

— Meu irmão é a última pessoa a saber algo sobre ela — cuspi, encarando-a. — Agora vá para casa. Não estou no clima.

CORRUPT

Empurrei-a para longe de mim, enquanto ela suspirava chocada, com o cenho franzido em total confusão.

— Mas você está... — protestou, apontando para a barraca armada na toalha preta ao redor dos meus quadris.

— Isto não é por você, e sabe muito bem disso.

Virando-me outra vez para as janelas, apertei a toalha ao meu redor, vendo Rika prender o cabelo em um rabo de cavalo, e depois se inclinar para pegar uma lata de tinta.

No entanto, o som da campainha indicou que alguém havia chamado o elevador atrás de mim, e olhei por cima do ombro, para a garota ainda nua.

— É melhor você correr — avisei. — Vou ter companhia em breve, e eles vão adorar te encontrar desse jeito. — Deixei meu olhar varrer seu corpo nu.

Os olhos dela se desviaram de um lado ao outro, hesitantes e desgostosos. Não sabia se ela estava realmente desapontada ou ofendida.

E pouco me importava. Já havia entregado seu pagamento, afinal de contas.

Ela finalmente se virou, correndo em direção ao lugar onde largou suas roupas, e ouvi o farfalhar dos tecidos enquanto se vestia.

Olhando para baixo, vi Rika despejar tinta em uma bandeja, e depois mergulhar o rolo de pintura, encharcando-o em vermelho.

Minha cor favorita.

Era desafiante e firme, mas também agressiva e violenta. Não tinha muita certeza de porque a havia escolhido como favorita, mas desde sempre era a cor que eu mais gostava.

O elevador apitou outra vez e endireitei o corpo, ouvindo as vozes profundas adentrando o apartamento.

Dei a volta e vi a garota, Alex, calçar o último pé do sapato e pegar sua bolsa de mão antes de se apressar em direção ao elevador.

Mas independente de estar vestida ou não, ela não passaria despercebida.

Damon, Will e Kai saíram do canto, vestidos em ternos pretos idênticos, se divertindo e rindo de alguma piada interna.

Alex tentou passar rapidamente por eles, mas Damon a agarrou, enlaçando os braços ao redor de sua cintura.

— Opa, aonde você pensa que vai? — debochou, apertando o abraço ante o esforço fingido em sair de seu agarre. — Michael já aproveitou sua uma hora?

Will riu, sacudindo a cabeça enquanto ele e Kai continuaram andando pelo apartamento.

Damon a levou de volta para a sala de estar, uma de suas mãos esfregando a bunda empinada.

Inclinei-me sobre a cadeira para pegar a calça do pijama que havia largado por ali, de manhã. Vesti, só então me livrando da toalha que ainda mantinha ao meu redor, jogando-a no chão.

— Deixe-a em paz — eu disse a ele.

No entanto, os olhos escuros, quase negros, desviaram para mim, em um desafio silencioso que já estava me cansando de ver.

Os lábios se curvaram em um sorriso enquanto ele enfiava a mão no bolso e sacava um bolo de dinheiro.

— Eu serei gentil — ele sussurrou contra a bochecha dela, mostrando o dinheiro à frente.

Ela virou a cabeça, me olhando, provavelmente refletindo no que deveria fazer. Será que deveria aproveitar aquela oportunidade enquanto a outra ainda estava na mesma sala?

Pouco me importava se ela aproveitasse. Ela estava disponível, e nesse ponto, era apenas um negócio para ela, não prazer. Apenas precisei de alguém para me acompanhar a uma festa particular esta noite, e Will a conhecia bem o suficiente para saber que ela seria discreta e descomplicada.

No entanto, já estava cansado das palhaçadas de Damon.

Porém, ela se virou para ele e pegou o dinheiro.

E ele sequer hesitou. Descendo a parte de cima de seu vestido até a cintura, ele a pegou no colo, fazendo com que o enlaçasse com suas pernas.

— Eu menti — ele disse, arrastando os dentes em sua orelha —, eu nunca sou gentil.

Ele se inclinou e cobriu a sua boca com a dele, enquanto a carregava pelo corredor, desaparecendo em um quarto de hóspedes.

Suspirei profundamente pelo nariz, irritado com o constante duelo de vontades contra ele. Não costumava ser assim.

Meus amigos e eu sempre nos desentendemos ao longo da nossa amizade. Óbvio. Cada um tinha um temperamento diferente, manias e noção do certo e errado.

No entanto, tais diferenças nos fortaleceram até então. Como pessoas, tínhamos nossas fraquezas, mas como Cavaleiros, éramos invencíveis. Cada um de nós acrescentou alguma coisa diferente, e quando um faltava, os outros intervinham. Éramos uma unidade, dentro e fora das quadras.

Não estava mais certo de que aquilo ainda fosse uma verdade. As coisas haviam mudado.

CORRUPT

Kai se sentou no sofá enquanto Will seguiu até a geladeira e pegou um sanduíche que havia sobrado e uma garrafa d'água.

Girei o corpo e peguei a bola com a qual havia conquistado um campeonato no ensino médio, e arremessei para Will, acertando a parte de cima de seu braço.

Ele deu um pulo, deixando cair a garrafa de água, enquanto me encarava com a boca cheia do sanduíche.

— Ei! — resmungou, erguendo as mãos. — Qual é o seu problema?

— Você estava no apartamento 2014? — gritei, já sabendo a resposta.

Havia uma razão para que Rika tivesse sido encaminhada para o vigésimo primeiro andar. Ela havia ficado isolada, longe de vizinhos. Mas também estava ligado de que meus amigos não deixariam passar a oportunidade de usar o apartamento desocupado, ao lado – inclusive, para poder foder com a mente dela.

Eles não moravam no prédio, mas de alguma forma conseguiram uma chave para o 2014.

Will desviou o olhar, porém percebi o sorriso em seu rosto. Ele engoliu o alimento e me encarou, dando de ombros.

— Talvez tenhamos trazido uma dupla de garotas da festa — admitiu. — Você conhece o Damon... ele pode ser bem barulhento.

Lancei um olhar para Kai, sabendo que ele não estava envolvido, mas puto por também não ter impedido.

Passei as mãos pelos fios do meu cabelo úmido e fixei o olhar em Will.

— Erika Fane pode até ser jovem e inexperiente, mas não estúpida — salientei, olhando de um para o outro. — Você vai ter a oportunidade de se divertir com ela. Eu prometo. Mas não se acabar fazendo com que ela fuja daqui antes de a termos no lugar em que a queremos.

Will se abaixou para pegar a bola de basquete. Com 1,80m de altura, ele era o menor dos quatro, mas era tão forte quanto nós.

— Kai e eu já saímos há meses — ele acusou, pressionando a bola entre as mãos em frente ao seu tórax, e olhando para mim enquanto se aproximava. — Concordamos em esperar para que Damon também pudesse fazer parte disso, mas estou cansado de esperar essa porra, Michael.

A paciência dele estava começando a se esgotar, e já sabia disso há algum tempo. Ele e Kai haviam recebido sentenças menores com base nas acusações, mas, para serem justos com Damon, decidimos não fazer nada até que ele saísse em liberdade.

— Como aquela proeza de ontem à noite? — rebati. — Dando as caras na casa dela, usando suas máscaras?

Ele riu de si mesmo, todo satisfeito.

— Foi pelos velhos tempos. Dá um tempo.

— Nós temos sido pacientes por todo esse tempo. — Assenti com a cabeça.

— Não — retrucou. — *Nós* temos sido pacientes. Você esteve na universidade.

Dei um passo em sua direção, uns dez centímetros mais alto, e retirei a bola de suas mãos. Mantive o olhar focado ao dele quando a afastei para o lado e deixei rolar dos meus dedos, vendo Kai pegar com um movimento fluido.

— Nós a queríamos em Meridian — eu disse —, e ela está aqui. Sem amigos ou colegas de quarto. Nós a queríamos nesse prédio com todos presentes, e ela está aqui. — Inclinei a cabeça para apontar a janela atrás de mim. — Tudo o que a separa de nós é uma porta. Ela é um alvo fácil, e não faz a menor ideia disso.

Os olhos verdes de Will se estreitaram, ainda ouvindo o que eu dizia.

— Sabemos exatamente o que devemos tirar dela antes de pegá-la — eu o relembrei. — Então, não estrague tudo. As coisas vão seguir de acordo com o que foi planejado, mas podem não acontecer se ela se sentir em perigo antes da hora certa.

Ele abaixou o olhar, desviando-o em seguida, ainda puto, mas desistindo. Inspirando profundamente, retirou seu paletó preto, jogou no sofá, e saiu da sala; descendo as escadas, imaginei que estivesse indo para a quadra de basquete particular.

Em poucos segundos, ouvi o eco que reverberava as batidas da bola contra o assoalho de madeira da quadra.

Kai se levantou do sofá e foi até as janelas. Cruzando os braços à frente do peito, seu olhar deslizou até o andar de baixo.

Parei ao seu lado. Colocando uma mão sobre o vidro, olhei na mesma direção, observando Rika passar o rolo de cima a baixo, transformando a então parede branca em vermelho-sangue.

— Ela está sozinha — falei baixinho. — Completamente sozinha agora. E, em breve, não lhe sobrará nada, além da nossa boa-vontade.

Olhei para Kai, vendo-o estreitar os olhos enquanto a analisava. Sua mandíbula flexionou, e de vez em quando, ele poderia ser mais temível do que Damon. Pelo menos este último era como um livro aberto.

CORRUPT

Porém com Kai... e aqueles severos olhos escuros e expressão fechada, era sempre difícil adivinhar o que se passava pela sua cabeça. Ele raramente falava sobre si mesmo.

— Você está mudando de ideia? — perguntei.

— Você está?

Continuei encarando a janela, ignorando sua pergunta. Independente de eu querer ou gostar disso, ou não, nunca foi uma questão.

Três anos atrás, a pequena e curiosa Erika Fane quis brincar com os garotos, e nós permitimos, mas ela nos traiu. De forma alguma esqueceríamos aquilo. Uma vez que meus amigos recebessem sua recompensa, eles teriam paz.

Kai manteve o olhar fixo nela enquanto falava:

— Damon e Will sempre agiram às cegas, Michael. Esses três últimos anos não foram diferentes. Eles agem e reagem por instinto, mas para dois homens que uma vez pensaram que dinheiro e poder poderiam lhes dar tudo o que queriam, eles agora sabem que isso não é verdade. — Ele virou a cabeça, olhando diretamente para mim. — Não era brincadeira lá dentro. Não havia nenhum amigo de verdade. Não dava para vacilar. Era agir e pronto. Foi isso o que eles aprenderam.

Voltei a olhar pelas janelas. *Lá dentro*. Era daquela forma que Kai se referia à prisão desde que saiu em liberdade.

Nunca perguntei nada, também. Talvez porque soubesse que ele falaria sobre o assunto quando estivesse pronto, ou talvez porque sentisse culpa, sabendo que foi tudo por minha causa. Eu a levei conosco naquela noite, afinal de contas. Eu confiei nela. Eu causei aquilo.

Ou talvez, apenas talvez, porque nunca quis realmente saber o que aqueles três anos foram para os meus amigos. O que perderam. Como tiveram que esperar.

Como haviam mudado.

Balancei a cabeça, tentando ignorar seu alerta.

— Eles sempre foram assim — argumentei.

— Mas eles sempre foram mais fáceis de controlar — ele desafiou. — Eles eram mais pacíficos. Agora não têm limites, e a única coisa que verdadeiramente entendem é que só podem confiar em si mesmos e acabou.

Então o que ele estava querendo dizer? Que os dois talvez tivessem seus próprios planos?

Meu olhar se desviou até ela, outra vez, trabalhando com tanto afinco enquanto encharcava o rolo na tinta vermelha.

Então algo se agitou por dentro de mim, torcendo e comprimindo meu peito até o ponto de se tornar desconfortável.

O que eu faria se eles pulassem fora? Se resolvessem agir por conta própria? Eu não gostava daquela ideia. Mas, por três anos, fui forçado a aguentar sua presença na minha casa, ouvir coisas ao seu respeito, e aguardar pela hora certa, enquanto tudo o que mais queria era me tornar seu pesadelo. Ela estava aqui, e nós estávamos prontos.

— Não podemos esperar — quase sussurrei. Nós poderíamos controlar Will e Damon. Sempre o tínhamos feito.

— Eu não quero parar — retrucou. O olhar escuro fixo nela. — Ela merece tudo o que está por vir. Mas estou dizendo que as coisas, às vezes, nunca seguem de acordo com o plano. Lembre-se disso.

Peguei o copo de uísque que havia deixado por ali e tomei o restante de um gole só. A bebida desceu queimando por trás da minha língua, e minha garganta contraiu enquanto eu abaixava o copo.

Eu me lembraria, mas não me preocuparia com isto. Já estava mais do que na hora de ter alguma diversão.

— Por que ela está pintando a parede às duas da manhã? — perguntou como se só agora estivesse se dando conta do que ela estava fazendo.

Apenas balancei a cabeça, olhando para ela, também sem fazer a menor ideia da razão. Talvez ela não tivesse conseguido dormir depois da aventura de Will e Damon, na porta ao lado.

Kai suspirou, olhando para Rika com um sorriso nos lábios.

— Ela envelheceu bem, não é? — A voz suave, porém com um leve toque ameaçador. — Pele linda, olhos e boca hipnotizantes, e aquele corpo firme...

Sim.

A mãe dela, metade holandesa e sul-africana, pode ter se casado para entrar em um mundo de dinheiro e poder, usando o rosto lindo e o corpo espetacular que conservavam apenas metade da beleza da filha. Rika podia até ter herdado o cabelo loiro e olhos azuis de sua mãe, os lábios cheios e o sorriso fascinante, mas o resto era todo dela mesma.

A pele bronzeada e brilhante, como se tivesse sido beijada pelo sol; as pernas fortes e tonificadas pelos anos de prática de esgrima; e o jeito tão sedutor e doce, mas com um leve toque de malícia, que ela tinha no olhar.

Como uma espécie de jovem vampira.

— Yo! — Will berrou do piso inferior. — Que porra vocês estão fazendo aí em cima? Vamos jogar!

CORRUPT

Kai sorriu, abaixando os braços e seguindo em direção à quadra.

No entanto, hesitei, ainda pensando a respeito do que ele havia alertado.

Ele estava certo. Damon e Will estavam mal-intencionados, prontos para cair para a matança. Mas e Kai? Até onde ele iria com ela?

Nós tínhamos regras, uma maneira de como isso deveria funcionar. Nós não a machucaríamos. Estávamos preparados para arruiná-la. Eu sabia que Damon e Will tentariam burlar aquelas regras, mas e Kai? Ele tomaria alguma providência e os controlaria, como sempre havia feito?

Ou ele os seguiria dessa vez?

— E quanto a você? — finalmente resolvi perguntar, fazendo-o parar. — A prisão mudou você?

Ele se virou, olhando diretamente para mim com uma tranquilidade assustadora.

— Acho que veremos...

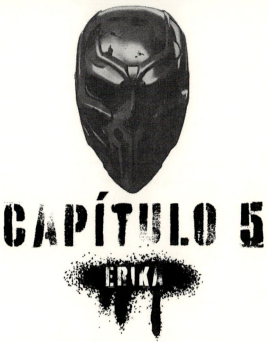

CAPÍTULO 5
ERIKA

Três anos atrás...

O CARRO FEZ A CURVA E FUI JOGADA PARA FRENTE E PARA TRÁS NO ASSOALHO DA SUV Classe G; o percurso migrando de suave a acidentado. O chão abaixo dos pneus, de repente, parecia triturado, e eu sabia que andávamos agora sobre cascalho.

O som dos carros explodia do lado de fora, e ouvi buzinas, alertando que o comboio estava logo atrás. Nós paramos, e antes que me desse conta do que estava acontecendo, a portas se abriram, o motor foi desligado, e os uivos encheram o ar à medida que os passageiros se juntaram aos outros do lado de fora.

Fiquei quieta, resistindo à urgência de espiar pela janela, e esperando que Michael não tivesse que abrir a porta do bagageiro para pegar nada. Em poucos minutos, o som das conversas e risos começou a se distanciar, até que desaparecessem por completo.

Devagar, ergui meu corpo, mantendo a cabeça ainda baixa enquanto olhava pela janela.

Vasculhando a área, vi as árvores altas da clareira onde todos tinham estacionado. Carros, caminhonetes e SUVs disputavam espaço, e, olhando com atenção, percebi que estávamos na floresta.

Por que diabos estávamos aqui?

No entanto, ao virar a cabeça, avistei a imensa estrutura de pedra à frente. Inclinei a cabeça para trás, observando as lanças envelhecidas da velha igreja apontando para cima por dentre os galhos desfolhados das árvores outonais; o prédio parecia destruído, inerte e silencioso naquele bosque.

A Catedral de St. Killian. Nunca estive aqui, mas a conhecia das fotos que saíam nos jornais ao longo dos anos. Era um ponto turístico antigo, datado de antes de 1700, quando Thunder Bay havia sido construída.

Em 1938, contudo, havia sofrido um dano estrutural por conta de um furacão, e foi fechada, sem nunca mais reabrir.

Todo mundo já devia estar lá dentro.

Arrisquei mais um olhar em volta, me assegurando de que não havia ninguém por ali, e rapidamente desci do banco na parte traseira, abrindo a porta e pulando para fora.

O ar fresco de outubro atingiu minhas pernas, e senti as folhas das árvores, caídas e quebradiças, roçando meus tornozelos. Estava usando minha saia da escola e sapatilhas, as pernas totalmente nuas, e arrepios percorreram todo o meu corpo.

Corri através da clareira, vendo as imensas portas de madeira da catedral, abertas, e dei a volta pelo canto, em direção à lateral. A grama estava tomada por ervas daninhas, e as pedras usadas na fundação do prédio estavam deslocadas ou quebradas, caídas ao longo das paredes da construção.

Música se derramava através das janelas com vidros quebrados; alcancei e agarrei a borda do parapeito de uma delas, e pisei em cima de um dos arcos de quase um metro de altura esculpidos na parede inferior da igreja. Arrastei-me até em cima para poder espiar dentro do prédio, e deixei escapar um sorrisinho.

Cacete.

Alto-falantes estavam posicionados ao redor da sala, com uma música altíssima, enquanto dois caras – um deles, Kai, sem camisa e sem a máscara – trocavam socos no meio de um espaço aberto, cercados por estudantes de ambos os sexos, que torciam pela briga dos dois.

A julgar pela tranquilidade da multidão, e pelo sorriso no rosto de Kai, enquanto ele socava seu oponente, acho que não era bem uma *briga*.

Era mais como um esporte.

Enquanto a música soava e os pequenos grupos de estudantes perambulavam por ali, conversando, rindo e bebendo de suas garrafas de cervejas, vi um grupo de pessoas desaparecendo por trás da sacristia e indo em direção às escadas que levavam ao piso inferior.

Prédios antigos como este possuíam porões? Ou – *não, pensei comigo mesma –*, a St. Killian possuía catacumbas. Eu já tinha ouvido a respeito.

Olhando de um lado ao outro, reparei no imenso espaço que havia acima, uma área cercada de balcões que contornavam o formato em semicírculo e davam de frente para o local onde uma vez deve ter sido o altar. A maioria dos bancos de madeira tinha sido afastada e empilhada ao redor do ambiente, enquanto o antigo candelabro de ferro fundido, com seus castiçais ornamentados, remanescente da época medieval, ainda permanecia pendurado acima da libertinagem profana de lutas e bebidas que acontecia ali.

Avistei Miles Anderson se agarrando com sua namorada em um dos bancos, e imediatamente abaixei a cabeça. Eu não gostava de nenhum dos dois, e não queria que me vissem.

— Você não deveria estar aqui.

Arregalei os olhos, sentindo medo na mesma hora, ao virar a cabeça para a direita.

Michael estava parado a alguns passos de distância, o queixo erguido, encarando-me através de sua máscara.

Agarrando o peitoril, senti o coração ratear.

— Eu... eu... — comecei a falar, mas me senti idiota demais para dizer qualquer coisa. Sabia que não deveria ter vindo. — Só... queria ver.

Ele inclinou a cabeça, mas mesmo assim eu não fazia a menor ideia do que poderia estar pensando. Eu queria que ele tirasse aquela maldita máscara.

Contive o fôlego, vendo-o subir por trás de mim, agarrando os parapeitos ao meu lado, e colocando seus pés calçados em botas pretas nos dois arcos à minha esquerda e direita.

O que ele estava fazendo?

O calor do seu corpo cobriu minhas costas, e corajosamente ergui o olhar, vendo-o observar o mesmo que eu, através da janela quebrada.

Engolindo o nó na garganta, finalmente disse:

— Se você quiser que eu vá embora...

— Eu disse isso?

Fechei a boca, observando seus dedos apertarem com mais firmeza ao redor do gargalo da cerveja japonesa em sua mão. Michael possuía mãos grandes, como a maioria dos jogadores de basquete, mas elas não eram nada, comparadas à sua altura. Ele era pelo menos uns trinta centímetros mais alto que eu, e estava torcendo para que tivesse parado de crescer. Eu já tinha que olhar muito para cima para poder vê-lo.

Por um instante, fechei os olhos, sentindo o desejo desesperado de me recostar e descansar contra ele, mas me contive. Ao invés disso, cravei as

CORRUPT

unhas na pedra, obrigando-me a olhar para frente, e vendo Kai jogar o outro cara no chão; ambos agora lutando em uma espécie de combate MMA no piso de concreto.

Michael ergueu a cerveja até seus lábios, e deve ter levantado a máscara para cima, porque o ouvi engolir um pouco da bebida. Até que minhas sobrancelhas se arquearam, quando o vi colocar a garrafa à frente do meu peito.

Confusa, hesitei por um momento antes de pegar a bebida, mantendo um sorriso escondido enquanto levava a garrafa à boca e tomava um gole. Segurei contra os meus lábios, sentindo o gosto amargo em minha língua até engolir.

Quando tentei lhe devolver a garrafa, ele acenou, em rejeição. Relaxei, bebendo mais um pouquinho, satisfeita por ele não ter me chutado dali para fora. Ainda.

— Aquelas portas dão nas catacumbas, não é? — perguntei, mostrando os alunos que entravam por trás da sacristia escura.

Segurei a garrafa contra meu peito, virando a cabeça para olhar para cima, para Michael.

Ele assentiu.

Virei o rosto de volta, vendo dois caras e duas garotas desaparecerem por lá.

— O que eles estão indo fazer lá?

— Estão indo atrás de outros tipos de diversão.

Cerrei a mandíbula, frustrada com a resposta breve e enigmática. Eu queria ir lá dentro.

Mas então o ouvi expirar uma pequena e silenciosa risada, e senti a máscara roçar minha orelha, quando ele sussurrou em um tom de voz rouco:

— Ninguém conhece você, não é mesmo?

Franzi o cenho, tentando entender o que ele queria dizer com aquilo. Ele retirou a garrafa da minha mão e a colocou no peitoril da janela.

— Você é uma boa garota, não é, Rika? Boa garota para a mamãe, boa garota para os professores... — Ele fez uma pausa, antes de continuar: — Uma boa garota do lado de fora, mas ninguém sabe quem você é de verdade do lado de dentro, não é?

Cerrei os dentes, olhando para o vazio à frente.

O lábio quente aterrissou no meu pescoço, quando ele disse:

— Eu sei o que você quer, Rika — murmurou. — Sei que gosta de me observar. Garotinhas de escola não deveriam ser tão safadas.

Meus olhos se arregalaram, e inspirei, saindo de dentro do casulo de seus braços, pulando para o chão.

Embaraço aqueceu meu rosto enquanto eu disparava pelo estacionamento, mas uma mão, de repente, agarrou a minha, e fui puxada de volta em direção oposta.

— Michael — engasguei, sentindo o medo fechar minha garganta. — Me solta.

Ele deu um passo para mais perto.

— Como você sabe que eu sou o Michael?

Pisquei, baixando a cabeça, incapaz de olhar para ele. Meus olhos focaram em nossas mãos juntas. Minha pele queimava, e eu não tinha certeza se estava pegando fogo ou congelando.

Engoli em seco, antes de dizer:

— Sinto como se fosse você.

Mas ele se inclinou, fazendo com que o ritmo violento do meu coração batesse ainda mais acelerado, e sussurrou:

— Você não tem como saber isso.

Então esticou o braço e segurou a gravata do meu uniforme, puxando meu corpo contra o dele, enquanto afrouxava rudemente e retirava a peça por cima da minha cabeça.

— O que você está fazendo? — ofeguei.

No entanto, ele não me respondeu.

Estreitei os olhos quando o vi afastar a gravata e dar a volta pelo meu corpo, me vendando.

Abaixei o tecido e me virei para olhar para ele.

— Por quê?

Por que eu precisava de uma venda?

— Porque verá mais com os olhos fechados — respondeu.

E permaneci quieta, enquanto ele ajeitava a gravata sobre meus olhos, seus dedos tocando meu cabelo.

Ele largou o tecido, mas ainda podia senti-lo às minhas costas, e me balancei um pouquinho, sentindo meu equilíbrio se alterar. Quase sorri ante a sensação de excitação.

— Michael? — chamei-o, suavemente.

No entanto, ele se manteve calado.

Minha respiração acelerou, e me senti sobrecarregada com as sensações. O cheiro de abetos e bordos vermelhos se misturou à maresia e às folhas secas que flutuavam com a brisa suave que esfriava minhas bochechas.

Meus mamilos endureceram, e cada pelo da minha nuca se eriçou. O que ele estava fazendo?

CORRUPT

— Michael? — eu disse, baixinho. Já estava começando a me sentir uma idiota.

Mas ele ainda nada dizia.

Meu coração começou a trovejar, e apertei a bainha da minha saia, lutando contra o calor entre as coxas.

Engoli em seco, virando-me devagar, estendi as mãos e deparei ainda com seu corpo. Plantando as palmas em seu peito forte, eu o empurrei.

— Você não consegue me assustar! — declarei.

Ele agarrou minhas mãos e as afastou de seu peito.

— Eu já estou fazendo isso.

Dando a volta pelo meu corpo, começou a me puxar atrás dele. Corri, e em alguns passos postei-me ao seu lado; agarrei seu braço, tentando não tropeçar enquanto passávamos pelas ervas daninhas, pedras e o terreno acidentado.

Apertei os dedos ao redor de sua mão, a pele áspera da palma parecendo tão gostosa. Como seria sentir aquelas mãos pelo resto do meu corpo?

— Aqui tem degraus — ele avisou, interrompendo meus pensamentos. Diminuí o passo, pisando devagar, testando o solo. — Venha logo — rosnou, guiando o caminho.

Eu o segui, andando devagar ao perceber que o chão estava cheio de escombros.

Vozes masculinas e gritos chegaram até mim do lado esquerdo, e os ouvi rindo e aplaudindo. Grunhidos e gemidos vieram a seguir, e deduzi que a luta ainda devia estar em andamento.

Segui Michael, ainda agarrada a ele, mas ergui a mão livre para tocar a venda sobre meus olhos. Não gostava de ter sido privada da minha visão, sem saber ou não se alguém estava vindo na minha direção. Eu podia sentir como se estivessem me encarando.

— Por que não me deixa ver? — perguntei, ao parar de repente ao lado dele.

— Isso seria mais excitante para você?

Girei a cabeça em direção ao som de sua voz, mesmo que não pudesse vê-lo.

— Me levar vendada está sendo mais excitante para você?

Mas então olhei para frente, de novo, espantada com minha própria petulância. Sempre fiquei nervosa perto de Michael, e eu estava chocada – talvez um pouco orgulhosa –, de como aquilo tinha saído da minha boca com tanta facilidade.

Ouvi um par de inspirações rápidas vindas dele, e achei que talvez ele estivesse rindo, embora não pudesse ter certeza.

— Quero que faça uma coisa para mim. — Ele soltou minha mão e senti quando roçou meu ombro ao se posicionar logo atrás do meu corpo. — Quero que mantenha a venda e não a retire. Eu volto já.

— Volta já? O quê? — Franzi as sobrancelhas, sentindo calafrios subindo pelas minhas pernas e a ansiedade se formando.

Estremeci quando senti sua mão tocar o meio das minhas costas, e o hálito aquecer minha têmpora.

— Mostre-me do que você é capaz...

E então ele me empurrou.

Ofeguei, tropeçando para frente, minhas sapatilhas triturando o chão de pedras sujo e empoeirado; estendi os braços à frente, tentando me equilibrar para não me esborrachar.

— O qu... — engasguei. — Michael? — chamei, virando a cabeça de um lado ao outro.

Onde diabos ele estava? Levantei a mão e toquei a venda. Foda-se.

No entanto, fiquei imóvel, suas palavras ecoando na minha cabeça. *Mostre-me do que você é capaz...*

Ele estava me testando. Ou brincando comigo. Inspirei profundamente, enrijecendo as costas.

Eu poderia esperar um pouco mais. *Você está bem. Você pode fazer isso.* Não desistiria ainda.

Os rosnados e grunhidos da briga estavam a apenas alguns metros de distância, e eu podia ouvir as pessoas rindo e conversando. Não tinha certeza se o foco da atenção era eu ou a luta, mas senti o rosto esquentar, tamanho meu embaraço. Queria me esconder. Era como se milhares de olhos estivessem voltados para mim, observando cada movimento meu.

Meu lábio inferior começou a tremer, e estendi os braços, sentindo a respiração acelerar a mil por hora, enquanto tentava descobrir se havia alguém por perto. Eu me sentia exposta, e não gostava nem um pouco disso.

Dei alguns passos, tocando nada mais além do ar pelo caminho.

— Michael? — chamei-o outra vez. Eu queria gritar, mas reprimi essa vontade.

— Ah, porra! — alguém gritou, e percebi que provinha da luta que acontecia.

Ouvi o som da briga e de socos lançados, até que a gritaria daqueles que torciam ecoou pelo amplo espaço acima.

CORRUPT

— Wooo! — um cara bradou, seguido das risadas de outras pessoas.

Duas garotas riram não muito longe de onde eu estava, e prendi o fôlego, ao perceber que alguém se aproximava.

— Não faço ideia do que estão planejando fazer com você, querida — uma voz feminina provocou —, mas estou com inveja.

Outra garota riu, e fechei a cara, por baixo da venda, sentindo a raiva aquecer minha pele.

Ajeitei a postura e toquei o tecido que cobria meus olhos, outra vez, querendo apenas me livrar daquilo.

Porém apenas segurei a venda, ainda resistindo. Se eu a retirasse, ele venceria. Michael a teria mantido, porque ele não se importava. Quem está olhando para mim? Estão cochichando a meu respeito? Estão rindo de mim? Michael não teria se importado.

Eu podia fazer isso.

Abaixei as mãos e endireitei os ombros, sentindo a pulsação acelerar no meu pescoço.

Não havia nada de errado. Estava com vergonha, insegura e desconfortável, mas tudo isso se encontrava na minha mente.

Até que alguém esbarrou no meu ombro, e fiquei tensa, sentindo uma mão apertar minha bunda.

— Humm, eu te conheço — a voz masculina disse. — Rika Fane, a namorada do Trevor, certo?

Não. Errado. Pensei de imediato.

Então congelei ao reconhecer o tom ameaçador que sempre vinha carregado de duplo sentido, não importava o que ele dissesse.

Damon.

— O que está fazendo aqui sem o seu homem? — provocou. — E ainda toda amarradinha desse jeito?

Um arrepio percorreu a pele dos meus braços, e tudo o que eu mais queria era arrancar aquela venda. Não gostava de Damon olhando para mim, ainda mais quando eu não podia ver nada.

Não me sentia segura ao lado dele.

Engoli o nó na garganta, contendo um gemido de irritação.

— Trevor não é meu namorado.

— Que pena. Gosto de brincar com porcarias que não são minhas.

Ele arrastou um dedo pelo meu lábio inferior, mas afastei a cabeça na mesma hora.

— Pare com isso — exigi.

Mas então ele enlaçou minha nuca com a mão, e me puxou contra ele.

— Você dorme na casa dos Crist de vez em quando, não é? — gemeu baixo, o hálito diretamente sobre meus lábios. — Você tem seu próprio quarto lá?

Apoiei as mãos contra seu peito e tentei empurrá-lo para longe de mim, mas o aperto firme em meu quadril, com a outra mão, me manteve no lugar.

— Damon! — Ouvi um grito por trás dele. — Dá o fora e deixe ela em paz!

Não era voz de Michael.

Damon suspirou e o desafiou em um tom de voz entediado:

— Eu pego aquilo que quero, na hora que estou a fim, Kai. Não estamos no ensino médio mais.

Rangi os dentes, lutando para sair de seu agarre, mas seus braços me enlaçaram como uma barra de ferro. Ele sussurrou acima do meu ouvido:

— O que acha de eu visitar seu quarto esta noite, hein? — Suas mãos desceram até agarrar minha bunda, e me debati, inquieta, tentando me livrar, mas ele era muito forte. — Você vai abrir a porta para mim? — sussurrou contra meus lábios. — Vai abrir outras coisas para mim?

Então colocou a mão entre nós, deslizando por entre as minhas pernas, me acariciando por cima da saia. Deixei um grito escapar, mas ele me impediu, ao cobrir minha boca com a dele. Não conseguia respirar enquanto me remexia e tentava gritar, o som abafado pelos seus lábios.

Michael, onde você está, droga?

Esmurrei seu peito e agarrei seu lábio inferior entre meus dentes, mordendo com toda a força até que ele me soltou e deu um pulo para trás.

— Porra! — gritou. Respirei asperamente, com as mãos estendidas à frente, sem saber onde ele estava e se voltaria a me atacar.

Senti o ar se agitar levemente, como se mais alguém tivesse acabado de chegar por ali.

— Eu disse para você sair fora! — Kai gritou, e parecia que ele estava à minha frente.

— Ela me mordeu! — Damon disse, enfurecido.

— Então você recebeu menos do que mereceu! — Kai gritou de volta. — Vá lá para baixo e esfrie a cabeça. Esta vai ser uma noite longa pra caralho.

Estendi a mão, agarrando a venda e querendo ver alguma coisa, mas, ao invés disso, desisti. Curvei as mãos em punhos, irritada.

CORRUPT

— Você está bem, Rika? — Kai perguntou.

Eu tentava respirar com mais calma, meu corpo oscilando da mesma forma que minha mente enevoada.

Eu o mordi. De repente, eu queria rir. Minhas mãos formigaram e me endireitei, sentindo-me fortalecida.

— Eu queria poder dizer que ele só ladra, mas não morde, no entanto... — Kai disse, deixando que eu deduzisse o resto.

Sim. Nós dois sabíamos que aquilo não era verdade.

Inspirei profundamente, sentindo o cheiro de sabonete e suor do seu corpo me atingir.

— Estou bem — respondi. — Obrigada.

Afastei-me e me virei para a direita, cansada de ficar parada ali como um alvo.

— Aonde você vai?

— Para as catacumbas — respondi.

— Você não pode ir lá.

Franzi os lábios, virando a cabeça na direção de sua voz.

— Não sou criança. Você entendeu?

— Sim, entendi. — A voz profunda parecia divertida. — Mas está indo na direção errada.

Respirei fundo quando ele segurou meus ombros e me virou mais à direita.

— Ah... — murmurei, sentindo meu rosto ficar vermelho. — Okay. Obrigada.

— De nada, criança — ele disse em uma voz rouca, como se estivesse contendo uma risada.

Estendi as mãos um pouco, ainda me recusando a deixar Michael ganhar aquela disputa, ao retirar a venda, enquanto dava passos hesitantes à frente. Mas parei e virei a cabeça outra vez.

— Você sabe meu nome — afirmei, lembrando-me de tê-lo ouvido dizer claramente. Na verdade, Damon também havia se dirigido a mim como Rika.

— Sim. — Kai chegou mais próximo às minhas costas. — Por que não saberia?

Por que ele não saberia?

Por que ele *saberia*? Nunca conversei com esses caras. Fazia até sentido que Michael soubesse um pouco de mim, já que eu passava bastante tempo em sua casa, mas tinha certeza de que os outros nunca sequer notaram minha presença.

— Você pratica esgrima — Kai disse —, é a herdeira de uma fortuna em diamantes, e esteve presente na lista de honra desde o nascimento.

Sorri para mim mesma, achando o sarcasmo em sua voz muito mais fácil de lidar do que as mãos de Damon.

— E — ele continuou, atrás de mim, em um tom baixo de voz: — Você usou um biquíni preto fantástico no churrasco de Quatro de Julho do verão passado. Olhei para você mais do que deveria.

Meu rosto esquentou na mesma hora. O que ele havia acabado de dizer?

Kai Mori era tão lindo quanto Michael, e igualmente requisitado pelas mulheres. Ele poderia ter qualquer uma. Por que teria me dado um segundo olhar?

Não que tenha desejado que fizesse isso. Afinal de contas, ele não era o Michael.

— Michael não deveria tê-la deixado entrar aqui — Kai avisou. — E acho que você não deveria ir lá embaixo.

Senti um sorriso repuxar meus lábios.

— Eu sei. Isso é exatamente o que todo mundo me diria. — Eu me virei, acrescentando em um tom de voz baixo: — Menos o Michael.

Estendi as mãos à frente do corpo, esticando os dedos e pisando devagar, passo a passo, para seguir em direção ao zumbido maçante da música e dos grunhidos que vinham do piso inferior.

Eu não deveria descer lá embaixo sozinha.

Kai havia mandado Damon exatamente para lá, e mesmo que soubesse que ele não tentaria nada outra vez, ainda me sentia insegura perto dele.

Michael disse para eu esperar – ele me levaria lá embaixo –, mas...

Alguma coisa dentro de mim odiava estar à mercê de alguém. Não queria ir atrás dele, nem esperar por ninguém, e não queria ficar apenas imaginando coisas. Tudo aquilo me fazia sentir desconfortável, como se alguém estivesse tentando me conduzir pelo cabresto, e eu não gostava de ser manipulada.

Era aquilo que eu admirava nos Quatro Cavaleiros. Eles estavam sempre no controle e sempre à vista de tudo e de todos.

Por que esperar por Michael quando eu podia fazer isso por conta própria?

Um vento frio atingiu minhas pernas desnudas, e inspirei o cheiro de terra, umidade e madeira velha flutuando no ar, através das portas das catacumbas. Eu estava perto.

CORRUPT

Mas então alguém agarrou uma das minhas mãos estendidas e perdi o fôlego, dando de encontro a um peito duro; meus dedos seguraram com força o moletom de algodão.

— Michael? — Movimentei as mãos, percebendo que seus ombros estavam ao alcance do topo da minha cabeça. — Você esteve aí o tempo todo?

No entanto, ele permaneceu em silêncio.

Respirei com dificuldade, em um ritmo acelerado, tentando acalmar meus batimentos. O comprimento das coxas e tronco dele estavam em contato direto com cada centímetro do meu. Senti minha pele esquentar.

Dei um passo para trás.

— Por que você fez isso? — perguntei. — Se esteve aqui o tempo todo, por que deixou Damon me tratar daquela maneira?

— Por que simplesmente não retirou a venda e fugiu?

Enrijeci a postura na mesma hora. Era aquilo o que ele estava esperando? Que eu desistisse e fugisse? Por que ele estava me testando?

Não importava. Como ele pôde ficar ali – ver o que estava acontecendo – e não intervir? Foi Kai quem fez isso, e pensei que Michael...

Abaixei a cabeça, com medo de que ele pudesse ver meu rosto queimando de embaraço. Acho que o superestimei mais do que deveria.

Ergui o queixo outra vez, tentando não demonstrar emoção alguma na minha voz.

— Você não deveria ter concordado com aquilo.

— Por quê? — retrucou. — Quem é você para mim?

Cerrei os punhos aos lados.

— Seja forte — cuspiu em um sussurro, seu hálito tocando minhas bochechas. — Você não é uma vítima, e não sou seu salvador. Você lidou bem com a situação. Fim de papo.

Qual era a porra do problema dele? O que ele queria de mim? Achei que ele demonstraria alguma preocupação. *Jesus.*

Todos os homens da minha vida – meu pai, Noah, o Sr. Crist, e até mesmo Trevor – pairavam sobre mim como se eu fosse um bebê aprendendo a andar. Nunca liguei muito para esse tipo de cuidado, e cheguei até mesmo a achar sufocante, às vezes, mas com Michael... eu não me importaria. Talvez até gostasse. Ao menos uma vez.

Ele colocou um dedo abaixo do meu queixo, erguendo minha cabeça à medida que sua voz suavizava.

— Você foi muito bem. Como se sentiu ao revidar?

Notei o tom divertido em sua voz e me agitei.

Michael estava certo. Eu não era uma vítima, e mesmo que o mais remoto pensamento de ele aparecer para me salvar pudesse indicar o que sentia por mim – se é que sentia algo –, o fato é que nunca quis ser alguém que não pudesse lutar suas próprias batalhas.

Porra, sim, eu me senti muito bem.

Percebi que ele se afastava, mas seus dedos deslizaram por entre os meus.

— Então você quer ir lá embaixo? — perguntou em um tom de voz baixo.

Um sorriso quis se formar em meus lábios, apesar do meu nervosismo.

Deixei que guiasse o caminho ao seguirmos na mesma direção que Kai indicou. Uivos ecoavam das profundezas, e meu peito se apertou em antecipação.

Qualquer fagulha de luz ou claridade que eu podia enxergar pelos cantos da venda desapareceram e tudo ficou às escuras, assim como o ar se tornou mais gélido, espesso, tomado pelo cheiro de terra e água, como uma caverna.

— Cuidado com os degraus — alertou.

Diminuí meus passos no mesmo instante.

— Será que posso retirar a venda?

— Não.

Tentei abafar a raiva que começou a fervilhar por dentro e estiquei a outra mão, sentindo a aspereza da parede esburacada de pedras à direita. Michael diminuiu o passo, permitindo que eu descesse lentamente a escada em espiral.

As partículas de sujeira rangiam sob minhas sapatilhas, e um arrepio subiu pelas minhas coxas, um lembrete de que estava me enfiando cada vez mais no frio e escuridão...

E de que não fazia ideia do que havia ao redor.

Não sabia quem estava aqui embaixo, o que estavam fazendo, e dependendo da profundidade aonde estava indo naquele labirinto, temia não ser capaz de encontrar meu caminho de volta.

Michael deixou bem claro que, por mais que estivesse segurando minha mão neste instante, ele não me daria cobertura. Então por que nada daquilo me fazia querer parar?

Dei mais passos cautelosos a cada degrau, descendo mais fundo e mais fundo, sentindo as paredes se afunilando ao meu redor. Inspirei profundamente, o ar rarefeito abaixo da superfície cobrindo sobre minha pele como um cobertor pesado.

Michael deu mais um passo e segui logo atrás, postando-me ao lado dele assim que parou.

CORRUPT

A música *Love the Way You Hate Me*, do Like a Storm, preenchia o ambiente, e deduzi que alto-falantes deviam estar espalhados por todos os túneis.

Então um grito ecoou, e virei a cabeça à direita, ouvindo o gemido agudo chegar até onde eu estava.

Sussurros pareciam se espalhar pelas paredes, grunhidos e ofegos flutuando ao meu redor; virei a cabeça para o outro lado, ouvindo gritos e assovios à esquerda.

Deslizei um pé à frente, sentindo terra ao invés de pedras sob meus pés. Tentei focar em qualquer som que pudesse compreender.

O gemido de uma mulher ecoou pelo túnel, reverberando pelas paredes, e lambi meus lábios, sentindo a respiração acelerar.

Outros tipos de diversão.

Michael agarrou minha mão outra vez, fazendo minha pele formigar.

— Até onde você quer ir? — Sua voz estava rouca e grossa.

A garota gritou de novo, parecendo estar delirando de euforia, e risadas e gemidos seguiram na sequência.

Esfreguei a palma da mão contra a coxa, para cima e para baixo, tentando me distrair do calor que crescia entre minhas pernas. Meu Deus, o que estava acontecendo com ela?

Soltei a mão de Michael. *Até onde você quer ir?*

Ergui os braços e tentei seguir em direção aos ruídos, balançando a cabeça sem saber se deveria ir em frente ou não.

Eu sabia, através de fotos e registros, que as catacumbas eram compostas por um pequeno aglomerado de túneis e sepulcros, ou aposentos, logo abaixo da igreja, e não esperaria por um convite dele ou sua permissão. Ele me trouxe aqui embaixo, queria brincar com a minha mente, mas eu não estava mais brincando. Eu faria por mim mesma.

E finalmente ele pareceu perceber isso. Michael enganchou uma mão no meu cotovelo e me puxou contra ele. Ofeguei quando perdi o equilíbrio.

— Você fica comigo aqui embaixo, entendeu?

Fiquei quieta e em silêncio enquanto engolia o nó na garganta. De repente, ele parecia mais protetor do que esteve no piso superior. Por quê?

Pegando minha mão, puxou-me com gentileza pelo túnel. Um arrepio subiu pelas minhas pernas, mas meu pescoço e rosto estavam em chamas à medida que os gemidos e vozes masculinas se tornavam mais altos e mais próximos.

Michael fez uma volta, levando-me com ele por um canto – ou uma porta, eu não tinha certeza –, e diminuiu os passos, quando o ar, subitamente, mudou para o cheiro de suor, fome e homens. Meu coração pulou no meu peito com tanta força que chegou a incomodar, e não consegui acalmar a respiração.

Os gemidos de uma garota jovem, bem como os ofegos de prazer permeavam o ar, e, no mesmo instante, toquei a venda que recobria meus olhos; a urgência em afastá-la se tornando mais forte.

No entanto, me contive. Não queria dar uma desculpa a ele para me enviar de volta lá para cima.

Abaixei a mão e deixei que Michael me guiasse cada vez para mais longe no quarto. Pelo menos eu achava que se tratava de um quarto. Ele parou, ambos como se estivéssemos em frente à fonte dos ruídos, e meu rosto aqueceu tamanho o embaraço. Virei a cabeça, e senti a manga de seu moletom tocar a ponta do meu nariz.

— Ah, meu Deus... — um cara gemeu. — Porra, como ela é gostosa. Você gosta disso, não é, querida?

Ouvi a risada sexy e lasciva enquanto ela ofegava, e senti o frio na barriga, ciente dos sons de aprovação e risadas ao redor do quarto.

De todos os homens. *Oh, meu Deus.*

Abri a boca em choque, falando baixinho com Michael:

— Eles a estão machucando? — perguntei, sabendo que ele podia ver tudo.

— Não.

Lambi os lábios, escutando gemidos e beijos, ofegos e grunhidos. Ela era a única garota aqui?

Encarei o barulho outra vez.

— Eles estão...? — prossegui, sem saber como perguntar o que eu queria.

— Eles estão o quê? — A voz baixa e rouca de Michael debochou.

Abri e fechei a boca, odiando o divertimento que pude perceber em seu tom. Ele estava rindo de mim.

Pigarreei.

— Eles estão... — tentei mais uma vez. — Estão fodendo?

Eu raramente usava essa palavra, mas pareceu bastante apropriada.

O som de pele batendo contra pele, forte e rápido, preencheu o ambiente, com os gemidos da garota sincronizando com o ritmo, e cerrei os dentes para conter o gemido em minha própria garganta, sentindo o calor aumentar entre minhas pernas.

— Michael? — chamei quando ele não me respondeu.

CORRUPT

Ainda assim ele não disse nada. Um calor incandescente caiu sobre o lado esquerdo da minha bochecha, e virei o rosto de frente para ele.

— Você está me encarando? — sussurrei.

— Sim.

Minha respiração se tornou superficial, e ajeitei a mão contra a dele, sem saber se o suor que podia sentir era meu ou dele.

— Por quê? — perguntei.

Ele hesitou por um momento antes de responder:

— Você me surpreendeu — disse, baixinho. — Você usa a palavra "foder" com frequência?

Meus ombros cederam. Será que havia sido muito rude?

— Não — admiti, olhando para longe. — Eu...

— Ela cai bem em você, Rika — interrompeu-me, deixando-me à vontade. — Use-a mais vezes.

Emoção correu pela minha pele, e não sabia se atenderia ao seu pedido, mas sorri de todo jeito. E não estava nem aí se ele podia ver meu sorriso.

Os homens na sala começaram a rugir, e eu não tinha certeza do que estava acontecendo, mas eles pareciam cada vez mais excitados.

— Eles estão, não é? — perguntei outra vez, mas realmente não havia necessidade de Michael confirmar.

Se os gemidos e palavras sacanas não fossem o suficiente para indicar, não dava para se enganar com o prazer escaldante em cada sussurro e nos gemidos que podiam ser ouvidos na voz dela, sincronizados ao ritmo, cada vez mais rápido e alto à medida que o calor vibrava entre os espectadores ao redor. Eu só podia imaginar o que devia estar acontecendo a ela.

— Por que as pessoas os estão assistindo? — quis saber.

— Pela mesma razão que você quer — retrucou. — Isso nos deixa excitados.

Parei por um instante, pensando no que ele havia dito. Será que eu queria assistir?

Não.

Não, eu não queria ver a garota exposta para todos que quisessem olhar. Não queria ver todos aqueles caras – e algumas meninas, pelas vozes ouvidas –, observando algo que deveria ser privado. E não, eu não queria saber quem era ela ou o cara com quem estava fodendo, para que não tivesse que me lembrar de tudo o que vi quando esbarrasse com um dos dois pelos corredores da escola.

Mas...

— Porra — ela sussurrou, parecendo estar desesperada e chapada. — Oh, Deus... mais duro!

Mas talvez Michael tivesse um pouco de razão. Talvez eu quisesse ver a expressão do rosto dela e o que devia estar sentindo durante o ato. Talvez quisesse ver os homens a observando, porque queria saber o que os deixava excitados; ver a luxúria em seus olhos, e perceber essa intensidade ao olhar para eles.

E talvez quisesse ver Michael a observando. Para descobrir se havia necessidade e fome em seu olhar, e quão intenso seria se fosse *eu* aquela mulher, e tivesse seus olhos em mim daquela forma.

Eu queria ser fodida na frente de uma sala cheia de gente? Não. Nem agora nem nunca.

Mas queria tirar a venda e ver um pouco daquilo para experimentar. Para viver através dela e imaginar o que ela devia estar sentindo.

E imaginar que eram as mãos de Michael sobre o meu corpo.

A pulsação no meu clitóris começou a latejar, e mordi meu lábio inferior, tentando resistir à urgência de me recostar contra ele.

— Sexo é uma necessidade inútil, Rika — Michael disse bem baixinho ao meu lado. — Você sabe o que isso significa?

Balancei a cabeça, em negativa, muito cansada para fazer outra coisa.

— Nós não precisamos de sexo para sobreviver, mas precisamos dele para viver — explicou. — É uma experiência... e uma das poucas coisas na vida onde os cinco sentidos se encontram em auge absoluto.

Senti quando ele roçou meu braço e soube que se moveu para se postar atrás de mim, o calor de seu peito cobrindo minhas costas.

— Eles a veem — sussurrou no meu ouvido, ainda sem me tocar. — Aquele corpo bonito, se movendo, gemendo abaixo dele enquanto ele a fode.

Respirei com dificuldade, fechando meus punhos ao redor da barra da minha saia.

— Eles escutam os gemidos dela — continuou —, e é como música, porque mostra que ela está adorando cada coisa que está acontecendo neste exato momento. Ele pode sentir o cheiro de sua pele, sentir o suor de seu corpo, o gosto de sua boca...

Inclinando-se contra minhas costas, ele pressionou o peito contra mim, mas ainda não era capaz de sentir suas mãos. Fechei os olhos com força por trás da venda. *Toque-me.*

CORRUPT

— É um banquete para o corpo dele — a voz sensual de Michael soprou contra meu ouvido —, e é por esta razão que o sexo, assim como o dinheiro, rege o mundo, Rika. É por isso que eles estão assistindo. É por isso que você quer assistir. Nada se compara a ter alguém possuindo você dessa forma, mesmo que seja apenas por uma hora.

Devagar virei a cabeça, falando diretamente com ele:

— E o que você diz sobre o amor? — desafiei. — Não é melhor do que sexo?

— Você já fez sexo alguma vez?

— Você já se apaixonou alguma vez? — retruquei de volta.

Ele permaneceu em silêncio, e fiquei pensando se estava brincando com a minha mente de novo, ou não queria me dizer que sim. Preferi ignorar a última alternativa, escolhendo acreditar na primeira. Por favor, me diga que nunca se apaixonou por ninguém antes. Ou pior, esteja apaixonado por alguém agora.

Pude senti-lo se mover para ficar ao meu lado, e arrepios percorreram minha pele com a perda do calor de seu corpo.

— Ela não está preocupada que alguém descubra? — perguntei baixinho. — Tipo, na escola?

— Você acha que ela deveria?

Bem, eu estaria preocupada. Posso ser inexperiente, mas não significava que era inocente. Coisas feitas tarde da noite, atrás de portas fechadas, ou no calor do momento pareciam bem diferentes pela manhã, à exposição, e com a mente clara. Sim, há coisas que queremos, impulsos que sentimos, mas agir baseado nestes desejos pode trazer consequências que muitas vezes não queremos encarar. E talvez sejam consequências que não deveríamos ter que aceitar, mas elas existiam de qualquer maneira.

A garota, seja lá quem fosse, estava agindo de acordo com suas próprias regras, mas ela sofreria como todos os outros.

O que era um saco.

Talvez fosse isso o que Michael quisesse que eu *visse*. Aqui embaixo, no escuro, em uma tumba subterrânea, tive um gostinho de uma realidade diferente. Uma onde as únicas coisas tabus eram as regras, e ver tudo que as pessoas ousavam fazer em um ambiente onde tivessem liberdade.

Ergui a mão e deslizei os dedos por baixo da gravata que cobria meus olhos, pronta para arrancar fora, mas ele segurou minha mão, afastando-a do meu rosto.

Virei a cabeça para o lado, falando diretamente para ele:

— Eu quero ver.

— Não.

Suspirei com raiva e virei o rosto para frente de novo, ouvindo os gemidos e ofegos da garota ficarem cada vez mais rápidos e altos.

— Você acha que sou nova demais — afirmei, inclinando a cabeça para o lado onde ele estava. — Mas não sou.

— Eu disse isso? — ele cortou, em um tom subitamente áspero. — Você fica colocando palavras na minha boca.

— Então por que me deixou vir aqui embaixo?

Ele fez uma pausa, e depois respondeu em um tom de voz neutro:

— Quem sou eu para impedi-la de alguma coisa?

Puxei o ar, irritada, sentindo a raiva penetrar cada músculo do meu corpo.

— Estou cansada das suas respostas vagas — resmunguei. — Por que você me deixou descer aqui?

O que ele queria comigo? Por que esfregar na minha cara que eu poderia fazer o que quisesse e lidar com qualquer problema, por conta própria, e ainda assim me manter cativa, ainda restrita em uma coleira?

Ele ao menos sabia o que estava fazendo?

Foda-se. Eu não precisava da permissão dele.

Arranquei a venda que cobria meus olhos. Mas ao invés de conferir o que se passava ao redor da sala e estava exposto a todos, como era minha intenção inicial, eu me virei e fiquei de frente a ele, olhando para cima.

Seus olhos da cor de mel, a única coisa visível através de sua máscara vermelha que sempre fazia meu coração bater acelerado de medo, estavam fixos aos meus, sem piscar ou demonstrar qualquer reação.

— Por que me trouxe aqui embaixo? — insisti, buscando qualquer sinal de emoção em seu olhar. — Você achou que seria engraçado? Se divertiu ao ver quão longe poderia me pressionar antes que eu fugisse?

Mas ele apenas permaneceu lá, imóvel. Não falava nada, não se movia, e nem ao menos parecia estar respirando. Ele era uma máquina.

Balancei a cabeça, sentindo uma pontada de dor logo atrás dos meus olhos. Depois de anos esperando que ele olhasse para mim – e finalmente me enxergasse –, ele me deu um pouquinho de atenção, e agora agia como se eu fosse um vazio parado à sua frente. Eu era transparente e irrelevante. Não sabia o que estava se passando na cabeça dele, e finalmente percebi que nunca saberia.

CORRUPT

— Eu mesma vou encontrar a saída — eu disse, virando-me para sair em direção à porta, antes que ele pudesse ver meus lábios tremendo.

Mas então ele agarrou meu cotovelo e me puxou de volta, fazendo-me ofegar quando minhas costas se chocaram contra seu peito forte.

— Não vá. — A voz dele parecia vacilante.

Lágrimas saltaram dos meus olhos, e ele enlaçou um braço ao redor da minha cintura, mantendo-me colada ao seu corpo à medida que caminhava para trás, arrastando-me junto, para a direita, em direção a outro quarto escuro, dessa vez, vazio.

Meus olhos desviaram para todos os lados, mas eu não conseguia enxergar quase nada; a única luz provinha dos candelabros do outro quarto.

— Michael, pare — ofeguei. Tudo estava acontecendo muito rápido. Que diabos ele estava fazendo?

Ele caminhou pelo aposento, e tentei fincar os pés no chão para impedi-lo de continuar me empurrando, mas era tarde demais. Fui imprensada contra a parede, meu peito dando de encontro à pedra, e imediatamente senti algo bater contra meu tornozelo. Olhei para baixo e vi a máscara vermelha caída no chão, enquanto ele cobria minhas costas com seu corpo.

Abri a boca para protestar, mas congelei, sentindo o braço forte apertar ao redor da minha cintura, e o hálito quente tocar minha nuca, bem acima da minha cicatriz. Parei de respirar, fechando os olhos à medida que minha pele queimava e minha cabeça se afogava com o prazer. O rosto dele e seus lábios se aninharam contra minha pele enquanto ele me mantinha enjaulada entre seu corpo e a parede, mas ele não se moveu adiante. Nada de beijos, nada de carícias, apenas um aperto firme enquanto ele inspirava e expirava sobre minha pele.

— Você quer saber por que está aqui? — perguntou, tenso, no meu ouvido. — Você está aqui, porque é exatamente igual a mim, Rika. Você está aqui, porque existe uma infinidade de pessoas que tentam dizer o que temos que fazer e tentam nos manter presos em uma caixa. — Ele roçou os lábios no meu pescoço quando disse: — Eles nos dizem que o que queremos é errado e que a liberdade é uma merda. Eles veem o caos, a loucura, assim como a porra da feiura, e quanto mais velho você fica, mais apertada a caixa se torna. Você já está sentindo-a se fechar, não é verdade?

Meus pulmões contraíram, e finalmente consegui puxar o fôlego, forçando-me a respirar. A mão dele que estava apoiada contra a parede veio diretamente sobre o meu pescoço, forçando minha cabeça a inclinar para ele.

— Estou com fome, Rika — ele disse, pressionando o corpo forte contra minhas costas, os lábios pairando acima dos meus. — Eu quero tudo aquilo que eles dizem que não posso ter, e vejo esta mesma fome em você.

Pisquei, tentando pegar um vislumbre de seu rosto na escuridão. Tudo o que conseguia ver, no entanto, era a linha estreita de seu nariz e o ângulo definido de sua mandíbula forte.

— Há muitas pessoas que tentam nos mudar — ele continuou —, e poucas que querem que sejamos quem realmente somos. Alguém me fez ver isto, e quero poder fazer o mesmo por você.

Eu o encarei, sentindo meu coração bater com tanta euforia que seria capaz de chorar. Ele sabia. Entendia aquilo que eu queria mais do que qualquer coisa.

Liberdade.

— Seja dona de si — ele ordenou. — E não se desculpe. Você me entendeu? Seja dona de si mesma, ou alguém acabará sendo seu dono.

Alívio me inundou. Pela primeira vez na vida, alguém me disse que estava tudo bem querer o que sempre quis. Envolver-me em problemas e mergulhar de cabeça.

Ter um pouco de diversão e aventura antes de morrer.

Abaixei as mãos da parede e lentamente me virei, sentindo o aperto de seu braço ao meu redor afrouxar, para que eu pudesse me mover.

— Isto é tudo o que você quer me dar? — perguntei baixinho.

Ele inclinou a cabeça, seu calor e cheiro a apenas centímetros de distância.

— Não tenho certeza se você está preparada para mais — ele disse em uma voz grave.

E minha respiração vacilou, ao sentir as pontas de seus dedos percorrerem minha coxa, arrastando minha saia para cima. Os dedos dele roçaram intimamente a curva entre minha perna e quadril, e gemi baixinho, agarrando seu moletom.

Dê-me tudo o que quiser.

— Rika!

Prendi a respiração e senti o corpo retesar ao ouvir meu nome.

Quem... tentei espiar por cima de Michael, mas ele era muito alto, e ainda me mantinha presa.

E também não fez o menor esforço para se mover, permanecendo na minha frente, ainda deslizando os dedos pelo osso do meu quadril.

Porém, depois de um instante, ele abaixou a mão e se virou, dando-me espaço suficiente para ver quem estava logo atrás dele.

CORRUPT

Trevor estava parado na claridade entre os dois quartos, tendo, talvez, presenciado todo o showzinho que estava acontecendo lá, antes de vir até aqui.

Ele ainda vestia o uniforme do colégio, a calça cáqui com a camisa social azul-clara, e a gravata azul-escuro e verde.

— Rika, que porra você estava pensando? — ele irrompeu e puxou minha mão, fazendo-me tropeçar enquanto me arrastava para o seu lado. — Sua mãe está doente de preocupação. Vou te levar para casa.

Mas antes que eu tivesse a chance de dizer qualquer coisa, ele deu um passo em direção a Michael.

— E você, fique longe dela, porra! — bradou. — Tem uma dúzia de outras garotas por aqui. Ela não é seu brinquedinho.

E sem esperar por uma resposta do irmão, Trevor espremeu minha mão e me puxou em direção à porta. Olhei para trás, pegando o último vislumbre dos olhos de Michael enquanto ele me observava sair dali.

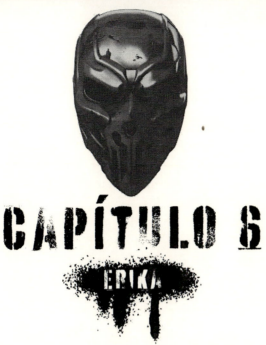

CAPÍTULO 6
ERIKA

Dias atuais...

Meu telefone vibrou ao lado, e gemi baixinho ao abrir os olhos e tentar alcançá-lo por cima da cabeça, tateando pela mesa.

Agarrando o aparelho, arranquei-o do cabo do carregador. Minha boca se esticou em um bocejo imenso enquanto deslizava a tela e via que tinha perdido a ligação.

Três ligações perdidas, na verdade. Trevor, Noah e a Sra. Crist.

Jesus. Por que tão cedo? Mas então pisquei outra vez, arregalando os olhos quando vi as horas no canto superior direito.

Dez da manhã!

— Merda! — xinguei, levantando a cabeça do sofá. — Caralho!

Levantei-me de um pulo, já sabendo que não teria tempo para tomar banho. Deveria estar me encontrando com minha orientadora neste exato momento.

Puta que pariu! Eu odiava me atrasar.

Disparei pelo corredor, e quando dei por mim, parei no mesmo lugar ao ver a imensa mancha vermelha à minha frente. Só então me lembrei o que estava fazendo noite passada.

Então foi isso que me deixou acordada até tão tarde. Eu me endireitei e observei a parede pintada e decorada.

Depois de Michael ter passado por aqui, tive uma crise de raiva. Mas, ao contrário das crianças que choram, gritam e fazem birra, eu pintei, martelei e desgastei meu corpo até cansar. Não sabia se podia mudar a cor das paredes, mas não estava nem aí.

CORRUPT

A prepotência de Michael em acreditar que eu estava vivendo da piedade de todas as pessoas na minha vida – e o quão frágil eu era –, havia se entranhado pelas minhas veias, e precisei mudar alguma coisa. Talvez ele pensasse que eu ainda era uma garota do ensino médio, ingênua e inexperiente, mas estava completamente enganado sobre mim.

Eu estava torcendo para não encontrar com ele hoje. Ou nos outros dias.

Contemplei a cor que me lembrava tanto do Natal quanto de maçãs, rosas e figueiras com folhas secas que via quando era criança. Pensei na lareira e nos laços de fitas e nos vestidos de noite da minha mãe.

Também pendurei alguns porta-retratos que trouxe comigo, assim como a lâmina de Damasco, na parede. Não conseguia afastar a suspeita de que havia sido deixada por um dos Cavaleiros. Ou todos eles. O presente misterioso e o súbito aparecimento deles, em Thunder Bay, eram muita coincidência.

Mas por que teriam deixado aquilo para mim? E será que Michael teve alguma coisa a ver com isto?

Meu telefone sinalizou o recebimento de uma mensagem de voz, e pisquei, voltando ao presente, lembrando-me da hora.

Merda.

Entrei às pressas no meu quarto e vesti qualquer coisa, fazendo rapidamente um rabo de cavalo. Pegando a bolsa de couro, carteira e celular, disparei para fora do apartamento em direção ao elevador. Antes, dei uma olhada de esguelha para a porta do outro lado do corredor.

Não ouvi mais vozes ou barulhos depois que Michael saiu dali ontem à noite, mas alguém esteve naquele apartamento. Eu precisava encontrar o gerente hoje. Não me sentia segura, principalmente por ter sido perseguida por alguém nas escadas de emergência.

— Bom dia, senhorita Fane — o Sr. Patterson me cumprimentou assim que saí do elevador.

— Bom dia — respondi de volta, dando-lhe um sorriso espontâneo enquanto passava apressada pela recepção.

Quando pisei na calçada assim que saí das portas giratórias, fui imediatamente tomada pela agitação e ruídos da cidade. As pessoas iam e vinham de seus trabalhos, encarregadas de seus afazeres diários. Andavam rapidamente ao redor de outros pedestres mais lentos, desviando o caminho pelas ruas ao som das buzinas dos táxis e gritos.

As nuvens estavam baixas, parecendo como se fossem fumaça com um toque de violeta escuro, e a brisa soprava gélida, apesar de estarmos em meados de agosto. Aspirei o cheiro de terra, ainda que tudo ao meu redor fosse feito de tijolos e concreto. Virei à direita, correndo em direção à Faculdade Trinity.

Depois de me desculpar desesperadamente, consegui que a orientadora me encaixasse entre duas reuniões, e finalizei minha grade horária, assim como meu planejamento a longo prazo. As aulas começariam em poucos dias, então foi um alívio ter conseguido falar com ela e começar o ano letivo com o pé direito.

Mais tarde fui até uma livraria em busca de alguns livros que constam na minha lista de leitura, peguei um café e resolvi dar uma volta pela área, desfrutando das lojinhas, do incomum dia frio, e da beleza da cidade sombria.

Eu amava tudo isto.

Esta metrópole fervilhante era incomparável em relação à cultura artística, livrarias e museus. A variedade de comidas oferecidas nos restaurantes mantinha até mesmo os frequentadores mais exigentes entretidos, e você não poderia deixar de admirar as figueiras que ladeavam as calçadas e as plantas e arbustos por entre os canteiros do lado de fora dos prédios. Era deslumbrante e singular.

Mas havia também certo encanto sombrio sobre a cidade. Em como os arranha-céus bloqueavam por completo a claridade. Como as copas das árvores do parque cercavam você como se estivesse em uma caverna, tornando a grama verde quase preta. Como os becos silenciosos se viam imersos na neblina ao alvorecer, levando-o a pensar o que haveria ali, porque você sabia que não teria coragem de ver por conta própria. Acho que o lado sombrio de Meridian era o que eu mais gostava quando vinha visitar a cidade na minha infância.

Meu telefone vibrou, e o pesquei na bolsa enquanto seguia devagar pela calçada.

Vendo o número desconhecido, suspirei profundamente, sem fazer a menor ideia de quem pudesse ser.

Na Academia Militar onde Trevor se encontrava, não era permitido o uso de celular, então deduzi que talvez fosse um número de cartão telefônico. Ele havia feito muito isso durante seu treinamento como recruta no verão.

— É você, Aspirante a marinheiro? — atendi, tentando brincar. Eu encontraria Trevor uma hora ou outra, pelo resto da vida – sendo nossas famílias tão próximas –, e queria que tivéssemos um bom convívio.

— Como foi seu primeiro dia na cidade grande? — perguntou, parecendo estar mais tranquilo do que na festa.

CORRUPT

— Foi ótimo. — Joguei meu café na lata de lixo e continuei a caminhada. — Eu estava agorinha mesmo na livraria, pegando o restante dos meus materiais.

— Que bom. E seu apartamento?

Bufei uma risada silenciosa, sacudindo a cabeça.

— É enorme. Como tenho certeza de que você já sabe. Eu amo sua mãe, Trevor, mas ela deveria ter deixado esse assunto para lá, entende?

— Do que você está falando?

— Do apartamento no edifício da sua família... — insinuei.

Ele devia estar sabendo disso, já que pensou que eu encontraria Michael.

— O que você quer dizer com "edifício da minha família"? — A voz dele se tornou cortante.

— Delcour — eu disse. — Eu não sabia que pertencia aos Crist.

— Porra! — ele rosnou. — Você está morando no Delcour? Por que não me disse isso?

Não respondi, confusa e sem saber por que aquele assunto era tão importante assim para ele, em primeiro lugar. Durante o verão, apenas mencionei que havia encontrado um apartamento, mas não dei detalhes. E ele também não perguntou.

Havia alguma coisa errada com o Delcour? Algo mais errado do que ter sido manipulada para ir morar lá?

— Rika — Trevor começou, a voz inflexível. — Encontre outro lugar.

— Por quê?

— Porque não quero você lá.

— Por quê? — insisti.

Os pais dele haviam me enganado para que eu alugasse aquele apartamento, sem me dizer que o prédio era deles, e agora Trevor estava me mandando sair de lá. Já chega de gente me dizendo o que fazer.

— Você realmente ainda precisa perguntar? — ele cortou. — Pegue suas coisas e vá para um hotel até que encontre outro lugar. Estou falando sério. Você não vai morar no Delcour.

Fiquei ali parada, com a boca levemente aberta, sem entender qual era o problema com ele. Delcour pertencia à sua família. Então, por que diabos ele não queria que eu ficasse lá? E quem ele achava que era para mandar em mim daquele jeito? Ele tinha mais juízo que aquilo.

— Olha — comecei, tentando manter a voz calma —, não faço a menor ideia do que está acontecendo, mas lá é bem seguro, e mesmo que não seja o que estava planejando, as aulas começam em dois dias. Não quero me mudar enquanto estou no meio dos estudos.

E não queria ter que fazer isso, de qualquer forma.

— Eu não quero você lá — ele reiterou, vociferando sua ordem. — Você entendeu?

— Não — disse, rangendo os dentes. — Eu não entendi, porque você não está me explicando a razão. E pelo que sei, você não é meu pai.

Ouvi sua risada amarga do outro lado.

— Você provavelmente planejou isto, não é? Você sabia exatamente para onde estava indo.

Balancei a cabeça, fechando os olhos. Eu não fazia a menor ideia do que ele estava falando, mas também pouco me importava.

— Não vou me mudar. Eu não quero.

— Não. Eu imaginei que não ia querer mesmo.

— O que você está insinuando com isto? — cuspi, irritada.

Meu celular apitou outra vez e afastei da orelha para ver o que tinha acontecido. *Ligação encerrada.* Inclinei a cabeça para trás, exasperada. Mas que porra?

Por que Trevor não me queria no Delcour? Ele odiava Meridian, mas o que o prédio dos seus pais tinha a ver com aquilo?

No entanto, ergui a cabeça, fechando os olhos quando a compreensão me atingiu.

Michael. Trevor odiava Michael. E ele estava no Delcour. Ele não queria o irmão perto de mim.

Mas se Michael não dava a mínima para mim, em casa, nada seria diferente aqui. Caralho, talvez nunca descobrisse que ele morava ali se não tivesse esbarrado nele, noite passada. Eu não tinha o menor motivo para achar que o veria com frequência.

Suspirei e passei os dedos pela minha testa, enxugando uma fina camada de suor. A discussão me deixou irritada.

E com energia de sobra.

Peguei o celular, praticamente conseguindo sentir o punho de uma lâmina em minha mão e o fogo percorrer minhas pernas em busca de movimento.

Abri a tela e comecei a pesquisar "clubes de esgrima".

— Olá. — Aproximei-me do balcão do Hunter-Bailey, fazendo com que o atendente erguesse a cabeça. — Vi pela internet que vocês possuem um clube de esgrima, e estava pensando se vocês têm combates abertos à noite.

Ele franziu as sobrancelhas, parecendo confuso.

— Perdão?

Eu me mexi, desconfortável. Hunter-Bailey tinha a fama de ser um dos clubes mais ativos de esgrima no estado, com aulas particulares e um amplo espaço para os treinamentos em grupo. Também era o único lugar na cidade que oferecia a prática esportiva.

As instalações também eram um pouco maiores do que as do Centro Recreativo de Thunder Bay, onde eu costumava treinar. Imensas áreas acarpetadas estavam espalhadas pelo piso de tacos, enquanto os móveis e as escadarias eram decorados e feitos com madeira escura. Os estofados variavam entre os tons escuros de verde-floresta, preto e azul-escuro, e o lugar era antigo, sombrio e bem masculino. Também notei o mármore elegante do teto em abóboda, bem como os vitrais, assim que entrei.

— Esgrima — esclareci, olhando para o cara jovem vestido em um terno. — Estou procurando por um clube. Posso pagar para me tornar membro, se precisar.

Eu realmente não precisava de aulas. Estive praticando a vida inteira. Mas adoraria ter a oportunidade de me relacionar com outros esgrimistas, encontrar um parceiro para a prática dos assaltos da modalidade, além de fazer alguns amigos.

Mas o cara estava olhando para mim como se eu estivesse falando em japonês.

— Rika — uma voz profunda me chamou, e virei a cabeça, vendo Michael atravessar o saguão pelas portas de entrada.

O que ele estava fazendo aqui?

Ele se aproximou, vestido em jeans largos e uma camiseta azul-marinho. Tudo o que ele usava sempre acentuava o peito forte, os braços e a altura avantajada. Uma bolsa de ginástica estava de um lado, e um suéter preto jogado sobre os ombros.

— O que você quer? — Sua voz em um tom cortante.

— Eu... humm... — Abri a boca, mas não consegui falar muito mais que isso.

— Você conhece esta jovem, Sr. Crist? — o recepcionista perguntou, se metendo na história.

Michael me encarou, nem um pouco satisfeito por ter me encontrado ali também.

— Sim.

O atendente pigarreou antes de dizer:

— Bem, ela está interessada em se associar ao nosso clube de esgrima, senhor.

A boca de Michael entortou em um sorriso irônico e ele apenas assentiu para o homem.

— Pode deixar que eu cuido disso.

Observei o jovem sumir pelos fundos, deixando-nos a sós na área sossegada; vozes ao longe, por trás das portas fechadas, chegaram até nós.

Agarrei a alça da minha bolsa cruzada sobre meu peito.

— Não sabia que você praticava esgrima.

— O que a faz pensar que eu pratico?

Olhei ao redor, indicando o lugar onde estávamos.

— Bem, você está em um clube de esgrima.

— Não — ele disse, arrastando as palavras —, estou em um clube de cavalheiros.

Clube de cavalheiros? Como um clube de *strip tease*?

Mas olhando à volta, não vi nada que indicasse que ali havia dançarinas de *pole dance*, quartos privados ou a prática de *lap dance*.

Hunter-Bailey era um lugar impecável, elegante e antigo, como um museu onde lhe diziam para ficar calado e não tocar em nada.

Balancei a cabeça, confusa.

— Não entendi. O que você quer dizer?

Ele exalou um suspiro, inclinando o queixo para baixo e olhou para mim como se sua paciência estivesse por um triz.

— Este aqui é um Hunter-Bailey, Rika, um clube de cavalheiros exclusivo — explicou. — Um lugar onde os caras vão para malhar, nadar, frequentar a sauna, beber, ouvir merdas a respeito de todas as pessoas que os irritam.

Pessoas que os irritam?

— Como mulheres? — chutei.

Ele apenas me encarou, segurando a alça de sua bolsa, com a cabeça levemente inclinada.

— Então... — Olhei ao redor e de volta para ele. — As mulheres realmente não são permitidas aqui?

CORRUPT

— Não.

Revirei os olhos.

— Isso é muito ridículo.

Não é de se admirar que o atendente tenha me olhado daquele jeito engraçado. Por que não colocaram uma placa do lado de fora dizendo: *Mulheres não são permitidas*?

Mas é capaz de que isso fizesse com que as mulheres quisessem vir de todo jeito.

Michael deu um passo em minha direção.

— Quando uma mulher quer curtir uma noite das mulheres ou malhar em uma área separada na academia, está tudo bem, mas quando um cara quer seu próprio espaço, é considerado arcaico?

Mantive o olhar focado ao dele, aqueles olhos castanhos com partículas douradas, que brincavam e me provocavam como um gato fazia com um rato. Ele tinha razão, e eu sabia disso. Estava tudo bem se os homens quisessem seu próprio espaço. Nada de errado. Nenhum crime.

Mas o que me irritava era que eles ofereciam uma modalidade esportiva, só que eu havia sido proibida.

Dei de ombros.

— Eu só queria praticar esgrima, e esta cidade é bastante limitada quanto a isso, então...

— Então, sinto muito que outras mulheres não apresentem o mesmo interesse que o seu e não tenham feito um clube somente para vocês — ele replicou categoricamente, nem um pouco arrependido. — Agora, está chovendo lá fora. Você precisa de uma carona de volta para o Delcour?

Abaixei o olhar, percebendo as pequenas e escuras manchas em seus ombros. A chuva deve ter começado logo depois que entrei aqui.

Balancei a cabeça, bem ciente de que ele estava tentando se livrar de mim.

— Tudo bem. — Espiou por cima de mim, direto para as portas de madeira, e eu dei um passo, prestes a ir embora dali. Mas então avistei uma boina de lã largada em cima de uma porção de livros antigos em cima de uma vitrine.

Eu sorri, mordendo o lábio inferior, porque fui incapaz de me controlar. Sem hesitar, joguei minha bolsa no chão e corri em direção à porta, pegando a boina no caminho, e me lancei nas escadas, subindo dois degraus de cada vez enquanto enfiava o chapéu na cabeça. Escondi meu rabo de cavalo por dentro.

— Erika! — A voz de Michael explodiu atrás de mim.

Mas não parei. Meu coração batia acelerado, e fechei meus punhos, a adrenalina os fazendo formigar. Chegando ao segundo andar, disparei por um canto, rapidamente enfiando qualquer fio de cabelo por baixo da boina e atravessei um imenso corredor.

Ouvi os degraus da escada rangendo atrás de mim, e olhei por cima do ombro, sem ver Michael, mas escutando suas passadas enquanto me perseguia.

Merda. Eu quase gargalhei, lembrando-me de anos atrás, quando ele me encontrou nas catacumbas. Acho que ele gostava do fato de eu ser curiosa, naquela época, e até mesmo se divertiu ao responder minhas perguntas. E então, imediatamente depois daquela noite, ele se afastou como se nada tivesse acontecido.

Talvez ele acabasse se lembrando.

Acelerei os passos pelo corredor, ouvindo conversas e risos à volta assim que passei por várias portas abertas. Porém não parei para olhar.

Dois homens vestindo ternos, um deles com um cigarro na mão, vieram em minha direção pelo corredor, rindo de algo que um dizia ao outro. Abaixei a cabeça, ciente de que minha figura delgada não deixaria margens para dúvidas de que eu era uma mulher.

Passando por eles, vi que um deles me deu uma segunda olhada assim que virou o corredor, mas não me impediu de seguir em frente.

Quando cheguei ao final, abri a porta e entrei, rapidamente fechando-a atrás de mim. Suspirei, sem fôlego, sem saber se Michael havia me visto entrar aqui, mas não me importava se ele me encontrasse, de toda forma. A intenção era aquela, afinal de contas.

Olhando ao redor, percebi que havia um ringue de boxe no centro da sala. Estava cercado de uma infinidade de equipamentos e sacos de pancada, assim como cerca de quinze ou mais homens malhando, treinando e conversando. Eu me escondi atrás de uma das inúmeras colunas espalhadas pela sala, olhando pelo canto para garantir que ninguém me visse.

A porta atrás de mim se abriu, e inclinei a cabeça, vendo Michael dar um passo para dentro. Em seu rosto era nítido o ódio que sentia.

Ele fechou a porta, se endireitou, e me prendeu com um olhar que me dizia quão ferrada eu estava.

Curvando o dedo indicador, ele murmurou um "venha aqui" enquanto se aproximava devagar, provavelmente tentando manter minhas travessuras às escondidas, de forma que não o deixasse constrangido.

CORRUPT

Tentei conter meu sorriso, mas sabia que ele havia percebido.

Ao invés disso, resolvi brincar. Dei a volta e comecei a andar pela área, tendo o cuidado de ficar por trás das colunas. Então me esgueirei por outra porta, vendo-o caminhar atrás de mim, seus lábios contraídos, antes de fechar na cara dele.

Mas assim que olhei para baixo e vi o piso de ardósia e ouvi a água corrente, soube que estava fodida.

— Merda — gemi em um sussurro.

Hesitei, pensando em sair dali, mas sabia que Michael estava vindo pelo mesmo caminho.

Abaixando a cabeça, segui pelo túnel curto, passando por uma sauna, e duas jacuzzis enormes, sentindo-me observada. Eu praticamente não respirei quando passei por alguns caras descansando em sofás ao redor do spa. Enfiando-me pelo vestiário que ficava ao lado, olhei para cima e vi um cara loiro e jovem vindo em minha direção, então desviei para a esquerda, em um corredor vazio, ouvindo mais vozes. Parei e me escondi no final das longas fileiras de armários.

Portas se fecharam com um baque à minha esquerda, dois homens conversavam à direita, e Michael estaria às minhas costas a qualquer segundo.

Recostei-me contra o metal frio, olhei ao redor tentando descobrir onde estava a saída. Se é que havia uma. Mas dei um pulo quando uma porta do vestiário se fechou com força e a vibração atingiu minhas costas.

— Sr. Torrance — um homem disse —, nada de fumar aqui.

— Vá se foder.

Arrepios imediatamente se espalharam pelos meus braços, fazendo meu coração pular uma batida. Fiquei quieta, com medo de me mexer.

Eu conhecia aquela voz. *Sr. Torrance.*

Virando a cabeça devagar, inclinei o corpo em direção ao final dos armários do vestiário. Espiei ao redor pelo lado, esperando não ver o que sabia que veria.

Um nó se formou na minha garganta.

— Ai, merda... — sussurrei.

Damon Torrance.

Ele estava sentado em uma cadeira acolchoada, descansando a cabeça para trás e com os olhos fechados; gotículas de água brilhavam na pele de seu pescoço, braços e tórax – desnudos, já que ele só usava uma toalha amarrada no quadril.

Um cigarro estava preso entre seus dedos, e ele o levou até os lábios; a ponta ficou incandescente e laranja enquanto ele aspirava. Então, exatamente como eu me lembrava, ele soltou a fumaça devagar, deixando-a flutuar ao invés de exalar com força, fazendo com que parecesse mais uma névoa do que fumaça enquanto se dissipava pelo ar.

Meu estômago se agitou com o fedor, trazendo memórias daquela noite. Precisei tomar dois banhos para afastar aquele cheiro de mim.

Talvez tenha me sentido mal ao longo dos anos pelo que aconteceu aos amigos de Michael, mas a ele... nem tanto.

De repente, uma mão cobriu minha boca, e inspirei um fôlego rápido, empinando o corpo contra o peito duro.

— Eu não tenho tempo para isto — Michael avisou em meu ouvido.

Ele me liberou, e me virei para encará-lo. Seus olhos estavam aquecidos com raiva, e acho que meu plano não funcionou. Ele não estava achando graça nenhuma.

— Como não fiquei sabendo que seus amigos tinham sido soltos? — perguntei, baixinho.

— E o que isso te interessa?

O que me interessa? Muito, na verdade. Estive com todos eles naquela noite antes que fossem presos. E muito mais aconteceu depois na mesma noite que talvez nem mesmo Michael estivesse ciente.

— Só achei que seria um alvoroço — disse, mantendo o tom de voz baixo. — Pelo menos em Thunder Bay. Não ouvi nada sobre eles saírem da cadeia, o que pareceu estranho.

— O que é estranho é que ainda estou aqui parado, perdendo meu tempo com você. — Ele abaixou mais ainda a cabeça, pairando muito perto. — Já acabou?

Encarei seu peito à frente, no nível dos meus olhos, e franzi o cenho, tentando isolar a mágoa por trás dos meus olhos.

Abri a boca, falando suavemente:

— Você não precisa... — continuei, incapaz de olhar para ele.

— Não preciso o quê...?

Travei o maxilar para impedir meu queixo de tremer quando olhei para ele.

— Falar comigo desse jeito. Não precisa ser tão cruel.

Ele continuou a me encarar, sua expressão endurecida e fria.

— Houve um tempo — prossegui, suavizando meu olhar —, que você chegou a gostar de conversar comigo. Você se lembra? Quando notou minha existência e olhou para mim, e...

CORRUPT

Mas parei, vendo seu rosto chegar cada vez mais perto quando apoiou as mãos na coluna atrás da minha cabeça.

— Há lugares que não são feitos para você — ele disse, devagar, enfatizando cada palavra como se estivesse falando com uma criança. — Quando sua presença é desejada, você é convidada. Mas, se não for convidada, significa que não é desejada. Isso faz algum sentido para você?

Ele olhou para mim como se estivesse explicando por que eu precisava comer legumes antes da sobremesa.

É um conceito bem simples, afinal de contas, Rika. Por que você não consegue entender isto? Ele estava me dizendo que eu estava sendo um incômodo. Que não me queria por perto.

— Você não pertence a este lugar, e não é bem-vinda. Entendeu? — perguntou outra vez.

Travei os dentes, deixando o ar sair pelo nariz enquanto tencionava cada músculo do meu corpo, tentando não me desfazer ali na frente dele. Meus olhos arderam imediatamente, revelando a mágoa, e não me lembro de alguma vez já ter me sentido daquela forma antes. Ele me ignorava, era condescendente e me insultava em uma ocasião ou outra, mas a crueldade me feria além de suas palavras.

— Eu falei no seu idioma, Rika — vociferou, fazendo-me pular de susto. — Um cão parece entender melhor do que você.

Lágrimas saltaram de imediato, e meu queixo tremeu. Engoli o nó na garganta, e tudo o que eu mais queria era que um buraco se abrisse ali agora para me engolir e me fazer desaparecer... e esquecer.

Antes que ele pudesse se satisfazer vendo-me desmoronar, disparei dali empurrando o braço dele para cima e me desfazendo em lágrimas enquanto corria de volta pelo caminho de onde vim. Minha vista estava turva à medida que atravessava o spa e abria a porta do vestiário, apressando meus passos enquanto lutava contra os soluços incontroláveis.

A boina acabou caindo da minha cabeça, liberando meu rabo de cavalo. Passei correndo pelo ringue de boxe, pouco me fodendo se alguém podia me ver, e abri a porta, afastando as lágrimas ao disparar pelo corredor.

Mas então... choquei-me contra alguém na metade do caminho, e parei, levantando a cabeça. Senti meu corpo inteiro congelar.

— Kai? — mal consegui sussurrar, abismada em vê-lo ali.

E confusa.

Damon estava aqui. Assim como Kai. Será que Will também estaria?

Todos eles estavam em Meridian? Eu não tinha certeza se Michael ainda mantinha contato com eles enquanto os três estavam na cadeia, mas era óbvio que sempre teve.

Kai inclinou a cabeça e tirou a mão de dentro do bolso de sua calça preta, apoiando-a em meu braço, para me estabilizar. Mas afastei-me de seu toque.

Ele me encarou, a camisa branca e o paletó preto perfeitamente ajustado, fazendo-o parecer tão bonito como sempre foi, embora estivesse muito mais musculoso do que a última vez em que o vi.

Ouvi passos soarem atrás de mim e ergui a cabeça para olhar por cima do ombro, vendo Michael virar o corredor.

Todos estavam juntos outra vez?

Passei por Kai e continuei descendo as escadas, agarrando minha bolsa caída no chão, antes de sair pela porta. Michael era uma coisa, mas eu não queria estar ao redor de seus amigos.

— Rika! — Ouvi o grito logo atrás de mim.

No entanto, a porta se fechou, abafando o som de sua voz, e desci correndo os degraus, sentindo a chuva fria atingir meu cabelo, rosto e braços.

Coloquei a bolsa acima da cabeça e ignorei o manobrista segurando um guarda-chuvas para mim.

— Precisa de um táxi, senhorita?

Balancei a cabeça em negativa e virei à direita, seguindo em frente pela calçada enquanto as gotas suaves cobriam meus braços.

— Pegue o carro! — Escutei um berro atrás de mim e me virei para ver Michael gritando com o manobrista.

Ele se virou e nossos olhares se cruzaram, mas continuei meu caminho.

— Pare! — ordenou.

Girei ao redor do meu corpo e comecei a andar de costas, gritando:

— Eu já estou fora! Tá bom? O que mais você quer de mim?

Virei outra vez e comecei a me afastar pela calçada.

Porém Michael agarrou a alça da minha bolsa e arrancou-a da minha cabeça, fazendo com que meu pescoço torcesse no processo.

Eu o encarei.

— Que porra você está fazendo?

Ele apenas se afastou de mim, no entanto, levando a bolsa enquanto andava em direção ao seu carro, e pegou a chave da mão do manobrista.

Abrindo uma das portas traseiras, jogou minha bolsa dentro, com tudo meu ali – celular e chaves do apartamento –, e deu a volta até abrir a porta do passageiro.

CORRUPT

— Entre! — mandou, a raiva escrita em seu rosto.

Respirei com dificuldade, balançando a cabeça. Mas que porra? Estava quase tentada a solicitar ao gerente uma cópia das minhas chaves. Depois eu poderia sair e comprar o caralho de um novo celular, só para mostrar para ele.

Mas meus livros estavam todos ali, o calendário das minhas aulas, para não dizer minha certidão de nascimento e cartão de vacinas, que precisei fazer cópias na secretaria depois de ter passado pela sala da minha supervisora mais cedo.

Fiz uma careta, as lágrimas substituídas pela raiva.

Dando um passo em direção ao carro, subi no lado do passageiro e puxei a porta do agarre de Michael, sem esperar que ele fechasse. No momento em que ele se afastou para dar a volta pela frente, para entrar do seu lado, eu me virei e agarrei a bolsa do banco de trás; abri minha porta outra vez e disparei para fora dali.

Não cheguei muito longe.

Antes que minha bunda estivesse fora do banco, por completo, a mão de Michael aterrissou no meu ombro, e agarrou a gola da minha blusa, puxando-me de volta.

Gritei, assustada, mas ele arrancou a bolsa da minha mão outra vez e a jogou no banco de trás.

— Sr. Crist, será que posso ajudar? — O recepcionista apareceu do lado da minha porta parecendo preocupado.

A mão de Michael estava firmemente agarrada à minha gola, mantendo-me sentada no banco, e meu rosto se contorceu outra vez em lágrimas.

— Senhor... — O homem estendeu a mão em minha direção, preocupado. — A jovem senhorita...

— Não encoste nela — Michael vociferou. — Feche a porta.

A boca do atendente ficou aberta em choque, por um momento, como se quisesse discutir, mas ele me deu uma olhada e acabou se afastando, fechando a porta em seguida.

— Eu falei que não preciso de carona para casa — resmunguei. — Você queria que eu desaparecesse, então me deixe sair daqui!

Ele deu a partida no carro, os músculos de seu pescoço tensos e o cabelo brilhando por conta da chuva.

— A última coisa de que preciso é minha mãe enchendo o meu saco porque você estava chorando — cuspiu, irritado.

Meu peito subia e descia, a ira borbulhando por baixo da minha pele, quando me virei e puxei os joelhos para cima, inclinando-me contra o seu lado.

— Eu tenho mais coragem do que você pensa! — gritei. — Então, vá se foder!

Ele se lançou na minha direção e agarrou minha nuca, me puxando contra ele. Choraminguei ao sentir a dor no meu couro cabeludo, onde ele mantinha um punhado do meu cabelo em um agarre firme.

— O que você quer de mim? Hein? — perguntou, respirando com dificuldade enquanto me encarava. — O que você vê em mim que é tão fascinante?

Comecei a tremer, mas sem afastar meu olhar. O que eu via nele? A resposta era tão simples que nem sequer precisava pensar muito. Era a mesma coisa que ele havia visto em mim tantos anos atrás naquelas catacumbas.

A fome.

A necessidade de fugir, o desejo de encontrar alguém neste planeta que pudesse me entender, a tentação de ir atrás de todas as coisas que nos diziam que não podíamos ter...

Eu me vi, e em todos os momentos quando estava crescendo e me sentia sozinha ou como se estivesse procurando por algo que não sabia identificar, não me sentia tão perdida quando ele estava ao redor.

Era o único momento em que não me sentia perdida.

Balancei a cabeça, abaixando o olhar enquanto uma lágrima silenciosa deslizava.

— Nada — mal consegui sussurrar, sentindo o desespero contrair minha garganta. — Sou apenas uma criança estúpida.

Afastei-me alguns centímetros, sentindo-o lentamente soltar o agarre no meu cabelo. Abaixei os pés outra vez, e me ajeitei no assento, tentando engolir o nó na garganta. Puxei a gola da minha camisa xadrez com força, cobrindo meu lado esquerdo.

Ele não queria saber quem eu era. Ele não gostava de mim.

E eu queria que este fato parasse de me fazer sofrer. Estava cansada de sonhar. Cansada por ter forçado um relacionamento com Trevor, por ter acreditado que ele me colocaria nos trilhos, e cansada de desejar o pesadelo que me tratava como um cão.

Estava cansada dos dois.

Endireitei a coluna e foquei o olhar no meu colo, tentando afastar a fadiga da minha voz.

CORRUPT

— Quero ir andando para casa — disse, agarrando a alça da bolsa, do banco de trás, e segurando a maçaneta da porta. Então hesitei, ainda sem olhar para ele. — Sinto muito por ter me esgueirado dentro do clube. Isso não vai mais se repetir.

Abri a porta e saí do carro, imediatamente, direto para o temporal e as trovoadas que soavam, pegando o longo caminho de volta para casa.

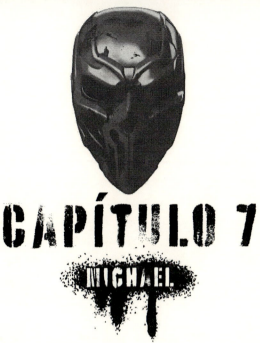

CAPÍTULO 7
MICHAEL

Dias atuais...

Meu Deus, o que ela estava fazendo comigo?

Ela realmente pensava que era apenas uma criança estúpida? Realmente não conseguia ver como cada maldita pessoa em Thunder Bay a adorava?

Respirei com dificuldade, puxando o colarinho da minha camisa para tentar aliviar o calor que sentia no pescoço. Inferno, eu já havia flagrado até mesmo meu pai olhando para ela uma ou duas vezes ao longo dos anos. Todo mundo pensava o melhor de Rika, então por que ela fazia parecer que só a minha opinião importava para ela?

Fui para a *Realm*, um clube noturno secreto na cidade, e olhei para cima, vendo meus companheiros de equipe espalhados pela área VIP. Era um evento da imprensa, esta noite, mas era a última coisa em que conseguia focar, embora devesse fazer isso. Eu precisava da minha mente em outra coisa.

Seguindo em direção ao bar, apoiei as mãos no balcão de mármore, inclinando a cabeça para o bartender. Ele assentiu, já sabendo exatamente o que eu queria. Damon, Will e Kai já estavam aqui, a boate favorita de nós quatro.

Abaixei a cabeça, fechando os olhos e tentando me acalmar.

Eu estava perdendo o controle. Quando ela estava por perto, eu me sentia insignificante, e tudo o que conseguia ver era ela... Todos os anos de miséria que ela causou aos meus amigos, de repente, já não me importavam. Meu foco ficava turvo, e me esquecia do que ela havia feito e do sofrimento que causou a eles.

E de como ela precisava pagar por isso.

Eu a odiava.

Precisava odiá-la.

Não queria tê-la forçado a entrar no meu carro hoje. Pouco me importava com as lágrimas em seus olhos ou o jeito que olhou para mim antes de descer.

Eu não queria afastar a mágoa, não queria tocá-la, e não queria que ela gritasse comigo outra vez, porque aquilo me deixou excitado pra caralho.

Ela saiu do carro, deixando-me para trás, e de acordo com o porteiro, não havia saído do Delcour desde o momento em que chegou em casa, à tarde.

Bom. Era bom que se acostumasse àquela jaula.

O bartender parou à minha frente e colocou a garrafa de Johnny Walker Blue Label e um copo com gelo sobre o balcão. Despejei uma dose dupla e peguei o copo, tomando a maldita bebida de uma vez só.

— Onde diabos você esteve?

Senti a tensão me dominar ao ouvir a voz de Kai ao meu lado.

Mas apenas me servi de mais uma dose dupla, sem lhe dar uma resposta.

Eu sou apenas uma criança estúpida. Meu peito subia e descia com rapidez, e engoli a bebida, de um gole só outra vez.

Coloquei o copo sobre o mármore, piscando para me concentrar.

— Jesus. Você está bem? — ele perguntou, parecendo mais preocupado do que irritado, agora.

Tomei uma terceira dose, começando a sentir a queimação cobrir minhas veias com o calor embriagante. Tudo já estava começando a ficar turvo, e as pontas dos meus dedos estavam dormentes.

Balancei a cabeça, colocando o copo de volta. De todas as pessoas na minha vida – meu pai, irmão, meus amigos –, acabou sendo ela que me levou a beber. Aqueles malditos olhos, que iam da provocação ao atrevimento, da mágoa à ira, e, finalmente, à desolação.

Não fique sozinho com ela.

— Michael? — Kai insistiu.

Suspirei audivelmente, passando os dedos pela cabeça.

— Será que você poderia... — falei, entredentes — calar a porra da boca por cinco minutos e me deixar colocar a cabeça no lugar?

— E por que sua cabeça já não está no lugar? — declarou. — Porque, você sabe... nós temos um plano. Tirar tudo dela e depois pegá-la, mas tudo o que estou vendo é você dando para trás.

Endireitei o corpo e estiquei a mão, segurando-o pelo colarinho.

PENELOPE DOUGLAS

Ele afastou meu braço para o lado, balançou a cabeça e disse em um sibilo irritado:

— Não vá por aí. Eu quero nossa Monstrinha, com aqueles enormes olhos azuis, ajoelhada aos meus pés, e não vou mais esperar. Eu queria que você estivesse junto nessa, mas não preciso de você.

Não vou esperar mais. Ela mal chegou à cidade. Ela estava em Meridian por minha causa. No Delcour, por minha causa. Isolada... por minha causa.

E só havia mais duas coisas para tirar dela. Eles não tiveram que esperar tanto tempo assim. Mas então afastei o olhar. *Sim, eles tiveram.* Eles esperaram por tempo demais.

Empurrei a garrafa e o copo para longe de mim.

— Onde eles estão? — perguntei.

Kai permaneceu em silêncio, ainda parecendo puto, mas virou-se e liderou o caminho.

Eu o segui, o som grave da música vibrando sob meus pés enquanto seguíamos pelo clube em direção à área privativa nos fundos.

Kai e eu nunca havíamos brigado antes. Eu não deveria ter explodido daquela forma com ele. Mas, por alguma razão, ele continuava me desafiando, e eu me sentia mais distante dele agora do que quando esteve na prisão. Que merda estava acontecendo? Eu esperava Damon e Will enchendo o saco, não Kai.

De muitas formas ele ainda continuava sendo o mesmo de sempre. O pensador, o razoável, o irmão que sempre cuidava de todos nós... mas, de outras formas, ele havia mudado e se tornado irreconhecível. Ele não sorria mais, agia de um jeito que não teria feito no ensino médio, mesmo sabendo das consequências, e nem uma vez o vi fazendo algo por prazer, desde que foi solto. Damon e Will saíam para as baladas, bebiam, fumavam e se enfiavam em bocetas já nas primeiras duas semanas em que estavam livres.

Kai, por outro lado, não havia bebido uma única vez ou levado uma mulher para a cama. Não que eu soubesse. Merda, acho que ele nem ouvia música mais.

Ele precisava perder o controle, porque eu já estava começando a me preocupar com o que estava reprimindo.

Seguindo-o até uma área semiprivativa com um sofá em formato de L, e uma mesa, avistei a parte de trás da cabeça de Will, esparramado nas almofadas, e Damon descansando em frente à mesa de centro, com a mão enfiada por dentro das coxas de uma garota.

Damon era exatamente o oposto de Kai. Ele dificilmente pensava nas coisas que fazia, e se alguém colocasse um muro em seu caminho – por razão justa ou não –, ele vinha e arrebentava sem hesitação ou arrependimento. Aquela havia sido uma qualidade bastante apreciada no nosso time do ensino médio. Sua reputação se espalhou, e bastava que o time adversário o visse em quadra para que mijassem nas calças.

Ele também mais do que compensou todos os vícios que Kai não estava praticando.

Parei perto do sofá, balançando a cabeça para que Damon se livrasse da garota. Ele se moveu e retirou a mão de dentro das pernas da menina, acariciando sua coxa, despedindo-se em seguida.

Kai sentou-se em um lugar enquanto Will se endireitou no sofá, todos eles com os olhares focados em mim. Impaciência e agitação eram claras nas expressões de seus rostos, e cruzei meus braços à frente, sentindo, de repente, que havia um muro entre mim e eles.

Porque depois de três anos, eles agora tinham um vínculo que não me incluía. E estava tudo fodido por causa dela.

Olhei fixamente na direção de Kai.

— Você está bem para dirigir?

— Por que não estaria?

Assenti, enfiando a mão no bolso para pegar as chaves do carro.

— Vamos fazer logo isso — eu disse a eles. — Vocês estão prontos?

Will se animou, olhando para mim, surpreso.

— A mãe?

Assenti outra vez.

Ele lançou um olhar para Damon e sorriu.

— Até onde devemos ir com ela? — Kai perguntou, levantando-se, de repente, de volta à ativa.

— Escondam — respondi. — Não quero nenhum Fane para onde Rika possa correr. Vamos a Thunder Bay esta noite.

— Vocês podem ir — Damon provocou, recostando-se no sofá e colocando um braço atrás da cabeça. — Eu vou ficar para manter um olho em Rika. Ela é muito mais agradável para se olhar.

— Você já chegou a ver a mãe dela? — Ergui uma sobrancelha, sorrindo com divertimento. Christiane Fane ainda era jovem e bem gostosa. Ela não era Rika, mas ainda assim, era linda. — Você vem com a gente.

De forma alguma eu confiaria nele a sós com Rika.

Coloquei a mão dentro do bolso do meu paletó preto e retirei um saco pequeno, jogando-o para Damon. Ele estendeu a mão livre e pegou a embalagem, olhando ao redor para conferir se alguém mais tinha visto.

Ao erguer à frente de seus olhos, ele conferiu o conteúdo, atraindo a atenção de Kai e Will.

De repente, os lábios de Damon se abriram em um imenso sorriso, e ele me encarou como se eu tivesse acabado de fazer sua noite.

Sim. Eu suspeitava que Damon soubesse exatamente do que se tratava. Demente.

Rohypnol era conhecido como a droga do estupro, usado para tornar as vítimas mais maleáveis e impotentes em menos de quinze minutos. Curiosamente, não tive muita dificuldade de conseguir a droga. Alguns dos meus colegas de equipe faziam uso de uma coisa ou outra ilegal, seja por uso próprio ou para melhorar a performance corporal, e tudo o que precisei foi entrar em contato com os fornecedores deles para conseguir as pílulas.

Se não encontrássemos a mãe de Rika bêbada como de costume, uma daquelas pílulas nos ajudariam a deixá-la mais complacente.

— Me dê isto aqui. — Kai olhou com firmeza para Damon, mantendo a mão estendida em sua direção.

Ele ergueu uma sobrancelha em desafio, sem fazer o que foi pedido.

— Agora — Kai insistiu, ainda com a mão esticada.

Damon sorriu e abriu a embalagem, retirando uma pílula para colocar na mão de Kai.

— Você só precisa de uma para a mãe. Estas coisinhas aqui são bem eficazes.

Will bufou uma risada, balançando a cabeça, mas sem achar a menor graça na piada. Até mesmo ele tinha limites.

Não que Damon não tivesse. Nós apenas não tínhamos certeza. Se qualquer um de nós o tivéssemos visto usando algo parecido àquilo, o teríamos matado, mas ele também nunca nos deu a impressão de não ser fodido das ideias àquele ponto.

Por agora, nós havíamos adotado a filosofia do "se não estamos vendo, não é problema nosso".

Kai sentou-se com a pílula em sua mão, encarando Damon, e então estendeu o braço de supetão para arrancar a embalagem dele.

Damon riu, levantando-se e alisando o paletó de seu terno.

— Era só uma brincadeirinha — resmungou. — Você realmente acha que preciso estuprar as mulheres?

Kai se levantou, guardando o saquinho dentro do bolso.

— Bem, você esteve na cadeia...

— Ai, Jesus — suspirei, passando a mão pelo cabelo. — Qual é o seu problema, caralho? — Olhei para Kai, enquanto Damon, irritado, parecia estar prestes a partir para cima dele.

No entanto, Kai não retrocedeu. Eles ficaram se encarando, frente a frente; ambos da mesma altura.

— Eu não a estuprei — Damon disse, entredentes.

Balancei a cabeça. Por que caralhos Kai teria se lançado em cima de Damon daquele jeito?

— Nós sabemos disso — respondi por Kai, empurrando Damon para longe.

A garota era menor de idade, e Damon já estava com dezenove anos. Ele não deveria ter feito aquilo, mas também não a forçou a transar.

Infelizmente, a lei é bem diferente. Menores de idade não são capazes de consentir com nada, e Damon fodeu com tudo. Mas não houve estupro.

Kai o encarou por mais tempo, até que hesitou, abaixando a cabeça enquanto respirava devagar.

— Me desculpe — ele disse em voz baixa. — Só estou no meu limite.

Fiquei feliz por ele ter percebido esse detalhe.

— Muito bom. Use isso em seu favor esta noite — eu disse, enganchando um braço em seu pescoço e puxando para um abraço. — Seu pesadelo acabou. O dela está apenas começando.

A ducha quente do chuveiro caía sobre meus ombros e costas, e fechei os olhos, tentando abafar o som dos outros jogadores na sala do vestiário.

Os últimos dias tinham sido uma merda. Fiz tudo o que podia para me manter longe do Delcour, indo apenas para dormir, mas foi difícil. Eu não queria estar em nenhum outro lugar, a não ser ali.

Demos um jeito na mãe de Rika, e não levaria muito tempo até que ela percebesse, mas a ida dela aquele dia em Hunter-Bailey havia estragado tudo. Eu sabia que precisava manter distância dela.

A única coisa que aprendi sobre o que nos fazia mais fortes era reconhecer onde residiam suas fraquezas, para então se adaptar. Eu não podia ficar perto dela.

Ainda não.

Quando saí da cidade para fazer a faculdade, não tinha sido tão difícil. Longe dos olhos, longe do coração. Ou, pelo menos, longe dos meus pensamentos.

Mas saber que poderia esbarrar com ela a qualquer instante, olhar para baixo para ver o apartamento onde morava, cruzar o olhar quando passávamos um pelo outro no saguão... Não imaginei como me sentiria ao vê-la todos os dias. Tê-la ali, tão perto, era tentador demais.

Ela não tinha mais dezesseis anos, e todo o esforço que sempre tive que fazer para me manter longe já não era necessário. Ela era uma mulher, não importa se ainda tivesse aquele olhar ansioso, lábios trêmulos e aquela pose de durona. Eu mal podia esperar.

Ela estava a apenas um andar de distância, e eu tinha a chave de seu apartamento queimando dentro do meu bolso. Eu precisava dela de joelhos, de quatro, enquanto tomava tudo o que queria, quando e quão áspero eu quisesse. Eu estava ficando louco.

— Merda.

Podia sentir meu pau endurecendo, e baixei o olhar, vendo-o já ereto e pronto para a ação.

Puta que pariu. Suspirei audivelmente e fechei a torneira do chuveiro, grato por estar sozinho ali.

Ainda havia uma porção de jogadores espalhados pelo vestiário, sendo que um dos técnicos-assistentes agendou uma série de exercícios extras com alguns de nós, hoje, mas resolvi tomar um banho demorado, sem pressa alguma de ir para casa.

Enrolei uma toalha em meu quadril e peguei uma segunda para enxugar meu peito e braços enquanto me dirigia até meu armário. Vendo alguns jogadores ao redor, e ainda sentindo meu pau duro, coloquei a outra toalha à frente da virilha, para evitar olhares de esguelha.

Vasculhei as prateleiras e peguei meu celular, conferindo se havia algumas mensagens dos caras. Com o problema da mãe resolvido, eles agora queriam avançar para a próxima etapa.

Joguei a toalha no chão e vesti a cueca boxer e o jeans, e em seguida, afivelei o relógio no meu pulso.

Meu telefone começou a tocar. Quando o peguei, vi o nome que aparecia na tela.

Senti meu maxilar ficar rígido, em irritação. Conversar com meu irmão sempre me emputecia. No entanto, raramente ele ligava, o que acabou despertando minha curiosidade. Deslizei o dedo na tela, atendendo a chamada.

— Trevor — eu disse, colocando o aparelho rente ao ouvido.

— Sabe, Michael... — ele começou, sem nem ao menos dizer um "alô". — Sempre pensei que algum dia a camaradagem fraternal fosse surgir entre nós dois.

Estreitei os olhos, encarando o nada enquanto o ouvia.

— Achei que, talvez quando crescesse, teríamos mais coisas em comum ou que trocaríamos mais do que apenas duas palavras — prosseguiu. — Acabei me acostumando a jogar a culpa em você. Em sua frieza e distanciamento, e em você por nunca ter dado uma chance de sermos irmãos.

Agarrei o telefone com mais força, ainda imóvel. As vozes ao redor desvanecendo.

— Mas sabe de uma coisa? — ele disse, com um tom de voz cortante. — Quando estava com dezesseis anos, percebi uma coisa. Não era sua culpa. Eu te odiava, de verdade, da mesma forma que você sempre me odiou. Pela... mesma... razão.

Travei os dentes, erguendo o queixo.

— Ela.

— Ela? — joguei a isca.

— Você sabe de quem estou falando — afirmou. — Ela sempre esteve de olho em você, sempre o quis.

Respondi em um sibilo, sacudindo a cabeça:

— Trevor, sua namorada é problema seu.

Não que ela ainda fosse a namorada dele – fiquei sabendo sobre o término –, mas eu gostava de pensar nela como dele. Tornaria as coisas muito mais doces.

— Mas esta não é a verdade, não é mesmo? — ele retrucou. — Porque quando eu era adolescente, percebi que isso não partia somente dela. Partia de você, também.

Olhei fixamente em frente.

— Você a queria — ele insistiu —, e detestava que eu sempre estivesse por perto. Odiava mais ainda por ela ter sido feita para mim. Você não podia ser meu irmão, porque eu tinha a única coisa que você queria — ele fez uma pausa antes de continuar: — e eu o odiava, porque a única coisa que eu tinha, queria você em contrapartida.

Meu coração começou a bater mais forte.

— Então... quando isso começou? — ele perguntou em um tom de voz casual. A raiva me consumindo. — Quando éramos crianças? Quando o corpo dela tomou forma e você viu o tanto que ela era gostosa? Ou talvez... tenha sido quando eu te disse, no ano passado, o quanto a boceta dela era a coisa mais apertada que já senti na vida?

Espremi o celular na minha mão.

— Independente de tudo... — ele zombou — Eu sempre vou ter isso para jogar na sua cara.

Meu punho apertou com tanta força que eu podia sentir cada osso da minha mão doer.

— Então... agora que você a tem no Delcour — continuou —, finalmente ao seu dispor, e depois que fizer com ela seja lá o que estiver planejando, lembre-se de que ela vai voltar para mim, e serei eu que colocarei um anel no dedo dela, para fazê-la minha para sempre.

— Você acha que isso me magoa? — cuspi.

— Não é a você que tentarei magoar — ele replicou. — Se aquela puta abrir as pernas dela para você, vou me assegurar de que, ao se casar comigo, eu me torne o seu pior pesadelo.

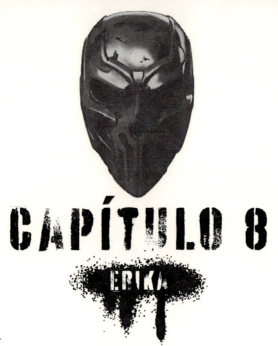

CAPÍTULO 8
ERIKA

Três anos atrás...

TREVOR NÃO CONVERSOU MAIS COMIGO DESDE QUE ME LEVOU DE VOLTA PARA casa. Ele havia sido um idiota no carro, também, e a única razão pela qual fui embora com ele era porque estava com medo de que dissesse alguma coisa à minha mãe.

Ou pior. Que dissesse algo à Sra. Crist e colocasse Michael em problemas.

Michael. Ainda podia sentir o calor na palma da minha mão, que ele havia segurado entre a dele hoje. Estava parada na cozinha dos Crist, colocando as colheres de servir em um prato, relembrando os eventos da tarde na minha mente. Ele quis dizer tudo aquilo, de verdade? O que teria acontecido se Trevor não tivesse chegado?

Exalei um longo suspiro, calor se espalhando pelo meu ventre. O que aconteceria agora? Ele terminaria o que começou?

A música *The Vengeful One*, do Disturbed, começou a soar pela casa, provavelmente vindo da quadra interna onde eu sabia que Will, Damon, Kai e Michael estavam vadiando, jogando bola. Já estava escuro, e logo mais eles sairiam para a noitada.

Ouvi meu celular vibrar, e olhei de relance para o lugar onde o havia deixado, vendo o nome da minha mãe na tela.

— Ei — respondi, envolvendo um prato de comida com papel-filme. A Sra. Crist insistia para que eu levasse para mamãe, sempre que eu comia aqui.

— Oi, querida — cantarolou, tentando parecer mais animada. Eu sabia que era tudo menos isso, entretanto, ela tentava parecer bem por minha causa. Entre os calmantes que a mantinham anestesiada e o fato de nunca sair de casa, sabia que a culpa que a consumia estava começando a ultrapassar sua depressão.

— Estarei em casa logo, logo — eu disse, assentindo para a Sra. Haynes, a cozinheira dos Crist. Coloquei o prato que havia embalado em cima do balcão e saí da cozinha. — Está disposta a assistir a um filme hoje à noite? Podemos ver Thor, outra vez. Eu sei que você gosta do martelo dele.

— Rika!

Funguei, andando em direção à sala de jantar e vendo a mesa já posta para a refeição.

— Então tá... escolha aí um filme — sugeri. — Nós ainda não comemos, mas assim que o jantar acabar, vou trocar de roupa e ir direto para casa. Vou levar um prato de comida para você.

Apesar de saber que ela mal conseguia comer o que eu levava. Seu apetite era praticamente inexistente.

Trevor tinha me deixado em casa mais cedo, e depois de conferir como minha mãe estava, caminhei de lá até aqui para o jantar. Minha mãe era sempre convidada, claro, mas somente eu me juntava a eles. Ninguém queria que eu fizesse minhas refeições sozinha, então minha mãe, consumida pela culpa, permitiu que eu sempre viesse para cá, para que pudesse ter com quem conversar e rir. Os Crist podiam me dar o que ela não podia.

Ou o que se recusava a me dar.

Ao longo do tempo, minha necessidade de sempre estar aqui só aumentou. Mais do que para apenas jantar ou jogar videogames com Trevor enquanto crescíamos.

Era por conta do som longínquo da bola de basquete quicando no chão em algum lugar da casa; ou talvez porque meu corpo se agitava e cada fio de cabelo se arrepiava quando ele entrava em uma sala. Eu simplesmente gostava de ficar aqui, se ele estivesse, apesar da possessividade de Trevor aumentar cada vez mais.

Ouvi o suspiro da minha mãe, do outro lado da linha, enquanto andava até o espelho que ficava pendurado na parede.

— Eu estou bem — ela insistiu. — Você não precisa trazer nada para mim esta noite. Vá sair e se divertir com os amigos. Por favor...

Abri a boca para responder, mas a batida surda da música de repente sumiu, e virei a cabeça para olhar a porta de entrada da sala de jantar, ouvindo as vozes e risos vindos de algum lugar, ficando cada vez mais próximos.

CORRUPT

Olhei para o espelho, ajeitando o colarinho na camisa do meu uniforme, me assegurando de que a cicatriz estivesse coberta.

— Eu não quero sair — eu disse e segui em direção à mesa, sentando-me no lugar.

— Mas *eu* quero que você saia.

Inclinando-me sobre a mesa, peguei um pãozinho e coloquei em meu prato, antes que os garotos acabassem com tudo.

— Mãe... — tentei argumentar, no entanto ela me cortou logo.

— Não — disse, soando estranhamente severa. — É uma sexta-feira à noite. Vá se divertir. Eu vou ficar bem.

— Mas... — pausei, sacudindo a cabeça. Aquela era uma forma de compensar alguma coisa? Ela sabia muito bem que eu saía por aí, talvez não tanto quanto ela gostaria.

— Tudo bem — eu disse, arrastado. — Vou ligar para o Noah e ver se... — interrompi o que ia dizer ao ouvir o som trovejante ressoando pelo corredor.

Meu coração acelerou, e virei a cabeça na direção do barulho. Vozes, risadas, e uma série de gritos chegaram até mim, e meus pés captaram a vibração que vinha do chão.

Segurei o telefone com mais força, falando rápido:

— Okay. Vou ver se Noah pode sair esta noite, mas se eu precisar de dinheiro para fiança ou voltar para casa grávida, saiba que a culpa será sua.

— Confio em você — ela disse, de bom-humor. — E eu te amo.

— Também amo você. — Desliguei, colocando o telefone na mesa.

Trevor entrou na sala de jantar primeiro, e eu sabia que ele estava na sala de TV. Provavelmente ficou esperando que eu lhe fizesse companhia, como sempre. Ele achava que tinha o direito de estar com raiva, mas seja lá o que pensasse que havia entre nós, éramos apenas amigos. Ele não tinha direito algum de ter me tirado de St. Patrick hoje, e eu estava cansada do showzinho que sempre fazia para mostrar aos outros que eu pertencia a ele.

Sentou-se ao meu lado, como sempre, arrastando a cadeira. Imediatamente, começou a encher seu prato de comida.

A Sra. Crist entrou em seguida, vestindo uma saia de tênis e uma camisa polo branca, provavelmente tendo acabado de chegar do clube. Ela sorriu para mim e tocou meu ombro ao passar para sentar-se em seu lugar.

— Como está a Christiane? — perguntou.

Balancei a cabeça, colocando o guardanapo no meu colo antes de responder:

— Está bem. Estamos fazendo uma maratona pelos filmes do Chris Hemsworth.

Ela riu e começou a se servir à medida que as vozes altas dominaram o lugar.

— Já está escuro lá fora — Will disse, parecendo sem fôlego.

Olhei para cima e vi Michael e todos os seus amigos entrando na sala. Meu coração estremeceu, e meu corpo tensionou; a sala imensa, de repente, pareceu dez vezes menor com suas formas avantajadas preenchendo o espaço.

Eles estavam suados e resfolegantes, tendo acabado de sair da quadra de basquete interna. Aquele cômodo foi acrescentado à mansão no aniversário de quatorze anos de Michael, quando sua mãe percebeu que ele não estava brincando a respeito do esporte, e seu pai teve que ceder. Ele amava jogar, para total desgosto do Sr. Crist.

— Deixe de ser apressadinho. — Damon empurrou a cabeça de Will ao passar por trás dele. — Eu quero curtir essa noite.

Eles chegaram até a mesa, pairando sobre nós ao pegarem seus pratos – Michael deixou a bola de basquete cair e rolar no chão até que ela parou perto da parede próxima à lareira –, e encheram de comida como se fossem lobos famintos, alheios aos outros que estavam apenas esperando para ver o que restaria.

— Rika, pegue seu leite — a Sra. Crist sussurrou, e olhei para ela, trocando um sorriso ao compartilharmos a piada. Ela sempre pedia à cozinheira para fazer achocolatado para mim, mas sempre desaparecia antes que eu pudesse me servir de um copo.

Alcancei a jarra, rapidamente me servindo antes de colocá-la sobre a mesa de novo.

— Onde está meu pai? — Trevor perguntou.

— Ainda na cidade, infelizmente — sua mãe respondeu.

— Sim, certo.

Olhei para cima, identificando quem havia sussurrado aquilo. Michael pairava acima da minha cabeça enquanto se esticava para pegar o achocolatado à minha frente.

Não era segredo que seu pai tinha várias amantes. Bem, na verdade, era um segredo. Um que todo mundo sabia, mas que ninguém falava a respeito. Incluindo Michael. A mãe dele era a única pessoa que eu tinha certeza de que ele nunca magoaria, o que explica a razão de somente eu ter ouvido seu comentário sarcástico.

— É isso aí! — Will exclamou quando viu o prato de batatas-doces que a Sra. Haynes colocou na mesa. Ele empilhou a mistura mole em seu próprio prato.

CORRUPT

113

— Me passa dois aí. — Damon estendeu o dele para que Kai pudesse servi-lo com ovos cozidos.

Eles não tomaram assentos à mesa, o que significava que iriam para a sala de TV, comer em paz e com mais privacidade. Eles tinham planos para esta noite, e precisavam traçá-los, sem sombra de dúvidas.

Porém não foram longe.

— Michael? Todos vocês, sentem-se. Agora — a Sra. Crist ordenou, apontando um dedo em direção a eles.

Os caras pararam e sorriram entre si, satisfazendo a vontade dela ao voltarem à mesa e se sentarem.

Michael assumiu o lugar do pai, na cabeceira da mesa, com seus amigos à direita e Trevor e eu, à esquerda.

Todos se enterraram em suas comidas.

— Quero crer que não tenho que me preocupar a respeito desta noite — a Sra. Crist alertou, pegando seu garfo e olhando para os garotos à mesa.

Michael deu de ombros, destampando minha jarra de achocolatado e bebendo direto do gargalo sem se dignar a responder.

— Não temos escolha, a não ser manter a discrição — Kai se intrometeu, divertido. — Michael poderia perder sua vaga no time se formos parar nos jornais.

— De novo — Will completou, orgulho brilhando em seus olhos verdes, antes de enfiar uma garfada de batatas na boca.

Enquanto outros adolescentes passariam a *Noite do Diabo* jogando papéis higiênicos nas casas, rasgando pneus, e destruindo as abóboras pelo caminho, os Cavaleiros tinham uma reputação de levar seus trotes um pouco além.

Incêndios, arrombamentos, vandalismo e destruição de patrimônio estavam creditados a eles, ainda que não houvesse nenhuma evidência ou prova, já que seus rostos estavam sempre cobertos pelas máscaras que usavam.

No entanto, sempre soubemos de quem se tratava. E, mesmo que os policiais também soubessem, quando você nascia debaixo da benção de um nome poderoso, conexões e dinheiro, você podia aproveitar.

Damon Torrance, filho de um magnata dos meios de comunicação.

Kai Mori, filho de uma socialite influente e um banqueiro.

Will Grayson III, neto do Senador Grayson.

E Michael Crist, filho de um empreendedor do ramo imobiliário.

Os garotos podiam até desprezar o rigor e expectativas de seus pais, mas, certamente, apreciavam a superproteção de seus nomes.

— É bom estarem juntos? — a Sra. Crist perguntou enquanto cortava uma folha da salada. — Eu sei que deve ser difícil ficarem separados por conta da faculdade.

— É muito difícil — Will respondeu com pesar —, mas basta apenas ligar para um dos caras quando meu coraçãozinho precisa de um afago.

Contraí meus lábios, tentando esconder o sorriso quando Damon bufou uma risada de seu lugar em frente.

— Na verdade — Kai começou, inclinando-se em sua cadeira —, estou pensando em transferir meu curso para Westgate. Estou entediado na Braeburn, e a Westgate tem um excelente time de natação, então...

— Ótimo — Trevor disse, cortante. — Você e o Michael podem continuar o *bromance* de vocês, agora.

— Awn... — Will zombou, olhando para ele por cima da mesa. — Você está se sentindo abandonado? Vem aqui, bonitão. Vou te dar um pouco de atenção. — Então ele se recostou na cadeira e bateu a mão em sua coxa, como um convite para Trevor sentar-se em seu colo.

Eu ri baixinho, abaixando a cabeça e sentindo-me observada. Provavelmente por Trevor.

Peguei o garfo e comecei a comer, ignorando-o. Trevor não suportava os amigos de Michael, da mesma forma que não suportava o irmão.

Olhei para cima e vi a Sra. Haynes cruzar a porta da cozinha, com o telefone fixo em mãos, murmurando algo para a Sra. Crist.

— Me deem licença por um instante. — Ela se levantou, afastando a cadeira, e passou pela mesa, sumindo pela porta.

Assim que deixou a sala, Trevor se levantou da cadeira, e quando ergui o olhar para ele, o vi encarar o irmão com uma careta.

— Fique longe dela — ordenou.

Fechei os olhos e abaixei a cabeça. Eu podia sentir meu rosto queimar de vergonha, assim como os olhares de todos sobre mim.

Jesus, Trevor.

Ninguém disse nada por um momento, mas a julgar pelo silêncio e ausência total de movimentos, enquanto eu encarava meu prato, todos estavam esperando por uma resposta de Michael.

— Quem? — finalmente ele disse.

Engoli em seco, ouvindo algumas risadas ao redor da mesa.

— Rika — Trevor rosnou. — Ela é minha.

Michael exalou uma risada de escárnio, e pelo canto do meu olho o vi

CORRUPT

empurrar a cadeira para trás e se levantar. Ele jogou o guardanapo em cima de seu prato e pegou a jarra de leite.

— Quem? — perguntou de novo.

Will curvou a cabeça, rindo alto desta vez, enquanto seu corpo se sacudia. Olhei para cima e vi Damon com um sorriso largo e um olhar presunçoso.

Eu queria me curvar em uma bola e sumir. Aquilo doeu.

Devo ter sido uma diversão hoje. Uma distração momentânea para Michael, e agora estava de volta ao lugar de onde eu era: nada, a não ser uma pessoa de quem ele tinha que desviar quando nos cruzávamos pela casa.

A raiva de Trevor irradiava, e olhei à frente quando todos se levantaram de suas cadeiras rindo e vangloriando-se enquanto seguiam Michael para fora da sala de jantar.

Não sabia de quem sentia mais raiva no momento: de Trevor ou deles. Pelo menos eu sabia o que Trevor queria de mim. Ele não queria foder com a minha cabeça.

Ele se sentou de novo, respirando com dificuldade, fazendo seu peito subir e descer com rapidez.

Afastei meu prato, agora sem apetite.

— Trevor... — comecei, sentindo-me culpada, mas já não sabia mais o que fazer com ele. — Eu não sou sua. Não sou de ninguém.

— Você transaria com ele num piscar de olhos se te olhasse duas vezes.

Fiz uma careta, travando a mandíbula. Estava cansada de ser pressionada. Arrastei a cadeira para trás e saí em disparada da sala.

Meus olhos estavam queimando com raiva, e passei pelo hall, notando que a porta da garagem estava aberta. Vi Michael jogando uma sacola preta para Kai, que a guardou no carro.

Ele virou a cabeça e me encarou por um momento, com os olhos espremidos, mas depois abaixou a cabeça, voltando a guardar coisas em seu carro, como se eu não existisse.

Subi a escada às pressas e desacelerei quando estava no corredor até o meu quarto. Batendo a porta com força, respirei fundo, sentindo os dedos trêmulos ao passá-los pelo meu cabelo, tentando não chorar.

Eu precisava dar o fora daqui.

A casa dos Crist estava começando a se tornar uma jaula. Constantemente eu tinha que afugentar um irmão, enquanto mostrava uma fachada de indiferença com o outro, e eu precisava de algo para me divertir.

Noah. Sem sombra de dúvida ele iria ao Galpão hoje à noite. Eu podia ligar para ele e ver que horas pretendia sair.

Tirei as sapatilhas e arranquei meu uniforme, abrindo o armário para encontrar alguma peça de roupa que sempre deixava aqui. Soltei meu sutiã e o descartei no chão.

Minha pele estava arrepiada, e vesti uma regata e a calça jeans, não querendo nada mais do que poder gritar até explodir meus pulmões.

Imbecis. Todos eles.

Calcei meu tênis e peguei o casaco preto com capuz do cabide, no *closet*; corri de volta pelas escadas, ouvindo o barulho do chuveiro ao passar pelo banheiro. Os caras estavam provavelmente se arrumando para sair.

Peguei meu celular e as chaves de casa na mesinha que ficava ao lado da porta de entrada, e saí da mansão. Puxando o capuz sobre a cabeça, enfiei as mãos no bolso frontal do meu moletom.

Estávamos no final de outubro, dia 30, e o ar gélido fazia a pele doer. Praticamente todas as árvores estavam desfolhadas, e todo aquele marrom, laranja, amarelo e vermelho das folhas caídas agora agraciavam o gramado. A Sra. Crist nunca permitia que os jardineiros as removessem, sabendo que seria o último vislumbre de cores que apreciaríamos antes que a neve começasse a cair em poucas semanas.

O frio percorreu meu corpo, e devagar comecei a sentir-me mais calma enquanto caminhava pela entrada e acesso à casa.

Os galhos erguidos acima, como se fossem veias cruzando o céu, pareciam estar fundidos, formando uma abóboda nua e morta acima da entrada, digna de um filme de Tim Burton. Eu meio que esperava que uma névoa sinistra de repente flutuasse do chão em minha direção.

As lanternas feitas de abóbora iluminavam toda a entrada, brilhando com as chamas que ardiam por dentro. Inspirei o aroma de madeira queimada vindo de algum lugar. Inúmeras fogueiras seriam acesas hoje, todo mundo se divertindo com as travessuras ou participando delas.

Também haveria festas, e esperava que Noah estivesse disposto a comparecer a alguma, porque eu precisava me divertir esta noite. Precisava de algo para me distrair.

Quando cheguei ao imenso portão, peguei a chave que abria a porta adjacente para pedestres. Quando não queríamos perturbar Edward, o mordomo, para que abrisse o portão principal, nós entrávamos ou saíamos por ali. Eu usava a minha chave com frequência, já que minha casa era perto o bastante para ir e vir a pé, e Michael também fazia uso dela, pois costumava correr fora da propriedade.

CORRUPT

117

Fechando o pequeno portão – que trancava automaticamente –, virei à esquerda para seguir pela lateral da estrada, como sempre fazia.

Meu cabelo se espalhou para fora do capuz, acima dos meus seios, à medida em que acelerava meus passos pelo asfalto. Já estava escuro, mas as estradas não estavam ainda tomadas pela escuridão. Havia lanternas por toda a propriedade dos Crist, ao longo do muro de pedras, e logo mais à frente, as luzes que provinham do terreno da minha família ofereceriam uma espécie de conforto sobre o medo de estar sozinha aqui. Principalmente pela aflição de saber que, do outro lado, à minha direita, só havia uma floresta que margeava a estrada.

Quando você sente medo, seus sentidos ficam mais aguçados. Vagalumes na noite poderiam se parecer a pares de olhos, ou o vento que soprava por entre as árvores simulava sussurros. Andei mais rápido, sentindo o frio penetrar pelo meu jeans.

Mas, ao olhar para a frente, avistei luzes que se derramavam sobre a pista escura. Girei o corpo e vi um carro se aproximar até parar logo atrás de mim.

Franzi as sobrancelhas, meu coração batendo acelerado no peito, e continuei recuando em meus passos.

O que estavam fazendo? Eles estavam na contramão da pista.

Mastiguei o lábio inferior, posicionando minha mão acima dos olhos para protegê-los da claridade dos faróis. Continuei andando para trás, preparada para correr, se preciso, mas parei ao ver a porta do motorista abrir e um par de botas pretas pisar no chão.

Michael deu um passo à frente dos faróis, usando jeans e o mesmo agasalho preto com capuz, de hoje à tarde.

O que ele estava fazendo?

— Entre no carro — mandou.

A ira me atingiu com sua ordem. *Entre no carro?*

Desviei o olhar para as janelas do veículo, avistando as três formas sombrias de Kai, Will e Damon.

No entanto, endireitei a coluna, já tendo aguentado mais do que o suficiente das chicotadas de Michael hoje. Ele finalmente havia dito mais do que duas palavras para mim, e depois, se vira e passa a agir como se nem ao menos soubesse meu nome na mesa de jantar?

— Não precisa se incomodar — eu disse, sem nem disfarçar meu tom de desprezo. — Sou capaz de ir para casa por conta própria.

Então me virei, pronta para seguir para casa.

— Não estamos levando você para lá — ele disse, com uma voz sombria.

Parei e virei a cabeça, meu coração retumbando no peito. O cabelo castanho-claro estava úmido ainda do banho, brilhando contra a luz, e vi o desafio escrito em seus olhos.

Ele se virou e caminhou para a porta do passageiro, logo atrás do banco do motorista, e a abriu.

Finalmente me virei por completo, encarando-o.

Sua voz estava suave e rouca quando disse:

— Entre.

Prendi meus dedos entre as coxas, tentando evitar me remexer ante a presença dos quatro homens, todos com mais de um e oitenta de altura, que tomavam conta do espaço escuro como um breu dentro do SUV de Michael.

Ele estava sentado à minha frente, dirigindo, enquanto Kai estava no banco do passageiro. Will estava ao meu lado direito, e eu podia sentir seu olhar em mim.

Mas era Damon, às minhas costas, que fazia com que os pelos da minha nuca se arrepiassem. Tentei ignorar a tensão, mas era impossível. Ergui o queixo e olhei por cima do ombro, vendo-o sentado no banco inteiriço logo atrás.

Imediatamente quis me esconder.

Seus olhos vazios estavam aterrissados em mim enquanto uma fumaça deslizava por entre seus lábios, flutuando logo acima dele, e o que me assustava pra caralho era vê-lo tão calmo. Seus braços estavam apoiados sobre o encosto do banco, e ele apenas abaixou o queixo, mantendo o olhar focado ao meu.

Virei-me rapidamente para frente, avistando Will ao meu lado, mascando um pedaço de chiclete e me encarando com um sorrisinho arrogante de merda, como se soubesse que eu estava prestes a mijar nas calças.

Estava pensando se eles sabiam o porquê Michael havia parado para me pegar.

Let Sparks Fly, do Thousand Foot Krutch, explodiu nos alto-falantes, quase arrebentando meus tímpanos, e tentei me acalmar, respirando fundo diversas vezes.

Nós dirigimos pela cidade, passando pelos restaurantes e os pontos de encontro lotados de adolescentes, e seguimos em direção ao campo. Depois de vinte minutos de nada, além da música ensurdecedora, Michael abaixou o volume do rádio e pegou um desvio para uma estrada de terra escura. Seu SUV subiu lentamente a encosta por entre as árvores.

Onde diabos estávamos?

Não estávamos mais em Thunder Bay, mas também não tínhamos ido tão longe da cidade. Nunca estive aqui ou saí para me divertir pelas comunidades que ficavam nos arredores da nossa.

Will se abaixou no seu lugar e vasculhou uma sacola preta aos seus pés, tirando as máscaras lá de dentro.

Vi quando jogou a máscara preta de Damon, para ele; bateu no ombro de Kai e estendeu a sua prateada, e colocou a vermelha de Michael no console central do carro.

Jesus, o que iríamos fazer?

Rezei baixinho para que não tivesse que vê-los espancando algum pobre imbecil que os tenha ofendido, ou testemunhar um roubo a alguma joalheria. Não que já tivesse ouvido a respeito de eles terem feito isso, mas não fazia a menor ideia do que ia acontecer.

Tudo o que sabia era que não iríamos simplesmente arremessar rolos de papéis higiênicos em algum carro ou pichar alguma placa de sinalização das ruas.

Ou talvez não fosse um "nós". Talvez eles não quisessem que eu fizesse alguma coisa na companhia deles, afinal de contas. Quem sabia por que eu estava aqui? Talvez fosse a motorista da fuga. Talvez a vigia.

Ou talvez a isca.

— Ei, Michael... — Ouvi a voz de Will abafada. — Ela não tem uma máscara.

Olhei para o retrovisor e seu olhar encontrou o meu, a sombra de um sorriso em seu rosto.

— Oh-oh... — zombou, e Kai riu ao seu lado. Cruzei os braços à frente do peito, tentando não demonstrar meu nervosismo.

Paramos em uma rua que parecia estar abandonada. Espreitei pela janela e deparei com casas minúsculas e velhas – destruídas e decadentes, sombrias –, com janelas quebradas e telhados desmoronando.

— Que lugar é este? — perguntei quando Michael desligou a ignição.

O corpo grande de Damon saltou para fora do carro, seguindo Will, e antes que me desse conta, estava sozinha.

Girando a cabeça, eu os vi se aproximarem de um gramado detonado na frente de uma casa; Michael já usava sua máscara como os outros.

Será que havia pessoas ali dentro? A comunidade pequena parecia deserta, então por que usar as máscaras?

Hesitei por um instante antes de suspirar e abrir a porta. Ajeitei o capuz sobre a cabeça, puxando-o mais para baixo sobre os olhos, só por precaução.

A brisa suave soprou sobre meu cabelo enquanto eu dava a volta no carro, e olhei para cima, vendo Will carregar a sacola para dentro da casa, seguido por Damon e Kai.

Não havia porta.

Enfiei as mãos no bolso frontal do moletom e parei ao lado de Michael, que simplesmente encarava a estrutura em ruínas. Seu capuz estava no lugar, cobrindo seu cabelo, e apenas uma pequena parcela da claridade da luz incidia sobre o perfil vermelho de sua máscara. Dentro da casa, vi alguns feixes de luz. Os garotos deviam estar usando lanternas.

Segurei a caixinha dentro do bolso, ouvindo os palitos de fósforos chacoalhando. Esqueci que os havia enfiado ali na última vez que vesti esse moletom.

Michael virou a cabeça e olhou diretamente para mim, seus olhos praticamente como buracos negros que eu mal podia divisar. Meu coração quase pulou pela garganta, e senti como se estivesse de pernas para o ar.

Aquela maldita máscara.

Ele enfiou a mão dentro do meu bolso e retirei as minhas, sem saber o que ele estava fazendo. Ergueu logo depois a caixinha de fósforos em sua palma.

— Por que você guarda isso? — perguntou. Ele deve ter escutado quando as agitei dentro do bolso.

Dei de ombros, retirando o objeto de suas mãos.

— Meu pai colecionava caixinhas de fósforos dos restaurantes e hotéis onde ia em suas viagens a trabalho — respondi, abrindo a caixa e trazendo ao meu nariz. — Passei a gostar do cheiro. É como se fosse...

Sem pensar no que estava fazendo, fechei os olhos e inspirei profundamente pelo nariz, o cheiro de enxofre e fósforo me fazendo sorrir de imediato.

— Como se fosse...?

CORRUPT

Fechei a caixinha e ergui o olhar, sentindo-me mais leve por alguma razão.

— Como se fosse manhã de Natal e fogos de artifício em um só. Passei a guardar a coleção dele depois que...

Depois que ele morreu.

Guardei todas as pequenas caixinhas em uma antiga caixa de charutos, mas passei a sempre levar uma delas comigo depois da morte do meu pai.

Enfiei os fósforos no bolso outra vez, percebendo que nunca havia contado aquilo a ninguém antes.

Olhei de relance para ele, estreitando meus olhos.

— Por que você me trouxe aqui esta noite?

Ele manteve o olhar firme à frente, encarando a casa outra vez.

— Porque estava falando sério nas catacumbas hoje.

— Não foi isso o que pareceu na mesa do jantar — argumentei. — Eu te conheço por toda a minha vida, e você age como se mal soubesse meu nome. O que há entre você e Trevor, e por que tenho a impressão de que...

Manteve o olhar fixo à frente, sem se mover.

— Impressão de quê?

Baixei o olhar, pensando.

— De que tem algo a ver comigo.

Michael finalmente havia reparado em mim hoje. Ele me disse coisas que somente sonhei em ouvir, e coloquei em palavras tudo aquilo que eu sentia.

E na mesa de jantar, com Trevor, ele me ignorou outra vez. Assim como antigamente. Era como se eu nem estivesse na mesma sala. Será que eu tinha algo a ver com a razão de ele e o irmão nunca terem se entendido?

Mas então balancei a cabeça. *Não*. Isso seria ridículo. Eu não era tão importante assim para Michael. Os problemas dele e de Trevor provinham de outra coisa.

Ele permaneceu em silêncio, sem responder, e minhas bochechas começaram a queimar com a vergonha. Não devia ter falado nada. Meu Deus, como eu era uma garota estúpida.

Não esperei que me respondesse ou continuasse a me ignorar. Subindo a pequena elevação do quintal, dei um passo em direção ao alpendre, ouvindo a madeira estalar e gemer como se fosse um animal ferido por conta do nosso peso, já que Michael veio em meu encalço. Entrando apressada na casa, avistei os garotos iluminando o local com suas lanternas, enquanto entravam de cômodo em cômodo.

Um cheiro pungente e amadeirado chegou até meu nariz, e recuei ao olhar ao redor da casa antiga.

O lugar era inabitável.

Móveis velhos, manchados e rasgados, estavam espalhados, enquanto pilhas de destroços de madeira — que pareciam pertencer a cadeiras ou outras mobílias — se apinhavam nos cantos. Talvez à espera de serem usados como lenha.

Todas as janelas do lugar estavam quebradas, e baixei o olhar, vendo lixos e poças no chão no meio de pequenos frascos de vidro, cachimbos e agulhas.

Torci os lábios, já detestando este lugar.

Por que Michael quis vir até aqui? Eu não podia negar que tudo o que era sombrio e perigoso tinha certo fascínio, mas colchões imundos no chão, manchados com "seja lá que porra era aquilo" e agulhas usadas e descartadas ao redor?

Este lugar era horrível. Eu não queria estar aqui.

Inclinei a cabeça, espiando à frente e vendo uma porta aberta mais adiante. Quando o feixe de luz de uma das lanternas dos garotos dançou através do quarto, tive um vislumbre de tinta spray na parede branca do lado de dentro. Parecia a entrada do porão.

Definitivamente, eu também não gostaria de ir lá embaixo.

Mas então tropecei para a frente, um corpo passando pelo meu e esbarrando no meu ombro.

— Você não deveria estar aqui — Will advertiu, me olhando por cima do ombro. — Esta casa não é segura. Uma garota foi violentada aqui alguns meses atrás.

— Estuprada — Damon provocou, girando ao redor até parar na minha frente e segurar meu rosto. Imediatamente recuei para longe dele. — Ela foi drogada e levada lá pra baixo. — Inclinou a cabeça para indicar o lugar atrás dele, com excitação ardendo em seus olhos.

Minha respiração vacilou enquanto tentava engolir o nó na garganta.

Uma garota havia sido atacada aqui? Franzi o cenho, sentindo a respiração acelerar com o medo.

— Sim... — Ouvi a voz de Kai às minhas costas. — Ela foi amarrada, despida... Não dá para dizer quantos caras fizeram fila para cair em cima dela.

Dei a volta e retrocedi em outra direção, tentando me afastar enquanto Kai se aproximava um passo de cada vez, com um olhar estranho.

Mas então dei de encontro com outro corpo às minhas costas e parei. Dessa vez era Will, os olhos verdes incendiados; inclinando a cabeça para baixo, ele me olhava com desafio no olhar.

CORRUPT

123

Que merda eles estavam fazendo?

Girei o pescoço e vi Damon se aproximar, também, seus olhos negros parecendo buracos na escuridão de sua máscara.

Kai olhou para cima, perguntando a Will com uma voz suave:

— Acho que não prenderam todos eles, não é?

— Não — Will respondeu, divertido —, acho que alguns ainda estão soltos por aí.

— Como quatro deles.

Ouvi o tom ameaçador na voz de Michael, e balancei a cabeça, arregalando os olhos quando ele fechou o espaço ao meu lado, completando uma jaula humana.

Merda. Perdi o fôlego, meu coração martelou no peito e olhei de relance para o colchão imundo no chão.

Bile subiu à minha garganta.

Mas, de repente, eles explodiram em risos, e voltei a encará-los, vendo seus corpos sacudindo em divertimento à medida que se afastavam de mim.

— Isto aqui é só uma boca de fumo, Rika — Michael garantiu. — Não um ponto de estupros. Relaxa.

Eles estavam brincando? Cruzei os braços à frente do corpo, com uma careta.

Idiotas.

Meus nervos estavam agitados, e inspirei profundamente para tentar me controlar.

Vi quando os quatro jogaram querosene nas paredes, assoalho, e sobre os detritos, e mesmo não sendo preciso ser gênio para adivinhar o que iriam fazer, mantive meus receios para mim mesma. Não tinha certeza se poderia dizer que estava me divertindo, mas não queria discutir ou tentar impedi-los e perder a oportunidade que de alguma forma ganhei.

Não ainda, pelo menos.

— Queimem tudo! — Michael gritou. — Está na hora de limpar esse lixo.

Os quatro pararam ao meu lado, todos nós encarando o interior da casa, e vi quando acenderam fósforos, o brilho das pequenas chamas iluminando suas máscaras.

Os olhos castanhos de Michael tremeluziram, e meu coração perdeu o ritmo.

Enfiei a mão no bolso e peguei minha caixinha de fósforos, riscando um deles e vendo a chama consumir a ponta.

Sorri, olhando ao redor, para toda aquela merda espalhada pelo chão, e pensei em todas as coisas ruins que devem ter acontecido nesta casa. Pela quantidade de restos de drogas espalhados no lugar, só pude supor que violência também esteve presente. Provavelmente muitas pessoas foram abusadas aqui.

Talvez até mesmo crianças.

Virei a cabeça para a direita, deparando com o olhar fixo de Michael. Olhei à esquerda e vi que Kai e Damon também me encaravam. Will segurava o celular, pronto para filmar o que estava prestes a acontecer.

Olhei à frente, sabendo o que estavam esperando.

Arremessei o fósforo, a pequena brasa explodindo em uma chama de quase um metro e meio contra a parede, e soltei o ar que estava prendendo, sentindo o calor atingir meu corpo.

Os caras também jogaram seus fósforos, e a casa minúscula se tornou um inferno amarelo e vermelho. Calor inundava minhas veias, o que me fez sorrir.

— Uhuuu! — Will exclamou em um uivo rouco, filmando cada centímetro da sala de estar agora em chamas.

Devagar, um a um, saímos da casa; Damon levava a sacola que Will havia trazido, já que este estava com as mãos ocupadas fazendo o registro do espetáculo.

Ele deveria estar fazendo aquilo? Você não gostaria de ter prova alguma correndo o risco de vazar quando se estava infringindo a lei, afinal de contas.

— Faça a ligação.

Olhei para cima e vi Michael jogando um celular para Kai enquanto descíamos as escadas do alpendre.

Kai pegou o aparelho e se afastou, enquanto lancei um rápido olhar ao redor, mantendo a cabeça baixa, para me assegurar de que não havia testemunhas.

A vizinhança ainda parecia completamente morta.

Observei Kai caminhando cerca de seis metros de distância, erguendo a máscara e falando ao telefone.

— Você já pensou no que quer fazer? — Michael perguntou a Will.

Ele desligou a câmera do celular, enfiando-o no bolso.

— Ainda não — respondeu enquanto Damon passava por ele e jogava a sacola na parte de trás do SUV.

— Tudo bem, vamos fazer o de Kai, e depois o de Damon — Michael lhe disse. — Decida isso até lá.

CORRUPT

125

Decida isso?

Então caí em mim. Kai, Damon, depois Will. O que significava que o de Michael estava feito.

Dei a volta e olhei para a casa, as chamas já visíveis pelas janelas do segundo andar.

— Então cada um de vocês faz um trote na *Noite do Diabo*, e este foi o seu — afirmei, finalmente chegando à conclusão sobre o que ele estava falando. — Por quê?

Seus olhos se fixaram aos meus através de sua máscara, e fiquei me perguntando por que ele nunca a tirava do rosto. Os outros já haviam erguido as deles, acima da cabeça, agora que a proeza estava feita.

— Não gosto de drogas ou bocas de fumo — admitiu. — Drogas são como uma muleta para pessoas ignorantes demais para se autodestruírem por conta própria.

Franzi o cenho ante suas palavras.

— O que quer dizer? Por que alguém iria querer se autodestruir, para início de conversa?

Ele manteve o olhar preso ao meu, e achei que fosse me responder, mas simplesmente passou por mim, seguindo para o carro.

Balancei a cabeça, decepcionada por parecer não entender o que ele estava tentando dizer.

— Vamos embora! — ele berrou, e todo mundo se amontoou no carro. Dei um último olhar para a casa, vendo que ela agora iluminava a noite escura, e sorri, torcendo para que Kai tivesse chamado o corpo de bombeiros ao telefone.

Kai sentou-se no banco do motorista, e abri a porta do passageiro que ficava atrás dele, pronta para tomar meu lugar, mas fui arrancada dali e a porta se fechou na minha cara.

Meu fôlego ficou preso na garganta, e quando dei por mim, estava sendo arremessada contra a lateral do carro.

— Por que ele trouxe você junto, hein?

Damon me encarava com uma careta, e observei sua expressão, sentindo a cabeça desorientada.

— O quê? — engasguei.

— E por que ele a levou às catacumbas hoje?

Qual era o problema dele?

— Por que não pergunta para ele? — retruquei. — Talvez ele esteja entediado.

Suas pálpebras semicerraram, enquanto ele me encarava.

— Sobre o que vocês dois conversaram hoje?

Mas que porra?

— Você interroga todas as pessoas com quem Michael conversa? — acusei.

Ele se atirou sobre meu rosto, rosnando ao sussurrar:

— Nunca o vi andar de mãos dadas em um tour de uma orgia antes. Ou trazer alguém na *Noite do Diabo*. Isto é coisa nossa, então por que você está aqui?

Permaneci em silêncio, mantendo os dentes grudados. Não sabia o que dizer ou até mesmo pensar. Tive a impressão de que Damon, Will e Kai estavam de acordo com tudo quando Michael me pegou mais cedo.

Será que os outros dois também estavam sentindo a mesma raiva?

— Não ache que você é especial — escarneceu. — Um monte de mulher o procura. Nenhuma o mantém.

Meu olhar não se afastou do dele, pois queria ter certeza de que ele não me visse vacilar.

— Rika — Michael chamou. — Venha aqui agora.

Damon manteve o olhar preso ao meu por mais um instante e depois se afastou, deixando-me sair. Respirei profundamente, percebendo que meu coração estava batendo como um tambor. Dei a volta no carro e vi Michael ao lado da porta do passageiro.

Ele a abriu e se sentou, jogando a máscara para Will, e depois olhou para mim.

Ele não ia dirigir?

— Venha aqui. — Estendeu a mão.

Dei um passo para mais perto e me engasguei quando ele me puxou para dentro do carro, sentada em seu colo, passando minhas pernas por cima dele.

O quê? Enganchei um braço em seu pescoço para me apoiar, minha bunda plantada sobre suas coxas.

— O que você está fazendo? — perguntei, chocada.

— Precisamos de espaço lá atrás — ele disse, fechando a porta.

— Por quê?

Ele deu um suspiro irritado.

— A porra da sua boca nunca fica calada, não é?

Ouvi a risada de Kai e olhei para cima, vendo-o sorrir enquanto dava a partida no carro.

CORRUPT

Por que eles trocaram de lugar? Eu poderia facilmente ter me sentado no colo de Kai.

Não que eu estivesse reclamando.

Permiti que Michael me puxasse contra seu corpo, minhas costas pressionando seu peito, e pisquei devagar, absorvendo seja lá o que estivesse correndo por baixo da minha pele.

Uma de suas mãos descansava sobre minha coxa, enquanto a outra digitava alguma mensagem no celular; seu polegar deslizando a mil por hora.

— Vamos embora — ele disse a Kai. — Rápido.

Minha mandíbula chegou a doer com um sorriso enquanto Kai dava o fora. Não sabia o que viria a seguir, mas de repente, estava me divertindo pra caralho.

CAPÍTULO 9
ERIKA

Dias atuais...
Antropologia da Cultura Jovem.

Caminhei rumo à minha primeira aula do curso, já exausta por ter me enfiado em um fiasco. Ou me daria muito bem com a matéria, ou muito mal.

Claro, eu tinha visto um punhado de cultura jovem no meu pouco tempo de vida. Os Cavaleiros no colégio e a hierarquia que eles ditavam. O consciente coletivo dos trotes praticados pelo time de basquete e seja lá o que acontecia naquelas catacumbas.

A maneira como os caras tramavam, assim como as garotas, e a forma como todos éramos espelhos de nossos pais de algum jeito. Os poucos líderes e muitos seguidores, e o único modo de se tornar mais forte se você não estiver sozinho.

E havia a *Noite do Diabo*. A maneira como nossa cidade fazia vistas grossas e permitia que sua juventude usasse aquela noite para suas travessuras.

Cultura jovem em Thunder Bay era como um ninho de serpentes. Vá com cuidado e sem fazer movimentos bruscos, ou alguém poderia dar o bote. A não ser que você fosse um dos Cavaleiros, claro.

Mas isso não significava que eu não soubesse alguma coisa sobre cultura jovem, também. A população da minha cidade natal era, em grande parte, rica e influente. Essa não era a média. Quão ameaçador você seria sem dinheiro, conexões e o papaizinho? Será que o campo de batalha estaria mais nivelado sem estas regalias?

Era isso o que eu estava tentando descobrir. Sem o sobrenome da minha família e seu dinheiro, sem meus contatos e sua proteção, do que eu era capaz?

Foi por isso que deixei a Brown e Trevor, e a cultura na qual cresci acostumada. Para descobrir se era uma seguidora ou uma líder. E eu duvidava que pararia até provar que era a última opção.

Desci as escadas acarpetadas do auditório, buscando por um lugar para me sentar. O que estava sendo difícil. Aquela sala foi feita para o mínimo de cem alunos em assentos nivelados por altura, como numa sala de cinema, e estava lotada. Quando me matriculei nesta matéria, me disseram que era oferecida somente uma vez a cada dois anos, então parecia que um monte de gente também se inscreveu enquanto deu.

Meus olhos aterrissaram em uns assentos vazios em uma das fileiras, e então parei, vendo a morena, com aquele longo cabelo sedoso, vestida em um cardigã bege e fino. Descendo os degraus, olhei para o perfil da garota e a reconheci.

Hesitei por um instante, apertando a alça da minha bolsa. Não queria me sentar com ela, mas olhei ao redor e vi todos os espaços lotados, e havia alguns lugares vagos na fileira dela, então acho que era ali que acabaria tendo que me sentar.

Passei pela fileira, desviando das pernas dos outros alunos, e me sentei na cadeira, mantendo um espaço entre mim e o cara da direita, assim como entre mim e a morena, à esquerda.

Ela me deu um olhar e sorriu com simpatia.

Eu sorri de volta.

— Oi, você estava com o Michael naquela outra noite, não é? — abordei o assunto. — No elevador. Não tivemos a chance de nos conhecer.

Estendi a mão e ela estreitou os olhos, parecendo confusa.

Mas então relaxou, assentiu e aceitou meu cumprimento.

— Ah, isso mesmo. A namorada do irmão mais novo.

Bufei uma risada, não me incomodando em corrigi-la. Ela não precisava saber da minha história de vida.

— Rika — informei. — Na verdade, é Erika, mas todos me chamam de Rika.

— Ree-ka? — repetiu, sacudindo minha mão. — Oi, sou Alex Palmer.

Assenti, liberando-a e olhei para a frente de novo.

O professor Cain entrou na sala, com seu cabelo grisalho, terno marrom e óculos, e imediatamente começou a esvaziar sua bolsa, tirando papéis e ajeitando o projetor. Coloquei minha bolsa no chão, procurando meu iPad e depois ajeitando-o no suporte, para que pudesse conectar o teclado para fazer minhas anotações.

Tentei manter o olhar para baixo, mas era impossível não olhar de relance para Alex. Ela era muito bonita. Os olhos verdes eram exóticos e penetrantes, e ela usava um jeans *skinny* e uma regata por baixo do cardigã. O corpo dela não tinha defeitos, era sexy e a pele bronzeada brilhava.

Coloquei uma mecha do meu cabelo atrás da orelha, dando uma olhada nas minhas roupas. Calça *legging* preta, uma bota marrom até o joelho e um blusão branco com um cachecol cor vinho amarrado frouxamente no meu pescoço.

Suspirei. Não importa. Mesmo se estivesse usando roupas sexy, ainda não seria nem um pouco parecida com ela.

— Sai fora — uma voz grave soou.

Levantei a cabeça e meu peito apertou ao ver Damon Torrance me encarando.

Mas que porra?

Ele lançou um olhar firme para Alex; usava o cabelo preto estilizado com gel e uma camisa tão escura quanto seus olhos.

Ela se agitou, confusa, e virei a cabeça, vendo-a recolher suas coisas e se mudar para algumas cadeiras abaixo.

Abri a boca e estreitei o olhar.

— O que acha que está fazendo? — exigi saber.

No entanto, ele me ignorou e roçou minhas pernas ao passar por mim e se sentar à minha esquerda, no lugar onde Alex estava.

— Oi, Rika — outra voz soou, e olhei para a direita, vendo Will Grayson se sentar no espaço vazio ao lado. — Como você está?

Ambos se ajeitaram em seus assentos e a impressão que tive era de que eram como muros ao meu redor. Eu não havia conversado com eles em três anos, e mantive meu olhar focado à frente, sem fazer ideia do que estava acontecendo.

Déjà vu. Eles estavam aqui. E sabiam que eu estava aqui. Os pelos dos meus braços se eriçaram, e era como se o tempo não tivesse passado. Era como se estivesse de volta três anos atrás.

Apertei os punhos, vendo o professor assumir seu lugar diante da turma.

— Olá a todos — ele saudou, deslizando os dedos pela gravata. — Bem-vindos à aula de Antropologia da Cultura Jovem. Eu sou o professor Cain, e...

CORRUPT

Desviei o olhar, a voz do professor sumindo quando senti o braço de Damon logo atrás do encosto da minha cadeira.

Cain continuou a falar, mas o pavor tomou conta de mim, me deixando com a sensação de estar sendo espremida.

— O que vocês estão fazendo? — perguntei aos dois, mantendo o tom de voz baixo. — Por que estão aqui?

— Estamos frequentando as aulas — Will cantarolou.

— Vocês estão estudando aqui? — questionei, olhando para ele com descrença, antes de me virar para Damon.

Os olhos dele, tão frios e quentes ao mesmo tempo, estavam focados em mim, como se o professor e o restante da classe não estivessem aqui.

— Bom, nós meio que perdemos um tempo — Will refletiu e sussurrou: — Devo dizer que fiquei de coração partido por não ter recebido nem uma carta sequer em todo o período em que estivemos afastados. Naquela noite em que estávamos livres, nos divertimos bastante, não é?

Não. Nós não nos divertimos tanto assim. Respirei fundo, inspirando pelo nariz, e rapidamente fechei meu iPad e estendi a mão para pegar minha bolsa, querendo sair dali.

Porém Will agarrou meu pulso, fazendo-me sentar outra vez.

— Fique — sugeriu em uma voz calma, mas podia jurar que era uma ordem. — É bom termos uma amiga nessa aula.

Soltei-me de seu agarre, a pele queimando no exato lugar onde ele tocou. Empurrei a mesa para o lado, agarrei minhas coisas e me levantei às pressas.

No entanto, Damon segurou a parte de trás da minha blusa, e meu coração quase parou quando ele me obrigou a sentar de volta na cadeira, sussurrando:

— Levante-se outra vez e vou matar sua mãe.

Arregalei os olhos, respirando com dificuldade à medida que o medo rastejava pela minha pele. *O quê?*

Um cara na fileira da frente virou a cabeça, provavelmente tendo presenciado nossa interação, e franziu o cenho com preocupação.

— Que porra você está olhando? — Damon rosnou.

O rosto do rapaz assumiu uma expressão de medo e ele se virou para frente de novo.

Ai, meu Deus. Deixei a bolsa cair no chão e apenas me sentei lá, tentando descobrir o que fazer. Aquilo era uma brincadeira? Por que ele diria algo assim?

Mas então me endireitei, lembrando-me que minha mãe não estava em casa. Ela estava viajando. Tentei falar com ela diversas vezes na semana passada, até que, finalmente, recebi uma mensagem de texto dela, dois dias atrás, dizendo que iria velejar com a Sra. Crist, em um cruzeiro, no iate deles, pelo próximo mês. Ela estava a caminho da Europa neste exato momento, e nossa governanta aproveitou a oportunidade para visitar a família que morava fora da cidade. A casa estava completamente vazia.

Suspirei de alívio, me acalmando. Ele não tinha como colocar as mãos nela, mesmo se quisesse. Não agora, pelo menos. Damon estava apenas mexendo comigo.

O braço dele se enroscou no meu pescoço outra vez e eu me recostei na cadeira. Fiquei tensa quando me puxou para perto de seu corpo.

— Você nunca fez parte do nosso grupo. — O sussurro irritado soprou no meu ouvido. — Você era só uma boceta sendo preparada.

Então sua mão livre deslizou pelo interior da minha coxa, apertando-a.

Gemi em choque, e agarrei sua mão, afastando-a de mim. Ele tentou me tocar outra vez, mas cerrei meus dentes e dei um tapa para que não chegasse mais perto.

— Mas o que está acontecendo aí atrás?

Parei ao ouvir a voz do professor. Virei-me para frente e olhei adiante, sentindo-me observada, mas me recusei a responder.

— Sinto muito, senhor. — Vi de relance quando Damon alisou sua camiseta enquanto se curvava na cadeira. — Eu a peguei gostoso essa manhã, mas parece que ela não consegue manter as mãos longe de mim.

Risadas explodiram pelo auditório, e ouvi o risinho silencioso, porém satisfeito, de Will, ao meu lado.

Meu rosto queimou tamanho o embaraço, mas não se comparava à raiva que estava sentindo crescer por dentro.

Que merda eles queriam? Não fazia o menor sentido. *Isto* aqui me pertencia. Esta faculdade, esta aula, a nova chance de ser feliz... Prefiro morrer do que deixá-los me afugentar.

O professor nos lançou um olhar de desgosto e voltou à sua aula sobre tecnologia e o impacto que isso tinha sobre a juventude. Will e Damon se recostaram em seus assentos, ficando calados.

Mas eu não conseguia me concentrar.

Só precisava terminar essa aula. Só precisava dar o fora daqui e voltar para o meu apartamento e...

CORRUPT

E o quê?

Com quem eu me queixaria? Michael?

Michael. Ele morava no Delcour, um andar acima do meu. Os caras deviam frequentar seu apartamento. Com frequência, talvez.

Merda.

Depois de anos na cadeia, pensei que estivessem longe daqui depois de tanto tempo sem curtir a liberdade. Mas cá estavam eles. Será que isso era mais divertido?

Baixei o olhar, vendo as inúmeras tatuagens que desciam pelo braço esquerdo de Will. Ele não as possuía, da última vez em que o vi. Olhando de esguelha para Damon, vi que seus braços ainda estavam livres de tinta. Não sei por que razão pensei se os caras mudariam ou não, mas de uma coisa eu tinha certeza: eles ainda eram os mesmos.

Minutos se passaram, e, mais uma vez, Damon posicionou seu braço no encosto da minha cadeira. Permaneci congelada no lugar, tentando focar minha atenção na aula que estava se tornando cada vez mais como um discurso.

— O problema com essa geração — o professor anunciou, enfiando as mãos nos bolsos da calça — é o imenso senso de merecimento. Você sente-se dono de tudo, e quer tudo para agora. Por que sofrer a doce agonia de assistir séries de TV, apenas para descobrir o final esperado por anos, quando pode aguardar que todos os quinze episódios sejam liberados no Netflix, permitindo que você os assista em uma maratona de três dias, não é mesmo?

— Exatamente! — um aluno do outro lado da sala gritou. — Seja esperto, sem esforço.

Todo mundo riu com a tirada do garoto.

Imenso senso de merecimento? O quê?

— Estive sonhando com esses lábios — Damon disse, baixinho, no meu ouvido, me trazendo de volta. — Você sabe como chupar um pau, Rika?

Eu me esquivei, sentindo nojo. Mas ele me puxou contra ele outra vez.

Está só mexendo com você. Ignore.

— Mas trabalhar com esforço constrói o caráter — o professor deu continuidade à discussão com o aluno. — Você não nasceu com respeito e reverência. Você aprende a perseverar e valorizar as coisas quando se esforça por aquilo.

Obriguei-me a prestar atenção ao que ele dizia, mas perdi o fôlego quando a mão de Damon agarrou com força um punhado do meu cabelo, mantendo-me imóvel.

— Porque quando eu me enfiar até a sua garganta — sussurrou contra minha bochecha —, é melhor você aguentar tudo e mostrar todo o seu amor.

Afastei a cabeça para longe dele, rosnando baixinho. *Pervertido*.

— Nada que vale a pena vem fácil — uma garota disse, apoiando o argumento do professor.

— Exatamente — ele concordou, apontando o dedo com empolgação.

Jesus. Esfreguei o rosto com as mãos, incapaz de continuar. Havia algo que eu queria dizer, mas não conseguia me lembrar o que era.

Puta que pariu, sobre o quê mesmo o professor estava falando?

Suspirei e balancei a cabeça.

— Sim? — ouvi o professor chamar.

Quando ninguém disse nada, e Will e Damon se mantiveram quietos, ergui meu olhar, devagar, vendo que Cain olhava diretamente para mim.

— Eu? — perguntei. Eu não tinha falado nada.

— Você parece frustrada. Gostaria de contribuir com a discussão além de distrair a turma com seus namorados?

Meu coração parou. Will riu baixinho ao meu lado, mas Damon permaneceu calado.

Posso até imaginar o que todo mundo estava pensando.

Desviei o olhar da esquerda para a direita, tentando me recordar do que diabos o professor estava falando, e então me lembrei do primeiro tópico que surgiu na minha mente antes de Damon sussurrar no meu ouvido.

— Você... — respirei fundo e encontrei o olhar do professor. — Você falou a respeito de uma geração ingrata cujas vidas giram em torno das tecnologias que a sua geração nos deu. Eu não acho — pausei — que esse seja um ponto de vista útil.

— Esclareça.

Endireitei-me na cadeira, inclinando o corpo para a frente, longe do alcance de Damon.

— Bem, é o mesmo que pegar seu filho pela mão e levá-lo até uma concessionária para comprar um carro, e ficar com raiva quando ele escolhe algum deles — expliquei. — Não acho que seja certo ficar irritado com a opinião pública por utilizarem as conveniências que são disponibilizadas.

Ele falou sobre a minha geração ser cheia de um "imenso senso de merecimento", mas era algo mais profundo do que aquilo.

— Mas eles não são gratos, de verdade, pelas comodidades em suas vidas — o professor argumentou.

— Porque não é uma questão de comodidade para eles — contra-argumentei, reforçando minhas palavras. — É uma coisa normal, porque a referência deles é diferente da sua quando a sua geração estava crescendo. E nós dizemos que é uma conveniência quando nossas crianças têm coisas que não tivemos. No entanto, mais uma vez, isso não é uma questão de comodidade para eles, também. É apenas algo ao qual *estão* habituados.

Damon e Will permaneciam imóveis em suas cadeiras.

— Além disso — prossegui —, esta discussão não tem a menor utilidade, porque não vai mudar nada. Você está com raiva, porque sua geração tem dado à minha os avanços da tecnologia, e então nos culpa por esta nova realidade? De quem é a responsabilidade?

Will bufou uma risada ao meu lado, enquanto o resto da turma, assim como Damon, permaneceu em silêncio, à espera do que viria a seguir.

O professor Cain examinou-me com o olhar, forçando os olhos à medida que o pesado silêncio envolveu a sala inteira como uma tira de elástico, tornando o ambiente cada vez menor, e menor... e menor.

Senti todos os olhares em mim.

Mas enquanto esperava que minha pele aquecesse com a vergonha, nada aconteceu. Ao invés disso, minha pele zumbia com a adrenalina, e tive que conter um sorriso enquanto encarava o professor.

Aquela sensação era ótima.

Talvez tenha sido por conta da conversa-fiada de Damon e Will, ou das inúmeras vezes em que esbarrei com Michael, mas o final da corda estava na minha mão, e eu ainda me mantinha agarrada a ela. No entanto, simplesmente decidi soltar.

Não abaixei o olhar. Não corei de embaraço. Não me desculpei.

Dominei este momento.

Cruzei os braços à frente do corpo e me recostei no assento.

— Ela te fez uma pergunta — Damon falou, fazendo a carranca do professor ceder.

Pisquei, surpresa. O que ele estava fazendo?

Mas Cain não respondeu, apenas endireitando sua postura e voltando para sua mesa.

— Vamos pensar sobre este assunto uma outra hora, turma — ele disse, engessando um sorriso no rosto enquanto encerrava a discussão com uma evasiva. — E não se esqueçam do exercício de leitura que postei no meu site. Leiam até a próxima quarta-feira.

A classe se levantou e não hesitei. Peguei meu iPad, me apressando para fugir dali, mas Damon parou à minha frente, com o rosto colado ao meu quando se levantou também.

— Ninguém tira sarro de você, a não ser nós — ameaçou com um sorriso sinistro.

Travei a mandíbula, e continuei enfiando minhas coisas na bolsa, disparando para fora da cadeira.

Todo aquele tempo, tudo o que perderam, e era isso que eles desfrutavam assim que voltaram? Eu?

Passei a alça da bolsa por cima do ombro e o encarei.

— Seu senso de humor é uma droga — disse, entredentes, em um sussurro irado. — Está um pouco cedo para os trotes da *Noite do Diabo*. Se você ameaçar a minha mãe mais uma vez, mesmo se estiver brincando, eu vou chamar a polícia.

Estava me virando para sair, quando ele enganchou um braço no meu pescoço, e acabei me chocando contra seu peito. Ofeguei, sentindo-me trêmula enquanto os outros alunos continuavam a sair do auditório, alheios ao que estava acontecendo.

— Quem disse que estou brincando? — sussurrou contra minha bochecha.

Senti um corpo pressionar às minhas costas, sabendo que era Will que estava me enjaulando.

Olhei para cima, endurecendo o olhar.

— O que vocês querem? — desafiei. — Hein?

Ele lambeu os lábios, e senti o hálito de Will deslizar pelo meu pescoço.

— Seja lá o que for — ele provocou —, estou dentro.

Sacudi a cabeça, fingindo-me entediada.

— Cão que ladra não morde — sibilei. — O que mais você tem?

Os olhos dele se estreitaram ao me observar.

— Nós vamos nos divertir muito com você, Rika.

Ele me soltou e imediatamente o empurrei para longe, passando por Will quando me virei para sair. Acelerei os passos pela escada, esbarrando nos outros alunos para conseguir sair do auditório e chegar ao corredor.

Que merda era aquela que estava acontecendo?

Kai, Will e Damon estavam fora da prisão, todos em Meridian, e os dois últimos, aparentemente, estavam me perseguindo. Por quê?

Será que já não tinham feito estragos suficientes três anos atrás? Será que não haviam aprendido a lição? Eles receberam o que mereceram, e eu não podia dizer que sentia muito. Eles ferraram tudo e me deixaram puta, então qualquer simpatia que pudesse ter sentido por eles ao longo dos anos, desapareceu.

Eu só queria que tivessem parado enquanto tinham tempo. Eles pensaram que eu era um alvo fácil, e confundiram minha quietude com fraqueza, mas não sou mais o brinquedinho deles.

Eles precisavam partir para outra.

Eu não tinha mais aulas neste dia, então saí correndo do *campus* e apressei meus passos pelo pátio para chegar ao meu apartamento, cerca de duas quadras de distância naquela cidade movimentada.

Entrei no Delcour e avistei Alex, a garota da outra noite e que estava na minha aula, esperando pelo elevador.

— Oi — ela me cumprimentou assim que me viu e ergueu os óculos de sol para o topo da cabeça. — Você está bem?

Ela devia estar perguntando por conta de Damon e Will.

Sorri sem vontade, baixando o olhar.

— Acho que sim. Frequentei a mesma escola que eles e sempre quis saber quem eram. Agora tudo o que eu queria era me tornar invisível para eles outra vez.

Vi quando as luzes azuis do elevador sinalizaram que ele estava descendo.

— Bom, não os conheço tão bem — afirmou —, mas posso te garantir que você nunca foi invisível para eles.

Olhei para ela, percebendo que me avaliava de cima a baixo.

Ela os conhecia?

Bem, acho que faz sentido. Se ela estava na companhia de Michael, deve ter conhecido seus amigos, claro.

O que me lembrava...

— Você não tinha que pegar o outro elevador para a cobertura? — perguntei, apontando o polegar por cima do meu ombro, indicando a entrada privativa para o vigésimo segundo andar.

— A cobertura de quem? — indagou.

— Do Michael.

O elevador apitou e as portas se abriram. Ela entrou e a segui, distraidamente.

— Sim, mas não estou indo para lá — respondeu. — Eu moro no décimo sexto.

E vi quando pressionou o botão que a levaria para o seu andar.

Ela morava no prédio.

— Ah... — eu disse. — Bem, então acho que isso torna tudo mais fácil para encontrá-lo.

— Eu me encontro com um monte de homens.

Ergui as sobrancelhas, surpresa. *Oooookay*. Seja lá o que isso signifique.

Estendi a mão e apertei o botão do vigésimo primeiro, segurando a alça da bolsa à medida que o elevador subia.

— Mulheres também — acrescentou de um jeito atrevido.

Retesei o corpo, sentindo o calor de seu olhar no meu pescoço.

— Você gosta de mulheres? — ela perguntou, com naturalidade.

Meus olhos arregalaram, e uma risada nervosa se alojou na minha garganta.

— Humm... — respondi, em uma voz esganiçada. — Nunca me passou pela cabeça.

Droga. Eu tinha que dar o crédito a ela. A garota soube direitinho como tirar os meninos da minha cabeça.

Ela inclinou a cabeça, olhando para a porta do elevador e sorriu.

— Me avise se algum dia estiver a fim. — As portas se abriram e ela saiu, dizendo por cima do ombro, em uma voz provocante: — Espero vê-la por aí, Rika.

Assim que sumiu pelo corredor, o elevador se fechou outra vez.

Balancei a cabeça, tentando clarear a mente. Que diabos foi isso?

Quando as portas se abriram de novo, saí e fui direto para o meu apartamento. Assim que estava dentro, tranquei a fechadura e tirei o celular da bolsa antes de arremessá-la no sofá.

Nenhuma ligação perdida.

Falei com minha mãe um dia desses, mas se ela não tinha nenhum sinal, então o iate devia ter um telefone por satélite. Por que não me ligava de volta? A ameaça de Damon agora me deixou preocupada, e queria ter certeza de que ela estava bem.

Pithom, o iate da família Crist, normalmente ficava ancorado em Thunder Bay. Muitas festas já haviam sido feitas ali, enquanto eu crescia, mas era uma embarcação que podia perfeitamente navegar por longas excursões, oceanos afora. Durante os meses de outono e inverno, o pai e a mãe de Michael costumavam ir para o sul da Europa para seu cruzeiro anual, ao invés de viajarem de avião. Acho que a Sra. Crist convenceu o marido a saírem antes do tempo e acabou levando minha mãe junto.

Liguei para o número dela; a ligação caiu direto na caixa de mensagens.

— Tudo bem, mãe — resmunguei, irritada. — Já se passaram dias. Deixei mensagens, e você está me deixando preocupada agora. Se você ia sair para uma viagem, por que não me ligou para avisar?

Não queria ter gritado, mas já estava esgotada. Afastei o celular e encerrei a ligação.

Minha mãe era volúvel e nem um pouco autossuficiente, mas sempre esteve disponível para mim. Sempre manteve contato.

Caminhei até a geladeira, liguei para o escritório do Sr. Crist e segurei o celular entre o ombro e ouvido, enquanto destampava uma garrafa de Gatorade.

— Escritório do Sr. Crist — uma mulher atendeu.

— Oi, Stella — tomei um gole e recoloquei a tampa —, aqui é a Erika Fane. O Sr. Crist está?

— Não. Sinto muito, Rika — ela respondeu. — Ele já deixou o escritório. Você gostaria de anotar o número de celular dele?

Suspirei, colocando a garrafa no balcão. Stella trabalhava para os Crist e era a assistente pessoal dele desde quando me entendo por gente. Eu costumava tratar alguns assuntos com ela, já que era ela que cuidava da maior parte das finanças da minha família, a mando do Sr. Crist. Até que eu me formasse na faculdade, de qualquer forma.

— Não. Eu tenho o número dele — eu disse. — Só não queria incomodá-lo em seu tempo livre. Você poderia pedir que ele me ligue, quando puder, assim que falar com ele? Não é nenhuma emergência, mas é meio que importante.

— É claro, querida — ela respondeu.

— Obrigada.

Desliguei e peguei a garrafa do energético outra vez, seguindo até a janela do terraço para observar a cidade ao longe.

O sol estava começando a se pôr, as pequenas frestas de luz espreitando pelos arranha-céus; à distância, eu podia contemplar o céu claro com matizes púrpuras. As lâmpadas do lado de fora do jardim, detectando o súbito desaparecimento da luz do sol, se acenderam, e ao erguer meu olhar, avistei as janelas da cobertura de Michael.

Estava tudo escuro. Não o tinha visto há vários dias, não desde o episódio em Hunter-Bailey, e me perguntei se ele estava treinando ou fora da cidade. A temporada de basquete teria início nos próximos dois meses, mas não era incomum que jogos de exibição e de pré-temporada acontecessem antes da programação normal. Ele estaria bem ocupado e a maior parte do tempo longe entre novembro e março.

Sintonizei uma música – *Silence*, do Delirium –, e retirei meu cachecol, chutando as botas e meias, me estendendo sobre a ilha central da cozinha com meu laptop; decidi fazer as tarefas que acabei acumulando hoje.

Além da aula de Antropologia, também comecei a matéria de Estatística, assim como Psicologia Cognitiva, no mesmo dia. Ainda não fazia a menor ideia de que carreira seguir, mas já que tinha cursado, entre a Brown e a Trinity, várias matérias voltadas para Psicologia e Sociologia, era quase certo que definiria minha especialização em breve.

A única coisa da qual tinha certeza era de que amava aprender tudo sobre as pessoas. A maneira como seus cérebros funcionavam, o que era químico e o que era comum, e eu queria entender por que agíamos ao nosso próprio modo. Por que tomávamos determinadas decisões.

Depois de finalizar minha leitura, fazendo marcações excessivas no texto, resolvi todos os exercícios de estatística, e depois preparei uma salada Caesar para comer. Finalizei uma lição de História enquanto terminava a refeição.

No momento em que acabei tudo, o sol já tinha se posto, e empacotei todas as minhas coisas na bolsa para o dia seguinte, colocando meu iPad, em seguida, para carregar. Andei até as janelas e liguei mais uma vez para minha mãe, observando o horizonte e o brilho das luzes da cidade.

A chamada caiu na caixa de mensagens, de novo, e finalizei a ligação para telefonar para a Sra. Crist na sequência. Nenhuma resposta também. Deixei uma mensagem de voz, pedindo que ela retornasse a ligação e joguei o celular em uma cadeira qualquer. Por que não estava conseguindo contato com a minha mãe? Ela me ligava praticamente todos os dias quando eu estava estudando na Brown, ano passado.

Olhei para cima, surpresa, quando vi as luzes do apartamento se acederem. Ele estava em casa.

Torci meus lábios, pensativa. Não estava conseguindo falar com a Sra. Crist, e o marido dela era um homem muito ocupado. Eu odiava incomodá-lo e ter que tratar qualquer assunto com ele, mesmo se fosse necessário. Michael era um pouco menos frustrante, e ele provavelmente tinha o número do telefone por satélite do *Pithom*.

Dando a volta, marchei em direção à minha porta da frente, de pés descalços, e peguei o elevador até o térreo.

CORRUPT

141

Não ligaria para ele, já que tinha certeza de que seria dispensada. Então decidi que perguntaria pessoalmente.

Ao pisar o pé no saguão, avistei Richard, o porteiro, do lado de fora, e rapidamente olhei ao redor, para o balcão da recepção. Já estava um pouco tarde e, raramente, havia um atendente por ali, mas eu tinha quase certeza de que precisaria de um cartão de acesso para usar o elevador privativo de Michael.

Corri até as portas de entrada do prédio, pronta para adular Richard para que me deixasse subir, mas o elevador apitou e as portas se abriram, e quando me virei para olhar, vi dois caras enormes saindo dali. Eles superavam a altura de Michael em cerca de dez centímetros, e olha que ele era bem alto. Estavam rindo entre si e meio que brincando com seus celulares quando atravessaram o saguão. Um deles chegou a me dar um sorriso quando passou por mim.

Eles deviam ser jogadores de basquete. Talvez colegas de time do Michael.

Lançando um olhar curioso para o elevador, vi que as portas ainda permaneciam abertas, e decidi não esperar mais. Corri até ele, me enfiei para dentro e pressionei o botão para que subisse até o último andar. Nem sequer me dei ao trabalho de conferir se Richard havia me visto, com medo de *dar na cara que* estava fazendo algo errado.

As portas se fecharam e o elevador começou a subir; entrelacei os dedos às costas e sorri para mim mesma por conta da aventura.

Pareceu levar uma eternidade, e eu podia sentir o enjoo e o coração bater acelerado, mas quando cheguei ao andar, não perdi mais tempo. Eu estava aqui.

As portas se abriram e enrijeci meu corpo ao olhar adiante.

Estava tudo escuro. Como se fosse uma caverna.

Havia uma parede cinza à frente, e apesar de sentir as batidas aceleradas no meu peito, dei um passo no piso de madeira escura; virei à esquerda, devagar, pelo único caminho.

Tudo cheirava como ele. Madeira, especiarias e couro, e algo mais que não conseguia definir. Algo que era somente dele.

Andando devagar pelo corredor estreito, ouvi a música *Inside Yourself*, do Godsmack, ecoando pela cobertura, e quando alcancei a imensa sala de estar, me vi em meio à beleza e penumbra ao meu redor.

Apenas algumas luzes fracas estavam acesas, e uma luz neon azul brilhava por trás de imensas placas de madeira escura dispostas nas paredes. A sala de estar era imensa, e ele tinha uma parede inteira das mesmas janelas que havia no andar inferior, mas as dele eram duas vezes mais compridas que toda a extensão do meu apartamento. As milhares de luzes da cidade se espalhavam ante meus olhos, e por ser a cobertura, eu podia ver muito além na distância. Era como se fossem intermináveis.

Tudo ali dentro era cinza ou preto, e tudo reluzia.

Andei pela sala de estar, deslizando meus dedos pela mesa de vidro escuro que ficava contra uma parede, e senti meu corpo formigando.

Mas parei, ouvindo as batidas de uma bola de basquete. O som aqueceu meu sangue, trazendo à tona muitas memórias. Enquanto estava crescendo, Michael sempre manteve uma bola em suas mãos. Éramos capazes de ouvir o som reverberar pela casa.

Segui a direção do ruído até chegar a um corrimão do outro lado da sala de estar.

É claro.

Uma quadra interna e particular de basquete estava situada em um pavimento um pouco mais abaixo, e embora não fosse tão grande quanto à que ele tinha na casa de seus pais, era mais do que claro que servia aos seus propósitos, de qualquer forma. Havia dois aros e um piso de madeira impecável e brilhante, e várias bolas dispostas em suportes.

Era de última geração, como tudo o que havia no apartamento, e não sei por que não pensei antes que Michael deveria ter uma quadra interna aqui também. Quando não estava jogando basquete, quase sempre estava segurando uma bola. Jogar era a única coisa que o fazia sorrir.

Meu olhar aterrissou nele enquanto corria e driblava até arremessar a bola para encestar com perfeição. Ele estava usando um short preto, largo, e não usava camisa; suor brilhava em seu peito largo e musculoso, deslizando pelo abdômen trincado, e observei quando se virou e pegou outra bola do carrinho ao lado, continuando seu treino.

Os músculos de suas costas se flexionaram, e cada fibra definida de seus braços tensionou quando ele os ergueu para lançar outra bola, enviando-a pelo ar.

O *ding* do elevador soou às minhas costas, e afastei o olhar de Michael, lançando um olhar nervoso por cima do ombro, ao me lembrar de que não deveria estar aqui.

Merda.

Preparei-me para correr... mas era tarde demais. Kai, Will e Damon entraram, diminuindo seus passos assim que me viram. Os olhos dos três estavam fixos em mim, e senti meu coração afundar.

CORRUPT

— Você está bem, Rika? — Kai perguntou, o olhar gentil de três anos agora frio e duro.

Engoli em seco.

— Estou bem.

No entanto, seus lábios se inclinaram em um sorriso perspicaz.

— Você não parece estar bem...

Ele continuou a andar até se aproximar de mim, e observei quando Damon e Will se sentaram no sofá, em uma atitude relaxada, apoiando os braços no encosto. Damon soprou uma nuvem de fumaça, e recuei até o corrimão, de repente, me sentindo enjaulada.

Já fazia muito tempo desde a última vez que os vi juntos. Eu queria sair dali.

Por alguma razão, achei que haviam se separado ao longo dos anos, mas aqui estavam eles, juntos, como se nada tivesse mudado.

Os três estavam usando ternos pretos, como se estivessem prontos para uma noitada; coloquei uma mecha de cabelo atrás da orelha, tentando falar alguma coisa.

— Eu fiquei apenas surpresa, só isso — falei, endurecendo a coluna contra o corrimão. — Já faz um bom tempo.

Ele assentiu, devagar.

— Sim, já faz bastante tempo desde aquela noite.

Pisquei, tentando desviar o olhar, mas não fazia sentido esconder meu nervosismo. Ele já havia percebido meu desconforto.

— Vim aqui só para falar com o Michael — eu disse, rapidamente.

Ele se inclinou contra mim, apoiando as mãos no corrimão, ladeando meu corpo, e gritou por cima da minha cabeça:

— Michael! Você tem visita.

A voz grave enviou arrepios pela minha pele. Eu não precisava olhar por trás de mim para saber que Michael já havia me visto. Ouvi o som da bola de basquete quicando no chão, cada vez mais rápido, até que, por fim, parou e cessou o barulho.

Kai voltou a olhar para mim, seu rosto a apenas um centímetro do meu, enquanto ele me olhava de cima a baixo.

— Eu não sabia que todos vocês estavam aqui em Meridian — falei, tentando aliviar o clima tenso.

— Bem, como você pode ver — disse, afastando-se do corrimão e indo se sentar no sofá ao lado dos amigos —, não queríamos chamar atenção ou fazer alarde. Precisávamos de um pouco de privacidade para voltar com calma aos negócios.

Parecia razoável. A cidade inteira havia lamentado quando foram detidos e presos, e apesar das evidências encontradas, ninguém realmente os odiava por aquilo. Não precisou de muito tempo depois do que aconteceu para que seus atos fossem esquecidos e que a ausência deles fosse sentida. Por quase todo mundo.

— Venha aqui... Sente-se — Will insistiu. — Nós não vamos machucar você.

Damon inclinou a cabeça para trás e soprou a fumaça, enquanto uma risada sombria e silenciosa deixava seus lábios; ele provavelmente estava se lembrando das ameaças que me fizera hoje na aula, mais cedo.

— Estou bem aqui — garanti, cruzando os braços sobre meu peito.

— Tem certeza? — Uma expressão divertida tomou conta do rosto de Will. — Porque parece que você está tentando se afastar de nós.

Minha expressão mudou, e estaquei em meus passos, percebendo que, realmente, estava andando para trás, para longe deles. Estava a centímetros do final do corrimão contra a parede.

Merda.

Michael subiu as escadas da sua quadra de basquete, enxugando o rosto e o tórax com uma toalha. O cabelo brilhava de suor, e seus músculos abdominais flexionaram com o movimento. Cruzei os braços com mais força.

— O que você quer? — perguntou, aborrecido.

Acho que seu humor não melhorou desde a nossa discussão no Hunter-Bailey, no outro dia.

Respirei profundamente.

— Não tenho notícias da minha mãe, e estava pensando se você poderia me dar o número do telefone por satélite do *Pithom.*

Michael ainda resfolegava por conta dos exercícios; ele jogou a toalha em uma cadeira enquanto se dirigia à cozinha.

— Eles estão em alto-mar, Rika. Dê um tempo para sua mãe.

Ele pegou uma garrafa de água da geladeira e a destampou, bebendo a coisa toda de um gole só.

— Eu não teria incomodado você se não estivesse preocupada. — Dei uma olhadela para Damon, que havia plantado aquela semente na minha cabeça. — Não conseguir falar com ela é uma coisa. Mas ela não retornar minhas ligações? Isso é estranho.

Michael terminou de beber sua água e colocou a garrafa sobre a ilha central, apoiando as mãos na bancada atrás dele. Erguendo a cabeça, ele me encarou, estreitando o olhar como se estivesse pensando em alguma coisa.

— Venha para uma festa com a gente — ele disse, autoritário.

Uma risada rouca soou atrás de mim, e franzi as sobrancelhas, em total confusão.

Ele estava brincando comigo?

— Não — respondi. — Eu gostaria que você me desse o número do telefone por satélite.

Ouvi tecidos farfalhando, e um a um, cada um deles chegou até a bancada da cozinha, postando-se ao meu redor enquanto me observavam.

Michael estava à minha frente, enquanto Kai e Will se inclinaram e apoiaram seus antebraços no balcão à minha esquerda e à direita. Olhei de relance, vendo Damon com os braços cruzados e recostado contra a parede entre a sala de estar e a cozinha, apenas me encarando.

Eles estão mexendo com você. Era isso o que faziam. Eles pressionavam, intimidavam, mas aprenderam a lição. Eles não cruzariam a linha.

— Venha para a festa — Kai se intrometeu —, e você terá o número.

Balancei a cabeça, deixando uma risada amarga escapar.

— Venha para a festa e terei o número? — repeti. — Hum-hum, nós não estamos em Thunder Bay, e não sou tão fácil de manipular como antes, okay? — Voltei a olhar para Michael. — Vá se ferrar. Vou conseguir esse número com o seu pai.

Virei-me para sair dali, seguindo à esquerda do corredor em direção ao elevador. As portas se abriram assim que apertei o botão, e dei um passo para dentro, tentando acalmar o ritmo acelerado do meu coração.

Eles ainda me intimidavam.

E me excitavam. Desafiavam. E me amarravam em nós.

Até queria ir para alguma festa, mas não com eles.

As portas começaram a se fechar, mas uma mão se introduziu no elevador, e dei um pulo para trás, vendo-as se abrirem de novo. Respirei fundo, encarando com o olhar arregalado, quando a mão de Michael me alcançou e agarrou minha camiseta pela gola, puxando-me para fora.

— Michael! — gritei.

Meu corpo se chocou contra o dele, e antes que soubesse o que estava acontecendo, ele segurou meus pulsos juntos por trás das minhas costas, recuando em seus passos e me forçando a segui-lo de volta pelo corredor em direção à cozinha.

— Me solta! — exigi. Meus lábios tocaram a ponta do seu queixo.

— Não sei, gente — provocou por cima da minha cabeça —, ela ainda parece fácil pra caralho de se manipular. O que vocês acham?

As risadas encheram o ambiente à medida que ele me obrigava a voltar para a sala de estar.

Cada músculo do meu corpo estava em chamas, e as pontas dos meus dedos acabaram ficando presas debaixo do tênis dele.

Girei o corpo, tentando me soltar de seu agarre.

— Que merda você está fazendo?

Empurrei o peito de Michael e torci o corpo para a esquerda, arrancando-me de seu aperto, usando toda a força que consegui reunir em meus músculos.

Tropecei, perdendo o equilíbrio, e caí para trás, aterrissando no chão. A dor reverberou pela minha bunda, descendo até as pernas, enquanto eu tentava resgatar o fôlego perdido com a queda.

Bosta!

Com as mãos por trás das costas, tentei me levantar e dobrei os joelhos, vendo-o avançar em minha direção.

Ele me seguiu e parou, elevando-se sobre mim. Imediatamente comecei a rastejar para trás, para longe dele.

No entanto, senti algo às minhas costas e parei. Torci o pescoço e vi a perna de uma calça preta, sem saber se era de Damon, Will ou Kai, mas isso pouco importava. Eu estava cercada.

Ah, não. Ergui o olhar, devagar, deparando com os lábios de Michael torcidos em um sorriso ardiloso. Parei de respirar, vendo-o abaixar seu corpo até o chão. Ajoelhou-se entre as minhas pernas dobradas, enquanto suas mãos me ladearam.

Meu pescoço inclinou para trás quando seu rosto pairou logo acima do meu, mas tentei manter-me firme o tanto quanto possível, não importa quão perto seu corpo se aproximasse do meu.

— Pensei que você fosse uma de nós — ele sussurrou, o hálito acariciando meus lábios. — Pensei que poderia jogar.

Fiquei quieta, apenas encarando seus olhos.

Você é uma de nós agora. Will disse aquilo naquela noite longínqua.

Os olhos ambarinos de Michael buscaram os meus e depois desceram até minha boca, sua respiração mais pesada à medida que me encarava como se quisesse me morder.

Eu queria chorar. Que merda ele estava fazendo?

CORRUPT

147

Três anos atrás tive praticamente a noite mais feliz da minha vida, mas tudo desandou para pior. E, desde então, Michael não somente agiu como se eu não existisse, mas como se ele *desejasse* isso.

Agora os caras estavam livres, e estavam todos juntos outra vez. O que eu tinha a ver com aquilo? O que ele queria de mim?

— Não conheço esse jogo — respondi, quase inaudível.

Ele me encarou, estreitando seus olhos como se estivesse me analisando.

— Tudo o que você precisa saber — finalmente respondeu —, é que não pode desistir.

Então ele deslizou seu corpo contra o meu, capturando meus lábios e esfregando o quadril contra o meu ao mesmo tempo.

Gemi, mas perdida em sua boca. *Ai, meu Deus.*

Cada nervo por baixo da minha pele formigava com a eletricidade, e seu pau friccionou com força por dentro minhas coxas. Eu podia sentir o quão grosso era, e não consegui impedir meu corpo de responder ao dele.

Fechei os olhos com força, sentindo a pequena pulsação em meu clitóris latejar enquanto ele moía contra mim, me provocando. Seus lábios exigiram mais, me comendo, e seus dentes mordiscavam, mordiam e tomavam.

Ofeguei, sem fôlego, entre os beijos, me deliciando com a sensação do toque de sua língua contra a minha. Gemendo, estiquei os braços atrás de mim e ergui meu corpo, correspondendo ao beijo, segurando seu lábio inferior entre meus dentes e ansiando por mais.

Michael agarrou meu cabelo, puxando meu pescoço para trás antes de deixar uma trilha de beijos pela minha garganta.

Abri os olhos lentamente e parei. Kai me encarava, de cima, com um ar arrogante no rosto.

Pavor se instalou por dentro. Como posso ter me esquecido que eles estavam aqui?

No entanto, antes que pudesse empurrar Michael para longe, ele afastou a boca do meu pescoço e pairou acima do meu rosto, bloqueando o olhar de Kai e dos outros.

— Nós vamos para uma festa na piscina — ele disse, a voz que antes estava rouca pela luxúria, agora fria. — Vamos te pegar lá embaixo em dez minutos, então, coloque uma roupa de banho.

Senti a garganta secar, e mal pude engolir.

— Se você não estiver pronta, nós vamos garantir que esteja, mesmo se nós quatro tivermos que fazer isso — ameaçou. — E, aí, talvez, depois que a noite acabar, posso ver se te darei o número.

Ele saiu de cima de mim e ficou de pé, e senti mãos agarrando meus braços e me levantando do chão.

Então estremeci quando uma mão rodeou meu pescoço e me puxou contra um peito duro, enquanto um sussurro soprava em meu ouvido:

— Você é uma putinha com tesão — Damon espumou. — Você quase o fodeu bem aqui, na frente de todos nós.

Rangi os dentes e mantive o olhar à frente.

— Mas a briguinha que você demonstrou foi até fofa — ele disse, a voz enrouquecida pelo sarcasmo. — O que mais você tem?

Logo depois apoiou a mão nas minhas costas e me empurrou para frente, meus pés vacilando para evitar a queda.

Respirei fundo, tentando retomar o fôlego, sentindo o estômago agitar e os nervos em frangalhos.

O que mais você tem? Ele atirou na minha cara as mesmas palavras que usei mais cedo. *Filho da pu...*

Endireitei os ombros e marchei diretamente para o elevador, sem olhar para trás.

O jogo deles havia mudado. Eu não sabia o porquê, e não tinha a menor ideia do que fazer, mas precisava pensar rápido.

Bem mais rápido.

CAPÍTULO 10
ERIKA

Três anos atrás...

— COMO VOCÊ ESTÁ SE SENTINDO AÍ, IRMÃO? — DAMON GRITOU DE TRÁS. — Ela pode vir se sentar comigo, se quiser.

Ouvi a risada rouca de Will e senti a mão de Michael apertar com mais força a minha cintura, ainda sentada em seu colo.

Mas ele não respondeu. Ele não o faria. Pelo que podia ver, raramente cedia ante as criancices de Damon.

Kai acelerou pelo caminho, mantendo a cabeça baixa, dando-me olhadas de esguelha.

— Eu não sei... Ela parece bem confortável onde está — disse para Damon.

Apenas encarei o para-brisa, meio que revirando os olhos para ambos. Eu não gostava de ser alvo de piadas. Não pedi para me sentar aqui, afinal de contas.

Mas não podia dizer que estava louca para voltar para o banco de trás. Podia sentir o frio na barriga, calor aquecendo meu pescoço, e não tinha vontade alguma de estar em outro lugar. Meu coração batia com tanta força que chegava a doer.

Cada centímetro da minha pele implorava pelo toque dele, e tudo o que queria era me sentar escarranchada em seu colo para saber como era a sensação de tê-lo entre as pernas.

Agarrando o suporte que ficava ao lado da janela, descansei meu corpo contra seu peito, sentindo o movimento de sua respiração atrás de mim.

Ele continuava a enviar mensagens pelo celular com a mão esquerda, como se eu não estivesse ali, mas a tensão no braço que estava ao redor da minha cintura indicava o contrário.

Flagrei as olhadas de relance que Kai me dava, algo ilegível em seus olhos.

— Já decidiu o vai querer fazer?

Virei a cabeça para trás, olhando para Michael.

— Eu? Como assim?

Ele terminou de digitar a mensagem, os olhos em mim, e o hálito quente soprando em meu rosto.

— Você tem que pregar uma peça também.

Will veio por trás, espiando por cima do assento de Michael.

— Pense naquele filme "O Corvo" — indicou. — Podemos assaltar algumas lojas, botar fogo na cidade, assassinar algum casalzinho jovem...

Franzi o cenho, sem achar a menor graça.

Damon disse do fundo:

— Ela é uma fracote. Não fiz todo o caminho de volta à cidade, neste fim de semana, só para atirar ovos nos carros.

Will semicerrou os olhos, sorrindo para mim.

— Isso é tão 2010. Tenho certeza de que ela pode pensar em algo melhor que isso.

— Tenho certeza de que não vai ser tão difícil — zombei. — Vocês não estabeleceram um padrão assim tão alto. — Então olhei para todos eles, com um sorriso divertido. — É só isso o que os Cavaleiros fazem na *Noite do Diabo*? Porque, tenho que confessar, vocês não fazem jus à fama.

— Ooohhh, ela não disse isso! — Will uivou, rindo.

O sorriso sexy de Michael ampliou ante o desafio.

— Ora, ora, ora... parece que Erika Fane não ficou tão impressionada, cavalheiros.

Damon permaneceu quieto, no entanto, vi um reflexo de trás quando ele acendeu um cigarro; Kai sorriu, focado na estrada, mas ainda atento à conversa.

— Você não gostou do incêndio? — Michael cutucou, com um olhar travesso.

— Foi legal. — Dei de ombros. — Mas qualquer um poderia ter feito isso. Qual era o objetivo?

Continuei indiferente, gostando de participar de uma discussão com eles, mesmo que fosse apenas para provocar. Era óbvio que eu não tinha intenção de insultá-lo.

CORRUPT

O olhar de Michael caiu sobre mim.

— Qual o objetivo? — perguntou, mas eu tinha certeza de que era apenas retórico. — Ei! — Michael gritou. — Ela quer saber qual era o meu objetivo.

Ouvi a risada e me virei para Kai, que mantinha um braço esticado sobre o volante enquanto acelerávamos pela estrada.

Ele me deu uma olhada, sacudindo as sobrancelhas, até que girou o volante para a direita, e eu gritei como todos os outros, quando fomos jogados em nossos assentos. Ergui as mãos para o suporte, segurando-o com força enquanto sacudíamos de um lado ao outro, o carro derrapando em uma estreita estrada de cascalho.

Abri a boca para falar algo, mas não sabia o que dizer. Que merda ele estava fazendo?

Quando dei por mim, ele parou o carro, desligou a ignição e os faróis. Ficamos em completo silêncio ali dentro.

— Mas que porra? — explodi. — O que você está fazendo?

— O que *nós* estamos fazendo? — Michael corrigiu.

Kai virou a cabeça para mim e pressionou um dedo sobre os lábios.

Eu tinha medo até de respirar.

Ficamos ali sentados por vários segundos, e eu estava confusa, mas não queria aborrecê-los com mais perguntas. O que estávamos fazendo aqui, no escuro, escondidos em uma estrada de chão? E ainda não entendia por que estava sentada no colo de Michael.

Então agucei os ouvidos.

Sirenes.

Todo mundo virou a cabeça para olhar pela janela traseira, e segundos depois, as luzes azuis, vermelhas e brancas piscaram quando passaram voando por um pequeno trecho que ainda podíamos ver da rodovia. Dois caminhões de bombeiro e cinco viaturas da polícia.

Will começou a rir, o grito rouco e ruidoso como se fosse manhã de Natal.

Os veículos prosseguiram pela rodovia, e a floresta ao redor ficou escura e quieta outra vez.

Olhei para Kai, perguntando:

— Você ligou para eles? Era isso o que estava fazendo ao telefone.

Ele sorriu, assentindo.

— Tudo bem que eles estão pensando que há cinco incêndios, ao invés de apenas um.

Cinco? Por que ele mentiu quando ligou para eles?

Michael deve ter percebido a confusão em meu rosto.

— Precisamos do maior número possível de policiais fora da cidade.

— Por quê?

Mas então ele apenas revirou os olhos para mim, virando-se para Kai.

— Mostre a ela.

Kai deu a partida no carro, e agarrei o suporte outra vez quando ele deu marcha ré do desvio estreito, em alta velocidade. Eu me remexi no colo de Michael até que ele enlaçou minha cintura, segurando-me quieta no lugar.

Kai colocou o carro na primeira marcha e pisou no acelerador, disparando pela estrada escura enquanto *Bullet with a name*, do Nonpoint, enchia o silêncio do carro.

Ele passou a terceira, a quarta, e então a quinta marcha, e em segundos, avistei quatro enormes faróis à frente. Cheguei mais perto do para-brisa e vi que eram caminhões.

Dois caminhões basculantes.

Os ruídos de empolgação de Will vinham do banco de trás, enquanto Michael e Kai abaixavam os vidros. Lancei um olhar nervoso para Michael, e não pude explicar o que vi em seu olhar. Calor. Adrenalina. Expectativa.

O olhar dele aterrissou nos meus lábios, e o aperto ao redor da minha cintura intensificou.

— Segure-se — ele disse, suavemente.

Afastei o olhar, agarrada ao suporte lateral, enquanto via a parte da frente do carro à deriva no meio da estrada.

O que Kai estava fazendo?

Comecei a hiperventilar, e olhei para cima, vendo os dois caminhões se separarem, uma parte no acostamento, outra na estrada.

Os faróis brilharam mais e mais, e perdi o fôlego ao vê-los cada vez mais perto.

Então, de súbito, arregalei os olhos, sentindo um dedo de Michael roçar minha barriga, de um lado ao outro, devagarinho.

Ai, meu Deus.

Não pude evitar. Arqueei as costas, pressionando minha bunda contra ele, e olhei à frente, para os caminhões que vinham em nossa direção.

Ouvi seu gemido, e então seu celular acertou meu tornozelo quando ele o deixou cair. Sua mão esquerda abandonou a carícia suave no meu abdômen e se enrolou ao redor da minha garganta, me puxando de volta para ele, enquanto a outra mão apertava minha cintura.

— Pare com isso — sussurrou no meu ouvido, como se estivesse sem fôlego. — Você está me deixando louco.

A mão apertou minha garganta, e puxei meu lábio inferior entre os dentes, sentindo o pulsar latejante no pescoço, sentindo-o nos ouvidos.

Porra. Eu me contorci, apesar de seu aviso.

Os caminhões começaram a buzinar e piscar os faróis para nós, e gemi baixinho, sentindo o medo rastejar pela minha pele e me deixar enjoada.

— Jesus — Michael sussurrou no meu ouvido, deslizando sua mão por baixo do meu moletom até minha barriga outra vez. — Você está prestes a gozar, não está?

Ele respirou fundo contra minha orelha, e fechei os olhos com força, as luzes piscando, até que meu fôlego ficou preso na garganta quando os caminhões passaram por nós, buzinando e explodindo o ar pela janela aberta, agitando meu cabelo.

— É isso aí, porra! — Will gritou, segurando o mesmo celular de antes para filmar tudo.

Damon deu uma risada, e Kai diminuiu a velocidade do carro. Michael liberou o aperto em meu pescoço, todos virando as cabeças para olhar pelo vidro traseiro.

Kai parou o carro no meio da estrada, e respirei fundo, confusa, observando quando os dois caminhões desviaram na pista e pararam um de frente ao outro, para-choque contra para-choque.

Os faróis foram desligados, e logo depois, dois caras pularam para fora de cada cabine, correndo em nossa direção.

Os caminhões foram largados bloqueando a pista e os acostamentos, sem deixar espaço para qualquer pessoa atravessar. Havia valas ao lado dos acostamentos, então passar por fora da estrada era impossível, a não ser que você tivesse um veículo apropriado.

As portas de trás se abriram, e dois jovens entraram, rindo e sem fôlego.

— Filho da puta, isso foi demais! — O cara de cabelo castanho-claro riu, sentando-se atrás com Damon.

Will deu um tapa em suas costas, e então um loiro subiu na SUV, sentando-se no meu lugar. Ele afastou o cabelo para fora de sua testa e bateu no ombro de Kai, entregando-o dois jogos de chaves.

— Ajustei o alarme, então seu tio não vai perceber que os dois caminhões estão faltando até amanhecer — ele disse, sem fôlego.

Reconheci os dois caras. Simon Ulrich e Brace Salinger, ambos jogadores do time de basquete da escola.

Então foi por isso que Michael disse que precisariam de espaço no carro, e me fez sentar em seu colo. Estávamos pegando mais gente.

Abaixei o olhar, estreitando-os ao pensar no que Brace disse. Os caminhões pertenciam à família de Kai. O tio dele era dono de uma construtora, e eles pegaram os basculantes e os deixaram no meio da estrada. Aquele era o trote de Kai esta noite.

Mas...

Olhei para Michael, vendo suas sobrancelhas arqueando em desafio.

— Você bloqueou a estrada — afirmei, finalmente compreendendo. — Então os bombeiros e policiais não conseguirão voltar.

Os cantos de sua boca se inclinaram.

— Agora você ficou impressionada?

Depois de deixarmos Brace e Simon em uma lanchonete local, voltei para o banco de trás, não vendo motivo algum para permanecer no colo de Michael. Ainda que a última coisa que quisesse fazer fosse sair de lá. Infelizmente, eu estava com mais medo de ele me mandar descer, e acabar mais constrangida ainda por ele ter sido obrigado a me pedir.

Michael assumiu o volante outra vez, e dirigimos de volta até nossa vizinhança, estacionando ao longo da escura e silenciosa estrada que ficava a cerca de um quilômetro e meio da minha casa. Ficamos sentados do lado de fora de um enorme portão de ferro e, ao olhar para o imenso muro de pedras, percebi que estávamos do outro lado da casa do prefeito.

Thunder Bay era uma comunidade pequena, talvez com cerca de vinte mil moradores, sem contar com os estudantes que se deslocavam dos arredores para frequentar o Centro Preparatório da cidade. Nosso prefeito mantinha seu cargo já há muito tempo, e como as coisas raramente mudavam em nossa comunidade, era fácil entender o porquê.

Damon havia saído meia hora atrás, e todos estávamos sentados aqui, com o carro e aquecedor ligados, e eu tentava a todo custo não fazer perguntas.

Tipo, por que estávamos esperando aqui? O que ele estava fazendo lá? E, se fosse algo ruim, nós deveríamos estar aqui, como alvos fáceis, sabendo que a polícia já podia estar de volta?

É claro que inúmeros policiais ficaram retidos no local onde o incêndio começou, para distraí-los, do outro lado da cidade, mas ainda devia restar alguns na área.

— Lá vem ele.

Kai espiou pela janela de Michael e acompanhei seu olhar, vendo Damon pular de uma árvore do outro lado do muro de pedras, caindo de pé no chão.

Ele puxou o capuz sobre a cabeça e correu para o carro, abrindo a porta do lado onde Will estava; ele ria enquanto se arrastava por cima das pernas do amigo, aterrissando em seu banco na parte de trás.

Seu moletom frio roçou minha bochecha, mas ao invés de sentir o cheiro de cigarro característico dele, senti a sutil fragrância de um perfume.

— Como ela estava? — Will perguntou por cima do ombro.

— Mais gostosa do que um picolé.

Torci meus lábios. *Sério?* Estivemos esperando esse tempo todo para que ele pudesse transar?

Ao longo dos anos, percebi como os garotos eram mulherengos e não faziam questão de esconder isso. Sendo quem eram e exercendo o poder que tinham, não era difícil encontrar garotas para passarem o tempo, e embora odiasse ouvir, sem querer, os comentários e conversas, bem como a maneira vulgar como falavam de suas conquistas, ainda assim, eu invejava a liberdade que eles tinham para fazer o que quisessem, sem serem julgados.

Eles esperariam por mim se eu quisesse transar com alguém? Eles me dariam tapinhas nas costas e perguntariam como foi?

Não, eles não fariam.

Eles – pelo menos Will e Damon – esperavam que eu fosse uma virgem, e que abrisse minhas pernas apenas para eles, e sem chorar ou reclamar quando nunca mais falassem comigo de novo.

E, infelizmente, Michael era muito parecido com Damon.

Nenhuma namorada, nenhum compromisso e nenhuma expectativa. A única diferença é que Michael não falava a respeito de suas putarias. Damon já fazia questão que todos soubessem.

— Vocês podiam ter ido junto — Damon sugeriu. — Você gosta de boceta, Rika?

Raiva esquentou minha pele. Puxei o cinto de segurança, sem olhar para ele quando respondi:

— Eu levaria uma para cama ao invés do seu pau.

Will bufou uma risada, curvando o corpo à frente, e ouvi a risada rouca de Kai no banco do passageiro. Michael não fez nada.

Mas um arrepio percorreu o lado direito do meu rosto, e sabia que Damon estava me encarando.

— Então quem foi? — perguntei, ignorando seu mau-humor.

— A mulher do prefeito — Will respondeu. — Puta esposa-troféu, mas tão agradável.

Jesus. Uma mulher mais velha e casada? Damon não tinha limites.

— Na verdade, ela não estava em casa — Damon interrompeu.

Will e eu viramos nossas cabeças para trás, confusos.

— Então com que você estava lá? — Will perguntou de pronto.

Damon sorriu e levantou dois dedos até o nariz, cheirando.

— Eu gosto de virgens. São tão doces...

Kai virou a cabeça, com uma carranca.

— Você não fez isso — vociferou, pelo jeito, sabendo algo que eu desconhecia.

— Vá se foder — Damon cuspiu.

Franzi meu cenho, olhando de um para o outro.

— De quem você está falando?

Damon levantou o mesmo celular que Will usava para filmar tudo e jogou no colo dele.

— Eu filmei — provocou —, você quer assistir?

Endireitei as costas, virando-me de volta. *Pervertido.*

— Você é realmente um idiota do caralho — Kai gritou e se virou para frente.

Olhei para ele, no banco do passageiro, tentando entender por que ele estava tão zangado. Damon me deixava puta com seus comentários estúpidos, mas por que Kai estava tão aborrecido com ele? O que podia ser pior do que a esposa do prefeito?

Então meus olhos arregalaram, quando finalmente percebi de quem estavam falando. Da única pessoa que morava ali, com exceção dos empregados.

Winter Ashby, a filha do prefeito.

Porra. Aquele era o trote dele? Foder a filha do prefeito?

Não me admira que Kai estivesse puto.

CORRUPT

157

Mas antes que pudesse confirmar de quem estavam falando, Damon pegou um de seus cigarros e disse para os caras:

— Vamos comer — sugeriu. — Estou com uma fome do caralho.

E Michael, que se manteve em silêncio o tempo todo, hesitou por apenas alguns instantes, antes de dar partida no SUV e pegar a estrada de volta.

Acionando o rádio até que *Jeckyll and Hyde*, do Five Finger Death, tocasse, Michael nos levou de volta à cidade e estacionou em frente ao Sticks, o bar favorito da galera, com mesas de sinuca espalhadas, frequentado por quase todo mundo com a idade acima de vinte e um. Eles serviam bebidas alcoólicas, mas, a não ser que você fosse maior de idade – ou uma estrela do basquete –, eles não permitiam o consumo.

Não importava, de qualquer maneira. A música era ótima, a atmosfera sombria, e era grande o suficiente para acomodar muita gente. Era um bom lugar para estar, se você estiver a fim de algum agito numa sexta-feira ou sábado à noite. Toda vez que tentei vir com alguns amigos, entretanto, Trevor dava um jeito de aparecer e ficar na minha cola, então eu quase nunca vinha aqui.

Desci do carro e passei os dedos por entre os fios do meu cabelo enquanto dava a volta e ia para a parte de trás do SUV para encontrar todo mundo na calçada. Damon acendeu seu cigarro, na rua, e cruzei os braços sobre o peito, tentando me aquecer.

— Aquele fodido Anderson — Kai sussurrou. — Não suporto esse cara.

Acompanhei seu olhar através das janelas, imediatamente desviando os olhos assim que percebi de quem ele estava falando.

Miles Anderson.

Encarei o chão, deixando o cabelo cobrir a lateral do meu rosto. Eu também não o suportava. O desconforto dominou meus músculos até que estavam tão rígidos e tensos que temia que pudessem arrebentar.

— Aquele cuzão tem falado merda desde quando nos formamos — Damon acrescentou.

Era óbvio que nenhum deles gostava do novo capitão do time de basquete. Miles assumiu o posto logo após Michael se formar, e adorava não ficar mais à sombra. Invejava o poder dos Cavaleiros, o carisma e o alcance. Depois que eles saíram para cursar suas faculdades, não perdeu tempo para reivindicar o que uma vez foi deles.

O único problema é que ele era uma bosta como capitão. O time teve uma péssima atuação no ano anterior, e quanto mais fracassava, mais ele pressionava para provar que era homem.

Estremeci, tentando afastar da cabeça os pensamentos do que aconteceu na primavera passada. Era bem capaz que ele fosse a única pessoa pior que Damon.

Olhei para Michael, tentando disfarçar minha preocupação.

— Nós não vamos entrar lá, não é?

— Por que não?

Dei de ombros, olhando para outro lugar como se aquilo não fosse nada demais.

— Eu só não quero ir até lá.

— Bem, estou com fome — Will opinou. — E tem um monte de rabos lá dentro, então vamos lá.

Encarei a calçada, piscando com força, em parte por conta do comentário grosseiro, e em parte porque me recusava a ceder, e não queria ter que explicar o motivo.

Eu tinha que aguentar a presença de Miles na escola, mas não precisava fazer isso no meu tempo livre.

Senti quando Michael se aproximou de mim.

— Qual é o seu problema?

O tom áspero soou impaciente. Por que ele estaria agindo daquele jeito? Ele nunca me protegeu.

Olhei para ele, em desafio, balançando a cabeça.

— Eu só não quero ir. Fico esperando vocês aqui.

Damon sacudiu a cabeça, olhando para Michael.

— Eu te disse — reclamou —, ela é complicada pra caralho.

Suspirei, exasperada, congelando no lugar. Não estava nem aí para o que Damon dizia a meu respeito. Eu me importava mais em não ter que olhar para a cara de Miles "Fodido" Anderson, e ver sua cara satisfeita por saber que saiu ileso, sem nenhum arranhão.

Ele sempre teria aquele trunfo contra mim agora.

No entanto, perdi o fôlego quando Michael agarrou a parte de cima do meu braço e me forçou a andar para perto da parte traseira do carro. Ele me soltou, e recuei quando avançou no meu espaço.

— Qual — rosnou — é o seu problema?

Um nó se formou na minha garganta, e mastiguei meu lábio inferior, sem querer que os outros soubessem.

Pouco provável. Eles nos seguiram e se postaram ao redor de Michael, me encarando e esperando.

Ótimo.

CORRUPT

Suspirei, endireitando os ombros e colocando para fora:

— Miles Anderson me deu uma bebida batizada numa festa na última primavera.

Olhei para o chão ao vê-los ainda ali parados, sem dizer nada.

Em março passado, fui a uma festa do dia de São Patrício, na casa de um veterano da escola, e é óbvio, não fui sozinha. Noah e Claudia foram comigo.

Estávamos de boa, dançando; eu tomei uma bebida, e quando dei por mim, estava levando uns tapinhas no rosto, do Noah, enquanto ele enfiava um dedo na minha goela.

Talvez os caras não achassem que isso era grande coisa. Quem se importa com uma garota idiota que tomou um Boa-noite, Cinderela?

Michael se agitou, chegando mais perto.

— Que porra você acabou de dizer?

Olhei para cima, sentindo meu sangue aquecer com a visão daqueles olhos da cor de canela me encarando como se quisesse me rasgar membro a membro.

No entanto, fiquei firme.

— Na verdade, Astrid Colby, a namorada dele, foi quem me deu — expliquei. — Ela me entregou a bebida, mas ele estava envolvido.

Isso aí, qualquer confiança que Michael pudesse sentir por mim, agora já era. Eu era fraca, estúpida e uma perda de tempo.

— O que aconteceu? — ele exigiu saber.

Engoli o nó na garganta, minha voz trêmula:

— Eu apaguei rápido — eu disse. — Mal consigo me lembrar de alguma coisa. Tudo o que sei é o que Noah me contou. Ele arrebentou a porta de um quarto na casa onde a festa estava acontecendo. Eles estava me segurando na cama e... — parei, sentindo ansiedade ao me lembrar. Meus olhos ardiam. — E minha camisa estava aberta.

Michael hesitou por um instante e então insistiu:

— E?

— E eles não foram muito além — assegurei, percebendo o que ele queria saber.

Não, eu não havia sido estuprada.

— Noah viu quando eles estavam me levando pelas escadas — expliquei —, praticamente sem conseguir andar direito, e, por sorte, ele chegou a tempo, antes que algo mais acontecesse.

— Por que não disse para ninguém? — ele retrucou, acusador.

Meu peito apertou, e pisquei para afastar as lágrimas. Mas foi inútil. Elas vieram de todo jeito, e fui incapaz de olhá-los quando elas começaram a deslizar pelo meu rosto.

— Qual é a porra do seu problema? — ele gritou à minha frente, e estremeci. — Por que você não contou para ninguém?

— Eu contei! — eu disse aos prantos, encarando-o com os olhos embaçados. — Contei pra todo mundo! Minha mãe ligou para a escola, e...

Hesitei, cerrando os punhos por baixo dos braços.

— Eu juro por Deus que... — ele alertou quando não finalizei o que ia dizer.

Enchi o peito de ar e me forcei a prosseguir:

— E o seu pai é sócio em três empreendimentos imobiliários dos Anderson, então...

— Puta que pariu! — Michael se afastou de supetão, virando-se para o outro lado enquanto xingava.

Kai balançou a cabeça, calor transformando seus olhos escuros em fúria.

— Inacreditável — disse, entredentes.

Eu não precisava explicar mais.

Sim, tentei reagir, disse para minha mãe, para os Crist, escola, até mesmo para Trevor... mas, no fim, apesar dos protestos da minha mãe e da de Michael, as relações comerciais entre o pai dele e os pais de Miles foram mais preciosas do que minha honra.

Mandaram Miles se manter longe de mim, e fui impedida de ir até o hospital para fazer um exame de drogas, como prova. O incidente nunca chegou até a polícia ou saiu de nossas respectivas residências. Tive que olhar para ele, todos os dias, na escola, sabendo o que quase fez comigo, e me perguntando se ele e a namorada tivessem me estuprado, se conseguiria que a justiça fosse feita.

Curvei a cabeça, tentando conter os soluços silenciosos. Meu Deus, eu queria matá-lo.

— Pare de chorar — Damon ordenou, me encarando de cima.

Então olhou para Michael, com os olhos entrecerrados.

— O que vamos fazer?

O que vamos fazer? O que podíamos fazer? Mesmo que os Cavaleiros tivessem poder nessa cidade, eles não possuíam sobre seus pais. Evans Crist convenceu minha mãe a não divulgar o assunto, e o que estava feito... estava feito. Astrid e Miles não foram investigados, e mesmo se tivessem sido, não haveria nenhuma evidência do crime.

CORRUPT

161

A não ser que...

A não ser que aquele não fosse o troco sobre o qual Damon estava falando.

Michael respirou fundo, andando de um lado para o outro, até que seus olhos pousaram em mim.

E vi seu queixo erguido e o olhar resoluto.

— Pergunte a ela.

Fiquei em silêncio. *O quê?*

Ele inclinou a cabeça, me desafiando, enquanto todos os outros se voltaram devagar para mim e aguardaram.

Mas que porra? O que eu deveria fazer?

Então me toquei no que Damon havia perguntado. O que *nós* vamos fazer? A decisão era minha.

Eles todos davam cobertura uns aos outros esta noite, e agora eles dariam a mim. Mas não fariam a merda por mim.

Não. Michael nunca faria. Ele nunca me tratou com suavidade, e faria com que eu lidasse com isso. E se não fizesse, poderia muito bem pedir que me deixassem em casa agora.

Mordi os lábios, olhando através das janelas do Sticks outra vez. Miles estava encostado em sua namorada, sentada em uma banqueta e com as pernas rodeando a cintura dele. Ele a beijava enquanto apalpava seus seios. Ela dava risadinhas quando se afastou, com um sorriso presunçoso no rosto, sem nenhuma preocupação, e foi até o balcão do bar, recebendo um tapinha no ombro de um colega de equipe.

Olhei para Astrid outra vez, vendo-a rir com as amigas e afofar o longo cabelo ruivo.

Eles achavam que tinham vencido. Eles não me temiam.

E cerrei meus dentes com tanta força que chegou a doer.

Não sabia o que estava fazendo, mas foda-se.

Esfregando os nódulos dos meus dedos no canto dos meus olhos, enxuguei as lágrimas remanescentes, me assegurando de que o rímel não estava borrado.

Agarrei a parte de trás do meu moletom e o retirei por cima da cabeça, liberando meus braços e jogando-o para Kai. Puxei a bainha da regata cinza e apertada que eu usava, levantando-a até deixar a pele da minha barriga exposta, e afofei meu cabelo em uma tentativa de deixá-lo mais volumoso e numa bagunça sexy ou sei lá.

— Depois que vocês me virem levar Miles para o banheiro — eu disse a eles, conferindo o resto das minhas roupas —, esperem um minuto e então vão atrás.

Quando olhei para cima, à espera da confirmação de que ouviram, congelei.

— O quê? — perguntei em um tom de voz baixo.

Quatro pares de olhos me encaravam, os olhares intensos percorrendo todo o meu corpo como se nunca tivessem visto uma garota antes.

Kai tentou desviar o olhar, mas continuou me dando olhadas de soslaio, com os olhos tensos, como se estivesse com raiva; Damon olhou para mim como se eu estivesse pelada. As sobrancelhas de Will estavam erguidas, e quando ele olhou para Michael, formou um "O" com a boca, soprando um longo suspiro.

No entanto, ao olhar para Michael, vi sua mandíbula tensionar e seus punhos cerrarem. Ninguém poderia saber o que se passava na sua cabeça, mas ele parecia furioso. Como sempre.

Revirei os olhos para todos eles.

Até me senti bem. Para dizer a verdade, não havia pensado em minha cicatriz nem uma única vez desde o momento em que saí com eles esta noite. Nunca me achei sexy, mas o que mais gostei é que não precisei fazer muita coisa para atrair a atenção deles. Nada de minissaias, praticamente nenhuma maquiagem, e nada de joguinhos. Eu só tirei meu moletom e, de repente, não era mais uma garotinha.

Tudo bem que aquele fato não era difícil de esquecer, já que a regata não deixava muito para a imaginação com aquele decote. E dada a temperatura do lado de fora, eu não queria nem pensar no que eles podiam ver através do tecido.

Forçando um imenso sorriso para me dar ânimo, peguei o cantil da mão de Will e girei em direção à porta.

— Ei! — o ouvi gritar logo atrás.

Mas entrei antes que pudesse continuar reclamando, a porta se fechando e deixando-os de fora.

O calor do salão de bilhar, além do cheiro de madeira e hambúrgueres, me saudaram assim que dei um passo para dentro, e apesar do clima aconchegante, a mudança de temperatura fez minha pele arrepiar. Senti meus mamilos endurecerem, e as mãos tremerem.

Talvez fosse apenas meus nervos.

CORRUPT

Escaneei o ambiente e fingi não fazer ideia de que a pessoa à qual estava procurando se encontrava no bar, à minha direita. Tentei agir naturalmente. Várias pessoas olharam para mim de seus lugares nas mesas de sinuca e outros grupos, para tentar descobrir quem havia acabado de entrar. Alguns sorriram e outros inclinaram seus queixos em cumprimento, antes que eu virasse as costas para a fonte de conversas.

Corrupt, do Depeche Mode, tocava nos alto-falantes, e joguei meu cabelo para o lado, erguendo o cantil e dando uma pequena golada, tentando não estremecer com a queimadura que tomou conta da minha garganta. Pelo canto do olho, percebi que Miles havia virado a cabeça na minha direção.

Segurando o frasco em uma mão, e enfiando a outra no bolso de trás da calça jeans, andei pelo corredor entre o bar e as mesas de sinuca, obrigando-me a sorrir e balançar os quadris. Tentei parecer atrevida, apesar de sentir meu coração na garganta e suor esfriar minha nuca.

Virando a cabeça, fingi interesse no que acontecia em uma das mesas, sem olhar para onde estava indo.

Até que me choquei contra ele, olhando para trás e sentindo a vodca do cantil esparramar pelo meu braço e respingar na camiseta de Miles.

— Ai, meu Deus! — ofeguei, exagerando na hora de limpar o líquido derramado. — Eu sinto muito. Eu...

— Está tudo bem — ele interrompeu, passando uma mão pela frente de sua camiseta, e depois pelo cabelo loiro, ajeitando a si mesmo. — O que você está bebendo, Garota Bonita?

Ele aproveitou a oportunidade e me segurou pela cintura com uma mão, roubando o cantil com a outra e tomando um gole.

Suas sobrancelhas se ergueram, provavelmente em surpresa ao descobrir que era álcool e não um refresco ali dentro. A vantagem de ser uma garota pacata era que poucas pessoas a conheciam de verdade, o que te deixava com um trunfo para surpreendê-los quando decidia mudar a abordagem em situações como esta.

Franzi o cenho, tentando parecer preocupada ou vulnerável.

— Por favor, não diga nada a ninguém — implorei. — Trevor e eu tivemos uma briga e eu só precisava espairecer.

Não que ele fosse contar a alguém que eu estava bebendo. Todo mundo bebia, mas queria que ele me visse como uma presa fácil. Miles e Astrid estavam cientes de que eu sabia dos fatos do que realmente acontecera no dia de São Patrício, ainda que não pudesse me lembrar, mas esperava que ele acreditasse que estava bêbada o suficiente para não dar a mínima.

Seus lábios se torceram e ele me devolveu o cantil.

— Vocês brigaram por quê?

Inclinei a cabeça para trás, como se o álcool estivesse fazendo efeito ao dar um gemido.

— Ele acha que sou dele, mas eu discordo — brinquei, arrastando meu olhar de volta ao dele com aquele ar de "foda-me".

Vi o calor aquecer seus olhos e senti suas mãos rodeando meus quadris, possessivamente.

— Está se guardando para outra pessoa? — ele sussurrou, chegando mais perto da minha boca.

Lambi os lábios e enganchei um braço ao redor de seu ombro, minha mão pendurada atrás dele.

— Talvez... — provoquei, me obrigando a balançar em seus braços.

— Não posso culpá-lo, Rika — ele disse em um tom baixo, puxando meu corpo contra o seu. — Quer dizer, olhe só para você.

Eu sorri, forçando a bile a descer de volta pela garganta.

Tropeçando para trás, gemi, fingindo estar zonza.

— A sala está girando — choraminguei. — Acho que preciso jogar uma água no meu rosto. Onde fica o banheiro?

Ele segurou minha mão, inclinando-se para sussurrar:

— Venha comigo.

Nem me dignei a olhar para trás para ver se sua namorada ou amigos nos viram. Eu sabia que sim, e esperava que Astrid seguisse instantes depois.

Deixando-o guiar o caminho, atravessamos o bar e viramos em um canto para o local onde os banheiros se localizavam. Ele me puxou para o banheiro masculino, e imediatamente me dirigi até a pia, abrindo a torneira. Por sorte, não havia mais ninguém.

Apoiando uma mão ao lado do lavatório, usei a outra para refrescar com a água, meu peito e pescoço, fazendo um showzinho ao arquear as costas e jogar meu cabelo longo para o lado.

Vamos lá, meninos. Entrem aqui.

— Nossa, muito melhor — gemi, continuando a deslizar a mão molhada pela nuca e deixando a água escorrer pelo meu peito.

Miles não perdeu tempo. Chegando por trás de mim, agarrou meus quadris e pressionou o dele contra minha bunda.

— Meu Deus, aposto que você é boa de cama — ele suspirou, subindo uma das mãos para alisar meu ombro e pescoço, enquanto a outra alcançou e rodeou meu seio.

CORRUPT

165

Perdi o fôlego e senti a boca secar.

Michael.

Mantive a performance, de qualquer jeito, forçando um sorriso e uma risadinha ao empurrar suas mãos para longe de mim.

— O que você está fazendo? — Ele agarrou meus seios outra vez, gemendo profundamente no meu ouvido. — Você sabe que é isso o que quer. — Desceu a mão, brincando com o botão da minha calça.

Meu pulso trovejou em meus ouvidos, e dei uma olhada na porta.

Você não é uma vítima, e não sou seu salvador. Meus olhos ardiam, e cada pedacinho da minha pele arrepiou com medo.

Onde eles estavam? Mas que porra?

Rangi os dentes e inspirei profundamente. Tentei respirar devagar, para me acalmar.

— Você acha que é isso o que quero? — eu disse, tentando parecer menos nervosa do que estava.

Meu celular estava no carro, e minhas chaves, no moletom. Eu estava despida aqui. Sem armas, e minha única esperança era conseguir dar o fora desse banheiro.

Girei meu corpo, descansando as mãos ao meu lado, na pia. E então minha mão paralisou ao tocar algo pequeno e afiado.

Segurei aquilo quando Miles mergulhou a cabeça, beijando meu pescoço e apalpando minha bunda.

— Eu sei exatamente o que você está implorando para eu te dar — respondeu.

Agarrei o metal, dando-me conta de era o dispensador do sabão que ficava fixo no granito da pia. Havia um longo bico de metal que era fino e afiado. Tencionei meu braço, devagar e com calma, sacudindo a coisa para conseguir arrancá-la do buraco até que finalmente se soltou, e rapidamente a escondi atrás das costas.

— Saia de cima de mim — exigi, acabando com a brincadeira.

Mas ele agarrou um punhado do meu cabelo, e dei um grito quando puxou minha cabeça para trás.

— Não me provoque.

Ele deslizou a outra mão na parte de cima da minha regata e amassou meus seios enquanto mordiscava meu pescoço.

— Você pode até chorar, se quiser. Só tire essa calça.

Eu me encolhi, agarrando o suporte do sabão e levantando o braço para enfiar na cara dele, mas a porta se abriu de supetão, e nós dois giramos as cabeças, alívio inundando meu corpo.

Mas por muito pouco tempo.

Astrid.

Meu peito desabou e meus olhos flamejaram, e escondi rapidamente a arma improvisada às costas, outra vez. Ela passou pela porta e a fechou logo atrás, dando a impressão de querer criar problemas.

— Então você acha que pode foder com meu namorado, sua putinha? — Ela manteve o olhar fixo ao meu, pavor se espalhando por baixo da pele do meu pescoço e peito.

Jesus, eu estava aterrorizada. *Michael.*

Ela andou até onde estávamos, enganchando um braço ao redor do pescoço de Miles e colocou a língua para fora, sacudindo-a sobre os lábios. Ele mergulhou em busca de um beijo, apertando seu agarre à minha volta, e tentei recuar, empurrando-o para longe de mim, tentando me jogar no chão.

Mas ele me pegou, arremessando-me de volta à pia. Senti o medo rastejando pela minha pele, e comecei a respirar com dificuldade. *Não.*

Eu queria dar o fora dali. Queria ir para casa. Queria minha mãe.

Astrid se inclinou para trás, falando com ele:

— Você a quer?

Ele puxou o lábio inferior por entre os dentes, puxando-me contra ele como se eu fosse seu jantar.

— Porra, quero sim — rosnou, e deixei sair um pequeno grito quando senti a ponta de seu pau se esfregando contra mim.

— Curve ela sobre a pia e a coma por trás — Astrid ordenou. — E seja rude. Eu não gosto dela.

Ele me girou ao redor, e me engasguei quando o cômodo pareceu rodar e ele forçou minha cabeça contra o balcão.

Astrid deu um pulo e se sentou na pia, perto de mim, sussurrando no meu ouvido:

— Eu gosto de assistir quando ele enfia o pau em outras garotas.

Não conseguia respirar. Tentei puxar um fôlego, mas meu peito se apertava cada vez mais.

Miles abriu o zíper da minha calça, e eu gritei, minha garganta ardendo quando uma explosão de fúria encheu meus músculos. Então ataquei. Consegui voltar a ficar de pé, soltei meus braços e os arremessei direto contra o rosto de Astrid, esmagando-a contra o espelho à minha direita.

CORRUPT

O lado esquerdo de sua cabeça bateu contra o vidro, que se partiu em dezenas de lascas e estilhaços.

Dei a volta, atingindo a lateral do rosto de Miles, cavando sua pele com o dispensador de sabão e fazendo uma linha descendente em sua bochecha.

— Caralho! — ele berrou, levando uma mão ao rosto e tropeçando para trás.

— Sua puta! — Astrid gritou. — Você cortou meu rosto!

Eu me ajeitei, segurando a arma à frente, recuando até a parede enquanto suor deslizava pelo meu corpo.

— É isso aí, seus pervertidos! — descarreguei o ódio que sentia, meu rosto pegando fogo.

— Venha aqui! — Miles esbravejou, e chorei de dor quando ele agarrou meu braço e quase o deslocou da articulação ao me arremessar no chão.

— Não! — gritei.

Ele veio para cima de mim, e me debati quando agarrou minhas mãos e me conteve.

— Ora, ora, pequena — uma voz cantarolou logo acima de mim, e eu choraminguei, vendo Miles parar e olhar para cima.

Eu estava ofegando, meu coração trovejando em meu peito à medida que acompanhei o olhar atento para a porta que havia acabado de se abrir.

Will nos encarava através de sua máscara branca, Michael, Kai e Damon o flanqueando.

— Parece que você deu cabo deles sem a nossa ajuda — atestou, olhando para Astrid, cujo sangue descia pela lateral de seu rosto.

Lentamente os quatro entraram no banheiro, preenchendo o espaço ao redor e fechando a porta logo atrás de si. Meu olhar se cruzou com o de Michael, e vi quando estreitou os olhos ao perceber que minha calça estava desabotoada.

— O que vocês estão fazendo aqui? — Miles cuspiu, ficando de pé. — Deem o fora. Isso é assunto particular.

Nenhum deles hesitou.

Michael arremessou seu punho fechado sobre o rosto de Miles, nocauteando-o e fazendo seu corpo desabar para o lado. Damon e Will pularam em cima dele, segurando seus braços e arrastando-o até a parede, onde o prenderam.

Kai me pegou e me fez ficar de pé, e eu disparei para agarrar Astrid quando ela tentou correr para a porta. Segurando o cabelo ruivo em um punho, eu a joguei contra a parede, ao lado de seu namorado e lutei para manter as lágrimas de alívio para mim mesma.

— Nunca mais encoste um dedo em mim! — gritei e depois dei um passo mais perto, cuspindo no rosto de Miles. — Nunca mais!

Ele recuou, sangue escorrendo da ferida que fiz em sua bochecha.

Meu corpo inteiro sacudia quando retrocedi em meus passos, a adrenalina por conta do medo devastando meu rosto e fazendo meu peito doer. Abaixei o olhar e vi o sangue de Miles na minha camiseta.

— Vá para o carro — Michael ordenou; Miles ainda preso contra a parede à sua frente. — Daqui a pouco estaremos lá.

Funguei, ainda segurando o suporte do sabão enquanto pegava meu moletom da mão de Kai e o vestia de novo, cobrindo todo aquele sangue.

— O que vocês vão fazer?

Michael se virou para Miles, encarando-o.

— Vamos nos assegurar de que eles tenham entendido o recado — respondeu.

CAPÍTULO 11
ERIKA

Dias atuais...

ENTRAMOS EM UMA CASA BRANCA ENORME NOS ARREDORES DA CIDADE. OS quatro à frente e eu seguindo logo atrás. Eles não estavam nem um pouco preocupados se eu fugiria ou não.

Eu entrei no carro deles, afinal de contas.

Quando retornei ao meu apartamento depois daquele confronto, refleti por cerca de dois minutos, um milhão de temores passando pela minha mente. Eles gostavam de brincar ao redor e fazer jogos, e hoje à noite, por alguma razão, eu era o camundongo pendurado pelo rabo. Por quê?

À medida que os minutos se passavam no relógio, no meu apartamento, eu não conseguia me acalmar. Eles estavam vindo por mim, e quem sabia quando parariam? Nunca quis vê-los outra vez. Nunca.

Mas era óbvio que estavam atrás de alguma coisa. Eles pressionavam as pessoas. Era isso o que faziam. E eles tinham me pressionado até que firmei meus pés no chão e desisti, me afastando deles.

O que mais você tem?

O que mais eu tinha? Fui ensinada pelo meu pai a ser corajosa. Mergulhe o dedo do pé em cada oceano, e experimente tudo e qualquer coisa. Aprender, explorar, conquistar o mundo...

E da minha mãe, aprendi a ser autossuficiente. Tudo bem que ela me ensinou por omissão, mas ao observá-la, ela me mostrou exatamente quem eu não queria ser.

E de Michael – assim como de Damon, Will e Kai –, aprendi a esbravejar.

Aprendi a andar como se o caminho fosse entalhado para mim e só para mim, além de tratar o mundo como se ele devesse saber que eu estava chegando.

Pratiquei qualquer uma dessas coisas? Claro que não. Eu era um camundongo, e foi por isso que vesti meu biquíni e entrei no maldito carro. Queria ser diferente. E não desistiria dessa vez.

A viagem foi tranquila, e passei a maior parte do tempo focada em olhar pela janela, satisfeita por eles terem ligado o rádio e acabado com qualquer possibilidade de diálogo.

Depois que o manobrista levou o carro, eles guiaram o caminho para o interior da casa, e os segui, arrastando minhas sandálias de couro preto, subitamente relaxando ao ver um monte de gente.

Não me sentiria insegura aqui.

A arquitetura da mansão era moderna – uma porção de janelas e vidraças, assim como bordas afiadas e brancas em todo lugar. Havia inúmeros andares com varandas, cada uma dividida pela casa em diferentes comprimentos e larguras, e ao passear por dentre os convidados, pude imediatamente deduzir que se tratava de uma festa do Storm, o time de basquete de Michael.

Havia um monte de parafernálias esportivas ao redor, e inúmeros convidados, incluindo os quatro com quem cheguei, que ultrapassavam em altura a quaisquer outros.

Um instante de preocupação surgiu assim que vi alguns caras usando ternos sem gravatas, mas então me tranquilizei logo depois ao ver as mulheres, algumas vestidas para a balada e outras em trajes de banho, exatamente como eu.

— Jake — Michael trocou um aperto de mãos com um cara um pouco mais alto que ele, e se virou para mim. — Erika, este é Jake Owen. Um colega da equipe. Esta é a casa dele.

Ofereci um meio-sorriso, apertando sua mão.

— É um prazer te conhecer — ele disse, com os olhos gentis. — Você é muito bonita. — Então olhou para Michael outra vez. — Tem certeza de que quer o time inteiro dando uma olhada nela antes de você colocar uma aliança no seu dedo?

Michael encobriu seu olhar, sacudindo a cabeça enquanto ignorava a piada do amigo.

— Eu namorei com o irmão dele, na verdade — eu disse. — Nós crescemos juntos.

— Sério? — Ele se endireitou, olhando para mim com mais interesse. — Bem, eu adoraria ouvir algumas histórias a respeito dos jogos de basquete dele na juventude. Como sabe, Michael não é muito de compartilhar as coisas.

Eu sorri, sabendo exatamente do que ele estava falando. Mas então algo atraiu meu olhar, e vi Alex ao longe. Will a estava levando pelas escadas, um sorriso estampado no rosto dele.

Alex estava aqui? E por que ela estava saindo com Will?

Então vi Kai e Damon pegando suas bebidas e indo a caminho do pátio.

Virei-me para Jake, e pisquei, tentando me lembrar do que falávamos.

— Eu... — gaguejei — Acho que não tenho muito o que contar. Eu não assistia aos jogos dele na escola. Sinto muito.

Os olhos de Michael se estreitaram em uma fenda.

Sim, estive em todos os jogos dele no ensino médio. Não, eu não poderia dizer nada sobre qualquer jogo ou time que venceram. Eu não prestava atenção àquilo.

Retrocedendo alguns passos, dei um sorriso de leve e pedi licença, deixando-os a sós. Eu tinha certeza de que Michael não queria que ficasse grudada nele a noite inteira, e eu precisava de espaço.

E talvez de um drinque, também.

Passei a próxima meia hora ou mais apenas perambulando pelo piso inferior, fingindo admirar as obras de arte e esculturas, antes de, finalmente, chegar até o bar em busca de uma bebida.

Por sorte os garotos me deixaram sozinha e não os tinha visto desde nossa chegada. Levando minha Coca-Cola com rum para o lado de fora, e sentindo o álcool aquecer meu sangue devagar, percebi que todo mundo estava na piscina gigante. Ninguém estava nadando, mas havia muito espaço para relaxar e apreciar o restinho do agradável ar do verão.

Na extremidade da piscina havia um rochedo e uma cascata, e inclinei a cabeça, espreitando por cima, ao perceber o que se parecia a uma pequena gruta por trás da cascata.

Olhando ao redor, vi que os meninos estavam desaparecidos pela festa, então rapidamente retirei minha camisa e o short. Deixei as roupas e a sandália em uma espreguiçadeira e peguei meu drinque para entrar na piscina.

A água chegava até meu peito, então ajeitei o cabelo sobre meu ombro esquerdo. Recostei-me à borda da piscina, bebendo meu drinque aos poucos.

Fechando os olhos, inclinei a cabeça para trás e finalmente senti a tensão aliviar em minha expressão.

Até que enfim.

— Oi — uma voz me saudou.

Abri os olhos de supetão e olhei para cima, deparando com Alex, uma garrafa de tequila e dois copos em suas mãos. Ela usava um biquíni vermelho com vários colares dourados e compridos ao redor do pescoço, além de argolas imensas nas orelhas.

— Você parece um pouco mais feliz do que na última vez em que a vi — ela observou.

Assenti, tocando meu copo contra o dela.

— Isso aqui ajuda.

— Puft! — zombou, colocando suas coisas ao lado e pulando na piscina. — Isto não é uma bebida.

Então ela serviu duas doses dos copinhos de tequila, ficando com um e me entregando o outro.

Contive a vontade de torcer o nariz, porque bebidas fortes – sem estarem diluídas com alguma coisa – eram um martírio para mim.

Entretanto, eu queria relaxar – ao menos uma vez – e não queria sentir medo dos caras e de qualquer avanço que pudessem tomar se eu estivesse bêbada. Entre os quatro, eles não precisariam de bebida alcoólica para me subjugar, então se era isso o que queriam fazer, tanto faz se estivesse bêbada como um gambá ou sóbria.

Tomei o *shot* de tequila, o líquido queimando minha garganta, e fechei os olhos, engolindo uma vez e outra enquanto tentava me livrar do gosto na minha boca. Acho que ela não havia trazido limões, infelizmente.

Meu Deus, eu era uma garotinha...

Soltando o fôlego de uma vez para me livrar do gosto agonizante, coloquei o copo na beira da piscina, vendo-a enchê-lo de novo.

— Então... preciso perguntar — comecei, ainda incomodada com o sabor da bebida na boca. — Que história é essa de "encontro muitos homens"?

O canto da boca dela se inclinou em um sorriso, e ela se virou para me entregar outra dose.

CORRUPT

— E eu sei que Will levou você lá para cima, e naquela outra noite... era o Michael? — continuei, de um jeito brincalhão.

Ela deu de ombros, parecendo culpada.

— Eu conheço uma porção de homens. Ou seja, eu sou *paga* para conhecê-los.

Paga? Ela recebia dinheiro para conhecer os caras e passar um tempo com eles?

Daí arregalei os olhos, quando cheguei a uma conclusão.

— Ahh, entendi.

Ela sorriu, o rosto corado, e tomou seu *shot*.

Ela era uma acompanhante. Uma prostituta. Uau.

Peguei a deixa e tomei outra dose, tentando de tudo para entender aquilo. Michael esteve com ela aquela noite. Ele a contratou?

— Você não pode dizer isso a ninguém. — Ela apontou para mim, a voz rouca por conta da bebida. — Meus clientes, em sua maioria, são muito ricos ou famosos.

Depositei o copo na beirada e me afastei um pouquinho, deslizando as mãos pela superfície da água.

Ela transava com homens – e mulheres, de acordo com o que disse no elevador –, e era paga por isso. E ela morava no meu prédio.

Não sei dizer o que era melhor... quando achei que ela fosse a namorada do Michael, ou isso.

Sempre fui um pouco ciumenta ao ver Michael rodeado de garotas enquanto estávamos crescendo. Mesmo quando eu era pequena. Eu o queria para mim. Mas, ao longo dos anos, os hábitos dele nunca mudaram. Ele pegava, se divertia, e, às vezes, namorava. Mas nenhuma delas por muito tempo.

No entanto, saber que ela foi apenas uma transa meio que me emputeceu também. Ela estava a apenas alguns andares de distância, e a qualquer momento ele poderia ligar, se sentisse necessidade.

— Não se preocupe. Eu não dormi com Michael — ela disse, como se tivesse lido minha mente.

Pressionei meus lábios e dei de ombros.

— Por que eu me importaria?

Alex bufou.

— Eu deduzi pelo jeito que você ficou sem fala com ele naquela noite, em seu pijama.

Baixei o olhar, sentindo a água deslizar por entre meus dedos.

Eu poderia perguntar por que ela não ficou com ele, já que a vi subindo para sua cobertura, mas não queria me importar com isso. Senti-me estranha com ela morando no prédio e tão próximo, mas Michael não era meu, e isso não era da minha conta.

— E também não dormi com Kai — acrescentou, mandando outra dose para dentro.

— E com Will e Damon, sim? — cogitei. — Sem querer ofender, mas nunca achei que eles precisassem pagar para transar.

— Homens que contratam acompanhantes não estão pagando por sexo — ela corrigiu. — Eles estão nos pagando para que os deixemos quando tudo acabar.

Ótimo. Afastei o olhar, sentindo-me mal por ela.

— Algumas pessoas não se interessam em manter relacionamentos ou compromissos, Rika — ela esclareceu. — Eu sou apenas uma profissional que pode oferecer um pouco de diversão e não esperar alguma coisa depois.

Assenti, sem realmente acreditar em suas palavras. Você pode ser a diversão deles, mas também é o segredinho sujo que escondem.

Ela deve ter visto a crítica em meu olhar, porque imediatamente se apressou em explicar:

— É isso que paga minha faculdade e meu apartamento, e, não, eu não quero fazer isso por muito mais tempo, mas fiz minhas escolhas. Quisera eu nunca ter precisado de algo assim, mas também não me arrependo. E, às vezes — ela deu um sorriso brincalhão —, é bem divertido.

Eu entendia o que estava dizendo, e não queria parecer estar julgando-a. Ela fez suas escolhas, e era dona de si. De certa forma, eu invejava toda aquela confiança. Mas percebi, de repente, quão feliz eu era por ter nascido uma Fane, com todas as garantias que isso implicava.

Nos vinte minutos seguintes, ela tomou mais uma dose de tequila enquanto eu finalizava meu drinque, e notei como todos ao redor pareciam relaxados por conta do efeito do álcool. Paletós foram retirados, mais gente entrou na piscina, e Alex e eu nos distraímos com a música e a bebida.

A tequila correu pelo meu corpo, aquecendo meu estômago e peito, e foi ótimo poder sorrir e perder um pouco de controle. Minha pele zumbia à medida que minha cabeça ficava cada vez mais leve, e eu e ela agitamos nossos quadris para a música *Pray to God*, mal percebendo os casais que se pegavam à nossa volta.

— Eu vou ao banheiro — ela gritou para se fazer ouvir acima da música, e colocou a garrafa de tequila na minha mão. — Beba mais um pouco. Estarei de volta em um minuto.

CORRUPT

Acenei, morrendo de rir.

Observei quando ela saiu da água e desapareceu pela casa, mas então avistei Michael, Will e Kai, do outro lado da piscina, me vigiando, e meu sorriso se desfez.

Há quanto tempo estavam ali?

Formavam um semicírculo, cada um com uma bebida, e fiquei me perguntando se observaram minha interação com Alex o tempo todo.

Levantando uma sobrancelha, lancei a todos um olhar desafiador e me virei, colocando a garrafa na borda da piscina, abrindo caminho até a extremidade.

Entrei na gruta por trás da cascata, em parte para escapar dos olhares bisbilhoteiros e em parte por estar curiosa. A água cascateava pelas pedras, espirrando em meus braços e peito à medida que eu avançava pela piscina pelo lado extremo direito. Avistei uma réstia de escuridão por trás da cascata e dei a volta na água corrente, escapando sem ficar encharcada.

Assim que passei pela cascata, senti o frio na barriga e abri um sorriso.

Era enorme.

Havia uma piscina secreta por trás, e a água brilhava com uma luz neon azul, muito parecida a que vi na cobertura de Michael. Um pouco mais à direita havia uma espécie de banco, onde você poderia se deitar, sentar, ou, as pessoas que não estivessem nadando, poderiam caminhar por ali, apenas para contemplar a beleza que havia ali dentro, sem se molhar.

O lugar todo era como uma caverna. A parede de pedras e o teto brilhavam com pequenas luzes brancas, provavelmente para que se assemelhassem a estrelas, e mal pude conter o gemido que escapou da minha garganta quando friccionei minhas coxas. Eu estava com tesão. Não tinha certeza se era por conta do lugar, das bebidas, ou Michael. Meus sentidos estavam muito sobrecarregados hoje.

Atravessei mais adiante, desfrutando do consolo da escuridão, mas então vi quando Damon entrou na gruta e congelei.

Ele atravessou pela cascata, vindo do outro lado, completamente encharcado. Afastou as mechas do cabelo escuro e molhado para o topo de sua cabeça; seu peito firme, ombros e braços brilhavam com as gotas d'água. Ele deve ter trazido roupa de banho ou então arranjou alguma emprestada, mas imediatamente recuei em meus passos, pois ele vinha na minha direção.

— Bem que queria dizer que não estou acostumado a essa reação por parte das mulheres — debochou ao notar minha fuga.

Minhas mãos se fecharam em punhos, e lambi os lábios ressecados.

— Não, você não queria — argumentei. — Acho que você adora quando elas fazem isso.

Os lábios dele se curvaram, e tentei não recuar mais uma vez. Ele queria me deixar com medo. Estava contando com isso.

— Não tenho medo de você. — Inclinei a cabeça, meu coração batendo acelerado apesar da minha determinação.

A música soava do lado de fora, e entre isso e a cascata, duvidava que alguém pudesse ouvir caso eu gritasse.

Ele parou à minha frente, a poucos centímetros.

— Sim, você tem.

E então envolveu seus braços ao redor da minha cintura, como uma barra de aço, e me levantou do chão.

Resmunguei, colocando as mãos em seus ombros e tentando afastá-lo de mim.

— Damon.

— Eu poderia arrancar seus membros, um a um — ameaçou, seu hálito sobre meu rosto. — E sem derramar uma gota de suor.

Pressionei as mãos contra ele e o empurrei com força, torcendo meu corpo de um lado ao outro.

— Pare com isso. Me solta.

— Você sabe em quem eu pensava quando estava na prisão? — Agarrou um punhado do meu cabelo, e perdi o fôlego quando puxou o meu pescoço para trás, a boca a centímetros da minha. Seu aperto ainda firme ao meu redor. — Em você... e na nossa última noite juntos — completou.

Ele me beijou, suave, porém possessivo, arrastando meu lábio inferior por entre seus dentes. Empurrei-me para longe e cravei as unhas na parte superior de seus braços, enquanto meu coração martelava no peito.

— Damon, sai fora — atirei.

Mas ele apertou mais ainda o puxão no meu cabelo, roçando os lábios nos meus.

— Toda vez que estava sozinho, eu acariciava meu pau, pensando em você tomando tudo, como uma boa garota.

Estendi a mão e segurei seu pescoço com meus dedos, apertando o mais forte que podia e tentando empurrá-lo para longe da minha boca.

Ele gargalhou como se nem ao menos tivesse percebido.

— Você nunca disse para o Michael o que aconteceu naquela noite, não é?

CORRUPT

— Como pode ter certeza de que não falei nada? — rosnei, mostrando os dentes.

Ele chegou o rosto mais perto.

— Porque ele já teria me matado.

Apertei mais ainda o pescoço dele, cravando as unhas.

— Então talvez eu conte para ele — ameacei. — Agora, tire as mãos de cima de mim, imbecil.

— Já chega.

Michael.

Ofeguei, e Damon olhou por cima da minha cabeça ante a ordem áspera.

Eu mal podia respirar, observando a careta que ele fazia ao, provavelmente, debater se devia ou não desafiar o amigo.

Era difícil entendê-los. Há duas horas, eles pareciam estar na mesma página, e agora Michael o estava contrariando.

Damon finalmente me deixou sair, me empurrando para longe, e vislumbrei as pequenas marcas em formato de meia-lua que deixei em seu pescoço. Estava sangrando, e não consegui evitar a sensação de satisfação que atravessou meu peito.

Ótimo. Talvez aquilo não o impedisse, e talvez até mesmo o deixasse com mais tesão, mas pelo menos agora ele sabia que eu revidaria. Aquilo valeu o risco de provocá-lo.

Ele saiu da gruta, e me virei, sem nem mesmo ter que me obrigar a relaxar. Eu me sentia mais forte, na verdade.

— Você gosta de toda essa atenção, não gosta? — Michael me prendeu com o olhar. — Até que ponto você está implorando por isso, Rika? Será que importa quem estiver te dando?

Eu ri para mim mesma, escalando os pequenos degraus naquele amplo banco de pedras.

— Pergunte ao Trevor — provoquei, ajeitando meu cabelo em um rabo de cavalo e muito consciente de como Michael olhou para o meu corpo úmido, de cima a baixo. — Nem mesmo ele conseguia dar conta das minhas necessidades. O tempo todo. Meu Deus, eu gosto muito de foder.

Ele abaixou o queixo, um sorriso perverso atravessando seu rosto. Andando até mim, apoiou meu corpo contra a parede, o olhar nunca abandonando o meu.

— Abra sua boca — exigiu, levantando seu copo de bebida.

Hesitei por um instante. Não o deixaria me ver fraquejando. A pequena e assustada Rika, que não dava um passo sem permissão? Ela não existia mais.

Inclinei a cabeça para trás, abrindo a boca.

Michael despejou uma porção de sua bebida marrom, e engoli, tendo o cuidado de camuflar a queimação que o líquido fez em minha garganta.

— Me conte mais — incitou, me desafiando com o olhar.

Sustentei seu olhar, mergulhando profundamente ao me recostar contra a parede, de olho nele.

— Eu o chupava toda manhã — revelei, mantendo a voz baixa e firme. — E o tomava bem fundo na minha garganta e o deixava muito duro, para que pudesse cavalgar seu pau antes de ir para a escola.

— É mesmo? — Michael me encorajou a prosseguir, fogo começando a queimar em seus olhos quando ergueu o copo outra vez. — Continue.

Recostei a cabeça de volta à parede, abrindo a boca para beber o gole.

Depois de engolir, continuei a dizer, suavizando minha voz:

— Ele me dava tão gostoso — sussurrei. — As mãos dele passeavam por todo o meu corpo, esfregavam meus seios quando ele me curvava sobre o sofá enquanto sua mãe ainda estava no quarto ao lado. — Encarei-o com atenção, vendo quando seus olhos pousaram na minha boca quando lambi meus lábios. — Ele tinha que cobrir minha boca com a mão na hora que eu gozava, porque era tão gostoso que não conseguia segurar meu grito de prazer.

— Hummm... — respondeu, erguendo o copo para me dar mais um gole, e depois o colocando em algum lugar.

— E o pau dele foi feito para a minha bunda — continuei, dando um sorriso enviesado e o provocando mais ainda. — Quando ele me penetrava, ele me possuía.

— É mesmo? — Michael perguntou devagar, estreitando as pálpebras e enlaçando meu corpo pela cintura, enquanto uma mão segurava meu rosto. — Me conte mais... — Seu hálito soprou em meus lábios. — Quero saber tudo o que meu irmão nunca fez com você, sua pequena mentirosa.

Meu peito apertou ao tê-lo tão perto de mim. Eu praticamente podia sentir o gosto de sua boca. Separei meus lábios, sentindo-o pairar acima, sentindo-o prestes a dar uma mordida, e era isso o que eu ansiava.

Michael.

— Depois que ele gozava — ele sussurrou —, e depois que ele saía, te deixando querendo mais, querendo tudo aquilo que você sabia que só eu

CORRUPT

179

posso te dar — ele puxou meu lábio inferior por entre os dentes —, era no meu pau que você pensava quando enfiava os dedos na sua boceta?

Gemi, uma onda de calor atingindo o meio das minhas coxas, e meu clitóris pulsando com força, já me sentindo molhada.

— Às vezes — confessei em um sussurro, obrigando-me a não desviar o olhar.

Ele inclinou a cabeça.

— Às vezes?

Assenti.

Seu olhar endureceu, e eu sabia que ele tinha se sentido desafiado.

Meu coração acelerou, batendo cada vez mais forte, e já não sabia se meu blefe havia sido um grande erro.

Sempre pensei somente nele. Cada fantasia, cada orgasmo... Todas as vezes em que estava sozinha e me tocava, eu só conseguia imaginá-lo, aqueles olhos deslumbrantes e seu grande corpo me prendendo na cama.

Ou no sofá, na mesa, ou no chão. Sempre foi Michael.

Mas ele já tinha conseguido minha atenção por muito tempo, e era hora de parar de me sacanear. Ele queria brincar? Eu poderia brincar.

— Por que você mentiu para o Jake? — perguntou, de repente, mudando de assunto. — Você assistia aos jogos na escola. Você esteve em cada um dos meus jogos.

Retesei meu corpo.

— Você sabia?

Eu não podia acreditar que sabia que fui a todas as partidas. Mesmo quando ele estava no ensino médio, e eu apenas no ensino fundamental, sempre fazia questão de ir com a Sra. Crist, nunca tendo perdido um jogo até que ele foi para a universidade.

— Por que você mentiu?

Abri a boca à procura das palavras.

— Não menti — admiti, por fim. — Eu disse que nunca assistia aos jogos, e era verdade. Eu só... — Engoli o nó na garganta e olhei de volta para ele, sussurrando: — Eu só assistia *você*.

Ele segurou meu olhar, a expressão endurecendo. Seu ritmo respiratório acelerou, e o perfume rico que exalava de seu corpo invadiu minha mente quando fechei meus olhos.

— Rika — ele sussurrou, parecendo desesperado ao tocar meu lábio inferior com a ponta de sua língua.

Um formigamento se espalhou pelo meu rosto, e me senti mais chapada do que nunca.

— Quando você pensa em mim... às vezes — emendou com um tom divertido na voz. Ele sabia que eu estava mentindo —, me mostre o que você faz consigo mesma.

Abri os olhos de supetão, vendo o calor aquecendo sua íris. Meu coração palpitava de ansiedade, mas tentei conter a empolgação.

Nunca havia feito *isso* na frente de ninguém, então hesitei, preocupada por conta de todas as mulheres que ele já teve. O quão experientes elas eram, e se ele riria ou cairia na gargalhada ao ver o que eu faria...

Então ouvi a voz de Michael na minha mente – tão distante como se tivesse sido há séculos –, em um quarto escuro, na primeira vez em que chegou perto de mim...

Seja dona de si. Não se desculpe por ser quem é. *Seja dona de si.* Não se pode vencer, se não for assim, não é mesmo?

Mantive o olhar focado ao dele, intenso e concentrado, e deslizei minha mão por dentro do biquíni, e por entre minhas coxas.

Michael passou a mão pelo lado esquerdo do meu pescoço, e eu vacilei, já que não estava acostumada a ter alguém me tocando ali. No entanto, ele pareceu não notar. Prosseguiu com a carícia, enfiando a mão por entre os fios do meu cabelo, e baixando o olhar para me ver movendo os dedos por dentro do meu biquíni preto.

Ele parecia respirar com dificuldade, e seu olhar permaneceu fixo na minha mão à medida que eu fazia círculos ao redor do meu clitóris. Minha boceta começou a pulsar com mais intensidade, e gemi baixinho, sentindo o calor me aquecer por dentro por saber que eu era o centro das atenções dele.

— Tire isso — ofegou, os olhos nunca se desviando da minha mão.

Neguei com um aceno.

— Anda logo. — Ele me balançou e eu suspirei.

Jesus. Adrenalina correu pelo meu ventre, e a pulsação na porra do meu clitóris latejou com mais força.

Gemi sem controle.

— Por favor, Rika — ele implorou, beijando meus lábios e os atraindo entre os seus, quando se afastou. — Eu preciso ver.

Lambi meus lábios e enfiei os dedos por baixo das alças presas em meu quadril. Desci a calcinha do biquíni até os tornozelos e depois me desfiz dela.

Percebi quando ele pareceu ficar sem fôlego, e sem hesitação, deslizei a mão por entre as coxas outra vez. Movi os dedos, dentro e fora, espalhando a umidade para cima do meu clitóris, ao inclinar a cabeça contra a parede e fechar os olhos.

Arqueei as costas e ergui uma perna, deixando Michael a sustentar por trás do joelho, contra sua cintura.

Bem melhor agora.

Rebolei o quadril em pequenos movimentos, sentindo seu pau ficar cada vez mais duro quando rocei contra o interior de sua calça. Continuei com a brincadeira de me dedilhar, ouvindo sua respiração ficar cada vez mais difícil. Ele devia estar gostando do que via.

— Era isso o que você queria? — sussurrei, deslizando dois dedos em meu interior.

— Sim — disse em uma voz estrangulada.

Eu sorri. Independente de pensar ou não se era sexy, ou apenas uma garota estúpida, isso era irrelevante. Michael estava perdendo o controle.

— Às vezes faço outras coisas — provoquei.

Ele olhou para mim, me indagando com o olhar.

— Que outras coisas?

— Não posso te dizer. — Lambi meu lábio. — Talvez te mostre algum dia. Ou talvez faça isso hoje à noite, quando tirar minhas roupas e me enfiar na minha cama, sozinha — inclinei-me para sussurrar contra seus lábios —, nua, quente, molhada e sozinha.

Ele expirou com força.

— Porra.

Quando dei por mim, ele estava de joelhos, com uma perna acima de seu ombro, e tomando minha boceta depilada em sua boca, me atacando com rapidez e intensidade, com sua língua e dentes.

Gemi alto.

— Michael! — *Ai, meu Deus.*

Ele chupou meu clitóris e depois o liberou, esfregando a língua através da pele sensível uma e outra vez. Fechei os olhos com força.

— Ah, merda — engasguei. — Porra...

Ele mergulhou por entre minhas pernas, me comendo como se estivesse faminto.

Segurei um punhado de seu cabelo, arqueando meu pescoço enquanto ele mordiscava, chupava e lambia, girando em círculos e mais círculos para depois se afundar outra vez e me reivindicar com força.

— Caralho, você tem uma boceta maravilhosa — sussurrou contra minha pele, olhando para cima enquanto sacudia meu clitóris com a língua. — Você é linda, Rika. Tão suave e apertada.

Ofeguei por entre os dentes e me pressionei em sua boca, observando-o lamber cada centímetro enquanto mantinha o olhar fixo ao meu. Até que se afundou e enfiou a língua por dentro da minha boceta, e acabei gemendo alto.

— Ah, meu Deus! — gemi. — Michael, eu preciso de mais.

— Você quer o meu pau? — ele perguntou, arrastando meu clitóris por entre os dentes, fazendo a dor por dentro crescer cada mais vez.

Assenti loucamente.

— Meu pau ou o de outra pessoa?

— O seu! — choraminguei.

— Você diz, do único em quem você pensa quando está se fodendo com os dedos, não é mesmo? — argumentou, deslizando dois dedos por dentro enquanto continuava a circundar meu clitóris com a língua.

— Sim — gemi, sentindo o orgasmo se intensificar e agitar meu ventre.

— Então você é uma mentirosa do caralho, não é mesmo? — rosnou, esfregando meu feixe cada vez mais forte e intenso com a língua, os dedos entrando e saindo.

— Sim! — Apertei o agarre em seu cabelo.

Meus músculos estavam formigando e sem força, e respirei com mais dificuldade, sentindo que estava prestes a gozar.

Abri os olhos, encarando o teto enquanto ele me comia, mas virei a cabeça para o lado esquerdo e me deparei com Kai.

Meus olhos arregalaram e meu coração saltou no meu peito.

— Mas que...! — engasguei, o orgasmo cada vez mais perto, me deixando zonza.

Kai estava com o ombro recostado à parede de pedras, com os braços cruzados à frente do peito, observando-nos com os olhos impassíveis. Ele poderia muito bem estar assistindo a um noticiário na TV.

Balancei a cabeça, querendo pedir que ele saísse dali, mas então gemi alto, tencionando cada músculo do meu corpo assim que o orgasmo explodiu por dentro de mim.

— Ah, Deus! — gemi, meu corpo assumindo o comando enquanto eu cavalgava a língua de Michael. — Caralho!

Meu clitóris trovejava como uma bateria, e podia sentir o calor do meu gozo escorrendo pelas pernas.

CORRUPT

Eu me contorci, tentando resgatar o fôlego à medida que as descargas de prazer por dentro da minha barriga e por entre minhas coxas pulsavam e se espalhavam para lentamente se dissipar.

Meu peito sacudiu com tremores, e a boca de Michael foi desacelerando, lambendo-me devagar e com suavidade.

Então ele depositou um beijo gostoso e delicado no meu clitóris, e olhou para mim com um sorriso exultante nos lábios.

— Ela tem o gosto tão bom quanto aparenta? — Ouvi Kai perguntar, e girei a cabeça de supetão, lembrando-me de que ele estava ali.

— Muito melhor — Michael respondeu calmamente, me encarando como se soubesse que o amigo esteve ali o tempo todo.

Olhei para Michael e o afastei, abaixando a perna. Peguei a parte de baixo do biquíni e vesti rapidamente, para logo depois ir em direção à saída.

Para lá e para cá, para lá e para cá... Michael me provocava e eu ia de encontro a ele, resistindo o tempo todo. Mas, no calor do momento, ele conseguiu. Ele sabia que era o único nas minhas fantasias, o único que eu queria.

E, pior do que isso, Kai também estava me desafiando. O jogo deles havia mudado, e eu estava sacando isso depressa, mas não rápido o suficiente.

Esbarrei em Kai ao passar por ele, que virou a cabeça por cima do ombro, seguindo-me com o olhar.

— Fuja o tanto que quiser, Monstrinha — ele disse em um tom ameaçador. — Nós somos bem mais rápidos.

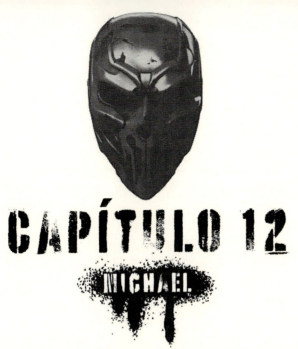

CAPÍTULO 12
MICHAEL

Dias atuais...

ARRASTEI MEU LÁBIO INFERIOR POR ENTRE OS DENTES, SENTINDO CADA FIBRA da minha boca ansiando por mais dela. *Porra, ela tinha um gosto tão bom.*

Fiquei ali observando-a desaparecer pelo outro lado da cascata, e Kai girou a cabeça para me encarar.

— Você estava comendo o prato comunitário, irmão — acusou —, e pegando mais do que a sua porção.

Um sorriso enviesado surgiu na minha boca enquanto andava em sua direção.

— Sabe — comecei, com um tom de voz áspero —, essa coleira que você está tentando colocar está ficando apertada demais. O dia que eu começar a sentir que lhe devo explicações, estarei morto. Entendeu?

— Vou me lembrar de que disse isso. — Ele se afastou da parede, com os braços ainda cruzados à frente do corpo. — O mesmo vale para o Will, Damon e para mim.

— O que isso quer dizer?

No entanto, ele apenas me encarou com um ar sinistro no olhar. E pela primeira vez, não confiei em Kai. Sim, eu a toquei mesmo tendo dito a todos para a deixarem em paz. Eu sabia que ele estava puto, e tinha razão em estar. Mas ela me surpreendeu. Vim aqui para afastar Damon dela, e me vi perdendo o controle assim que ela abriu aquela boca. Ela ficou mais esperta, e não recuou em nenhum momento.

Eu vi a Monstrinha outra vez. Aquela que esbravejou e fez com que as pessoas a vissem de verdade. Tive que tocá-la. E não pude pensar em mais nada além disso.

Porém, por mais que Kai merecesse a sua vingança, não havia a menor possibilidade no inferno de eu pedir desculpas a ele. Embora estivesse começando a temê-lo. Não por mim, mas por Rika. Não pude evitar o pensamento de que a sensação que ele teve naquela noite, no primeiro dia dela em Meridian, pudesse estar certa, não somente por conta de Will e Damon, mas também por ele.

As coisas nunca saem conforme o planejado.

Será que cada um deles tinha uma intenção que eu desconhecia?

— E a casa dela? — Kai falou. — Em que situação se encontra?

Eu o enfrentei, em tom de desafio.

— Ela está em Meridian por minha causa — disse, entredentes. — Está no Delcour por minha causa, e está isolada por minha causa. Estamos na reta final.

Então me afastei, provando apenas uma coisa. Ele, Damon e Will podem ter mudado, mas eu não.

Eu nunca dava satisfações a ninguém.

No tempo que levei para sair da gruta, as roupas de Rika haviam desaparecido da espreguiçadeira. Depois de procurá-la pela festa, e notar a ausência de Alex, cheguei à conclusão de que ela deve ter pedido uma carona e saído sem nós.

Will e Damon tinham ficado, e depois do confronto na caverna, não consegui encontrar Kai.

Nós precisávamos acabar com esta porcaria, para que pudéssemos seguir com nossas vidas.

Eu estava me tornando cada vez mais distraído no basquete, Kai estava ainda mais introspectivo, Damon era como uma bomba-relógio, e eu tinha quase certeza de que Will não conseguia mais passar um dia sequer sem beber.

Pensei que eles, aos poucos, se readaptariam às suas vidas e perspectivas que o futuro lhes traria, mas as coisas estavam piorando, não melhorando. Esta porra precisava acabar e eu precisava que eles voltassem aos trilhos. Em breve, aqueles três anos longe seriam apenas uma memória ruim.

Todos eles receberam ofertas de emprego, lugares dentro do círculo familiar para viverem suas vidas, mas nenhum quis sequer falar a respeito. Nada existia além de Rika e do agora. Não quiseram nem mesmo ver suas famílias ou passar um tempo em Thunder Bay.

Meus amigos – meus irmãos – estavam mortos por dentro, e quanto mais pensava no que ela havia feito para eles – para nós –, mais eu queria rasgá-la ao meio. No entanto, eu só esperava que o que estávamos prestes a fazer os trouxesse de volta.

— Sr. Crist — Stella me cumprimentou assim que marchei em direção ao escritório do meu pai, no último andar de seu prédio.

Assenti, dando-lhe um meio-sorriso ao passar por ela. Ela nunca tentou impedir minha entrada, independente se ele estivesse em uma reunião ou ligação. Meu irmão e eu raramente vínhamos aqui, mas a verdade é que achava que ela tinha medo de nós, tanto quanto do meu pai. Ela não interferia com os negócios da família.

Mesmo o nosso pai não gostando da nossa presença aqui.

Minha mãe, Trevor e eu aprendemos desde cedo que ele queria viver uma vida aqui na cidade, distante de nós, escondidos em Thunder Bay. A família rondando seu trabalho era um incômodo. Ele mantinha suas duas vidas separadas, e isso não nos envolvia.

E por mais que adorasse minha mãe pra caralho, eu a respeitava cada vez menos por permanecer casada com esse babaca. Para eles, entretanto, o que tinham era um bom acordo, creio eu. Ele lhe dava o dinheiro para comprar qualquer coisa, a casa de seus sonhos, e assegurou seu lugar na sociedade que tanto amava. Em troca, ela se mantinha respeitável, além de ter lhe dado dois filhos homens.

Ambos eram mentirosos e covardes. Minha mãe não era corajosa o suficiente para exigir a vida que merecia, e meu pai nunca se abria para ninguém. Nem para esposa nem para os filhos. Ele nem sequer tinha amigos. Não de verdade, de qualquer forma.

Nas teias e tramas de Thunder Bay, em meio às mentiras e segredos sem fim, sorrisos falsos e tretas, pensei ter encontrado a única pessoa diferente. Que via tudo o que eu queria e ansiava por aquilo ao meu lado.

CORRUPT

Meu irmão estava certo. Vi aquela expressão nos olhos dela muito antes de até mesmo notar seu rosto e corpo. Aquele olhar contido, como se algo precisasse se libertar.

Rika e eu sempre estivemos às voltas um do outro, mesmo antes de estarmos cientes disso. E sua traição doeu quase como se eu tivesse sido estripado.

Andei direto até a porta e a abri sem bater. Meu pai estava sentado atrás de sua mesa, o cheiro do verniz das mesas de mogno e estantes de livros atingindo meu nariz e me fazendo pensar em um museu.

O advogado dele, Monroe Wynn, estava sentado à sua frente, de costas para mim.

— Michael. — Meu pai olhou para cima, tamborilando o dedo na mesa e com um sorriso que não chegava aos olhos. — Que rara surpresa.

Fechei a porta, sentindo o ar filtrar-se pelos meus pulmões como se fosse óleo. Ele não estava feliz em me ver, e eu detestava estar em sua presença. Nosso relacionamento acabou muito tempo atrás, quando comecei a me impor, logo, seu prazer dissimulado ao me ver era apenas uma encenação ante seu advogado.

— Monroe, você conhece meu filho — disse, gesticulando entre nós.

O homem se levantou da cadeira e estendeu a mão para mim.

— Olá, Michael.

— Senhor. — Aceitei o cumprimento.

Soltei a mão dele e cruzei os braços à frente do corpo.

— Estamos depositando nossas esperanças em você esse ano — Monroe disse. — Minha esposa ficou irritadíssima por eu ter comprado ingressos no camarote para esta temporada, então é melhor que valha a pena. Não nos decepcione.

— Não, senhor.

— Ele vai cumprir o seu dever — meu pai assegurou. Como se tivesse a porra de um pingo de controle sobre isso. Ele odiava a carreira que escolhi e nunca me apoiou.

Monroe assentiu e voltei o olhar para meu pai.

Percebendo o silêncio desconfortável, o advogado finalmente pegou seus arquivos e pasta, os braços abarrotados quando se virou para sair.

— Nos falamos em breve — disse ao meu pai.

Ele deixou o escritório e meu pai se reclinou contra a cadeira, me encarando com irritação em seus olhos azuis. Ele e meu irmão eram muito parecidos, com o cabelo loiro escuro, pele pálida e mandíbulas estreitas.

Ambos eram cerca de oito centímetros mais baixos do que eu. Herdei minha altura dos familiares do lado da minha mãe.

— Estou surpreso em ver que até mesmo sabe o endereço deste prédio — escarneceu.

— Sejamos justos — retruquei, recostando meu ombro contra a estante. — Venho aqui com a mesma frequência com que você vai em casa.

Ele nivelou o olhar em mim, nem um pouco contente.

— Falou com sua mãe?

Assenti.

— Ontem. Ela está passando alguns dias fazendo compras em Paris, antes de ir para a Espanha. Você vai encontrar com ela esta semana, correto?

— Como sempre — respondeu. — Por que pergunta?

Dei de ombros, balançando a cabeça.

— Por nada.

Na verdade, havia, sim, uma razão. Eu queria confirmar que ele sairia da cidade. E logo. Rika achava que a mãe dela estava com a minha, a bordo do *Pithom*, na costa do sul da Europa.

Não. O *Pithom* ainda estava ancorado em Thunder Bay, e minha mãe não tinha visto a Sra. Fane desde antes de ela viajar para a Europa, de avião, mais de uma semana atrás.

Rika não sabia onde sua mãe estava. Eu, sim.

E quando meu pai fosse ao encontro da minha mãe, Rika não teria nenhum apoio à volta.

Meus pais sempre viajavam no outono por várias semanas, seja para visitar amigos ou parceiros de negócios, fora do país. E, por mais que meu pai viajasse a trabalho diversas vezes ao ano, aquela viagem anual eles sempre faziam juntos. Minha mãe era útil com seu charme, sagacidade e beleza, então ele insistia para que ela o acompanhasse em seu tour pela Europa a cada outono. Era a única coisa com a qual eu sabia que podia contar.

A casa em Thunder Bay estava, neste momento, vazia, já que minha mãe viajou há dias e meu pai sempre ficava na cidade, no abatedouro que ele mantinha do outro lado da comunidade.

Pelo menos ele tinha a decência de não manter um apartamento no Delcour e ostentar as vagabundas no prédio que lhe pertencia.

— Você tem falado com Trevor? — perguntou.

No entanto, apenas o encarei.

Ele bufou uma risada, já sabendo que aquela havia sido uma pergunta idiota.

CORRUPT

Uma mulher jovem entrou no escritório com os braços cheios de arquivos. Ela sorriu para mim, parecendo sexy com um vestido azul-claro e cabelo loiro perfeito.

Andando até a parte de trás da mesa, ela colocou as pastas em cima e se esticou para pegar um post-it e escrever um recado para ele. Ele nem mesmo tentou disfarçar o olhar lascivo quando se reclinou na cadeira e deu uma bela conferida na bunda dela, quando se inclinou perto dele.

— Então, por que você está aqui? — abordou, e não deixei passar despercebido quando sua mão desapareceu por baixo do vestido dela.

Ela mordeu o lábio inferior para reprimir o sorriso.

Cerrei os punhos por baixo dos braços cruzados. Meu Deus, eu o odiava pra cacete.

— Para falar sobre meu futuro — respondi.

Ele inclinou a cabeça e me avaliou com o olhar.

Eu odiava isso. Não queria lidar com ele por mais nenhum segundo, razão pela qual levei tanto tempo para tratar o assunto que deveria ter sido acertado há muito tempo. Eu não queria vir aqui.

Seus lábios se curvaram. Tirando a mão de dentro do vestido da mulher, ele deu um tapa em seu traseiro antes de dizer:

— Feche a porta quando sair.

Ela deu a volta na mesa, relanceando-me um olhar antes de deixar o escritório.

Exalando um suspiro profundo, ele me encarou com os olhos quase fechados.

— Recordo-me de ter tentado conversar a respeito disso com você, muitas vezes. Você não quis entrar em Annapolis, preferindo se graduar em Westgate.

— Eles têm um excelente Centro Esportivo — eu o lembrei.

— Você não quis um futuro nesta empresa — prosseguiu. — Você quis jogar basquete.

— Sou um atleta profissional — retruquei. — Já estive em mais matérias de revistas do que você.

Ele deu um sorriso de escárnio.

— Isto não se trata de você fazer boas escolhas, Michael. Isso se trata de você constantemente me contrariar. Aquilo que eu quiser, você faz o oposto.

Ele se levantou e pegou um copo que deduzi ser de seu uísque habitual, e parou ao lado das janelas do teto ao chão que davam vista para a cidade.

— Quando você cresceu e se tornou um homem, achei que seria mais agradável, mas você não parou. A cada oportunidade que eu...

— Voltando ao assunto — cortei, endireitando a coluna. — Meu futuro.

Tivemos essa conversa – ou briga – inúmeras vezes. Eu não precisava de uma repetição.

— Tudo bem — reconsiderou. — O que você quer?

— Você estava certo — admiti, engolindo o gosto amargo na boca. — Em dez, quinze anos, estarei procurando por vagas para treinador em algumas faculdades, e olhando para a frente, minha carreira perderá o brilho. Não há um futuro.

Ele inspirou profundamente, como se estivesse gostando do rumo da conversa.

— Estou ouvindo.

— Vamos testar alguma coisa — sugeri. — Vamos ver o que posso fazer com alguns de seus interesses.

— Como o quê?

Dei de ombros, fingindo não ter pensado muito no assunto, como se não tivesse vindo aqui já com algo em mente.

— O que me diz sobre o Delcour e cinquenta mil ações da Ferro?

Ele riu ante minha audácia, que era exatamente o que eu queria. Sabia que ele não toparia aquilo.

— Cinquenta mil ações o tornariam um sócio — indicou, colocando seu copo na mesa e sentando-se novamente. — Sendo filho ou não, você não tem essas regalias entregues de mão beijada. — Ele ajeitou o paletó de seu terno e se recostou à cadeira, prendendo-me com olhar. — Muito menos aqui em Meridian — garantiu. — Se você me envergonhar, gostaria que fosse em algo menos visível.

— Tudo bem. — Assenti. — Que tal... FANE?

A família de Rika havia colocado o sobrenome deles em sua rede de joalherias quando inauguraram anos antes de ela nascer.

Ele franziu o cenho, em suspeita.

— FANE?

Merda. Fui muito precipitado. Ele me negaria.

Dei de ombros, tentando minimizar o assunto.

— Está tudo bem distante em Thunder Bay, não é? Fora de vista? Vamos ver o que posso fazer com a loja, a casa, e as empresas dos Fane.

— De jeito nenhum — respondeu. — Tudo aquilo será do seu irmão algum dia.

Fiquei quieto. *Do Trevor?* Não de Rika?

CORRUPT

Em seu testamento, Schrader Fane nomeou sua filha como sua única herdeira. Rika herdaria absolutamente tudo, logo após se formar na faculdade, ou em seu vigésimo primeiro aniversário, o que viesse primeiro. O Sr. Fane nomeou meu pai, padrinho de Rika, como seu fiduciário até que chegasse o momento certo, o que pareceu ótimo para a mãe dela. Ela não tinha interesse nenhum nos negócios, não sendo nem mesmo capaz de cuidar da própria casa, que dirá de um patrimônio multimilionário.

Se tudo aquilo ia para o Trevor, no entanto, significava que...

— Você já deve ter chegado à conclusão de que uma hora ou outra eles vão se casar — meu pai declarou quando eu não disse nada.

Casados.

Meus músculos começaram a doer, cada um deles retesados pra caralho, enquanto encarava meu pai e lutava para não perder a cabeça. E por que eu me importava, de qualquer maneira? Ela e Trevor se mereciam, e eu tinha certeza de que acabaríamos com ela até isso acontecer.

— Faz sentido — concordei, tentando desfazer a sensação ruim.

— Será pouco tempo depois da formatura dos dois — ele informou. — Não podemos deixar que ela bata as asinhas para muito longe e suma de vista. Ele vai se casar com ela, colocar um bebê Crist na sua barriga, e tudo dos Fane será nosso, incluindo a pequena Rika. Este é o plano.

E podia apostar tudo o que tinha de que ela não estava ciente de nada daquilo. É óbvio que todo mundo sabia que a família estava pressionando Rika para ficar com Trevor, mesmo ela tendo terminado a relação. Mas existia um limite que as pessoas poderiam aguentar. Se eles continuassem pressionando, inclusive Trevor, eventualmente ela acabaria cedendo.

— Ela não o ama — assinalei, querendo explodir sua bolha de felicidade.

Ele ergueu o olhar, deparando-se com meu desafio.

— Ela vai aceitá-lo de volta e se casará com ele.

— E se ele não for capaz de gerar um bebê nela? — argumentei.

Rika não queria Trevor. Eles podiam até levá-la ao altar, mas não havia garantia alguma de que ela fosse mais dócil no quarto.

— Se ele não conseguir — ele disse, apontando na minha direção —, então talvez você consiga. Contanto que seja um Crist, estou pouco me importando.

Ele inclinou seu copo, tomando mais um gole.

— Inferno — prosseguiu, a sombra de um sorriso em sua expressão —, eu mesmo farei isso, se precisar.

Filho da puta. A vida dela já estava praticamente acabada.

Eu o encarei com um sorriso sarcástico.

— Então você precisa de mim.

— Sim, mas não confio em você — declarou.

— Mas sou seu filho — retruquei. — E sei que tem medo porque não consegue me controlar, mas sabe por quê? Porque somos exatamente iguais. — Inclinei o queixo para baixo, em um claro desafio enquanto mantinha minha posição. — As mesmas qualidades que você odeia em mim são aquelas que enaltece em si mesmo. E, independente de querer admitir ou não, você me respeita muito mais do que ao Trevor.

Afastando-me da parede, mantive os braços cruzados enquanto me aproximava de sua mesa.

— Já está na hora de eu me unir aos negócios da família — afirmei. — Não vou ficar com nada. A FANE pertence a Rika, bem como suas finanças e propriedades, quando ela se formar na faculdade. Isto está no testamento do pai dela e não pode ser alterado. Deixe-me administrar tudo até que ela e Trevor estejam prontos.

Ele franziu o rosto, virando a cabeça.

O que ele tinha a perder? Eu não podia ficar com nada. A lei protegia Rika. E até onde meu pai sabia, eu não tinha o menor motivo para gerir mal seu patrimônio. Por que iria querer tomar a casa dela, encerrar os negócios, congelar seus bens...?

— FANE — ele disse, finalmente chegando a um consenso com a ideia.

— E a casa e todos os outros empreendimentos — relembrei. — E se eu fizer tudo direito, fico com Delcour e os cinquenta mil de ações.

Estava pouco me lixando para o Delcour ou as ações, mas queria manter a fachada de que o patrimônio dos Fane não era o verdadeiro prêmio.

Ele fez uma pausa, mas finalmente acenou, aceitando o acordo.

— Vou mandar Monroe alterar a procuração e enviarei os documentos para você, hoje ainda, por fax.

Então, olhando para mim com um ar severo, apontou o dedo e disse:

— Você está recebendo uma chance, porque é sangue do meu sangue, Michael. E somente por causa disso. Se fosse você, provaria ser digno disso ao não ferrar com tudo. Você pode não ter uma segunda chance.

Contive meu sorriso. Eu não precisava de uma segunda chance.

Eu me virei e caminhei até a porta, prestes a sair dali, mas então parei.

— Por que não eu? — Girei o corpo para encará-lo. — Por que não me considerou para me casar com ela?

— Eu fiz isso — respondeu. — Você é muito volátil, e preciso dela feliz e dócil. Você a faria infeliz.

CORRUPT

193

Arqueei uma sobrancelha, desviando o olhar. Bem, ele estava certo, não é? Eu tinha toda a intenção de fazê-la sofrer irremediavelmente. Mas ele não sabia disso. Estava preocupado com outra coisa. Sem saber nada a respeito do ódio entre mim e Rika, meu pai achava que eu não era bom para ela.

Saí do escritório, fechando a porta com um baque. Ira fervilhava por dentro, fazendo-me cerrar a mandíbula com força. Não importava. *Nada disso importava*, lembrei a mim mesmo.

Ele pensou que garantiria o dinheiro e contatos dos Fane, e que controlaria tudo através de Trevor. Não fazia a menor ideia de que eu acabaria com tudo. E também não sabia que meus planos haviam acabado de mudar. Ele e Trevor nunca colocariam as mãos nela. Eu preferia vê-la morta antes de isso acontecer.

Entrei no elevador, pressionando o botão para o térreo e senti o celular vibrar dentro do bolso do paletó. Assim que o peguei, cliquei na mensagem de texto de Will.

> A casa já era.

Meus olhos arregalaram ao ver a foto do hall de entrada da mansão dos Fane, em chamas.

Mas que porra! Meu coração subiu até a garganta, e quase parei de respirar. Eles agiram sem mim.

Havíamos planejado tomar a casa dela, não incendiá-la.

Agi com presteza ao ligar para o escritório da segurança da casa delas. O guarda noturno atendeu na mesma hora.

— Ferguson! — rosnei. — A casa dos Fane!

— Sim, senhor — respondeu apressado. — Já liguei para a polícia. Os caminhões do bombeiro já estão a caminho.

Desliguei e me agitei para o outro lado, dando um soco na parede do elevador.

— Puta que pariu!

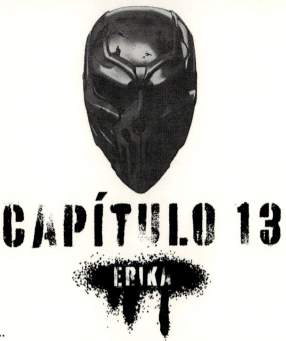

CAPÍTULO 13
ERIKA

Três anos atrás...

Eu devia ter espancado aqueles dois. Miles e Astrid eram obscenos e desprezíveis, e não podia acreditar no que aqueles dois tentaram fazer comigo lá.

Cerrei meus punhos quando me sentei no carro de Michael, esperando que os garotos saíssem do Sticks.

Astrid e Miles mereciam mais do que receberam. Lágrimas brotavam enquanto eu mastigava a unha do meu polegar e encarava a janela, contendo o choro.

Eles teriam me estuprado naquele banheiro. E teriam se safado disso.

Ira disparava por baixo da minha pele, e tudo o que queria era voltar lá dentro e bater neles até que entendessem. Até que soubessem que eu não era uma vítima.

Comecei a abrir a porta, mas olhei para cima e parei, vendo que os meninos atravessavam o salão de bilhar.

Eles ainda usavam suas máscaras, e avistei um monte de gente lá dentro os seguindo com o olhar.

Todo mundo sabia quem os Cavaleiros eram e sem dúvida sabiam das travessuras que eles fariam esta noite. Mesmo que estivessem interessados, os curiosos não interfeririam.

Michael e Kai tomaram seus lugares nos assentos da frente, enquanto Damon passou por cima de Will para tomar seu lugar na parte de trás, como sempre. Will foi o próximo, sentando-se ao meu lado e batendo a porta; percebi que a manga de seu moletom estava rasgada. Deve ter rolado uma briga. Cheguei até mesmo a me preocupar se estava machucado, mas ele ria descontroladamente.

— O que vocês fizeram? — perguntei.

Todos eles tiraram suas máscaras, deixando-as de lado, e vi quando Will piscou para mim e me deu um sorriso deslumbrante.

— Estique sua mão — ele instruiu.

Senti um frio na barriga. *Merda*. E agora?

Relutante, estendi a mão esquerda e vi quando ele colocou algo macio e vermelho em minha palma, as mechas de cabelo se espalharam pelos lados, como se fosse um lenço.

Ele tirou a mão dele de cima, e meus olhos arregalaram.

— Ai, meu Deus — engasguei, horrorizada. — Isto é... — ofeguei, tentando entender aquilo. — Isto é deles?

Na minha mão estavam um dente ensanguentado e uma mecha grossa de cabelo vermelho.

Eu me encolhi, sentindo um gosto ácido queimar a garganta quando o peso daquilo que estava em minha mão pareceu pesar uma tonelada.

— Pegamos uma lembrancinha de cada — Will esclareceu.

Kai falou por cima do ombro, do banco da frente.

— Eles nunca mais encostarão um dedo em você.

— Eles nunca mais olharão na sua direção outra vez — Damon acrescentou.

— Mas e se eles contarem para alguém? — Eu sabia que minha preocupação estava evidente, mas minha mão tremia, desesperada para me livrar daquilo.

— Contar para quem? — Michael deu partida no carro e me lançou um olhar através do espelho retrovisor, sorrindo. — Meu pai está em três empreendimentos imobiliários com os Anderson.

Congelei quando caí na real. *Puta merda*. Ele estava certo. A lei pode ter falhado em me proteger, mas agora atuava para o lado contrário, também. A quem Miles e Astrid diriam o que aconteceu para obter justiça agora?

Um sorriso se formou no meu rosto. *A ninguém.*

— Um "obrigado" seria legal — Damon disse atrás de mim.

— Eu... — Encarei o dente outra vez, vendo o sangue da raiz coagular na minha mão. — Eu só estou um pouco passada. — Dei uma risada nervosa.

— Você teria ficado mais passada ainda se tivesse acordado pelada, com a porra de dez caras espalhada em você naquela festa — ele replicou.

— Isso sem falar no que iam fazer com você naquele banheiro ali.

Abaixei o olhar, sentindo o pavor se espalhar pelo corpo ante o que ele havia acabado de dizer.

— Sim... — sussurrei, em total acordo.

Na última primavera, apagada naquela cama, o que teria acontecido comigo depois que eles terminassem? Eles teriam convidado mais pessoas para me machucarem, um atrás do outro? Fotos? Filmagens? Quantas pessoas teriam me estuprado?

Cerrei os dentes, de repente querendo que eles sofressem mais. Eu queria matá-los. Ninguém deveria ter o poder de transformar sua vida para sempre.

Fechei o punho ao redor dos objetos e o encarei com firmeza.

— Obrigada.

Ouvi o estalo do isqueiro de Damon, e depois senti o cheiro da fumaça que ele exalou.

— No entanto, a sua tentativa de intimidá-los foi bem fofa.

Revirei os olhos, abrindo a porta e rapidamente me desfazendo daquele dente e mecha de cabelo no fluxo de água que corria até o bueiro. Os vestígios da agressão que sofreram desapareceram no vazio.

Não havia nada de errado com a minha tentativa. Talvez não tenha sido capaz de arrancar membros, mas eu me defendi. O que mais eles queriam?

Batendo a porta, limpei a mão no meu agasalho preto, pensando que definitivamente teria que queimar minhas roupas depois desta noite.

Talvez pressentindo minhas dúvidas, Kai deu uma olhada por cima do ombro, dizendo para mim:

— Quando você quiser impressionar alguém, e pensar que já fez o suficiente, vá mais além. Sempre os deixe pensando que você é meio louca, e as pessoas nunca mais tentarão te sacanear outra vez.

Assenti, de acordo. Eu não tinha certeza se seria capaz de fazer o que fizeram, mas entendi o que quis dizer. Quando os seus inimigos não sabiam quais eram seus limites, eles não os pressionavam.

Michael se afastou do meio-fio e virou a esquina para a rua Baylor.

— Por que vocês demoraram tanto? — finalmente perguntei, lembrando-me de que eles esperaram mais do que eu havia orientado.

— Ficamos esperando a namorada dele seguir vocês até o banheiro — Will respondeu.

— Não se preocupe — Kai garantiu. — Não esperaríamos muito mais tempo. Você se saiu muito bem.

Fiquei olhando pela janela, vendo adolescentes rindo e brincando na

CORRUPT

calçada do lado de fora do cinema, assim que passamos por ele. A decoração de Halloween – fantasmas com tecidos brancos flutuantes – balançava com a brisa, nos postes de iluminação onde estavam pendurados. Folhas laranja caíam das árvores, e eu podia sentir o cheiro de chuva prestes a desabar.

— Vamos tentar arranjar comida longe da cena do nosso último crime — Will brincou, esticando a mão à frente para sintonizar *Bodies*, do Drowning Pool.

Ele começou a tocar uma guitarra imaginária enquanto Michael virava à direita na Breckinridge, dando a volta na praça da cidade. Olhei de relance, apreciando a vista do parque no centro da cidade. O pequeno lago brilhava com o reflexo das luzes brancas penduradas nas árvores à volta, e lâmpadas alaranjadas tomaram o lugar das brancas que costumavam figurar nas luminárias, trazendo um ar festivo à praça. Bandeirinhas de Halloween se agitavam nos postes do lado de fora das lojas, ao lado das abóboras típicas da época e outras decorações.

— Ei, pare! — Will gritou. — Pare!

— O que foi? — Michael resmungou, pisando no freio e fazendo todo mundo se chocar contra os cintos.

Will abaixou o vidro de sua janela, e Michael abaixou a música, à espera.

— Ela terminou — Will disse, olhando para o parque.

Inclinei a cabeça, tentando ver para onde ele estava olhando, sem ter certeza do que era. Olhei à minha direita, vendo a FANE, a loja da minha família do outro lado da rua. A vitrine estava toda acesa, e mesmo à distância, eu podia ver o brilho das joias.

Eu me virei, vendo que Will ainda encarava algo através da janela, em silêncio. Ele girou a cabeça e estendeu a mão por cima do ombro, para Damon.

— Me dê a garrafa — exigiu.

— Por quê?

— Você sabe o porquê — ele rebateu, e pisquei em surpresa ao ver o tom cortante. — Me dê isso aqui.

— Não em público — Kai argumentou.

— Foda-se. — Will balançou a mão para Damon, exigindo. — Agora!

Mas que merda estava acontecendo? Vi Damon dar um olhar de relance para Michael, pelo retrovisor, ainda sem saber o que fazer.

— Dê a garrafa para ele — Michael disse com calma.

Meu coração pulou uma batida, pensando no que ele estava prestes a fazer. Se Kai estava tenso, seja lá o que fosse, não era uma coisa boa. E se Damon estava nervoso, definitivamente não era uma boa ideia.

Will reposicionou a máscara em seu rosto e puxou o capuz preto para cobrir seu cabelo antes de se esticar e enfiar a mão dentro do bolso da frente no meu moletom e pegar meus fósforos. Então, pegou uma garrafa de uísque e um tecido com Damon, e abriu a porta, saltando do carro.

— Jesus — Damon resmungou, parecendo preocupado enquanto gritava atrás dele. — Foda-se aquela vadia. Não sei nem porque você se importa tanto!

Mas Will pareceu não lhe dar ouvidos. Ele continuou andando, brincando com os materiais que levava.

De quem eles estavam falando?

— Vamos — Michael disse, abrindo a porta de seu lado e descendo do carro.

Observei quando todos eles colocaram suas máscaras e puxaram os capuzes sobre as cabeças, fechando suas portas.

Segurei a maçaneta, sem saber se queria seguir atrás deles. Era como se nem todos estivessem de acordo com o que Will faria, e eu não tinha uma máscara para me encobrir.

— Venha logo — Michael espreitou pelo vidro aberto da janela de Will. — Todos temos que ir. São as regras.

Oookay. Um por todos e todos por um? Mas isso não era tão verdadeiro assim, já que Damon deu seu trote em particular. Embora tenha certeza de que não curtiria nem um pouco acompanhar sua travessura.

Hesitei, suspirando audivelmente e puxando meu capuz para cobrir o cabelo.

Desci pelo lado de Will e andei apressadamente ao lado de Michael, enfiando as mãos dentro do meu moletom.

Olhando ao redor, vi diversas pessoas nas proximidades, adolescentes e casais, e todos eles estavam de olho nos homens mascarados. Mantive a cabeça baixa, tentando me tornar invisível.

Avistei Will com um pedaço de pano encharcado na bebida alcoólica, enquanto ele, Damon e Kai se dirigiam para o gazebo da loja *Witchs's Hat*, no parque.

O quê?

— Por que eles estão indo para o gazebo? — perguntei a Michael.

— Porque ele é apaixonado pela garota que o construiu — respondeu —, e ela não o suporta.

Franzi o cenho, confusa, e já pouco me importando se alguém visse meu rosto.

CORRUPT

199

— Emmy Scott? — retruquei, com vontade de rir.

— O quê? — Michael olhou para mim, sem compartilhar a piada.

— Bem, ela não... — continuei, pensando na pequena e mal-humorada Emory Scott em seus óculos de aros escuros, que nunca usou uma gota de maquiagem. — Ela não é bem o tipo dele, né?

Eu não podia acreditar. Tinha que ser um engano. Will sempre foi visto com garotas vestidas em minissaias e com cabelos perfeitos. Garotas que sabiam como paquerar. Emmy Scott era... bem, uma nerd, na opinião de todo mundo, incluindo dela própria.

Paramos bem próximos ao gazebo e virei a cabeça, vendo o olhar penetrante de Michael em mim.

E meu coração começou a bater mais acelerado.

Olhei para os caras, vendo Damon segurar a garrafa enquanto Will incendiava o pedaço de pano, e balancei a cabeça.

— Não acho isso legal — sussurrei, mantendo-me cabisbaixa. — A Emmy é uma boa pessoa, e deu duro para fazer esse gazebo. Foi o projeto do seu último ano na escola e o que a fez entrar em Berkeley.

Ela construiu o gazebo no verão do ano passado, e ainda que estivesse radiante por deixar a cidade e ir para a faculdade, ela certamente colocou tudo o que tinha para finalizar esta obra, além das inúmeras outras que construiu ao redor da cidade.

Michael ergueu seu queixo.

— Ele vai acertar as coisas — assegurou. — Deixe-o mergulhar nas loucuras dele.

E então, antes que pudesse dizer qualquer outra coisa, vi o clarão de luz voando pelos ares. Prendi o fôlego quando a garrafa se chocou contra o gazebo, e as chamas explodiram, fogo lambendo cada centímetro da estrutura de madeira.

— Ai, Jesus. — Coloquei a mão sobre a testa, me corroendo de culpa. — Eu não vou ver isso. É de uma babaquice sem tamanho!

Girei para sair, mas Michael segurou meu braço.

— Ou você fica conosco ou pode voltar para casa — avisou.

Arranquei meu braço de seu agarre, fazendo uma careta.

Eu não queria ir para casa. Mas isto aqui também não era nem um pouco engraçado. Eles estavam sendo uns babacas, porém se eu não me mantivesse firme, ele sempre me veria como uma fracote.

Voltei para o carro parado ainda na rua.

Eles que se danem. Eu encontraria um estabelecimento aberto e pediria a Noah para me buscar.

Abri a porta do carro e enfiei a mão por dentro do bolso na parte de trás do assento de Kai, onde havia enfiado meu telefone, e a fechei com um baque.

O incêndio ardia a uma distância curta, e inúmeras vozes irromperam ao redor, apavoradas.

— Eita, merda! — alguém gritou, vendo as chamas.

Mais ofegos e risadas excitadas explodiram à minha volta. As pessoas já deviam saber o que esperar na *Noite do Diabo*, e provavelmente já esperavam por isso.

Eu os ignorei e deslizei a tela do meu celular, discando para a emergência. Talvez os caminhões dos Bombeiros já estivessem de volta a esta altura.

Hesitei por um instante, sem querer colocar os meninos em apuros, mas então me lembrei de que isso nunca acontecia com eles.

Foda-se. Apertei o botão de discagem.

— Parados!

Ergui a cabeça e vi o policial Baker correr pela rua em direção ao parque. Meu estômago afundou.

Ah, não.

Ele estava indo direto para os caras. Com a mão em sua arma, aproximou-se devagar no local onde eles estavam juntos agora.

— Mãos para cima! Agora!

Finalizei a chamada, sabendo que ele já devia ter ligado.

— Merda! — Ouvi Will resmungar. — Caralho!

— Mãos para cima! Agora! — Baker berrou outra vez. — Seus merdinhas, essa noite acabou para vocês! Vou levar todo mundo preso!

— Filho da puta — suspirei, enfiando meu celular no bolso do moletom.

Michael foi o primeiro a levantar as mãos para o alto, devagar, sendo seguido pelos outros.

— Isso realmente estraga a nossa noite, Baker — Will zombou, e ouvi os caras explodirem em gargalhadas.

— Pro chão! — o policial gritou, ignorando a zombaria. — Devagar!

— Meu pai vai arrancar a minha cabeça — Kai murmurou.

Meu pulso acelerou, e vi quando todos eles se deitaram no chão e a multidão os cercou.

Não era a primeira vez que eles iam presos. Baker provavelmente os

CORRUPT

manteria na delegacia por uma noite para que não pudessem mais causar nenhum dano, e os liberaria pela manhã.

Mas então percebi um monte de pessoas com seus celulares em mãos, filmando a coisa toda.

— Tirem as máscaras — o policial mandou.

Abri a boca em choque, respirando com dificuldade. Não!

Não com todo mundo ali filmando! Michael seria descoberto e perderia sua posição no time. Não que eu me importasse...

Ah, tudo bem. Eu me importava, porra.

Olhei ao redor, de um lado ao outro, procurando por algo – qualquer coisa – que pudesse fazer. Algo que distraísse o tira.

Então congelei, vendo as vitrines da FANE.

Senti o coração na garganta e não parei para pensar.

Apenas faça.

Lançando-me para a parte traseira do carro, abri a porta e peguei um pé-de-cabra. Fechei a porta outra vez e puxei o capuz para cobrir meus olhos, e corri para as vitrines que ostentavam um conjunto cintilante de colar, brincos e anel de rubis, com um valor estimado de duzentos e cinquenta mil dólares.

Sim, minha família não brincava quando se tratava de joias. Nós valíamos tanto quanto, ou mais até, que os Crist.

Ergui o braço, tremendo de pavor com o que estava prestes a fazer.

— Merda — sussurrei.

E apenas balancei os braços.

O pé-de-cabra se chocou contra a vidraça, luzes e alarmes imediatamente disparando, enchendo a praça da cidade com as vozes ultrajadas.

Estava prestes a fugir, sabendo que o policial viria até aqui em vez de focar nos meninos, mas percebi, rapidamente, que deixaria as joias desprotegidas. Agarrei o conjunto inteiro, segurei-os em um punho – as pedras cortando minha pele –, e corri.

— Eita, porra! Sério? — Ouvi a voz empolgada de Will, e então as risadas barulhentas.

— Vamos! Entrem no carro! — algum deles gritou, mas estava muito longe para distinguir de quem era a voz.

Disparei em direção à esquina, descendo a rua, e depois tomei a esquerda, correndo para um dos menores e mais tranquilos bairros da região, enquanto tentava despistar o policial. Não sabia se ele estava atrás de mim, mas tinha esperanças de que pensasse que eu ainda estava descendo pela Breckinridge.

Corri o mais rápido que podia, forçando cada músculo das minhas pernas, com o pé-de-cabra em uma mão, e as joias na outra.

Noah não morava tão longe dali, então eu poderia ir até a casa dele.

Merda! O que eu tinha feito?

Mesmo que tivesse tentado cobrir meu rosto, ainda assim alguém poderia me reconhecer, isso sem falar nas câmeras de segurança da loja. E depois, teria que devolver essa merda, e minha mãe acabaria sabendo de tudo.

Acelerei a corrida, o ar se arrastando pelos meus pulmões enquanto o suor encharcava meu pescoço.

— Rika! Entre aqui! — uma voz gritou atrás de mim.

Dei a volta, vendo Kai com a cabeça do lado de fora da janela, enquanto Michael acelerava seu Classe G até a rua escura. Ele diminuiu até parar perto de mim, e estiquei a mão para puxar a maçaneta do carro. Pulei para dentro e fechei a porta. Michael pisou no acelerador e disparou pela rua.

— Uhuuuu! — Kai enfiou a parte superior de seu corpo para fora da janela, gritando para o ar noturno.

— Você assaltou a porra da sua própria loja, Rika! — Will riu e agarrou meu moletom, me puxando para cima dele. — Você reinou absoluto, gata!

Ele me liberou, ainda dando risadas e sorrisos histéricos.

Inclinando a cabeça para trás, ele uivou para o teto do carro, sobrecarregado pela adrenalina e excitação.

Respirei fundo, calor dominando meu corpo inteiro, e senti como se estivesse prestes a vomitar.

Olhei de relance para o retrovisor, passando a mão pelo meu cabelo, preocupada, e deparei com o olhar de Michael na estrada à frente, e um sorriso discreto no rosto. Ele ergueu o olhar, como se pressentisse que eu o observava, e pude ver algo diferente ali.

Talvez respeito, ou talvez admiração.

Ou talvez ele finalmente pensasse que eu valia alguma coisa.

Baixei os olhos, obrigando-me a relaxar, deixando escapar um pequeno sorriso.

— Obrigado — uma voz baixa disse atrás de mim.

Virei a cabeça e vi Damon com os braços apoiados no encosto do banco traseiro, me encarando.

Acenei, sabendo que aquela não era uma palavra que dizia com frequência.

— Ei, sintoniza aí! — Will gritou. — Essa é sua. Monstro.

Ele me lançou um sorriso quando *Monster*, do Skillet, soou no carro, correndo pelas minhas veias.

CORRUPT

203

Will começou a cantar, e deslizou pelo assento, e acabei me sacudindo de tanto rir quando ele se sentou escarranchado no meu colo, me dando uma *lap dance* ao som da música.

— Para o armazém — ele ordenou com o punho erguido. — Vamos encher a cara!

CAPÍTULO 14
ERIKA

Dias atuais...

Agarrei o volante, acelerando pela rodovia escura enquanto segurava o celular no ouvido.

— Mãe, onde diabos você está? — explodi, meu coração trovejando no peito.

A ligação chamava e chamava, e mesmo tendo ligado para ela diversas vezes desde o momento em que recebi o telefonema a respeito da casa, ela ainda não havia retornado.

Tentei até mesmo nossa governanta, mas não consegui contato também.

Puta que pariu, por que não peguei a porcaria do número do telefone por satélite aquela outra noite, com Michael? Eu simplesmente encontrei com Alex e implorei que ela me levasse para casa, mesmo eu tendo que dirigir, pois ela estava muito bêbada para isso.

Girando o volante à direita, fiz a curva, encerrando a ligação e jogando o celular no banco do passageiro.

— Por favor... — ofeguei, sentindo meu rosto se contorcer enquanto eu segurava as lágrimas.

Por favor, esteja bem.

Os caminhões de bombeiro chegaram lá a tempo. Tinham que ter chegado.

Ferguson havia me ligado cerca de uma hora atrás, dizendo que a casa dos meus pais estava pegando fogo e que ele já havia chamado o corpo de bombeiros. Eles já estavam lá, mas ele não conseguiu contato com a minha mãe ou a governanta, ambas provavelmente fora da cidade.

CORRUPT   205

Não hesitei. Pulei no meu carro e saí de Meridian, acelerando pela rodovia. Finalmente, depois de uma hora dirigindo, peguei as pacatas e escuras estradas de Thunder Bay.

Já passava das dez da noite, no fim das contas.

Virando à esquerda, avistei a entrada do condomínio e pressionei a buzina, uma e outra vez. Ferguson abriu o portão, e passei acelerando, sem nem mesmo parar para conversar. Os faróis do meu carro iluminaram o asfalto enquanto atravessava pela pequena floresta, avistando portões e casa, postes e calçadas em um borrão.

Passei pela casa dos Crist, e nem mesmo dei uma olhada. Passei batida para logo mais apertar o botão do controle remoto do meu próprio portão cerca de um quilômetro à frente.

Girando o volante para a esquerda, cheguei até a entrada da minha casa e pisei no freio. Desliguei o carro e saltei para fora, sufocando enquanto meu peito se sacudia.

— Não, não, não... — Meus olhos estavam embaçados enquanto eu olhava para a casa.

Fuligem preta se alastrava pelas esquadrias das janelas, e toda a vegetação ao redor da casa estava queimada. A casa permaneceu sombria e açoitada, enquanto o cheiro do incêndio preenchia o ar; fumaça negra flutuava das poucas brasas remanescentes.

Não conseguia ver nada por dentro, mas parecia tudo destruído.

Levando as mãos até o cabelo, lágrimas se derramavam pelo meu rosto devastado. Solucei, lutando para conseguir respirar à medida que corria em direção à casa.

— Mãe!

No entanto, o braço de alguém me envolveu, me segurando.

— Me solta! — Eu me debati, tentando girar meu corpo para sair de seu agarre.

— Você não pode ir até lá! — ele gritou.

Michael.

Mas eu não me importava. Consegui me livrar de suas mãos e corri para casa.

— Rika!

Entrei correndo, deparando-me com os pisos, carpetes e paredes enegrecidas. Passei pelo corrimão, sentindo as fagulhas de fuligem na minha palma quando me apoiei para subir.

— Senhorita! — um homem gritou, e reparei nos bombeiros que ainda estavam ali conversando.

Ignorei todos eles e subi as escadas, os degraus por baixo do carpete encharcado rangendo sob meu peso, alertando-me de que poderiam quebrar a qualquer instante, mas não estava nem aí.

A porcaria da casa poderia desabar inteira sobre a minha cabeça.

— Mãe!

Mas espera... ela não está aqui. Ela está viajando, lembra? Alívio me inundou assim que cheguei ao segundo andar. Ela não estava aqui.

Entrei no meu quarto, o fedor pungente da fumaça enchendo meus pulmões; fui direto para o meu *closet*. Caí de joelhos, tossindo, enquanto vasculhava no canto, em busca de uma caixa.

Água pingava nas minhas costas, das dezenas de roupas ensopadas acima de mim. O incêndio atingiu aqui também. *Por favor, não.*

Abri a tampa de uma caixa e minha mão envolveu uma muito menor, de madeira. Retirei-a dali.

Água extravasou pelos cantos da caixa.

Meu coração se partiu. *Não.*

Enlaçando os braços ao redor da caixa, eu a pressionei contra o meu peito e me debrucei sobre ela, soluçando. Estava tudo destruído.

— Levante-se.

Ouvi a voz de Michael atrás de mim, mas não queria me mover dali.

— Rika — exigiu outra vez.

Levantei a cabeça, tentando puxar o ar profundamente, mas uma vertigem súbita tomou conta de mim, e não pude respirar. O ar estava muito espesso.

Eu deveria ter levado a caixa comigo. Foi uma estupidez tê-la deixado aqui. Achei que estava tentando ser forte ao deixar o passado para trás, seguindo em frente. Não deveria ter ido embora sem ela.

Abri os olhos, não vendo quase nada através do borrão.

Por que Michael estava aqui? Ele já estava aqui quando cheguei, o que significa que soube do incêndio antes de mim.

De repente, todo o controle que lutei para assumir sobre a minha vida parecia estar sendo tirado de mim. Sendo enganada para ir morar no Delcour, encontrar Damon e Will na sala de aula, as constantes ameaças de seus amigos perturbando minha cabeça, e então havia o Michael. Eu não tinha nenhum controle quando estava ao redor dele.

E agora minha casa?

CORRUPT

Um peso pareceu assentar em meu peito, e tentei respirar com dificuldade quando olhei para ele.

— Onde a minha mãe está? Por que não consigo falar com ela?

Mantendo o olhar firme ao dele, comecei a tossir outra vez, o ar tóxico entrando em meus pulmões cada vez que tentava respirar.

— Nós precisamos sair daqui. — Ele se esticou e me ajudou a ficar de pé, sabendo que a fumaça já estava me afetando. — A gente volta aqui amanhã, depois que o corpo de bombeiros avaliar os danos e nos assegurar de que é seguro. Vamos ficar na casa dos meus pais esta noite.

Um nó apertou minha garganta, mas não tive forças para engoli-lo. Esfreguei a caixa contra o meu peito, querendo sumir dali.

Não discuti quando deixamos o quarto. Não discuti quando ele me colocou dentro de seu carro ou quando o vi passar pela casa de seus pais, em direção à cidade.

Eu não conseguia discutir com ele essa noite.

— São estas as caixinhas de fósforos das quais você falou? — perguntou, acenando em direção à caixa em cima da mesa. — Aquelas que seu pai colecionava das viagens que ele fazia?

Abaixei o olhar, observando a tampa da caixa de madeira e assenti. Ainda estava me sentindo completamente vazia para falar alguma coisa.

Depois de deixarmos os bombeiros trabalhando na casa, ele não dirigiu até a casa de seus pais. Ele foi em direção à cidade e parou no Sticks, e ainda que não quisesse ver ninguém, uma bebida era bem-vinda.

Eu o segui, e, por sorte, ele nos escondeu atrás de uma das cabines e pediu duas cervejas. A garçonete me olhou de esguelha, vendo que eu não tinha vinte e um, mas não discutiu com ele.

Ninguém nunca o fazia.

O bar estava praticamente vazio, provavelmente porque era dia de semana, além de os universitários terem saído da cidade para voltar às suas universidades por agora. Algumas pessoas mais velhas estavam sentadas no balcão do bar, outras jogavam bilhar, e outras vagueavam por ali, bebendo, conversando e comendo.

Reclinando devagar contra a cadeira, toquei a caixa com as mãos trêmulas e abri o fecho frontal, erguendo a tampa.

Lágrimas se derramaram, e desviei o olhar.

Destruído. Estava tudo destruído.

A maioria das caixinhas era feita de papel, e por mais que os fósforos estivessem secos, as embalagens estavam rachadas, rasgadas e enrugadas. O papelão úmido gotejava água, descolorido e destroçado.

Estendi a mão e peguei um frasquinho de vidro. Os palitos de fósforo dentro tinham a cabeça verde, e ainda me lembrava do meu pai quando voltou de uma viagem ao País de Gales, dizendo que os encontrou em uma lojinha à beira-mar, em Cardiff.

Sorri com tristeza, segurando o frasco.

— Estes são os meus favoritos — eu disse, inclinando sobre a mesa. — Escute o barulho.

Sacudi o frasquinho perto do ouvido dele, mas então minha expressão mudou ao ouvir o som pesado ao invés do leve ruído que me era tão familiar quando os palitos de madeira se chocavam dentro do vidro.

Voltei a me recostar.

— Eles não fazem mais o mesmo barulho, agora.

Michael olhou para mim, seu porte atlético enorme praticamente tomando conta de todo a cabine no lado em que estava sentado.

— São apenas fósforos, Rika.

Inclinei a cabeça, meus olhos se estreitando com ódio.

— São apenas fósforos? — sibilei. — O que você mais valoriza? Existe algo que seja precioso para você?

A expressão dele se tornou impassível, enquanto permanecia em silêncio.

— Sim, são apenas fósforos — continuei, minha voz ficando rouca por conta das lágrimas. — E memórias, cheiros, sons e o frio na barriga toda vez que eu ouvia a porta de um carro se fechar do lado de fora, me alertando de que ele estava em casa. Milhares de sonhos que tive com os lugares onde me aventuraria algum dia. — Suspirei, colocando a mão sobre a tampa da caixa. — Eles eram esperança, desejos e lembretes, e todas as vezes em que sorri, sabendo que ele havia se lembrado de mim quando estava fora.

— Então olhei para ele incisivamente. — Você pode ter dinheiro e garotas, carros e roupas, mas ainda tenho mais do que você nesta pequena caixa.

Desviei o olhar para as mesas de sinuca, vendo-o me observar com o canto do meu olho. Eu sabia que ele pensava que estava sendo boba. Provavelmente devia estar pensando o que ainda estava fazendo sentado ao meu lado aqui. Eu tinha o meu carro. Ele podia ter me deixado na casa dos pais dele para passar a noite e voltado para Meridian para comparecer a algum encontro ou evento para o qual estava todo arrumado.

Mas a verdade era que não estava sendo boba. Sim, eram apenas fósforos, mas também eram algo insubstituível. E as coisas que são insubstituíveis na vida são as únicas às quais devíamos dar valor.

Quando pensei sobre isso, vi que realmente não havia muitas coisas ou pessoas que eu amava. Por que os tinha deixado aqui?

— Eles acham que o incêndio teve início próximo às escadas — Michael disse, tomando um gole de sua cerveja. — Foi por isso que se alastrou para o segundo andar com tanta rapidez. Nós vamos saber mais sobre isso amanhã.

Permaneci em silêncio, observando a garçonete servir mais duas doses.

— Você não se importa? — Michael abordou o assunto quando eu não disse nada.

Dei de ombros, sentindo a raiva entorpecer a tristeza.

— A casa não significa nada para mim — eu disse, baixinho. — Nunca fui feliz ali sem o meu pai.

— Você era feliz na minha casa?

Levantei os olhos, trancando meu olhar ao dele. Por que ele estava perguntando isso? Desde quando ele se importava? Ou talvez já soubesse a resposta.

Não. Eu não era feliz na casa dele. Não sem ele ali.

Quando estava no fundamental e ensino médio, sim. Eu amava. Ouvir a bola de basquete quicar no chão através da casa quando ele andava ao redor, sentir a presença dele em um cômodo e não ser mais capaz de me concentrar em nada, esbarrar com ele no corredor...

Amava a expectativa de simplesmente estar perto dele.

Mas depois que ele saiu para cursar a faculdade, e quase nunca estava em casa, a casa dos Crist se tornou uma gaiola. Trevor estava o tempo todo à minha volta, e eu sentia muita falta de Michael.

Estar na casa dele, quando ele não estava ali, era mais solitário do que nunca.

Joguei o frasquinho dentro da caixa e fechei a tampa de supetão, virando a cabeça para a *jukebox* próxima às janelas da frente.

— Você pode me emprestar uma grana? — perguntei, olhando para ele. Eu havia deixado a bolsa no meu carro.

Ele enfiou a mão no bolso e retirou algumas notas de um clipe. Estendi a mão, sem hesitar, e peguei as cinco primeiras que avistei, deixando a cabine e levando a cerveja comigo.

Arrepios percorreram meus braços, e me lembrei de que ainda estava usando o jeans e a regata branca que havia colocado quando cheguei mais cedo das aulas hoje. Ao pular no carro com tanta pressa, acabei esquecendo de pegar um casaco.

Michael usava um terno preto e camisa branca, aberta no colarinho, e fiquei imaginando se ele veio ou estava indo para algum lugar.

Não importava. Ele podia ir embora. Eu era capaz de tomar conta de mim mesma.

Dei algumas goladas na minha cerveja enquanto inseria os cinco dólares na máquina e esperava para escolher uma música.

Uma risada feminina soou logo atrás de mim, e virei a cabeça, reconhecendo Diana Forester. Ela estava reclinada contra nossa cabine, com uma mão no quadril e um sorriso sonso enquanto conversava com Michael.

Jesus.

Eles namoraram no colégio, embora não pudesse chamar aquilo de namoro. Kai e Michael a compartilharam. E eu só sabia disso porque vi os dois a beijando na sala de TV, uma noite. Sumi dali antes que alguém pudesse me ver, mas eu podia muito bem adivinhar o que aconteceu a seguir.

A vida depois do ensino médio não foi muito legal com ela. A última notícia que soube era que ela estava ajudando os pais a administrar a pousada que tinham na cidade.

Ele assentiu para algo que ela dizia, um leve esgar de sorriso em seus lábios, mas a impressão que dava era que estava apenas sendo condescendente com ela. Até que ela se inclinou e achei ter visto os olhos dele focados em mim por um instante ínfimo. Ele então sorriu amplamente e estendeu a mão, tocando o cabelo loiro dela.

Senti a pele do meu pescoço e rosto queimando, e girei ao redor.

Babaca.

Mesmo sem querer, eu tinha expectativas quanto ao homem que pensei que ele fosse, e precisava me livrar disso.

Será que eu seria a vela na casa dele esta noite quando ele a levasse para lá? Seria eu a que ficaria sentada em um silêncio desconfortável, alguns quartos logo depois do corredor?

CORRUPT

Estava farta de agir como se aquela merda não me incomodasse. Estava com raiva. *Seja dona de si mesma.*

Pressionando alguns botões, baixei apenas uma música, embora tenha pagado por vinte. Bebendo o resto da minha cerveja, voltei para a cabine onde estávamos sentados. Deslizando a garrafa vazia de cerveja em cima da mesa, vi Diana dar um pulo de susto como se não soubesse que eu estava ali.

— Ah, oi, Rika — ela cantarolou. — Como está o Trevor? Tem sentido muito a falta dele?

Trevor e eu não estávamos namorando. Acho que ela ainda não tinha se ligado naquele fato.

Sentei-me, cruzei as pernas e entrelacei meus dedos em cima da mesa. Ignorando a pergunta dela, encarei Michael. Ele estava me sacaneando, e inclinei a cabeça, encarando seu olhar divertido.

Não pedi para ser trazida ao Sticks, mas ele me trouxe de todo jeito. Ele não precisava ficar preso com sua amante por uma noite, comigo a reboque. Não esta noite.

O silêncio desconfortável aumentou, mas quanto mais eu me mantinha firme, desafiando-o a se livrar dela, mais me sentia forte.

Dirty Diana, do Shaman Harvest, começou a tocar, e apenas dei um sorrisinho.

— Bem... — Diana disse, tocando o ombro de Michael. — Estou feliz em te encontrar aqui. Você quase nunca vem para casa...

Mas Michael a ignorou, ainda mantendo o olhar fixo ao meu.

Ele pigarreou, direcionando os olhos para mim.

— Música interessante.

Contive uma risada.

— É mesmo. Achei que Diana fosse gostar — respondi, animada, e olhei para ela. — Fala sobre uma mulher que se joga na cama com homens que não a pertencem.

Michael abaixou o olhar, bufando uma risada.

Diana fez uma careta, levantando uma sobrancelha e se mexeu, incomodada.

— Vaca.

Então ela se virou e saiu.

Meu olhar se prendeu ao de Michael outra vez, irritação correndo pelo meu corpo. Eu me senti ótima ao bater de frente com ele e suas palhaçadas.

— Por que você está sempre me sacaneando? — exigi saber.

— Porque é divertido — admitiu —, e você está ficando tão boa nisso. Estreitei o olhar para ele.

— Por que seus amigos também estão mexendo comigo?

Ele permaneceu em silêncio, entretanto. Podia ver o desafio em seu olhar. Ele sabia que eles estavam me sacaneando, e o instinto me alertou a temer, mas por alguma razão...

Eu não os temia.

O jogo de puxa e empurra, os jogos mentais e sacanas... tudo aquilo me torcia por dentro e me deixava muito mal, mas quando finalmente cansei de tropeçar, cair e me levantar de volta, percebi que era até divertido brincar.

Michael se recostou na cabine, apoiou um braço no canto e olhou para o bar.

— Se a música da Diana é *Dirty Diana*, qual seria a do Sam? — Ele apontou o queixo. — O bartender. Qual seria a música dele?

Desviei o olhar para olhar para Sam Watkins por trás do balcão, trabalhando sozinho. Ele estava pegando algumas garrafas de uísque, limpando-as e as substituindo por outras.

— *Closing Time* — chutei. — Do Semisonic.

Michael riu baixinho, olhando para mim como se eu não tivesse nem ao menos me dado ao trabalho de pensar melhor.

— Essa foi muito fácil. — Ele tomou mais um gole de sua cerveja e acenou para outra pessoa. — Drew, no bar.

Inspirei profundamente, tentando relaxar. Olhei para Drew Hale, um juiz de meia-idade que era bastante conhecido, mas não tão rico. As mangas de sua camisa estavam enroladas para cima, e a calça social estava toda amassada. Ele vinha aqui à beça.

— Hinder. *Lips of an Angel* — respondi, me virando para Michael. — Ele era apaixonado por uma mulher, terminaram o relacionamento, e ele se casou com a irmã dela por capricho. — Olhei para baixo, sentindo o coração amolecer por ele um pouco. — E sempre que o vejo, ele parece cada vez pior.

Eu não conseguia imaginar o quão difícil era ver a mulher que ele amava, o tempo todo, e não poder tê-la, por ser casado com a mulher errada.

Piscando, olhei para cima, para Michael. E, de repente, já não era tão difícil assim imaginar.

— Ele — prosseguiu, indicando um homem de negócios bem-constituído sentado à mesa com uma mulher jovem. Ela usava o cabelo todo platinado, além de maquiagem forte. Ele usava uma aliança de casamento, e ela, não.

Revirei os olhos antes de responder:

— *She's only seventeen*, do Winger.

Michael começou a rir, e seus dentes brancos brilharam na penumbra da cabine.

Ele continuou, levantando o queixo para indicar um par de estudantes do ensino médio jogando sinuca.

— E eles?

Eu os analisei, conferindo o cabelo escuro caindo sobre os olhos, as calças jeans *skinny* e camisetas pretas, e as botas medonhas com o solado de doze centímetros.

— Fãs de Taylor Swift enrustidos. Certeza. — Eu sorri.

O peito dele sacudiu com as risadas.

— E ela? — Acenou.

Girei a cabeça para olhar por cima do ombro, vendo uma mulher bonita e jovem inclinada sobre o balcão. Eu podia ver uma boa parte de sua coxa quando sua saia subiu, e ao se inclinar de novo, ao afastar a boca de uma bebida e segurar o canudo, mergulhando-o de volta em seu milkshake.

Não consegui conter a risada quando me virei para ele e comecei a cantar:

— *My milkshake brings all the boys to the yard...*[3]

Michael se engasgou com a cerveja, uma gota espirrando de sua boca quando tentou segurar o riso.

Peguei meu copo de uísque que a garçonete havia deixado ali antes, agitando o líquido ambarino. Não senti nada quando bebi a cerveja, mas, por alguma razão, eu nem mesmo precisava daquilo. Meu corpo estava aquecido agora. Estava relaxada, apesar do que havia acontecido com a minha casa, e podia sentir algo crescendo em meu interior. Algo quente que fazia com que me sentisse com três metros de altura.

Michael se inclinou e perguntou, a voz mais baixa e rouca:

— E eu?

Engoli em seco, ainda observando minha bebida. Que música o descreveria? Que banda?

Era como tentar escolher uma única comida pelo resto da sua vida.

— Disturbed — respondi, dizendo o nome da banda e ainda olhando para o meu copo.

---

3 Trecho da música, Milkshake da cantora Kelis. Em tradução livre, meu milk-shake traz todos os garotos até o quintal.

Ele não disse nada. Apenas ficou ali, antes de se recostar e levar sua bebida até seus lábios outra vez.

O frio tomou conta da minha barriga e tentei respirar.

— Drowning Pool, Three Days Grace, Five Finger Death Punch — prossegui —, Thousand Foot Krutch, 10 Years, Nothing More, Breaking Benjamin, Papa Roach, Bush... — fiz uma pausa, suspirando com calma apesar do meu coração acelerado. — Chevelle, Skillet, Garbage, Korn, Trivium, In This Moment... — eu disse, sonhadora, sentindo a paz tomar conta do meu corpo quando olhei para ele. — Você está em tudo.

Os olhos dele me mantinham cativa, e quando se estreitaram, esconderam o leve toque de mágoa que sempre senti enquanto ansiei por ele ao longo dos anos. Não sabia o que se passava na cabeça dele, ou se ele não sabia o que pensar, mas agora ele sabia.

Escondi aquele tempo todo, abafei e agi como se nunca estivesse ali, mas agora eu era dona de mim mesma, e não estava nem aí para o que ele poderia pensar. Não tinha vergonha do que sentia por dentro.

Agora ele sabia.

Pisquei, levantando o copo até meus lábios e bebendo minha dose. Inclinei sobre a mesa e peguei a dose dele, bebendo-a de uma vez.

Quase não senti a queimação na garganta. A adrenalina sobrepujava tudo.

— Estou cansada — eu disse, séria.

Então me levantei e deixei a cabine, sabendo que ele viria logo atrás.

CAPÍTULO 15
ERIKA

Dias atuais...

Sempre tive medo daquela casa à noite. Sempre.

Uma brisa suave soprava do lado de fora e os galhos desfolhados das árvores raspavam contra as janelas dos vários quartos, enquanto eu descia as escadas, passando pelo imenso relógio de pêndulo que ficava no corredor.

O som de seus ponteiros ecoava pela casa enorme e sempre me fazia lembrar que a vida continuava quando estávamos dormindo.

Tick-tock... Tick-tock... Tick-tock...

Era um pensamento assustador, de toda forma. Criaturas se agitavam do lado de fora, as árvores se mantinham pacientemente na floresta, e o perigo poderia estar à espreita por trás da porta, a poucos passos de nossos lugares vulneráveis em nossas camas.

E a casa dos Crist possuía aquela aura de mistério. Havia muitos cantos mergulhados na penumbra. Muitos cantos escusos e armários sombrios escondidos em aposentos inabitados por trás de portas fechadas.

A casa era carregada de segredos e surpresas, e me aterrorizava, o que provavelmente era a razão por eu sempre ficar divagando durante a noite.

Eu desfrutava do medo da escuridão silenciosa, mas havia algo mais, também. Você fica mais atento às coisas debaixo do véu noturno do que à luz do dia. As coisas que as pessoas escondiam e quão permissivos eles ficavam com seus segredos quando achavam que todos estavam dormindo.

Na casa dos Crist, o horário mais interessante costumava ser quando se passava da meia-noite. Passei a amar os ruídos das luzes da casa sendo desligadas e as portas trancadas. Era como se um novo mundo estivesse por vir.

Meus pés descalços não fizeram som algum quando caminhei pela cozinha escura em direção à despensa.

Aquele foi o lugar onde descobri, pela primeira vez, que o Sr. Crist sentia medo de Michael. Era o meio da noite e Michael devia estar por volta dos dezesseis anos. Ele foi até a cozinha para pegar algo para beber e não percebeu que eu estava no terraço do lado de fora. Eu tinha acordado para observar a chuva, debaixo de um toldo, com um estoque de frutas que a Sra. Crist havia comprado para me dar. Lembro-me claramente, porque foi na mesma noite em que dormi no quarto que ela havia decorado para mim, para os momentos em que resolvesse passar a noite ali.

O pai dele entrou na cozinha e não dava para saber sobre o que os dois conversaram, mas tornou-se uma discussão acalorada, e então o Sr. Crist deu um tapa no rosto de seu filho.

Detestei aquilo, é claro, mas não era nada que já não tivesse visto antes, infelizmente. O Sr. Crist e Michael não se davam bem, e não havia sido a primeira vez que ele sofreu uma agressão.

Mas daquela vez foi diferente. Ele não levou numa boa. Ele imediatamente estendeu a mão e agarrou o pai pela garganta. Observei, horrorizada, enquanto o Sr. Crist se debatia. Algo havia acontecido a Michael, porque nunca o tinha visto daquele jeito.

Segundo após segundo, ficou bem claro que Michael era velho demais para que seu pai continuasse a pressionar, e naquele momento o Sr. Crist soube daquilo.

Observei quando seu pai começou a sufocar e tossir.

Por fim, Michael o soltou, e o pai saiu apavorado da cozinha. O incidente custou a ele o seu carro e sua mesada, mas acho que depois daquilo, o Sr. Crist nunca mais encostou a mão nele.

Abrindo a porta da despensa, acendi a luz e fui direto para a terceira fileira de prateleiras, pegando a manteiga de amendoim. Segurando-a contra o meu peito, olhei ao redor, avistando o saco quase cheio de pequenos marshmallows na prateleira superior do canto.

Sorri, fui até lá e me levantei na ponta dos pés, tentando fisgar o saco entre os dedos. Porém um braço se esticou acima do meu, roubando a embalagem, e abaixei a mão de súbito, suspirando com o susto.

— Achei que estivesse cansada — Michael disse, segurando o saco longe do meu alcance.

Engoli em seco e lambi os lábios ressequidos, olhando direto para ele.

CORRUPT   217

Vestia uma calça preta folgada, não usava camisa e seu cabelo estava úmido, provavelmente do banho.

Quase gemi quando uma dor atingiu o meio das minhas pernas. *Meu Deus, ele me deixa louca.*

Com tudo que havia acontecido esta noite, não tive tempo de parar o suficiente para perceber um detalhe... A última vez que tinha visto Michael havia sido na gruta da piscina.

Tencionei as coxas, e uma pulsação suave começou a latejar no meu clitóris, e, subitamente, se intensificou com a lembrança e o anseio por muito mais daquilo que fez comigo ali. Graças a Deus, ele não mencionou nada do que aconteceu.

Depois que chegamos do Sticks, cada um seguiu seu caminho. Fui para o meu quarto e imediatamente disquei o número do telefone por satélite que ele havia finalmente me dado, na volta para casa. Infelizmente, ninguém atendeu.

Depois de ligar várias vezes, sem resposta, decidi que tentaria outra vez pela manhã. Ela estava bem. Damon queria apenas me assustar com aquela ameaça, o que provavelmente era a intenção dele, para início de conversa.

Então me afundei em uma banheira quente e depois vesti um *baby-doll*. Mas já não estava cansada. Como não tinha comido nada desde o café da manhã no meu apartamento, desci as escadas em busca de comida.

Esbarrando em Michael ao passar por ele, saí da despensa e deixei os itens que peguei em cima da ilha central, tentando me afastar.

Não tive essa sorte.

Ele veio para o meu lado e parou bem perto, pegando o pacote de pão de forma e retirando duas fatias para mim e para ele. Acho que ele também estava com fome.

Deixei um suspiro frustrado sair e virei ao redor, pegando dois pratos do armário, enquanto abria a geladeira e fuçava uma das gavetas atrás de alguma coisa.

Não trocamos nenhuma palavra enquanto estávamos ocupados fazendo os sanduíches. Enfiei a mão no pacote de marshmallows e peguei um punhado, despejando-os em cima da manteiga de amendoim que já havia espalhado pelo pão; ele destampou uma jarra de picles. Parei o que estava fazendo, retorcendo a boca quando ele colocou as rodelas no pão.

Que nojo.

— Isso faz com que você não seja tão atraente assim — eu disse, estremecendo.

Ele riu, e vi quando colocou a outra fatia do pão em cima e levou o sanduíche à boca.

— Não fale mal sem experimentar. — Deu então uma mordida gigante, pegou o prato e deu a volta por trás de mim.

Balancei a cabeça, achando graça.

— Vamos assistir um filme — disse e saiu da cozinha.

Levantei a cabeça de supetão. *Um filme?*

— E traga duas garrafas de água quando vier — gritou já no corredor.

Arqueei uma sobrancelha. Os únicos momentos quando eu e Michael assistimos filmes juntos, foram quando Trevor também estava, na sala. Caso contrário, eu sentia muito medo de invadir o território dele.

Suspirei e girei ao redor, pegando duas garrafas d'água na geladeira. Saí da cozinha com os braços cheios, levando também meu prato de comida.

A sala de TV estava escura, iluminada apenas pela tela plana da televisão de 72 polegadas pendurada na parede de pedras à frente. Tão bela quanto a casa, esta era a sala que eu mais gostava. Não havia janelas, e era encravada no meio da mansão, e todas as paredes eram feitas de pedras sobrepostas. Dava ao aposento a aparência de uma caverna, e era geralmente onde Michael e seus amigos passavam o tempo quando ele morava aqui. No meio da sala havia um sofá marrom de camurça de três peças. Gigante e confortável, era decorado com um monte de almofadas e fazia jogo com um pufe que ficava no espaço vazio no meio.

Michael levou seu prato para o sofá e jogou o controle remoto para baixo, sentando-se de costas para mim.

Meu sangue começou a esquentar, e senti o tremor na mão que segurava o prato. Parecia simples. Quase como ficar à vontade para assistir TV em uma noite qualquer.

Supersimples. Eu não conseguiria relaxar ao lado dele. Eu sabia disso.

Andei pela sala e dei a volta no sofá, jogando a garrafa de água dele em cima do assento ao lado; escolhi o outro lado, que ficava perpendicular ao dele.

Sentei-me de pernas cruzadas, encarando a televisão e comendo enquanto ele navegava pela TV.

— Esse parece bom — falei, vendo *Alien vs. Predador.*

— Esse parece bom? — debochou, me remedando. Olhei para ele na hora.

Ele estava recostado contra o sofá, com o braço esquerdo dobrado atrás da cabeça, o tórax imenso e definido parecendo tão lindo e macio. Uma vez vi uma garota sentada escarranchada no seu colo, nesta mesma

CORRUPT

posição em que ele estava, então desviei o olhar, querendo que aquele desejo eterno de fazer a mesma coisa sumisse.

— Você já viu esse filme, Rika — argumentou. — Vi você aqui assistindo depois da aula. Pelo menos duas vezes.

Vinte e uma vezes, para dizer a verdade.

Eu gostava de filmes de terror, mas também amava os de ficção científica, logo, as franquias de *Alien* e *Predador* foram um sucesso total para mim. Daí, quando eles resolveram juntar os dois e fizeram *Alien vs. Predador*? Puta merda.

— Por mim tudo bem — Michael cedeu, clicando no canal. O filme começou já na parte em que o grupo de arqueólogos tinha acabado de chegar na Antártida.

Os pelos dos meus braços arrepiaram, e os dedos dos pés dobraram. Segurei o sanduíche com ambas as mãos, dando pequenas mordidas enquanto observava a tela. Eu podia ouvir Michael também mastigando o dele, assim como abrindo a garrafa d'água, e no momento em que a Rainha Alienígena começou a pôr seus ovos, eu já tinha me deitado de bruços, apoiada em meus cotovelos enquanto comia meu pão.

Me senti enjoada, ouvindo a respiração ofegante da rainha. Seu sibilo ecoou pelo sistema de som, e quando os cientistas entraram na câmara de sacrifícios, alheios a todos aqueles ovos alienígenas prestes a eclodir, coloquei o sanduíche no prato e o afastei de mim. Peguei uma almofada, e a agarrei, escondendo meu rosto e espreitando por cima.

Com meus tornozelos cruzados no ar, estremeci quando os ovos começaram a se abrir. As pernas compridas rastejaram para fora do invólucro, a música ficou cada vez mais rápida, e a criatura balançou, voando pelos ares em direção ao rosto da mulher.

Enterrei o rosto na almofada enquanto a cena passava para outra.

Virei a cabeça para o lado, rindo quando dei uma olhada em Michael.

— Essa parte sempre me dá arrepios.

Mas ele não estava prestando atenção à tela. Seus olhos estavam focados nas minhas pernas.

Imediatamente comecei a me sentir quente. Ele prestou atenção no filme em algum momento?

Sua postura ainda era a mesma, recostado e relaxado contra o encosto, mas seus olhos estavam fixos no meu corpo, e não fazia ideia do que devia estar passando na cabeça dele.

Então, como se só naquele momento tivesse percebido que eu havia falado com ele, Michael finalmente ergueu o olhar de encontro ao meu, até que o desviou e focou na TV, me ignorando.

Virei para a frente outra vez, e mesmo achando que talvez ele pudesse ainda estar olhando para mim, não fiz questão de me sentar ou pegar um cobertor para me cobrir.

Pela próxima hora, continuei agarrada à almofada enquanto os Predadores caçavam os Aliens, e aos poucos os arqueólogos se transformaram em efeitos colaterais. Por diversos momentos senti o olhar de Michael sobre mim, mas não sabia dizer se era de verdade ou apenas fruto da minha imaginação.

No entanto, toda vez que um Predador saltava no escuro ou um Alien rastejava por um canto, eu podia sentir a força de seu olhar, e acabava apertando a almofada cada vez mais forte; quando o filme chegou ao final, meus dedos estavam doendo.

— Você gosta de sentir medo, não é? — Ouvi a voz dele atrás de mim. — Esse é o seu fetiche.

Girei a cabeça para o encarar, estreitando os olhos; os créditos do filme já haviam começado a subir pela tela.

Gostava de sentir medo? Eu gostava de filme de terror, mas não por ser um fetiche.

Ele apoiou as mãos em suas coxas, recostando a cabeça enquanto me encarava.

— Os dedos de seus pés se curvavam todas as vezes que os Aliens e Predadores apareciam na tela.

Afastei o olhar, abaixando as pernas e voltando a me sentar.

Todos os filmes de que eu mais gostava voltaram à minha memória – filmes de terror como *Halloween* e *Sexta-feira 13* –, e percebi a agitação se formando. Respirei profundamente, tentando me acalmar.

Tá, tudo bem. Eu gostava da forma como meu coração batia acelerado, e amava como meus nervos ficavam à flor da pele quando eu sentia medo. A maneira como cada simples tique-taque do relógio se tornava parecido a passos misteriosos, ou como eu ficava superconsciente de cada lugar vazio atrás de mim enquanto eu permanecia sentada no sofá, sentindo como se alguém estivesse me espiando.

Gostava da sensação de medo por não saber o que estava vindo e de onde.

— Sempre que usávamos as máscaras — Michael disse, abaixando o tom de voz a um sussurro —, você gostava, não é? Isso a deixava com medo, mas te excitava.

Ergui com relutância meu olhar e tentei não deixar escapar uma risada. O que deveria dizer? Que o fato de eles se assemelharem a monstros me deixava com tesão?

Balancei a cabeça lentamente e me levantei, dizendo com calma:

— Vou para a cama.

Peguei meu celular e dei um passo para sair dali, mas a voz de Michael me impediu.

— Venha aqui — ele disse, suavemente.

Virei a cabeça, estreitando os olhos. *Venha aqui?*

Ele se sentou, repousando os antebraços sobre os joelhos e ficou esperando, enquanto eu trocava de um pé para o outro.

Ele sempre estava fazendo joguinhos. Eu não confiava nele.

No entanto, a tentação de me envolver era maior. Ele estava certo. Eu estava ficando boa naquilo, e meio que gostava também.

Dei dois passos, lentamente, com o queixo erguido para mostrar minha postura firme. Quando cheguei até onde estava, ele colocou uma mão em meu quadril e me puxou para o meio das suas pernas. Ofeguei quando ele caiu de volta no encosto do sofá, me puxando sobre seu corpo. Estiquei as mãos e as apoiei nos dois lados de sua cabeça, no encosto, tentando manter a postura ereta, meio debruçada sobre ele.

— Confesse — sussurrou, mantendo o agarre em meu quadril, agora com ambas as mãos. — Isso te excita.

Fechei a boca e neguei com a cabeça, desafiando-o.

— Eu sei que te excita — insistiu. Fogo ardia em seus olhos. — Você acha que não podia ver como você ficava tensa ou como seus mamilos ficavam duros através da sua camiseta quando me via usando minha máscara? Você é um pouco pervertida. Admita.

Mordi os lábios e virei a cabeça para o outro lado.

Ele ergueu o queixo e pegou um dos meus mamilos entre os dentes, por cima da regata, e acabei fechando os olhos e deixando escapar um gemido.

Ai, meu Deus!

O calor de seus lábios mergulhou em mim à medida que ele largava um mamilo e agarrava o outro, arrastando-o para o interior de sua boca.

— Minha máscara está lá em cima — provocou, beijando e mordiscando através da minha camiseta. — Eu posso pegar, se você quiser...

Não. Eu não era assim.

Empurrei meu corpo para longe do dele, mas ele manteve o aperto firme.

— Michael, me solta.

Entretanto, senti meu celular vibrar em minha mão, e prestei atenção à tela, não vendo nome algum. Porém ao ver o número, percebi que era a mãe dele. *Que estranho.* Achei que tivesse o número dela salvo nos meus contatos. Deixei de lado o assunto, lembrando de que minha mãe estava com ela. Eu precisava atender aquela chamada.

Apoiando meus punhos fechados no peito de Michael, o empurrei.

— Me larga. Sua mãe está ligando.

Tudo o que ele fez foi rir, deixando-me atordoada.

Ele agarrou meu braço e me jogou de bruços no sofá, prendendo-me quando se apoiou sobre minhas costas.

Respirei com dificuldade, sentindo o seu pau pressionar minha bunda enquanto ele roubava o telefone da minha mão. Arregalei os olhos quando ele o estendeu à frente do meu rosto e colocou o dedo na tela, prestes a deslizar o botão para atender à chamada.

— Michael, não — disse com pressa, sentindo meus pulmões arderem de pavor.

Ele deslizou o botão de todo jeito. O toque cessou, e ouvi o silêncio enquanto ela esperava que eu atendesse.

— Diga alô... — sussurrou no meu ouvido.

Neguei com a cabeça, apavorada que ela ouvisse minha voz.

Então ele colocou uma mão sobre a minha boca, empurrou a outra entre meu corpo e o sofá, e a enfiou por dentro do short do meu pijama, deslizando dois dedos na minha boceta. Um grito abafado saiu pelos meus lábios.

Caralho!

Eu me contorci, tentando esticar os braços para alcançar o celular e encerrar a chamada, mas ele desabou o peso todo sobre meu corpo, quase me impedindo de respirar.

— Ssshhhh... — cantarolou.

Ele retirou os dedos e começou a esfregá-los sobre meu clitóris, tão devagar e suave que tudo o que podia fazer era tremer.

Ouvi a mãe dele dizer um "Alô" hesitante do outro lado, mas não conseguia recuperar meu fôlego.

— Diga oi... — sussurrou outra vez, mas dessa vez a voz dele estava rouca e ofegante, como se estivesse me fodendo.

Ele retirou a mão que cobria minha boca, e lambi meus lábios, engolindo em seco enquanto tentava falar alguma coisa. Meu coração trovejava

CORRUPT

em meus ouvidos, e estremeci, contendo o gemido que queria escapar por conta do que seus dedos estavam fazendo comigo.

— Al... Alô, Sra. Crist — gaguejei.

Ai, Deus... O prazer ao sentir seus dedos me esfregando em círculos lentamente rastejou pela minha barriga, se reunindo e se transformando em algo que sabia que não poderia conter por mais tempo.

— Rika! — ela disse, animada. — Sinto muito por ligar tão tarde, mas temos uma diferença de fuso horário aqui. Eu queria saber notícias antes de zarparmos outra vez. Como estão as coisas por aí?

Abri a boca para responder, mas Michael segurou meu cabelo em um punho e girou minha cabeça para o lado, afundando os dentes na curva do meu pescoço.

Minha cicatriz! Retesei o corpo, esperando pelo momento em que ele a sentiria ou veria e trocasse de lado, mas ele não o fez. Ele mordiscou e mordeu, deslizando a ponta da língua do pescoço à nuca, sem deixar nenhum centímetro de pele sem o toque de sua boca.

— Rika? — ela me chamou outra vez.

Ah, é mesmo. Ela me fez uma pergunta. Qual era mesmo? Não, espera. Eu que tinha que perguntar algo. Estive tentando falar com ela. O q...?

— Ah, é... humm... — Perdi a linha do raciocínio quando Michael enfiou dois dedos dentro de mim outra vez, bombeando com impulsos duros e firmes.

— Você está com medo? — Michael rosnou baixinho no meu ouvido. — Aposto que sim, e aposto que está gostando. Posso até mesmo apostar de que essa foi a melhor transa que já teve, e meu pau ainda nem está dentro de você.

— Rika? — a Sra. Crist chamou de novo, dessa vez com mais urgência.

Mas apenas ofeguei, calor aquecendo minha pele enquanto ele devorava meu pescoço outra vez, enviando ondas de prazer pelo meu corpo.

— Sua boceta está encharcada, porra. — Retirou os dedos e esfregou minha umidade pelo meu clitóris, em círculos rápidos. — Tão macia e apertada.

Gemi, começando a me esfregar contra a mão dele.

— Sim... — gemi. — Sim, Sra. Crist. Obrigada por ligar para ver como estou. Até agora, está tudo bem aqui.

Michael riu próximo ao meu ouvido, provavelmente me achando patética.

— Ah, tudo bem, querida — respondeu. — Você encontrou com Michael no Delcour? Eu disse para ele ficar de olho em você, caso precisasse de alguma coisa.

— Você precisa de alguma coisa? — ele me provocou em uma voz suave, esfregando o pau grosso e duro contra a minha bunda. — É isso aqui que a sua boceta apertadinha está implorando?

— Sim... — suspirei, meu clitóris latejando cada vez mais e o calor lascivo se espalhando em meu ventre.

Então arregalei os olhos ao perceber que ela deve ter ouvido isso.

— Ahn, sim! — disse, subitamente, tentando disfarçar. — Eu topei com ele umas duas vezes.

— Que bom — ela respondeu. — Não deixe ele te pressionar. Eu sei que ele parece desagradável, mas ele pode ser gentil.

Os beijos e mordidas que ele espalhava pelo meu pescoço e rosto estavam me fazendo arrepiar.

— Estou sendo gentil com você, não é? — ele sussurrou, arrastando os dentes pela linha da minha mandíbula. — Sim, ela cortaria a porra da minha mão se soubesse o tanto que estou sendo gentil com você nesse exato momento...

E com aquilo, ele enfiou os dedos para dentro, de novo, e os estocou, rebolando o quadril contra a minha bunda, moendo seu pau contra mim à medida que soltava o peso mais ainda sobre minhas costas.

Porra! Minhas coxas estavam em chamas, e agarrei o estofado do sofá, precisando gozar.

— Não se preocupe, Sra. Crist — respondi, entredentes, fechando os olhos com força. — Posso lidar com ele.

— Pode mesmo? — zombou no meu ouvido.

Mas a Sra. Crist continuou:

— Que bom ouvir isto. Agora, estude com afinco, e voltarei o quanto antes com um monte de presentes antes do Dia de Ação de Graças.

Não dava mais para aguentar. Rebolei os quadris uma e outra vez, cavalgando o sofá.

— Você está quase gozando, não é, sua malcriada? — Michael debochou. — Diz para mim que está adorando isto aqui. Diga que minha máscara deixa você molhadinha.

Virei a boca na direção dele, sussurrando desesperadamente:

— Por favor, desligue o telefone.

Ele sorriu, abaixando os lábios carnudos para que tocassem os meus.

— Não se preocupe — sussurrou em minha boca. — Ela nunca repara em nada. Meu pai é fiel, Trevor é bonzinho, e eu posso ser confiável.

CORRUPT

Posso ficar de olho na namorada do meu irmãozinho e mantê-la bem e segura à luz do dia, sem fodê-la até dizer chega quando a noite chega.

Devia ter ficado brava quando ele disse "namorada do irmão", mas não estava dando a mínima nesse exato momento.

Então ele fechou os olhos, gemendo com a nossa transa à seco.

— Minha mãe nunca abre as cortinas, Rika.

Recostei a testa no sofá, sentindo o orgasmo prestes a acontecer.

Cada pelo do meu corpo estava arrepiado, e meu coração martelava no peito à medida que eu respirava cada vez mais rápido.

— Confesse — exigiu.

Neguei outra vez, travando os dentes para não gritar. Ai, meu Deus. *Vou gozar.*

— Sinto muito, Sra. Crist — gemi —, tem alguém batendo na minha porta. Tenho que ir, tá?

Então ergui meu braço o mais alto que pude, movida pela raiva e energia do momento e rapidamente deslizei a tela para encerrar a chamada.

Inclinei a cabeça para trás, gemendo.

— Ai, meu Deus... — Moendo contra a mão dele com mais força, cavalguei seus dedos, precisando gozar.

No entanto, ele retirou os dedos de dentro da minha calcinha, e levantei a cabeça, confusa.

Mas que porra?

Ele me girou no lugar e caiu sobre mim outra vez, prendendo meus pulsos acima da minha cabeça.

O pulsar entre minhas pernas chegava a doer, meu orgasmo já quase ali. Merda!

— Michael, não! — choraminguei, me contorcendo abaixo dele. — Ah, meu Deus, por que você parou?

O peso de seu corpo entre minhas pernas abertas parecia tão bom. Rebolei os quadris, tentando alcançar meu orgasmo.

— Não ouse ficar se esfregando em mim — rosnou. — Você não vai gozar até me dizer a verdade.

— Que verdade? — explodi. — Quer dizer, aquela que você quer ouvir? *Jesus!* Será que algum dia ele deixaria aquele assunto de lado?

— Ter medo te excita, não é mesmo? — pressionou.

Não. Dane-se. Ele precisava saber que não podia me intimidar e fazer isso outra vez.

Travei os dentes e fiz uma careta, balançando a cabeça.

Não, Michael. Sua máscara não me assusta. Não me deixa com tesão, e odeio quando você a coloca.

Os olhos penetrantes brilharam com raiva, e vi quando ele tencionou a mandíbula. Ele se afastou de mim, se pôs de pé e olhou de cima com desdém.

— Vá para a cama — ordenou.

Custei a esconder meu sorriso enquanto me levantava do sofá. Meu corpo estava todo retesado e tão necessitado que chegava a doer. Mas eu venci. Ele não tinha conseguido o que queria.

Saí em disparada da sala de TV e segui pelo corredor, subindo as escadas até o segundo andar, correndo. Não estava tentando fugir dele, mas estava puta pra caralho, satisfeita, e excitada, e agora tinha que queimar algumas energias.

Fechei a porta com um baque, e desabei na minha cama, afundando o rosto em um travesseiro. No entanto, o tecido fresco dos lençóis limpos não ajudou a aliviar a queimação da minha pele.

Eu era um desastre.

Precisava dele dentro de mim, para senti-lo e provar seu gosto, vendo-o perder o controle, pelo menos uma vez. Queria que ele me usasse e me fodesse, e viesse até mim com um desespero que nunca demonstrou por nada e por ninguém.

Como ele fazia para conseguir parar da forma que fez? Ele não era uma máquina. Não me enganei com o que vi em seus olhos, e com o calor que senti de sua boca. Ele me queria, não é?

Suspirei audivelmente, tentando acalmar o ritmo da minha respiração.

Dando voltas, dando voltas, dando voltas... Ele puxou, eu puxei. Ele empurrou, eu empurrei. Brigamos e brincamos, nos divertimos e nos desafiamos, mas ele nunca cedeu. Nunca nos unimos, nos juntamos para usufruir do que existia entre nós.

E eu estava tão cansada. Havia alguma coisa que o segurava.

Olhei para relógio, pensando se deveria ajustar o alarme. Eu tinha aulas amanhã, mas não iria. E sabia disso. Já passava das duas da manhã e ainda estava acordada.

Observei os números do visor, imaginando o que poderia fazer. Será que amanhã ele fingiria que nada disso aconteceu? Então pisquei, ficando em alerta. Os números desapareceram e o relógio desligou, e levantei a cabeça, com o cenho franzido.

CORRUPT

Mas que p...?

Olhei ao redor e vi que as luzes que ficavam no rodapé do banheiro – e sempre se mantinham acesas como uma espécie de luz noturna – estavam apagadas.

Sentei-me na cama, girando o botão da luz da cabeceira, mas também não funcionou.

— Merda.

Girei a cabeça e olhei pela janela, vendo uma brisa suave soprar. Não era nada muito intenso, mas achava que a eletricidade podia ter caído.

Descendo da cama, fui até a porta e abri só uma fresta. O corredor praticamente às escuras. Não conseguia ver nem um metro e meio à minha frente.

Meu coração acelerou, e abri a porta por completo, espiando do lado de fora.

— Michael?

Mas o único som que ouvia era o uivo sussurrante do vento lá fora. Meus dedos dos pés se curvaram contra o carpete.

Saí do quarto e andei devagarinho, olhando ao redor e com os ouvidos atentos enquanto seguia pelo corredor.

— Michael? — chamei outra vez. — Onde você está?

Cerrei meus punhos, a escuridão sinistra da casa vibrando por cada centímetro da minha pele. Senti como se alguém estivesse atrás de mim, me observando.

O relógio de pêndulo soou quinze minutos depois das duas, ainda funcionando já que não precisava de energia, e desci devagar as escadas em direção ao hall de entrada, girando a cabeça de um lado ao outro, ofegante.

Até que alguém agarrou o meu braço, e parei de respirar. Uma forma enorme e sombria me pegou no colo, fazendo com que eu enlaçasse sua cintura com minhas pernas, me segurando com força.

— Não! — gritei, assustada.

Ele me imprensou contra a parede próxima a uma pequena mesa, o espelho acima oscilou quando agarrei seus ombros e ele cravou os dedos nas minhas coxas.

Arregalei os olhos, ficando cara a cara com a máscara vermelha assustadora. *Michael.*

Os entalhes brutais e sombrios da máscara enviaram arrepios pela minha coluna, e seus olhos me encararam por trás dos buracos como se fosse um monstro acorrentado. Parei de respirar.

Medo se agitou por dentro de mim, aquecendo meu interior e fazendo cada músculo retesar. Apertei as coxas ao redor dele, sentindo a umidade por dentro das minhas pernas e meus mamilos entraram em atrito contra minha regata.

Ai, meu Deus. Ele estava certo.

Meus olhos começaram a arder, e tudo o que mais queria era chorar. *Puta que pariu, ele estava certo.*

Cruzei os tornozelos atrás de suas costas e me segurei em seus ombros enquanto os olhos cor de mel me encaravam. Ele estava usando jeans e um moletom com capuz preto, exatamente como usava no passado.

Olhei bem dentro de seus olhos e, devagar, enlacei seu pescoço com meus braços, sentindo a batida no meu peito recarregar cada músculo no meu corpo, me fortalecendo.

— Sim — ofeguei, levando meus lábios para bem perto de sua máscara, provocando. — Sim, isso me excita.

Então me afundei em seu pescoço, distribuindo beijos pela sua pele, devorando cada centímetro.

Ele suspirou audivelmente, afundando os dedos nas minhas coxas da mesma forma que eu me afundava contra ele, mordiscando e mordendo. Segurei sua pele entre os dentes, chupando, beijando, antes de me levantar um pouquinho e sacudir o lóbulo de sua orelha com a ponta da minha língua.

Movendo-me mais para baixo, depositei beijos ora suaves, ora ardentes, e rocei meu nariz em sua pele, sentindo o cheiro de seu sabonete. Cheiro de especiarias e homem. Cutuquei-o com a cabeça, fazendo com que ele inclinasse a dele para trás enquanto beijava sua garganta, trilhando sua mandíbula com a ponta da língua.

— Rika — advertiu com a voz grossa.

Mas eu não estava nem aí.

Eu podia ouvir o som de sua respiração pesada através de sua máscara, e por um instante, achei que ele fosse me fazer parar, mas ofeguei, surpresa, quando ele içou meu corpo e me imprensou de novo contra a parede em um aperto firme.

— Porra — rosnou, entredentes.

A mão dele deslizou entre nossos corpos, e deixei escapar um gemido, endireitando as costas contra a parede para que ele pudesse manobrar o cinto e zíper de seu jeans.

Era isso aí.

Estiquei uma mão e retirei minha regata por cima da cabeça, jogando-a no chão. Agarrei-me em seu pescoço com mais força, pressionando meus seios contra seu agasalho preto.

CORRUPT

Ele agiu depressa, a mão gananciosa deslizando por dentro da renda da minha calcinha rosa; ele a puxou e rasgou o tecido.

Então segurou seu pau, tirando-o para fora do jeans e posicionou o quadril contra o meu.

— Então você gosta da máscara. Você é bem pervertida, hein? — provocou.

Assenti, dando um sorriso enviesado.

— Sim.

Ele acariciou minha boceta depilada com a cabeça de seu pau, arrastando-o para cima e para baixo contra meu clitóris.

— Exatamente como eu — sussurrou.

Então ele empurrou o quadril no meio das minhas pernas, e gemi alto quando ele deslizou seu pau grosso, centímetro a centímetro, dentro de mim, enterrando-se profundamente na minha boceta encharcada.

— Ai, meu Deus — ofeguei, arqueando as costas. — Você está tão duro.

Minha pele estava esticada, e doeu um pouquinho, mas também era tão bom. A ponta mergulhou tão fundo em mim que quase podia senti-lo na minha barriga.

Cravei meus calcanhares em suas costas e pressionei meu corpo contra o dele, segurando-o perto de mim quando comecei a cavalgar seu pau, chocando-me contra seus impulsos uma vez atrás da outra.

— É isso aí, querida — ele gemeu baixo.

Ele arremeteu com mais força, me fodendo contra a parede de novo, e de novo. E eu me agarrei a ele como se minha vida dependesse disso.

Gemi baixinho, segurando o tecido de seu moletom em meus punhos.

— Michael...

Ele me puxou contra ele, indo cada vez mais rápido e intenso, e a sensação de tê-lo deslizando para dentro e para fora de mim, finalmente me tomando, não aliviava em nada a necessidade que eu sentia. Eu estava mais faminta ainda.

Afundei meu rosto na curva de seu pescoço, respirando contra sua pele enquanto roçava meus lábios de um lado ao outro, sussurrando:

— Todos acham que sou uma boa garota, Michael — puxei o lóbulo de sua orelha entre meus dentes —, mas existem tantas coisas más que quero fazer. Faça coisas obscenas comigo...

— Jesus... — ele se engasgou, enganchando um braço por baixo do meu joelho, puxando minha bunda contra ele, me fodendo cada vez mais duro quando deixou a cabeça pender para trás.

— Assim! — gritei, seu pau me penetrando profundamente. Minhas coxas doíam no local onde ele mantinha o agarre firme.

Fogo se acendeu no meu ventre e meu orgasmo emergiu.

— Michael! — gemi, rebolando meus quadris, cavalgando seu pau enquanto grunhia e ofegava. O silêncio da casa era preenchido com o som de nossos ofegos e gemidos, de nossas peles se chocando uma contra a outra.

Prazer se acumulou no meio das minhas pernas, meus músculos queimando, então fechei meus olhos, deixando-o me foder enquanto meu orgasmo se espalhava, explodindo dentro do meu ventre, inundando meu corpo e mente com calor e euforia.

— Caralho! — gemi em desespero. — Michael!

Meus gemidos altos ecoavam no espaçoso hall de entrada; meu clitóris latejou e minha boceta se apertou ao redor dele, tentando mantê-lo lá. Ele estocou dentro, e apertei meus braços em seu pescoço outra vez, cavalgando com força.

Minha mente parecia estar flutuando em uma nuvem, e fiquei mole, deixando a cabeça cair contra seu ombro, enquanto o orgasmo atravessava meu corpo.

— Que monstrinha linda... — ele sussurrou, ofegante.

Estendeu a mão e puxou a máscara para fora de seu rosto, jogando-a no chão. Suas estocadas diminuíram e seus braços se apertaram ao redor do meu corpo agora lânguido. Tentei manter os olhos abertos, olhando para ele e deparando com a fome que ainda ardia ali. Ele abaixou meu corpo lentamente, me colocando de pé enquanto arrancava seu moletom e o jogava no chão.

Seu cabelo estava emplastrado de suor, e ele passou os dedos pelos fios, deixando-os arrepiados de um jeito sexy. Seu peito largo brilhava com uma fina camada de suor, e olhei para baixo vendo o seu pau ainda duro e apontado diretamente para mim.

— Você não gozou — eu disse, baixinho.

O canto de seus lábios se curvou em um sorriso ameaçador.

— Estamos longe de terminar.

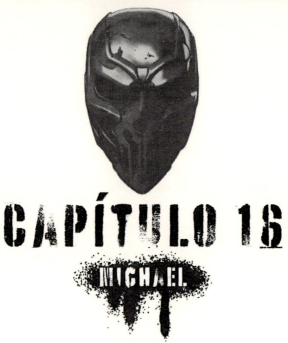

CAPÍTULO 16
MICHAEL

Dias atuais...
Eu fodi com tudo.

Eu a queria, e a queria só para mim esta noite. O que estava feito não podia se desfazer, então... foda-se. Eu ia aproveitar.

Deslizei as mãos em sua bunda e apertei, trazendo seu corpo de encontro ao meu.

Os seios macios pressionavam meu peito, e senti o roçar suave de seus mamilos contra a minha a pele.

Caralho, ela tinha um corpo lindo.

Suave, bem formado, ainda bronzeado do tempo em que passou na praia este verão. Seus seios eram cheios e arredondados, e apontavam diretamente para mim, como se implorassem meu toque.

Inclinei a cabeça e percorri a extensão de sua cicatriz no pescoço com a ponta da língua, sentindo a pele irregular; continuei minha exploração pelo traço levemente curvado até chegar à pele macia atrás de sua orelha.

Nunca me passou despercebido como ela fazia questão de esconder esta marca quando estava perto do meu irmão, como se isso a tornasse menos bonita.

Não. Nossos arranhões e feridas, tatuagens, cicatrizes, sorrisos e rugas contavam nossas histórias, e eu não queria uma pintura imaculada. Eu a queria com tudo o que ela era. Pelo menos por esta noite.

Ela finalmente inclinou a cabeça para trás, relaxando e deixando que eu fizesse tudo o que eu quisesse. Um arrepio percorreu minha coluna. Foi tão difícil não gozar naquele momento. Ela me fez esperar por muito tempo, e quase perdi o controle. Afinal de contas, não havia planejado isto. Pelo menos, nada além de assustar e confrontá-la com a minha máscara.

Mas então a segurei, ela apertou as coxas ao meu redor, o medo em seus olhos se transformou em luxúria, e eu perdi a batalha. Ela estava aceitando e eu não podia acreditar. Nunca conheci ninguém como ela. Ela aceitava qualquer desafio.

Afastando-se um pouco, olhou-me desconfiada.

— Você não vai me jogar para fora agora, vai?

Quase ri da cara dela.

— Você não confia em mim?

— Você alguma vez me deu uma razão para isso? — ela me contestou em um tom repentinamente sério. — Sei que sempre tem alguma carta na manga.

Estreitei os olhos, admirado. Era óbvio que eu tinha algumas cartas na manga. Ideias.

Posso ter tentado ignorá-la ao longo dos anos, mas uma fantasia ou duas se insinuaram em minha mente. Infelizmente, o fato de fantasiar com ela tornou as coisas mais difíceis quando estava ao redor, mas, ao mesmo tempo, me deixou com tesão. Além de me deixar com raiva e pronto.

Levantei a cabeça, olhando de cima para ela.

— Você ainda tem aqueles uniformes do colégio aqui?

Ela inclinou um pouco a cabeça para o lado, parecendo desconfiada antes de assentir.

— Vá vesti-lo. — Passei as mãos de cima a baixo em seus braços. — Tudo. A gravata, o colete, a saia... tudo.

— Por quê?

Sorri para mim mesmo, dando um passo para o lado para deixá-la subir as escadas.

— Porque você não pode ganhar se não jogar.

Ela me olhou, irritada, e dei um tapinha na sua bunda, apressando-a para subir.

Se ficássemos conversando muito tempo, eu poderia voltar atrás. Ou o corpo seminu dela poderia me fazer possuí-la aqui mesmo, no chão.

E eu tinha algo melhor em mente.

— O que estamos fazendo? — perguntou, olhando através do para-brisa do carro. — Por que estamos aqui?

Chegando em frente à St. Killian, os faróis iluminaram a escuridão, pousando nos vitrais quebrados e na penumbra no interior da igreja. As pedras em ruínas da estrutura estavam rodeadas pelas folhas caídas no outono, e o único som que se ouvia era o do vento uivando por entre as árvores acima.

Eu me agitei e uma gota de suor deslizou pelas minhas costas.

Este era meu lugar preferido. Era um lugar que tinha o peso da história, e estava cheio de milhares de cantos e espaços fechados. Quando criança, eu escalava para entrar lá dentro, explorando tudo ao redor e esquecendo da vida.

Desliguei o carro e os faróis. Desci, sentindo imediatamente o cheiro de terra entrar pelas narinas. Eu me sentia mais em casa aqui, do que em qualquer outro lugar.

Fechando a porta com um baque, segurei minha máscara em uma mão e observei Rika sair do carro. Seu olhar nervoso derivava por toda a estrutura da catedral, enquanto arfava.

Ela estava com medo. *Ótimo.*

Meu olhar deslizou pelo seu corpo de cima a baixo, admirando suas roupas outra vez, já que o havia feito antes de sairmos de casa. Ela usava a saia xadrez azul-marinho e verde-musgo, e a blusa branca justa com uma gravata com estampa combinando por baixo do colete. Sapatilhas pretas nos pés. Até mesmo seu cabelo estava penteado, e ela havia retocado um pouco a maquiagem.

Acho que ela tinha uma ideia do que a aguardava quando a mandei vestir o uniforme, mas ficou surpresa quando disse para entrar no carro.

E agora... estava um pouco amedrontada.

Dei uma olhada em suas pernas, meu pau inchando com a lembrança de como eram macias e cálidas quando estive entre elas.

Meu coração começou a acelerar.

— Vamos descer até as catacumbas. — Indiquei com a cabeça para a entrada da catedral. — Sem a venda nos olhos desta vez.

Um sorriso cínico endureceu minha expressão. Eu não queria que ela se sentisse segura.

Ela olhou para baixo, procurando por uma rota de fuga. Ela diria não? Faria alguma outra pergunta que eu não responderia?

Ou entraria no jogo?

Rika ergueu os olhos e engoliu em seco, um olhar de desafio atravessando seu rosto. Então contive um sorriso, vendo-a girar e começar a andar em direção à entrada.

Levantei minha máscara e a posicionei sobre o rosto, andando devagar atrás dela. Perseguindo, não a seguindo.

Fixei o olhar em suas costas, dando um passo atrás do outro, devagar e firme enquanto ela andava apressada, tropeçando nas pedras e no solo irregular. Ela olhou por cima do ombro e ficou boquiaberta quando percebeu a máscara. No entanto, se virou e continuou andando em frente, deixando rolar.

Respirei por dentro da máscara, sentindo uma fina camada de suor na testa.

A parte de trás de suas coxas, o pouco que aparecia, me fez cerrar os punhos. Eu queria deslizar meus dedos por baixo da sua saia e tocar a pele macia.

Seu cabelo brilhava com a luz suave da lua, e cada vez que lançava seus olhares nervosos por cima do ombro, para mim, eu sentia meu coração bater mais rápido.

Eu vou fazer você gritar.

Ela entrou devagarinho pela porta da catedral, que agora estava pendurada pelas dobradiças, e parou, olhando ao redor. Porém, não estávamos em um passeio turístico. Coloquei a mão na parte inferior de suas costas e lhe dei um empurrão.

— Micha... — engasgou, perdendo a voz. Ela olhou rapidamente para trás, tremendo enquanto respirava fundo. — Não acho que deveríamos...

Mas, no mesmo instante, agarrei seu pescoço, interrompendo o que ela ia dizer ao empurrá-la outra vez.

— Michael!

Ela hiperventilou e se afastou de mim, rapidamente. Os olhos arregalados com terror. Engoliu em seco, me encarando, e eu podia garantir que agora ela estava assustada pra caralho.

Então estreitei os olhos, vendo-a colocar a mão, distraidamente, no meio de suas pernas.

Jesus. Ela estava com um puta tesão, prestes a se masturbar aqui mesmo. Ela afastou a mão, rapidamente, como se tivesse percebido o que havia feito.

Permanecendo em silêncio, gesticulei com a cabeça para que se dirigisse à entrada das catacumbas. Ela hesitou, olhando de um lado para o outro, mas se virou e continuou a andar.

Ela não confiava em mim. Mas queria.

Chegamos à entrada, o ar gélido penetrando através do meu jeans e agasalho.

Ela parou.

— Não tem... — Girou a cabeça para o lado, falando comigo: — Não tem luz.

Parei atrás dela, olhando para o topo de sua cabeça e esperei. Não estava nem aí para o fato de não haver nenhuma luz.

Ela pareceu se tocar disso quando eu não disse nada. Respirando fundo, começou a descer, tateando os degraus e se apoiando na parede à nossa direita para se estabilizar.

A cada passo que ela dava, meu pau endurecia mais ainda.

Quando chegou ao patamar da escada, ela virou a cabeça outra vez, olhando para mim com uma pergunta silenciosa. Estava escuro como um breu ali embaixo, a luz da lua se infiltrando muito pouco através das rachaduras do teto.

O ar frio e silencioso dos túneis em ambos os nossos lados nos enclausurava como uma prisão, e fiquei imaginando se havia mais alguém aqui.

Andando até ela, forcei-a a seguir em direção à cripta logo mais à frente. A mesma onde a levei três anos atrás.

Seus passos diminuíram assim que entrou na câmara, e a única coisa que eu conseguia ver na escuridão era seu cabelo claro.

— Michael? — chamou. — Onde você está?

Pegando um isqueiro, acendi uma pequena vela no candeeiro perto da porta. O brilho suave mal iluminou a sala, mas foi o suficiente para que pudesse vê-la.

Saí em seu encalço, percebendo que o colchão que havia aqui agora fora substituído por uma mesa de madeira.

— Será que tem gente aqui embaixo? — ela exalou. — Acho que ouvi alguma coisa.

Continuei me aproximando dela, segurando a corda que saía do meu capuz e arrancando-a do lugar.

O vento soprou por entre as rachaduras e fendas, dando a impressão de que sussurros flutuavam pelos túneis, mas ela não havia percebido que era apenas aquilo. Seus sentidos estavam apurados por causa do medo.

— Michael?

Agarrei seus pulsos, ouvindo o gritinho assustado quando os envolvi com a corda preta e dei um laço forte.

— Michael, o que você está fazendo? — exigiu saber. — Diga alguma coisa!

Peguei seus braços presos e os levantei acima da cabeça, prendendo-os no gancho de um outro candeeiro acima, na parede. Ela teve que ficar na ponta dos pés, o corpo agora alongado, tenso e estendido.

— Michael! — Ela se contorceu.

Postei-me de frente a ela e olhei dentro de seus olhos quando agarrei a parte de baixo de seu pequeno colete e a camisa branca que espreitava por baixo. Erguendo ambos, os puxei para cima, incluindo seu sutiã, e os deixei amontoados em cima de seus seios.

— Michael, não! — protestou. — Eu ouvi alguma coisa, e estou com frio!

Olhei para baixo, vendo aqueles seios perfeitos, grandes o suficiente para encher minha mão. Os mamilos estavam intumescidos.

— Dá para ver.

Eu mergulhei contra seu corpo e, erguendo a máscara, caí de boca em um de seus seios, segurando-os em minhas mãos em conchas, sugando o mamilo por entre meus lábios.

Enlacei seu corpo com um braço, segurando-a firme quando ela começou a se contorcer contra mim. Lambendo a ponta endurecida com a minha língua, brinquei, mordiscando a pele macia ao redor do mamilo, consumindo-a enquanto desfrutava de total liberdade para tocar e acariciar.

Gemi alto.

Trocando de lado, apanhei o outro seio e espalhei beijos profundos e famintos por todo lugar, tomando-o na minha boca e arrastando a pele suave por entre os dentes.

O corpo dela se agitou, e sua cabeça pendeu para trás, com um gemido.

Endireitei meu corpo e segurei um punhado de seu cabelo em uma mão, enquanto a outra deslizava para baixo. Meus dedos penetraram sua calcinha.

Sacudindo a língua em sua boca, encarei seus olhos azuis.

— Agora não está com tanto frio — provoquei, meus dedos envoltos em seu calor. — Você está bem quentinha aqui embaixo.

Ela estava jorrando, encharcada.

Tirando as mãos de cima dela, dei um passo para trás e contemplei seu corpo lindo.

Um de seus sapatos tinha caído, o outro estava quase saindo do pé. A barriga, chapada e macia, e os seios estavam à mostra enquanto ela permanecia de pé e completamente indefesa só para mim.

Caindo de joelhos na frente dela, olhei para cima, conectando nossos

CORRUPT

olhares, e deslizei as mãos por baixo de sua saia. Meu pau se contraiu quando senti o tecido da renda rosa de sua calcinha. Rosa claro.

Tão meiga.

Levantando sua saia, lambi o clitóris por cima da calcinha, sentindo o pequeno broto duro através do tecido.

— Ai, meu Deus! — ela gemeu alto.

Empurrei a renda para o lado, hesitando por apenas um instante para admirar a pele perfeita e depilada. Então a cobri com minha boca, chupando seu clitóris e arrastando a língua por toda a sua extensão.

Ergui suas coxas, levantando-a do chão, e mergulhei de cabeça, afundando minha língua em sua boceta.

— Por favor! — implorou, gemendo e tentando se afastar do meu agarre. — Michael, não.

Dei mais uma lambida em seu clitóris e me afastei, segurando sua calcinha e a arrastando devagar pelas suas pernas.

— Você me disse não? — desafiei. — Você não gosta de um pouco de língua na sua boceta?

Seu corpo sacudiu, enquanto ela tentava respirar devagar.

Eu me levantei, atirando a calcinha dela para o lado, então estiquei o braço para agarrar seus pulsos e retirá-los do candeeiro.

— Ah, eu sei que você gosta — falei. — E é isso que você vai ter.

Segurei meu pau através do jeans, sentindo-o ansiar pelo orgasmo que eu tanto necessitava; meu pulso latejava no pescoço. Peguei-a pelos braços e a balancei no ar, empurrando-a para o chão.

— Michael! — gritou, aterrissando em seu traseiro, já que seus pulsos ainda estavam amarrados à frente.

Eu me ajoelhei acima dela, retirando meu agasalho e camiseta. Depois peguei uma camisinha de dentro do bolso e abri a embalagem.

— Você pode achar que estou fodendo com a sua mente — eu disse, olhando direto para ela enquanto desatava o cinto e desabotoava o jeans —, mas você não tem ideia do que fez comigo ao longo desses anos.

Abaixei meu corpo sobre o dela, forçando-a a abrir as pernas enquanto eu erguia seus braços acima de sua cabeça e os continha com apenas uma mão.

Depois de colocar a camisinha, arrastei meu pau para cima e para baixo em sua fenda molhada, em sua entrada gostosa.

Respirei fundo, sussurrando sobre seus lábios:

— Você não sabe.

Então arremeti meu quadril, deslizando meu pau dentro de sua boceta apertada.

— Ai, meu Deus — ela gemeu.

Curvei-me sobre ela, nivelando meu corpo ao dela enquanto entrava e saía, de novo e de novo, pegando o ritmo.

— Você é tão quente por dentro — rosnei um gemido, tomando seus lábios e beijando-a fundo e com força. Sua língua roçou contra a minha, enviando uma descarga diretamente para o meu pau.

Apertada pra caralho. Escorreguei a mão por baixo de sua bunda, segurando-a no lugar enquanto a fodia contra o chão sujo.

— Puta merda — suspirei, empurrando meus quadris uma e outra vez, e de novo, estocando em seu interior cada vez mais duro e mais rápido.

Seus peitos balançavam para cima e para baixo enquanto eu me afundava nela, enterrando meu pau até o talo todas as vezes.

Ela choramingou, gemeu alto e em desespero, e senti quando sua boceta apertou como um punho de aço ao redor do meu pau.

Meus músculos abdominais se contraíram, e meu sangue correu até minha virilha fazendo calor se acumular no meu membro.

— Rika, porra — gemi. Estava prestes a gozar.

Apoiando a cabeça em seu pescoço, continuei arremetendo dentro dela enquanto dizia em seu ouvido:

— Vamos lá, sua putinha — rosnei baixinho. — Você é uma boa trepada. Abra bem essas pernas para mim.

Ela fechou os olhos com força, sem fôlego, e curvou a cabeça para trás; minhas palavras sujas a levando ao limite.

— Ah, Michael. Ai, meu Deus! — gemeu alto, aguentando firme enquanto eu arremetia contra ela cada vez mais duro.

Apertei sua bunda em minha mão e mordisquei sua mandíbula.

— Puta merda, Rika. Bom pra caralho.

Debrucei-me sobre ela, observando o rosto lindo à medida que me afundava em seu calor úmido cada vez mais. Suas bochechas estavam coradas, e ela mordia o lábio inferior, desfrutando de cada centímetro meu.

Meu pau inchou e então estoquei mais uma vez antes de tirar para fora de sua boceta, arrancar a camisinha e segurá-lo na minha mão, acariciando para cima e para baixo até que comecei a jorrar.

Minha porra se espalhou pela barriga nua e seus peitos; meu abdômen se contraiu por conta do prazer intenso.

CORRUPT

Nunca tinha visto nada tão sexy.

Todos os meus músculos se aqueceram, e a porra do meu orgasmo subiu à cabeça e preencheu cada centímetro do meu corpo.

Tentei recuperar o fôlego e me sentei sobre os calcanhares, enfiando meu pau de volta na calça. No entanto, ao olhar para ela, com as mãos ainda erguidas acima da cabeça, os seios convidativos e a saia levantada, o que mais queria era fazer tudo outra vez.

Ela pestanejou os olhos para mim, um sorrisinho no rosto.

— Podemos fazer isso de novo?

Estiquei a mão e peguei meu agasalho, começando a limpar sua barriga, e não pude conter a risada baixa.

Monstrinha linda.

Sentei-me na poltrona próxima à cama, os cotovelos descansando sobre os joelhos, enquanto a observava dormir. *Deathbeds*, do Bring Me the Horizon, tocava baixinho do meu iPod em cima da mesinha de cabeceira; apoiei um punho fechado dentro de outro, a última noite repassando em minha mente a todo o momento.

No caminho de volta para casa, ela havia apagado no carro. Então a carreguei até o meu quarto, a despi e coloquei na minha cama.

Por que a coloquei na minha cama?

Uma perna espreitava para fora do lençol cinza que usou para se cobrir. Deitada de bruços, o rosto estava virado para mim. O cabelo loiro estava espalhado pelo travesseiro e sobre seus olhos, enquanto seu corpo nu repousava em total silêncio; apenas o movimento de seu tórax indicava que estava respirando.

Ela estava exausta. E com razão, já que teve uma noite turbulenta.

Virei a cabeça para o outro lado, vendo pelo canto do olho a luz do sol brilhando através das janelas. Rangendo os dentes, olhei para ela outra vez. Não estava pronto para o dia começar. Não estava pronto para encerrar a noite.

A planta de seus pés e tornozelos estavam manchados por conta da sujeira. O cabelo estava emaranhado, com um pouco de terra escura das catacumbas. E eu sabia que ela estava cheia de hematomas nos quadris por conta da nossa segunda rodada no chão.

Tê-la curvada sobre aquela mesa foi ótimo.

Seus pulsos estavam esfolados por causa da corda que usei para amarrá-los, e podia ver daqui a marca vermelha que deixei em sua mandíbula quando a mordi. Não achei que tivesse mordido com tanta força, mas o sinal estava ali para provar.

E ela nunca pareceu mais sexy. Nunca.

As roupas dela estavam jogadas em uma pilha imunda no chão, inclusive a calcinha rosa que me diverti tanto para retirar. Então abaixei o olhar, desejando que o tempo pudesse parar.

Nunca estive com uma mulher que satisfizesse tanto a minha luxúria quanto ela. Nunca fui de fazer joguinhos sexuais, usar a máscara como uma espécie de fantasia erótica, ou nada daquilo com mais alguém. Foder, comer, lamber, beijar, gemer, bombear, gozar, e repetir tudo de novo. Perdi totalmente o controle.

Mas Rika era...

Recostei-me à poltrona, passando os dedos pelo cabelo e incapaz de afastar o olhar dela. Ela disse que não confiava em mim, mas eu sabia que era mentira. Podia apostar que eu era a única pessoa em quem ela confiava.

Nós éramos iguais, afinal de contas. Lutamos contra a vergonha todos os dias, com a dificuldade de permitir que alguém realmente pudesse ver quem éramos de verdade, e finalmente nos encontramos.

Infelizmente... estávamos fodidos.

Meu telefone vibrou enquanto carregava em cima da mesa de cabeceira, e fechei os olhos, tentando ignorar tudo aquilo.

Eu não estava pronto.

Queria abaixar as persianas, pegá-la no colo e colocá-la numa banheira. Queria vê-la me cavalgando enquanto estivéssemos na piscina, e fazer mais joguinhos com ela. Queria fingir que não estava perdendo um treino neste momento, que meus amigos não estavam esperando por mim.... e que o mundo de Rika não estava prestes a desabar.

Mas meu telefone vibrou outra vez, e me debrucei de novo para frente, enfiando a cabeça entre as mãos.

Rika.

CORRUPT

As paredes estavam se fechando.

Não seria capaz de olhar para ela. Eu não devia ter amado tocar seu corpo, e não devia sentir a necessidade de tê-la apertando meu pau a cada segundo, desde o momento em que a tive na noite passada.

Ela não era minha. Nunca seria minha.

Fiquei de pé e caminhei até a cama, me inclinando e analisando seu lindo rosto.

Foda-se, Rika.

Foda-se. Não posso escolher você. Por que fez isso comigo?

Virei a cabeça e peguei o celular ao lado. Havia inúmeras chamadas perdidas, mas nem me dei ao trabalho de ouvir as mensagens de voz ou ler as de textos.

Simplesmente enviei apenas uma para Kai.

> **Acabe logo com isso.**

Então endireitei o corpo, encarando-a na cama enquanto colocava o telefone no lugar.

Agora estava feito. E não havia como voltar atrás.

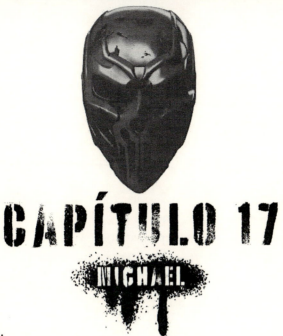

CAPÍTULO 17
MICHAEL

Três anos atrás...

Entrei no estacionamento de cascalho, a noite sendo iluminada por todos os faróis da galera que estava chegando para a festa. O armazém estava abandonado há anos, mas já que não estava sendo usado ou demolido até agora, nós o confiscávamos sempre que podíamos para extravasar e nos divertir.

A galera havia trazido barris de bebidas alcoólicas, e os jovens aspirantes a DJ da cidade montaram suas aparelhagens, enchendo a noite com um barulho tão ensurdecedor que não poderíamos nem raciocinar, mesmo se quiséssemos.

Era isso o que eu esperava.

Claro, queria vê-la passar um tempo com meus amigos. Ela conseguiria acompanhar? Conseguiria pelo menos fazer diferença em nosso mundo? Mas o que realmente queria era afastá-la da minha família, da mãe dela, de Trevor, e vê-la apenas descontrair. Queria ver quem ela era quando parava de se preocupar com o que as outras pessoas poderiam pensar ou esperar dela.

Quando finalmente chegasse à conclusão de que a minha opinião era a única que importava.

E, por mais que sempre tenha sido ela que me observava quando estávamos crescendo, isso não significava que eu nem sempre estive atento a ela também.

Ainda me lembrava do dia em que ela tinha nascido. Dezesseis anos, onze meses e dezoito dias atrás. Aquela fresca manhã de novembro, quando minha mãe me deixou segurá-la, e meu pai imediatamente a retirou dos meus braços para colocá-la deitada ao lado de Trevor, ainda um bebê.

Mesmo com três anos de idade, eu entendi. Ela era de Trevor.

E apenas fiquei lá sentado, querendo-a de volta, querendo ver o bebê e ser incluído na diversão, mas não ousei me aproximar do meu pai. Ele teria me afastado dali.

Então não quis mais saber. Fiz questão de nunca me importar.

Foram inúmeras as vezes em que desviei o olhar quando estávamos crescendo. Tive o cuidado de não pensar sobre o assunto quando ela e Trevor passavam o tempo juntos ou frequentavam a mesma aula por terem a mesma idade; tive o cuidado de nunca olhar para ela quando estávamos na mesma sala, ou até mesmo senti-la perto de mim. Certifiquei-me de nunca conversar muito com ela ou ser simpático e nunca deixá-la se aproximar.

Ela era muito nova.

Nós não frequentávamos os mesmos círculos.

Meu pai me forçaria a ficar longe dela. Ele tirava de mim tudo aquilo que me fazia feliz. De que adiantava?

E então quando estas justificativas me consumiram por dentro e transformaram a raiva em ressentimento, e ressentimento em aversão, chegou o dia em que realmente já não me importava mais. Embora aquilo parecesse não intimidá-la. Quanto mais eu a afastava e tratava com impaciência e indiferença, mais ela se aproximava.

Então, ao invés disso, eu me afastei. Fui para a faculdade, e raramente vinha para casa. Eu não a tinha visto há meses antes de entrar naquela sala hoje e vê-la sentada lá, parecendo tão crescida e linda, como a porra de um anjo. Não pude evitar. Fui até ela, querendo puxá-la para mim e levá-la conosco, mas quando ela ergueu o olhar, e encontrou o meu, soube que não poderia.

Eu não pararia se a tivesse levado. Não seria capaz de devolvê-la.

Por que ela? Por que, apesar da minha mãe, que sempre me amou, e dos meus amigos, que sempre me apoiaram, por que era Erika Fane quem colocava ar nos meus pulmões e fazia meu sangue esquentar? Ela sempre teve esse efeito em mim.

E então, quando apareceu na catedral hoje, me cansei de negar a necessidade de estar perto; me cansei de sempre afastá-la de mim. Que se dane. Eu poderia ou não deixá-la se juntar a nós depois de tudo o que foi dito e feito, mas vamos ver onde a noite acabaria.

Eu não estava decepcionado.

Ela tinha muita coragem, e meus amigos gostaram dela, mesmo que eu soubesse que Damon estava lhe dando um gelo. Ela era uma de nós.

— Puta merda, espero que esteja rolando um churrasco aí dentro — Will resmungou assim que entrei em uma vaga. — Ainda estou com fome pra caralho.

Disfarcei o sorriso. Todas as vezes que ele tentou comer alguma coisa hoje à noite, tínhamos nos distraído, e agora estávamos doidos e querendo encher a cara.

Desliguei o carro e todo mundo desceu. Damon e Kai retiraram seus agasalhos e jogaram no banco, enquanto Will recolhia as máscaras e as guardava na sacola no bagageiro.

Olhando de relance, vi Rika enfiar as joias debaixo do seu assento, provavelmente chegando à conclusão de que ali era mais seguro; em seguida ela fechou a porta, andando em direção à traseira do carro.

— Vamos lá, monstrinha. — Will a puxou ao redor.

Observei-os por cima do meu ombro, vendo Will levantar a mão até o rosto dela, como se estivesse colocando alguma coisa ali.

Ele arrastou os dedos pela sua pele, então percebi o que estava em sua mão. Graxa de sapato. Nós mantínhamos uma na sacola para o caso de uma das máscaras quebrar em nossas fugas e precisássemos improvisar.

Ele terminou e sorriu para ela, dizendo:

— Pintura de guerra — explicou. — Você é uma de nós agora.

Ela se virou, e um pequeno sorriso brilhava em seu rosto. Uma listra borrada e preta cruzava do lado esquerdo de sua testa, descendo em uma linha diagonal, por cima do nariz, terminando do lado direito de sua mandíbula. Cruzei os braços, ignorando a adrenalina em meu peito. Ela parecia fodona.

Algumas gotas de chuva caíram no meu rosto, e ouvi risadas animadas e gritos ao redor enquanto as pessoas corriam à nossa volta, no estacionamento, tentando entrar no armazém antes que o aguaceiro desabasse.

Rika curvou a cabeça para trás, gotas geladas brilhando em suas bochechas e testa, seus lábios abertos em um sorriso.

— Vamos lá! — Kai gritou.

Virei e segui em direção ao armazém, Kai e Damon ao meu lado, enquanto Will e Rika vinham logo atrás.

Entrar naquele prédio gigantesco era como adentrar um mundo diferente. O armazém havia sido destruído há muitos anos, e as vigas de aço de quinze metros de altura estavam com a pintura descascada e enferrujadas

CORRUPT

245

por conta do clima e do tempo. Poucas paredes ainda se mantinham de pé, e o telhado apresentava buracos enormes, fazendo com que a chuva forte, a cada minuto, fluísse por ali.

Andamos lentamente pelo caos que mais se assemelhava a uma pequena cidade subterrânea pós-apocalíptica.

No entanto, apesar da escuridão, do aspecto do metal frio e imundo, e da fogueira indomável à esquerda, rodeada de pessoas dançando ao som de *Devil's Night*, do Motionless in White, a loucura deste lugar era melhor do que qualquer festa de fraternidade da faculdade.

Ninguém estava se preocupando com a própria aparência. Eles se sujariam de qualquer forma. Todo mundo, incluindo as garotas, usavam jeans e tênis, e ninguém se importava em bater papo também, já que o barulho era muito alto para isso. Sem cerimônias, sem dramas, sem máscaras. Apenas música, furor, e barulho, e eventualmente, quando você estivesse chapado, poderia encontrar uma garota, ou ela o encontraria, e vocês desapareceriam no andar de cima por um tempo.

As pessoas nos cumprimentavam enquanto passávamos, e sem que precisássemos pedir, quatro copos vermelhos, com cerveja, apareceram à frente, entregues por uma jovem garota sorridente.

— Precisamos de mais um — eu disse a ela, enquanto entregava o meu copo a Rika.

Mas antes que ela pudesse pegar da minha mão, braços enlaçaram sua cintura e ela foi erguida do chão. Ela se engasgou e logo começou a rir para seu amigo, Noah. Eu me lembrava dele sempre ao redor de Rika quando estávamos no ensino médio; ele a balançou em seus braços.

Retesei o corpo, querendo arrancar aquelas mãos de cima dela, mas então me recordei que, não apenas eram amigos, mas por causa dele Rika não havia sofrido nada mais grave nas mãos de Miles e Astrid, naquela festa tanto tempo atrás.

Por enquanto, ele tinha minha confiança.

— Então, mas que porra, Rika? — ele berrou, colocando-a de volta sobre seus pés. — Você disse essa semana que não queria vir hoje à noite. — Então seus olhos pousaram em nós, quase fechados, como se só agora estivesse dando conta. — Você veio com eles? Você está bem?

Quase bufei uma risada. Dando a volta e deixando-os ali para conversar, os caras e eu andamos em direção à nossa mesa. Alguns adolescentes estavam sentados lá, mas assim que nos viram, deram o fora da cabine em meia-lua que ficava exatamente em frente à pista de dança, nos dando uma visão perfeita.

Damon pegou o garoto que ainda restava, que seguia atrás dos amigos, e arrancou-o para fora dali, fazendo-o tropeçar para frente.

Pendurei os braços no encosto da cabine, e mais quatro cervejas apareceram em nossa mesa, bem na hora que Will terminava a dele.

A chuva brilhava dos postes de luz que foram colocados ao redor do ambiente, caindo levemente do telhado, e deixando, aos poucos, a galera que dançava ali no meio com os cabelos molhados.

Dando uma olhada por cima do ombro, vi Rika e Noah agora conversando com outra garota, cujo nome eu não me lembrava. Franzi o cenho quando vi Noah entregar um copo de bebida a Rika.

No entanto, ela acenou a mão, recusando.

Olhei ao redor, fazendo uma careta. *Ótimo*. Se aquela pequena lição com Miles e Astrid não a tivesse ensinado que ela deveria pegar suas próprias bebidas – ou pelo menos receber das minhas mãos –, então eu espancaria o seu traseiro. A última coisa do caralho que queria pensar era no que poderia ter acontecido com ela enquanto eu estava longe, na faculdade.

Bebemos nossas cervejas, nos recostamos por ali, relaxando e olhando tudo o que acontecia à nossa volta. Damon acendeu um cigarro e encarou uma garota que o fodia com os olhos, da pista de dança. Will retirou seu moletom e enfiou pela goela uma cerveja atrás da outra, enquanto Kai olhava de vez em quando para a porta por onde entramos. Sabia que ele estava de olho em Rika.

Os músculos dos meus braços tensionaram, e mantive o olhar focado à frente, tentando não me importar com aquilo. *Ninguém se mete entre amigos.* Muito menos uma mulher.

Ouvi uma risada suave e olhei para cima, vendo Rika dar a volta na cabine e retirar o moletom por cima da cabeça. Ela ostentava um imenso sorriso no rosto quando jogou o casaco no lugar ao meu lado, e seguiu para a pista de dança com os amigos.

Respirei fundo.

Aquela regata estava acabando comigo.

Eu ainda podia ver algumas gotas do sangue de Miles, mas era praticamente imperceptível na obscuridade do ambiente.

Uma boa parte de sua barriga sarada aparecia, e as alças finas da regata cinza quase não conseguiam sustentar seus seios. Não deixava quase nada

CORRUPT

para a imaginação, o corpo lindo pra caralho, à mostra. O cabelo loiro fluía pelas costas, e a bunda redonda ficava perfeita naquele jeans. Era quase capaz de senti-la escarranchada sobre meu colo.

Porra.

Uma faísca aqueceu meu corpo, deixando-me duro, e rosnei baixinho, tentando clarear a mente.

A música de Laurel, *Fire Breather*, começou a tocar, e ela e os amigos encontraram um lugar no meio da pista, bem debaixo do buraco no teto que permitia a chuva passar.

A melodia sonora e lenta se envolveu ao redor do meu pau, enchendo-o de sangue enquanto a observava se mover ao ritmo da batida, rebolando os quadris e arqueando as costas, como se ela soubesse exatamente o que me excitava e deixava a ponto de bala.

Damon desviou o olhar da garota que se exibia para ele, soprando uma nuvem de fumaça assim que começou a observar Rika. Ela ria, permitindo que aquele amigo dela se esfregasse contra ela, enquanto ambos se moviam em sintonia, perdidos na música.

Eu até poderia estar com ciúmes, se aquilo não fosse tão sexy. E ele não tinha chance com ela, de todo jeito. Os olhares que ela me lançava quando estava à minha frente, na mesa de café da manhã, tinham mais paixão do que o sorriso que ela dava para ele.

Will descansou os cotovelos sobre a mesa, também focado nela, e nem me dei ao trabalho de olhar para ver se Kai também a observava. Sabia que sim.

Quem não olharia?

A batida intensa tomou conta do lugar, chegando até as vigas, e a observei rebolar os quadris devagarinho, colocando um braço atrás do pescoço do cara atrás, enquanto a amiga se postava à frente; os três começando a moer os corpos juntos.

Remexi-me no lugar, êxtase atingindo minha virilha.

— Puta merda — Damon suspirou, virando o rosto para nós.

Os olhos arregalados de Will também nos encaravam, da mesma forma, e eu tinha certeza de que ele estava com tanto tesão quanto eu.

— De jeito nenhum Trevor consegue lidar com ela — Kai afirmou.

Quase dei um sorriso, mas não o deixei escapar. *Não.* Meu irmão não tinha a menor ideia do que fazer com uma encrenca dessas. Ele nunca poderia dar o que ela precisava.

Eu a encarei, vendo seus quadris balançando em movimentos lentos e sedutores, então ela riu, se afastando e trocando de lugar com a garota. A chuva fraca caía do telhado fazendo a pele dela brilhar. Ela fechou os olhos e estendeu as mãos para cima, agitando-se ao som da música.

— Michael? — Ouvi a voz de Kai. — Você está olhando para Rika como se ela não tivesse somente dezesseis, cara.

Dei-lhe uma olhada, um pouco divertido, antes de voltar a olhar para ela.

Não foi um aviso, apenas uma provocação. O subúrbio não era nem um pouco excitante, e os adolescentes não tinham mais nada a fazer a não ser foder sempre que pudessem. Todos nós havíamos transado muito antes de termos dezoito anos.

E *todos* nós estávamos olhando para ela como se ela não tivesse apenas dezesseis.

— Bom, é como eu sempre disse — Damon brincou, soltando uma baforada de fumaça. — Desde que elas tenham idade suficiente para enga-tinhar, já estão na posição certa.

Will fez uma carranca.

— Eca, você é doente! — ele disse, rindo.

Sacudi a cabeça, ignorando o comentário estúpido. Damon era doente da cabeça.

Claro, ele estava fazendo uma piada. Mas sempre havia um fundo de verdade nas coisas que dizia. Para ele, mulheres eram tão inúteis quanto pedras. Só serviam para ser usadas.

Will e Damon terminaram de beber mais algumas cervejas, e algumas pessoas chegaram para dizer oi e conversar um pouco. Desde que estive fora o verão inteiro, treinando e viajando, não tinha visto ninguém há al-gum tempo. Tomara que os ânimos estejam mais elevados agora com as festividades da *Noite do Diabo*, dando a todo mundo a adrenalina necessária para fazer com que o time se lembre de quem eles costumavam ser.

Larguei a bebida na mesa, ouvindo Will e Kai conversando com algu-mas pessoas ao redor, mas quando dei uma olhada para Rika, na pista de dança, fiquei angustiado na mesma hora, vendo que ela não estava mais lá.

Olhei à nossa volta, e vi seus amigos ainda dançando, praticamente se pe-gando, e virei a cabeça, finalmente a vendo subir as escadas para o piso de cima.

Daí ela se virou, e fixou os olhos aos meus, por cima dos ombros, enquanto continuava a subir. Fiquei de pé no banco e pulei por cima da cabine, aterrissando no chão.

Mantive o olhar focado em suas costas enquanto ela subia para o se-gundo andar. Passei por algumas pessoas, e virei à direita, subindo mais

CORRUPT

um lance de escadas. O lugar agora estava completamente vazio e livre de olhos curiosos.

O piso de metal me levou até uma grande janela em um canto esquerdo, e a vi parada na penumbra, admirando a escuridão da noite enquanto a música, dois andares abaixo, soava abafada e distante.

Que merda eu estava fazendo?

— Eu gosto de ver a minha casa daqui — disse, baixinho. — Dá para ver os lampiões. Parece quase mágico.

Cheguei por trás de seu corpo e observei o breu à frente. De fato, dava para ver nossas casas ao longe, já que elas se encontravam em um terreno mais alto. Não estavam totalmente visíveis, encobertas pelas árvores, mas as propriedades estavam bem-iluminadas. Nossas casas se distanciavam uma da outra por cerca de um quilômetro, mas olhando daqui, pareciam apenas centímetros.

— Obrigada por esta noite — admitiu. — Sei que não significa nada, mas me senti bem pela primeira vez em muito tempo. E animada, assustada, feliz... — prosseguiu e depois finalizou em um tom baixo: — poderosa.

Olhei para ela, vendo ainda algumas gotas de chuva em seu cabelo claro, na parte de cima da cabeça.

Rika era muito parecida comigo, alguns anos atrás. Estava confusa, enjaulada e corruptível. A lição mais valiosa que alguém poderia aprender na vida deveria ser aprendida o quanto antes. A que diz que você não deveria ter que viver na realidade que outra pessoa criou. Você não tem que fazer nada que não queira. Nunca.

Redefinir a noção de normal. Nenhum de nós conhece a plenitude de nosso poder até que comece a forçar os limites, abusando da sorte; e quanto mais fazemos isso, menos nos importamos com o que os outros pensam. A liberdade era boa demais.

Aspirei o vestígio do perfume que ainda se desprendia de seu corpo, sentindo-me chapado pela necessidade. Deus, eu queria tanto tocá-la. Aquele desejo aumentou por toda a noite.

— Às vezes fico pensando como seria estar no seu lugar — confessou. — Andar por qualquer sala e impor respeito. Ser tão adorado por todos. — Ela olhou para o lado, para cima, com aqueles imensos olhos azuis suplicantes. — Querer algo e pegar.

Jesus.

— Você esteve me observado na pista de dança — ela sussurrou. — Você nunca olha para mim, mas esta noite esteve me observando.

Dor se agitou por dentro, na urgência de resistir, mas foi em vão. Deslizei a mão e coloquei ao redor de seu pescoço, e a puxei contra o meu peito, segurando-a o mais apertado que podia.

— Como poderia não olhar? — suspirei em seu ouvido, fechando os olhos. — Está ficando cada vez mais difícil não reparar em você.

Ela choramingou, arqueando seu corpo e esfregando a bunda contra o meu pau. Abri os olhos, vendo seus seios sobressaírem no decote, e não aguentei mais.

Enfiando a mão por entre os fios de seu cabelo, segurei um punhado perto de seu couro cabeludo e puxei sua cabeça para trás. Os lábios carnudos se abriram, implorando pelos meus.

Ela gemeu, enviando todo o sangue do meu corpo para o meu pau.

Eu devia afastá-la. Ela tinha apenas dezesseis anos.

Porra.

Pairei minha boca sobre a dela, deslizando a outra mão por cima de seu peito e vendo-a se agitar quando segurei um seio em concha na minha mão.

— Michael — gemeu, respirando com dificuldade e fechando os olhos.

— Tão suave — sussurrei sobre seus lábios, sentindo a calidez de seu hálito enquanto a acariciava. — Meu irmão acha que você é dele... e tudo o que fiz foi negar que sempre a quis para mim mesmo.

Ela lambeu os lábios, tentando se lançar para cima para capturar os meus, mas afastei a cabeça, escondendo meu sorriso enquanto brincava com ela.

— Michael — choramingou, parecendo desesperada.

— É verdade? — pressionei. — Você é dele?

Ela mordeu seu lábio inferior, negando com a cabeça.

— Não.

Eu me inclinei e capturei o lábio entre meus dentes, chupando-o para dentro da minha boca. Suspirei com força, meu pau ficando cada vez mais duro dentro do jeans, e quase enlouqueci, depositando uma trilha de beijos desde sua bochecha à sua orelha, me perdendo em seu perfume e calidez.

Mas assim que afundei o rosto em seu pescoço, ela se afastou, atacando minha boca e me beijando profundamente. Deus, ela tinha um gosto maravilhoso.

— Que garota boazinha — rosnei em um sussurro, passando a língua sobre seus lábios. — Diga, Rika.

— Eu sou uma garota boazinha — ela ofegou, com a voz trêmula.

CORRUPT

251

— E eu vou te foder — terminei, retirando a mão de seu seio e agarrando seu quadril.

Abaixei a cabeça e cobri os lábios dela com os meus, comendo sua boca e degustando seu sabor; sua língua encontrou a minha com mais desejo e luxúria do que já havia sentido antes.

Meu corpo estava em chamas, e eu estava perdido. Completamente perdido em sua boca e no arrepio que atravessou toda a minha pele, aquecendo meu peito.

Tantas vezes necessitado de estar perto dela, de conversar com ela, vê-la sorrir para mim, e agora a tinha em meus braços, e não queria deixá-la sair.

Nada – nada – foi tão bom.

Ela roçou contra mim, pegando meu lábio inferior entre os dentes e caprichando no beijo.

— Agora sei quão bom é o seu sabor — provocou, pairando um centímetro abaixo dos meus lábios e lembrando do que disse hoje na catedral.

Sorri, puxando sua bunda contra mim e ouvindo seu gemido com todas as sensações que a varriam.

— Você ainda não provou nada.

Girando o corpo dela em meus braços, levantei-a pela parte de trás de suas coxas; ela se apoiou nos meus ombros, quando a fiz enlaçar minha cintura com as pernas.

Andando até um canto, coloquei-a sentada em cima de um corrimão, perto de uma parede. Ela envolveu meu corpo com seus braços quando me enfiei entre suas pernas.

Esfregando o corpo contra o meu, ela passou a língua pelo meu lábio superior, e depois abandonou minha boca, deixando uma trilha de beijos e mordidelas abaixo do meu maxilar e pescoço.

— Jesus — ofeguei, levando a mão até o seu seio outra vez, meu coração batendo como uma maldita bateria.

Deslizando as mãos dela por baixo do meu agasalho e camiseta, ela percorreu meu abdômen travado com os dedos, fazendo com que um arrepio se espalhasse.

— O carro — ela engasgou, tentando desatar meu cinto para abrir a calça. — Por favor?

Segurei seus quadris com mais força, piscando depressa.

— Rika — contorci meu corpo, tentando afastar as mãos dela do meu jeans. *Merda.*

252   PENELOPE DOUGLAS

— Eu quero sentir você contra mim — ela suplicou, segurando meu rosto entre as mãos e me beijando outra vez.

Mas neguei com a cabeça.

— Não em um carro.

Ela pressionou os seios contra o meu peito, sussurrando em meus lábios.

— Não consigo mais esperar. Não quero perder esse momento. O lugar não me importa.

Não, não importava. Mas era aqui que as coisas se complicavam.

Eu estava de volta em casa apenas pelo fim de semana, e depois retornaria à faculdade. Se transássemos agora, seria mais desgastante para ela quando chegasse o momento de nos separarmos.

E por mais que não tivesse a menor intenção de afastar minhas mãos de seu corpo, ir tão longe não parecia certo. Não ainda. Ela era muito jovem.

— Vamos... — provocou. Um pequeno sorriso se formou em seus lábios enquanto continuava a mordiscar os meus.

Neguei mais uma vez.

— O que vou fazer com você? — perguntei.

— Mal posso esperar para descobrir... — Ela deu um sorrisinho.

Eu ri baixinho, pegando sua bunda em minhas mãos e deixando um rastro de beijos por todo o seu rosto até os lábios.

— Nós precisamos ir devagar — eu disse.

— Quão devagar?

Afastei-me um pouco para que ela pudesse ver a seriedade em meus olhos.

— Não vou tocar em você até que tenha dezoito anos.

Os olhos dela arregalaram.

— Você não pode estar falando sério! Vai levar mais de um ano! — declarou. — E você está me tocando agora.

Inclinei a cabeça para o lado, meus dedos apertando sua bunda.

— Você sabe o que quero dizer.

No entanto, ela me puxou contra ela, descansando a testa contra meus lábios. Ela parecia tão desesperada quanto eu.

— Você já fez sexo com garotas de dezesseis anos antes, Michael.

— Quando eu tinha dezesseis — esclareci. — E não se compare a elas. — Segurei seu rosto entre minhas mãos. — Você é diferente.

Nossos lábios se encontraram outra vez e as mãos dela e o corpo se tornaram cada vez mais possessivos, esfregando-se contra mim, sentindo meus contornos, me agarrando. Ela segurou meus quadris e os pressionou

CORRUPT

contra a calidez de suas pernas, e perdi o fôlego, sabendo quão bom seria poder estar dentro dela.

— Jesus Cristo — suspirei, afastando minha boca. — Pare.

Não havia a menor condição de eu me manter afastado dela por um ano. Ela tinha quase dezessete. Talvez aquilo fosse o suficiente?

— Você não vai ser capaz de resistir — ela sussurrou contra minha mandíbula, olhando para mim com um ar pensativo. — Fomos feitos um para o outro, Michael. Você e eu.

Ela depositou beijos suaves pelo meu rosto e pescoço; senti os arrepios deslizando pelos meus braços. Enlacei seu corpo com os meus, segurando-a apertado e olhando bem dentro de seus olhos.

— Nós temos que manter isso em sigilo, combinado? — eu disse. — Pelo menos por enquanto. Não quero que minha família saiba.

Ela olhou para mim, confusa.

— Por quê?

— Você ainda está em casa, e eles a vigiam o tempo todo, Rika — expliquei. — Meu pai me odeia. Estarei longe, na faculdade, e ele poderia se valer da minha ausência para tirar proveito e manipular você, se souber que a quero para mim. — Então enfiei meus dedos entre seu cabelo, ficando tão perto que nossos narizes se tocavam. — E eu quero você pra caralho. — Brinquei com sua boca, mordiscando seus lábios. — Mas ele quer que você fique com Trevor ou algo assim — continuei. — Se não souberem do nosso envolvimento, não vão interferir. Precisamos esperar até que você se forme e saia de debaixo da asa deles.

Ela se afastou, magoada, ao retirar minhas mãos de cima de seu corpo.

— Ainda vai levar um ano e meio para isso — argumentou. — Não estou exigindo um relacionamento, mas eu... — hesitou, em busca das palavras certas. — Não quero esconder o que sinto.

— Eu sei.

Odiava aquilo também. Se ela estivesse na faculdade, livre para ir e vir como bem quisesse, e sem ser influenciada ou manipulada pelo meu pai e Trevor, não seria um problema.

Claro, eles até podiam saber. Não dava a mínima para o que diriam a respeito disso. Mas depois de amanhã, estarei a quilômetros de distância outra vez, e com a chegada da temporada de basquete, não viria para casa até as férias de inverno, e em seguida, até provavelmente próximo ao verão. Isso a colocaria sob muita pressão, e não confiava no meu pai ou no Trevor. Especialmente em Trevor.

— Acredite ou não, é o melhor — assegurei. — Meu pai ficaria em cima de você, e não quero que tenha que lidar com ele sem eu estar aqui.

Ela parecia desapontada, mas também havia certa raiva em seu olhar. Ela precisava entender que não estava tentando deixá-la puta. A idade dela era um problema, e deixava tudo mais complicado. E aquilo também me assustava, porque não fazia a mínima ideia do que eu e ela tínhamos.

Tudo o que que sabia era que éramos iguais. Aquilo significava que eu me apaixonaria por ela, me casaria e seria fiel, e viveria um dia de cada vez nesse maldito subúrbio?

Não. Eu e ela fomos feitos para algo diferente.

Eu a deixaria com raiva, seria difícil para lidar, e acabaria me tornando um pesadelo tanto quanto um sonho para ela, mas depois de quase dezessete anos dessa atração, eu só sabia de uma coisa:

Sempre estaria ao redor dela.

Aquilo nunca deixou de acontecer. Mesmo quando éramos crianças, se ela se movia, eu queria fazer o mesmo. Se ela deixava a sala, eu queria segui-la. Meu corpo sempre esteve consciente de onde ela estava.

E o mesmo valia para ela.

Eu me abaixei, roçando a alça de sua regata em seu ombro e depositando beijos em sua pele.

— E quero que pare de dormir na minha casa quando eu não estiver lá, também — exigi. — Não quero que Trevor tente nada com você.

Agarrei o lóbulo de sua orelha com meus dentes, puxando com força, mas interrompi meus movimentos quando ela não respondeu nada. Senti que havia esfriado, sem se mexer ou fazer qualquer som.

Liberando sua orelha, levantei a cabeça e olhei para ela, vendo-a cerrar a mandíbula com um descontentamento evidente em sua expressão.

— Algo mais? — explodiu. — Tenho que ficar de boca fechada e quietinha quando você entrar em uma sala e fingir que não existo, porque ninguém pode saber. Agora você quer impor quando faremos sexo e onde eu posso dormir?

Endireitei a coluna, contraindo meus músculos. Ela tinha razão, mas era como as coisas tinham que ser. Eu não queria que minha família soubesse de nada para que não a sacaneassem, e era impossível confiar que meu irmão não tentaria rastejar em sua cama à noite. De jeito nenhum.

Ela abaixou o queixo, me dando um olhar desafiador.

— Tenho que esperar e ansiar pelos raros finais de semana onde você não tenha jogo e talvez resolva passar em casa — continuou —, enquanto você coloca os seus robôs na Escola Preparatória de Thunder Bay para ficarem de olho em mim quando você não estiver, de forma que possa receber os relatórios de cada movimento que eu der.

Meu maxilar repuxou com um sorriso que não pude conter. Ela me surpreendeu diversas vezes esta noite. Era muito mais esperta do que pensei. Tudo bem, talvez tivesse planejado colocar Brace e Simon de olho. Só para ter certeza de que ninguém foderia com ela.

Ou foderia com algo que me pertencia.

— E quanto a você? — continuou. — Sua cama vai ficar tão vazia quanto a minha o tempo em que estiver fora – festas da faculdade, jogos fora de casa, férias de primavera com seus amigos em Miami Beach...?

Forcei meu olhar, buscando o dela.

— Você acha que alguém seria tão importante quanto você?

Ela balançou a cabeça, com um sorriso sarcástico.

— Isto não é uma resposta.

Então pulou do corrimão, esbarrando em mim ao passar. Mas a alcancei, agarrando a parte de cima de seu braço.

— O que você quer? — perguntei, ríspido. — Hein?

A expressão dela, de repente, se tornou triste quando ficou cabisbaixa.

— Eu quero você — engasgou. — Sempre quis você, e agora me sinto...

Ela olhou para cima, com os olhos marejados.

— O quê? — respondi com grosseria.

— Suja — ela disse, afinal. — Achei que fosse sua amiga esta noite. Você me viu, gostou de mim, me respeitou... E agora me sinto como uma garota idiota, o segredinho sujo que precisa ficar sentada num cantinho e esperando sua permissão para me mexer. Não me sinto mais como uma igual.

Eu a soltei, dando uma risada amarga quando me virei.

— Você é só uma criança. Uma criança estúpida.

Malditas sejam suas inseguranças e pirraças. *Era apenas um ano.* Ela não poderia esperar a porra de um ano?

— Eu não sou uma criança — afirmou. — Você é apenas um covarde. Pelo menos Trevor me quer mais do que qualquer coisa.

Suspirei fundo, todos os músculos da minha barriga se contraíram e arderam enquanto a encarava.

Nem pensei. Eu a agarrei pelos ombros e a empurrei contra o corrimão de frente à janela, pairando meu rosto sobre o dela, quase nariz com nariz.

Respirei fundo, querendo-a com tanta intensidade, mas puto pra caralho agora. Ela tinha coragem de jogar isso na minha cara?

Ela fez uma careta e choramingou.

— Você está me machucando.

Então me dei conta de que meus dedos estavam cravados em sua pele. Relaxei as mãos, tentando me acalmar, mas não consegui. Ela estava certa. Eu era um covarde, e queria tudo sem dar nada em troca.

Queria que esperasse por mim, e só por mim. Não queria lidar com o estresse que minha família colocaria sobre nós. Não queria dar nenhuma oportunidade para que meu irmão a conquistasse enquanto eu estava ausente.

Mas o que ela ganharia comigo? Eu era o suficiente?

Ou meu pai estava certo? Eu não valia nada? Ainda que admitisse isso para mim mesmo, eu a magoaria.

Ela era muito nova, eu ficava ausente por muito tempo, e pela primeira vez em muito tempo, não gostei de mim mesmo. Não gostei de me ver refletido em seus olhos.

Ela tinha muito poder sobre mim.

Eu me afastei, recuando.

— Isso foi um erro — disse, com raiva, fazendo uma careta para ela.
— Você é bonita. Tem uma boceta, mas além disso, não é nada especial. Você é apenas um rabo de saia.

Ela franziu a sobrancelha e seus olhos se encheram de lágrimas, como se estivesse devastada.

Ninguém fazia com que me sentisse um merda por ser quem sou, e partir seu coração não seria o suficiente. Precisava ser esmagado, para que que ela nunca mais falasse esse tipo de porcaria outra vez.

Agarrei seus ombros, sacudindo-a e ouvindo seu gemido.

— Você me ouviu? — vociferei. — Você não é especial. Você não é ninguém!

Então a soltei, dando a volta e marchando rumo às escadas enquanto sentia meu estômago embrulhar. Era como se estivesse com um buraco no peito, e inspirei, sentindo dificuldade para respirar.

Não podia olhar para ela. Não conseguiria ver a mágoa que causei.

Então fugi. Voltando para a cabine, peguei as chaves do bolso e joguei sobre a mesa.

— Faça com que Rika chegue em casa — disse para os caras, sem conseguir disfarçar minha raiva. — Vou andando.

CORRUPT

— Que diabos aconteceu? — Damon exigiu saber ao ver meu estado. Mas apenas sacudi a cabeça.

— Tenho que sair daqui. Leve-a para casa.

E deixei os três ali sentados à mesa enquanto puxava o capuz do casaco sobre a cabeça e saía na chuva.

CAPÍTULO 18
ERIKA

Dias atuais...

> Tive que voltar para a cidade.
> Seu carro está lá fora.

Olhei para a mensagem de texto que Michael havia me enviado quatro dias atrás, quando acordei sozinha na cama dele.

Imunda, ferida, dolorida... e sozinha.

Desde lá eu não sabia mais notícias, nem o tinha visto. Depois de nosso pequeno passeio pelas catacumbas, ele deve ter ido até a minha casa para pegar o carro para mim, antes de sair e enviar a mensagem da estrada.

Como pôde me largar daquele jeito?

Ouvi nos noticiários que seu time havia viajado para Chicago para um jogo amistoso antes que a temporada regular começasse, mas vi as luzes de sua cobertura acesas esta manhã, então sabia que ele estava em casa agora.

Apesar do fato de já saber disso, estava magoada. Finalmente o tive para mim, o senti dentro de mim, e isso não era algo que poderia simplesmente esquecer nestes últimos dias. Foi melhor do que sempre imaginei.

Ele deveria ter me acordado para dizer adeus. Ou ligado para saber como eu estava, pelo menos. Eu tinha acabado de perder minha casa, e ainda não havia conseguido contatar minha mãe, mesmo ligando todos os dias. Também não tive sorte de conseguir falar com o Sr. ou a Sra. Crist, em seus celulares. Se não tivesse notícia de nenhum deles até amanhã, iria à polícia. Minha mãe nunca ficou aquele tempo todo sem me ligar.

Enfiei o celular dentro da bolsa e retirei uma carteira de fósforos que coloquei ali quando trouxe a caixa de volta comigo, de Thunder Bay. Abri a tampa e aspirei o aroma, um breve momento de alívio me atingindo antes de desaparecer. Colocando na bolsa, segui o caminho até o sebo, folheando livros antigos de ficção científica, tentando me distrair.

Preferia morrer a ser a primeira a ligar.

— Ei! — Ouvi alguém me chamar.

Eu me virei e vi Alex se aproximando com uma mão no bolso e um sorriso no rosto.

— Vi você pela janela e resolvi te dar um oi. Como você está?

— Estou bem. E você? — Acenei.

Ela ergueu as mãos e deu de ombros.

— Cada dia é uma aventura.

Eu ri baixinho, voltando a olhar para os livros. Com a profissão que ela exercia, podia imaginar que as coisas não ficavam entediantes. Virei a cabeça de novo, olhando para ela.

— Ah, obrigada pela carona na outra noite. Eu sei que mal nos conhecemos, mas...

— Ah, sem problemas — ela me interrompeu. — Obrigada por dirigir. Não sou muito de beber.

Ela abaixou o olhar, distraída enquanto olhava os livros, segurando uma das alças de sua bolsa. Assim como eu, ela deve ter acabado de sair da aula.

— Você está bem? — perguntei.

Assentiu.

— Só o de sempre. Sou gostosa para uma pessoa, mas ele não vai me tocar porque durmo com outros caras como ganha-pão. — Revirou os olhos. — Bebezão.

Dei um sorriso para ela, mas foi meio que triste, para dizer a verdade.

— Então ele sabe o que você faz?

— Sim — respondeu. — Ele estava na festa, o que foi o motivo por que bebi tanto. Ele nem mesmo olhou para mim.

— Bem, você deve conhecer pessoas — chutei. — Deve ter alguns contatos na sua linha de trabalho, não é? Amigos? Talvez alguém possa te arranjar outro trabalho.

— Não há nada de errado com o que faço — retrucou, a voz se tornando gélida.

Parei e me virei para ela, culpa rastejando pelo meu peito. Não quis dizer aquilo, mas possivelmente soou como uma crítica. Estava apenas tentando encontrar uma solução para o problema dela.

Ela inclinou a cabeça de lado, encarando-me em um desafio.

— Algum dia vou ter um prédio como o Delcour e dirigir um carrão como o seu — ela disse —, e vou ter tudo isso por mim mesma. Vou fazer isso mostrando o dedo do meio para todo mundo – incluindo ele – que me olhou de cima.

A voz dela se tornou áspera, e mesmo não entendendo porque ela fazia o que fazia, também sabia que nunca teria que fazer. Não sabia o que era precisar fazer escolhas difíceis.

Os lábios dela se curvaram quando prosseguiu:

— Eu vou trepar do jeito que quiser enquanto estou na faculdade, e qualquer pessoa que não gostar disso, pode ir para o inferno.

Apertei meus lábios, deixando uma risadinha escapar.

— Tudo bem — eu disse e peguei a deixa de que o assunto estava encerrado. — Mas antes de ter um carrão, minha vida também não foi exatamente uma festa.

Seu olhar suavizou, e ela se inclinou, passando um dedo pela cicatriz em meu pescoço.

— Foi isso que pensei — disse.

Eu a encarei, sentindo como se ela soubesse de tudo sem que eu precisasse dizer. Foi estranho. Quando a vi ao lado de Michael a primeira vez, a julguei. Depreciei. Ela era uma vagabunda – sem cérebro e em busca de dinheiro e fama.

Mas fui uma idiota. Não éramos tão diferentes assim.

É estranho ver como ninguém é realmente um ser humano para nós, até que conversássemos com eles e percebêssemos que não havia muito que separava quem éramos de quem eles são. Ela podia até desejar as coisas que eu tinha, e posso ter desejado muito menos, mas ambas estávamos lutando, não importa o lugar que ocupávamos.

— Bom — ela suspirou e sorriu. — Tenho que correr. Tenha um bom fim de semana, se eu não te vir até lá, okay?

Acenei.

— Você também.

Ela deu a volta e saiu pelo corredor, desaparecendo logo depois da esquina.

CORRUPT

Acho que fiz minha primeira amiga em Meridian, e pela primeira vez em cinco minutos, não pensei em Michael.

Vitória.

Peguei o celular na bolsa e conferi o horário. O comandante do corpo de bombeiros estava evitando minhas ligações a semana toda, a respeito do incêndio na minha casa. Eu precisava voltar para lá e tentar descobrir o que estava acontecendo.

Com três livros em mãos que já havia escolhido, fui até o caixa da livraria. A atendente colocou os livros em uma sacola.

— Tudo bem, são trinta e sete dólares e cinquenta e oito centavos, por favor.

Passei meu cartão de crédito na máquina e o entreguei, junto com minha identidade, para ela conferir.

Mas ela não o pegou.

— Ahn, sinto muito — ela olhou para a tela, estreitando os olhos, confusa. — Seu cartão não está funcionando. Você teria outro?

Olhei para baixo e vi "cartão recusado" escrito na tela.

Meu coração acelerou e senti o rosto esquentar de embaraço. Isso nunca aconteceu antes.

— Ahn, humm... — gaguejei, pegando a carteira na bolsa e entregando outro cartão. — Aqui. Talvez seja melhor você tentar passar na máquina — eu sorri —, devo estar fazendo alguma coisa errada.

O que era uma ideia ridícula. Eu era uma compradora experiente, e formada com orgulho na matéria "Como gastar dinheiro", da Universidade Christiane Fane e Delia Crist. Sabia como usar um maldito cartão.

Ela o deslizou na máquina e esperou por um instante antes de me devolver e balançar a cabeça.

— Sinto muito, querida.

Meu coração despencou.

— O quê? Tem certeza de que essa máquina está funcionando?

Ela me olhou com condescendência, como se houvesse escutado aquela desculpa antes.

— Sinto muito — eu disse, desconcertada. — Isso é muito estranho.

— Acontece. — Ela deu de ombros. — Estudante universitária lutando com as contas e tudo isso. Temos um caixa eletrônico ali fora se quiser que eu reserve os livros.

Ela indicou a janela atrás de mim, e vi a máquina perto da cafeteria da livraria.

— Obrigada — eu disse e deixei a sacola com ela, caminhando apressadamente até o caixa.

Como assim, meus cartões não estavam funcionando? Desde quando tirei a carteira de motorista aos dezesseis anos, eu possuía um. Quando saí para a faculdade, minha mãe fez um de crédito no meu nome. Eu também tinha um de débito, mas nosso contador preferia que usasse apenas para alimentação e gasolina, de forma que pudesse calcular minhas despesas.

Nunca tive problema com nenhum dos dois. Nunca.

Engoli em seco e enfiei o cartão no caixa eletrônico, digitando a senha. Fui direto para o saque, mas mudei de ideia. Apertei o botão de conferência do saldo e meu coração imediatamente começou a martelar dentro do peito.

Zero.

— O quê? — explodi, sentindo o ardor das lágrimas ao olhar para a tela. — Isso não está certo. Não pode ser.

Comecei a pressionar todos os botões, minhas mãos trêmulas quando fui checar o saldo da minha poupança.

Também estava zerada.

Balancei a cabeça, meus olhos marejados.

— Não. Que porra é essa que está acontecendo?

Retirando o cartão do caixa, saí da livraria e deixei os livros para trás, quase correndo pela calçada. Fui para casa, me sentindo desesperada.

Um cartão sem funcionar? Beleza. Nenhum deles funcionando e minha conta zerada? Minha mente estava em polvorosa.

Será que a joalheria estava com problemas financeiros? Será que nosso contador havia esquecido de pagar os impostos e nossas contas tinham sido bloqueadas? Será que estávamos com dívidas?

Até onde sei, tudo estava normal, como sempre. O Sr. Crist lidava com os negócios e patrimônio, e todas as vezes que conversei com o contador, nossas finanças estavam indo de vento em popa.

Peguei meu celular na bolsa e liguei para nosso contador, que era o mesmo dos Crist, mas tudo o que consegui foi uma mensagem de voz dizendo que ele estava fora o fim de semana.

Continuei seguindo pela rua, suor encharcando minhas costas, enquanto ligava mais uma vez para minha mãe, a Sra. Crist, até mesmo Trevor. Eu precisava saber como entrar em contato com alguém que pudesse ajudar.

Mas ninguém atendia. Que porra estava acontecendo? Por que não conseguia contatar ninguém?

CORRUPT

263

Richard, o porteiro, me viu chegar e imediatamente segurou a porta de entrada do Delcour para mim. Entrei sem nem mesmo retribuir seu cumprimento, e marchei direto para o elevador.

Assim que cheguei no meu apartamento, joguei a bolsa de lado e liguei meu laptop para fazer login nas minhas contas bancárias. Não dava para esperar até segunda-feira, quando haveria alguém no escritório. Eu precisava descobrir que porra era aquela que estava acontecendo.

Enquanto conectava à Internet, liguei para o escritório do Sr. Crist, sabendo que ele trabalhava até tarde, e que sua assistente estaria lá também. Passava apenas um pouco das seis.

— Alô? — disse apressada, cortando o cumprimento da mulher. — Stella, aqui é a Rika. O Sr. Crist está aí? É urgente.

— Não, sinto muito, Rika — ela respondeu. — Ele viajou para a Europa alguns dias atrás para se juntar à esposa. Quer deixar algum recado para ele?

Tombei a cabeça na minha mão, agarrando um punhado de cabelo, em frustração.

— Não, eu... — As lágrimas começaram a descer. — Eu só preciso saber o que está acontecendo. Tive um problema com minha conta bancária. Estou sem dinheiro, e nenhum dos meus cartões funciona!

— Ah, querida — ela disse, rapidamente, parecendo um pouco mais preocupada agora. — Você já conversou com Michael?

— Por que eu falaria com ele?

— Porque o Sr. Crist transferiu uma procuração para ele semana passada — ela informou como se eu soubesse. — Michael agora é responsável por todos os seus bens até sua formatura.

Parei naquele instante, arregalando os olhos.

Michael? Ele controlava tudo agora?

Balancei a cabeça. *Não.*

— Rika? — Stella chamou quando eu não disse mais nada.

Mas afastei o telefone do meu ouvido e encerrei a chamada.

Apertando os dedos ao redor do celular, endureci meu olhar e travei a mandíbula com tanta força que meus dentes chegaram a doer. Todo o dinheiro que meu pai havia deixado para nós. Todo o dinheiro que conquistamos com nossos patrimônios e a loja. Ele controlava todas as ações!

Estiquei a mão à frente e fechei o laptop sobre a ilha da cozinha, empurrando-o para o chão da cozinha.

— Não! — gritei.

Meu estômago embrulhou e achei que fosse passar mal. Que merda ele estava fazendo? Sabia que tinha sido ele, mas por quê?

Limpei as lágrimas, o ódio dominando minhas veias agora. Eu não estava nem aí. Seja lá o que ele pretendia e por qual razão, meu Deus, eu não estava nem aí.

Desci da banqueta e peguei o celular no meu bolso, agarrando as chaves que haviam caído no chão assim que cheguei no apartamento. Saí dali, sem nem me importar de levar minha bolsa antes de trancar a porta e pegar o elevador para o térreo.

Assim que as portas se abriram, fui em direção à recepção.

— O Sr. Crist já chegou em casa?

O Sr. Patterson olhou para mim por cima do computador.

— Sinto muito, senhorita Fane. Não posso te dizer isso — ele disse. — Você gostaria de deixar algum recado para ele?

— Não. — Acenei. — Eu só preciso saber onde ele está neste instante.

No entanto, ele apenas franziu o cenho, parecendo arrependido.

— Sinto muito. Não posso te dar essa informação.

Dei um suspiro irritado e peguei meu celular, abrindo a galeria de fotos. Cliquei em uma minha ao lado de Trevor e do Sr. Crist, tirada em maio. Enfiei a tela do celular no seu rosto.

— Reconhece este homem do meio, com os braços ao meu redor? — perguntei. — Evans Crist, o pai de Michael. — Minha voz em um tom afiado. — *Seu* chefe. *Meu* padrinho.

Sua expressão mudou, e vi quando seu pomo-de-adão subiu e desceu. Nunca usei a cartada "Vou-fazer-com-que-seja-demitido" antes, mas era tudo o que eu tinha. Agora ele sabia que eu conhecia os Crist, então por que não poderia saber onde o Michael estava?

— Onde ele está? — exigi, enfiando meu celular de volta no bolso.

Ele endireitou a coluna, abaixando a cabeça, sem olhar para mim.

— Ele saiu uma hora atrás — admitiu. — Ele e os amigos pegaram um táxi para um jantar em Hunter-Bailey.

Eu me afastei do balcão e corri para as portas do prédio.

Virando à esquerda, corri pelas calçadas da cidade, desviando de outros pedestres e apressando meus passos pelas ruas enquanto me dirigia até o clube de cavalheiros várias ruas abaixo.

Eu ofegava, uma fina camada de suor cobria minha barriga e costas

CORRUPT

265

até que finalmente subi as escadas do edifício de pedras, minhas pernas queimando por conta do esforço que fiz para chegar aqui.

Parei de pensar. Parei de imaginar e refletir. Ele havia roubado a mim e minha família, e meu sangue estava fervendo.

Ele que se foda.

Entrei no prédio e parei na frente do balcão da recepção.

— Onde está Michael Crist? — exigi saber.

O recepcionista, vestido em seu terno preto e gravata azul-escura, alinhou seus ombros e me deu um olhar questionador.

— Bem, ele está jantando neste momento, madame — ele disse, então percebi quando ele olhou de relance para as portas duplas de madeira, à minha direita. — Será que posso aju...

Mas eu já havia saído. Marchei em direção às portas, sem esperar que alguém me impedisse ou dissesse o que fazer.

Segurei as duas alças das maçanetas e girei, abrindo as portas de supetão.

— Senhorita! — o recepcionista gritou. — Senhorita! Você não pode entrar aí!

Mas nem mesmo hesitei. Foda-se aquela babaquice de "proibido mulheres".

Entrei porta adentro, meu corpo vibrando por baixo da superfície e meu coração batendo acelerado como se estivesse chapada. Virei a cabeça de um lado ao outro, vagamente tomando nota da sala cheia de homens em seus ternos chiques, brindando com suas taças e a fumaça dos cigarros flutuando acima de suas cabeças.

Até que finalmente os vi. Michael, Kai, Damon e Will, sentados em uma mesa redonda na parte dos fundos. Cruzei a sala, irritada, passando pelas mesas cheias de espectadores e garçons com suas bandejas.

— Com licença, madame! — um deles gritou quando me viu passar.

No entanto, não parei.

Andei até a mesa deles, vendo quando Michael cruzou o olhar ao meu, finalmente ciente da minha presença, mas antes que ele pudesse dizer alguma coisa, abaixei as mãos, peguei a ponta da toalha de mesa e a puxei, arrastando todas as taças, porcelana e prataria.

— Merda! — Will gritou.

Tudo se chocou contra o chão de madeira, e Kai, Will e Damon se recostaram em suas cadeiras, tentando evitar a bagunça de comida e bebida que espirrou para todo lugar. Joguei a toalha no chão e cerrei a mandíbula, encarando o olhar divertido de Michael, enquanto permanecia ali de pé e exigindo a porra da atenção deles.

As conversas em volta da mesa cessaram, e eu sabia que todo mundo estava me olhando.

— Senhorita? — um homem disse assim que chegou ao meu lado. — Você precisa sair.

Mas não me movi um milímetro. Continuei encarando Michael, em um desafio silencioso.

Ele finalmente olhou para o homem e acenou para que saísse dali. Assim que ele se foi, dei um passo mais perto da mesa, sem me importar se alguém poderia ouvir ou me observar.

— Onde está o meu dinheiro? — rosnei.

— Na minha conta.

Mas não havia sido Michael quem respondera. Olhei para Kai, detectando o sorriso irônico em seus lábios.

— E na minha.

Girei a cabeça, vendo o sorriso presunçoso de Will.

— E na minha — Damon completou.

Acenei a cabeça, tentando evitar que meu corpo tremesse.

— Vocês foram longe demais — ofeguei, chocada.

— Não há nada disso — Kai respondeu. — O que somos capazes de fazer, nós fazemos.

— Por quê? — explodi. — O que eu fiz pra vocês?

— Se eu fosse você — Damon emendou —, ficaria mais preocupada com o que vamos fazer com você.

O quê? Por que eles estavam fazendo isso?

Michael se inclinou para frente e recostou os antebraços na mesa.

— Sua casa já era — afirmou. — Seu dinheiro e patrimônio? Liquidados. E onde está sua mãe?

Meus olhos arregalaram, assim que me toquei aos poucos do que o brilho no seu olhar implicava.

Minha mãe não estava no iate. Eu havia sido enganada.

— Ai, meu Deus — murmurei para mim mesma.

— Você nos pertence agora — Michael declarou. — Você vai ter algum dinheiro quando acharmos que merece.

Sustentei seu olhar, engolindo o nó na garganta.

— De jeito nenhum vocês vão se safar dessa!

— Quem vai nos impedir? — Damon argumentou.

Porém mantive meu olhar em Michael, tratando do assunto apenas com ele.

CORRUPT

— Eu vou ligar para o seu pai — ameacei.

Ele começou a rir, balançando a cabeça quando se levantou e ficou parado em frente à sua cadeira.

— Faça isso — replicou. — Vou adorar ver a cara dele quando perceber que a fortuna dos Fane sumiu, e quando Trevor receber você — o olhar sarcástico percorrendo meu corpo da cabeça aos pés — em um estado um pouco menos... intocado.

Ouvi a risada silenciosa de Will quando todos se colocaram de pé, evitando a bagunça no chão. Michael deu a volta na mesa, parando à minha frente.

— Agora nós temos uma plateia, e não gosto disso. — Ele relanceou o olhar ao redor da sala cheia de cavalheiros que ainda nos observavam. — Nós vamos voltar para a casa dos meus pais, em Thunder Bay, para passar o final de semana, e esperaremos você lá dentro de uma hora.

Então me prendeu com a força de seu olhar de advertência, fazendo questão de que eu soubesse que aquilo não era um pedido.

Parei de respirar e o observei indo embora, seguindo pela sala de jantar e com os amigos em seu encalço. Nenhum deles sequer olhou para trás.

Thunder Bay? Sozinha com eles?

Acenei a cabeça em negação. *Não*. Eu não podia. Eu precisava arranjar ajuda. Precisava falar com alguém.

No entanto, fechei os olhos com força, lutando contra as lágrimas quando passei a mão pelo meu cabelo.

Não havia ninguém. Eu não tinha ninguém a quem recorrer.

Quem os impediria?

CAPÍTULO 19
ERIKA

Dias atuais...

Descendo do carro, agarrei o bastão de beisebol que estava no banco do passageiro e fechei a porta. Meu pulso bombeava com violência, meu corpo inteiro fervia e suor escorria da minha testa. Eu mal podia respirar.

Estarei a salvo. Michael e Kai poderiam até ir longe, mas não me machucariam. *Estarei a salvo.*

Minha mãe estava em algum lugar, só Deus sabe onde, e ela era única razão para eu estar aqui.

Andei até a casa, notando que nenhuma das luzes estavam acesas, nem de fora nem de dentro. As janelas estavam às escuras, e cheguei até a porta, sendo coberta pelas sombras das árvores acima, que bloqueavam a luz da lua.

Minhas mãos tremiam. Tudo estava muito escuro.

Minha mãe. *Não desista e não vá embora até conseguir respostas.*

Se eu ligasse para a polícia, levaria semanas para que investigassem aquela bagunça até que a encontrassem. Ela estava no iate. Ela não estava no iate. Ela estava no exterior, então era óbvio que havia certa dificuldade para falar com ela. *Dê um tempo, volte às suas aulas e deixe isso para quem entende do assunto.*

Não.

Girando a maçaneta da porta, retesei todos os meus músculos, ouvindo o estalo da fita adesiva na parte interna do meu antebraço.

O bastão de beisebol era apenas para despistar. Se eles achassem que tinham retirado minha arma, não suspeitariam que havia outra. Portanto, a lâmina de Damasco estava presa com a fita por dentro do meu braço, por baixo da manga. Eu a peguei quando voltei ao apartamento mais cedo, para buscar meu carro.

Respirei profundamente e abri a porta apenas um pouquinho, colocando um pé para dentro da casa às escuras.

Uma mão fria enlaçou meu pulso e me puxou para dentro. Gritei, a porta se fechando atrás de mim à medida que o bastão de beisebol foi arrancado da minha mão.

— Você veio.

Will. Ofeguei quando seu braço se esticou à minha frente e se enrolou ao redor do meu pescoço, em um mata-leão.

— Isto foi realmente estúpido pra caralho — sussurrou no meu ouvido.

Ele me soltou e me empurrou para frente, e quase perdi o equilíbrio, tentando respirar.

Ai, meu Deus. Imediatamente tentei me afastar dele.

Ele usava o agasalho preto com capuz, assim como a máscara. Mas esta não era como as outras que eles geralmente usavam. Esta era toda branca, e nunca a tinha visto antes.

Eu me inclinei apenas um pouco e mantive as mãos estendidas à frente do meu corpo, me preparando para contra-atacar.

Segurando o bastão, ele deu dois passos na minha direção.

— O que você faria com isso, hein? — Ele o segurou à frente de sua virilha e começou a acariciá-lo como se fosse seu pau. — É isso aí, é disso que você gosta, não é?

Então jogou o bastão para outro lado do corredor, a madeira se chocando contra o chão de mármore.

Olhando para mim por trás de sua máscara, ele veio em minha direção em passos lentos.

Recuei.

— Não.

Mas então outra pessoa chegou por trás de mim, e gritei quando os braços se enrolaram ao meu redor.

— Ele pode não ser tão grande quanto este bastão, mas eu sou — uma voz ameaçadora e sinistra soou no meu ouvido.

Damon.

Estiquei todos os meus músculos, me contorcendo e me debatendo contra ele enquanto tentava manter meu antebraço rente ao meu corpo. Não queria que eles encontrassem a adaga, mas não queria usá-la até que fosse realmente necessário.

A não ser que tivesse a oportunidade de fugir, porque sabia que não era capaz de derrubar todos eles de uma vez.

— Ei, vá se foder — Will gritou. — Rika vai me amar muito mais do que a vocês.

Ofeguei, quase sem ar, sentindo meus músculos abdominais queimando enquanto lutava para me soltar de seu agarre.

— Vão à merda! Me solta!

Damon agarrou a parte de trás da minha camiseta e me empurrou para longe, mas direto nos braços de Will. Ele me pegou, apertando minha bunda com as mãos e me segurando contra seu corpo.

— Você vai me amar gostoso, não vai, Rika? — provocou. — Ou quer experimentar o Damon primeiro?

Ele levantou a cabeça, gesticulando para Damon antes de me empurrar outra vez, de volta aos braços do amigo.

A sala estava girando.

— Parem com isso! — gritei. — Fiquem longe de mim!

Onde diabos estava Michael?

Damon me puxou pela gola, colando o rosto ao meu, e eu podia perceber que ele também respirava com dificuldade por trás da máscara branca exatamente igual à de Will.

— Fiquei preso por mais tempo. Ela deveria me provar em primeiro lugar — ele disse a Will, então olhou para direita, falando com mais alguém: — O que você acha?

— Quem...?

Mas antes que tivesse a chance de olhar para ver com quem ele estava falando, fui arremessada para os braços de outro homem usando a máscara branca; engasguei, tentando me afastar dele ao empurrar seu peito, quando meu pé descalço ficou preso embaixo de sua bota. Eu nem havia percebido que havia perdido uma sandália.

— Pare com isso — ofeguei, balançando a cabeça.

Mas o terceiro homem simplesmente passou um braço ao meu redor e segurou um punhado do meu cabelo em sua outra mão. Gritei ao sentir a dor no meu couro cabeludo.

— Meninos — ele chamou —, ela não será capaz de nos distinguir depois de um tempo.

E então me empurrou de novo para outro, meus pés tropeçando no piso enquanto eu tentava evitar uma queda.

Kai. Como ele pôde fazer isso?

— Segure ela — ordenou quando Will agarrou a parte superior dos meus braços e me segurou de costas contra ele.

CORRUPT

Meus braços e pernas estavam pesados, e minha cabeça estava rodando. Não conseguia respirar direito.

— Pare com isso — supliquei, lutando contra o agarre de Will.

Kai se ajoelhou à minha frente e olhou para cima quando suas mãos começaram a percorrer minhas pernas, lentamente, ao redor das minhas panturrilhas, e acima, pelas coxas.

— Não! — gritei, desesperada, esperneando com a pouca energia que me restava.

Mas ele chegou até os calcanhares, e os esfregou com tanta força que quase gritei de dor.

— Tenho que ter certeza de que está limpa — ele explicou em um tom de voz calmo.

— Saia de perto de mim! — berrei. — Onde está o Michael?

Girei a cabeça de um lado ao outro, olhando para as escadas e para todo lugar, mas não pude vê-lo.

Ele estava aqui. Ele tinha que estar.

Damon ficou parado atrás de Kai, observando-me, com a cabeça curvada para um lado, como se eu fosse um animal sendo dissecado à sua frente. Will me manteve de pé com seu corpo atrás, roçando a máscara contra o meu pescoço.

— Colocou alguma coisa escondida aqui? — Kai perguntou, correndo a mão para cima e por dentro da minha coxa.

Mas pulei para frente, rosnando:

— Vá se foder!

Will riu, apertando os dedos ao redor dos meus braços e me puxando de volta para ele.

— Por que não tira as roupas dela? — Damon sugeriu. — Desse jeito vamos ter certeza.

— É isso aí — Will disse atrás de mim.

Tentei me esquivar na mesma hora, vendo Kai se colocar de pé. Os olhos escuros se pareciam a um abismo negro por trás da máscara.

— Vamos criar um clima primeiro. — Então ele tirou um controle remoto de dentro de seu moletom e o esticou, apertando um botão.

Pulei quando ouvi uma espécie de ruído motorizado, e então virei a cabeça, sentindo-me sacudir com meus soluços silenciosos quando vi as persianas de aço baixando sobre as janelas.

Agitei a cabeça, sem saber como fazer isso parar. Qualquer fresta de luz da lua que entrava pela janela se tornou cada vez menor e menor, o piso ficando cada vez mais escuro e escuro. A casa ficou num breu total, e vi quando Kai e Damon desapareceram à minha frente. O interior mergulhado em trevas. Minhas pernas começaram a tremer.

— Por que vocês estão fazendo isso? — exigi saber. — O que vocês querem?

— Por que vocês estão fazendo isso? — Will remedou a minha voz.

Então todos eles se juntaram ao coro.

— Por que vocês estão fazendo isso?

— Por que vocês estão fazendo isso?

— Eu não sei. Por que *estamos* fazendo isso? — Damon começou a rir.

Então gritei quando Will me enviou direto para os braços dele. Pelo menos, achava que era ele. Damon me pegou e pressionou o corpo contra o meu, espalmando minha bunda. Coloquei as mãos sobre seu peito e tentei esticar meus braços, grunhindo e sufocando com minha própria respiração, quando tentei me afastar dele.

— Tire as mãos de mim! — gritei, meu rosto queimando de tanto ódio.

Mas ele me girou ao redor e me empurrou contra outro par de braços. Tropecei no escuro, zonza e perdendo o equilíbrio.

O novo cara enlaçou os braços ao meu redor, e segurei um punhado de seu agasalho para me manter de pé. Bile chegou até minha garganta.

— O quê?! — Sufoquei, tentando não me derramar em lágrimas. — O que vocês querem de mim?

— O que vocês querem de mim? — Kai debochou, sendo seguido pelos outros.

— O que vocês querem de mim?

— O que vocês querem de mim?

Então fui empurrada de novo, e mais um conjunto de braços me segurou.

— Parem! — gritei, levantando o braço e agarrando a lateral de sua máscara.

— Uhh, ela é fogosa! — Will zombou e me empurrou para mais alguém.

Minhas pernas ficaram moles e entreguei os pontos. Soluçando, enfiei as mãos por entre meu cabelo e curvei meus dedos, minhas unhas arranhando meu couro cabeludo com tanta força que senti arder a pele.

Curvei a cabeça para trás e gritei:

— Michael!

— Michael? — alguém gritou logo depois.

Então outra pessoa cantarolou:

CORRUPT

273

— Michael, onde está voooocê?

— Miii-chael! — um terceiro ressoou, a voz ecoando pelas escadas e pelo hall.

— Não acho que ele vá aparecer!

— Ou talvez ele já esteja aqui! — Will debochou.

— Parem com isso! — vociferei. — Por que vocês estão fazendo isso?

Uma cabeça cutucou minha orelha, fazendo-me pular.

— Acerto de contas — ele disse em um sussurro áspero.

— Uma pequena vingança — Will emendou.

— E restituição pelo tempo atrás das grades — Kai terminou.

Lágrimas desciam pelo meu rosto. *Do que eles estavam falando?* Onde Michael estava?

Mas então alguém agarrou meus quadris por trás e me puxou contra seu corpo, os braços enlaçando minha cintura.

— Você nos pertence, Rika — ele suspirou contra meu ouvido. — É isto que está acontecendo.

Meus olhos arregalaram, e fogo se espalhou pela minha barriga quando o desespero tomou conta.

Era a voz de Michael. *Não.*

— Você é propriedade dos Cavaleiros agora — ouvi Kai dizer —, e se quiser dinheiro para poder comer, terá que ser tão boazinha para nós, como foi para o Michael no final de semana passado.

— Ele disse que até que você foi uma trepada decente — Damon zombou —, mas vamos ter que tomar você para equiparar.

— Com algum treinamento! — Will se gabou, divertimento doentio em sua voz.

— Só que você não vai gostar — Kai rosnou ao meu lado. — Isso eu posso te prometer.

— E se você quiser dinheiro para a faculdade, ou para o aluguel — Damon ameaçou —, bom, então é melhor ser bastante satisfatória.

Encurvei-me para frente, sentindo mal. Eu queria morrer.

Mas que porra?

— Ei, o que vamos fazer quando a gente se cansar dela? — Will perguntou para alguém à minha direita. — Não podemos pagá-la por nada, não é?

— É claro que não.

— Acho que podemos passá-la adiante — Will sugeriu. — Nós temos vários amigos.

— É mesmo, porra — Damon interveio. — Meu pai gosta das novinhas.

— Ele costumava te dar os restos — Kai brincou. — Agora você pode retribuir o favor.

Os braços de Michael se apertaram ao meu redor, e me contorci, tentando segurar o vômito.

Levantei meu antebraço, segurando o punho da adaga.

— Vamos lá, Rika — alguém gemeu, segurando meus braços.

E dei um grito de dor quando fui arremessada pelo chão, meu ombro atingindo o mármore com tanta força que perdi o fôlego.

— Damon! — Ouvi uma voz grossa rosnar.

Meu rosto estava molhado, meus dois sapatos haviam desaparecido, e comecei a tossir e me engasgar enquanto tentava me virar para ver o que estava acontecendo.

Mas então um corpo enorme desabou sobre o meu, e me atrapalhei, tentando afastá-lo de mim para rastejar para trás. No entanto, estava presa. A boca dele estava em meu pescoço, e sua mão debaixo da minha bunda à medida que se esfregava contra mim.

— Você sabia que uma hora ou outra isso aconteceria entre nós dois — Damon ofegou, mordendo minha orelha e tentando abrir minhas pernas com sua outra mão. — Abra as pernas, gata.

Gritei, minha garganta em carne-viva quando berrei com tudo o que tinha.

Levantei os braços entre nós, alcancei o punhal e o retirei do meu braço. Colocando um pouco abaixo, ao meu lado, dei um solavanco e o afundei na lateral de seu torso.

— Ai, merda! — ele uivou, afastando as mãos de mim e se jogando para trás. — Porra! Caralho! Ela me esfaqueou!

Consegui me arrastar usando as pernas e mãos o mais rápido que podia, para me afastar para longe deles. A lâmina se soltou dos meus dedos, e minha camiseta estava pendurada nos braços, deixando-me apenas em minha regata. Girei e consegui me levantar.

E corri.

Não olhei para trás, e não hesitei nem por um instante. Fugi pela casa, entrei no solário e abri as portas, mergulhando na escuridão da noite. Meu coração martelava contra o peito e chegava a doer, e senti-me observada quando cheguei à grama e disparei pelo imenso jardim em direção às árvores.

Algo úmido revestia minha camiseta, mas não precisava olhar para baixo para saber que se tratava de sangue.

CORRUPT

Gotas de chuva acertavam minha pele, meus pés deslizando pela grama molhada, e cheguei a cair de joelhos algumas vezes enquanto fugia. Não fazia a menor ideia para onde estava indo.

Minha mãe estava em perigo e eu não tinha dinheiro. A quem deveria recorrer?

O barracão de ferramentas do jardim estava logo à frente, e desacelerei meus passos, de repente sentindo o peso do desespero tomar tudo o que me havia restado.

Minha mãe.

Eles tinham uma imensa quantidade de dinheiro e poder para encobrir tudo isso. Não havia vídeos de seus feitos, dessa vez, para que fossem presos.

Eu nunca encontraria minha mãe, e nunca recuperaria o que meu pai me deixou. Michael não estava nem aí para o pai dele ou Trevor. Ele não daria ouvidos a eles quando eles voltassem, em algum momento, e até lá, talvez fosse tarde demais para a minha mãe.

Não havia para onde ir. Não havia ninguém que pudesse me ajudar.

Passando as mãos para cima e para baixo em meu rosto, limpei as lágrimas, querendo gritar de raiva.

O que eu deveria fazer? Achar um telefone e ligar para Noah? A única pessoa que provavelmente conseguiria fazer contato?

E aí, o quê? Para onde eu iria? Como conseguiria encontrar minha mãe?

Não havia ninguém para me ajudar.

Não havia ninguém além de mim mesma. *Você não é uma vítima*. As palavras dele vieram até mim, *e não sou seu salvador*.

Dei a volta e olhei para a casa, vendo as luzes de dentro agora acesas. Eles estavam lá.

E uma vez... eu fui um deles. Uma vez, fugi ao lado deles, passei um tempo com eles e fiquei ao lado deles. Eu não era uma vítima, e agora tinha a atenção deles. Aprendi a lutar.

Agora era comigo, e não facilitaria para o lado deles e também não fugiria.

Jamais fugiria.

Eu fui feita para isto.

CAPÍTULO 20
MICHAEL

Dias atuais...

— Porra! — Damon rosnou. — Achei que você a tivesse verificado, cara!

— Entre logo nessa cozinha! — Kai ladrou. — Puta que pariu.

Fiquei parado no patamar das escadas, meus braços cruzados sobre o peito e a máscara branca em cima da mesinha ao meu lado. Observando, pela janela, o imenso gramado e a pequena cabana praticamente escondida no meio das árvores.

Ela estava lá.

Eu sabia que ela não iria longe. Rika era uma garota esperta. Estava assustada e no modo de sobrevivência, mas não era estúpida.

Depois que saiu correndo, pegamos Damon caído no chão e o colocamos sentado em uma cadeira. Subi as persianas para que a luz da lua invadisse a casa outra vez, e então subi para observá-la correr.

Ela fugiu pelo gramado, desaparecendo por entre as árvores, mas não iria embora. Só havia penhascos lá atrás, e nada além de uma imensa queda para o maldito Oceano Atlântico. Ela estava descalça, com frio, sozinha e sem um celular.

O que ela ia fazer?

E naquele exato instante, devia estar chegando à mesma conclusão.

— Eu vou buscá-la — Kai parou ao meu lado, ofegante.

Mas apenas acenei uma negativa.

— Vamos deixá-la. Ela não tem para onde ir.

— Só se ela for louca para voltar aqui! — ele explodiu. — Depois de todo o terror que a fizemos passar?

— Acalme-se — falei, irritado. — Eu a conheço melhor do que você.

Pelo canto do olho vi que estava sacudindo a cabeça. Ele abaixou o tom de voz, mas eu podia perceber que ainda soava áspero.

— Michael, ela pode dar um jeito de arranjar um telefone — salientou —, ligar para um amigo, e uma hora ou outra, conseguir fazer contato com seus pais. O dinheiro não é incentivo suficiente para deixá-la mansa. Nós a subestimamos.

Suspirei, irritado, e estiquei o braço por cima do meu agasalho para retirá-lo, juntamente com a camiseta, largando tudo no chão. Uma camada de suor cobria minhas costas.

— Se ela não voltar — eu disse —, então ter o dinheiro terá que ser o suficiente para que você e os caras aceitem que perdemos. Nós combinamos que ela precisava concordar com tudo isso.

Continuei olhando pela janela, meu coração quase saindo pela garganta e meu corpo fervendo.

Não volte, Rika. Eu sabia que ela não tinha para onde correr, mas queria que fugisse dali. Eu estraguei tudo. Não era para isso ter acontecido.

Nós faríamos com que ela fosse nossa. Era esse o plano. Faríamos ela sentir o mesmo que os caras sentiram quando ela destruiu a vida deles e nos separou. Ela estaria sozinha e descontrolada. Nós a faríamos sofrer.

Mas assim que Damon pulou em cima dela, cheguei até suas costas para arrancá-lo dali.

Eu não podia fazer isso. Não poderia deixar que eles a tivessem.

E então, quando ela o esfaqueou e fugiu, eu a deixei ir mesmo sabendo que ela não teria lugar nenhum para ficar. Sabia que ela se daria conta de que não havia outra saída, e que aquele fora apenas o fim do primeiro *round*.

Mas ainda tinha uma pequena esperança de que ela conseguisse escapar de nós. Que conseguiria dar um jeito de sair da propriedade ou se esconder em algum lugar até que eu desse um jeito nas coisas. Era impossível que eu continuasse esse jogo. Ela era minha.

— Ela vai voltar — eu disse a Kai.

— Como você pode ter tanta certeza?

Relanceei um olhar para ele e disse:

— Porque ela não consegue dizer não a um desafio. — E me virei outra vez, olhando pela janela. — Vá apenas checar qual é a gravidade do ferimento de Damon.

Ele hesitou por um momento, como se estivesse indeciso do que fazer, mas desceu as escadas.

— Filha da puta! — Damon vociferou no andar de baixo, e ouvi o som de pratos se quebrando.

Nem me incomodei em disfarçar meu sorriso. Eu não podia acreditar que ela havia escondido uma arma. Fiquei satisfeito por ter dado o punhal para ela, no fim das contas.

Fechei os olhos e passei a mão pela cabeça. O que diabos ia fazer?

Como conseguiria impedi-los?

Dando a volta, desci as escadas, avistando as gotas do sangue de Damon pelo chão, no caminho para a cozinha.

— Vocês não vão tirar as minhas coisas assim tão fácil! — Um grito agudo soou pela casa, e parei ao reconhecer a voz de Rika.

O som era estático e distante.

— Eu não vou aí fora para pegar você. — Ouvi Will rosnar assim que parei do lado de fora da cozinha.

Cerrei os punhos. *O interfone*. Ele a havia descoberto.

Cada sala na mansão, inclusive o barracão, tinha um interfone. Ele deve ter chegado à mesma conclusão que eu. Ela não tinha mais nenhum lugar para correr.

— Ah, sim, você vai! — ela rosnou de volta, o provocando. — Você é o cachorro do bando. Venha me pegar, cachorrinho!

Não pude evitar meu sorriso. *Boa garota.*

— Sua vagabunda idiota do caralho! — Will ladrou. Era óbvio que ele estava frustrado. Ele nunca chegou a ser cruel.

Até que foi.

Mas então outra voz soou, calma e ameaçadora:

— Eu vou te pegar, Rika — Damon zombou. — E quero meu sangue de volta!

Rangi os dentes.

Ao entrar na cozinha, vi Kai abrindo e fechando as portas dos armários, provavelmente procurando o kit de primeiros-socorros; Damon segurava uma toalha na parte inferior esquerda de seu torso, inclinando-se contra a parede do interfone.

— Vou te fazer sangrar antes de deixarmos o barracão, Rika — avisou. — Não fuja.

Então ele se afastou e jogou a toalha no chão quando Will começou a colocar uma gaze enorme sobre seu ferimento.

Não era nada tão terrível – o sangue encharcando a gaze aos poucos –, mas era uma ferida grande.

CORRUPT

As mãos ensanguentadas de Will cuidavam de Damon, que estremeceu de dor. Ao mesmo tempo, ele acendeu um cigarro e deu uma longa tragada.

— Você não vai a lugar algum — eu disse a ele, andando até um armário e me abaixando para pegar o frasco de água oxigenada.

— Foda-se — Damon retrucou.

Ele empurrou Will, e arremessou o cigarro na pia, se virando para sair da cozinha, em direção ao solário.

Pulei o balcão e agarrei seu braço, jogando-o contra a parede. Ele se debateu, e imediatamente agarrei seu pescoço, imprensando seu corpo mais uma vez. Minha outra mão pressionava a gaze que cobria seu ferimento.

— Porra! — ele gritou, tentando afastar minhas mãos, mas impedi. — Saia de cima de mim!

— Nós fizemos um acordo.

— Você fez! — argumentou. — Eu vou rasgá-la ao meio.

Retorci meus lábios, cansado daquela merda. Ninguém encostaria um dedo nela a não ser que ela concordasse com nossos termos. Aquele foi o acordo que fizemos, mas agora foi tudo cancelado. Eu não concordava com mais nada.

— Nem sei por que você está aqui — zombou, tirando a minha mão de sobre o ferimento, mas sem se afastar. Ele virou a cabeça, falando com os outros: — Ele saiu impune, não ficou preso nem um dia sequer, então por que o envolvemos nisso?

Eu o analisei com meu olhar.

— Você acha que esses últimos três anos foram fáceis para mim? — acusei. — Fui eu que a deixei com raiva. Ela estava brava comigo naquela noite, e vocês todos pagaram o preço. Tive que olhar para a cara dela todos os dias... aquela puta mentirosa, manipuladora e vingativa, sentada a poucos centímetros na minha frente na mesa do jantar, e sabendo que era tudo minha culpa. — Virei a cabeça, olhando de um para o outro, e de volta para Damon: — Vocês são meus irmãos, mais do que família. Vocês ficaram presos, e tive que conviver com a culpa. Nós todos pagamos.

Eu o soltei e dei um passo para trás, vendo-o fazer uma careta.

Era como se eu tivesse uma dívida com eles. Eu a magoei naquela noite, afastando-a e sendo cruel, e por minha causa ela surtou. Ela estava com o celular, e postou os vídeos.

— Will, vá buscá-la — ordenei.

De jeito nenhum confiaria em Damon a sós com ela, naquele barracão.

Will foi até a porta e parou, olhando pelo vidro do solário.

— Ela já está vindo — ele disse, parecendo surpreso.

O quê? Dei um passo para o lado, olhando na mesma direção.

Porra.

A figura solitária vinha caminhando devagar pela grama, a cabeça erguida e os ombros para trás.

— Você estava certo — Kai disse ao meu lado, satisfeito.

Voltei para a cozinha enquanto os três continuavam com os olhos focados nela.

Agarrando a beirada do balcão, ouvi a porta abrir, e os três permanecerem plantados no chão, enquanto ela entrava calmamente, passando por eles. Ela desviou à direita, parando na entrada da cozinha, me encarando. O olhar firme quase conseguindo disfarçar a pitada de mágoa que pude ver neles.

Suas roupas estavam molhadas, deixando à vista o sutiã branco por baixo da regata.

— Onde está minha mãe? — perguntou.

Damon, Will e Kai se espalharam pela cozinha, ao redor dela.

— Foi por isso que você voltou? — questionei.

É claro que ela teria coragem de nos enfrentar por causa da mãe. Estávamos contando com isso.

— Não tenho medo de vocês — afirmou.

Assenti, cruzando os braços sobre o peito.

— Acho que você acredita nisso.

Olhando para ela, naquele momento, o cabelo úmido com gotas de chuva, o sangue de Damon em suas mãos e na parte inferior da regata, o olhar decidido, nunca tive mais certeza disso.

Não, ela não estava com medo. Ela havia entrado de cabeça. Era a dona da situação.

Corra ou jogue. Que se foda.

— Onde ela está? — insistiu.

— Você só terá respostas quando confessar.

— E se submeter — Will acrescentou.

— A quem? — disse, entredentes, encarando-o com um olhar feroz.

— A nós. — Ele se aproximou dela, olhos nos olhos. — A todos nós.

— Sua birra nos custou três anos, Rika — Kai acusou, mostrando os dentes. — E não foi um período fácil. Passamos fome, fomos ameaçados e vivemos uma vida miserável.

CORRUPT

— E agora você vai sentir exatamente as mesmas coisas — Damon emendou, recostando-se na parede com uma mão sobre sua ferida, olhando-a com ódio.

Kai pairou sobre ela.

— Você vai aprender a se calar e olhar para baixo quando eu entrar em uma sala.

— E vai aprender a lutar e resistir, porque é assim que eu gosto — Damon continuou.

— Mas comigo — Will chegou bem perto, fazendo-a pular —, você vai querer.

Ela sacudiu a cabeça.

— Birra? Que birra? Não sei do que vocês estão falando.

— Você vem quando a chamarmos. — Damon recostou uma mão sobre o balcão, sentindo dor. — Você vai embora, quando mandarmos. E se nos obedecer, sua dívida conosco será paga. Sua mãe ficará a salvo, e você terá dinheiro para viver. Entendeu?

— Você nos pertence — Kai disse a ela. — Você nos deve, e já nos fez esperar por muito tempo.

— Estou devendo o quê? — gritou.

— Nós levamos você com a gente aquela noite — Will acusou. — Nós confiamos em você!

— Nunca confie em uma maldita mulher — Damon murmurou, recitando as palavras do pai, com certeza.

— E eu também devia confiar em vocês! — ela retrucou. — E o que vocês fizeram comigo?

Ela olhou para Damon, Will e Kai, e fiquei sem saber o que estava acontecendo.

— Do que ela está falando? — exigi saber.

Mas Rika me ignorou, seguindo em frente:

— Vocês ficaram presos três anos? Bem, não lamento por isso — ela rosnou. — Vocês foderam tudo, mas pasmem, na verdade, tiveram que arcar com as consequências, até que enfim. Nunca estavam nem aí para as coisas. Não podem culpar ninguém, a não ser a si mesmos.

— Você não sabe de nada! — Kai berrou, bem na frente do seu rosto.

Ela balançou a cabeça, um sorriso vingativo em seus olhos.

— É mesmo? — Então olhou para Damon. — Você foi mandado para a cadeia por ter estuprado uma menor de idade. Winter Ashby, a filha do prefeito. O vídeo foi a prova disso. Não precisa explicar mais nada.

Fechei os olhos por um instante, lembrando-me da manhã em que os vídeos vieram à tona.

Acordei no Halloween, um dia depois da *Noite do Diabo*, e descobri que alguns dos nossos vídeos foram postados na internet para que a porra do mundo inteiro pudesse assistir.

O que, obviamente, levou meus amigos à prisão.

Em primeiro lugar, havia sido uma idiotice filmar tudo aquilo, mas sempre havíamos sido cuidadosos. Nós tínhamos um celular específico para usar naquelas noites, quando tocávamos o terror na cidade, e queríamos manter uma lembrancinha. E, naquele tempo, acreditávamos ser intocáveis.

Winter Ashby havia sido uma das conquistas de Damon. Foi ela quem o levou para a cama, na noite anterior, mas ela era menor de idade, e o pai dela, tão poderoso quanto nossos pais.

E ele odiava a família do Damon.

O que deve tê-lo motivado, para início de conversa, na perseguição à garota.

De jeito nenhum o pai dela retiraria a queixa. Ele viu uma oportunidade de derrubar um Torrance e aproveitou.

Olhei para ele, vendo-o sustentar uma expressão indiferente enquanto a encarava.

— Não tenho nada para explicar — ele disse, calmamente. — Você já sabe como eu sou. Eu me aproveitei de uma garota jovem, e nem sequer me lembro do rosto dela.

Rika entrecerrou os olhos, provavelmente esperando mais uma discussão, mas aquele não era o estilo de Damon. Ele não falava. Ele agia.

Então ela olhou para Will e Kai, prosseguindo:

— E vocês desceram a porrada em um policial. Quase o mataram. Eles o encontraram na beira da estrada.

Outro vídeo que havia surgido.

— Aquele policial — Will disse, invadindo seu espaço — era o irmão da Emory Scott. Um irmão mais velho e abusivo, e você está certíssima: eu espanquei aquele merda!

— Emory Scott? — Ela franziu o cenho.

— Sim — Kai acrescentou. — Nós ficamos sabendo disso um pouco antes, então o atacamos, e não estou nem aí para o que pensa. Faríamos tudo outra vez.

Rika conhecia Emory Scott – estudou com ela –, e ela devia se lembrar de Will incendiando o gazebo dela naquela noite. Ele a quis por muito tempo,

CORRUPT

283

então resolveu sacanear com ela para chamar sua atenção, mas quando descobriu que ela estava sendo abusada pelo irmão mais velho, ele, Damon e Kai deram uma surra nele.

E Damon havia filmado tudo no celular.

Infelizmente, os rostos dos três apareceram em algumas partes nos vídeos. Eu não estive lá, pois fiquei a maior parte do verão no acampamento da equipe do basquete.

Aquela manhã, depois da *Noite do Diabo*, acordei em um pesadelo. Minhas redes sociais estavam cheias de mensagens, posts, e novas matérias que já haviam saído online. De algum jeito, os vídeos de nossos celulares foram parar na internet durante a noite, e todo mundo num raio de milhares de quilômetros ficou sabendo sobre nós. Ou sobre meus amigos.

Não demorou muito e a polícia bateu às portas deles, algemando todos, e por mais que tenhamos nos livrado de uma porção de coisas, rapidamente percebemos que eles não voltariam tão cedo. Damon se fodeu por ter mexido com uma garota influente, e Kai e Will estavam ferrados, da mesma forma. Não se deve fazer mal a um tira, não importa o que aconteça.

Damon recebeu uma sentença de trinta e três meses por estupro, e Will e Kai pegaram vinte e oito meses por agressão.

E então... depois de tudo isso.... depois de ter feito parte de tudo, eu escapei sem nenhum arranhão.

Nenhum vídeo com a minha participação foi postado, e se tivesse sido, meu rosto não ficou visível em momento algum. Eu sempre mantinha minha máscara no lugar.

Não demorou muito para chegarmos à conclusão de quem havia feito o upload dos vídeos.

— Você nos traiu, porque o Michael te magoou aquela noite — Kai acusou —, mas realmente achou que não viríamos atrás de você?

Suas sobrancelhas estavam franzidas, em confusão.

— Ser um traidor é uma coisa — Will emendou —, mas trair as pessoas que confiavam em você, foi imperdoável.

— Trair? — ela ofegou, e então olhou para mim, com uma pergunta no olhar. — O quê...?

No entanto, Will continuou a dizer:

— Você vai ter que consertar as coisas — disse, imperativo. — E se não fizer isso, então talvez a gente tire sua mãe do buraco onde a enfiamos para que ela tome o seu lugar. Tenho certeza de que ela é uma boa trepada. Ela fisgou seu pai, afinal de contas.

Os olhos de Rika flamejaram e ela perdeu o controle.

Com um rugido, ela se jogou para frente, se chocando contra Will, esmurrando seu peito e fazendo com que ambos caíssem no chão.

Merda.

Quando ele caiu de bunda, dei a volta pelo balcão e a vi sentada em sua cintura, os punhos cerrados voando em direção ao rosto dele. Will ergueu as mãos, tentando se proteger de seu ataque.

— Porra! — ele gritou e balançou um braço e a jogou para o lado.

Antes que qualquer um dos dois tivesse a chance de atacar um ao outro outra vez, parei na frente dela, bloqueando ambos, e a levantei do chão.

Ela mostrou os dentes, fervendo de ódio, e tentou dar a volta por mim, mas a impedi, acenando com a cabeça.

Fixei meu olhar ao dela, percebendo a forma como ela recuou para longe de mim. Abaixei os olhos, cerrando os punhos. *Não posso machucá-la.* Não poderia fazer isso. Eu já não estava nem aí para o que ela tinha feito anos atrás ou porque ela o fez. Eu não confiava nela, mas eu...

Não podia machucá-la.

Virei e encarei meus amigos, mantendo-a atrás de mim.

— Puta que pariu! — Will vociferou quando Kai lhe estendeu a mão para ajudá-lo a se levantar.

Ele passou um dedo por baixo do nariz, depois de novo, e olhou para os dedos. Ele estava sangrando e seus olhos estavam marejados.

Damon ainda se mantinha no lugar ao lado do balcão, segurando um cigarro entre os dedos e soprando uma nuvem de fumaça.

Will fungou, um pouco de sangue manchando seu nariz, e se aproximou de mim.

— Sai da frente.

Mas apenas aprumei os ombros e continuei o encarando, sem me mover.

Ele me observou, sacudindo a cabeça em advertência.

— Michael, não faça isso.

Quando não saí do lugar, ele tentou alcançá-la por trás de mim, mas apoiei minhas mãos em seu peito e o empurrei para trás.

Eles só chegariam até ela por cima do meu cadáver.

— Você está escolhendo ela? — Kai acusou. — Depois de tudo? Ela vai te ferrar do mesmo jeito que fez com a gente. Nós também confiamos nela.

— Você confiou em mim? — ela explodiu, dando a volta e mantendo-se firme ao encará-los. — Eu era sua amiga? Você tem o costume de

CORRUPT

285

sequestrar seus amigos contra a vontade deles e levá-los para o meio do nada para se divertir?

Franzi meu rosto, sentindo o coração acelerar.

Então me virei para os meus amigos, perguntando:

— De que porra é essa que ela está falando?

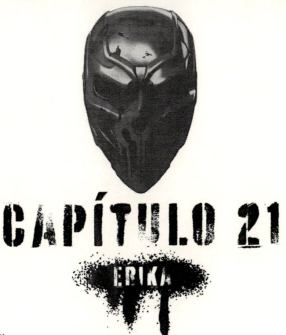

CAPÍTULO 21
ERIKA

Três anos atrás...

Saí correndo do armazém.

Eu estava arrasada e lágrimas fluíam pelo meu rosto, provavelmente borrando a listra negra, mas não estava nem aí.

Como uma coisa podia ser tão maravilhosa em um minuto e tão horrível no outro?

Desci correndo as escadas, cruzando os braços para tentar me aquecer. Dei uma olhada na cabine onde os caras estavam sentados, mas não havia ninguém. Eles tinham ido embora?

Foram embora sem mim?

Tentei não parecer tão magoada com o fato de Kai, Will, e até mesmo Damon, terem me abandonado. Exatamente como Michael.

Andei até lá, vendo que meu agasalho ainda estava no mesmo lugar. Cerrei os dentes e o peguei, saindo fora da cabine em direção à porta de entrada.

— Babacas — rosnei em um sussurro.

Vesti o moletom, puxei o capuz sobre a cabeça e enfiei as mãos no bolso frontal. E parei. Minha mão tocou um objeto retangular e rígido. Quando o retirei do bolso, vi o celular que esteve na mão de Will a noite toda. Aquele que ele usou para filmar os trotes que deram.

Dei uma olhada para trás, tentando descobrir como fazer para devolver. Mas então me toquei de como as mangas eram imensas, e que a barra do casaco batia no meio das minhas coxas.

Estava com o agasalho errado.

Arqueei uma sobrancelha, enfiando o celular no bolso, e segui em direção ao estacionamento. Will deve ter pegado o meu por engano.

Ele teria sorte se eu não pegasse aquela porra de celular – e todas as recordações ali dentro – para jogar no lixo.

A chuva havia diminuído para uma garoa, mas o frio rastejou pelos meus ossos, e cheguei a pensar em ligar para a minha mãe para me buscar. No entanto, mudei de ideia na mesma hora. Não queria que ela se preocupasse comigo por estar fora de casa até tão tarde, já que ela pensava que eu dormiria nos Crist. E mais... não conseguia encarar ninguém agora. Eu precisava andar e ficar sozinha.

Ele quase foi meu.

Quando ele me seguiu para o andar de cima, do jeito que esperei que fizesse, senti a antecipação de seu toque por todo o tempo. Supliquei por isso em minha mente.

Apenas um toque, e saberia que ele me queria tanto quanto eu o queria, e então poderia ser feliz. E então sua mão envolveu meu pescoço, e ele me puxou contra seu peito, e eu era dele. Estava feito. Agora eu sabia, e não havia volta. Não havia como parar.

Por que ele tinha que arruinar tudo?

Ele me disse nas catacumbas que queria algo que não poderia ter. Queria viver sem regras e desafiar as expectativas de qualquer pessoa, e o que ele fez? Exatamente o oposto. Ele amarrou minhas mãos e as dele.

Permitiu que o medo de seu pai e a ameaça de seu irmão nos segurasse, e o que era pior, ele queria me colocar dentro das mesmas restrições das quais estava tentando se livrar.

Eu não queria tudo planejado. Michael não era assim, e eu também não. Queria a emoção e os jogos, o drama e as brigas, a paixão e anseio.

Queria deixá-lo frustrado pra caralho e depois levá-lo à loucura, mas não poderia fazer isso se ele resolvesse controlar tudo.

Queria que tudo ficasse fora de controle, porque não tínhamos nenhuma escolha a não ser entrar de cabeça.

Mas aquilo teve uma curta duração. Ele se afastou, se conteve, e ditou as regras...

Regras, porra? Como ele podia fazer aquilo? Não éramos assim. Nós não deveríamos nos importar com o que os outros pensassem, e não pediríamos permissão.

E no período de sessenta segundos, deixei de ser a garota que fazia seu coração bater e me senti como nada mais que seu brinquedinho, influenciável e sem importância. Eu sabia que alguém como Michael Crist não seria celibatário por um ano, esperando que eu fizesse dezoito. Sabia que ele me queria. Senti o quanto assim que ele começou a se esfregar entre minhas pernas.

Mas só porque ele não se permitiu me possuir, não significava que se privaria disso. Eu não era tão ingênua.

Amanhã ele fingiria que não me conhecia, e seria como se esta noite nunca tivesse acontecido. Eu desejaria ser invisível para ele, e mesmo que não fosse, me sentiria constrangida ao seu redor.

Abaixei a cabeça, mechas do meu cabelo se derramaram para fora do capuz à medida que caminhava pela estrada deserta, o asfalto brilhando com a luz da lua.

Eu já sentia a falta dele. E o odiava.

Alguém buzinou atrás de mim, e pulei de susto para fora da pista, meu coração saltando no peito da mesma maneira.

Parei ao ver a Mercedes Class G de Michael, e esperei quando o carro encostou perto de mim.

Damon estava ao volante.

— Vamos — ele disse. — Entra aí. Vamos te levar em casa.

Dei um passo para trás, vendo Kai no banco do passageiro, usando a máscara. Will estava sentado atrás, esparramado e a dois segundos de apagar. Não vi Michael.

Neguei com a cabeça.

— Não é assim tão longe. Estou bem.

Virei-me para continuar a andar, mas Damon me chamou:

— Michael mandou a gente te deixar em casa. Não estou nem aí para o que está acontecendo entre vocês dois, mas não vamos deixar você voltar a pé. Entra aí.

Parando na pista, olhei à frente para a noite escura como um breu. Sabia que ainda teria que andar cerca de dez quilômetros. Então eles não haviam me abandonado, afinal de contas?

Minha raiva diminuiu. Meu orgulho podia estar ferido, mas isso não era desculpa para ser burra. Desviei o olhar para que ele não visse como eu estava grata, e abri a porta de trás, sentando-me no lugar de sempre. Damon pisou o pé no acelerador, acelerando pela estrada enquanto *Feed the Fire*, do Combichrist, tocava no rádio.

Olhei de lado para Kai, tentando descobrir por que ele estava usando a máscara e com o capuz abaixado, tão quieto. Dando uma olhada de relance em Will, notei que suas pálpebras estavam semicerradas enquanto ele se recostava contra o apoio de cabeça do banco. Ao olhar para frente, outra vez, deparei-me com Damon me encarando pelo espelho retrovisor.

— Por que você está de máscara? — perguntei a Kai.

Mas foi Damon quem respondeu:

— A noite ainda não acabou. — Seu tom era provocante.

Na mesma hora uma inquietação tomou conta do meu peito.

Continuamos pela estrada deserta, chegando cada vez mais perto da minha casa, então afastei minha apreensão. Eles deviam estar indo para algum outro lugar, atrás de diversão, mas me deixariam em casa. Damon sempre foi meio bizarro. Eu só estava nervosa.

— Você o quer, não é? — Damon manteve os olhos na pista. — Estou falando do Michael.

Fiquei em silêncio, cerrando minha mandíbula e focando meu olhar para fora da janela. Damon não tinha interesse em saber coisa alguma, a não ser me sacanear, e mesmo que estivesse apenas batendo papo, eu não tinha intenção nenhuma de confessar para os amigos de Michael o papel de idiota que havia feito.

— Merda — Will gemeu, o corpo exausto oscilando dentro do carro.

— Ela está pronta para montar em uma cerca com o tamanho do tesão que sente por ele.

Os dois começaram a rir, e estreitei meu olhar, tentando ficar quieta. Eles estavam rindo de mim.

— Não seja um babaca, cara — Damon debochou. — Talvez ela só esteja com tesão, ponto final. As vadias também têm necessidades, afinal.

Will riu baixinho, e me sentei congelada no lugar, esperando ver minha casa em breve. Que diabos estava acontecendo? Eles não agiam dessa forma quando Michael estava perto, e por que Kai não estava intervindo da mesma forma que fez em todas as vezes que Damon saiu da linha hoje?

— Só estamos te zoando — Will arrastou as palavras. — A gente faz isso um com o outro também.

Eu me virei para ele e o vi com um sorriso preguiçoso nos lábios, antes de fechar os olhos.

— Sabe, o problema do Michael... — Damon continuou, recostando a cabeça no banco. — É que ele quer você também. Ele te observa. Você sabia disso? — Ele me olhou outra vez pelo espelho central. — Cara, a expressão no rosto dele quando te viu dançar hoje à noite...

No entanto, já não prestava atenção mais em suas palavras. Olhei duas vezes para trás, endireitando-me no lugar e arregalando os olhos.

Mas que porra? Os postes de iluminação da minha casa e do meu portão passaram como um borrão pela janela, e balancei a cabeça, aterrorizada e sentindo me contorcer de nervosismo. Eles passaram pela minha casa.

— Isso mesmo... — Damon prosseguiu. — Ele nunca olhou para uma garota daquele jeito. Tenho certeza de que estava bem perto de te levar para casa e tirar sua virgindade.

Comecei a hiperventilar.

— Kai? — chamei. — Nós passamos da minha casa. O que está acontecendo?

— Você quer saber por que ele não te levou para casa? — Damon me interrompeu, mantendo o seu monólogo.

Então a trava das portas acionou, e ofeguei quando tentei mexer na maçaneta. Dei uma olhada para Will, que estava com a cabeça tombada para frente. Ele tinha apagado.

— Ele não gosta de virgens — Damon concluiu. — Nunca quis ter esse tipo de importância na vida de uma pessoa, e é muito menos complicado foder pessoas que sabem diferenciar sexo de amor.

— Para onde estamos indo? — exigi saber.

Mas ele ignorou a minha pergunta.

— Você viu aquela garota lá na catedral hoje — provocou. — Você gostou de assistir, não é?

Respirei fundo, sentindo a boca seca quando pegou uma estrada de cascalho.

— Você queria estar no lugar dela — ele afirmou. — Queria ter sido empurrada naquele chão e ser fodida...

Meus olhos ardiam, e eu quase não conseguia respirar. Meu coração trovejava no peito.

— E sabe por quê? — continuou. — Porque é muito gostoso. E nós vamos fazer você curtir se quiser.

Desviei o olhar para Kai, incapaz de controlar meus tremores. Por que ele estava tão quieto?

Ele não permitiria aquilo. *Por favor.*

— Você sabia — Damon insistiu — que quando caras deixam uma garota fazer parte da gangue, há duas maneiras de ela ser iniciada?

Ele encostou o carro até parar, e olhei pelo para-brisa, vendo os faróis iluminando as árvores à frente. Não havia nada ali e nenhuma outra fonte de iluminação. Estava completamente escuro e isolado.

— Ou ela entra depois de uma surra. — Ele desligou a ignição, apagou os faróis e me encarou com seus olhos escuros através do retrovisor. — Ou depois de ser fodida.

Balancei a cabeça em desespero, cerrando os punhos.

— Eu quero ir para casa.

Ele inspirou profundamente pelos dentes cerrados.

— Esta não é uma opção, monstrinha.

Então ele e Kai, ao mesmo tempo, se viraram para trás e me prenderam com a força de seus olhares.

Não.

Na mesma hora puxei a maçaneta e comecei a sacudir uma e outra vez enquanto me tremia toda.

O que eles iam fazer?

— Podemos tomar o que queremos de você — Damon advertiu, abrindo sua porta. — Um após o outro, e ninguém vai acreditar em você, Rika.

E então desceu, e o observei através da minha janela quando parou do lado de fora da minha porta. Ele a abriu, e eu me desequilibrei, gritando quando me arrancou do carro.

Fechando a porta com um baque, ele me jogou contra a lataria e pressionou o corpo ao meu. Levantei as mãos tentando acertá-lo, mas ele segurou meus pulsos e prendeu meus braços ao lado do meu corpo.

— Nós somos intocáveis — atestou em uma voz baixa. — Podemos fazer o que quisermos.

Eu ofegava, apavorada, sentindo a queimação. Ele estava me imprensando contra o carro com muita força, e quase não conseguia enviar ar para os meus pulmões.

Kai chegou por trás de Damon, só agora tendo descido do veículo. Ele me observava por trás de sua máscara prateada.

— Kai, por favor? — implorei pela sua ajuda.

Mas ele permaneceu lá parado, em silêncio.

— Ele não vai te ajudar — Damon ameaçou.

E então ele forçou minhas mãos acima da cabeça, prendendo-as na parte de cima do carro, me fazendo gritar de dor.

Ele chegou mais perto, sussurrando contra minha têmpora:

— Eu vou adorar cada segundo. — Deslizou a outra mão e apertou minha bunda, puxando-a contra seu pau. — Você sabe que quer cavalgar isso aqui...

— Damon — eu disse, afastando minha cabeça —, me leve para casa. Eu sei que você não vai me machucar.

— É mesmo? — Ficou cara a cara comigo, a boca roçando minha bochecha. — Então por que você sempre teve medo de mim?

Fiquei em silêncio, pois ele estava certo. Todas as vezes que via Damon vindo pelo corredor na escola, eu desviava o caminho para o outro lado. A única vez em que me vi sozinha com ele, na cozinha, quando tinha quatorze anos, saí na mesma hora.

Nunca havia trocado uma palavra com ele antes do dia de hoje, e estava certa em manter distância. Levou menos de um minuto para ele me intimidar na catedral esta tarde.

Mas tive esperanças.

Por um breve instante esta noite, quando estilhacei a vitrine da joalheria, e Damon me ofereceu um simples "obrigado", pensei que ele fosse me ver de outra forma. Talvez até mesmo me respeitasse um pouquinho.

Ele segurou meus pulsos e continuou apalpando minha bunda enquanto deixava uma trilha de beijos desde o meu rosto até a minha orelha.

— Damon, não! — Balancei a cabeça, sentindo o medo me inundar quando tentei me soltar de seu agarre. — Me solta!

Mas então seus lábios tomaram os meus, pressionando contra os meus dentes, e a porra do corpo dele estava em todo lugar. Eu não conseguia me soltar, e mal podia respirar.

Torci a cabeça para me afastar, chorando:

— Socorro!

— Ele não te quer — Damon sussurrou, ignorando meus protestos ao espalmar a mão no meu seio, esfregando com brutalidade. — Mas nós, sim, Rika. Nós queremos você pra caralho. Ficar com a gente é como ter um cheque em branco, gata. Você pode ter o que quiser. — Então mordeu meu lábio. — Vamos lá...

Afastei a cabeça para o lado, para longe de seu toque.

— Eu nunca vou te querer! — rosnei.

Mas perdi o fôlego quando ele me puxou pelo casaco e me arremessou direto nos braços de Kai.

— Kai — suspirei, meu coração acelerado quando me agarrei em seu moletom, encarando-o pelos buracos negros da máscara.

CORRUPT

O que ele estava fazendo? Por que não estava me ajudando?

— Então talvez você o queira. — Ouvi Damon dizer.

Os braços de Kai se enrolaram ao meu redor e eu levantei as mãos, tentando afastá-lo de mim.

— Pare! — gritei e ergui a mão, batendo-a contra a máscara.

Mas tudo o que ouvi foram as risadas quando ele me girou e me empurrou para frente, me fazendo cair no chão.

Aterrissei em minhas mãos, sentindo a dor subir pelos meus braços, e dei uma olhada rápida avistando o celular que estava no bolso de Will – meu bolso –, alguns metros à frente. Deve ter caído quando fui jogada no chão.

As folhas úmidas e geladas cutucaram meus dedos quando os cravei na terra molhada. Meus joelhos estavam frios por conta do solo. Virei rapidamente, tentando manter um olho onde cada um deles estava, enquanto rastejei de costas para tentar pegar o telefone.

Kai e Damon estavam de pé a alguns metros, me observando, mas vi quando Kai se lançou na minha direção. Gritei quando me estiquei para tentar alcançar o aparelho.

No entanto, ele se jogou contra mim, fazendo-me perder o fôlego por completo quando desabou o peso todo no meu corpo.

— Você acha que pode me machucar, sua piranha? — sussurrou, asperamente, no meu ouvido.

— Saia de cima de mim! — gritei, apavorada.

Ele segurou um punhado do meu cabelo e gritou para Damon:

— Segure os braços dela!

— Não! — gritei, sentindo náuseas quando quase caí aos prantos. Desespero se espalhou pelo meu corpo, e comecei a empurrar e me debater contra ele. — Me larga!

Kai segurou meus pulsos e os levantou acima da minha cabeça.

Ai, meu Deus. Como ele podia fazer isso?

Com a outra mão, ele agarrou meu pescoço, mantendo-me quieta. Lágrimas desciam por todo o meu rosto.

Mas então uma voz grossa trespassou o ar:

— Chega.

Kai parou e virou a cabeça.

Continuei a me debater sob o peso de seu corpo, mas olhei por baixo da curva de seu braço para ver quem o tinha impedido de continuar.

Damon estava de pé logo atrás, os punhos cerrados ao lado e os olhos focados. Ele partiu para cima, arrancou Kai de cima de mim e jogou para o outro lado.

Então se debruçou e me puxou pelo moletom para eu ficar de pé.

— Pare de chorar — ordenou. — Nós não íamos te machucar, mas agora você sabe que podemos fazer isso.

Ele agarrou um punhado de cabelo na minha nuca, e engasguei quando ele me puxou para ele; o hálito cálido tocando meu rosto.

— Michael não te quer, e nem nós queremos. Você entendeu? Quero que você pare de nos observar e nos seguir como um cachorrinho patético implorando por atenção. — Ele me empurrou outra vez, desdém escrito em todo o seu rosto. — Arranje uma vida para você, porra, e fique longe de nós. Ninguém quer você.

Recuei alguns passos, olhando para os dois e pensando por que estavam fazendo isso.

Um cachorrinho patético. Era daquele jeito que Michael me via?

Meus olhos se encheram de lágrimas, mas antes que tivessem o prazer de me ver desabar, dei a volta e saí correndo. Fugi floresta adentro, em direção à minha casa o mais rápido que podia para me afastar deles.

Permiti que a dor das duas últimas horas se soltasse e quase não enxerguei por onde ia enquanto chorava por todo o caminho de volta.

Sozinha, onde ninguém mais pudesse ver.

CAPÍTULO 22
ERIKA

Dias atuais...

— Ela está mentindo.

Olhei para Kai, o olhar examinador sobre mim.

Michael se manteve parado, com os braços cruzados à frente, com um ar de indiferença.

— Kai estava comigo — ele afirmou. — Ele chegou à minha casa quase na mesma hora que eu. Ficamos bêbados enquanto assistíamos várias filmagens de jogos pelo resto da noite. Ele não teria tido tempo de te levar até o meio da porra da floresta.

Balancei a cabeça.

— Não. Não é verdade. Ele estava lá!

— Ela está inventando isso para salvar a própria pele — Damon zombou, dando um passo para perto dos amigos.

— Não me lembro de nada disso — Will acrescentou. — Estávamos no armazém e depois... nada. Eu estava bêbado pra cacete.

Michael desviou o olhar, balançando a cabeça com pesar.

— Apenas admita. Você vazou os vídeos e nós sabemos.

Meu coração afundou no peito.

— O quê? Vazei os vídeos? Você acha que... — Fiz uma pausa, olhando ao redor.

Nós confiamos em você...

Sua birra nos custou três anos...

Você nos deve, e já nos fez esperar por muito tempo.

296 PENELOPE DOUGLAS

Fechei os olhos, suspirando com força. Todo esse tempo eles pensaram que...

Olhei para os quatro outra vez.

— Vocês acham que *eu* postei os vídeos que os levaram à prisão? É por isso que estão fazendo isso?

Ai, meu Deus.

Michael se inclinou e agarrou o cabelo da minha nuca. Choraminguei, suor se formando na minha testa.

— Você estava com o celular do Will — ele acusou.

No entanto, neguei com cabeça.

— Não fui eu! Eu nunca teria feito aquilo!

— O celular estava com você, porque você estava usando o moletom dele — ele argumentou. — Damon a viu com ele. Confesse!

— Sim! — gritei. — Sim, o telefone estava comigo, mas caiu do bolso do casaco na hora da briga com eles!

— Você não estava brigando com eles — ele rosnou, sua voz agressiva. — Pare de mentir!

— Eu juro!

Ele me empurrou para longe e cravei as unhas nas palmas das minhas mãos. Nada daquilo fazia sentido.

— Você foi pega no flagra — Will disse. — Michael disse que Kai estava com ele. Isso prova que você está inventando tudo isso. Ele não estava lá.

Bati os punhos ao lado.

— Ele estava! Todos vocês, com exceção do Michael! Você estava desmaiado no carro, Damon estava me ameaçando e o Kai me agarrou. Quando eu o acertei, ele simplesmente riu e disse: *você não pode me machucar. O diabo sempre me protege!*. Vocês todos estavam lá, e o celular caiu quando fui jogada no chão!

— "O diabo sempre me protege"? — Kai repetiu, parecendo confuso. — Eu nunca disse isso antes. Nunca nem sequer ouvi isso antes.

Balancei a cabeça, fechando os olhos em desespero.

— Eu já.

Todo mundo parou e olhou para Michael.

— Meu pai — sussurrou, parecendo inquieto. — Ele diz isso.

Calor se espalhou pelo meu corpo exausto, e me obriguei a respirar fundo enquanto via Michael e Kai se entreolhando.

— Trevor — ele disse, baixinho.

O olhar de Kai endureceu e Will se esticou para tentar descobrir o que estava acontecendo.

Trevor?

Lembrei-me daquela noite. Trevor usando a máscara de Kai. Ele faria aquilo?

Michael olhou ao redor, encarando Damon.

— O quê? — disse, irritado.

— Will estava bêbado pra caralho — Michael o desafiou. — Mas você, não. Você a levou para o meio do nada ao invés de levá-la para casa, e sabia que era Trevor por baixo da máscara.

Damon soltou uma baforada de fumaça e apagou seu cigarro no balcão.

— Você está do lado dela?

— Você é o único que está mentindo para mim — Michael retrucou.

Ele balançou a cabeça quando todos se viraram para ele.

— Isto não muda nada.

Eles esperaram enquanto ele se mantinha ali parado, e olhei para ele, completamente entorpecida. Damon nunca fingiu ser meu amigo.

Eu não sentia nada.

Mas Trevor...?

Ele me fez de boba. Foi por isso que só sussurrou aquela noite, para que não reconhecesse sua voz.

Você acha que pode me machucar, sua piranha?

Todos estes anos estive alheia. Como ele deve ter gostado disso.

Damon forçou as pálpebras, parecendo entediado.

— Kai saiu logo depois de você naquela noite — ele disse para Michael. — Foi quando o Trevor apareceu. Estava procurando pela Rika, e não estava nem um pouco feliz. Alguém disse que ela estava com a gente, então ele foi lá para buscá-la.

Dei a volta e parei ao lado de Kai.

— Nós trocamos algumas palavras — Damon continuou —, mas então percebi que ambos podíamos nos ajudar. Ele queria Rika longe de nós, assim como eu. Nós decidimos sacanear com ela.

— Qual era o seu problema comigo? — exigi saber.

— Você não tinha nada a ver com a gente. — Olhou para mim com uma careta. — As mulheres sempre complicam as merdas todas. Michael não conseguia tirar os olhos de cima de você, e Kai estava começando a fazer o mesmo.

O corpo de Kai retesou ao meu lado, e ele se remexeu, desconfortável.

— Era só uma questão de tempo até que você nos separasse — Damon disse com raiva. — A porra da sua boceta e nada mais.

Michael se atirou contra ele. Ele avançou e esmurrou o rosto dele, enviando-o de encontro ao fogão.

Apesar disso, ele não ergueu os punhos para revidar. Apenas ficou lá, piscando, confuso, com a respiração acelerada. Ou ele ainda estava sentindo muita dor por conta da ferida ou sabia que estava em desvantagem.

Ele engoliu em seco e se colocou de pé outra vez, como se nada tivesse acontecido.

— Nós fomos até o seu carro e pegamos as máscaras. Se ela pensasse que era o Kai, Will e eu, juntos, então ficaria tão aterrorizada que nunca mais ficaria à nossa volta de novo. Will estava bêbado como um gambá, então nós o colocamos no carro e fomos atrás dela, mas ela já tinha ido embora. Nós a pegamos na estrada.

— E você deixou meu moletom na cabine — Will ironizou —, junto com o celular.

— Que encontrei e vesti quando estava indo para casa — acrescentei. *Cristo.*

— E o Trevor achou o telefone no chão quando ela o perdeu por conta da briga — Kai concluiu.

— Ela está dizendo isso — Damon disse, irritado. — Não podemos confiar nela.

— Confio muito mais nela do que em você! — Michael berrou.

— Bem, foda-se — Damon rosnou. — Ela é uma boceta inútil e vou te mostrar exatamente para o quê ela serve!

Damon deu a volta na ilha central. Na mesma hora eu recuei, cerrando a mandíbula quando ele veio na minha direção, mas Michael deu um gancho de direita no rosto dele, enviando-o para o chão. Quando caiu, Michael pulou em cima dele, e agarrou um punhado do seu cabelo escuro, preparando-se para dar outro soco.

— Você está escolhendo ela? — Damon sufocou, tentando se esticar para segurar Michael pelo pescoço. — Hein? Você está escolhendo ela acima de seus amigos?

O punho de Michael foi direto em sua mandíbula, mas então Kai e Will foram para cima dele, tentando apartar a briga e tendo dificuldade em contê-lo.

O rosto de Damon ficou vermelho de raiva quando vociferou:

CORRUPT

— Você não é melhor que ninguém! Por que a trouxemos aqui, hein? Ela não é ninguém! E está fazendo de você um homem fraco!

Michael avançou na direção dele outra vez, conseguindo se livrar de Will e Kai, mas não fiquei por ali para ver o que aconteceria a seguir.

Saí correndo da cozinha e pelo corredor. Chocando-me contra a parede ao lado da porta, abri o teclado numérico e comecei a digitar o código de segurança, destravando o portão de entrada. Peguei minhas chaves do meu bolso e fui em direção à porta, segurando a maçaneta para abrir. Mas então algo acertou a porta, e ofeguei de susto quando ela se fechou com um baque.

Virei a cabeça para trás e vi a bola de basquete quicando e rolando pelo chão. Ela havia sido usada para se chocar contra a porta.

— Você não vai embora. — A voz de Michael veio por trás de mim.

Estiquei a mão para abrir a porta outra vez, mas ele segurou meu braço, me girando para encará-lo.

— Me solta. — Tentei me soltar de seu agarre. — Eu não vou ficar aqui!

— Nós não vamos te machucar — ele disse, entredentes. Olhei para a mão que segurava meu braço e vi os nódulos de seus dedos ensanguentados. — Ninguém vai machucar você. Eu prometo.

— Me deixe sair!

Mas então endireitei o corpo, recuando quando olhei por cima de seu ombro e vi quem estava vindo por trás dele. Michael se virou, encarando Damon. Ele limpou o sangue que escorria de um lado de sua boca e veio em nossa direção.

— Dá o fora — Michael ordenou.

Damon fez uma careta para ele e depois fixou o olhar ao meu, agarrando a maçaneta da porta quando Michael me afastou para longe dele.

Ele me encarou e o que vi ali já não era o mesmo olhar vazio. Seu olhar me atravessou e quase me senti sufocar. Abrindo a porta com força, deixou a casa, batendo-a atrás de si.

Soltei o fôlego, desanimada.

Mas então senti uma carícia no meu rosto e ouvi a voz de Michael:

— Você está bem?

Eu me afastei e dei um tapa em sua mão.

— Vá se foder.

Ele abaixou a mão e endireitou o corpo, mantendo distância. Ele sabia que tinha ferrado com tudo. O que fizeram esta noite era imperdoável.

— Trevor do caralho — Will murmurou, chegando até nós. — Não consigo acreditar.

— Ele sempre odiou a gente — Kai emendou, vindo por trás dele.

Michael exalou um suspiro e se virou. Andando até as escadas, se sentou em um degrau e enterrou a cabeça entre as mãos, parecendo completamente derrotado.

Sim, devia ser uma merda perceber que passou três anos odiando a pessoa errada.

Arrepios percorreram minha pele, e o calor que ferveu meu sangue antes, agora já não existia. As roupas molhadas estavam grudadas, e comecei a tremer.

Todo esse tempo, achei que fosse insignificante para ele. Uma criança estúpida, que não era digna de sua atenção. Um erro que ele cometeu há tanto tempo que mal se lembrava. Mas agora sabia que, não somente isso não era verdade, como também havia passado três anos planejando me fazer sofrer?

E ele ia permitir que seus amigos fizessem o mesmo.

Meus olhos se encheram de lágrimas, e cerrei os dentes, travando a mandíbula, para mantê-las sob controle. Ele não as merecia.

Dando um passo devagar até ele, exigi saber:

— Onde está a minha mãe?

Ele penteou o cabelo com os dedos e olhou para cima, com um ar cansado.

— Califórnia — ele disse. — Ela está em uma clínica de reabilitação em Malibu.

— O quê? — deixei escapar.

Reabilitação? Minha mãe nunca aceitaria isso. Ela não deixaria o conforto e segurança de sua casa ou amigos. Ela não abandonaria o que lhe era familiar.

— Consegui que um juiz expedisse uma liminar, forçando-a a ficar — esclareceu, como se tivesse lido minha mente.

Aproximei-me um pouco mais, indagando-o com o olhar.

— Você a obrigou?

— O que todo mundo deveria ter feito há muito tempo — argumentou, a voz firme. — Ela está bem. Perfeitamente segura e bem-cuidada.

Virei a cabeça para o outro lado, fechando os olhos e passando uma mão pelo cabelo.

Reabilitação. Então eles não iam machucá-la.

Mas...

Mas se Michael queria me fazer sofrer — se pensou que eu o traí —, por que ele faria alguma coisa que no fundo ajudaria minha mãe? Por que não simplesmente trancá-la em um porão qualquer como cheguei a pensar?

Cruzei os braços à frente do corpo.

— Por que não consegui fazer contato com ninguém?

Agora eu sabia a razão de minha mãe estar incomunicável. Provavelmente eles não permitiam o uso de celular na clínica em que se encontrava. Mas a mãe de Michael, o celular do pai dele, Trevor, nossa governanta que estava fora da cidade...

— Porque, na verdade, você não estava ligando para ninguém — Michael admitiu, olhando para mim com uma expressão indiferente. — Durante a festa de Trevor, Will foi até o seu carro e pegou seu telefone, substituindo os números de todos os seus contatos. Você esteve ligando para números de telefones falsos que criamos.

Cerrei os punhos por baixo dos braços, e baixei o olhar, fervendo de ódio. Eu mal podia olhar para ele.

Como tudo isso aconteceu? Por que não me confrontaram muito antes?

— Tínhamos tanta certeza de que havia sido você — Will opinou. — Eu acordei, vi os vídeos online, e entrei em pânico quando percebi que tinha deixado o celular no moletom que esqueci no armazém.

Ele também mal podia olhar para mim.

— Aí Michael viu o agasalho pendurado na cadeira da cozinha na manhã seguinte, e nós finalmente descobrimos através do Damon que você o estava usando quando foi para casa. Você estava puta com o Michael, se sentindo rejeitada, então nós... nós só...

Ele parou, e nada mais precisava ser dito.

Olhei para Michael. *Todo esse tempo*. Todos esses anos ele não pôde me confrontar...

Mas ele era assim, acho. Ele seguia em frente, não importava a quem magoasse, sempre acreditando que estava certo e nunca pedindo desculpas. Pelo menos eu podia ver o arrependimento nos olhos de Kai e Will.

Com Michael, nada. Quanto mais erros ele cometia, mais alto tentava ficar, para que ninguém pudesse ver por cima dele. Para que ninguém pudesse ver nada além dele.

Balancei a cabeça, meus olhos ardendo enquanto o encarava. *Diga alguma coisa!*

Como ele podia apenas ficar ali sentado depois de tudo que...?

Eu confiei nele – compartilhei coisas sobre mim mesma que nunca disse a ninguém –, e era isso o que se passava na cabeça dele todas as vezes que sussurrou no meu ouvido, me tocou, me beijou e me...?

Apertei os punhos com tanta força que minhas unhas se cravaram na pele.

— Eu quero ir embora — eu disse, sentindo o choro ainda preso na garganta.

— Não.

— Eu quero ir embora — repeti, endurecendo meu tom de voz.

— Você não pode. — Ele acenou. — Não faço a menor ideia para onde Damon foi. Todos nós vamos atrás dele na cidade, amanhã.

Rangi os dentes. *Malditos.*

Passei apressadamente por ele, subindo as escadas em direção ao meu quarto. Não suportava olhar para nenhum deles.

— Então, o que vamos fazer agora? — Ouvi Kai perguntar.

— Vamos encher a cara — Will suspirou.

Corri para o meu quarto, tranquei a porta e encaixei uma cadeira por baixo da maçaneta.

CORRUPT

CAPÍTULO 23
ERIKA

Dias atuais...

Eu não tinha intenção nenhuma de ficar aqui. Não estava nem aí para suas desculpas. Queria minha vida de volta. E se achasse que corria perigo no meu apartamento, Alex morava do décimo sexto andar, então eu poderia ficar alguns dias lá, dormindo no sofá. Eu não estava segura *aqui*. E sabia disso.

Mas ao me debruçar sobre a pia do banheiro, sentindo meu corpo tremer pelas lágrimas não derramadas, levantei a cabeça e encarei meu reflexo no espelho. A regata molhada e manchada com o sangue de Damon se agarrava à minha pele, e meu cabelo pegajoso escorria pelas costas. O jeans úmido estava colado às coxas, enviando arrepios pelos meus ossos. Quando curvei os dedos na borda da pia, pude ver o sangue por baixo das unhas, tão entranhado que não consegui prestar atenção em mais nada.

Fechei os olhos, sentindo o ritmo do meu coração acelerar outra vez.

Eu reagi. Eu o feri.

E não havia fugido. Não como fiz três anos atrás, na floresta.

Não era fraca por estar sentindo medo. Mas ficar cabisbaixa e não falar nada, sim. O medo não era meu inimigo. Era meu professor.

Eu odiava Michael, e amanhã, depois de pegar de volta tudo o que me pertencia, sairia daqui. Delcour nunca mais, Meridian nunca mais, assim como Thunder Bay. Mal podia esperar para me livrar de tudo aquilo que só me trouxe sofrimento.

Trêmula e com frio, meus músculos exaustos por conta de tudo o que aconteceu essa noite, nem parei para pensar. Com calma, retirei a regata por cima da cabeça, arranquei todas as minhas roupas e as joguei no chão, antes de ligar o chuveiro.

Só alguns minutos.

Entrei no boxe e me sentei no piso de cor arenosa, logo abaixo do jato quente. Vapor preencheu o espaço confinado, e meu cabelo ficou encharcado na mesma hora, caindo pelas costas quando ergui a cabeça e deixei que a água se derramasse pelo meu rosto. Arrepios se espalhavam pelo meu corpo, e meu coração começou a se acalmar quando dobrei as pernas e abracei os joelhos, sentindo-me aquecer outra vez.

Michael.

Ele fez tudo isso. Ele estava no comando. Ele me mandou vir aqui, e por amor à minha mãe, eu vim.

Ele me encurralou, chantageou e me colocou nas mãos de seus amigos.

Eu o odeio.

Esfreguei meu corpo com força, lavando o cabelo e usando uma lixa para limpar o sangue debaixo das unhas. Saí do chuveiro, me vesti e conferi a porta do quarto novamente, só para ter certeza de que estava trancada antes de voltar ao banheiro para secar o cabelo.

Assim que desliguei o secador, percebi a vibração abaixo dos meus pés.

Agucei os ouvidos, escutando uma batida indistinta que vinha do andar inferior.

Aquilo era música?

Larguei o secador e fui em direção à minha porta. Recostei a orelha ali, ouvindo as batidas curtas e rápidas junto com alguns assovios.

Mas que porra?

Jogando a escova em cima da penteadeira, afastei a cadeira que usei para travar a porta e abri uma fresta.

A música alta me atingiu e pude ouvir o som de vozes e risadas.

Muitas vozes e risadas.

Deixando a porta aberta, fui até a janela do quarto e dei uma olhada na entrada dos carros.

Estava abarrotada.

— Não dá para acreditar nisso — murmurei para mim mesma.

Dando a volta, saí em disparada pelo quarto e desci as escadas, dando de cara com um monte de gente.

Cerrei a mandíbula. *Mas que porra era essa?*

CORRUPT

Algumas pessoas cheguei a reconhecer de duas turmas abaixo da minha, então ainda deviam estar no ensino médio, outras eram universitários que estavam passando o final de semana em casa, e outras eu não fazia a menor ideia. Talvez gente da cidade vizinha? Gente daqui?

Eles andavam ao redor com copos vermelhos, conversando e rindo, e alguns até chamaram meu nome para me cumprimentar, mas simplesmente os ignorei.

Andei por toda a casa, de sala em sala à procura de Michael. O porão e a sala de TV estavam entulhados de gente que eu sequer reconhecia, e não conseguia encontrar nenhum dos caras tanto na cozinha, quanto no terraço.

Avistei Alex conversando com dois rapazes na beira da piscina, mas não tive tempo de pensar em como ela conseguiu chegar aqui tão rápido.

Onde diabos Michael estava?

Na quadra.

Fui até a outra extremidade da mansão, já ouvindo os quiques da bola que vinham da enorme quadra interna de basquete.

Abrindo as portas duplas de supetão, ouvi os ruídos dos tênis contra o chão de madeira polida, assim como o eco que flutuava até o teto, com a batida da bola. Um monte de rapazes corria na quadra, sem camisa, e reconheci alguns deles. Estavam no último ano do colégio.

Olhei para o lado esquerdo, vendo a área acarpetada tomada de pufes e uma geladeira. Michael e Will estavam sentados em um sofá imenso, rodeados de garrafas e copos de bebidas na mesa à frente, enquanto Kai encontrava-se em uma poltrona estofada, longe de parecer descontraído. Seus cotovelos estavam apoiados nos joelhos, e ele segurava um copo vermelho entre os dedos.

Dirigi-me até lá, em total descrença com o que estava diante dos meus olhos.

Uma festa? Eles estavam se embebedando?

— É sério que isso está acontecendo? — eu disse, revoltada, parando na frente da mesa e com o olhar fixo em Michael.

Ele, por fim, levantou os olhos para mim, mas se manteve em silêncio.

— Vocês sequestraram a minha mãe — comecei —, incendiaram a minha casa, roubaram o meu dinheiro, me atraíram até aqui e depois me agrediram.

— Nós realmente sentimos muito — Will disse, parecendo sincero.

O quê?

Abri a boca para retrucar, mas estava chocada demais. Eu queria rir. Eles sentiam muito? Isso adiantaria alguma coisa para consertar as coisas?

Will se inclinou para frente e serviu uma dose de uma bebida alcoólica em um copo e o estendeu para mim.

— Você quer gelo na sua tequila? — perguntou em um tom gentil.

No entanto, bati a mão no copo fazendo-o voar pelos ares. A tequila se esparramou pelo carpete, fazendo duas garotas que estavam ali correrem para longe.

Olhei para Michael, sentindo-me ofegante.

— Amanhã você vai dar um jeito de colocar a minha mãe ao telefone para conversar comigo — exigi. — Você vai me devolver cada centavo do meu dinheiro e contratar um empreiteiro para restaurar a minha casa, e será você que vai pagar pela obra! Você entendeu?

— Nós já íamos fazer isso — ele respondeu e me olhou atentamente. — Mas estou curioso. O que vai acontecer se não fizermos isso?

Enrijeci a coluna, cruzando os braços e curvando meus lábios, com ironia.

— Você já encontrou o celular? — perguntei. — Ainda deve haver um monte de vídeos lá, não é?

A expressão de Michael mudou ante a minha insinuação, e ele se sentou à frente no sofá, descansando os antebraços nos joelhos.

— Você está mentindo.

Levantei a mão, fingindo analisar minhas unhas.

— Talvez. — Dei de ombros. — Ou talvez eu saiba onde Trevor esconde as coisas que considera mais importantes. E talvez saiba o código para acessar isso, e talvez, posso apostar, se é que ele não destruiu o telefone, ele esteja em seu esconderijo especial. — Olhei para ele, sem esconder meu ar de divertimento. — E talvez, se não fizerem o que quero, eu não seja tão boazinha para abrir o cofre para vocês.

Raiva atravessou seu olhar, e tinha certeza de que ele estava perturbado. Eles achavam que o celular não existia mais. Acharam que estavam a salvo.

Mas pelo medo que vi em seus olhos, devia haver mais coisa ali dentro que poderia prejudicá-los.

Kai e Will pareciam congelados, o ar antes seguro, agora distante.

— Você está nos ameaçando? — Michael perguntou em um tom ameaçador.

— Não — respondi. — Isso foi o que vocês fizeram comigo. Estou apenas dando o troco.

Ele inspirou profundamente e se recostou outra vez.

— Beleza — disse a contragosto. — Mãe, casa, dinheiro. Fácil.

CORRUPT

Então estalou os dedos para um grupo de garotas que estavam à sua esquerda, chamando uma delas. A loira usava um vestido azul apertado, tão curto que praticamente só cobria sua bunda, e saltitou ao redor, mordendo o lábio, tentando disfarçar o sorriso de satisfação quando Michael a puxou para o seu colo.

Meu coração apertou.

A mão dele se enrolou na cintura dela, puxando-a para perto, enquanto me olhava do mesmo jeito que fazia quando estávamos crescendo. Como se eu estivesse em seu caminho.

— Agora vá para cama — ordenou. — Já está tarde.

Fiquei tensa, como se esperasse por uma risada zombeteira de Will por conta do comentário, mas tanto ele quanto Kai ficaram calados, olhando para o chão.

Recusando-me a deixar que ele me visse vacilar, levantei a cabeça e me virei, saindo da quadra à medida que a mágoa e a raiva se afundavam em mim como se fossem uma âncora. Parecia um tijolo, e o peso era demais para suportar. Eu não conseguia sentir mais.

Era muito.

Eu havia sido aterrorizada aquela noite sem ter culpa alguma, e além de nem mesmo ter se desculpado, ele estava fazendo de tudo para me magoar mais ainda.

Ele não sentia nada?

Passei por todas aquelas pessoas farreando e subi as escadas às pressas em direção à solidão do meu quarto.

Eu queria ir embora.

Não estava nem aí para o dinheiro ou a casa. Eles deviam ter vindo atrás de mim, implorando para corrigir as coisas.

Uma batida soou à porta.

— Rika?

Levantei a cabeça, ouvindo a voz de Kai e a sombra de seu corpo na fresta inferior da porta.

— Rika — chamou, batendo novamente. — Abra a porta.

O pulso no meu pescoço latejava. Fiquei de pé e fui até a porta, girando a maçaneta para ter certeza de que estava trancada.

— Fique longe de mim, Kai.

— Rika, por favor — implorou. — Não vou te machucar. Eu prometo.

Balancei a cabeça. *Não ia me machucar. Você quer dizer mais do que já fez?*

Girando a chave, abri a porta e vi Kai ali parado, sombrio e alto, vestido em jeans e uma camiseta cinza. As sobrancelhas estavam franzidas, e seu olhar aflito.

— Você está bem? — perguntou, parecendo tímido.

— Não.

— Eu não vou te tocar — prometeu. — Eu queria te fazer sofrer, porque pensei que tivesse me prejudicado, e agora sei que isso não é verdade...

— E isso melhora a situação? — Eu o encarei, com raiva. — O estresse e o medo que me fizeram passar?

— Não — apressou-se em dizer. — Eu só...

Ele abaixou a cabeça, como se não conseguisse encontrar as palavras. Parecia exausto.

— Eu só não sei mais quem sou — praticamente sussurrou.

Soltei a maçaneta, surpresa com o que ele disse. Era a primeira vez que um deles era honesto comigo, sem joguinhos.

Eu me virei e caminhei até a cama, sentando-me na beirada do colchão. Kai entrou no meu quarto, preenchendo todo o espaço da moldura da porta, encobrindo a luz do corredor.

— Aquela noite, três anos atrás... — falei, suavemente — Eu me senti tão viva. Eu precisava da desordem e da fúria, e vocês pareciam desejar o mesmo. Foi maravilhoso não me sentir tão sozinha mais.

Meus olhos marejaram, ao me lembrar de como, por pelo menos um pouquinho, me senti pertencer a algum lugar.

— Sinto muito, Rika. Nós devíamos ter feito o Michael tirar a história a limpo com você anos atrás. — Suspirou com força e passou a mão pelo cabelo. — A sua casa... meu Deus — disse, como se só agora se desse conta da dimensão do que fizeram.

Segurei o cobertor com força, ao meu lado, e encarei o carpete. Bom, recebi pelo menos um pedido de desculpas. Dei de ombros, tentando transmitir algum consolo.

— Com você na cadeia e sem ter como confirmar que não estava usando aquela máscara ao invés de Trevor, nós nunca teríamos como saber o que realmente havia acontecido.

Não sabia por que estava tentando fazê-lo se sentir melhor. No entanto, se Michael tivesse vindo tirar satisfações comigo, seria a minha palavra contra a de Damon, e já que eu estava com o moletom, fazia sentido que ele acreditasse no amigo.

CORRUPT

Mas ainda assim ele não me confrontou. O que esperavam ganhar com aquela vingança, além da satisfação de torturar alguém? Eles ganhariam alguma coisa, mudariam o que aconteceu ou seguiriam em frente? Será que a vida deles havia se tornado tão insignificante na cadeia?

Kai puxou a cadeira da minha escrivaninha e se sentou, apoiando os cotovelos nos joelhos.

— Eu estava com raiva de você — confessou. — No início, estava com muita raiva quando pensei que você tinha nos dedurado. Mas eu não era vingativo. Nunca faria algo desse tipo.

Ele parou e encarou o vazio, e por um instante, era como se estivesse em outro lugar.

— As coisas mudaram — ele disse em um tom de voz baixo e sombrio.

Fui imediatamente atraída pelo olhar ausente, e entrecerrei as pálpebras. O que havia mudado quando ele estava longe?

— Nunca imaginei que as pessoas pudessem ser tão horríveis — ele disse. — Prefiro morrer a voltar para aquele lugar.

Congelei, querendo saber sobre o que ele estava falando, mas eu sabia que não devia me importar. Ele estava se referindo à prisão, tinha certeza, e sabia que deve ter sido difícil. Difícil o suficiente para transformar sua raiva em vingança.

Encarei aqueles olhos cansados, uma vez tão cheios de vida, e desejei que não parasse de falar. Michael nunca me disse nada – nunca se abriu –, e eu estava curiosa.

— Você está bem? — perguntei.

No entanto, ele não respondeu, e o vi se distanciar para cada vez mais longe.

Ficando de pé, fui em sua direção e me ajoelhei diante dele.

— Kai? — chamei, tentando encontrar seu olhar. — Você está bem?

Ele piscou, e odiei ver a devastação em seu rosto.

— Não — sussurrou.

Ele nem sequer conseguia olhar para mim. Que diabos havia acontecido com ele?

Ele hesitou por um instante, como se estivesse pensando, e então continuou:

— Damon perdeu o pouco coração que tinha — explicou. — As pessoas, os problemas... quase não arranham mais a sua superfície. Ele não se importa com nada mais. — Passou uma mão pelo cabelo preto, segurando uma mecha em seu punho. — Will deu um jeito de superar através do álcool e outras coisas, e eu... eu não quero estar perto de ninguém, a não ser dos caras. Nem mesmo minha família. Eles não entenderiam.

— Entenderiam o quê?

Seu peito sacudiu com uma risada amarga.

— Quisera eu saber, Rika. Eu só não consigo deixar mais ninguém se aproximar. Não toco em uma mulher há três anos.

Três anos? Mas ele estava solto há meses. Ninguém naquele tempo todo?

— Michael pagou os guardas para nos manterem seguros lá dentro, mas ele não tinha como nos proteger de tudo — continuou. — Ele viu Will piorar a cada dia, e eu me retrair mais ainda. Ele estava impotente para fazer qualquer coisa, e se sentiu culpado. Culpado porque achou que por causa dele você ficou puta. Culpado porque ele estava livre. — Respirou profundamente e disse: — Ele elaborou o plano. Algo que nos deixasse de cabeça-quente e furiosos. Algo para nos manter lutando. E quando nos demos conta, isso passou a consumir cada momento enquanto estávamos lá.

Então ele levantou a cabeça e nossos olhares se encontraram.

— Eu sinto muito.

Suspirei audivelmente, enxergando a verdade ali. *Eu sei.*

Estendendo a mão, ele passou os dedos pela minha bochecha, afastando algumas mechas de cabelo.

— Não fui capaz de falar sobre isso com ninguém — admitiu. — Por que tinha que ser com a pessoa que eu mais odiava até esta manhã?

Não consegui evitar. Acabei dando um sorriso tímido e segurei a mão que estava em meu rosto, entre as minhas. Kai era fora do comum. Exatamente como Michael, ele era brilhante. Ele era um dos mocinhos. Mas agora havia certa escuridão, também. A rixa dele comigo pode ter até acabado, mas ainda havia algo fermentando ali dentro.

A luz que vinha do corredor, de repente, desapareceu, e quando Kai e eu viramos a cabeça, vimos a sombra de alguém cobrir a entrada.

— Eu mandei você dormir.

Michael.

Soltei a mão de Kai e me levantei, os cantos dos meus lábios se curvando levemente.

— Não, você me mandou vir para cama. E talvez era o que estava prestes a fazer.

Dei um olhar irônico, esperando que captasse minha insinuação.

— Vocês dois nunca param? — Kai riu e se levantou.

Michael continuou calado enquanto Kai me dava um último olhar antes de se virar e seguir em direção à porta. Ele esperou que seu amigo se movesse, e depois saiu do quarto, desaparecendo pelo corredor.

CORRUPT

Michael se virou para mim, ainda dominando o batente da porta e fazendo tudo se cobrir em penumbra. Não havia percebido, mas estava à vontade com Kai aqui. Agora não estava mais.

Michael ainda vestia as mesmas roupas de antes. Usava jeans e estava sem camisa, e me perguntei onde estava a garota cheia de dedos para cima dele lá embaixo.

— Venha aqui — disse.

E eu fui.

Andei – até ele, como ele mesmo mandou –, e então dei um sorriso sarcástico quando segurei a maçaneta da porta e comecei a fechá-la.

Ele esticou a mão, impedindo, como imaginei que faria.

— Eu não deixaria que nada acontecesse a você — afirmou. — Soube disso no instante em que você passou por aquela porta. Eu juro.

— Não estou nem aí — respondi em um tom indiferente. — Não quero você aqui dentro.

Então tentei fechar a porta do meu quarto outra vez, mas ele firmou a mão na madeira, impedindo. Ele a abriu, entrou e a fechou com força, antes de me empurrar e girar nossos corpos, de forma que agora eu me encontrava imprensada contra a porta.

— Eu os impedi. — Seu hálito soprou sobre meu rosto. — Escolhi você ao invés dos meus amigos.

— É, pareceu mesmo lá embaixo — eu disse com sarcasmo, me referindo à garota sentada no colo dele. — Estou cansada dos seus joguinhos, Michael, e estou cansada de você. Dá o fora.

— O que ele disse para você? — exigiu saber, ignorando o que havia acabado de dizer.

Kai? Ele estava transtornado porque Kai me procurou?

— Mais do que disse a você, pelo jeito — respondi.

Ele bufou uma risada amargurada, e pela primeira na vida, parecia estar sem palavras.

— Cansada de joguinhos, hein? Você aprendeu direitinho a jogar.

— Não estou jogando os seus jogos. Você se enganou. — Cruzei os braços sobre o peito. — Quer saber o que aprendi? Não ganho quando jogo os *seus* jogos. Ganho quando faço você jogar os *meus*.

Seu olhar me perfurou, escurecendo à medida que sua respiração acelerou.

Ele estava puto.

Comecei a rir, sentindo-me empoderada.

— Olhe só para você — caçoei, euforia correndo pelas veias —, tendo que suar a camisa para lidar comigo, não é?

Ele mostrou os dentes e agarrou a parte de trás das minhas coxas, erguendo meu corpo e me jogando contra a porta outra vez. Meu coração pulou no peito – a adrenalina do medo enchendo meu corpo – quando perdi o fôlego.

E não pude evitar. Travei os tornozelos às suas costas, segurando-o entre as coxas.

— Puta que pariu — sussurrou contra os meus lábios. — Eu quero você.

— Você não é o único.

— Kai? — averiguou. — Não olhe para ele, Rika.

— Por que não?

Ele se lançou para frente, capturando meu lábio inferior entre os dentes, o calor de sua boca enviando arrepios pela minha coluna.

— Porque você tem tudo o que precisa comigo — argumentou, a língua lambendo meu lábio superior. — E você estaria fazendo isso apenas para me esquecer, de alguma forma, e isso nunca vai acontecer.

Ele mergulhou, tomando a minha boca, e eu gemi, ficando zonza. Juntei minha boca àqueles lábios exigentes, inclinando a cabeça para aprofundar mais ainda o contato. Nossas línguas se roçavam, e sentia o calor aquecer meu ventre.

Interrompi o beijo e curvei a cabeça para trás, para que ele pudesse depositar uma trilha de beijos pelo meu pescoço.

— Na verdade, parece uma boa ideia — afirmei, gemendo ao sentir seus lábios sobre minha cicatriz. — Outro homem. Outra boca.

Seu punho se fechou em meu cabelo, e os dentes rasparam minha pele, em advertência.

— Se algum dia você fizer isso, vou fazer com que se arrependa.

E então ele caiu sobre mim outra vez, chupando e mordiscando minha pele enquanto eu sufocava e cravava minhas unhas em seus ombros.

— Ah, meu Deus — gemi, me esfregando contra ele. — Ah, Kai. Siiim...

Ele exalou o ar com raiva, e sua mão apertou minha bunda dolorosamente por cima do short do meu pijama. Suas mordiscadas se tornaram mordidas, e seus beijos ficaram mais violentos.

Puxei seu cabelo, forçando-o a afastar a cabeça e passei a língua sobre seu lábio inferior.

— Trevor — sussurrei. — Me toque, Trevor.

CORRUPT

Ele rosnou e se afastou de mim, dando um passo para trás. Fiquei de pé, arfando, olhando para ele com raiva.

— Foda-se — vociferou, então esticou a mão me tirando do caminho e abrindo a porta. Observei-o correr para fora do quarto, sem poder conter o sorriso.

Saí logo atrás.

— Isso significa que você está pulando fora? — questionei, fingindo estar apreensiva.

— Não — ele disse, irritado, saindo intempestivamente pelo corredor. Os músculos de suas costas tensos. — O jogo mudou. Novos jogadores. Tem um monte de outras garotas aqui, Rika.

— E tem um monte de garotos também — retruquei, seguindo-o pelas escadas.

Ele parou no hall e se virou para me olhar, desafiante.

— É mesmo? — Então sorriu e virou a cabeça, olhando ao redor e falando com a multidão. — Escutem aqui! — gritou para todos os convidados presentes. — Rika Fane é propriedade dos Cavaleiros. Qualquer cara que encostar a mão nela vai se ver com a gente! — Então olhou de novo para mim, e disse baixinho, com um sorriso torto: — Boa sorte.

Rangi os dentes. *Cacete.*

O jogo dele? Ou o meu? Não importa se ele tiver mais jogadores no time dele.

Porra.

Ele olhou ao redor, sabendo que ganhou, e foi para a cozinha, deixando-me ali parada no meio do corredor, cercada de pessoas me olhando e pensando sei lá o quê ao meu respeito.

Propriedade dos Cavaleiros? Cristo.

No entanto, quando suas palavras fizeram sentido, eu parei. *Qualquer cara que encostar a mão nela...*

Tentei esconder o sorriso sacana.

Entrando na sala de estar, olhei ao redor e segui para a cozinha, finalmente avistando Alex servindo um drinque para si mesma. Ela usava um vestido preto apertado, preso por uma alça em apenas um ombro.

Quando me aproximei, ela imediatamente olhou para mim.

— Ei, você acredita que o Will enviou o helicóptero do pai dele para me buscar? — ela disse, colocando uma garrafa no balcão e pegando outra. — Como se eu fosse encontrar algum trabalho no meio desse tanto de alunos do ensino médio. Quer dizer, posso até ser polêmica, mas não sou pedófila.

Bufei uma risada.

Nem todo mundo aqui estava no colégio, e a Alex certamente não era assim tão mais velha que eles. Mas, tudo bem, acho que ela era acostumada a homens mais sofisticados.

Respirei profundamente antes de perder a coragem.

— Quanto você cobra? — perguntei.

Ela colocou o copo de vodca na mesa e franziu o cenho.

— Para quê, exatamente?

— Mulheres.

CAPÍTULO 24
MICHAEL

Dias atuais...

Um monte de outras garotas aqui. É isso mesmo, isso foi a porra de um blefe. Eu não conseguia afastar meu olhar dela, e, ou precisava engolir meu orgulho e ser legal para entrar na cama dela esta noite, ou...

Ou precisava causar outra discussão.

De qualquer modo, ela sabe onde me encontrar. Ela sabia que não conseguiria me manter longe e que ela era a única garota que eu queria. Como essa porra foi acontecer?

Fiquei no terraço com alguns amigos das antigas – moradores que trabalhavam na cidade e alguns amigos dos tempos da escola que nunca saíram de Thunder Bay –, mas era incapaz de ouvir qualquer coisa que estavam dizendo. Era como se estivesse enraizado no chão, com os braços cruzados, apenas observando enquanto ela conversava com Alex na cozinha.

Não dava para acreditar que ela havia me chamado de Kai. E Trevor, caralho? Ela fez de propósito, mas por que estava me provocando?

Ela me queria. Por que não simplesmente cair de cabeça?

Mas não, quanto mais eu tentava fazê-la mais maleável para esquecer a porra toda que havia acontecido esta noite, mais ela abria a boca atrevida para vomitar o seu desdém. Eu não conseguia dobrá-la mais. Ela estava rindo de mim.

E se a tiver corrompido totalmente? E se ela tiver começado a gostar de jogar, e o poder que isso trazia – junto com a vitória –, tivesse sobrepujado a necessidade que ela tinha por mim?

E se o coração dela tivesse endurecido de tal forma que preferiu se fechar para se proteger?

E se fosse eu aquele que deveria se dobrar?

A inquietação pesou sobre meus ombros, e suspirei resignado. *Eu preciso dela.*

Eu a quero.

Pelo menos esta noite, eu podia ficar tranquilo. Ganhei aquele *round*. Nenhum cara se aproximaria dela, então em algum momento ela aceitaria a derrota e iria para a cama.

Ela não tinha mais nenhuma carta em seu baralho.

Observei quando ela e Alex deram a volta na ilha central da cozinha; *Goodbye Agony* estava soando pela casa, no entanto, Rika parou, ergueu a cabeça e nossos olhares se encontraram através do vidro. Deixando Alex por lá, ela abriu a porta e veio na minha direção, inclinando-se contra mim.

— Você disse nenhum *cara*, certo? — perguntou, maliciosa. — Só para ter certeza.

Um canto de seus lábios estava curvado em um sorriso sacana, e então ela se virou e voltou para a cozinha.

Mas que por...?

Dei um passo para o lado, seguindo-a com o olhar enquanto ela atravessava o vestíbulo. Rika olhou para trás uma vez antes de desaparecer pelas escadas.

Nenhum cara. Ou seja...?

Correndo até a porta, a abri de supetão e disparei pela cozinha.

— Ei, aonde você está indo? — Kai me segurou pelo braço. — Temos que falar sobre o Damon.

— Amanhã. — Eu me afastei, dispensando-o, e subi as escadas correndo.

Não podia pensar em Damon agora. Ele estava ferido, e não faria nada por hoje.

Andei pelo corredor mergulhado na penumbra, até chegar ao quarto de Rika, vendo que a porta estava aberta. O andar superior estava calmo, a música ecoando no piso inferior como se fosse uma batida distante.

No entanto, quando parei no batente de sua porta, encontrei o quarto vazio. As luzes estavam desligadas, do mesmo jeito que estavam antes, e a cama continuava arrumada.

Olhei de volta para o corredor, estreitando o olhar. Onde diabos ela estava?

Abri todas as portas, do quarto dos meus pais, de Trevor, de hóspedes... Mas quando cheguei ao meu quarto, percebi a fresta de luz no inferior da porta fechada.

CORRUPT

Segurei a maçaneta e abri de uma vez.

E meu coração quase parou de bater.

— Merda — sussurrei sob um ofego.

Alex estava sentada na beirada da cama, e Rika se encontrava entre as pernas dela. As mãos das duas passeavam pelo corpo uma da outra. Alex segurava os quadris de Rika, encarando-a com total interesse.

E Rika...

Praticamente senti meu batimentos na garganta, quando entrei no quarto e fechei a porta.

Rika colocou um joelho na cama, ao lado de Alex, e inclinou seus quadris contra os seios dela. Seus dedos passeavam pelo cabelo, pescoço e ombros da garota.

Alex levantou um pouco a regata cinza que Rika estava usando, distribuindo beijos pela barriga plana e subindo cada vez mais com a ponta da língua, para provar o gosto da pele sedosa.

Sangue correu até o meu pau, fazendo-o inchar dolorosamente.

Ela estava prestes a ganhar esta rodada.

— O que você está fazendo? — Eu já estava suando. Jesus.

Rika piscou lentamente para mim, meiga e serena.

— O jogo mudou. Novos jogadores — repetiu minhas palavras. — Não precisamos de você. Desculpa.

E então deu um gemido lento, arqueando o corpo contra a boca de Alex, curvando a cabeça para trás.

Grunhi, lutando contra a urgência de ajustar meu pau dentro da calça. Maldita. Que porra era aquela que achava que estava fazendo?

Ela iria assim tão longe só para me provocar?

— Vocês estão na minha cama — indiquei, tentando não demonstrar o quanto estava afetado.

Rika sorriu para Alex, que continuava beijando sua barriga; as duas praticamente ignoravam minha presença aqui.

— A sua cama é maior — ela respondeu. — Você não se importa, né?

Cerrei a mandíbula, vendo suas mãos deslizarem pelo peito de Alex, em uma tentativa de retirar o vestido.

Mas nem me liguei nisso, porque não conseguia afastar meu olhar de Rika. Ela ainda estava usando o short rosa do pijama de seda, parecendo tão sexy e inocente com aquele cabelo e pele reluzente. Engoli em seco, sem saber ao certo se era apenas um blefe, uma tentativa de me fazer reagir, ou se ela realmente queria aquilo. Seja qual fosse a resposta, era claro que ela estava por cima. Ela sabia que era mais esperta e forte.

As mãos de Alex percorreram as pernas de Rika, começando a descer seu short, enquanto mordiscava o osso de sua pelve.

— Aahh... — Rika gemeu com os olhos fechados. — Michael...

Fiquei sem fôlego, sacudindo a cabeça e sentindo o coração apertado em mil nós. Ela estava ganhando. Eu estava jogando o jogo dela, e estava perdendo. Meu Deus, eu a queria tanto.

Mas isso não havia acabado.

Dei a volta na cama e agarrei Alex pelo braço, levantando-a dali.

— Saia — ordenei.

— O quê? — ela explodiu, meio desesperada. — Você está me zoando?

Acho que ela estava com um baita tesão e provavelmente pensou que eu deixaria que elas continuassem o showzinho.

No entanto, a empurrei, pouco me importando com o olhar desapontado. Will, Kai e uma dúzia de outros caras – e garotas – estavam lá fora. Ela podia escolher.

Alex ajeitou o vestido, irritada, e saiu bufando do quarto, fechando a porta com força. Quando me virei para trás, Rika estava perto da cama, com um sorriso irônico nos lábios.

— Sua vez de jogar.

Bufei uma risada, me elevando sobre ela, enquanto dizia com brusquidão:

— Você gostou disso? — perguntei. — Até onde você iria com ela?

Ela lambeu os lábios.

— Talvez um pouco mais além — admitiu. — Ou talvez soubesse que não precisaria ir tão longe. Talvez conheça você melhor do que pensa.

Chegando para frente, deslizei um dedo pela linha de sua mandíbula.

— Você conhece?

Ela manteve o olhar fixo ao meu, arfando, e sabia que ela queria se inclinar contra a minha mão. Ela queria que eu dissesse coisas bonitas, que me entregasse a ela, e queria meu coração. Era por isso que estava me pressionando.

Mas eu queria jogar.

— Só que... — indiquei, olhando-a com atenção. — Nós temos um problema. Você não foi convidada para a minha cama, e veio aqui sem a minha permissão.

Pegando sua mão, eu a puxei pelo quarto. Ela tropeçou quando a levei até a porta.

CORRUPT

319

— Michael! — gritou. — O que você está fazendo?

Eu a arrastei pelo corredor vazio para o lado oposto, duas portas depois da minha, e a empurrei para outro quarto, fechando a porta assim que passei.

— Agora, aqui está uma cama que você já está acostumada. — Gesticulei para indicar a cama de Trevor. — Suba.

Ela me encarou, cerrando os punhos ao lado do corpo e ofegando, perdendo a compostura. Os olhos brilhavam com lágrimas enquanto ela sacudia a cabeça, incrédula.

Por que estava fazendo isso? Eu poderia ter dito a ela o quanto a queria, o quanto precisava dela, e como, mesmo depois de quase uma semana, ainda podia sentir o gosto dela. Ela poderia estar abaixo de mim, agora, na minha cama, e eu poderia estar dentro dela, ouvindo seus gemidos e ofegos, perdido na confusão dos lençóis e sensações pelo resto da noite.

— Michael — implorou, a voz soando frágil —, por que está fazendo isso? Depois de tudo o que me fez passar? Por que está tentando me magoar ainda mais?

— Isso significa que você está pulando fora?

Seu rosto estava devastado quando abaixou a cabeça, o corpo sacudindo com seus soluços.

— Você é doente, Michael. Doente.

Rangi os dentes, me aproximando dela.

— Quando descobri ano passado, que você estava namorando o Trevor, eu odiei. Odiei você, mas odiei a situação mais ainda. Eu queria vir aqui só para te ver na cama dele, para ver como você se parecia...

— Por quê? — interrompeu.

Olhei bem dentro de seus olhos, sabendo que nem eu mesmo entendia o porquê. Desde pequeno, lembro-me de sempre sentir raiva. Raiva do meu pai por ele tentar me moldar para ser uma pessoa que eu não era. Raiva por ele tê-la tirado dos meus braços. Raiva porque tive que ir para a faculdade, deixando-a sozinha com a minha família.

E então, estava com raiva por ela ter me traído. Ou assim pensei.

Mas por alguma razão, a raiva não me destruiu. Ela fez de mim quem sou, um rebelde que conhecia sua própria cabeça. Eu me levantei contra o meu pai, tomei minhas próprias decisões e me tornei invencível. E me tornei muito bom em encontrar minha diversão de outros jeitos.

Quando estávamos crescendo, toda vez que ela entrava em uma sala e olhava para mim, ansiando que a olhasse de volta, eu me sentia poderoso ao me recusar em satisfazer sua vontade. Quando me levantava e saía da sala, fingindo que ela não estava lá.

Eu amava saber que dominava sua mente muito mais do que meu irmão jamais poderia.

E ao me entregar àquela pequena tortura autoimposta – como o fato de imaginá-la aqui na cama, com ele –, me mantive em constante excitação. Eu gostava daquilo, porque gostava de quem eu era. Fazia de mim alguém mais forte. Se cedesse a ela, eu mudaria?

— Eu gosto de sofrer — eu disse. — Preciso disso. Agora, tire as roupas e suba na cama dele.

— Michael — suspirou, tentando argumentar.

Porém fiquei ali parado como uma parede, inflexível.

Ela respirava cada vez mais rápido, mas suas feições se acalmaram. Ela aprumou os ombros e olhou para mim. A boca estava retorcida de raiva, mas seus olhos mostravam audácia enquanto retirava peça por peça, abaixando a calcinha por último, e dando um passo para fora do amontoado aos seus pés. Em seguida ela caminhou até a cama.

Meu coração começou a acelerar, e cruzei os braços à frente do peito, tentando me manter firme. Ela afastou as cobertas, o cabelo longo e loiro fluindo pelas costas, e subiu no colchão. Deitou-se de costas, puxou o lençol verde-musgo sobre seu corpo, deixando os seios descobertos.

Com uma mão atrás da cabeça, ela olhou para mim, os olhos enormes me provocando enquanto a outra mão repousava em sua barriga. Porra, ela parecia tão macia, quente e perfeita.

Ele a viu daquele jeito. Ele se deitou ao lado dela desse jeito, e arrependimento me bateu, não por causa da imagem que tinha à minha frente, mas porque não deveria ter sido ele. Nunca. Ela poderia ter sido minha – sua primeira vez, tudo –, e a deixei três anos atrás.

Por minha culpa ela se entregou a ele.

Mas o que havia de errado comigo, porra? Todo o poder que sentia fingindo que ela não existia era *maior* do que o prazer que senti quando a tive entre meus braços?

Não. Nem um pouco.

Ela inclinou a cabeça, os olhos marejados.

— Estou na cama dele — declarou. — Você não vai fazer nada dessa vez? Eu posso gemer o nome dele ou... talvez falar sobre as quatro vezes que o deixei possuir meu corpo, nos meses em que namoramos, e como tentei com muito esforço não fingir que era você.

CORRUPT

Seus olhos azuis reluziam com as lágrimas que começaram a escorrer de sua têmpora até se perder por entre os fios do cabelo.

— Talvez você prefira uma coisa mais visual? — perguntou.

Ela se sentou na cama, pegou um travesseiro e passou uma perna por cima dele, como se o estivesse cavalgando.

Rebolando os quadris e inclinando a cabeça para trás, começou a se mover como se fosse Trevor abaixo dela.

A bunda redonda e linda se esfregava contra o tecido, as costas arqueadas à medida que acelerava o ritmo, gemendo. O cabelo balançando até a cintura.

Dor atravessou meu peito, e meus punhos cerraram com força.

— Rika — murmurei, sentindo como se a tivesse perdido.

Mas então ela gemeu e suspirou:

— Michael.

Avaliei-a com o olhar, aproximando-me da cama.

Os olhos dela estavam fechados, e ela suspirou profundamente, um leve sorriso no rosto enquanto cavalgava o travesseiro.

— Michael.

Ela aumentou o ritmo, se esfregando com mais força, a barriga sarada ondulando, e os seios cheios sacudindo com os movimentos. Ela grunhiu enquanto transava a seco cada vez mais forte, e o rosto se contorceu de dor à medida que forçava o ritmo mais e mais.

— Ah, meu Deus. Cacete...

E então Trevor já não existia mais. Ele não estava mais no quarto.

Ela era minha.

Desafivelei o cinto e joguei meu jeans no chão, me ajoelhando por trás dela na cama.

Perdi a conta do placar, quem moveu que peça, ou que jogo estávamos jogando.

Era aquilo que queríamos.

Envolvi sua garganta com minha mão e a puxei contra mim. Sua cabeça descansou sobre meu ombro, e meu pau estava rígido e ereto, roçando contra a bunda dela.

— O que você está fazendo comigo? — perguntei, sem realmente esperar por uma resposta.

Ela estava acabando comigo, e nem tinha mais certeza se me importava com isso. Eu só queria ser consumido.

Levei uma mão à boceta dela, deslizando dois dedos para dentro, entrando e saindo, arrastando sua umidade para esfregar em seu clitóris.

Ela gemeu, virando a cabeça para mim, erguendo uma mão para me segurar pela nuca.

— Não sou complicada, Michael — ela sussurrou. — Não de verdade. Posso jogar, deixar você me foder na cama do seu irmão, ou na mesa do escritório do seu pai, posso deixar você me usar como se eu fosse um objeto para que possa se vingar deles, mas no final — fez uma pausa e continuou: —, no final, ainda estou aqui, Michael. Ainda estou aqui. Somos só você e eu.

Ela ofegou contra a minha pele, e abaixei a cabeça, cedendo. Envolvi meus braços apertados ao redor de seu corpo quente, e enfiei meu rosto em seu pescoço. Eu nunca a deixaria ir.

— Só você e eu — repetiu.

— Me prometa — exigi, suspirando contra a pele sedosa de seu pescoço. Mas *prometer* o quê? O que eu queria dela?

Prometa que nunca vai me deixar? Prometa que me pertence? Prometa que é minha?

Levantei a cabeça, pegando seus lábios com os meus em um beijo intenso e profundo, seu gosto enviando uma onda de prazer até o meu pau.

Eu me afastei, respirando contra sua boca:

— Prometa que nunca vai se negar para mim. Prometa que nunca vai se fechar para mim.

Ela mordiscou meu lábio inferior, chupando e beijando ao mesmo tempo.

— Nunca vou me negar — respondeu, mas imprimiu um tom zombeteiro à voz: —, desde que você continue me fazendo gritar de prazer.

Gemi, empurrando-a para ficar de quatro, e agarrei seus quadris, puxando-a para trás e fazendo com que abrisse mais ainda as pernas.

— Só enquanto você estiver precisando de mim, hein? — brinquei, segurando meu pau e roçando contra sua boceta quente. — Só enquanto você precisar disso?

Empurrei a ponta para dentro de seu calor úmido e apertado, mas retirei logo em seguida, vendo-a estremecer.

— Michael — gemeu, olhando por cima do ombro.

Deslizei a ponta outra vez, a boceta envolvendo meu pau de um jeito tão gostoso que tudo o que mais queria era mergulhar dentro dela.

— Você nunca vai me dizer não. Você sabe disso.

Então me retirei, ouvindo-a choramingar, frustrada.

— Michael! — Ela socou o cobertor e então se afastou, girando ao redor, me empurrando de costas na cama.

CORRUPT

Minha coluna bateu no estribo, fazendo com que eu ficasse metade para fora, e meu coração trovejou no peito ao vê-la rastejar acima de mim como se fosse um animalzinho, totalmente fora de controle.

Ela se sentou escarranchada na minha cintura, e agarrei seus quadris, sorrindo exultante enquanto ela cravava as unhas no meu ombro com uma mão, enquanto a outra posicionava meu pau abaixo dela.

Ela afundou seu corpo contra o meu, e deslizei para dentro dela, apertando sua bunda em minhas mãos enquanto a inclinava para frente para agarrar um dos mamilos com meus dentes. Com a língua, lambi o bico intumescido, querendo arrancá-lo com uma mordida. O gosto dela era bom pra caralho.

Ela rebolou contra mim, segurando o estribo da cama com uma mão; a outra ainda se mantinha firme em meu ombro. Sua cabeça tombou para trás, enquanto ela gemia, esfregava e me fodia.

— É isso aí. — Agarrei sua bunda, puxando-a contra mim de novo e de novo. — É isso aí, querida. Você foi feita para isso. Para mim.

Grunhi, meu pau duro pra caralho por ela. Segurando um seio em uma mão, levei-o para o calor da minha boca, brincando com o mamilo outra vez, lambendo e mordendo; ela moía o corpo contra o meu cada vez mais forte e mais rápido, me fodendo gostoso.

— Aaaah... Ahhh — choramingou em um gemido.

E então se abaixou, pressionando o corpo contra o meu, me beijando; seu hálito suave contra a minha boca quase me fazendo entrar em combustão.

Meu Deus, eu estava viciado.

— Não procure por mais ninguém para te dar isso aqui — rosnei em um sussurro, beijando-a outra vez.

— Michael — ela gemeu baixinho. — Eu nunca quis outra pessoa. Você não percebeu?

Ela se afastou para trás, sentando-se ereta, e a vi fechar os olhos. Seu corpo reluzente se movia, os seios subindo e descendo. O cabelo claro caía pelos ombros e pelas costas, revelando sua cicatriz; estendi a mão e passei o polegar por todo o comprimento.

— Tão linda — sussurrei.

Ela ofegou, movendo-se mais rápido.

— Ai, meu Deus — gemeu.

Senti o calor percorrendo meu pau, e tensionei meus músculos, fechando os olhos.

— Querida, é melhor você desacelerar ou se preparar para gozar.

— Vou gozar — ofegou. — Vou gozar.

Ela bombeou meu corpo, duro e rápido, uma fina camada de suor escorrendo pelo pescoço, e então se contraiu, cravando as unhas com mais força nos meus ombros.

— Ah, meu Deus! — gemeu alto, cavalgando com mais intensidade.

Eu gemi, arremetendo os quadris de encontro aos dela, e me derramei em seu interior; meu abdômen se contraiu e cada músculo do meu corpo estirou e aqueceu.

Ela desabou em cima de mim, afundando os lábios no meu pescoço, e por vários segundos ficamos ali apenas respirando. O som de nossas respirações arfantes, e ali estava um lugar de onde nunca queria sair.

Rika. Monstrinha.

— Não te perdoei pelo que fez comigo — sussurrou, sua voz ainda trêmula por causa do orgasmo —, mas você está certo. Acho que não consigo dizer não para você.

Fechei os olhos, enredando uma mão em seu cabelo e segurando-a mais apertado contra mim.

Acho que também não consigo dizer não a você.

Esfreguei as mãos para cima e para baixo no meu rosto, gemendo e sentindo as pálpebras pesadas e a dor de cabeça.

— Droga — *resmunguei, virando o pescoço devagar, percebendo que estava na sala de TV.*

— A gente tomou aquela garrafa toda? — *Ouvi Kai perguntar.*

Levantei a cabeça e o vi sentado no outro sofá, com o rosto enfiado entre as mãos. Olhei para a mesinha à frente dele, avistando a garrafa de Johnnie Walker vazia.

Sentei-me e senti o estômago embrulhar; havia um gosto amargo na boca.

— Puta merda — *ele disse, pegando o celular.* — Ela deve ter um gosto bom pra caralho para ter feito você beber desse jeito.

— *Vá se foder* — *resmunguei com um suspiro.*

Ouvi a risada abafada enquanto tentava me levantar. A sala estava girando, e senti em meu hálito a bile que subiu à garganta ao relembrar os eventos da noite passada.

O armazém. Rika.

Eu a tive em meus braços. Até que enfim. Por que tive que estragar tudo?

Mas então ouvi a respiração entrecortada de Kai, e ao olhar para ele, percebi que encarava o celular com os olhos arregalados.

— *Michael* — *disse, assustado.* — *Pega o seu celular, cara.*

Alcancei o moletom que tinha conseguido retirar em algum momento durante a noite, e enfiei a mão no bolso para pegar o aparelho. Deslizando o dedo pela tela, vi a extensa lista de notificações, mensagens e tweets.

Mas que porra? Meu coração bateu acelerado, e ao clicar nos ícones, vi uma profusão de palavras como "policial", "estupro de vulnerável" e "Cavaleiros".

O quê?

Senti a boca seca ao ver as fotos de Kai, Will e Damon, e fiquei sem saber que porra era aquela que estava acontecendo. Por que essas fotografias estavam online?

— *O celular* — *Kai ofegou, olhando para mim como se não conseguisse respirar.*

Cliquei nos vídeos e o pavor assumiu proporções épicas quando vi Will espancando o policial uma e outra vez. No vídeo de Damon aparecia claramente o rosto de uma garota, e quando rolei para ler os comentários, vi as palavras "estuprador", "cadeia", além de outras garotas alegando que ele havia feito o mesmo com elas.

Estava em todo lugar. Facebook, YouTube, Twitter... havia até mesmo posts que se referiam a nós como uma gangue. O caralho de uma gangue?

— *Que porra é essa?* — *gritei.* — *Como esta merda foi parar nas redes sociais?*

— *Eu não sei!* — *Kai explodiu, respirando entrecortadamente.* — *Will...*

Pensamos na mesma coisa. Ele tinha o celular, mas não seria capaz de fazer isso! Com a gente, com ele mesmo.

Ignorei as notificações e disquei para o número do celular para ver onde estava. Ele não atendia, mas quando olhei de volta na minha tela, vi que havia um monte de mensagens de Damon.

> **Estamos muito fodidos!**

A primeira dizia.

E logo mais, havia outra:

> **Rika estava com o telefone! Ela estava usando o agasalho do Will ontem à noite!**

Balancei a cabeça, encontrando o olhar de Kai. Ele deve ter recebido as mesmas mensagens. Ela não faria isso. Ela nunca me prejudicaria.

Largando o telefone de qualquer maneira, saí correndo da sala, ouvindo as batidas fortes à porta enquanto atravessava o vestíbulo.

Vozes agitadas vinham das escadas, e eu sentia as paredes se fechando ao meu redor, cada vez mais apertadas, incapaz de me mover.

Do lado de fora da cozinha, estaquei em meus passos, ouvindo a voz de Trevor:

— Então é com esse tipo de gente que você quer passar o tempo? — ele grunhiu. — Com estupradores e criminosos?

Eu sabia que ele estava falando com Rika, mas não a ouvi responder nada. A veia no meu pescoço latejava, e ouvi o som de passos intempestivos pela casa. Eu não precisava olhar para saber que eram policiais. Eles deviam estar à minha procura, bem como estavam atrás de Kai.

— Michael não é ninguém, e se você quer ficar perto dele tanto assim, vai acabar como os amigos dele — Trevor continuou.

— Não tenho interesse nenhum em ficar ao redor deles — Rika respondeu em um tom ácido. — E os amigos dele receberam o que mereciam.

Perdi o fôlego, e cheguei até o umbral da porta, vendo-a sentada de costas. Trevor olhou para mim e Rika virou-se para trás, mágoa e tristeza em seus olhos vermelhos. Ela mal conseguia olhar para mim.

Então meu olhar pousou em sua mão, e avistei o moletom preto de Will, com a manga rasgada por conta da briga com Miles, na noite passada.

Cerrei os dentes com tanta força que senti minha mandíbula doer. Recuei em meus passos, afastando-me dela, nossos olhares ainda fixos um ao outro. Kai estava gritando próximo ao hall de entrada, os policiais já o levando em custódia, sem dúvida, e eu apenas a encarei com ódio. A raiva irradiando por todo o meu corpo.

Era culpa minha.

Eu nunca poderia corrigir aquilo.

Eles sofreriam as consequências porque confiei nela.

Abri os olhos, afastando os lençóis, sentindo meu corpo coberto de suor.

A lembrança daquele dia era como um mal-estar do qual não conseguia me livrar. Ver Kai algemado, meus amigos expostos em todos os jornais da cidade, sabendo que nada daquilo teria acontecido se não a tivesse levado conosco.

Naquele domingo, era para eles terem voltado para a faculdade e seguido em frente, construindo suas vidas e à espera da próxima vez em que poderíamos tocar o terror na cidade, juntos. Não era para ter acabado.

Se ao menos não a tivesse levado com a gente.

Virei a cabeça, vendo-a adormecida ao meu lado, e meus braços formigaram com a necessidade de segurá-la entre eles. Seus cílios eram escuros contra a pele de alabastro, e seus lábios estavam só um pouquinho entreabertos. Ela respirava placidamente.

Deitando-me de lado, dobrei o cotovelo e apoiei a cabeça na mão, deslizando com delicadeza a minha mão em seu rosto, traçando a linha da cicatriz em seu pescoço, e percorrendo seu corpo. Eu me debrucei sobre ela e depositei um beijo em sua cabeça, aspirando o perfume de seu cabelo.

Nada daquilo havia sido culpa dela.

Ela era uma de nós – ela era nossa –, e eu não somente tinha uma porrada de coisas para consertar, como temia não ser suficiente. Não tinha certeza do que queria dela, mas sabia que não queria perdê-la.

E ela aprendeu direitinho a ter vontade própria.

Decidi deixá-la dormir e fui tomar uma ducha. Vesti uma calça folgada e uma camiseta branca, sabendo que precisava cuidar de alguns negócios hoje.

A casa estava uma zona, e como meus pais estavam de férias, nossos empregados, bem como a cozinheira, estavam de folga. Liguei para uma companhia de limpeza, e quando consegui expulsar todo mundo da festa, os funcionários chegaram e deram um jeito primeiro nas salas, para só depois prepararem o café da manhã.

Telefonei para o Centro onde a mãe de Rika estava internada e os informei que a filha de Christiane Fane entraria em contato; depois acionei um advogado – sem ser o da família, e sim um que não era pago pelo meu pai –, para conversar sobre os termos do patrimônio de Rika. Sabia que ela não confiava em mim para cuidar disso – por que deveria confiar? –, mas também não queria que o controle de tudo voltasse às mãos dele. Nós teríamos que contestar o testamento.

Transferi todo o seu dinheiro de volta para suas contas bancárias, o que foi bastante fácil, já que meus amigos haviam apenas blefado quando disseram, em Hunter-Bailey, que estavam com suas partes. Como ainda não tínhamos discutido as quotas de cada um, todo o valor ainda estava em meu poder. Reativei todos os cartões de crédito também, sem problema nenhum.

Cerca de duas horas depois, sentei-me na sala de jantar com a mesa de café da manhã posta. Kai mantinha-se taciturno enquanto Will curtia sua ressaca. Ele estava uma bagunça, mas ainda assim exigiu saber o que faríamos a seguir.

Se dependesse dele, iríamos atrás de Trevor imediatamente.

— Não consigo arrumar uma confusão e pular em outra em seguida — falei, entredentes. Eu já tinha preocupações demais.

— Tá, isso tudo foi culpa sua — Will retorquiu. — E de Damon, por ter dado informações truncadas pra você. Nós te seguimos, como sempre fizemos. — Olhou para Kai em busca de apoio. — Mas agora vou fazer do meu jeito. Gostaria de tê-lo ao meu lado, mas se não quiser, vou sobreviver.

Ele enfiou uma aspirina na boca, mandando uma garrafa d'água inteira para dentro.

Sim, havia sido minha culpa. Nós prejudicamos Rika, quando deveria ter sido Trevor o nosso alvo, mas eu precisava recuperar o fôlego. Empurrei meu prato para longe, recostando-me na cadeira quando a vi parada no batente da sala.

Meus olhos se fixaram aos seus, meu coração rateou. Ela estava linda demais. Como se não tivesse passado por toda aquela merda ontem à noite. De banho tomado, um pouco de maquiagem e o cabelo liso, Rika usava um jeans apertado, camiseta branca, uma jaqueta vermelha e sapatos pretos.

Ela estava indo embora?

— Rika. — Kai se levantou, parecendo arrependido. — Você quer comer alguma coisa?

Eu o encarei com os olhos semicerrados.

No entanto, ela ignorou sua oferta e voltou a olhar para mim.

— Minha mãe — exigiu saber.

Assenti, pegando o cartão da mesa e o estendendo para ela.

— Aqui está o telefone da terapeuta dela. Você está na lista de contatos agora. Pode ligar a hora que quiser.

Ela chegou mais perto e retirou o cartão da minha mão, olhando para os dados anotados.

E tudo o que sabia, por enquanto, é que o que aconteceu entre nós

CORRUPT

329

no quarto de Trevor, noite passada, estava acabado. Ela estava totalmente lúcida e de volta ao que interessava. Antes que tivesse a chance de dizer qualquer outra coisa, Will colocou um prato em suas mãos.

— Toma. — Ele pegou uma colherada de ovos mexidos e a serviu.

Ela o encarava, perplexa, e tive que virar a cabeça para o outro lado para disfarçar a vontade de rir.

— Agora eu *tô* cansado de papo — Will continuou enfiando frutas e batatas no prato dela. — Chega de planos. Chega de espera. Chega de tentar organizar tudo no lugar e ainda ficar com a cabeça a prêmio. Vamos fazer o seguinte. — Então parou com um espeto na mão. — Quer salsicha?

Sem esperar por uma resposta, Will apenas deu de ombros e colocou duas no prato dela.

Ela o encarou como se tivesse nascido um par de chifres nele.

— Nós sabemos onde ele está, e não quero matá-lo — Will disse, entredentes, sentando-se em seu lugar —, mas tenho certeza de que quero mudar a vidinha dele para todo o sempre. Exatamente como ele fez com a gente. Vocês estão dentro ou não?

Dei um suspiro cansado, semicerrando as pálpebras. Rika permanecia quieta no mesmo lugar, mas depois se aproximou da mesa e colocou o prato intocado ali.

— Ele é meu irmão, okay? — argumentei, ao encará-lo.

Não sabia o que sentir a respeito de Trevor, mas ele era filho da minha mãe – e do meu pai, óbvio –, e fazê-lo sofrer faria o mesmo com meus pais. Eu não estava em condições de decidir isso hoje.

No entanto, Will insistiu em seus argumentos:

— Não me venha com essa! Vocês não se suportam. Você só está dando para trás por causa dela! — Ele apontou com o queixo na direção de Rika.

Ela segurou o espaldar da cadeira, ainda de pé.

— Não tenho nada a ver com isso — respondeu com calma. — Estou voltando para Meridian hoje, e não quero me envolver com os problemas de vocês.

— Mas você já está envolvida — Will retorquiu. — Você é o motivo de toda essa confusão. Se não tivesse saído com a gente naquela noite, Trevor nunca teria dado as caras. Agora, não me leve a mal, não estou colocando a culpa em você. E já que está no time dos mocinhos de novo, vou confessar que gosto pra caramba de você. Mas você é a razão da raiva de Trevor, e a obsessão do Michael. E ele precisa se concentrar, e por sua causa, ele não está conseguindo fazer isso de jeito nenhum.

— Eu estou concentrado — respondi, mal-humorado.

— Maravilha! — disse, sorrindo. — Então, quando vamos para Annapolis?

Esfreguei o rosto com as mãos, querendo esmurrar a cara de Will. Rika se afastou da mesa, ignorando o assunto.

— Vou ligar para minha mãe.

Quando ela saiu da sala, sinalizei com a cabeça para que Kai a seguisse. Estava prestes a me levantar também, mas Will me segurou pelo braço.

— A sua temporada de jogos começa em breve — relembrou. — Isto precisa ser resolvido agora.

Recostei-me contra a cadeira e o encarei.

— Quero que você me escute, e me escute com atenção — adverti. — Trevor não faz a menor ideia de que sabemos de tudo. Ele não vai a lugar nenhum. A verdadeira ameaça, neste instante, é o Damon. Não temos nem ideia de onde ele está, e pode ter certeza de que ele está puto. Não estou dando para trás. Estou apenas me reorganizando.

Empurrei a cadeira para trás, saindo com pressa da sala em direção às escadas.

Porém antes de sequer fazer o caminho para o quarto de Rika, vi Kai parado em frente à janela do segundo andar, olhando para o lado de fora.

— O que está fazendo? — indaguei.

Quando cheguei ao lado dele, acompanhei seu olhar e avistei Rika ao celular. Ela havia acabado de jogar a bolsa no banco de trás de seu carro. Alex estava no assento do passageiro; eu havia até mesmo me esquecido da presença da garota.

— Puta que pariu!

Damon estava em algum lugar à solta, e eu não confiava nele. Ela não podia simplesmente ir embora.

— Você não vai impedi-la? — Kai me provocou, divertido.

— Eu não... — Balancei a cabeça, me recostando no umbral da janela. — Não tenho certeza se consigo.

— Você encontrou seu par, não é? — Ele riu baixinho.

Ela estava do lado de fora do carro, ainda ao telefone, provavelmente conversando com a mãe. O sorriso em seu rosto me fez recordar de quando ela era mais nova. Mais meigo, mais contente.

O sorriso que ela dava antes que me apossasse dela.

CORRUPT

— Não sei o que fazer com ela — confessei.

Ela estava impregnada no meu corpo, na minha mente, e...

Olhei para baixo, sentindo meu coração apertar somente em vê-la colocando o cabelo atrás da orelha.

E em outros lugares também...

— Você acha realmente que precisa provar alguma coisa para ela? — Kai perguntou. — Você acha que ela não é apaixonada por você desde que se entende por gente, do mesmo jeito que você também é?

Mantive o olhar focado na janela, sem querer falar sobre o assunto com ele.

— É isto que te assusta, não é? — Kai provocou.

— Isto não me assusta.

— Espero que não — Kai disse, também a encarando. — Porque você a corrompeu direitinho. Ela é uma força da natureza agora, e não vai demorar muito para que se sinta destemida o suficiente para exigir o que quiser. Se você não der isso para ela, pode ter certeza de que ela vai encontrar outra pessoa que o faça.

Virei a cabeça, sondando-o.

— Não preciso dos seus conselhos. Eu nunca perco.

— Este não foi um conselho — retrucou, sem afastar os olhos dela —, foi uma ameaça. — Então ele olhou para mim, antes de sair. — Fique atento, irmão.

CAPÍTULO 25
ERIKA

Dias atuais...

Curvei a cabeça para trás, abaixando a ponta do meu florete enquanto tentava recuperar o fôlego.

Eu odiava treinar esgrima sozinha.

Odiava ficar presa aqui, sozinha.

Já haviam se passado cinco dias desde que voltei de Thunder Bay. Michael e os amigos vieram logo atrás, e se não estivesse na faculdade, estava no meu apartamento.

A mando de Michael.

Se me desviasse do caminho – para uma livraria ou o mercadinho –, ele me ligava ou enviava mensagens querendo saber onde eu estava. Acho que mandou o Sr. Patterson e Richard, o porteiro, o avisarem caso eu não passasse pela porta de entrada na hora exata, todos os dias. Já estava farta daquilo.

Alex havia me convidado para tomar um café com as amigas amanhã, e era isso o que ia fazer.

Agora que sabia que minha mãe estava bem e em segurança, e parecia muito mais esperançosa e cheia de energia, a julgar pelo tom de sua voz, eu queria apenas seguir em frente. Minhas contas bancárias estavam regulares agora, e vários empreiteiros estavam a serviço para reconstruir nossa casa em Thunder Bay, apresentando seus processos de licitação para darem início às obras.

Seja lá o que Michael e os amigos estivessem planejando fazer com Trevor e Damon, não estava nem aí. Não tinha a menor intenção de fazer parte disso.

You're Going Down, do Sick Puppies tocava no meu laptop em cima da bancada da cozinha. Fiquei parada ali, tomando uma garrafa d'água, sentindo a camada fina de suor resfriar minha pele.

Passei vinte minutos à frente de um espelho de corpo inteiro, conferindo meus passes e ataque com uma bolinha de tênis, antes de finalizar com trinta minutos de sequências.

Eu não era uma esgrimista de competição, mas era um esporte que me esforcei em aperfeiçoar. Era o desejo do meu pai que eu estudasse a arte, e mesmo que tenha tido chance de interromper a prática a qualquer momento, me recusei. Não queria encerrar aquele único elo que ainda tinha com ele. No entanto, só queria ter alguém com quem pudesse treinar – em um clube ou uma academia qualquer. Era maçante praticar por conta própria, e por conta disso, quase nunca me exercitava, desde que vim morar em Meridian.

Meu telefone começou a tocar, e ao colocar a garrafa sobre o balcão, vi o nome de Michael surgir na tela do celular. Resolvi ignorar a chamada, empurrando o aparelho para longe de mim. Exigências, ordens... era sempre isso, toda vez que ele me ligava ou enviava mensagens. Ou para checar onde eu estava, o que fazia, e com quem havia conversado naquele dia. Ele nunca perguntava como eu estava ou dizia algo gentil.

Até que aparecia, tarde da noite, depois de seus treinos de basquete, querendo se enfiar na minha cama.

Ele entrava no apartamento, trancava as portas e começava a arrancar minhas roupas, e tudo aquilo que havia dito para mim mesma, para fortalecer minha decisão, simplesmente saía voando pela janela. Eu o enlaçava com as pernas e o deixava me levar para o quarto. Ele sempre saía ganhando, e aqui estava eu, participando de seu jogo.

Fui até a geladeira para buscar outra garrafa d'água, mas três batidas rápidas na porta da frente acabaram me assustando, fazendo-me congelar no lugar. Um arrepio percorreu meus poros.

Está tudo bem. Se fosse Damon – ou Trevor –, a porta estava trancada, e ninguém podia passar.

Indo até lá em passos lentos, segurei a maçaneta com força e me inclinei contra o olho-mágico. Nada além de preto. As lapelas de seu terno, a camisa, e então... um pedacinho do pescoço macio e bronzeado. Não podia ver seu rosto, já que ele passava de 1,95m, mas reconhecia Michael em qualquer lugar.

— Quem é? — perguntei de brincadeira.

— Quem você acha? — respondeu, irritado. — Abra a porra da porta.

Sacudi a cabeça, rindo sozinha. Todas as vezes que conseguia irritá-lo, eu considerava como uma pequena vitória.

Abrindo apenas uma fresta da porta, fiquei ali parada, desafiando-o com o olhar.

— Chegou um pouco mais cedo, você não acha? — provoquei. — Você sempre dá as caras por aqui por volta das dez.

Ele semicerrou os olhos, não achando a menor graça.

— Me deixe entrar.

Mas neguei com a cabeça, mantendo-o à distância.

— Hum, acho que não. Não estou muito a fim esta noite.

— Não está a fim? — Fez uma careta. — Que caralho isso quer dizer?

— Quer dizer que você não pode me manter trancada aqui, ao seu dispor sempre que estiver no clima.

Michael me olhou com atenção.

— É isso o que acha que estou fazendo? — Ele empurrou a porta e entrou, obrigando-me a andar para trás. — Acha que estou escondendo você?

Deu mais um passo na minha direção, mas imediatamente levantei meu florete ridículo entre nós, o impedindo de se aproximar mais. A ponta achatada pressionava seu tórax, enquanto o cabo praticamente se enfiava no meu estômago, mantendo-nos a uma distância de um metro.

Ele deu uma risada amarga, olhando para minha arma.

— Meus jogos são bem mais divertidos.

Mas eu não estava jogando.

— Você levou a Alex para sair — eu o relembrei. — Na minha primeira noite no Delcour, ela estava usando um vestido, você estava de terno, e os dois voltavam de algum lugar, seja lá qual fosse. Você nunca me levou a lugar nenhum.

Dando um tapa no florete, aproximou-se de mim, me imprensando contra a parede. Colocando uma mão acima da minha cabeça, ele se inclinou, com o olhar fixo ao meu.

— Então, o que você quer? — escarneceu. — Flores? Um jantar bacana e agradável e um vestido bonito, e uma bela e gentil transa em algum hotel? Daí eu a deixo na sua porta, quando a noite acabar? Qual é, Rika. Assim você me decepciona. Nós não somos desse jeito.

— Nós? — argumentei. — Não existe um "nós". Você não faz a menor ideia do que me faz feliz, e nem ao menos se importa.

— É mesmo? — Ele assentiu, erguendo uma sobrancelha de um jeito sarcástico. — Então, se esgueirar pelo Hunter-Bailey, no evento de abertura das competições, hoje à noite, não te faria feliz? Porque foi para isso que vim aqui te buscar.

Meus olhos se arregalaram, assim como minha boca.

— Mas, ei... se você prefere jantar ou assistir algum filme. — Deu de ombros. — Posso comprar umas flores sem-graça também.

Meus lábios se abriram em um sorriso de orelha a orelha, e gritei, histérica, quando pulei em cima dele e o enlacei com meus braços. Ele ainda tentou se manter rígido e chateado, mas eu podia ver o sorriso se formar no canto de sua boca.

— Você não presta — zombei.

— Você também não — retrucou, me envolvendo em seus braços. — Não me diga como devo tratar você, tá bom? Eu sei exatamente do que você gosta.

Então se afastou, me dando um tapinha no traseiro.

— Agora vá tomar banho e trocar de roupa. Você está fedendo.

Quando lhe dei as costas e corri para o banheiro, pude sentir o sorriso que parecia plantado no meu rosto.

— Arrume essa postura — Michael repreendeu, jogando as chaves do carro para o manobrista.

Eu o segui pela escadaria de entrada do Hunter-Bailey, aprumando os ombros na mesma hora e segurando a bolsa verde-musgo de um lado.

— Você tem certeza de que isso vai dar certo? — perguntei, de frente para ele.

Ele esticou o braço por trás da minha cabeça e cobriu meu cabelo ao puxar o capuz preto do moletom enorme que me fez vestir.

— Quem vai nos impedir? — retrucou.

Sorri de lado, enquanto ele enfiava meu cabelo comprido para dentro do agasalho.

Quem vai nos impedir? Será que algum dia eu seria capaz de responder com aquelas mesmas palavras quando tivesse dúvidas? Não, porque sempre fui muito apreensiva.

— E se descobrirem que sou uma mulher? — insisti, minha pele formigando quando sua mão acariciou meu rosto.

— Então apenas sorria e seja dona de si mesma — replicou. — O único jeito de saber do que somos capazes, é quando nos metemos em problemas.

Arqueei uma sobrancelha.

— Às vezes, se meter em problemas pode acabar te enfiando em um maior ainda. Exatamente como aconteceu com Kai e Will.

Ele olhou para mim como se eu fosse idiota.

— Você está planejando espancar algum policial ou dormir com alguém menor de idade?

Revirei os olhos.

— Vamos embora. — Pegou minha mão, me puxando pelas escadas.

Michael abriu a porta, entrou e me fez segui-lo. Eu me mantive cabisbaixa o tempo inteiro, ouvindo o som do tilintar das taças e das risadas ruidosas que vinham da sala de jantar. O cheiro forte de cigarro permeava o ar, irritando minhas narinas, fazendo-me inspirar entrecortadamente. Com uma mão apoiada na parte inferior das minhas costas, ele me guiou para outro lance de escadas.

— Sr. Crist? — uma voz masculina ressoou, nos fazendo estacar em nossos passos.

Meu coração saltou no peito, mas não me virei para trás.

— É política do clube que todos façam o *check-in, Sir* — o homem disse. Devia ser um dos recepcionistas.

— Este aqui é William Grayson III — Michael respondeu com a voz tranquila e confiante.

Eu podia sentir os olhos do homem queimando minhas costas.

Depois de alguns instantes, ele pigarreou e respondeu:

— É claro, *Sir.*

Senti alívio imediato, mas tinha certeza de que o cara sabia que era mentira. Como não poderia saber? Se ele conhecesse Will, de verdade, teria percebido que eu era muitos centímetros mais baixa e com 35 quilos de músculos a menos.

— Vamos. — Michael me cutucou, me empurrando para frente.

Segurei a alça da bolsa com mais força e subi correndo os degraus, ouvindo passos acima e conversas aleatórias vindas de outras salas à medida que passávamos pelo corredor.

CORRUPT

— Fique perto — ele disse por cima de seu ombro. — E não levante a cabeça.

Mantive o olhar para baixo, bem como a cabeça curvada, apenas observando a parte de trás de seus sapatos; eu o seguia como uma sombra. Entramos por uma porta, cruzando um aposento.

Era o ginásio. Sabia disso por causa do piso de madeira brilhante, o som de sacos de areia sendo espancados, e os guinchos dos solados dos tênis. Fiz exatamente como me foi ordenado: não olhei para cima e andei o mais rápido possível até o vestiário.

Ele me fez passar pela sauna e pelos spas. O vapor flutuava das piscinas como se fosse um caldeirão fervente que as bruxas usavam para fazer suas poções. Passei pelo vestiário, ouvindo o som de vozes espreitando pela imensa sala. Virando à direita, passamos por um monte de portas de vidro foscas. Michael abriu uma delas e me empurrou para dentro, fechando a porta atrás de si.

Ao olhar para cima, reparei onde estávamos: em um chuveiro. A ducha ficava logo acima da minha cabeça, e um vão encrustado na parede contava com três potes de xampu, condicionador e sabonete líquido.

Michael agarrou minha bolsa e a abriu, pegando minha calça, jaqueta, luvas, meias e sapatos. Jogando a bolsa no chão, ele se ajoelhou e começou a desabotoar minha calça.

Comecei a rir baixinho, segurando suas mãos.

— Não posso fazer isso — protestei.

— Mas eu quero — ele disse, brincalhão. Meu coração palpitou.

Dei um suspiro audível e endireitei a coluna, deixando-o me livrar dos sapatos e meias antes de retirar meu jeans, embolando-o nos tornozelos. Retirei o moletom e a camiseta ao mesmo tempo, largando tudo no chão. Cruzei os braços sobre o peito, esperando que ele pegasse minha calça branca de esgrima e me ajudasse a vestir, mas ao invés disso, seus olhos se fixaram aos meus quando deslizou as pontas dos dedos pelas minhas pernas.

Seus lábios se torceram em um sorriso safado, e os olhos cor de mel se aqueceram. Curvando os dedos pela borda da minha calcinha, ele a retirou. Simplesmente o observei o tempo todo, tentando ficar calma apesar do frio na barriga.

Eu amava quando ele me olhava daquele jeito.

Seu comportamento grosseiro e áspero fazia com que as poucas vezes em que era delicado fossem tão cativantes que tudo o que mais queria era me estapear. Ele era um sádico, e meu pobre coração tamborilava no peito nos instantes em que seus puxões, agarres e empurrões se transformavam em carícias suaves, e quando seus rosnados, grunhidos e carrancas se tornavam sussurros.

Eu estava rendida, e nunca nem sequer pensei em lutar contra aquilo.

Luxúria e razão sentavam-se sobre meus ombros, como um pequeno anjo e um demônio que duelavam. Um me dizendo para confiar meu coração a ele, e outro dizendo que nunca seria capaz de fazer isso.

Michael deslizou as mãos pelas minhas coxas, e fiquei ali parada, totalmente nua à sua frente enquanto seus olhos queimavam e me absorviam. Seus dedos amassando minha carne.

— Nem sequer pense nisso — impliquei. — Eu quero esgrimir.

Ele deu um sorriso largo, ao perceber que havia sido pego em flagrante.

— Você é tão linda — disse, arrastando as mãos até minha bunda e segurando meus quadris enquanto me olhava.

Não conseguia acreditar. Michael Crist estava de joelhos à minha frente, me dizendo que eu era linda.

Afastei suas mãos, suspirando audivelmente.

— Só me ajude a colocar minhas roupas.

Eu não sabia por que ele me queria completamente nua — sem sutiã ou calcinha —, mas discutir só mostraria a ele o tanto que estava nervosa, então... que se dane. Se ele queria que eu ficasse pelada por baixo do meu traje, não era algo que não podia lidar.

Ele me ajudou a colocar as meias e depois a calça. Vesti a jaqueta e subi o zíper na parte da frente e torci meu cabelo em um coque no alto da cabeça, amarrando um elástico para mantê-lo firme. Calcei as luvas a seguir. Por fim, ele me ajudou a calçar os sapatos e colocar a máscara sobre meu rosto, garantindo que nenhuma mecha do meu cabelo ficasse visível.

— Vamos. — Michael ficou de pé e abriu a porta, segurando minha mão.

No entanto, soltei-me de seu agarre, sorrindo, mesmo que ele não pudesse ver por baixo da minha máscara.

— Você costuma andar de mãos dadas com o Will?

Ele parou por um instante, dando-se conta do que estava fazendo.

— Bem lembrado.

Ao abrir a porta do boxe, saiu e o segui, deixando os vestiários para trás, bem como os spas e a sauna outra vez. No instante em que estávamos chegando à porta que daria acesso ao ginásio, Kai cruzou nosso caminho, entrando no vestiário com uma mochila pendurada no ombro.

CORRUPT

339

— Ei, o que você está fazendo? — perguntou, parando diante de Michael.

Ele apenas sacudiu a cabeça, o dispensando, mas os olhos de Kai aterrissaram em mim e se estreitaram no mesmo instante. Sem hesitar, ele esticou a mão e ergueu a grade de proteção da máscara, deparando com o meu sorriso mal disfarçado.

— Legal. — Riu, reposicionando a grade. — Bom, isto vai ser divertido.

Sacudindo a cabeça em divertimento, passou por nós e entrou no vestiário, enquanto eu e Michael abríamos a porta para o ginásio.

Guiando-me pela confusão de esteiras, aparelhos de ginástica, inúmeros sacos de areia e o enorme ringue de boxe, ele entrou em uma outra sala, mais escura, com um amplo piso de madeira e alguns esgrimistas já praticando entre si. Poltronas acolchoadas de couro marrom se espalhavam pela sala, e alguns homens apenas apreciavam os duelos enquanto bebiam e conversavam.

Michael me levou até uma parede onde havia uma infinidade de espadas, floretes e sabres dispostos, e gesticulou para que eu escolhesse qualquer um deles. Olhando para trás, percebi que a maioria dos homens que estava praticando usava floretes.

Meu coração acelerou ao ouvir o tilintar das lâminas ao fundo; escolhi um florete com o punho em formato de pistola.

— Ei, você está a fim de praticar? — um homem disse logo atrás de mim, fazendo-me girar a cabeça, assustada.

— Ahn... — Olhei para Michael.

Ele apenas deu um sorriso zombeteiro e se inclinou para sussurrar no meu ouvido:

— Divirta-se. — E se afastou.

O quê? Endireitei a coluna, nervosa e sentindo-me sozinha.

— Collins — o cara disse, estendendo a mão para um cumprimento.

Ele era um pouco careca, com cabelo avermelhado ao redor, e seu rosto era pálido e reluzente, adornado por um sorriso cortês. A máscara de luta estava debaixo do braço, enquanto o florete estava na outra mão.

— Hum — gaguejei e o cumprimentei. — Meu nome é Erik. — Depois repeti, um pouco mais baixo: — Erik.

Quando trocamos um aperto, ele sacudiu meu braço com tanta força que achei que poderia ser deslocado da articulação.

— Então vamos lá, garoto — incitou e se afastou colocando a máscara.

Garoto? Não sei se deduziu aquilo pela minha baixa estatura ou a voz, mas pelo menos não desconfiou que era uma *garota*.

340   PENELOPE DOUGLAS

Nós nos posicionamos na pista de treino, e olhei ao redor, vendo Michael sentado em uma poltrona, sendo servido por um garçom. Nossos olhares se cruzaram quando ele tomou um gole de sua bebida.

As costuras ásperas do meu traje de esgrima roçavam contra minha pele, e quando a emenda da calça raspou meu clitóris, cheguei a ofegar. Contive um gemido, e uma gota de suor deslizou pelas minhas costas.

— Acho que não te conheço, não é? — o cara, Collins, perguntou.

Virei a cabeça de uma vez, assumindo a posição *en garde*.

— Nós vamos esgrimir ou não? — disse, ríspida, segurando meu florete com firmeza.

Ele deu uma risada e também se postou em guarda.

— Tudo bem.

Na mesma hora avancei, fazendo todo o trabalho de pés que aprendi e pratiquei ao longo de anos; eu o desafiei, partindo para o ataque. Eu me desviava, movendo o florete em círculos e o forçando a se defender enquanto o pressionava cada vez mais. Os braços dele eram mais compridos que os meus, assim como as pernas, então eu me movimentava com agilidade e ousadia.

Agindo como um cachorro miúdo com um latido infernal.

Circulei e joguei, e quando percebi que ele havia baixado um pouco a guarda, avancei e estiquei a espada, alfinetando-o no peito.

— Eita! — ele exclamou. — Isso foi bom.

Abaixei a lâmina estreita e recuei, ofegante.

— Valeu.

Dei um passo mais atrás e entrei novamente em posição, avançando ou recuando de acordo com nosso embate; ele se mostrava cada vez mais à vontade e agressivo nas investidas.

O desafio prosseguia, e quando ele avançou em outro ataque, fazendo-me recuar, contra-ataquei e o espetei no estômago, pegando-o de surpresa.

— Puta merda! — rosnou.

Fiquei ali parada, tensa, com medo de tê-lo deixado puto.

Ele levantou sua máscara, o cabelo empapado de suor. Quando riu, senti meu corpo relaxar.

— Bom trabalho, garoto — cumprimentou, arfando. — Agora preciso de uma bebida.

Assenti, sorrindo satisfeita, e me afastei para que ele saísse da pista. Minha boca também estava seca, mas ainda não estava pronta para retirar minha máscara a fim de beber alguma coisa.

CORRUPT

Olhei para a direita, percebendo que havia me esquecido de Michael. Ele girava o copo com o líquido ambarino enquanto me observava com os olhos escaldantes, e mal fui capaz de respirar direito para me acalmar. Naquele instante, cada pedacinho do meu corpo estava consciente da presença dele. Estava molhada de suor, e as roupas se grudavam à minha pele. Cada poro estava sensibilizado, e tudo o que mais desejava era a boca dele em todo lugar.

— Topa um combate? — um homem perguntou.

Olhei para o cara de cabelo e olhos escuros.

Assenti, sem responder nada.

Ajeitei a posição dos pés, atenta aos outros esgrimistas à nossa volta, e dei início ao duelo, mas minha mente estava longe dali.

Michael. Michael. Michael. Era sempre ele na minha cabeça. Sempre dentro de mim.

Eu podia sentir seus olhos me queimando agora, e o que mais queria era arrancar as roupas e sentir sua pele contra a minha.

Para sempre.

O que eu ia fazer?

— Ei, ei, ei... calma aí — o cara pediu. — Estou tentando me divertir aqui.

Desacelerei meu ataque, respirando com dificuldade.

— Perdão.

Marquei mais dois pontos, e ele um, mas era praticamente impossível me concentrar no embate. Michael estava me observando, e agora, ao invés de duelar e pontuar, eu queria outra coisa. O tecido irritava minha pele desnuda por conta do suor, e as costuras roçavam meu clitóris, deixando-me encharcada. Podia sentir o pulso entre as pernas latejando, e quando virei a cabeça para o lado, vi Michael com a mandíbula cerrada enquanto respirava rapidamente. O canto de seus lábios se curvou em um sorriso presunçoso, pois ele sabia que estava ficando excitada.

No entanto, resmunguei ao sentir a ponta plana da espada do meu oponente tocar meu estômago.

— Argh... — grunhi, recuando. — Droga!

O cara riu para mim, e apenas olhei de cara feia para Michael, vendo-o achar graça de seu feito.

Minha pele estava queimando, e frustração beliscava cada fibra do meu corpo. O traje e a máscara se assemelhavam a uma montanha de cobertores sobre mim, pesando de tal forma que me sentia sufocar. Minha vontade era me desfazer de tudo para que pudesse respirar.

Cerrei os punhos, vendo o olhar desafiador de Michael. *Ah, não. Agora é a minha vez.*

— Bom jogo — disse para o cara e saí da pista.

— Ei! — o homem gritou.

Mas nem sequer olhei para trás.

Jogando meu florete para Michael, vi quando ele pegou no ar enquanto eu seguia rumo à saída, sabendo que ele me seguiria logo mais.

Atravessei o ginásio e entrei no vestiário, virando a cabeça para vê-lo me seguindo com o olhar flamejante. A espada já não estava em suas mãos, o que indicava que ele deve ter largado por lá mesmo.

Acelerei os passos em direção aos chuveiros. Provavelmente teríamos privacidade em um dos boxes, mas ele agarrou meus quadris, me impedindo de continuar. Abrindo as portas da sauna logo ao lado, ele me empurrou para dentro. Olhei ao redor para me assegurar de que estava vazia.

O vapor subia pelo ar na imensa sala com azulejos da cor bege; era difícil enxergar toda a extensão do lugar por conta da umidade do ar. A área era estruturada em plataformas lineares, em degraus, como um anfiteatro; os quatros níveis eram usados como bancos ou espaços onde a pessoa podia se deitar.

Porém não havia ninguém. A porta não estava trancada, mas estávamos sozinhos naquele momento.

Fiquei de frente para ele e retirei a máscara do meu rosto, jogando-a no chão.

— Jogos, jogos, jogos... — zombei, abrindo o zíper da jaqueta. — Você está me deixando louca.

Ele me agarrou, puxando as mangas do casaco para me ajudar a tirar, descendo os lábios sobre os meus. Deixando a jaqueta cair no chão, eu me apoiei em seus ombros quando ele me levantou e colou meu corpo ao dele, cobrindo minha boca com seu gosto e calor. A língua deslizou contra a minha em movimentos intensos e poderosos, em um beijo faminto.

— Eu gosto de você louca — ofegou, afastando-se um pouquinho. — E gosto de você molhada. Como está a sensação aqui embaixo? — Enfiou a mão por dentro da minha calça, sem dificuldade para conferir o quão escorregadia estava. — Humm, estas calças se esfregaram bem gostoso em você, não é? Sabia que isso ia acontecer.

Eu me lancei para frente e o devorei com a minha boca, beijando, mordendo e brincando. Consegui me desfazer do elástico que prendia meu cabelo, liberando os fios para se derramarem contra as minhas costas.

CORRUPT

As mãos ansiosas de Michael percorriam todo o meu corpo, encharcado de suor, e depois deslizaram pela calça; ele segurou minha bunda e me puxou com força contra ele. A espessura de seu pau acariciou meu clitóris, e eu gemi, me deliciando com a sensação.

— Alguém pode acabar entrando aqui — sussurrei contra seu pescoço, mesmo assim tentando fazê-lo se livrar do terno. — A gente devia ir para o chuveiro.

Dei uma olhada na porta de vidro fosco, nervosa, com medo de alguém entrar a qualquer momento, mas minha boceta latejava; meus mamilos estavam tão duros por causa do atrito das roupas, que deixei a preocupação de lado, focada apenas em tê-lo dentro de mim.

Em segundos, minha calça, sapatos e meias haviam sumido, e Michael se desfez de sua camisa antes de me pegar no colo. Imediatamente enlacei sua cintura com as pernas.

Ele ficou ali de pé, no meio da sala, mantendo um agarre firme na minha bunda enquanto beijava meu pescoço, mandíbula, meus lábios. Eu podia sentir os arrepios percorrendo minha nuca, e o ar ao redor ficou mais espesso; curvei a cabeça para trás, sentindo cada centímetro da minha pele ganhar vida.

— Rika — sussurrou contra meu pescoço. — Eu preciso de você. Preciso de você todo dia, toda hora, a todo o tempo...

Olhei para ele, abraçando-o com mais força, desejando que o tempo pudesse parar ali.

Ele era meu tudo.

Durante toda a minha vida, eu só me sentia viva quando ele estava por perto, e por mais que soubesse que as coisas sempre seriam complicadas com ele, também sabia que nada seria tão bom sem ele.

Afundando a cabeça na curva de seu pescoço, fechei os olhos e sussurrei:

— Eu te amo, Michael.

Ele ficou quieto, sem alterar em nada o aperto que mantinha ao redor do meu corpo, mas era como se tivesse parado de respirar.

Sem dizer nada, eu o segurei apertado contra mim, sentindo as lágrimas brotarem em meus olhos. *Por favor, não me afaste.*

Não estava arrependida por ter confessado meu amor. Aquele sentimento me possuía, e não havia nada o que fazer. Mas também não conseguia suportar seu silêncio. Ou a verdade de que ele não sentia o mesmo por mim.

Mas não me arrependia.

— Rika — ele disse, como se estivesse procurando pelas palavras.

Apenas sacudi a cabeça, abaixando as pernas, tentando me desvencilhar de seu agarre.

— Não diga nada — falei baixinho, sem conseguir encará-lo. — Não estou esperando que você diga alguma coisa.

As mãos dele continuaram firmes em meus quadris, e sabia que ele estava olhando para mim.

— Diz logo que você a ama — uma voz profunda ecoou. — Pelo amor de Deus.

Levantei a cabeça, assustada. Michael fez o mesmo enquanto vasculhávamos a sala mergulhada em vapor, até que finalmente avistamos um par de pernas penduradas no nível mais alto das plataformas de bancos.

— É tão difícil assim, porra? — Kai pousou os pés no piso ladrilhado inferior e descansou os cotovelos contra os joelhos. Seu olhar estava focado em Michael. — Você está atormentado. Isso te pegou de jeito, não foi, Michael?

Ofeguei e me abaixei rapidamente, pegando a camisa social preta no chão, para me cobrir com ela.

Ai, meu Deus. Ele estava ali o tempo todo? Mas que merda...?

— Uma garota linda te olha como se você fosse um deus, desde quando ela se conhece por gente — Kai continuou, trocando de mão em mão um pequeno objeto vermelho —, e pode ter certeza de que nunca vai encontrar nada melhor, porque ela é única, e ainda assim você não consegue dizer nada? Você tem noção de como é sortudo?

Michael permaneceu em silêncio, lançando um olhar avaliador para o amigo. Ele não ia discutir com Kai. Nunca faria isso. Se desse atenção à crítica dele, seria o mesmo que atestar a veracidade de suas palavras.

Kai abaixou os olhos, ainda brincando com alguma coisa vermelha em sua mão, em uma atitude solene.

Você tem noção de como é sortudo? Isso te pegou de jeito, não foi?

— O que são estas coisas? — perguntei, segurando a camisa contra o peito com mais força.

— Cartuchos — ele respondeu.

Cartuchos? Olhei com mais atenção, avistando as pontas douradas esfaceladas, como se tivessem sido explodidas.

Cartuchos. De espingarda.

E haviam sido disparadas. Meu coração retumbou no peito.

CORRUPT

345

— Por que você está com isso? — Michael exigiu saber.

Porém Kai apenas deu de ombros, antes de responder:

— Não interessa.

— Por que você está com isso? — dessa vez eu perguntei, dando um passo em sua direção.

Sabia que Kai estava com problemas, mas por que diabos ele tinha cartuchos de espingarda?

— São os projéteis usados na última vez em que meu avô me levou para uma sessão de tiro ao alvo — explicou, a voz inexpressiva. — Eu tinha treze anos. Foi a última vez em que me lembro de ter sido uma criança.

Ele ficou de pé e desceu os degraus, uma toalha branca amarrada na cintura. O cabelo escuro penteado para trás.

— Desculpem-me por não ter alertado minha presença mais cedo — ele disse ao se aproximar. — Pensei que...

Ele fez uma pausa, como se estivesse refletindo sobre o que estava prestes a falar.

— Pensou o quê? — perguntei.

Ele olhou de relance para Michael antes de desviar o olhar.

— Acho que queria ver se eu ficaria excitado — admitiu.

Meu rosto esquentou, e me lembrei que ele disse não ter tocado uma mulher em três anos.

Será que ele havia mesmo ficado tanto tempo assim?

Ele deu um passo para nos contornar, mas na mesma hora dei um passo à sua frente, impedindo sua saída e sem saber o porquê.

Ele parecia tão perdido e cauteloso, e se precisava desabafar, eu queria que ele continuasse até que...

Até que se sentisse bem outra vez.

— E isso aconteceu? — perguntei baixinho. — Você ficou excitado?

Ele afastou o olhar, e vi quando engoliu em seco como se não soubesse o que dizer. Talvez estivesse com medo de Michael. Talvez estivesse com medo de mim.

Não sei por que razão deixei a camisa de Michael cair no chão, revelando meu corpo nu. Michael ficou tenso na mesma hora. Kai manteve a cabeça ainda erguida, mas os olhos estavam focados na camisa caída no chão.

Arrepios percorreram minha nuca, e por mais que me preocupasse que minha atitude pudesse fazer com que Michael me odiasse, algo simplesmente me impulsionou para frente. Cheguei bem perto de Kai, o vapor grudando à minha pele como se fosse um tecido, mas ainda assim ele se recusou a olhar para cima.

— Por que você não olha para mim? — perguntei com suavidade.

Ele deu uma risada abafada, parecendo nervoso.

— Porque você foi a primeira mulher com quem conversei desde que saí da cadeia, e tenho medo de... — ele respirava cada vez mais rápido. — Tenho medo de querer tocar em você.

Virei a cabeça devagar, olhando para Michael. Seu peito estava coberto de gotas d'água, e seu olhar penetrante me observava como se estivesse à espera do meu próximo passo.

Fiquei frente a frente com Kai, tentando atrair seu olhar.

— Olhe para mim.

No entanto, ele apenas balançou a cabeça e tentou passar por mim.

— Acho melhor sair daqui.

Coloquei uma mão em seu peito, impedindo-o de sair.

— Não quero que vá embora.

Eu podia sentir o ritmo respiratório intenso sob a minha palma, assim como o corpo inteiro retesado, na tentativa de continuar evitando meu olhar. Não sabia o que faria, ou até onde poderia ir, mas tinha certeza de que Michael não me impediria.

E eu também não sabia dizer se queria ser impedida.

— Por que você está fazendo isso? — Kai finalmente levantou os olhos, focando-os em mim.

— Porque parece tão natural — respondi. — Você se sente à vontade comigo?

Ele olhou de esguelha para Michael, que se aproximou mais um pouco de nós, e de volta para mim.

— Sim.

Mas não disse nada mais além disso, e fiquei me perguntando por que ele preferia se calar. Onde estava o antigo Kai?

Ele parecia sempre tão solitário...

Senti o choro preso na garganta, porque todos nós havíamos mudado para sempre. Michael ficou amargurado porque odiava se sentir impotente. Pelo que percebi, Kai sofreu, porque seus limites foram testados. E eu estive lutando para descobrir quem sou e a qual lugar pertenço, por muito tempo.

Todos estivemos perdidos e sozinhos, vagando sem rumo certo, porque nenhum de nós era capaz de admitir que tanto não estávamos

CORRUPT

sozinhos, quanto não seríamos felizes dessa forma. Eu precisava de Michael, Kai precisava de seus amigos, e Michael precisava de...

Não sabia do que ele precisava. Mas sabia que ele tinha sentimentos. E já os tinha há um bom tempo, e eu os queria para mim, assim como queria que Kai se libertasse das amarras que o estavam prendendo. Queria que nós três déssemos vazão à dor e frustração, porque aquilo estava reprimido por tempo demais.

Ergui os braços e enlacei o pescoço de Kai. Afundei o rosto na curva suave e contive as lágrimas que haviam se formado em meus olhos, pressionando meu corpo ao dele, segurando-o como se fosse eu que precisasse daquilo.

— Me toque — sussurrei. — Por favor.

Ouvi o suspiro audível, e o pulso em seu pescoço latejou sob meus lábios. A pele macia tinha o cheiro característico dos spas, e o calor úmido de seu corpo se derreteu contra o meu quando o senti relaxar.

Ele engoliu em seco ao colocar as mãos em meus quadris. Permaneceu imóvel por um instante, tentando respirar com calma, até que senti os dedos se espalharem pelas minhas costas; as pontas se afundando em minha carne, com força e desespero.

Seu toque foi descendo, as mãos agarrando minha bunda, e só então resolvi seguir em frente. Acariciei seus ombros, deslizando pelo peito forte, sentindo a suavidade da pele de sua clavícula, os contornos de seu abdômen sarado, a cintura delgada...

— Dói ver isso? — Kai perguntou.

Levantei a cabeça para olhar para ele, mas percebi que não era comigo que falava. Ele olhava fixamente para Michael.

Virei a cabeça para o lado, vendo-o abrir a boca, ofegando.

— Sim — disse em um tom de voz baixo, os olhos encontrando os meus.

— Mas você gosta — afirmei, sentindo o toque trilhando um caminho pelo meu ventre. — Você gosta da ferroada da dor. Isso te excita.

Enganchei um braço no pescoço de Kai, recostei minha testa à dele e peguei sua mão, colocando-a diretamente sobre meu seio. Arfando, ele começou a acariciar minha pele, meu mamilo enrijecendo e formigando sob seu toque. Fechei os olhos, deliciada com o prazer que se espalhava pelos meus músculos lânguidos.

— Isso é tão gostoso — eu disse.

Então abri os olhos, sentindo um peito pressionar contra minhas costas. Michael segurou meu cabelo, e minha cabeça levantou quando ele enrolou as mechas ao redor de seu punho. Ele puxou com força, curvando meu pescoço para trás de forma que meus olhos se focassem nele.

— Você é perfeita pra caralho — disse e enfiou um braço entre meu corpo e o de Kai, deslizando sua mão entre minhas pernas.

A boca aterrissou sobre a minha, enquanto Kai afundava o rosto no meu pescoço. Gemi, surpresa com a reação, e som do meu prazer se perdeu no beijo ardente de Michael.

Ai, meu Deus. Meus joelhos fraquejaram, então arqueei as costas para manter minha boca firme à de Michael, beijando-o e me deliciando com a sensação de sua língua contra a minha; meus seios roçavam o tórax desnudo de Kai. Uma espiral de prazer intenso varreu meu corpo, percorrendo meu ventre até o meio das minhas pernas, enquanto ele devorava meu pescoço.

Aquilo era demais. Os lábios de ambos chupando, me provando, cada vez mais gananciosos e em busca de mais e mais, as mãos me apalpando e tomando. Levantei um braço e segurei a nuca de Michael, atrás de mim, enquanto firmei o aperto no pescoço de Kai, à frente.

Os dedos de Michael se enfiaram na minha boceta e pude senti-los molhados a cada vez que os retirava. Minha mente podia estar enevoada e agindo por instinto neste exato momento, mas meu corpo definitivamente sabia do que eu gostava.

A língua de Michael mergulhou na minha boca, fazendo-me gemer à medida que a pulsação entre minhas pernas se tornava mais intensa. Kai segurou um dos meus seios e abaixou a cabeça, cobrindo meu mamilo com sua boca.

— Ai, meu Deus — gemi alto. Michael me atormentava, lambendo meus lábios.

Com o calor da boca de Kai, e a provocação da língua de Michael, eu estava prestes a explodir. Cada músculo da minha boceta se contraiu, e olhei para ele, implorando:

— Eu preciso gozar...

Ele apalpou minha bunda, beijando e mordiscando meus lábios com suavidade.

— Você ouviu isso, Kai? — perguntou para ele, mas com o olhar fixo no meu. — Ela quer gozar.

Ouvi a risada abafada de Kai contra minha pele quando deu atenção ao outro seio. Ele deslizou a língua pelo bico enrijecido antes de chupá-lo todo em sua boca, arrastando os dentes pela carne. Então se levantou, pressionando o corpo à frente, enquanto Michael me imprensava por trás.

CORRUPT

— Você precisa gozar? — debochou, mordiscando minha mandíbula e queixo.

Ele se inclinou para sussurrar em um gemido rouco:

— Eu posso cuidar disso, gata. Vou te lamber todinha.

Um frio na barriga se apossou de mim, e gemi sem sentido. Observei quando se ajoelhou à minha frente e arregalei os olhos quando o vi se desfazer da toalha na cintura.

Minha nossa. Seu pau ereto era grande e grosso, e somente em ver quão duro estava quase incendiou meu corpo.

— Abra as pernas dela para mim — ele pediu para Michael.

Ele assim o fez, erguendo minha perna por baixo do joelho, me abrindo por completo para Kai. Tudo o que pude fazer foi cravar minhas unhas em sua nuca, atrás de mim, e fechar os olhos quando seu amigo cobriu meu clitóris com a boca, chupando com força e fazendo minhas pernas tremerem.

Ele me comia como se estivesse faminto, arrastando a língua por toda a extensão, circulando o clitóris, e me fazendo queimar de necessidade.

— Você gosta que o meu amigo te chupe? — Michael me provocou, sussurrando no meu ouvido. Suas mãos abarcaram meus seios. — Sim, acho que gosta pra caralho da boca dele na sua boceta.

Deixei escapar um gemido, arqueando as costas e projetando meus seios para frente enquanto a língua de Kai deslizava para dentro, agitando-se e lambendo. Pressionei a boceta contra a boca dele, tentando fazê-lo permanecer naquele exato lugar.

Calor se arrastou pelo meu ventre, o pulso na minha entrada latejou e comecei a gemer, arfando, à medida que rebolava meus quadris, perseguindo o orgasmo que estava prestes a acontecer.

— Sim, sim — gemi, desesperada.

Senti a mão de Michael deslizar pela fenda da minha bunda, esfregando um dos dedos para cima e para baixo.

Ele parou na entrada apertada, a que Kai não estava comendo com ânsia, e pisquei, assustada. Minha boca secou quando ele fez pressão ali, e quase perdi o fôlego no instante em que enfiou a ponta do dedo e ficou esperando, sem forçar mais adiante.

— Vamos lá — Michael insistiu, depositando beijos suaves na minha bochecha. — Me mostre o tanto que você gosta de ter meu amigo comendo sua boceta.

— Sim — choraminguei, sentindo meu clitóris formigar em necessidade. — Kai, porra, você me chupa tão gostoso.

350 PENELOPE DOUGLAS

Rebolei os quadris, rangendo os dentes ante o orgasmo iminente.

Por favor. Por favor. Por favor.

— Aaah... Aaaah.... — gemi alto, segurando o cabelo de Kai em um punho. Espasmos dominavam meu corpo enquanto o orgasmo me inundava com prazer que torturou cada fibra do meu ser.

O dedo de Michael começou a bombear no meu ânus, mas não senti dor. De forma alguma. Empurrei minha bunda contra sua mão, sentindo a necessidade crescente nas minhas duas entradas. Fui tomada por ânsia, luxúria e, por fim, prazer.

Meu coração palpitava loucamente, e acabei relaxando meu corpo contra o peito de Michael, sentindo-me saciada.

— Kai — ele disse, ofegante, atrás de mim.

Olhei para baixo e vi quando o amigo se afastou, os olhos se fechando por uma fração de segundos como se ele tivesse sentido o mesmo prazer que eu.

Ele estendeu a mão e pegou no ar a camisinha que Michael havia jogado em sua direção.

— Eu preciso de você — Michael arfou contra o meu cabelo, parecendo estar desesperado.

Percebi que havia retirado a calça e jogado tudo no chão, enquanto Kai ficava de pé e abria a embalagem do preservativo com os dentes, revestindo todo o comprimento de seu pau. Ele segurou meu pulso e me puxou contra si, pegando-me pela parte de trás das coxas e me levantando para que o enlaçasse pela cintura. Foquei o olhar naqueles olhos escuros enquanto apoiava minhas mãos em seus ombros fortes.

— Obrigado, Rika — ele disse com sinceridade.

Então beijou meus lábios assim que se ajustou em minha entrada, penetrando-me devagar.

Gemi ao sentir-me preenchida por ele. As mãos agarravam minha bunda para me puxar contra seu corpo forte.

— Você me quer, Rika? — perguntou. Nossos corpos pareciam ter sido moldados juntos.

— Sim — assenti, sabendo que era o que ele precisava ouvir.

Eu o queria?

Eu queria *isto*. Queria ele, Michael e eu, fazendo algo que fosse bom para apagar os últimos três anos, e queria que ele soubesse que não estava só.

Ele era amado e tinha pessoas com quem poderia contar.

Mas não estava apaixonada por ele. Meu coração sempre pertenceu ao Michael. No entanto, eu era sua amiga e queria isto.

CORRUPT

Michael veio por trás e senti seu pau cutucar minhas costas.

— Gostosa pra caralho — ele disse, segurando meus quadris e beijando meu ombro. — Solte apenas uma perna, Rika, mas continue se segurando no Kai.

Meu coração perdeu o ritmo, mas o obedeci, sabendo que ele precisava que eu ficasse em um determinado ângulo para que a coisa funcionasse.

Mantendo uma perna ao redor da cintura de Kai, com ele enfiado profundamente em mim, baixei a direita, só um pouquinho. Kai me segurou com firmeza, os músculos poderosos de seus braços contraídos a todo o tempo.

Michael roçou seu pau contra minha entrada apertada, meu corpo agora encharcado por conta do vapor e de Kai. Eu estava relaxada por causa do orgasmo, e muito exausta para me preocupar.

Nunca tinha feito isso antes. Dois caras – ou isto –, mas sabia que estava prestes a acontecer.

— Rápido — Kai disse ao amigo. — Eu preciso me mexer. Isto está gostoso demais.

Michael pressionou a ponta em meu buraco e perdi o fôlego por um instante.

— Relaxe, querida — disse, apalpando meu traseiro. — Eu juro que você vai adorar isso.

Suspirei audivelmente, obrigando meus músculos a relaxarem e ficando quieta quando ele se empurrou com mais força. Estremeci quando senti a ardência no instante em que a cabeça de seu pau enfiou dentro e prendi o fôlego.

— Acho que não...

— Sshhh... — Michael tentou me acalmar, sussurrando no meu ouvido e esticando a mão para acariciar meu clitóris. — Sua bundinha é tão apertada... Você acha que vou permitir que caia fora agora que provei isso aqui?

Então segurou meu cabelo em um punho, puxando minha cabeça para trás.

— Hein? — Mordeu minha bochecha, me provocando. — Ninguém vai ouvir se você gritar, Rika. Nós dois vamos te foder, e você vai amar cada segundo disso. Ninguém vai vir em seu socorro.

Meu coração saltou no peito, e sufoquei, sentindo meu clitóris latejar dolorosamente por conta do medo.

— Sim...

Filho da mãe.

O medo. O pavor do caralho me deixou com tesão, e ele soube exatamente o que dizer para fazer com que meu corpo ardesse de desejo outra vez.

Devagar — bem devagar —, ele se afundou mais e mais, e fiquei mais excitada ainda quando Kai enfiou a boca no meu pescoço, chupando, mordendo, beijando minha pele. Ele retirou o pau um pouquinho e estocou contra mim, e acabei me mexendo no ritmo, me jogando contra o pau de Michael. O rosnado em seu peito reverberou pelas minhas costas quando ele tomou minha boca.

Eles conduziram lentamente, encontrando uma sincronia para entrar e sair do meu corpo ao mesmo tempo, e segurei a nuca de Michael com uma mão, enquanto a outra puxou Kai para mais perto.

Eu estava completamente estirada e cheia, e meu corpo inteiro formigava com a fricção de nossas peles e suores. Meu cabelo grudava no pescoço e nas costas.

— Mais forte — gemi, arfando por entre os dentes à medida que inclinava a coluna para Michael e cravava as unhas na nuca de Kai.

Eles se moveram mais rápido, e doía pra cacete onde Michael me preenchia, mas era delicioso ao mesmo tempo. Era como se meu orgasmo estivesse vindo de dez lugares diferentes, todos com o mesmo objetivo de explodir simultaneamente no meu corpo.

— Porra — Michael ofegou, as mãos apertando meus quadris para que eu acompanhasse suas estocadas, tomando tudo aquilo que ele me dava.

— Caralho — Kai rosnou, uma mão segurando minha coxa com firmeza e a outra apertando meu seio.

Ele abaixou outra vez, me devorando com a boca e me apertei contra ele, suplicando.

Inclinando a cabeça para trás, pairei meus lábios contra os de Michael.

— Você vai me culpar por causa disso amanhã?

— E se eu fizer?

Respirei fundo, o ritmo das arremetidas de Michael e Kai ficando mais intenso.

— Então eu vou embora — eu disse —, e não vou voltar até que você me encontre.

Os lábios dele se torceram em um sorriso cínico, e ele enrolou um braço ao redor do meu pescoço, sussurrando no meu ouvido:

— Eu quero isto tanto quanto você. Quero ver o tanto que isso aqui pode me causar dor.

— E isso te incomoda de alguma forma?

Ele parou de respirar, como se estivesse agonizando de dor.

CORRUPT

— Eu quero matá-lo.

Eu sorri, satisfeita.

— Que bom.

Ele abaixou e capturou minha boca, e tive que me obrigar a ficar firme, porque seu beijo era tão devastador que era capaz de senti-lo até a ponta dos dedos dos pés.

Logo ele se afastou, curvou a cabeça para trás e estocou dentro de mim com mais força, dominado pelo prazer. Virei para frente e capturei os lábios de Kai nos meus, gemendo contra sua boca ao sentir a língua acariciar a minha. Minha boceta se contraiu com a sensação do prazer crescente.

Kai segurou meu cabelo rente à nuca, testa contra testa, nossos fôlegos se misturando.

— Rika — arfou. — Meu Deus, você é tão gostosa. Não acredito que fiquei sem isso por tanto tempo.

Suor fazia meu corpo inteiro brilhar, e chupei seu lábio inferior entre meus dentes.

— Estou te sentindo tão fundo. Me faça gozar de novo, Kai.

Ele apertou o punho no meu cabelo.

— Você não precisa pedir duas vezes, gata.

Seus impulsos se tornaram mais ásperos, e tive que me segurar no pescoço de Michael outra vez, sentindo-me preenchida por ambos, tão intensamente.

Mordi o lábio inferior, fechando os olhos com força ao sentir a adrenalina tomar conta dos meus sentidos e a boceta pulsar e latejar ao redor de seu pau. Mas foi Michael quem fez o prazer se espalhar pelo meu corpo. O pau dele se chocava contra a minha bunda, a pele friccionando contra a minha, e meu ventre e coxas começaram a queimar até que encontrei um ritmo sincronizado ao deles.

— Ai, nossa... — gemi. — Mais duro, mais duro!

— Vamos lá, querida — Michael incitou.

— Que merda é essa que está acontecendo aqui? — Ouvi uma voz atrás de nós, percebendo por um instante que alguém havia entrado ali.

— Dá o fora daqui! — Michael esbravejou.

— Puta que pariu! — Kai tombou a cabeça para trás, me fodendo com força, e era nítido que ele estava perto de gozar.

Nenhum de nós deu atenção ao intruso, mas ouvi quando a porta se fechou, indicando que havia saído dali.

— Sim — suspirei. — Sim!

O orgasmo se instalou e então explodiu pelas minhas coxas, costas e todo o meu interior. Fiquei parada, deixando-o se alastrar, à medida que os dois continuavam arremetendo contra mim de novo e de novo, a sensação fazendo com que eu revirasse os olhos.

Michael.

Puta merda. Nunca mais brigaria com ele quando quisesse me comer desse jeito. Foi o melhor orgasmo da minha vida.

Michael ainda estocou seu pau por mais algumas vezes, então curvou os dedos contra os meus quadris, quase dolorosamente, quando gozou.

— Porra — rosnou, ofegante e desabando o peso de sua cabeça contra meu ombro. — Caralho.

Porém Kai me puxou para longe de Michael, e estremeci quando senti a queimação na minha bunda. Ele me colocou deitada no banco de ladrilhos, levantou um dos meus joelhos e abriu minhas pernas, me penetrando de novo.

Arqueei o corpo inteiro, gemendo.

Ele se deitou acima de mim, colando o corpo ao meu e apoiando um braço acima da minha cabeça enquanto cobria minha boca com a sua. Ele me fodeu com força como se estivesse possuído, e eu nem tinha como ver onde Michael estava, porque Kai havia assumido o comando.

Senti o gemido dele em minha boca, enquanto arremetia mais e mais até que seu corpo contraiu, e sua pele incendiou com a força de seu orgasmo. Um suspiro rouco e profundo ressoou pela sala.

Eu o segurei, continuando a beijar sua boca agora tensa em busca de ar.

— Puta merda — ofegou. — Isso foi melhor do que eu me lembrava.

Depois de alguns instantes, ele se moveu e se retirou do meu corpo, sentando-se no banco.

— Você está bem? — Olhou para mim, preocupado.

Fechei as pernas e virei a cabeça para o lado, vendo Michael sentado em outro banco, à direita, com os cotovelos apoiados sobre os joelhos, nos observando.

Acenei com a cabeça.

Dobrando as pernas, foquei o olhar no teto esfumaçado, sentindo-me quente, exausta e satisfeita. Kai se levantou e se livrou da camisinha, jogando-a no lixo perto da porta. Pegou sua toalha do chão, enrolou em sua cintura e veio se sentar ao meu lado.

Nós ficamos em silêncio por alguns minutos, tentando acalmar as batidas de nossos corações. Meu corpo estava flutuando como um balão, e senti minhas bochechas aquecendo outra vez ao pensar em tudo o que havia acontecido. Meu coração pulou no peito, e o frio na barriga ainda se fazia presente.

O que as pessoas pensariam se tivessem nos visto?

Alex estaria orgulhosa. Ela iria até mesmo querer participar.

Trevor me chamaria de vagabunda.

Minha mãe tomaria um trago de sua bebida, e a Sra. Crist nos dispensaria como se tivesse sido apenas uma briga de travesseiros.

No entanto, uma calma lavou meu corpo quando percebi que a única opinião que me importava era a da mesma pessoa que nunca me fez sentir envergonhada. O único que sempre me incentivou a pegar o que eu quisesse, e o único que só pediu que nunca renunciasse a ele.

Que nunca desistisse.

Se fosse com qualquer outra pessoa – em outro momento –, talvez ficasse com medo de que nosso relacionamento pudesse estar em risco, ou que ele se sentisse ameaçado por Kai, mas Michael sabia onde meu coração estava. Ele não duvidava do meu sentimento.

Duvidava do dele.

Kai finalmente ficou de pé, virando-se para ficar acima de mim. Seus olhos estavam ardentes e um sorriso dançava em seus lábios. Ele parecia jovem outra vez.

— Você não está preocupado? — ele perguntou, olhando para Michael com atenção. — Eu poderia tentar tirá-la de você.

— Você poderia tentar — Michael retrucou.

Kai sorriu, se inclinou e depositou um beijo suave nos meus lábios.

— Seu pau está funcionando de novo — Michael advertiu atrás dele. — Agora vá encontrar outra pessoa.

Ouvi a risada bufada de Kai e sua boca se contraiu sobre a minha. Afastando os lábios dos meus, olhou para mim com tranquilidade e uma nova confiança adquirida.

— Não tenho palavras — disse. — Apenas "obrigado".

Ele se virou e saiu pela porta jateada, em direção ao vestiário.

Michael e eu ficamos sentados ali por mais alguns minutos, em silêncio, e ouvi o som de vozes do lado de fora, subitamente me recordando de que havíamos sido pegos em flagrante pouco antes. Alguém deve ter chamado a segurança.

Eu me sentei e fiquei de pé, sentindo as pernas trêmulas e o corpo dolorido pelo que havíamos feito. Podia sentir o olhar de Michael em mim quando peguei as roupas no chão.

— Sabe — comecei, vestindo a calça —, não consigo me lembrar de um tempo onde não tenha te amado.

Não olhei para ele, vestindo a jaqueta e pegando as meias e os sapatos. Sentei-me no banco e continuei:

— Quando você me olha, quando me toca, quando está dentro de mim — eu disse —, sinto um amor louco pela vida, Michael. Nunca quis estar em nenhum outro lugar.

Depois de calçar as meias e sapatos, me inclinei para amarrar os cadarços.

Assim que terminei, endireitei o corpo e olhei diretamente para ele.

— Será que algum dia você sentirá o mesmo por mim? — perguntei.

— Será que algum dia precisará de mim ou terá medo de me perder?

Kai fez com que eu me sentisse maravilhosa. Ele precisou de mim. Ficou grato.

Michael manteve o olhar fixo ao meu. Nada além de calmaria naqueles olhos profundos, impedindo-me de ver o que se passava em seu interior.

— Será que algum dia você vai se sentir vulnerável? — insisti.

E ao vê-lo apenas sentado, sem nada dizer, finalmente me levantei e fui em direção à porta.

— Encontro você do lado de fora.

CORRUPT

CAPÍTULO 26
ERIKA

Dias atuais...

— A gente devia estudar hoje à noite — Alex disse enquanto andávamos pelas calçadas. Havíamos acabado de sair da aula. — Desenvolvi um método fantástico onde como um *Skittle* toda vez que acerto uma resposta.

Deixei escapar uma risada sutil, balançando a cabeça.

— Mas são questões discursivas.

— Merda — resmungou. — Isso vale pelo menos um pacote de salgadinhos gigante por cada pergunta.

Ela desviou à esquerda e a segui para nos sentarmos na área externa de uma pequena cafeteria. Alex jogou sua bolsa no chão, ao lado de uma mesa cheia de mulheres.

— Ei, Alex — uma ruiva cumprimentou assim que nos viu. As outras ainda riam de alguma coisa compartilhada entre elas.

— Oi, gente — Alex retrucou, puxando uma cadeira. — Esta é a Rika. — Ela se virou para mim. — Rika, estas são a Angel, Becks e Danielle. Nós morávamos juntas no dormitório, ano passado. — Ela se inclinou e cochichou no meu ouvido: — Elas acham que tenho um amante rico e casado que me sustenta, então apenas vá na onda e sinta-se especial por eu ter confiado em você com a verdade, tá bom?

Com isso, ela me lançou um olhar de advertência, mas apenas ri antes de me sentar.

— Olá — cumprimentei e olhei para todas.

Elas sorriram e o bate-papo teve início outra vez, abordando temas sobre namorados, notas do semestre e outros. Fiquei quieta, tentando descontrair e absorver a energia do fim de tarde.

O som de pessoas assoviando para os táxis, buzinas dos carros e as conversas nas mesas ao lado me rodeavam...

No entanto, lentamente, todos os ruídos pareceram sumir. As conversas das garotas se transformaram em um eco distante, e calor se espalhou pelo meu pescoço e rosto, como aconteceu toda vez que me sentei quieta hoje, e era como se pudesse senti-los de novo.

Os corpos. O vapor da sala. O suor.

Fechei os olhos, sentindo a dorzinha que se espalhava pelo que havíamos feito. Meus membros estavam doloridos, e eu ainda era capaz de sentir o gosto deles na minha boca.

Não conseguia acreditar que fiz aquilo.

Michael.

Na noite passada, engoli a vergonha e extrapolei meus limites, e não sabia dizer se foi uma forma de testar a confiança dele, seu amor, ou apenas para ver as emoções que a experiência poderia desencadear entre nós, mas saí dali ciente de uma coisa: nada poderia nos separar ou impedir de fazer qualquer coisa.

Se ele me amasse, seríamos invencíveis.

Não aconteceu nada entre mim e Kai, na verdade. Aquilo foi entre mim e Michael, e Kai apenas ajudou.

Ele me ajudou a ver que Michael não estava pronto. Ainda não. Ele ainda precisava muito das idas e voltas – dos jogos – para se entregar a mim.

O celular vibrou dentro do meu bolso do meu casaco, e quando vi o nome de Michael na tela, decidi ignorar, guardando-o dessa vez na bolsa. Já era a sexta ligação do dia, contabilizando seis mensagens de voz e algumas de texto.

Eu sabia o que ele queria, mas se não estava disposto a me entregar seu coração, então eu também não acataria suas ordens.

— Era o Michael? — Alex perguntou, me entregando uma das águas que o garçom havia acabado de servir.

Apenas assenti e me recostei na cadeira, descansando os antebraços nos apoios de ferro.

— Está tudo bem?

Balancei a cabeça, semicerrando as pálpebras. Não fazia a menor ideia de como conversar a respeito dele.

— Não, nada está bem — uma voz grave disse, fazendo-me congelar.

As outras garotas à mesa pararam de conversar e olharam por cima

CORRUPT

359

do meu ombro. Kai e Will estavam parados atrás de mim, o jaguar preto encostado no meio-fio.

— Michael esteve tentando falar com você — Kai informou, se postando entre a minha cadeira e a de Alex. — Como não conseguiu contato, nos mandou à sua procura.

— Eu teria atendido ao telefone se fosse minha vontade falar com ele — retruquei.

— Ele acha que seria melhor você ir para casa e o esperar lá — Kai sugeriu, mas sabia que era uma ordem. — Ele está preocupado de que aqui não seja seguro.

— Registrado — respondi. — Obrigada.

E então peguei meu copo d'água, dispensando-o. Ele o retirou da minha mão e acabei chiando quando o líquido gelado espirrou nos meus dedos. Jogando o conteúdo no pequeno vaso de plantas atrás de si, ele colocou o copo sobre a mesa com brusquidão.

Inclinando-se para mim, Kai observou as garotas que permaneciam quietas e chocadas.

— Vocês vão nos perdoar, senhoritas — ele disse em um tom irônico, e depois rosnou no meu ouvido; seu perfume trazendo as memórias vívidas da noite anterior. — Ele está preocupado com você, Rika.

— Então ele que me diga isso — respondi com malcriação. — Ao invés de enviar seus cães para me buscar.

Ele se levantou e quase gritei quando ele arrastou minha cadeira para trás e agarrou a parte de cima do meu braço, me puxando. Em seguida me empurrou para Will, se abaixou e pegou minha bolsa, jogando-a na minha direção.

Eu a peguei, mas ergui as mãos no ar e acertei seu rosto.

— Entre no carro — ordenou, segurando a bolsa com uma mão —, ou vou te levar no meu ombro.

— Rika, você está bem? — Alex ficou de pé.

Kai, no entanto, se virou e se impôs sobre ela.

— Sente-se e não se intrometa.

Ela voltou a se sentar, e pela primeira vez desde que a conheci, vi o medo estampado em seu olhar.

— Vamos embora — Will puxou meu braço, mas me soltei de seu agarre, seguindo sozinha para o carro.

Kai veio logo atrás e todos nos acomodamos no veículo, batendo as portas assim que Will disparou para longe do meio-fio.

Rangi meus dentes, a figura imponente de Kai se avolumando ao meu lado, no banco de trás, e tomando conta do espaço. Podia sentir seu olhar queimando o lado esquerdo do meu rosto.

Ele se lançou para frente e me agarrou, e tentei empurrar-me para longe de seu peito quando ele me colocou sentada em seu colo.

Que diabos ele estava fazendo? Será que achava que só por causa de ontem à noite, ele poderia me manusear do jeito que quisesse?

— Enquanto você está ocupada fazendo birrinha — disse, o hálito tocando meu rosto quando segurou minha nuca com uma mão e apertou meu queixo com a outra —, deixe eu te explicar uma coisa que aparentemente ainda não está clara o suficiente.

Eu me remexi, tentando girar a cabeça para me livrar de seu agarre, mas o aperto de suas mãos era muito forte.

— Pense na última vez em que você deixou o Trevor te comer — disse em um tom de voz áspero, enfatizando cada palavra com irritação. — Pense no cheiro dele, em como se sentiu ao ter o suor dele espalhado pelo seu corpo, os lábios em todo lugar; pense na forma rude como ele fodeu essa sua bundinha bonita, e no quanto ele devia estar adorando fazer isso...

Rosnei e me debati para me soltar.

— Você quer saber o que estava se passando na cabeça dele? — Kai zombou. — Hein?

Respirei fundo, sentindo a raiva lamber minha pele como se fosse lava incandescente.

— Puta. Burra. Do caralho — ele mesmo respondeu, como se fosse Trevor. — Ela é ingênua pra cacete, a idiota desmiolada não faz a menor ideia de que era eu por trás daquela máscara. Agora estou aqui em cima dela, tocando todo o seu corpo, desfrutando da mercadoria. Cabeça-oca estúpida.

Ele me soltou, e me refugiei no outro lado do carro outra vez, respirando com dificuldade enquanto o ódio aquecia meu sangue.

Trevor maldito.

A última vez em que dormimos juntos, ele deve realmente ter se divertido ao me ver curvada ao seu bel-prazer. Deve ter me tomado como burra enquanto me dominava.

Passei uma mão pelo cabelo, frustrada, sentindo minhas costas inundadas de suor.

— Espero que agora você esteja furiosa — Kai prosseguiu —, porque é exatamente assim que Michael está se sentindo. Trevor enganou a todos nós, e você já deveria saber que só podemos lutar contra os perigos que podemos ver chegando. E neste instante, estamos de olhos vendados. — A voz poderosa ressoou pelo carro. Eu me recusava a olhar para ele. — Trevor é imprevisível e indecifrável, e Damon só tem uma emoção o movendo agora: ódio.

Olhei para fora do vidro, assim que viramos na rua do Delcour. Ele estava certo. Havia um perigo à espreita e eu estava sendo imatura. Mas eles também estavam me tratando como uma criança.

— É tão difícil entender que Michael quer a garota dele em segurança? — Kai perguntou em um tom mais gentil.

— Talvez — admiti, virando a cabeça para olhar para ele. — Mas será que vocês podem falar comigo como uma pessoa adulta ao invés de me manipular? Será possível isso?

O olhar de Kai suavizou e permaneceu focado em mim. Retive o fôlego, por apenas um instante, quando a noite passada se infiltrou em nossas mentes.

O carro, de repente, pareceu pequeno demais.

Will encostou na frente do Delcour e eu abri a porta, pegando minha bolsa.

— Vou dar uma olhada no apartamento dela. — Ouvi Kai dizer a Will. — Vá estacionar.

Bati a porta com força, dando um sorriso sutil ao porteiro assim que ele abriu a porta de entrada. Kai veio logo atrás quando andei até o elevador e pressionei o botão.

— Você não tem que me acompanhar — insisti. — Sou capaz de me trancar lá dentro por conta própria.

Ele exalou uma risada silenciosa.

— Não vou me demorar. Michael deve passar por lá mais tarde para te fazer companhia, tenho certeza.

Entrei no elevador assim que as portas se abriram e apertei o botão do vigésimo primeiro andar. Sabia que Michael estava no treino, razão pela qual enviou os rapazes atrás de mim, mas eu não tinha certeza se o deixaria entrar mais tarde.

O que era pior do que me paparicar, era enviar os amigos para fazer isso.

Assim que entrei no meu apartamento, Kai passou à minha frente, percorrendo todos os quartos e conferindo a porta dos fundos e o terraço.

— Parece que está tudo em ordem — ele disse, vindo da sala de estar e checando as trancas da porta de entrada.

— É claro que está — repliquei. — Trevor está em Annapolis, e Damon provavelmente está bêbado e enterrado debaixo de uma fonte inesgotável de piranhas adolescentes em Nova York.

Ele riu, abrindo a porta e parando no batente por um instante.

Mas então seus olhos pousaram sobre mim, como se estivesse pensativo, antes de varrer meu corpo de cima a baixo. Seu olhar intenso permaneceu fixo por um tempo, e eu congelei, sentindo um calor súbito entre as coxas, deslizando pelas pernas.

— Eu poderia ficar aqui, se você quiser — ofereceu, a voz profunda e rouca.

Meus lábios se curvaram em um meio-sorriso, ao me aproximar dele.

— E o que faríamos?

Um sorriso sexy enfeitou o rosto lindo.

— Talvez pedir algo para comer — ele deu a entender e depois deixou o olhar percorrer meu corpo outra vez —, ou talvez algo para beber?

Cheguei perto dele e segurei a porta aberta.

— Ou talvez... você esteja apenas me testando. Só para ver se eu o convidaria pelas costas de Michael.

— Por que eu testaria você?

— Porque você ama o Michael mais do que a mim — eu disse de uma vez.

Seus olhos baixaram, risonhos.

— Talvez — respondeu, acariciando meu rosto com o polegar. — Ou talvez eu goste disso. Talvez queira ver como seria ficar com você só para mim desta vez.

Arqueei uma sobrancelha, dando-lhe um olhar sagaz.

Ele abaixou a mão e deu uma risada tranquila.

— Desculpa. Eu só precisava ter certeza.

Eu o encarei pacientemente, sabendo o que ele estava fazendo.

Kai não tinha nada com o que se preocupar. Eu amava Michael, e o deixaria antes de sequer pensar em traí-lo. Sabia que ele estava testando minha lealdade ao amigo, mas aquilo nunca seria necessário. Por mais que não me arrependesse do que fizemos na noite anterior, eu sabia que aquilo nunca se repetiria. Nós éramos amigos.

Ele se afastou do umbral da porta e saiu, mas se virou antes que eu pudesse fechar.

— Não é só o Michael, sabia? — Lançou um olhar examinador. — Will e eu nos preocupamos com você também. Você é uma de nós. Seria difícil se... — Então baixou a cabeça, como se estivesse procurando as palavras certas. — Nós gostamos de você — admitiu, olhando para cima outra vez. — Não queremos que se machuque.

CORRUPT

363

Ouvir aquilo aqueceu meu coração, mas foi mais forte do que eu retrucar:

— Se sou uma de vocês, por que então sou a única que está sendo mantida fora dos planos e sendo protegida?

— Porque ele ama você mais do que a nós — Kai respondeu, atirando para mim quase as mesmas palavras que usei antes.

Eu queria acreditar naquilo. Esperei por muito tempo para ouvir isto.

Fechando a porta, tranquei e me impregnei com a paz e quietude. Meu telefone vibrou outra vez, e quando conferi a tela vi que se tratava de Alex, provavelmente querendo saber se eu estava bem. Mas a não ser que fosse minha mãe me ligando, eu não tinha interesse de falar com mais ninguém.

Fiquei parada perto da bancada central da cozinha, pensando nos trabalhos que eu tinha que começar a fazer, na leitura que precisava concluir em poucos dias, e no fato de que não havia checado minhas redes sociais em nenhum momento por mais de uma semana.

No entanto, subitamente me senti exausta.

Chutando os sapatos e tirando as meias, fui até o meu quarto, deixei o celular em cima da mesinha de cabeceira e despenquei na cama. Meu corpo foi envolto pelo cobertor macio e fresco, e meus olhos se fecharam de imediato.

— Michael?

Levantei a cabeça do travesseiro e virei de lado, lutando para abrir os olhos. Pensei ter ouvido alguma coisa.

O quarto estava escuro e silencioso. Olhei para a porta e para o corredor, vendo que também estavam em total escuridão. Percebi a tela do celular iluminada, e me virei, deitando-me de costas outra vez. Provavelmente foi a luminosidade que me acordou.

Virei a cabeça e suspirei, frustrada. Seis horas. Já passava das onze da noite.

Não podia acreditar que tinha dormido tanto tempo assim. Peguei o celular, checando as inúmeras mensagens de texto de Michael, sendo que a última dizia:

> É melhor abrir a porra da porta quando eu chegar aí.

Não havia lido nenhuma de suas mensagens ao longo do dia, mas acho que o tom irritado a cada uma era justificado, já que não respondi a nenhuma delas.

Largando o celular na cama, sentei-me no colchão. Fui descalça pelo chão frio do corredor até a cozinha, disposta a fazer alguma coisa para comer.

Havia perdido o horário do jantar, então agora estava morrendo de fome.

Mas então percebi algo com o canto do meu olho, e girei ao redor, meu coração quase saindo pela boca na hora exata em que vi a porta dos fundos totalmente aberta. A luz da escada de emergência penetrava no ambiente.

Uma forma escura, usando moletom preto, com o capuz abaixado, estava parada no batente, me encarando através de sua máscara. A mesma que os caras usaram quando me atraíram à casa dos Crist.

Perdi o fôlego, minhas mãos tremendo com a descarga da sensação de perigo que se arrastou pela minha pele. No entanto, cerrei os dentes e senti a raiva tensionar meus músculos.

Michael.

— O que foi? — ralhei. — Você precisa do seu lanchinho da meia-noite?

Ele e seus malditos jogos. Aquele não era o momento, e eu não estava no clima para nenhum fetiche esta noite.

— Só dê o fora daqui, Michael.

Porém ele ergueu a mão e enfiou a ponta de um facão na parede do meu corredor. Meu coração acelerou outra vez enquanto eu o via, de olhos arregalados, vindo em minha direção. A lâmina de aço raspando a pintura enquanto se arrastava pela parede.

Exalei todo o ar dos meus pulmões quando recuei.

— Damon — sussurrei, sufocada.

E, naquele instante, ele abaixou a mão e correu em disparada na minha direção. Gritei e girei ao redor, tentando alcançar a porta da frente.

Eu me joguei contra a superfície de madeira, e imediatamente tentei destravar as fechaduras, mas não adiantava nada. O corpo de Damon se chocou contra minhas costas, e sua mão se enrolou na minha garganta enquanto a ponta da lâmina se encaixou por baixo do meu queixo.

A pontada fez com que eu gemesse de dor.

— Damon! — Cravei as unhas na porta. — Não faça isso!

Ele apertou minha garganta, e a mão que ainda segurava a faca cobriu minha boca com um tecido, me fazendo sufocar.

— Quem vai me impedir? — sussurrou no meu ouvido.

E então tudo escureceu.

CORRUPT

CAPÍTULO 27
ERIKA

Dias atuais...
Flutuando.

Minha mente estava turva, e por um momento era como se estivesse flutuando acima do meu corpo, subindo pelos ares. Uma semente de dor se alojou na lateral da minha cabeça, e rapidamente floresceu, espalhando suas raízes lancinantes pelo meu crânio quando grunhi.

— Mas que porra? — Pisquei e coloquei a mão sobre a região dolorida logo acima da têmpora, chiando: — Merda.

Conferi meus dedos e não detectei sangue, mas o local estava definitivamente sensível.

Damon. Parei, lembrando-me que ele esteve no meu apartamento.

— Ai, meu Deus — suspirei, desesperada, tentando me sentar com dificuldade. O quarto onde me encontrava entrou em foco.

Onde eu estava?

Apoiando as mãos no tecido macio abaixo de mim, olhei ao redor, deparando-me com os móveis de madeira clara, bem como os acessórios do lugar, as portas de vidro que levavam ao deck, as pinturas e arandelas douradas nas paredes, os carpetes e a familiaridade impessoal daquele quarto.

Então senti a vibração abaixo de mim. A vibração dos motores.

Pithom. Estávamos no iate dos Crist.

Estive aqui apenas algumas vezes enquanto crescia — festas e passeios pela costa —, mas eu o conseguiria identificar.

— Fico feliz que esteja bem. — Ouvi a voz atrás de mim e me virei com pressa.

Damon estava de pé do outro lado do leito onde eu estava deitada, com um ombro encostado na parede e os braços cruzados sobre o peito. Os olhos escuros estavam fixos em mim.

— Eu já estava começando a me preocupar — ele disse em um tom sinistro e calmo.

Ele usava uma calça preta e camisa social branca, meio solta na cintura e aberta no colarinho. O cabelo escuro despenteado como se ele tivesse acabado de acordar, mas os olhos diziam o contrário. Estavam totalmente focados em mim, em alerta. De forma alguma ele se parecia ao cara esfaqueado e ensanguentado de uma semana atrás.

— Nunca tinha me dado conta antes, mas observando você dormir aqui, bem como no seu apartamento... — abaixou o olhar por um momento, parecendo sério. — Você é muito bonita. Esse cabelo comprido e loiro, lábios carnudos... Você tem essa aura inocente e tranquila ao seu redor.

Eu o encarei, meu coração acelerado, sentindo-me nauseada. Ele me observou dormir no meu quarto? Meu Deus, por quanto tempo esteve lá antes de eu acordar?

Lancei olhares furtivos pelo lugar outra vez. Precisava encontrar algo para me defender. Quisera eu ter a adaga com a lâmina de Damasco.

— É isso aí, tão pura e perfeita — refletiu, afastando-se da parede e vindo em direção ao leito. — Exatamente como ele a quer.

Estreitei o olhar, levantando o corpo devagar e recuando à medida que ele se aproximava.

— Ele quem? — perguntei com a voz trêmula.

Quem me queria pura e perfeita?

Minha cabeça latejou, e me senti zonza, mas estendi as mãos à frente, tentando empurrá-lo para longe de mim.

— Só que agora você já não é tão pura, não é mesmo? — ele se gabou, ignorando minha pergunta. — Michael te deu um trato e agora você só serve para uma coisa...

— Do que você está falando? — Eu me arrastei para trás, meus punhos cerrando à medida que o medo se enrolava por dentro.

— Não se preocupe, ele vai se divertir com você. — Damon chegou mais perto, um sorriso doentio no olhar. — Mas ele nunca vai se casar com a prostituta do irmão mais velho.

Casar... o quê?

Então os olhos de Damon dispararam para algo atrás de mim, e quando girei para conferir, vi Trevor parado exatamente ali.

CORRUPT

Alto e imponente, ele vestia um jeans e camisa polo azul-marinho. O cabelo loiro ainda se mantinha no corte militar, e os olhos azuis presunçosos me perfuravam.

Balancei a cabeça, em descrença.

— Trevor?

Só tive um segundo antes de sua mão estapear meu rosto. Dei um passo atrás, tentando não perder o equilíbrio quando minha cabeça girou com força para o lado. Meu rosto queimava como se milhares de agulhas estivessem me espetando por baixo da pele. Meus olhos se encheram de lágrimas, e coloquei uma mão sobre a bochecha quando a dor de cabeça explodiu e tudo ficou borrado.

Damon me agarrou e me virou de frente para ele, jogando-me sobre seu ombro.

— Não! — chorei, desesperada, esmurrando suas costas e me remexendo.

Comecei a tossir e senti a bile subir à garganta enquanto ele me levava pelo corredor escuro.

— Damon! — Senti-me sufocar, sentindo a náusea. — Damon, por favor.

Ele me carregou por uma porta e me agarrei ao umbral, tentando impedi-lo de continuar. Eu chutava e me contorcia contra ele.

— Me solta, seu imbecil de merda! — gritei, porque já estava cansada de me sentir com medo. — Você não vale nada! Ouviu? Você é só um monte de lixo! Tomara que você morra!

Ele me puxou com força, e acabei soltando meu agarre. Meus braços latejavam de dor por conta da agressividade de seu movimento.

Voei pelos ares e perdi o fôlego quando aterrissei em uma cama. Rapidamente me levantei para ficar sentada, mas ele veio para cima de mim outra vez. Agarrando meus pulsos, ele me empurrou no colchão, apoiando um joelho sobre o meu peito para me manter no lugar.

— Damon! — esbravejei, mas meus pulmões não conseguiam se encher de ar por conta do peso que estava sendo colocando sobre mim.

— Chega de conversa — rosnou.

Eu me debati e tentei empurrá-lo para longe de mim, sufocando e tossindo para respirar.

— Vá se foder! — gritei, mas saiu esganiçado.

Ele tirou algo marrom do bolso e amarrou o tecido áspero ao redor dos meus pulsos.

— Não! — Tentei afastar as mãos, me jogando contra ele para que perdesse o equilíbrio ou algo assim, mas isso só fez com que apertasse mais ainda.

Tentei respirar, apesar do peso sobre meu peito, mas era quase impossível. Ele amarrou minhas mãos contra a cabeceira da cama.

Olhando à minha volta rapidamente, percebi a imensa janela por trás de Damon, mostrando a vastidão sombria do lado de fora iluminada apenas pelas estrelas. Não havia nada nos móveis que pudesse usar como uma arma, mas se conseguisse me soltar, com certeza encontraria algo nas gavetas ou no banheiro.

— Onde estamos? — exigi saber. A pele dos meus pulsos queimava sob os nós que ele havia dado.

— A três quilômetros da costa de Thunder Bay.

Abrandei e o encarei. Estávamos em alto-mar? Por quê?

Achei que ainda estávamos ancorados no porto, onde o iate costumava ficar, mas só havia um motivo para que tivéssemos zarpado.

Não haveria a menor possibilidade de eu ser socorrida.

— Michael... — eu disse baixinho, sem me dar conta do que queria saber.

— Ele vai chegar em breve — Damon revelou, soando como se estivesse dizendo: *"Tudo vai acabar em breve."*

Um arrepio percorreu minha coluna, e respirei profundamente quando ele retirou o joelho do meu peito. No entanto, a liberdade do peso de seu corpo não durou muito. Ele se abaixou outra vez, me obrigando a abrir as coxas e se aninhou contra minhas pernas cobertas pelo jeans. Cada músculo do meu corpo tencionou quando ele se ajeitou acima de mim, me encarando.

— Agora que tenho você só para mim... — provocou, o olhar ardente.

Eu me remexi, lutando contra as amarras e rosnando em resposta. Lágrimas deslizavam pelo meu rosto, e eu arfava desesperada tentando libertar meus braços.

— Uma guerreira... — elogiou. — Eu sabia que ia me divertir muito com você.

Apoiei meus pés descalços sobre o colchão, me contorcendo e tentando arquear meu corpo para fora da cama, mas isso apenas fez com que ele risse, pressionando o pau duro entre minhas pernas.

Eu me retraí, virando a cabeça para o outro lado e tentando esconder meu rosto contra o travesseiro para me livrar dele.

— Continue fazendo isso — implorou. — É gostoso pra caralho, Rika.

Então encostou a boca na minha bochecha.

CORRUPT

— Vamos lá — suspirou, arrastando a língua pela minha mandíbula. — Você sabe que isso vai acontecer. Acho que você está com medo é de gostar.

Balancei a cabeça e virei o rosto para encontrar seus olhos.

— Você não vai fazer isso. Eu te conheço.

— Não conhece, não. — Sua voz se tornou ameaçadora.

Mas continuei insistindo:

— Você é maldoso e desprezível, mas não é perverso — disse, entredentes. — Achei que você e Kai... Trevor, na verdade, fossem me machucar aquela noite, pelo menos um pouco. Não sei dizer se era uma brincadeira da sua parte, ou se estava levando a sério, mas não me sentia segura. Estava com medo pra caralho.

Ele me observou, pairando a boca sobre a minha.

— Mas aí você não deixou que ele continuasse — eu disse, rápido. — Você não deixou que ele me machucasse. Era uma brincadeira sua, mas no momento que você percebeu que Trevor estava indo mais longe do que planejaram, você o impediu de continuar. Você não é mau.

A língua dele se agitou sobre meu queixo, e fechei os olhos com força, meu peito estremecendo com os soluços enquanto ele trilhava um caminho pelo meu pescoço e meus seios, por cima da blusa.

— Você não é mau — repeti, puxando as amarras e sentindo a língua circundar meu mamilo por cima do tecido. — Você não é mau.

— Não, eu não sou — ele disse, acima do meu peito. — Eu não sou ninguém. Sou um merda. Sou um monte de lixo.

Então ele se impulsionou para cima e saiu da cama, fixando os olhos frios em mim.

— E serei seu pior pesadelo, Erika Fane.

Ele se afastou e se sentou em uma das poltronas à minha esquerda, parecendo calmo de uma maneira perturbadora.

Havia um escudo sobre seus olhos agora, e engoli o nó que se formou na garganta, receando que ele não falaria mais comigo.

Ele ficou ali sentado. E esperou.

— E, então? — argumentei. — Trevor agora é seu chefe? Você aprendeu a ser a cadela de alguém na cadeia?

Ele sorriu, irônico, reclinando-se na poltrona e descansando o antebraço na mesa à sua direita.

— Se fizer isso — eu disse, ríspida —, você vai perdê-los para sempre.

— Perder quem?

— Os caras — esclareci. — Eles são sua família, e nunca perdoarão você por isso.

Ele balançou a cabeça, desviando o olhar.

— É tarde demais de qualquer forma. As coisas nunca mais serão as mesmas agora.

Ele olhou ao longe, um ar solene cruzando seu semblante, como se nada estivesse acabando.

Já estava tudo acabado, e Damon já estava perdido.

— Você sabe por que te pegamos para ir com a gente aquela noite? — Damon perguntou. — Normalmente, não me importava com quem Michael fodia, a não ser que a garota fosse gostosa e eu tivesse minha vez, mas com você era diferente. Eu soube naquela noite. Ele queria mais de você do que apenas a sua boceta.

Meus braços retesaram e os puxei contra as amarras outra vez, as linhas ásperas dilacerando minha pele.

— Por que você se incomodou tanto com isso?

— Porque quando se trata de mulheres, não existe nada mais do que bocetas — ele disse, ríspido. — Você ia se colocar entre nós. Mudar e destruir o que tínhamos.

As rugas em sua testa se aprofundaram, e ele me encarou com raiva. Não entendia sobre o que ele estava falando. Como eu me interporia entre eles?

— Quando esbarrei em Trevor — continuou —, pensamos apenas em te sacanear. Te dar um susto. Eu teria o que queria, você longe do Michael e de nós, e o pequeno e ridículo Trevor, que sempre morreu de ciúmes do irmão mais velho, te colocaria de novo na coleira.

Ele lambeu os lábios e prosseguiu:

— Will foi fácil demais. Ele estava mais alto do que uma pipa, e mesmo sóbrio, o filho da puta mal sabia somar dois e dois, então, quando Trevor se apossou da máscara de Kai, as coisas entraram nos eixos.

— Mas quando chegamos à clareira — eu o interrompi —, você percebeu que Trevor planejou algo que você não estava a par. Você queria me assustar, me aterrorizar, talvez até mesmo me foder se eu tivesse vacilado em qualquer momento, daí eu ficaria com vergonha de encarar Michael outra vez, mas você não queria me machucar. — Respirei fundo, finalizando: — E você não quer me machucar agora.

Distraidamente, ele pegou algo em cima da mesa, balançando cabeça.

— É aí que você se engana — ele disse, encontrando meu olhar. — Eu

CORRUPT

371

quero machucar você. Quero muito te matar, e depois vou fazer o mesmo com Trevor.

— Trevor?

Ele assentiu.

— Ah, sim, ele vai receber o que merece. Agora que sei que ele roubou o celular? Sim. Agora, você... vou matar só porque estou puto pra caralho, e não tenho mais nada a perder. Já perdi tudo mesmo, porque como toda mulher faz, você fodeu com tudo. Você se colocou entre irmãos.

Não fiquei entre eles. Nunca fiz Michael escolher, e nunca quis destruir o que eles tinham. Eu queria fazer parte daquilo. Estava curiosa, e queria me divertir, mas nunca quis mudar quem eles eram ou impedi-los, ou...

Então parei quando me lembrei do episódio do gazebo. A forma como protestei por não ter concordado com o que Will estava fazendo. A maneira como me afastei dali quando Michael me mandou ficar. A forma como os julguei pelo que estavam fazendo.

Talvez Damon estivesse certo.

Eu não me arrependia por ter recuado diante daquele trote. Era horrível, estúpido e errado, mas da mesma forma que Michael ficou ao lado dos amigos naquela noite, talvez houvesse outra ocasião em que ele não ficasse mais.

Talvez, eventualmente, depois de mais trotes e mais noites cheias de decisões imprudentes das quais eu não aceitasse participar... talvez chegasse o dia em que Michael escolheria o meu lado ao invés do deles.

Eu não havia feito nada errado, é claro. Não era minha culpa e eu sabia disso.

Mas agora, olhando sob o ponto de vista de Damon – ele tendo ciência de que em algum momento eu acabaria fazendo a cabeça de Michael –, e sabendo que nada disso – nada disso mesmo – teria acontecido se não os tivesse acompanhado naquela noite... talvez precisasse reconhecer que fui, sim, parte de tudo isto. Como Will dissera... que eu já estava envolvida.

— Todos nós fomos prejudicados pelo o que aconteceu — eu disse, encarando-o sem medo. — Não sou a única que deveria ser punida.

Ele permaneceu em silêncio por um instante.

— Talvez — finalmente disse. — Talvez você seja apenas uma vítima como todos nós.

Algo cruzou seu olhar, um cansaço borbulhando por baixo de toda a raiva e o ódio que ele tentava ostentar como se fossem uma máscara. Havia algo por trás de seus olhos, um episódio ou uma lembrança, mas não pude descobrir.

— De todo jeito, isso não importa mais — ele disse, calmamente.

Mas antes que tivesse a chance de perguntar o que ele queria dizer com aquilo, uma sombra recaiu sobre o piso, e girei a cabeça para a direita, vendo Trevor ali parado.

— Os dois estão se entendendo?

A voz dele soava leve e divertida, como se não tivesse acabado de me bater.

Estreitei o olhar, vendo que ele parecia mais magro.

Annapolis.

Espera, ele não deveria estar aqui. Ele não podia deixar as instalações da Academia Naval quando bem entendesse. Será que Damon o procurou lá depois da briga com Michael na casa dos pais dele? Deve ter sido isso.

Trevor tinha assuntos para acertar, e deve ter sentido medo de que o irmão fosse atrás dele. Michael daria uma baita surra nele.

Damon se levantou da poltrona e deixou o quarto, e senti-me tensa na mesma hora, percebendo que ele estava me deixando sozinha com Trevor. Por alguma razão, eu me sentia mais em risco agora.

— Ele nunca vai ajudar você — Trevor afirmou, entrando no quarto. — Ele odeia as mulheres.

Ele se aproximou, e segurei um pedaço da corda ao redor dos meus pulsos, erguendo meu corpo um pouco mais para cima, para longe dele. Minha mão atingiu o espelho da cabeceira, e parei, dedilhando-o devagar.

Vidro.

— Você sabia que ele só tinha doze anos quando a mãe começou a transar com ele?

Meu coração quase parou de bater, e me virei para olhar para Trevor, sentindo o horror da informação me estilhaçar por dentro.

O quê?

— E então, quando estava com quinze — Trevor prosseguiu —, ele deu uma surra nela e ameaçou matá-la se ela voltasse a encostar a mão nele. Ouvi meu pai conversando com o dele alguns anos atrás.

Senti meu lábio inferior tremer, sem saber se estava me dizendo a verdade, mas por que ele mentiria?

Bom, acho que isso explicava o porquê Damon sentia tanto ódio das mulheres.

— O pai dele varreu tudo para debaixo do tapete e nunca mais falou no assunto outra vez. Os caras eram tudo o que ele tinha, e você tirou isso dele.

— *Você* tirou isso dele — vociferei. Todos os meus músculos retesaram quando ele se sentou na cama.

CORRUPT

A mão de Trevor percorreu minha perna, e esperneei para que se afastasse, mas ele apenas sorriu e apertou minha coxa com mais força ainda, arrancando de mim um gemido de dor. Não podia acreditar que já havia deixado que ele me tocasse.

No ano passado, acabei cedendo depois de anos sendo pressionada para comparecer junto a ele a bailes de escola, festas, fotografias... Também parei de refutar as afirmações constantes das outras pessoas, de que éramos um casal, até que finalmente deixei acontecer. Trevor me trouxe estabilidade, me queria, e eu era burra demais para acreditar que merecia algo melhor. Mas, acima de tudo, ele era uma distração para que não pensasse em Michael. Achei que, com ele, seria capaz de esquecer e seguir em frente.

Não demorou muito até que percebi que Trevor nunca me deu nada. Em apenas uma noite, Michael me provou que eu não era fraca. Que era bonita, desejada e forte, e ainda que aquela noite tenha tido uma curta duração, concluí que o que sentia por Trevor nunca se compararia ao que o irmão dele significaria para mim.

Trevor apenas me reivindicou como um prêmio. Ele não me via de verdade.

— Como pôde fazer isso? — exigi saber. — O que você quer?

— Eu quero ver vocês dois perdendo — retrucou. — Cansei de viver à sombra de Michael, e cansei de ver você ofegando atrás dele. — Ergueu os olhos, me encarando. — Quero ver os dois sofrendo.

Rangi os dentes, puxando a corda uma e outra vez.

— Me solte.

A mão dele deslizou por baixo da minha camiseta, e tentei me afastar de seu toque que me trazia calafrios.

— E quanto a Damon... Ele quer apenas que todos vocês sofram — indicou. — Eu e ele fazemos uma boa dupla.

— Por que ele está te ajudando? — perguntei, ríspida. — Ele sabia que era você usando a máscara aquela noite. Por que ele me fez acreditar que era o Kai?

Trevor deu de ombros, observando a própria mão percorrer minha barriga.

— Você já tinha sido jogada no lixo pelo Michael. Servia ao nosso propósito fazer você acreditar que nenhum deles era seu amigo. Além disso — disse com um sorriso —, ele não dava a mínima para você. Depois de todos pensarem que você os denunciou, acho que ele apagou da cabeça que a única ameaça real para você estava bem debaixo do seu nariz.

Ou seja, Trevor. Sempre ali. A apenas um quarto de distância. À espreita, esperando...

— Mas você sabia que eles estavam pensando que eu tinha pegado o celular e postado os vídeos. Devia saber que viriam atrás de mim.

— O que não teria sido um problema, se você não tivesse resolvido sair da Brown — argumentou. — Eu teria mantido Damon sob controle, e ele teria feito os outros esperarem. — Suspirou e então continuou: — Mas você saiu debaixo da minha proteção, e pode ser que eu tenha resolvido ver o que ia acontecer. Se eles te fizessem sofrer – se Michael a prejudicasse –, antes de perceberem que estavam se vingando da pessoa errada, talvez você finalmente desistisse dele de uma vez por todas.

Ele subiu na cama, e ficou de quatro, engatinhando sobre o meu corpo, o rosto pairando logo acima do meu.

— Talvez você finalmente o tirasse do pedestal onde o colocou, e o visse pelo que é realmente.

— Que seria? — ironizei.

— Inferior a mim.

Então ergueu a cabeça, prestando atenção como se tivesse ouvido alguma coisa. Saiu da cama e andou até uma das janelas.

— O único erro que cometi — ele disse, ainda olhando para o lado de fora — foi quando citei a frase do meu pai naquela noite, na floresta. Caso contrário, talvez você nunca tivesse descoberto.

Meu corpo estremeceu por conta do medo, e curvei a cabeça para trás, lutando contra as amarras.

— E o que planeja fazer agora? — exigi saber. — O que você espera ganhar com tudo isso? Michael está de posse de todos os meus bens – a casa, as ações, tudo –, e eu nunca voltaria para você. Prefiro morrer a deixar você me tocar outra vez.

— Você acha que te quero de volta? — Ele se virou, de braços cruzados. — A vagabunda do meu irmão?

Riu com sarcasmo e veio até a cama outra vez.

— Ah, não... — replicou de um jeito arrogante. — Posso arranjar alguém muito melhor que você. E quanto ao Michael estar com tudo o que te pertence, isso é fácil. Os mortos não são donos de nada.

Mortos? Será que ele...?

Se Michael morresse, tudo reverteria para o Sr. Crist. E se Trevor já não me queria para que pudesse se apossar dos meus bens, então, para que conseguisse o controle de tudo, eu *também* teria que estar mo...

CORRUPT

Michael.

Puxei as cordas, tentando libertar meus pulsos.

— Vá se foder! — gritei, sentindo a ardência das lágrimas quando deslizaram no ponto exato em que fui atingida por ele. A pele dos meus pulsos já estava em carne-viva, mas continuei grunhindo e me debatendo para afrouxar as amarras.

— Ei... — Trevor chiou. — Está ouvindo isso?

Não parei de me debater, mas eu tinha ouvido. Era o som agudo de um motor, e estava ficando cada vez mais alto.

Mais perto.

Uma lancha.

Parei na mesma hora. *Não.*

— Ele está vindo — Trevor alardeou com um brilho sinistro no olhar. Então ergueu seu pulso e conferiu o relógio.

— São onze horas e oito minutos, amor — anunciou e se abaixou, ficando face a face comigo. — Até onze e meia vocês dois estarão a caminho do fundo do mar.

CAPÍTULO 28
MICHAEL

Dias atuais...

— MAIS RÁPIDO! — GRITEI. A LANCHA SALTOU SOBRE AS ONDAS ASSIM QUE avistei o iate logo à frente.

As luzes do casco cintilavam em um tom roxo contra a água escura, fazendo com que a imensa embarcação branca se assemelhasse a uma estrela no céu.

— Já está na velocidade máxima — Will retrucou, com o semblante preocupado. — Calma. Ele deixou o bilhete por um motivo. Ele queria que nós a encontrássemos.

— Isso não significa que não a esteja machucando — disse, entredentes. — Rápido!

Rajadas de vento acertavam nossos rostos à medida que acelerávamos a pequena lancha preta sobre as águas. Kai e eu tínhamos que nos segurar no painel do para-brisa para permanecermos de pé enquanto nos dirigíamos até o *Pithom*.

Maldito Trevor.

Quando cheguei ao apartamento de Rika, ela não atendeu à porta, então usei minha chave reserva e entrei de qualquer forma, deparando-me com o lugar escuro e vazio e apenas um bilhete jogado no chão.

Uma palavra apenas. *Pithom*.

Saí voando dali e liguei para o capitão do porto enquanto acelerava pelas ruas da cidade. Ele confirmou que o iate dos meus pais estava no porto, em Thunder Bay, mais cedo, mas uma pequena tripulação o levou para a área de embarque à tarde. Liguei para Will e Kai, mandando-os me encontrar nas docas, onde a família de Kai mantinha uma lancha. A da minha família provavelmente estava com Trevor – e Damon, que com certeza estava envolvido naquilo.

Eu te amo, Michael.

Meu peito apertou, e passei uma mão pelo cabelo, desesperado.

— Rika — murmurei para mim mesmo. — Por favor, esteja bem.

O iate ficava cada vez maior à medida que nos aproximávamos, e Will desacelerou os motores, circulando a embarcação até quase parar em frente à popa. Pulei na mesma hora, enquanto Kai segurava a corda.

Avistei a lancha vermelha da minha família a bombordo e me virei para Will.

— Você fica aqui — comandei. — Fique de olho nas lanchas e ressoe essa buzina de nevoeiro se vir alguma coisa.

Não correr o risco de Trevor ou Damon tentarem fugir com ela.

Ele assentiu, esticando-se para pegar a buzina no compartimento que ficava ao lado do manche.

Olhei para Kai e gesticulei.

— Convés superior — indiquei. — E mantenha os olhos abertos. Eles sabem que viríamos atrás deles.

Kai subiu as escadas ao meu lado direito enquanto caminhei pelo convés, passei pela piscina e entrei no salão. Eu nem sequer piscava, obrigando-me a ir devagar, ainda que cada fibra do meu corpo estivesse agoniada para correr à procura dela.

Uma Glock estava enfiada no cós da minha calça preta, totalmente carregada, mas fiz questão de mantê-la escondida por baixo da camiseta. As chances eram de que eles me vissem antes que eu o fizesse, então era sempre bom ter o elemento surpresa.

Olhei para o dispositivo branco da câmera de segurança, no canto do teto. A pequena bola girando e dando zoom.

Ele sabia que eu estava aqui e o exato lugar onde me encontrava.

Tomando cuidado e prestando atenção a tudo, entrei sorrateiramente pela sala, indo direto para o corredor estreito e mal iluminado. Havia duas cabines à esquerda e uma à direita. Ela podia estar em qualquer lugar, e eu esperava que Kai, no convés acima, já a tivesse encontrado.

Dei um passo para a esquerda e segurei a maçaneta, mas um gemido suave me fez parar. Um grunhido se fez ouvir em seguida, e fui em direção à cabine dos meus pais, abrindo a porta de supetão.

Rika estava deitada na cama, se debatendo contra as cordas que a mantinham amarrada pelos pulsos. Ela ergueu a cabeça para olhar a porta, e quando me viu, ofegou assustada. Sua fisionomia imediatamente mostrou seu desespero.

PENELOPE DOUGLAS

— Michael — chorou baixinho. — Não, você não devia ter vindo aqui.

Lancei-me em sua direção e agarrei a corda, notando o espelho todo quebrado.

— Puta que pariu, o que eles fizeram com você?

As mãos dela estavam amarradas acima da cabeça, ensanguentadas, e o cabelo estava empapado de suor. Pequenas poças de sangue se formavam nas dobras de suas palmas, e em uma delas ela segurava um fragmento de vidro.

— Eu tinha que cortar a corda. — A voz dela estava trêmula, e só então percebi que o vidro da cabeceira estava todo rachado. Ela o havia quebrado para tentar escapar.

Tirei a lasca de sua mão e serrei o restante do tecido.

— Vou tirar você daqui. Eu sinto muito, querida.

Uma buzina ressoou do lado de fora, e levantei a cabeça, sentindo meu sangue ferver.

— Filho da puta.

Alguma coisa estava errada.

Cortei a corda, jogando o fragmento de vidro no colchão, e a puxei da cama; a corda ainda se mantinha firme ao redor de seus pulsos.

— Vem cá. — Peguei suas mãos e virei as palmas para cima.

No entanto, ela as afastou.

— Estou bem — insistiu. — A gente tem que sair daqui. Eles queriam que você me encontrasse. Podem estar em qualquer lugar.

Meus braços ansiavam para segurá-la entre eles, mas me contive. Não tínhamos tempo a perder. Will precisava de nós, e ela estava bem.

Dei a volta, mas segurei seu pulso, mantendo-a perto de mim enquanto seguia em frente, olhando à esquerda e à direita me certificando de que era seguro.

— Damon está com o Trevor — ela sussurrou.

— Imaginei.

— Foi ele quem me levou do meu apartamento.

Balancei a cabeça, tentando manter a raiva sob controle. As mãos de Rika estavam retalhadas, por conta de sua tentativa de tentar salvar a si mesma. Sem esperar por mim.

Sempre quis aquilo para ela, não é mesmo? Que ela fosse capaz de lutar por si mesma?

Mas tudo o que eu sentia agora era ódio. Eles a levaram de mim, e podiam ter feito isso para sempre.

Talvez nunca mais a encontrasse.

CORRUPT

— Vamos — apressei, puxando-a pelo imenso salão em direção às portas de vidro que nos levariam até a popa.

No entanto, assim que pisei no convés, avistei Kai caído no chão, e meu corpo ficou rígido, já preparado para o que viesse. Ele estava respirando com dificuldade e sangue fluía de seu nariz e boca. Damon se mantinha parado acima dele, me encarando. Olhei por cima de seu ombro, vendo a lancha em que havíamos chegado.

Vazia. Onde diabos estava Will?

Dei mais um passo para fora, empurrando Rika para ficar atrás de mim. *Merda.*

Kai e Rika estavam feridos, Will desaparecido, e eu não sabia o que fazer para nos livrar dessa situação.

Então vi Trevor. Ele estava de pé próximo à lateral do iate, me encarando com um ar de zombaria no olhar.

Ele entortou o dedo indicador, nos chamando para ir em sua direção.

Rika tentou se afastar, mas segurei seu braço com mais força obrigando-a a permanecer ali. Olhando-o de igual para igual, dei um passo para o lado e espreitei o que havia abaixo.

— Will. — Perdi o fôlego.

Ele estava na água, mal conseguindo manter a cabeça à superfície. Avistei um pedaço de corda que saía de perto dele e segui o trajeto, vendo que ela subia pela lateral do iate, acima da borda e seguia até o convés. O fim da corda estava amarrado a dois blocos de cimento aos pés de Trevor. Havia mais dois conjuntos de blocos exatamente iguais logo ao lado.

Jesus.

— Ele amarrou minhas mãos nas costas, cara! — Will gritou.

O que significava que não conseguiria desfazer o nó da corda, que provavelmente devia estar preso ao redor de um tornozelo ou de ambos.

Will se agitava na água, tentando boiar com o movimento das pernas, lutando para se manter à superfície.

Cambaleei na direção de Trevor.

No entanto, ele ergueu a outra mão, empunhando uma pistola, e estaquei em meus passos, o encarando.

— Que porra é essa? — gritei.

— Você sabia que a profundidade média do Oceano Atlântico é de aproximadamente três mil metros? — disse, calmamente, ignorando a raiva que fluía de mim. — É escuro. Frio. E quando algo afunda, dificilmente volta à tona.

Então ele olhou para Will na água antes de se virar para mim outra vez.

— Você nunca vai encontrá-lo.

Desviei o olhar para Kai. Ele estava tentando se erguer nas mãos e joelhos, e sangue descia de um lado de seu rosto.

— Você está bem? — perguntei.

— Estou — respondeu de pronto, mas era óbvio que estava meio instável.

— Eu devia ter me livrado dela antes de você chegar aqui — Trevor continuou, indicando Rika atrás de mim. — Mas, sério... que graça teria se você não pudesse assistir?

— Que porra você está fazendo, Trevor? — questionei, e bem devagar alcancei a parte de trás das costas, sinalizando para Rika.

Ela enfiou a mão por baixo da minha camiseta e pegou a arma, colocando-a na minha mão escondida atrás da coxa.

— Não sei — respondeu, fingindo-se de desentendido. — Mas com certeza estou adorando.

O que havia de errado com ele? Ele me odiava. Eu já sabia disso. Mas Will? Kai? Rika? Ele não conseguiria fugir dessa. Será que estava louco?

— Vá em frente — ele me desafiou, apontando a pistola para mim. — Me apresse. Você leva um tiro, mas ainda vai ter que me derrubar.

Balancei a cabeça e me virei para Damon.

— Não faça isso — supliquei. — Will e Kai nunca te fizeram nada. Rika nunca fez nada pra você.

— Mas se eu fizer alguma coisa com eles, você vai sofrer — Damon retrucou, apoiando um pé nas costas de Kai e o jogando de volta no chão.

Com um gemido de dor, Kai fechou os olhos, em agonia. Pela forma como pressionou a mão na lateral de seu corpo, era nítido que algumas costelas deviam estar quebradas.

— Você nunca sofreu nada — Damon rosnou. — Nunca perdeu nada, e isto aqui vai mudar sua vida para sempre. Você não devia ter escolhido ela ao invés de nós.

— Você é um maldito covarde! — Kai gritou para ele.

Damon apenas fez uma careta e olhou para mim outra vez, um abismo entre nós. Nem sequer conseguia reconhecê-lo.

— Diga que vai abrir mão dela — ele exigiu. — Diga que tudo vai voltar a ser como era nos tempos da escola.

Endireitei a coluna, apertando o braço de Rika atrás de mim.

CORRUPT

— Ela não pertence ao nosso grupo, e você deixou que ela te dominasse — prosseguiu. — Diga que ela não é ninguém. Que você prefere escolher seus amigos a ela. Ou melhor ainda... — Fez uma pausa, com um brilho estranho no olhar. — Diga que vai trocá-la por Will e Kai.

Um nó se apertou na minha garganta, e meu coração martelou no peito.

— Escolha — Trevor pressionou. — Rika pode ficar no lugar de Will, e os quatro podem voltar a ser o que eram, como se nada disso tivesse acontecido.

Ouvi o som de sua respiração arfante atrás de mim, e tinha certeza de que ela estava assustada.

Eu podia senti-la em todo lugar. Na minha pele, no meu peito, nas minhas mãos...

A doçura de seus lábios quando ofegou contra a minha boca na sauna...

Eu te amo, Michael.

— Will e Kai ficarão bem — Damon garantiu. — Mas você vai ter que sacrificá-la.

Sacrificá-la. Eu não posso...

Engoli o nó na garganta.

Ela estava em toda parte. Sempre, em todo lugar. Anos e anos, e não consegui afastá-la. Toda vez que fechava meus olhos, ela estava lá.

Sinto como se fosse você.

Dezesseis anos e olhando para mim como se eu fosse um deus.

Você está em tudo.

O momento em que soube que seu coração me pertencia, e mal consegui esperar para estar dentro dela.

Sim, isso me excita.

Vê-la romper seus limites e me acompanhar enquanto a sentia tão intimamente por dentro, pela primeira vez, desmoronando em meus braços. Deus...

Olhei para Kai, meu amigo, e ouvi os gritos de Will, da água, implorando... Que porra eu devia fazer?

Porém Trevor não esperou por uma resposta.

Ele se abaixou e empurrou os blocos de cimento para a beirada do iate.

— Não! — gritei, afastando-me de Rika e estendendo a mão, desesperado. — Pare! Só... só espere um pouco!

Ele inclinou os blocos para frente e para trás, me provocando.

— Pare! — vociferei. — Só... — Cerrei os dentes, minha cabeça rodando. — Foda-se!

Se atirasse em qualquer um deles, ele ainda teria tempo suficiente para empurrar os blocos, e Damon ainda poderia se livrar de Kai antes que eu tivesse qualquer chance. Talvez até conseguisse sair daqui com Rika, mas não seria capaz de salvá-los.

— Por que você está fazendo isso? — Mostrei os dentes, fervendo de ódio. — Por quê?

— Por causa disso! — Trevor grunhiu, finalmente demonstrando sua raiva. — Por isso aqui! Para vê-lo desse jeitinho. Ver você desesperado pra caralho não tem preço.

Ele retirou as mãos dos blocos, mas os deixou na beirada, oscilando e ameaçando cair a qualquer movimento do barco.

— Acho que por causa de toda a atenção que você conquistou com sua carreira no basquete — explicou —, a forma como sempre foi capaz de alcançar resultados que nem sequer tive a chance de buscar, o jeito como a Rika sempre te amou, nunca olhando para mim da mesma forma que olhava para você.

Ele manteve o braço com a pistola para baixo, na lateral de seu corpo, e olhou para Rika, atrás de mim, que havia se afastado um pouco para ficar ao meu lado.

— Mas, de verdade? — Ele a encarou. — Acho que só porque o grande Michael Crist está tão impotente agora, e quero ver a expressão no rosto dela quando souber que tudo está prestes a acabar e que você não tem como ajudá-la.

Respirei com dificuldade, em inspirações curtas e agonizantes.

— Não se preocupe — Trevor apaziguou. — Você vai se juntar a ela em breve.

Então Trevor empurrou os blocos de cimento da borda do iate. Rosnei e corri para a frente, erguendo o braço e disparando três tiros, atingindo-o.

Só que não vi exatamente onde acertei.

Joguei a arma no chão e saltei no mar, mergulhando no momento exato em que a cabeça de Will desaparecia sob a água.

Nadei em desespero, meu corpo submergindo na mesma hora e ficando congelado com a temperatura do mar sombrio no mês de outubro.

Abri os olhos, vendo Will logo à frente, afundando rápido e lutando contra as cordas. Com braçadas vigorosas cheguei até ele e o agarrei pela camiseta. Mas quando tentei nos levar à superfície, movendo as pernas e lutando contra nosso peso na água, notei as luzes roxas acima sumindo.

Estávamos afundando.

Mergulhei mais fundo, ainda mantendo um agarre firme em suas roupas, e tentei alcançar seu tornozelo. Meus pulmões queimavam com a

CORRUPT

necessidade do oxigênio. Tentei desfazer o nó da corda, mas os malditos blocos tornavam a tarefa difícil.

Will girava e se debatia, tentando manter os olhos na superfície, e puxei e sacudi a corda, tentando libertá-lo.

Porém as águas ficavam cada vez mais escuras. As luzes do iate já tinham desaparecido, e Kai e Rika estavam lá sozinhos.

Grunhi, o som abafado pela água enquanto lutava contra as amarras.

Porra!

Eu não podia abandoná-lo. *Por favor.*

De novo não.

Apertando a corda com meus dedos congelados, puxei e repuxei, arrebentando minha pele até que... O nó se desfez. A corda folgou e rapidamente me desfiz dela, deixando os blocos afundarem nas profundezas escuras. Mantive o agarre firme em Will, impulsionando-nos para a superfície.

Quando emergimos, inspirando pelo ar necessário, olhei de relance e vi Kai com as mãos ao redor do pescoço de Damon. Ele o imprensava contra a borda do iate, socando seu rosto diversas vezes.

Rika.

— Vá para lá! — gritei para que Will nadasse até a lancha.

— Mas e as minhas mãos? — Seu corpo tremia por conta do frio.

— Eu tenho que ir até Rika. — Então nadei até o iate outra vez.

Mas algo se chocou contra a água, à minha direita, e quando olhei para cima, vi uma corda pendurada na lateral do barco.

Mas que...?

Dois blocos deslizaram pela borda, afundando no oceano, e, inclinando a cabeça, vi Trevor debruçado, arquejando. No entanto, havia um sorriso sinistro em seu rosto.

— Porra! — gritei.

Mergulhei outra vez, movendo os braços à minha frente, empurrando a água escura ao meu redor. Eu me debatia contra o mar gélido.

Rika.

Meus olhos se desviaram para todos os lados, em busca de suas mãos, a camiseta branca, o cabelo, mas...

Nadei cada vez mais para o fundo, mais fundo, o mais rápido que podia, de um lado ao outro, sem perder um segundo.

Porém quando se passaram alguns instantes, e não a vi em parte alguma, o medo retumbou em meu peito. Estava prestes a enlouquecer.

Onde diabos ela estava?

Meus pulmões pareciam querer explodir, e senti as vistas borradas. Eu me lancei para cima, precisando de ar, gritando ainda submerso, e nadei até a superfície para buscar mais oxigênio.

— Rika! — vociferei, nadando em círculos para ver se ela aparecia em algum lugar. — Rika!

Nada.

Olhei para cima, vendo Kai pendurado contra a borda, arfando e parecendo exausto.

— Kai, venha aqui! — gritei. — Não consigo encontrá-la!

Ele olhou para baixo, estreitando os olhos em preocupação. Eu não conseguia ver nem Damon ou Trevor, mas estava pouco me fodendo agora. Will ainda estava com as mãos amarradas, e Rika estava...

Mergulhei outra vez, ouvindo à distância o som que indicava que Kai havia se jogado na água, e nós continuamos a descer cada vez mais fundo, em meio à escuridão.

Profundo.

Cada vez mais profundo.

Ela já estava ali embaixo, ficando cada vez mais distante de mim, e eu nunca mais a encontraria.

Nunca mais.

Por favor, amor. Onde você está?

Então meu coração quase parou quando avistei uma mancha branca.

Rika estava subindo rápido, os braços impulsionando-a para cima, as pernas se movendo com pressa, até que veio à vista, chegando cada vez mais perto.

Kai e eu agarramos seus braços e a puxamos para cima. Subimos à superfície, e ela tossiu e se engasgou, tentando respirar. Eu a ajudei a flutuar, tocando seu rosto.

— Rika. — Resfoleguei, sentindo uma dor tão grande no peito que era como se uma faca estivesse enfiada ali. — Você está bem? Como você...? — disparei, sentindo o pavor com o pensamento de quão perto estive de perdê-la.

Ela assentiu, se tremendo toda, desabando em um choro convulsivo.

— Ele me bateu logo depois que você atirou nele — disse, ofegante. — Me derrubou tempo suficiente para que conseguisse me amarrar. Quando recobrei os sentidos, ele já estava me empurrando da beirada.

Eu a arrastei pela água, nadando até o iate. Conseguimos subir ao convés, Kai a segurando quando a empurrei para cima.

CORRUPT

— Como você conseguiu se soltar? — perguntei.

— A lasca de vidro. — Abriu o punho, tremendo. — Eu peguei de volta quando você jogou em cima da cama.

Eu a puxei contra mim, envolvendo-a com meus braços e apertando-a com tanta força que cheguei a sentir meu corpo estremecer.

— Onde está Damon? — perguntei a Kai, vendo-o puxar Will para cima para soltar seus pulsos.

No entanto, quem respondeu foi Will:

— Ele fugiu com a lancha do *Pithom* quando vocês estavam debaixo d'água.

Simplesmente fechei os olhos e mantive Rika firmemente apertada entre meus braços.

Kai e Will subiram os degraus até o piso principal, e a levei comigo. Ela precisava de um banho quente, uma cama aconchegante, e de mim.

Atravessamos o convés, e avistei Trevor largado na beira da piscina, ensanguentado e tentando se levantar.

Ele mal conseguia erguer a cabeça.

Não sabia quantos tiros o haviam atingido, dos três que disparei, mas havia uma poça de sangue no piso do convés e ele parecia respirar com dificuldade.

— Michael — ele disse, arfando enquanto mantinha uma mão sobre seu peito. — Leve o iate até o porto. Estou sangrando.

Kai e Will pararam ao meu lado, observando-o, enquanto eu mantinha Rika entre meus braços. Raiva e ódio fervilhavam por dentro de mim.

Nenhum de nós se moveu.

Ele quase a matou. Tentou matar Will, Kai, e ameaçou me matar.

— Michael — rogou. — Eu sou seu irmão.

Fiquei ali parado, não vendo um irmão. Só conseguia enxergar blocos de cimento sendo empurrados pela borda. Só conseguia ver Rika largada como se fosse lixo, e Will sendo enviado para o fundo do mar como se não fosse ninguém.

Eu poderia tê-los perdido. Poderia ter perdido *ela*.

Para sempre.

Onde estava meu irmão naquele momento?

Era como se algo tivesse sido revelado ante meus olhos. Posso não ter sido capaz de escolher entre as vidas de Rika e meus amigos, mas não tinha problema algum em escolher entre eles e meu irmão.

Levantei meu pé e apoiei o sapato em seu ombro, empurrando-o.

Ele grunhiu e se debateu para tentar segurar minha perna, o medo dominando seus olhos antes de rolar e cair dentro da piscina, os braços se abanando enquanto afundava cada vez mais. Ele tentou subir à superfície. Tentou se segurar à água como se ela fosse uma parede que ele pudesse escalar.

Mas só os seus olhos ficavam visíveis da superfície à medida que ele chegava ao fundo. Trevor via suas esperanças a apenas meio metro de distância, sabendo que ninguém o ajudaria.

— Michael. — Rika olhou para mim, ofegante. — Você... por favor. Você vai ter que conviver com isso para sempre.

Eu apenas voltei a olhar para ele, permanecendo no mesmo lugar.

Sabia que ela não queria que tivesse feito isso. Ela se preocupava que eu pudesse me arrepender, e que poderia sofrer com as consequências. Eu sabia, sem sombra de dúvidas, que Trevor era meu irmão, e tinha feito parte de nossas vidas.

Observei enquanto ele se debatia e tentava respirar, seu corpo muito debilitado pela perda de sangue, para que conseguisse salvar a si mesmo e nadar até a borda.

E quando seus movimentos cessaram, e seu corpo ficou flácido dentro da água, fechei os olhos e lentamente abri meus punhos cerrados.

— Você nunca estaria em segurança — eu disse a ela.

Ela enterrou o rosto contra o meu peito, e a segurei contra mim enquanto seu corpo se sacudia com soluços silenciosos.

Olhei para Kai e disse:

— Leve o barco para a marina, tudo bem?

Ele assentiu, pressionando a lateral de seu corpo com a mão.

— Vá cuidar dela e deixe isso com a gente.

Segurei a mão de Rika e a puxei pelo salão e de volta pelo passadiço até a cabine que era reservada para mim quando estava no iate.

Passei a mão pelo meu cabelo molhado, afastando as mechas úmidas e sentindo meu coração quase saltar do peito.

Eu quase a perdi.

Apertando sua mão, entrei direto no banheiro, abri o chuveiro, e comecei a abrir os armários, sem saber ao certo o que estava procurando.

— Vem cá. — Fui até ela e comecei a esfregar seus braços. — Você está congelando. Tire essas roupas. — Chequei a temperatura da água. — Vou colocar bem quente, tudo bem?

— Michael — ela disse, gentilmente, tentando me fazer parar.

Mas segui em frente, me sentindo cada vez mais enjoado.

CORRUPT

— Aqui tem umas toalhas. — Apontei para umas prateleiras. — Você prefere ficar um pouco na banheira? Eu posso encher... Talvez se ficar um pouco de molho seja melhor...

— Michael.

— Eu só... — Passei uma mão pelo meu rosto, tentando encontrar as palavras. — Vou tentar te arranjar umas roupas. Acho que minha mãe tem algumas peças aqui que servirão em você...

— Michael — ela disse mais alto, segurando meu rosto entre as mãos.

No entanto, me afastei dela e me recostei na pia atrás de mim, curvando a cabeça para tentar lidar com a dor que tomava conta do meu corpo.

Era isso o que ela queria? Que me sentisse vulnerável diante do medo que senti esta noite?

Era isso o que ela sentia por mim?

— Pensei ter perdido você — eu disse em um tom quase inaudível. — A água estava tão escura, e não conseguia te encontrar. Achei que nunca conseguiria te alcançar.

Ela se postou à minha frente, segurando meu rosto entre suas mãos outra vez.

E então deparei com aqueles imensos olhos azuis, tendo a certeza de que aquilo sempre me assombraria. E se ela não tivesse voltado à superfície? O que eu faria?

Deslizei uma mão pela nuca delicada enquanto a outra a enlaçou pela cintura, e grudei meus lábios aos dela em um beijo tão profundo que o calor de sua boca aqueceu todo o meu corpo.

Eu poderia beijá-la para sempre.

Recostando minha testa à dela, arrastei meu polegar pelo seu rosto, em uma carícia.

— Eu te amo, Rika.

Eu sempre te amei.

Um sorriso surgiu em seus lábios e lágrimas encheram seus olhos quando enlaçou meu pescoço e me puxou para mais perto. Eu a abracei com força, enfiando meu rosto entre seu cabelo, sem querer deixá-la se afastar.

Depois de todos estes anos e das vezes em que deveria ter percebido, foi preciso que ela quase tenha morrido para que me desse conta de quão importante ela era para mim. Para notar que ela esteve enraizada em todos os momentos da minha vida, e sempre esteve ali à minha frente.

Ela, andando de bicicleta na calçada em frente à minha casa. Ela, aprendendo a nadar na minha piscina. Ela, correndo e dando estrelinhas pelo meu quintal.

Ela, mordiscando as unhas quando eu entrava na sala.

Ela, sentada ao lado da minha mãe em cada um dos meus jogos de basquete no ensino médio.

Ela, se recusando a até mesmo olhar na minha direção quando eu saía com uma garota.

E eu, mal conseguindo esconder o sorriso ao perceber os olhares furtivos e a forma como ela ficava nervosa sempre que eu estava por perto.

Ela sempre esteve lá, e éramos sempre nós.

Trevor fez com que eu me ressentisse disso, mas foi vê-la com Kai, noite passada, que me fez realmente perceber. Nada poderia nos abalar. Ela era minha, eu era dela, e o que tínhamos era indestrutível.

Inspirei profundamente, sentindo, por fim, o nó em meu estômago se desfazer.

— Eles te machucaram de alguma outra forma? — perguntei.

Ela se afastou um pouco e balançou a cabeça.

— Não.

— Damon ainda está à solta por aí.

— Damon se foi — assegurou.

Ela pegou a barra da minha camiseta molhada e me ajudou a retirar a roupa.

— Como vamos dizer aos seus pais sobre o que aconteceu? — perguntou, preocupada. — Sobre Trevor?

— Eu vou cuidar disso — respondi, tirando sua camiseta também. — Não quero que se preocupe com nada.

Então a ergui em meu colo, fazendo com que enlaçasse meus quadris com as pernas, e me sentei na borda da banheira, abraçando-a apertado.

Seus lábios pairaram sobre os meus e ela se aninhou contra mim, como se estivesse se desmanchando.

— Você me ama de verdade?

Fechei os olhos e aspirei o cheiro que exalava dela.

— Eu te amo muito — sussurrei, apertando-a mais firmemente. — Você é meu lar.

CORRUPT

CAPÍTULO 29
ERIKA

Dias atuais...

Ao entrar na casa dos Crist, dei a Edward um sorriso sutil e entreguei meu casaco antes de ajudar minha mãe a retirar o dela.

Ela estava tão linda.

Já fazia mais de três semanas de seu retorno da clínica de reabilitação na Califórnia, e embora todos os dias fossem como uma bomba-relógio, passei cada vez mais a acreditar que ela não teria uma recaída.

Seu vestido preto com a ampla saia rodada se ajustava ao corpo agora não tão frágil, e o rubor em suas bochechas lhe dava uma aparência dez anos mais nova. Ela estava voltando, cada vez mais, a se parecer à mãe da minha infância.

Meu vestido era da cor marfim, que chegava aos joelhos, e pode ser que minha mãe tenha, educadamente, mencionado que era justo demais para um jantar de Ação de Graças. Não hesitei em responder o quanto Michael gostava de olhar para o meu corpo, e o quanto eu amava quando ele o fazia.

Ela ficou corada de vergonha, e apenas riu.

— Rika. — Ouvi a Sra. Crist me chamar.

Ergui o olhar para ver a mãe de Michael atravessando o corredor de entrada, elegante e adornada em suas joias, como sempre.

— Querida, você está maravilhosa. — Deu-me um abraço e um beijinho na bochecha.

Então se virou para minha mãe.

— Christiane — disse, abraçando-a. — Por favor, venha e fique aqui comigo. Já que sua casa não ficará pronta até o verão, não vejo motivo nenhum para que não se hospede aqui.

Mamãe se afastou um pouco e sorriu, antes de responder:

— Eu adoraria, mas por agora, estou desfrutando um pouco da cidade grande.

Ninguém além de mim, Michael, Kai e Will sabia a verdade sobre o incêndio, e como a restauração da nossa casa havia desacelerado por conta das baixas temperaturas, levei mamãe comigo para Meridian. Ofereci o quarto de hóspedes no meu apartamento, mas ela não queria tirar minha privacidade e de Michael, e preferiu ficar em um hotel.

Hospedei-me com ela por duas semanas – para me assegurar de que estava bem –, porém aos poucos me tranquilizei ao vê-la passando um tempo na academia, em busca da recuperação da sua saúde. Ela também se voluntariou em um abrigo para se manter ocupada e poder conhecer gente nova. Mamãe estava se alimentando bem, dormindo melhor ainda, e surpreendentemente, sem pressa de voltar a Thunder Bay.

Por fim, dei a ela um pouco mais de espaço e voltei a morar no Delcour. Para alívio de Michael.

Não que ele não me quisesse ao redor dela, mas porque ainda ficava inquieto a respeito da minha segurança. Ele disse que tinha a ver com o paradeiro desconhecido de Damon, mas eu sabia que havia algo mais.

Desde aquela noite no iate, há mais de um mês, ele acordava no meio da madrugada, suando e respirando com dificuldade. Ele tinha pesadelos com o mar. Sonhava comigo descendo cada vez mais fundo no oceano e com sua mão agarrada à minha, exatamente como fez na fatídica noite.

O problema é que em seus pesadelos, ele não conseguia me encontrar. Eu simplesmente desaparecia.

— Sra. Crist, a senhora se manteve ocupada, hein? — eu disse, olhando ao redor e contemplando a nova decoração da sala de estar, bem como toda a ornamentação por conta do feriado.

Flores e guirlandas estavam penduradas pelas paredes e escadaria, e ao olhar para cima, deparei-me com Michael descendo os degraus. Ele estava vestido em seu terno preto e mantinha um sorriso discreto curvando seus lábios. Seus olhos aterrissaram em mim, e respirei profundamente, sentindo o frio usual na barriga.

— Bem — a mãe dele disse, parecendo um pouco triste —, eu precisava me manter ocupada.

Desviei o olhar do de Michael e vi os de sua mãe marejados, brilhando com as lágrimas.

Culpa varreu meu corpo.

CORRUPT

— Eu sinto muito.

Trevor era perigoso, mais até do que Damon, pois escondeu muito bem essa faceta. No entanto, não podia imaginar a dor de se perder um filho. Mesmo um como ele.

Esperava que nunca tivesse que passar por isso.

Porém ela apenas sacudiu a cabeça, fungando.

— Por favor, não diga isso. O que meu filho fez não foi culpa sua, e graças a Deus vocês estão a salvo agora — afirmou, olhando para Michael. — Eu não trocaria isso por nada.

Michael a encarou, de cima, uma expressão de culpa cruzando seu semblante.

Além de mim, tenho quase certeza de que sua mãe era a única mulher a quem ele amava. E embora seu primeiro impulso tenha sido me proteger, o segundo havia sido protegê-la. Depois do afogamento de Trevor, Will tentou convencê-lo a jogar o corpo no mar, no caminho de volta à costa, para que Michael não tivesse que dar explicações aos pais sobre o fato de ter sido ele quem matou o irmão.

Michael nem sequer deu ouvidos. Ele não poderia ter deixado o filho de sua mãe lá. No mínimo, teria que levar o corpo para que ela pudesse enterrar, e sabia que não conseguiria olhar para a mãe, dia após dia, com o peso de uma mentira desse calibre.

Então, depois que ancoramos o iate no cais, ligamos para a polícia e contamos toda a história. Como Trevor me sequestrou, atraiu Michael e os amigos até lá e quase matou Will e a mim.

Foi algo devastador, mas embora a Sra. Crist estivesse grata por estarmos bem, ela ainda viveria o luto por um longo tempo.

O Sr. Crist, por outro lado, pareceu ficar mais desapontado do que pesaroso. Ele só tinha um filho agora, e em vez do desprezo com que sempre tratou Michael, começou a se envolver mais na vida dele, sem perder tempo ao depositar as esperanças que colocou sobre Trevor, agora no filho mais velho.

A boa coisa é que Michael tinha anos de experiência em enfrentar seu pai.

Minha mãe e a Sra. Crist se dirigiram à cozinha, e o pai de Michael se aproximou de nós, com um copo de bebida na mão e um cigarro entre os dedos.

— Vamos nos sentar hoje para discutir algumas coisas.

Ele se dirigiu a Michael, mas seu olhar estava pousado em mim, em uma clara indicação. Como não me casaria com Trevor, seus planos agora haviam mudado para Michael.

— Discutir algumas coisas? — Michael ponderou, pegando minha mão. — Você quer dizer sobre meu futuro e o dinheiro de Rika? Porque é tarde demais. Tudo agora está no nome dela.

— Você fez o quê? — o pai rosnou.

Dei um sorriso, permitindo que Michael me levasse embora.

— Eu adoraria me sentar para discutir sobre meu futuro na próxima vez em que estiver na cidade — falei ao Sr. Crist, fazendo questão que soubesse que agora era eu quem comandava os negócios da família.

Havia inúmeros imóveis onde ele e meu pai eram coproprietários, então eu não tinha escolha a não ser trabalhar em conjunto, mas também não era um peão para ser manipulada pelos homens através de um casamento. Agora eles sabiam disso.

Michael e eu entramos na sala de jantar, vendo Will e Kai próximos à mesa, conversando entre si, cada qual com uma bebida em mãos, enquanto seus pais e diversos convidados se espalhavam em pequenos grupos pelo local.

Garçons transitavam de lá para cá, carregando bandejas de aperitivos, e completando as taças de champanhe.

Kai nos encontrou no meio do caminho, seguido de perto por Will.

— Achei Damon — ele disse a Michael na mesma hora.

— Onde ele está? — perguntei.

— São Petersburgo.

— Rússia? — Michael questionou, assombrado. — Mas que porra?

Kai continuou:

— O supervisor da condicional veio atrás dele. Pois Damon não se encontrou com ele, e ao ter o passaporte rastreado, o encontraram — explicou. — Faz até sentido. O pessoal do pai dele é de lá, então ele está em território amistoso. Eles não vão atrás dele, claro, mas nós podemos ir.

Balancei a cabeça em negativa.

— Só o deixem em paz.

Michael desviou o olhar para mim.

— Não vou simplesmente ficar sentado esperando que ele apareça por aqui, Rika. Ele é perigoso.

— Ele não vai voltar — afirmei. — Não vai querer fracassar uma terceira vez. Apenas o deixem em paz, e vamos seguir com nossas vidas.

Kai e Michael me encararam por mais alguns segundos, e esperava que eles entendessem o que eu queria dizer.

Muitas mágoas já haviam sido causadas. Muitos anos e perda de tempo. Todos nós precisávamos recomeçar nossas vidas outra vez.

CORRUPT

393

Damon não tentaria me prejudicar de novo. Outra tentativa, depois de duas falhas, o faria parecer patético. Ele se foi.

E já que havíamos encontrado o celular usado na *Noite do Diabo*, no exato lugar onde imaginei estar — na cabine de Trevor, no *Pithom* —, e o destruímos, não havia nada mais nos impedindo de seguir em frente. Já era hora de nos divertirmos.

— Então o que fazemos agora? — Will perguntou.

A boca de Michael se curvou em um sorriso torto.

— O que sabemos fazer de melhor, acho. Causar um pouco de caos do caralho.

Ele ergueu o queixo e apontou na direção de duas garçonetes atrás de Kai e Will.

Os caras se viraram, deparando com as duas garotas universitárias usando saias pretas e camisas brancas, além de coletes pretos. Elas tentaram disfarçar seus sorrisos, lançando olhadelas enquanto acendiam as velas e ajeitavam os utensílios sobre as mesas.

— Atrasem o jantar para nós? — Michael pediu.

Kai se virou outra vez, o corpo sacudindo em uma risada silenciosa.

— De quanto tempo você precisa? — perguntou, afastando-se com um olhar atrevido.

— Uma hora.

Os dois deram a volta com sorrisos safados em seus rostos enquanto iam em direção às garotas, desaparecendo na cozinha.

Estreitei o olhar para Michael, confusa.

— Venha comigo. — Pegou minha mão. — Quero te mostrar uma coisa.

E então ele me puxou pelo caminho para que deixássemos a sala de jantar.

Desci do carro e senti as folhas farfalhando sob meus saltos; apertei um pouco mais o casaco marfim ao redor do meu corpo e fechei a porta com um baque.

O dia ainda estava claro, sem uma única nuvem no céu e, ao respirar, vapor deixou meus lábios. Olhei para cima e vi andaimes, lonas e pequenas escavadeiras amarelas próximos à antiga catedral.

— O que está acontecendo? — indaguei.

Será que estava sendo demolida?

— Estou restaurando o lugar — ele respondeu, segurando minha mão e me levando para dentro pelas portas da frente.

Entrei no lugar e meu olhar imediatamente percorreu por tudo aquilo que a equipe de trabalhadores já havia feito.

Os bancos quebrados e destruídos da marquise já haviam sido demolidos e todo o lixo e pilha de destroços que antes havia ali, agora não existia mais. O santuário e antigo altar foram removidos, e agora uma porta estava adequadamente instalada na entrada das catacumbas. Lonas pairavam acima das áreas expostas do telhado e paredes, e uma nova base de cimento fora assentada, limpa e firme.

De um lado a outro, andaimes estavam espalhados até o teto, e notei também as estruturas de madeira, como se um segundo andar estivesse sendo construído.

Não havia nenhum trabalhador por aqui, provavelmente por conta do feriado de Ação de Graças.

— Restaurada? — repliquei, ainda confusa. — Em quê? Uma igreja, um monumento histórico...?

Ele abriu a boca, respirando fundo como se estivesse apreensivo.

— Como... uma casa — finalmente respondeu.

— Casa? Não estou entendendo.

Bufando uma risada, aproximou-se de mim.

— Eu deveria ter conversado com você a respeito disso antes, mas eu... — olhou ao redor — realmente queria fazer isso, e estava esperando que você quisesse morar aqui.

Congelei.

— Comigo — acrescentou.

Morar aqui? Com ele?

Quero dizer, sim, eu praticamente estava morando com ele em sua cobertura, em Meridian, nesse exato momento, mas ainda possuía meu apartamento, e isto aqui era uma casa. Um nível totalmente diferente.

Amei a ideia de transformar este lugar em um lar. Por mais estranho que isso possa parecer para as outras pessoas, aqui era o lugar onde as minhas lembranças favoritas com Michael residiam. O lugar onde muita coisa aconteceu. E eu o amava.

CORRUPT

Mas... seria apenas a casa dele e eu moraria aqui? Ou seria nossa? Ele mandaria embalar minhas coisas e me mandaria embora quando quisesse?

Ou esta casa significava algo mais?

— Então... o que exatamente isso quer dizer? — arrisquei, meu coração batendo acelerado.

Ele manteve o olhar fixo ao meu e veio na minha direção, lentamente, fazendo com que eu recuasse cada vez mais para trás. Engasguei-me ao sentir uma coluna de pedra.

Com divertimento no olhar, ele se inclinou e sussurrou:

— Dê a volta.

Hesitei, temendo o que ele estava aprontando, mas...

Eu nunca recuava de um desafio.

Virei-me devagar, deixando-o segurar minhas mãos e apoiá-las na coluna à minha frente. Ele então serpenteou uma mão pela minha cintura, cobrindo minhas costas com seu peito forte, acariciando meu pescoço com seus lábios. Eu já não sentia mais frio.

— Isso significa que quero continuar brincando — ele disse, a voz profunda preenchida com calor. — Significa que até que a casa esteja pronta e possamos ficar aqui, meu apartamento é seu, minha cama é sua, e meus olhos estão apenas em você.

Beijou meu pescoço, os lábios quentes enviando arrepios pelo meu corpo.

— Significa que farei o meu melhor para deixar você puta sempre que eu puder, porque não existe nada mais sexy do que quando você está brava. — Eu podia detectar o sorriso em sua voz.

Ele mergulhou as mãos mais para baixo, por dentro das minhas coxas.

— Daí farei de tudo para que você veja o quão legal eu sou, para que nunca pare de pensar em mim quando não estivermos juntos.

Inspirei profundamente, sentindo seus dedos subindo cada vez mais pelas minhas coxas, já me fazendo latejar.

— Significa que você vai terminar a faculdade, mas, vou solicitar, com todo respeito, que quando voltar para casa, me dê atenção antes de fazer seu dever de casa — prosseguiu, arrastando lentamente o polegar pelo meu clitóris, por cima da calcinha. — E também significa que você terá que se manter atenta, sempre olhando por cima do ombro à espera do que posso estar guardando por baixo da manga, porque sempre irei atrás de você.

Então sua outra mão apareceu e arregalei os olhos ao ver o brilho cintilante à frente, assim que abriu os dedos. Parei de respirar quando ele deslizou uma aliança na minha mão esquerda e sussurrou em meu ouvido:

396   PENELOPE DOUGLAS

— E você vai desejar cada segundo disso, porque sei do que gosta, Rika, e não posso mais viver sem você.

Assenti, meus olhos se enchendo de lágrimas quando ele me enlaçou em seus braços e me segurou apertado como se sua vida dependesse disso.

— Eu te amo — suspirou contra minha nuca.

Ai, meu Deus. Abaixei a mão e a segurei com a direita, observando minha aliança.

Meu peito foi inundado por uma onda de calor, e retive o fôlego. *Eu conheço esta aliança.*

Uma seleção de diamantes, com uma aparência similar a um floco de neve, se assentava em uma aliança de platina. Uma pedra situava-se no meio, cercada por outras dez, com mais outro círculo com cerca de vinte diamantes ao redor.

— Este é um dos anéis que peguei na *Noite do Diabo* — eu disse, minha voz trêmula enquanto olhava para ele. — Achei que você tivesse devolvido todas as joias.

— E devolvi — ele assentiu. — Mas esta eu comprei.

— Por quê?

Por que ele compraria uma aliança para alguém que odiava? Deve ter sido logo depois de os vídeos terem vazado na internet, então não fazia o menor sentido.

Ele me abraçou com mais força.

— Não sei. Talvez não tenha podido deixar que uma parte daquela noite se fosse. — Então se inclinou e sussurrou no meu ouvido: — Ou talvez, lá no fundo, sempre soube que esse dia chegaria.

Dei um sorriso, permitindo que as lágrimas descessem pelo meu rosto. Era perfeito. A aliança, a casa, até mesmo a proposta. Ele prometeu me deixar puta, mas também prometeu ser bom e sempre voltar para mim.

No entanto, fiquei pensando... será que seríamos capazes de fazer isso? Manter nossos joguinhos? A excitação? A paixão?

— As pessoas não vivem como nós, Michael. — Virei a cabeça para encará-lo outra vez. — Eles vão ao cinema. Eles se aconchegam diante de lareiras...

— Eu vou te foder diante de uma lareira — retrucou, me girando em seus braços, com um sorriso nos lábios enquanto eu ria.

Mas então ele se achegou e recostou os lábios na minha testa, dizendo, baixinho:

— As outras pessoas não nos importam, Rika. Não deixamos as regras

CORRUPT

delas nos deterem. O que podemos ou não fazer é irrelevante. Quem irá nos impedir?

Enlacei seu pescoço com meus braços, euforia se espalhando pelo meu corpo, e inclinei a cabeça para trás, encarando o teto alto.

— O que foi? — perguntou.

Respirei profundamente, minhas veias preenchidas com excitação.

— Nossa casa — refleti. — Não consigo acreditar que isso é nosso. — Então encontrei seu olhar. — Eu te amo.

Ele segurou meu rosto entre suas mãos e me beijou, seu calor se espalhando por todo o meu corpo.

— Eu também te amo — disse. — Então isso é um sim?

Assenti.

— Sim. — Mas então arregalei os olhos e me afastei. — As catacumbas! — quase gritei. — Eles não vão cobri-las, não é?

Michael começou a rir.

— Não. Elas ainda serão acessíveis.

Baixei os braços e comecei a caminhar até a porta, retirando o casaco e deixando-o pendurado em um andaime.

— Ei, o que está fazendo? — indagou.

Dei uma volta, inclinando a cabeça timidamente.

— Você se esqueceu de se colocar em um joelho.

Ele bufou uma risada.

— Bem, agora é um pouco tarde para isso, Rika. Já fiz a proposta.

— Você ainda pode ficar de joelhos. — Então curvei um dedo, dando a volta.

— Bom, o construtor disse que poderia dar uma passada por aqui hoje para fazer mais alguns orçamentos — alertou.

No entanto, eu apenas ri e devolvi um olhar desafiador por cima do meu ombro, enquanto abria a porta.

— Você está pulando fora?

Ele balançou a cabeça, os olhos atrevidos me dizendo tudo o que eu precisava saber à medida que vinha em minha direção.

Ele sempre estava pronto para o jogo.

E, graças à sua tutoria, agora eu também estava.

Ele me corrompeu.

EPÍLOGO
MICHAEL

O cheiro de lírios e chuva flutuou até o meu nariz, fazendo-me ansiar por mais. Afundei o rosto no travesseiro.

Rika.

As pálpebras estavam pesadas com o sono, e estendi a mão, alisando os lençóis em busca de sua presença ao meu lado.

Mas ela não estava ali.

Pisquei, obrigando-me a abrir os olhos. O despertador tocou e me ergui sobre um cotovelo, olhando ao redor para descobrir onde ela poderia estar.

Encontrei-a quase que imediatamente.

Relaxei o corpo na mesma hora, um sorriso enviesado tomando forma em meus lábios enquanto a observava tomar banho no chuveiro, o mesmo que ornamentava o meio do meu quarto no Delcour.

Nosso apartamento.

Um mês depois de tudo o que aconteceu no iate, trouxe as coisas de Erika para cá. Ela dormia aqui mesmo, de qualquer forma, e já que Will queria ficar mais próximo, demos o apartamento dela para ele.

Kai, por outro lado, optou pelo distanciamento. Ele comprou uma antiga casa em estilo vitoriano do outro lado da cidade, e eu não fazia ideia do porquê. Ele poderia ter qualquer apartamento que quisesse por aqui, e eu não conseguia ver utilidade no prédio monstruoso de tijolos escuros que deveria ser condenado. Mas por alguma razão, ele queria ficar sozinho.

Rika passou uma esponja pelos braços, ensaboando o corpo, e me virei de lado, apoiando a cabeça na mão enquanto a observava. Ela deve ter sentido meu olhar, porque virou a cabeça para trás, sorrindo por cima de seu ombro.

Apoiando o pé sobre a banheira, inclinou-se, deslizando a esponja de maneira sedutora e lúdica pela perna, ciente do que estava fazendo comigo com seus sorrisinhos de falsa inocência.

A ducha do chuveiro enxaguava seu corpo, mas seu cabelo não estava molhado, preso acima da cabeça em um coque frouxo. E apesar da minha ereção crescente abaixo dos lençóis, bem como o cheiro de seu sabonete líquido permeando o ar, fiquei imóvel, apenas a observando.

O prêmio para minha paciência viria em breve.

Às vezes, bastava apenas que a observasse. Eu sempre estava de olho nela, porque ainda era difícil de acreditar que ela era de verdade. Que estava aqui e era minha.

Milhares de vezes me perguntei como viemos parar aqui. Como encontramos um ao outro e fizemos tudo acontecer.

Ela diria que foi por causa da *Noite do Diabo*.

Se os episódios daquela noite não tivessem acontecido, eu não a teria desafiado. Ela não teria aprendido a ser forte e revidar ou aceitar-se do jeito que era, sendo dona de si mesma.

Não teríamos ficado frente a frente, um tentando empurrar o outro, e não teríamos feito de nós quem somos hoje. *Tudo acontece por uma razão*, ela diria.

Ela diria que eu a construí. Que criei um monstro, e que em algum momento durante o sangue, lágrimas, brigas, e sofrimento, percebemos que tudo isso era amor. Que todas as faíscas levaram às chamas.

Mas o que ela não se recordava era que... nossa história começou muito antes daquela noite.

Estou parado em frente ao meu Mercedes Classe G, recostado contra a lataria, com

os braços cruzados. Tenho lugares para ir e coisas a fazer, e não tenho tempo para isso. Levantei o celular e li novamente a mensagem que minha mãe havia enviado.

> Estou num engarrafamento na cidade e Edward está ocupado. Pegue a Rika no treino de futebol, por favor. Às oito da noite.

Revirei os olhos e conferi as horas no telefone. 20:14. Onde diabos ela estava?

Kai, Will e Damon já se encontravam na festa, e eu estou atrasado, por quê? Ah, sim. Acho que fazer dezesseis e tirar a carteira acaba te transformando automaticamente em motorista particular de garotas de treze anos cujas mães embriagadas não podem se manter de pé para buscar as filhas na escola.

Rika deixa o ginásio de futebol, ainda vestida em seu uniforme vermelho e branco, bem como as tornozeleiras, e estaca em seus passos assim que me vê.

Seus olhos estão vermelhos como se tivesse chorado, e posso dizer pela forma como ela fica tensa que não está se sentindo confortável.

Ela tem medo de mim.

Contenho meu sorriso. Eu meio que gosto da forma como ela está sempre atenta a mim, mesmo que eu nunca admita isso em voz alta.

— Por que você veio me buscar? — ela pergunta, suavemente. O cabelo está preso em um rabo de cavalo com algumas mechas que flutuam ao redor de seu rosto.

— Pode acreditar — digo com sarcasmo —, tenho coisas muito melhores a fazer. Entre no carro.

Então dou a volta e abro minha porta, sentando-me atrás do volante.

Dou a partida, colocando a marcha como se não fosse esperá-la, e vejo quando acelera os passos diante do carro e entra no lado do passageiro.

Ela afivela o cinto e fixa o olhar em seu colo, permanecendo em silêncio.

Rika parece estar chateada, mas não acho que tenha alguma coisa a ver comigo.

— Por que você está chorando? — exijo saber, tentando agir como se não me importasse se ela fosse responder ou não.

Seu queixo está tremendo, e ela coloca a mão sobre a cicatriz recente no pescoço, resultado do acidente que matou seu pai cerca de dois meses atrás.

— Algumas garotas estavam zombando da minha cicatriz — diz, baixinho.

Então ela se vira para mim, parecendo magoada.

— É mesmo tão feia assim?

Olho para o seu pescoço, sentindo raiva me corroer. Eu poderia fazer aquelas garotas calarem a boca.

CORRUPT

Mas sufoco minhas emoções e dou de ombros, atuando como se não desse a mínima para seus sentimentos.

— É grande — *respondo, deixando o estacionamento.*

Ela se vira, cabisbaixa, e os ombros cedem em pura tristeza.

Devastada pra caralho.

Digo, tudo bem, ela perdeu o pai recentemente, e sua mãe está perdida em sua própria miséria e egoísmo, mas toda vez que vejo Rika, ela se parece com uma folha que pode ser levada ante a brisa mais suave.

Supere logo isso. Chorar não vai ajudar em nada.

Ela permanece em silêncio, tão pequena ao meu lado, já que tenho quase 1,80m de altura. E ainda que não seja tão baixinha, se assemelha a algo que está prestes a se desfazer, desaparecendo em seguida.

Sacudo a cabeça, conferindo o telefone outra vez. Cacete, estou atrasado.

Mas então ouço o som de uma buzina e ergo o olhar, vendo as luzes traseiras de um carro bem à minha frente.

— Merda! — *berro, pisando nos freios e puxando o volante para o lado.*

Rika prende a respiração e se agarra à porta assim que vejo o carro parar no meio da estrada de terra, e outro veículo desviando adiante e passando batido. Meu carro derrapa pela lateral, e nossos corpos colidem contra o cinto de segurança com a súbita parada.

— Jesus — *ladro, vendo uma mulher ajoelhada na rua.* — Mas que porra?

Os faróis traseiros do outro carro somem à distância, e olho por cima do meu ombro, vendo que não há mais ninguém vindo atrás.

Abrindo a porta, saio do carro e ouço Rika fazer o mesmo que eu.

Caminho até o meio da pista, e ao chegar perto da mulher, vejo-a pairando sobre algo.

— Não dá para acreditar que aquele babaca simplesmente fugiu — *ela esbraveja, se virando para me encarar.*

Um cachorro, quase morto, está deitado na estrada, choramingando enquanto tenta respirar com dificuldade. Sangue se esvai de sua barriga, e consigo até mesmo ver as tripas para fora.

É apenas um cachorrinho, uma espécie de Cocker Spaniel, e me sinto arrasado ao vê-lo lutar para respirar.

Ele está sufocando.

O otário que saiu acelerando deve ter acertado o animal.

— Não seria melhor a criança ficar no carro? — *a mulher pergunta, olhando para Rika ao meu lado.*

Mas nem me preocupo em olhar para Rika. Por que todo mundo tenta mimá-la? Minha mãe, meu pai, Trevor... isso só a torna mais fraca.

Os filhos da mulher estão sentados dentro do carro, chamando por ela, e dou uma olhada no cachorro, ouvindo seus gemidos agonizantes enquanto luta pela própria vida.

— Você pode ir embora — digo à mulher, apontando para as crianças no veículo. — Vou ver se consigo encontrar uma clínica veterinária aberta.

Ela olha para cima, parecendo meio incerta do que fazer e meio agradecida.

— Você tem certeza? — indaga, olhando para os filhos de relance.

Assinto.

— Sim, tire seus filhos daqui.

Ela se levanta, dá ao cachorrinho um olhar arrasado, com os olhos cheios de lágrimas, e então volta para seu carro.

— Obrigada — diz ao longe.

Espero que seu carro suma de vista e me viro para Rika.

— Vá se sentar no carro.

— Não quero ir.

Estreito o olhar para ela e digo com rispidez:

— Agora.

Seus olhos marejados se voltam para mim em desespero, mas, por fim, ela se afasta dali em direção ao carro.

Eu me ajoelho perto do cachorrinho e coloco a mão em sua cabeça, sentindo o pelo suave entre meus dedos. Faço uma carícia sutil.

Suas patas estão trêmulas enquanto ele luta para respirar, e o som gorgolejante em sua garganta faz meus olhos desfocarem e meu coração bater dolorosamente.

— Está tudo bem — digo, baixinho, uma lágrima deslizando pelo meu rosto.

Indefeso. Odeio me sentir indefeso.

Fechando os olhos, afago sua cabeça e vou descendo minha mão.

Desço até chegar em sua nuca, até o pescoço...

E então enrolo os dedos ao redor da garganta e aperto o mais forte que posso.

Ele se agita, seu corpinho estremece com a mínima energia que ainda lhe resta.

Mas não havia quase nenhuma mais.

Meu corpo está queimando, cada músculo contraído, e enrijeço minha mandíbula, tentando segurar o aperto por mais um segundo.

Apenas mais um segundo.

Fecho os olhos com força, sentindo o choro preso na garganta.

Espasmos sacodem o corpo do cachorrinho, e então... finalmente... ele fica flácido, sem vida.

Minha respiração está instável quando afasto a mão.

Porra.

CORRUPT

Bile sobe à garganta, e uma náusea agonizante sobe à boca. Sinto ânsia de vômitos, mas controlo a respiração para conter o impulso.

Deslizo as mãos por baixo do corpo do cachorro e o levanto, pronto para carregá-lo até o carro, mas assim que dou a volta, estaco. Rika está parada alguns metros dali, e tenho certeza de que viu tudo.

Ela olha para mim como se eu a tivesse traído.

Desvio o olhar, endurecendo a postura, e passo por ela, colocando o cachorro na traseira do meu SUV.

Quem caralho era ela para me julgar? Eu fiz o que tinha que fazer.

Pego uma toalha da minha bolsa de ginástica, a mesma que usei assim que saí do treino de basquete antes de buscá-la na escola. Alcançando mais uma toalha, limpo a quantidade restante de sangue das minhas mãos e depois cubro o animal, fechando a porta traseira.

Entro no carro e dou partida, enquanto Rika abre a porta do passageiro e se acomoda no banco, sem dizer uma palavra.

Acelero, mantendo um agarre mortal no volante, e seu silêncio é quase tão ensurde-cedor quanto os gritos e insultos do meu pai.

Fiz o que era certo. Vá se ferrar. Não ligo a mínima para o que você pensa, porra.

Respiro profundamente, ficando puto a cada segundo.

— Você acha que o veterinário que colocou seu gato pra dormir há um ano é melhor? — acuso, dando-lhe olhares de esguelha enquanto presto atenção na estrada.

— Hein?

Seus lábios estão contraídos, e posso ver as lágrimas se amontoando em seus olhos outra vez.

— Você fez isso com suas próprias mãos — choraminga, virando-se para mim para gritar: — Você mesmo o matou, e eu nunca seria capaz de fazer isso!

— E é por isso que você sempre será fraca — retruco. — Você sabe por que a maio-ria das pessoas é infeliz, Rika? Porque eles não têm a coragem de fazer a única coisa que poderá mudar suas vidas. Aquele animal estava sofrendo, e você estava sofrendo da mesma forma ao vê-lo daquele jeito. Agora ele não está sofrendo mais.

— Eu não sou fraca — ela argumenta, mas seu queixo está trêmulo. — E o que você fez não me deixou feliz. Não fez com que eu me sentisse melhor.

Dou um sorriso perverso.

— Você acha que sou mau? Pensa menos de mim agora? Bem, adivinhe só... Não dou a mínima para o que você pensa! Você é uma mala sem-alça de treze anos que mi-nha família pegou para tomar conta, e que não vai ser nada além do que uma cópia da mãe bêbada quando chegar aos dezoito!

Seus olhos transbordam, e ela parece prestes a se partir.

— E nem mesmo vai conseguir um marido rico por causa dessa cicatriz — rosno.

Ela perde o fôlego, atordoada. Seu rosto está devastado, e o corpo se sacode com soluços. Ela segura a maçaneta da porta e começa a puxá-la para abrir, tentando dar o fora do carro.

— Rika! — grito.

Estou a noventa quilômetros por hora!

Consigo alcançá-la com minha outra mão, agarrando seu pulso e desviando o carro para o acostamento, freando bruscamente.

Ela se atrapalha, destranca a porta e salta para fora, correndo por entre as árvores.

Coloco o carro em ponto-morto e aciono o câmbio para estacionar ali mesmo, descendo do carro às pressas.

— Volte para o carro! — berro, fechando a porta com força.

Ela se vira e grita:

— Não!

Corro atrás dela.

— Onde diabos você pensa que está indo? Tenho mais o que fazer! Não tenho tempo pra isso!

— Vou ver o meu pai — ela diz por cima do ombro. — Vou andando para casa.

— Até parece! Entra na porra do carro e pare de me aborrecer.

— Me deixe em paz!

Eu paro, furioso. O cemitério se localiza logo atrás da colina, mas está um breu total. Balanço a cabeça e começo a me afastar.

— Tudo bem! — vocifero. — Vá visitar seu pai, então!

Dou a volta e sigo puto em direção ao carro, deixando-a para trás.

Dou a partida e hesito por um instante. Está escuro. E ela está sozinha.

Porra. Se ela quer ser uma pirralha, então a culpa não é minha.

Passo a marcha e acelero pela estrada, indo direto para casa. Deixando o carro ligado, vou até o depósito do jardim e procuro entre as ferramentas uma pá, seguindo de volta para o SUV.

Minhas orelhas estão congelando por conta do vento frio outonal, mas o resto do meu corpo está pegando fogo por causa da discussão.

Ela olhou para mim da mesma forma que meu pai faz. Como se tudo o que eu fizesse fosse errado.

Reprimo o que há em meu interior — a raiva e a necessidade que não consigo explicar. Algo dentro de mim quer apenas se autodestruir, quer criar conflitos, e quer fazer coisas que os outros não fazem.

Não quero machucar pessoas, mas quanto mais o tempo passa, mais parece que estou perdendo a razão lentamente.

CORRUPT

Eu quero o caos.

E estou cansado de ser impotente. Estou cansado de ver meu pai me diminuindo.

Tentei fazer a coisa certa hoje. Algo que ninguém mais faria, mas que precisava ser feito.

E ela olhou para mim da mesma forma que meu pai fazia. Como se tivesse algo de errado comigo.

Jogando a pá dentro do porta-malas, acelero pela entrada de carros e sigo para o único lugar onde consigo pensar.

St. Killian.

Ao me aproximar da velha catedral, mantenho os faróis ligados e ando pela lateral, começando a cavar a cova. O cachorro não tinha uma coleira, e não pode ficar exposto muito tempo até que eu consiga encontrar o dono, então decido enterrá-lo. E este é o único lugar onde gosto de estar, então faz sentido fazer isso aqui.

Depois de cavar o buraco de cerca de sessenta centímetros de profundidade, volto para o carro e abro a porta traseira, ouvindo os alertas de notificação do meu celular no console à frente.

Os caras devem estar se perguntando onde diabos estou.

Eu deveria ter ido para casa e pegar um estoque de papel-higiênico, tinta spray e alguns pregos para os trotes da Noite do Diabo. As mesmas coisas chatas que sempre fazemos antes de encher a cara no Armazém.

Aninho o cachorro em meus braços, levando-o enrolado nas toalhas, e me ajoelho para depositar seu corpo com gentileza ali dentro.

O sangue encharcou o tecido da toalha, e minhas mãos agora estão vermelhas. Tento limpá-las no meu jeans e depois uso a pá novamente para cobrir o buraco.

Quando termino, fico ali de pé, recostado contra o longo cabo de madeira da pá enquanto encaro o monte de terra fresca.

Você é fraca.

Nada.

Pare de me aborrecer.

Eu disse as mesmas coisas para ela que meu pai diz para mim. Como pude fazer isso?

Ela não é fraca. Ela é uma criança.

Estou com raiva do meu pai, e estou com raiva por ela me atrair de tal forma, como sempre fez. Desde quando éramos pequenos.

E estou com mais raiva ainda porque cresci sentindo ódio de tudo. Não há muitas coisas que me agradem.

Mas eu não devia tê-la magoado. Como tive coragem de dizer aquelas coisas? Eu não sou ele.

PENELOPE DOUGLAS

Exalo um suspiro, vendo o vapor gélido se esvair da minha boca. Está congelando aqui fora, e a friagem finalmente se instala nos meus ossos, fazendo-me lembrar que a deixei lá. Sozinha. No escuro. No frio.

Volto correndo para o carro, jogando a pá de qualquer jeito na parte de trás e pego o celular, conferindo o relógio.

Uma hora.

Eu a deixei há uma hora.

Dou partida e marcha à ré, saindo dali apressadamente. Coloco a primeira marcha e acelero pela clareira, pela antiga estrada de chão, vendo a catedral desaparecer no meu espelho retrovisor.

Acelero pela rodovia e atravesso os portões da nossa comunidade, virando para a Grove Park Lane e em direção ao fim da pista, onde se situa o cemitério de St. Peter.

Rika havia se enfiado por entre as árvores, chegando ao cemitério pela parte de trás, mas eu apenas dirijo por ali sabendo exatamente onde devo ir.

O túmulo do pai dela não fica muito longe da sepultura da minha família. Ele poderia ter bancado algo tão grandioso quanto os do Crist, mas Schrader Fane não era um filho da puta arrogante como os homens da minha família. Uma lápide simples era o suficiente e tudo o que ele considerou em seu testamento.

Sigo pela rua escura e estreita, vendo nada além de árvores e um mar de pedras cinza, pretas e brancas em ambos os lados.

Parando no alto de uma pequena colina, estaciono e desligo o motor, avistando o que imagino ser um par de pernas deitadas sobre a grama um pouco mais abaixo.

Jesus.

Correndo por entre as lápides, vejo Rika deitada em posição fetal sobre o túmulo de seu pai, as mãos firmemente coladas ao peito. Paro e a observo em seu sono, por um instante vendo aquele bebê de tanto tempo atrás.

Coloco-me sobre um joelho e deslizo as mãos por baixo de seu corpo, erguendo-a contra mim, tão pequena e leve.

Ela se mexe em meus braços.

— Michael? — murmura.

— Ssshh... — eu a tranquilizo. — Estou aqui com você.

— Não quero ir para casa — ela protesta, colocando a mão sobre o meu ombro, ainda sem abrir os olhos.

— Nem eu.

Avisto um banco de pedra a alguns metros dali e a carrego em meus braços, sendo corroído pela culpa ao sentir sua pele tão fria contra a minha.

Eu não deveria tê-la deixado.

CORRUPT

Sento-me no banco e a mantenho em meu colo enquanto ela repousa a cabeça contra o meu peito. Eu a abraço apertado, tentando transmitir calor ou fazer qualquer coisa que a faça se sentir melhor.

— Eu não devia ter falado aquelas coisas pra você — admito com a voz rouca. — Sua cicatriz não é feia.

Ela enrola os braços pela minha cintura e pressiona o corpo para mais perto, tremendo de frio.

— Você nunca pede desculpas — atesta. — A ninguém.

— Não estou me desculpando — retruco, meio que brincando.

Na verdade, estou, sim, me desculpando. Estou me sentindo mal, mas tenho dificuldade em admitir que fiz algo errado. Provavelmente porque meu pai nunca se cansa de me dizer, de qualquer forma.

Mas ela está certa. Nunca peço desculpas. As pessoas aceitam as merdas que distribuo a torto e a direito, mas ela não. Ela foge de mim. No escuro. Para dentro de um cemitério.

— Você tem muita coragem — digo a ela. — Eu não. Sou apenas um covarde que intimida crianças.

— Isso não é verdade — replica, e posso ver um sorriso em seu semblante.

Mas ela não vê o que vejo. Ela não está na minha cabeça. Sou um covarde, e sou mau, e sinto-me irritado o tempo todo.

Aperto um pouco mais meu abraço, tentando mantê-la aquecida.

— Posso te dizer uma coisa, garotinha? — indago, um nó se formando na garganta. — Estou o tempo todo com medo. Faço o que ele me diz para fazer. Fico de pé e falo, ou permaneço em silêncio, e nunca digo não a nada do que ele exige. Nunca me imponho.

Eu a acusei de ser fraca, mas a verdade é que sou eu quem sou. Fraco. Odeio quem sou. Tudo fica alojado na minha mente e não consigo controlar isso.

— As pessoas não me veem, Rika — confidencio. — Existo somente como um reflexo dele.

Ela inclina a cabeça para trás um pouco, os olhos ainda fechados.

— Isto não é verdade — murmura, sonolenta. — Você é sempre a primeira pessoa que vejo em uma sala.

Minhas sobrancelhas se franzem em tristeza, e afasto a cabeça, receoso de que ela possa notar minha respiração ofegante.

— Você se lembra quando sua mãe te obrigou, e aos seus amigos, a levar eu e Trevor para escalar com vocês no último verão? — ela questiona. — Você deixou a gente fazer de tudo. Permitiu que nos aproximássemos do precipício. Subir nas rochas. Você deixou o Trevor falar palavrão... — Os dedos dela se curvam e agarram a parte de trás da minha camiseta. — Mas você não nos deixava ir muito longe. Dizia que devíamos guardar energia para voltar o caminho todo. Esse é você.

— O que quer dizer?

Ela inspira profundamente e depois exala.

— Bem, é como se você estivesse armazenando sua energia para alguma coisa. Se segurando — ela diz e se aninha a mim, em busca de conforto. — Mas não faz o menor sentido. A vida é uma via de sentido único, e não há viagem de volta. O que você está esperando?

Meu peito se agita por um instante, e a encaro com atenção, suas palavras me atingindo como um trem descarrilhado.

O que estou esperando?

As regras, restrições, expectativas, e tudo o que é considerado aceitável são coisas que me seguram, mas são conceitos de outras pessoas. Restrições de outras pessoas. Regras e expectativas de outras pessoas.

E elas são meramente uma ilusão. Elas só existem quando eu permito.

Ela tem toda a razão.

O que meu pai vai fazer comigo, e eu me importo com isso?

Eu quero isto.

"Você não pode ter."

Bem, o que acontece se eu pegar de todo jeito?

Quero fazer isso.

"Você não pode."

Quem vai me impedir?

Jesus, ela está certa. Que porra estou esperando? O que mais ele pode fazer?

Quero um pouco de devastação, um pouco de problemas, um pouco de diversão, a chance de ir onde meu coração me levar... Quem vai me impedir, porra?

Cada músculo tensionado no meu corpo começa a relaxar, e os nós se desfazem. Minha pele está formigando, e sinto meu interior se agitar por dentro, e me obrigo a conter um sorriso.

Inalo profundamente, um fôlego gélido que preenche meus pulmões com o ar que se assemelha à água em um deserto.

Sim.

Ainda com ela nos meus braços, fico de pé, segurando-a com firmeza enquanto volto para o carro. Não a levo para a casa dela. Não quero que fique sozinha.

Eu a levo para a minha casa; o hall escuro já que são quase dez da noite. Meu pai com certeza está na cidade e deve passar a noite lá, e minha mãe deve estar na cama. No entanto, subo os degraus e cruzo com ela no corredor, com Rika apagada nos meus braços.

CORRUPT

— *Ela está bem?* — *Minha mãe vem correndo até nós, já vestida em uma camisola e com um livro em mãos.*

— *Ela está bem* — *respondo, levando-a para o meu quarto.*

Ando até a cama e a deposito por cima da colcha, e a cubro com o cobertor que sempre fica na beirada do colchão.

— *Por que você não a coloca no quarto de hóspedes?* — *minha mãe sugere.*

Apenas nego com a cabeça.

— *Vou dormir lá esta noite. Deixe-a ficar no meu quarto. Ela precisa se sentir segura.* — *Então olho para minha mãe e acrescento:* — *Ela deveria ter um quarto só para ela aqui.*

Ela já passa a noite diversas vezes desde a morte do pai, e por conta do comportamento da mãe, não vejo mudança nesse hábito tão cedo.

—*Deixe que ela tenha um lugar aqui que a faça sentir como se tivesse um lar.*

Minha mãe assente.

— *É uma ótima ideia.*

Afasto-me em direção ao closet e pego um par de calça jeans limpa e uma camiseta.

— *Coitadinha* — *Minha mãe acaricia a cabeça dela.* — *Tão frágil.*

— *Não, ela não é* — *corrijo.* — *Pare de mimá-la.*

Pego o moletom preto da cadeira perto da porta e entro no banheiro para me trocar, pois o sangue do cachorro ainda está manchando meus jeans.

Depois de já estar vestido com roupas limpas, ligo para Kai, ouvindo a música alta e o falatório ao fundo.

— *Você ainda tem aquelas máscaras que usamos no paintball final de semana passado?* — *pergunto, enfiando a carteira na calça e passando os dedos pelo cabelo.*

— *Sim, estão no porta-malas da minha caminhonete* — *responde.*

— *Ótimo. Chame os caras e me encontre no Sticks.*

— *O que vamos fazer?*

— *O que quisermos* — *replico.*

E então encerro a ligação, entro de novo no meu quarto e dou um último olhar em Rika, enquanto ela dorme na minha cama.

Os cantos da minha boca se inclinam em um sorriso, e mal posso esperar por esta noite.

Ela me corrompeu.

FIM

PLAYLIST

Bodies – Drowning Pool
Breath of Life – Florence & The Machine
Bullet with a Name – Nonpoint
Corrupt – Depeche Mode
Deathbeds – Bring Me the Horizon
The Devil In I – Slipknot
Devil's Night – Motionless in White
Dirty Diana – Shaman's Harvest
Feed the Fire – Combichrist
Fire Breather – Laurel
Getting Away with Murder – Papa Roach
Goodbye Agony – Black Veil Brides
Inside Yourself – Godsmack
Jekyll and Hyde – Five Finger Death Punch
Let the Sparks Fly – Thousand Foot Krutch
Love the Way You Hate Me – Like a Storm
Monster – Skillet
Pray to God (feat. HAIM) – Calvin Harris
Silence – Delirium
The Vengeful One – Disturbed
You're Going Down – Sick Puppies
37 Stitches – Drowning Pool

AGRADECIMENTOS

Primeiro, aos meus leitores – muitos de vocês sempre estão aí, compartilhando sua empolgação e demonstrando apoio, dia após dia, e sou muito grata pela confiança de sempre. Obrigada. Sei que minhas aventuras nem sempre são fáceis, mas eu as amo, e sou grata por tantas pessoas amarem também.

À minha família – meu marido e filha que lidam com minha agenda maluca, minhas embalagens de doces e mente viajante sempre que penso em um diálogo, um plot de história, ou cena que salta na minha cabeça no meio da mesa do jantar. Vocês dois realmente lidam com muita coisa, mas agradeço por me amarem de toda forma.

À Jane Dystel, minha agente na Agência Literária Dystel e Goderich – de forma alguma eu poderia desistir de vocês, então... vocês estão presas a mim.

À House of PenDragon – vocês são meu lugar feliz. Bem, vocês e o Pinterest. Obrigada por serem o sistema de apoio que necessito para me manter sempre otimista.

À Vibeke Courtney – minha revisora *indie* que vai por cima de cada pequeno movimento que faço como se fosse um pente-fino. Obrigada por me ensinar a escrever direto ao ponto.

À Ing Cruz da As the Pages Turn Books Blog – seu apoio vem de toda a bondade de seu coração, e não tenho como retribuir o suficiente. Obrigada pelas *blitz* de lançamento, os blog tours, e por estarem ao meu lado desde o início.

À Milasy Mugnolo – que lê, sempre me dando o voto de confiança necessário, e faz questão de que eu tenha pelo menos uma pessoa com quem conversar em algum *Book Signing*.

À Lee Tenaglia – que fez faz artes maravilhosas para cada livro meu e cujos painéis do Pinterest se tornaram meu vício! Obrigada. É sério, você precisa entrar no ramo. Vamos conversar sobre o assunto.

A todos os blogueiros – são muitos para citar por nomes, mas sei quem vocês são. Vejo os posts e as marcações, e todo o trabalho árduo que fazem. Vocês gastam o tempo livre para ler, resenhar e divulgar, e tudo isso de graça. Vocês são o sangue que dá vida ao mundo literário, e quem sabe o que faríamos sem vocês. Obrigada por todo o esforço incansável. Sei que fazem isso por paixão, o que torna tudo ainda mais incrível.

À Samantha Young, que me chocou quando postou um tweet a respeito de Falling Away quando eu nem podia imaginar que ela sabia quem eu era.

À Jay Crownover que veio até a minha mesa em um evento, se apresentou para mim, e disse amar meus livros (eu apenas a encarei em choque).

À Abbi Glines, que deu aos seus leitores uma lista de livros que ela leu e amou, e um deles era meu.

À Tabatha Vargo e Komal Petersen, que foram os primeiros autores a enviar mensagens para mim depois do meu primeiro lançamento, só para dizer o quanto amaram Bully.

À Tijan, Vi Keeland e Helena Hunting por sempre estarem aí quando preciso de vocês.

À Eden Butler e N. Michaels, que estão sempre prontos a lerem meus livros num piscar de olhos.

À Natasha Preston, que sempre me apoia.

À Amy Harmon, pelo encorajamento e suporte.

E à B.B. Reid, por ler, compartilhar suas leitoras comigo e me dar um tutorial de como usar o Calibre à meia noite e meia.

É maravilhoso receber esse apoio de seus colegas. A positividade é contagiante, então muito obrigada a todos os meus companheiros autores por espalharem o amor.

A cada autor aspirante – obrigada pelas histórias compartilhadas, muitas tendo me tornado uma leitora feliz em busca de uma válvula de escape maravilhosa e uma escritora melhor, tentando corresponder às suas expectativas. Escrevam e criem, e nunca parem. Sua voz é importante, e contanto que venha do coração, é boa e justa.

CENA DO DIA DOS NAMORADOS

Esta cena acontece poucos meses após o fim de *Corrupt*. As três primeiras partes são no ponto de vista de Rika, e a quarta no POV de Kai, sendo que este último já é um teaser para *Hideaway*. Se você não leu *Corrupt*, saiba que esse bônus inteiro é um spoiler.

Piscinas me davam pavor.

Não costumava acontecer isso antes – e se não estivesse sozinha, provavelmente nem seria assim tão assustador, mas agora eu odiava ficar sozinha em uma piscina. Ou em qualquer meio aquático.

E era exatamente por esse motivo que eu me obrigava a usar a piscina interna do Delcour, pelo menos duas vezes na semana. Desde o lance que aconteceu no Pithom, com Trevor e o bloco de cimento amarrado ao meu tornozelo, eu...

Rangi os dentes, exalando com força conforme batia as mãos na superfície da água, enviando uma marola contra a lateral da piscina.

Damon que se fodesse.

E seja lá onde estivesse, eu estava torcendo para que ele estivesse sofrendo pra cacete.

Eu estava andando a todo momento olhando por cima do ombro, e toda a felicidade que senti nos últimos meses era sempre ofuscada por uma nuvem sombria que surgia aqui e acolá só para me lembrar de que eu não estava segura. Não por inteiro.

Ele ainda estava lá fora, e eu odiava isso.

E... não odiava.

Embora eu tentasse negar o fato de que ele alugou uma parte dos meus pensamentos, havia uma parte dentro que mim que entendia cada vez mais que a ameaça a respeito de sua presença poderia ser uma coisa boa. Ele me mantinha em alerta, e eu era grata por isso.

Com ou sem Damon, eu não deveria me acomodar. Não deveria ficar relaxada. Eu tinha que manter a mente focada de que meu tapete poderia ser puxado a qualquer momento, e por mais que pudesse contar com Michael, Kai e Will... minha sobrevivência, meu sucesso, e minha vida estavam, no fim das contas, em minhas próprias mãos. Eu tinha que saber como tomar conta de mim mesma.

Eu não tinha percebido isso, no último mês de outubro, quando Michael e o meninos foram atrás de mim, e não estava preparada, mas agora eu entendia.

Não fique preguiçosa. Não se acomode. Estou no comando. Eu estabeleço o ritmo.

Obrigada, Damon.

Caminhei dentro da piscina e subi a escadinha, torcendo o cabelo em um punho conforme seguia pingando até a minha toalha.

Peguei o celular e conferi o horário, notando que passava um pouco das seis. Michael estaria aqui em breve.

Eu me sequei às pressas e vesti o short antes de posicionar a toalha úmida sobre o meu ombro. Depois de recolher meu telefone e garrafa d'água, saí da área da piscina, descalça, e segui em direção ao elevador, com o cartão de acesso já em mãos para selecionar o andar da cobertura.

À medida que o elevador subia, o frio no estômago se alastrou de leve, e foi impossível conter o sorriso que se formou em meus lábios. Michael havia saído da cidade por conta de um jogo, e a última vez que o vi foi há três dias. Eu não estava nem aí para o fato de hoje ser Dia dos Namorados, nem que ele havia comprado ingressos para que assistíssemos a uma ópera à noite; não queria nem mesmo sair. Tudo o que queria era ele.

Eu detestava quando ele viajava, mas amava quando voltava para casa. Era um dilema.

As portas se abriram, e assim que coloquei os pés no apartamento, ouvi a música quase estourando os tímpanos. O som ecoava pelos corredores, e estaquei em meus passos, sentindo os pelos dos braços se arrepiarem diante da sensação perturbadora.

Música? Eu não havia deixado o som ligado.

Só então reparei na música em si. *Bodies*, do grupo *Drowning Pool*.

Exalei um suspiro e revirei os olhos. Tinha que ser.

Will.

Michael nunca pegou de volta a chave que deu a ele, logo, ele aparecia a qualquer momento para vasculhar a geladeira, ou, às vezes, o encontrávamos jogando na quadra interna no meio da noite.

Assim que entrei no apartamento, o avistei largado no sofá, vestido com seu terno preto impecável e com um sanduíche em uma mão, enquanto girava uma bola de basquete na ponta do dedo da outra.

A música berrava: *"Deixe os corpos caírem no chão! Deixe os corpos caírem no chão! Deixe os corpos caírem no chão!"*

Sim, sim.

Largando minhas coisas em cima do balcão, peguei o controle remoto e desliguei o som. Como ele conseguia ouvir aquela música o *tempo* todo?

Ele soltou a bola de basquete, finalmente se dando conta da minha presença.

— Ah, oi — ele me cumprimentou, e deu uma mordida no sanduíche.

Seus olhos verdes eram sempre estatelados e fofos como os de um filhotinho, e acabei amolecendo um pouco. Apesar de seu comportamento. Uma coisa que sempre me irritava era a mania que ele tinha de aparecer do nada – afinal de contas, eu poderia muito bem estar saindo do chuveiro –, mas ele passava a impressão eterna de que era uma criança que fez um desenho horrível, porém com todo o coração.

Viu, mamãe? Fiz bonitinho?

Dei um meio-sorriso e fui até ele, empurrando seus pés para longe da mesinha de centro.

— Michael não está aqui.

— Sim, eu sei.

— Então, por que veio pra cá?

Ele mordeu mais um bocado do sanduíche e colocou o restante no prato, sobre o sofá, antes de se sentar e pegar a toalha do meu pescoço para limpar a boca.

Fiz uma careta, prestes a repreendê-lo se ele não tirasse sua comida dos nossos móveis.

Mas ele se levantou, engoliu o que estava comendo e sorriu para mim, a poucos centímetros do meu rosto.

— Eu vim te buscar — anunciou. — Sob ordens restritas de te levar até o Michael e Kai, então, vá se arrumar.

Confusa, fiquei ali plantada, o encarando. Ele veio me buscar?

Michael *e* Kai? O quê?

Era Dia dos Namorados. Michael e eu tínhamos feito planos.

— Não estou entendendo — argumentei.

Mas ele simplesmente deu uma risadinha e enrolou a toalha ao redor do meu pescoço, me puxando contra ele, de brincadeira.

CORRUPT

417

— O Michael não te avisou? — caçoou, com sua voz suave. — Você é a namorada de todo mundo hoje à noite, gata.

Arqueei uma sobrancelha e dei um tapa em suas mãos para que se afastasse.

Ele saiu andando da sala, rindo.

— Vá tomar um banho, Monstrinha.

— Então... eu deveria estar com medo? — perguntei, sentada no banco traseiro da Mercedes G-Class de Michael, calçando minha meia-calça, enquanto Will dirigia o veículo.

Banho, cabelo, maquiagem e a luta para me enfiar no meu vestido de festa levaram quase uma hora, logo, Will e eu tivemos que sair correndo porta afora antes que eu estivesse completamente vestida.

— Você nunca fica com medo — ele rebateu. — Você fica com tesão.

Eu sorri internamente.

— *Touché*.

Ele não queria me dizer para onde estávamos indo, mas pelo que eu podia ver da janela, estávamos do outro lado da cidade. Na área em que Kai morava.

Talvez fôssemos, finalmente, ver o lado de dentro da casa dele? Provavelmente não, mas a perspectiva me deixou intrigada.

Calcei meus saltos e ajeitei a longa saia do meu vestido preto para cobrir as pernas; em seguida, me estiquei toda para conferir meu cabelo e maquiagem pelo espelho retrovisor.

Deixei uns cachos soltos e prendi uma parte do cabelo no alto, com meus ombros à mostra por conta do corselete. A ópera era um lance muito mais sofisticado do que os lugares habituais para onde íamos, e realmente adorei sair para comprar esse vestido, com seu bordado, joias e o *design* sedutor, bem como a fluidez do tecido quando eu caminhava.

O olhar de Will se focou ao meu pelo retrovisor.

— A propósito, você está ótima.

— Obrigada. Você também.

Ele desviou o olhar, bufando uma risada sarcástica como se isso estivesse completamente longe da verdade.

E eu sabia. Por mais que ele parecesse saudável e feliz, eu sabia que sua aparência exterior não chegava nem perto da forma como ele se sentia por dentro.

— Como você está?

Olhei para baixo, tentando evitar seu olhar e não ser tão invasiva, e conferindo se havia colocado tudo do que precisava na minha bolsinha de mão.

Ele pegou um cigarro e enfiou entre os lábios, acendendo enquanto respondia:

— Estou ótimo pra caralho. Você viu minhas fotos no *Mardi Gras*, no Facebook? Eu bem que podia ficar bebaço daquele jeito todo dia.

Ele deu uma tragada e baforou uma nuvem de fumaça. Eu me inclinei para frente e arranquei o cigarro de seus dedos, jogando a porcaria pela janela.

— Todo dia você está bebaço daquele jeito — rebati.

Ele me encarou pelo retrovisor, lançando um sorriso vitorioso como se tudo não passasse de diversão e joguinhos.

Mas as pessoas mais sorridentes também eram as que mais escondiam as coisas. E eu sabia...

Todas as vezes que ele se esgueirava para passar um tempo no meu apartamento e de Michael, todas as baladas, as noitadas com garotas que ele nem conhecia, tentando evitar ficar sozinho, Will não estava nem um pouco bem.

Eu me inclinei novamente para frente e apoiei os braços no encosto do banco dele, repousando o queixo contra o couro macio enquanto o observava pelo retrovisor.

Ele suspirou, ainda dirigindo pela rua.

— Pare de olhar pra mim desse jeito — repreendeu, baixinho. — Eu tenho 23 anos. Estou bem, e vou arranjar alguma coisa para fazer com a minha vida. Não se preocupe.

Dei um sorriso sarcástico, enlaçando seu pescoço por trás e travando as mãos diante de seu peito.

Ele me lançou uma olhadela pelo espelho e franziu as sobrancelhas, com um ar confuso.

— O que foi?

— Bem... eu tenho uma ideia — cacoei.

— Ah, é mesmo? — ele me desafiou. — Muito bem, pessoal, afastem-se. O cérebro da loira está funcionando.

CORRUPT

Fiz uma cara feia de brincadeira.

— Babaca.

Seu tórax vibrou sob minhas mãos, e o observei acionar os limpadores do para-brisa, as gotas de chuva agora muito mais intensas do que quando entramos no carro.

— Então, qual é o lance? — instigou. — Você quer que eu vá para a faculdade? Ou que talvez eu me coloque sob as rédeas do meu pai e avô, para ver em qual escritório eles poderão me esconder pelos próximos dez anos? Ou talvez… — Ele pegou outro cigarro e o enfiou entre os lábios. — Eu poderia colocar um mochilão nas costas e dar o fora para explorar o mundo. Eu sempre quis ser o Indiana Jones.

Arranquei o cigarro de sua boca mais uma vez, quebrando ao meio, e joguei no suporte de copos.

— É, eu consigo ver isso — eu o agraciei. — Você arrasaria nessa empreitada.

Ele balançou a cabeça, morrendo de rir.

Enlaçando seu pescoço novamente, eu o abracei mais apertado, olhando para ele pelo retrovisor.

— Mas, sério, eu estava pensando em uma coisa diferente. — Baixei o tom de voz, ainda o observando, enquanto ele encarava a estrada. — Eu estava pensando… que você poderia reconstruir o gazebo.

Eu o observei com bastante atenção, e vi o momento em que seu semblante tensionou e o sorriso desapareceu. Ele não disse uma palavra sequer conforme continuava a encarar a estrada à frente.

Tudo bem, talvez eu tenha ido longe demais ao trazer de volta o passado.

Talvez eu, finalmente, tenha encontrado o gatilho de Will, e acabei apertando o botão errado.

Mas, não.

Não.

Contraí a mandíbula, entrecerrando os olhos enquanto o encarava.

Ele precisava ser pressionado. Michael e Kai sempre o acobertavam, nunca o fazendo enfrentar ou lidar com as situações, imaginando que ele resolveria seus problemas quando estivesse pronto, mas eu me recusava a facilitar para ele. Fiz isso muito tempo pela minha mãe, e não estava disposta a repetir o erro.

— Bem… o que você acha? — pressionei.

No entanto, ele permaneceu em silêncio.

Tudo o que eu podia ouvir era o barulho da chuva chapinhando sob as rodas do lado de fora, conforme a agitação da cidade se dissipava à medida que entrávamos no lugar que eu costumava me referir como "a zona sombria". Era o Distrito Leste, uma região no subúrbio de Meridian City que já foi vibrante e movimentada, mas agora era apenas... bem, sombria.

E abandonada. Kai comprou uma mansão imensa do início do século aqui, e por mais que eu soubesse que ele tinha cortado um dobrado na reforma depois de anos de a propriedade ter sido negligenciada, eu estava desconfiada do porquê esse fato era motivo suficiente para nos manter afastados. Nós estávamos indo para lá agora?

— Ela nem ia ver de qualquer jeito, Rika — disse Will, por fim. — Fiquei sabendo que ela nunca mais pisou o pé em casa desde o fim do ensino médio.

Ergui a cabeça, olhando para ele através do espelho.

O gazebo. Ela. Emery Scott.

— Então só vale a pena fazer algo bom se a pessoa estiver por perto para ver? — incitei.

Observei seu rosto, aquele ar perdido e desamparado que ele sempre parecia ostentar quando pensava que ninguém estava olhando, e soltei um suspiro, deixando um pequeno rastro de migalhas de pão para ele.

— E ela não precisa ver nada — provoquei, me inclinando para sussurrar em seu ouvido: — Ela só precisa ficar sabendo disso.

Um sorriso imenso se espalhou pelo seu rosto, assim que ele virou em um beco escuro e a chuva fez com que a rua brilhasse sob os postes de iluminação.

— Você é quase tão boa de lábia quanto eu.

Eu me recostei e espiei o lado de fora pela minha janela quando ele desligou o motor.

— Quase — murmurei, me esquecendo, por completo, da conversa.

Arrepios se espalharam pelos meus braços à medida que eu olhava para o prédio todo preto. Não havia uma luz acesa, nenhum carro à volta, nenhum sinal de vida... Onde diabos estávamos? Onde estavam Michael e Kai?

Will abriu a porta, o barulho da chuva se infiltrando para dentro do carro e me fazendo esfregar os braços para me aquecer.

— Espera um pouquinho aí; eu tenho um guarda-chuva aqui — disse ele, se esticando para o banco do passageiro.

Ele o abriu e se enfiou sob a chuva, as gotas castigando o guarda--chuva quando ele fechou sua porta rapidamente e abriu a minha. Dei um

CORRUPT

passo para fora, me curvando quando ele fechou minha porta e ambos nos apressamos para a pequena marquise acima de uma estreita porta preta na lateral do prédio.

— Que lugar é esse? — perguntei, quando Will abriu a porta.

Entrei primeiro, e ele fechou e sacudiu o guarda-chuvas.

— Antigamente, eram apartamentos — disse alto, largando a sombrinha no chão e fechando a porta —, na virada do século, acho. Então alguém o comprou, derrubou todas as paredes e transformou em uma galeria de arte nos anos 60. — Lançou um olhar demorado ao redor do imenso espaço às escuras. — Agora está completamente abandonado.

Não dava para ver muita coisa com as luzes apagadas, mas havia uma quantidade suficiente de claridade que vinha das janelas; avistei um fogão, uma ilha central e alguns armários. Acho que quando renovaram o lugar, desmanchando os apartamentos, decidiram manter uma das cozinhas.

— Você vai me dizer agora o que é isso tudo? Onde está o Michael?

Eu estava começando a ficar irritada com o fato de que a primeira parada de Michael na cidade não foi para me ver.

No entanto, Will simplesmente se virou para mim, estendeu o braço e gesticulou que eu fosse à frente. Olhei para o lugar para onde ele me direcionava, encarando um imenso e longo corredor escuro. Retesei o corpo, hesitando por um momento.

Eu não tinha como saber onde o abismo escuro acabava, mas aprumei a postura apesar do frio na barriga.

Michael, Michael, Michael.

E aqui estava eu, pensando que os joguinhos acabariam ficando cansativos depois de um tempo.

Sacudindo a cabeça, levemente divertida, fui adiante, andando devagar pelo longo corredor e passando por algumas portas de cada lado com uma estreita escada à direita. O ar estava frio, e desejei ter trazido um casaco ou algo mais quente para me proteger.

Ao chegar ao final, passei por um limiar e entrei em uma grande sala. Girei ao redor na mesma hora, reparando nas vigas entrelaçadas acima e nas janelas enfileiradas à parede do chão ao teto, comprovando que, sim, esse lugar costumava ser um complexo de apartamentos.

Tudo era escuro e velho. O piso de madeira rangia a cada passo, e as vigas de aço ao redor do ambiente eram as únicas coisas que interferiam no espaço gigantesco.

Este lugar seria perfeito para um estúdio de dança.

Nos cantos da sala havia mais portas, e também avistei alguns corredores com outras escadas.

— Adoro lugares como este — comentei com Will. — Com um monte de cantinhos para explorar.

Eu me virei para trás, para olhar para ele, mas meu sorriso desapareceu.

Ele não estava ali.

Mas que porra...?

— Will? — Dei mais um giro, tentando conferir a sala imersa em breu. Minha respiração acelerou. Puta que pariu...

A chuva açoitava as janelas, o som me cercando como se eu estivesse em um túnel. Levantei a cabeça e ouvi o vento uivar pelas vigas acima.

Engoli o nó na garganta.

— Will? — gritei.

— Então... você gosta daqui? — uma voz suave perguntou.

Virei de supetão, procurando em todo o lugar vazio às minhas costas. Não havia ninguém ali.

Mas vislumbrei um movimento pelo canto do meu olho, e quando olhei para cima, deparei com uma figura às escuras, imóvel, no segundo andar e recostado a uma viga.

— Kai?

— É importante que você goste — ele continuou. — Porque você vai estar por aqui um bocado.

A mão dele – a única parte visível sob a claridade – se moveu ao redor da viga, indicando que ele estava andando.

— Acenda as luzes — exigi.

— Não dá — rebateu. — Acabou a energia. O que você acha?

Semicerrei os olhos, tentando enxergá-lo na escuridão e entender o que diabos estava acontecendo.

— O que acho desse lugar? — perguntei. — Bem, acho que depende de para o que será usado.

— Um monte de coisas boas pode ser feito em um lugar como esse — uma voz rouca ressoou em meu ouvido, e eu me sobressaltei quando braços compridos me enlaçaram, me puxando para trás.

— Michael? — ofeguei, sorrindo aliviada quando seu perfume e calor me cercaram. — O que vocês estão aprontando? Alguém podia pelo menos acender uma lanterna. Isso não é engraçado.

CORRUPT

423

— Está sentindo como se fosse um *déjà vu?* — brincou, contra o meu pescoço. — Eu sei que você gosta disso.

Virei o rosto em sua direção, roçando meus lábios aos dele.

— Acenda as luzes e me diga do que se trata tudo isso — sussurrei —, ou vou buscar Alex para que ela seja minha namorada hoje à noite. Agora, o que vocês estão aprontando?

— Estamos dizendo que amamos você — ele respondeu, me girando em seus braços e me segurando com força. — E temos uma coisa pra você.

— Ah, é?

— Você me prometeu o para sempre — ele me lembrou. — Ainda tem certeza sobre isso? Está nisso a longo-prazo?

Entrecerrei os olhos, tentando imaginar o que aquilo significava.

— Você não precisa perguntar isso mais do que preciso responder — afirmei. — Não há escolha. Agora, o que está acontecendo? Que lugar é esse?

— É nosso — Will respondeu, se aproximando e me entregando uma lanterna.

Peguei de sua mão e olhei para Michael, confusa. *Nosso?*

Mas a voz de Kai ressoou em seguida:

— Você estava procurando por um clube de esgrima quando veio pela primeira vez à cidade — explicou ele, descendo as escadas e se aproximando de nós. — Então pensamos: por que não abrir o nosso próprio?

Senti o peso da lanterna em minha mão, enquanto Kai, Will e Michael me cercavam.

— Um clube de esgrima?

— Você não gostou? — Michael perguntou.

— Não, gostei sim… — Olhei para cima, agora enxergando um pouco mais do imenso espaço vazio. — Mas…

— Mas…? — Michael pressionou.

— Mas ainda tenho aula — continuei. — E tenho a Fane e a casa da minha mãe para cuidar, e estamos supervisionando a reconstrução de St. Killian, e não tenho experiência nenhuma em dar aulas de esgrima…

— Você já ouviu falar de Kendô? — Kai sondou, dando um passo para mais perto.

Finalmente o avistei sob a claridade da lanterna e notei o terno preto que usava, a forma como a camisa branca impecável e a gravata combinavam com o tom de pele bronzeado de seu pescoço. Seu cabelo estava perfeitamente alinhado, não como se sempre não estivesse. Kai raramente ostentava um amarrotado sequer em suas roupas ou um fio de cabelo fora do lugar.

Eu o chamei de "meticuloso" na cara dele. Alex o chamou de *"serial killer"* pelas costas.

— Kendô — repeti. — Um tipo de esgrima japonesa?

Ele assentiu.

— Meu pai me ensinou. Assim como ensinou Jiu-jitsu e Aikidô. Eu poderia te ensinar.

Hmm... me ensinar? Mas o que isso tinha a ver com...

Então me dei conta e congelei.

Por que todos eles estavam aqui? Por que Kai se ofereceria para me dar aulas de artes marciais, e por que agora?

Estendi a mão para Michael.

— Me deixe ver a escritura.

— Por quê?

Estalei os dedos, perdendo a paciência.

Ele pegou um documento dobrado de seu bolso interno do paletó, colocando em minha mão.

Abri rapidamente e iluminei com a lanterna, examinando o documento. Avistei os nomes de todos eles... e então avistei o meu.

Este não era um presente só para mim.

Olhei para os três.

— Todos nós somos proprietários desse prédio.

Michael semicerrou os olhos sedutores.

— É claro. Estamos todos juntos nisso. Essas são as regras.

Então ele deu um sorrisinho, ciente de que eu me lembrava das palavras que ele disse na Noite do Diabo mais de três anos atrás.

— Então não sou só eu abrindo uma empresa, somos nós quatro.

Eles me observaram, e eu girei em um círculo, compreendendo o plano.

— Um dojo... com esgrima — comentei comigo mesma, tentando ver como tudo isso poderia dar certo.

Michael não se interessava por esgrima. Ou por artes marciais. Ele já se exercitava mais do que o bastante com o basquete.

Mas Kai poderia ficar por aqui o bastante, demonstrando um interesse significativo pelos negócios, e Will também poderia ficar aqui; os caras, provavelmente, estavam tentando mantê-lo ocupado.

No entanto, eu ainda não entendia. Michael e Kai já estavam atolados de projetos, então, por que assumiriam mais esse?

E me dei conta de outra coisa.

CORRUPT

Eu me virei novamente, inclinando a cabeça de leve para o lado enquanto devolvia os documentos para Michael.

— Então — comecei —… este lugar, o prédio de escritórios detonado que você comprou algumas semanas atrás… — Listei tudo e olhei para Kai. — Seu pequeno refúgio que você está reformando alguns quarteirões adiante, e aqueles terrenos na Rua Darcy que Will estava investigando ontem… — Olhei ao redor, encontrando o olhar dos três. — Por que vocês estão comprando o Distrito Leste?

Isto não se tratava apenas de me dar um lugar para praticar esgrima. Significava algo mais.

Michael deu um sorriso de lado, enquanto Kai se postava ao lado dele com os braços cruzados.

— Os Cavaleiros estão construindo um império, Rika — respondeu ele. — Você quer se juntar a nós?

— Temos uma vaga — Will caçoou, ao passar por mim e me dar um esbarrão no ombro.

Entrecerrei os olhos, tentando segurar o riso. Ah, pelo amor de Deus.

— Vou deixar isso para amanhã, quando tivermos mais tempo para discutir sobre o assunto — Michael disse, pegando mais uma leva de documentos —, mas você bem poderia dar uma olhada nisso agora.

Peguei os documentos e desdobrei, avaliando o texto. Mais uma vez, todos os nossos nomes constavam ali, e mesmo que o jargão empresarial fosse difícil de entender, meu coração começou a martelar com força.

— Graymor Cristane? — questionei, olhando para cima.

Michael apenas me encarou, esperando.

Esses documentos estabeleciam uma sociedade entre Kai, Will, Michael… e eu. Estava tudo aqui. Quem administraria o quê. A divisão dos lucros. Que decisões seriam tomadas, e até mesmo os detalhes das contas bancárias que já haviam sido abertas para manter tudo separado das nossas contas pessoais.

Caramba. Eles realmente estavam fazendo isso? Graymor Cristane nos representava. Pedaços dos nossos sobrenomes que intitulavam a parceria.

Respirei fundo, sem nem ter me dado conta de que havia parado de respirar enquanto examinava os documentos.

— Os pais de vocês não vão gostar nem um pouco disso — adverti.

Especialmente o pai de Michael. Eles construíram seus próprios legados e esperavam que os filhos dessem continuidade.

— Estamos contando com isso — Michael rebateu. — Então, o que você acha, Monstrinha? Você quer se divertir um pouco?

Ouvi a risada de Will e olhei para cima, avistando os três com seus olhares divertidos como se mal pudessem esperar para pular de um incêndio ao outro.

A limosine acelerou pelas ruas da cidade, a vista do lado de fora se tornando mais brilhante e agitada conforme nós quatro seguíamos para o teatro de ópera. Fiquei ali sentada, encarando a chuva, com Michael ao meu lado e Kai e Will à frente, mexendo em seus celulares.

Mas, quando dei por mim, os braços de Michael me enlaçaram e acabei ofegando quando ele me puxou para o seu colo.

— Michael! — sussurrei, meio que gritei.

— Vem cá — ele sussurrou de volta, me puxando para perto.

Mas tentei me esgueirar para longe de seu agarre.

— Pare com isso.

— Não posso.

Ignorei Will e Kai atrás de mim, sem me importar em olhar para ver seus sorrisos arrogantes enquanto eu falava baixo e bem diante de Michael:

— Se você quer uma sociedade comigo, você não pode me apalpar na frente deles. Não quero ser vista como uma garotinha maleável que se curva sempre que é tocada.

— Eles não te veem desse jeito — me apaziguou, encarando meus lábios. — Eles veem a *mim* dessa forma.

Seus dedos às minhas costas se esgueiraram pela lateral do meu vestido enquanto a outra mão deslizava acima pela minha coxa e desaparecia sob o tecido.

— O que você está fazendo? — disparei, tentando ignorar a forma como minha pele arrepiou.

— Você não gostou do seu presente — disse ele.

Os dedos ásperos roçavam por trás do meu joelho, e ignorei o calafrio que subiu pela coluna. Eu estava pelo menos grata por esse vestido ser longo e com inúmeras camadas para esconder o que ele estava fazendo.

— Sim, eu gostei — repliquei.

— Bem... talvez você vá gostar mais desse. — Enfiou a mão em um compartimento secreto na porta e tirou uma caixinha, entregando para mim.

Eu me obriguei a não sorrir, mas achava que um pequeno sorriso escapou. Eu estava brava com ele. Não somente por ter jogado a história do dojo e da sociedade no meu colo, me colocando contra a parede diante dos meninos, mas eu estava preocupada com seus motivos para fazer isso também.

Peguei a caixinha e a abri, deparando com uma bela caixa de prata com desenhos entalhados na estrutura. Abri a tampa e avistei um monte de fósforos. Surpresa, comecei a rir.

Era um recipiente antigo para fósforos. A versão de meados de 1800 para se juntar à minha coleção. Somente Michael me conhecia bem o suficiente para saber o quanto eu gostaria de algo assim.

Erguendo o rosto, inspirei e senti o cheiro de fósforo e enxofre.

— Natal e fogos de artifício — Michael brincou enquanto me observava.

— É lindo. — Fechei a tampa e segurei a caixinha com força em minha mão. — Obrigada.

— Você está nervosa com o lance da sociedade, não é? — Ele manteve a voz baixa, em uma conversa mais privada.

— Na verdade, não.

— Então, o que há de errado?

Encarei minhas mãos e inspirei fundo, focando meu olhar ao dele.

— Estou preocupada que você tenha comprado o dojo... e organizado essa sociedade... para me manter por perto.

— E por que eu não iria querer você por perto?

— Você entendeu o que eu quis dizer — retruquei, olhando para cima e vendo Will ocupado em seu celular, enquanto Kai encarava o dele. Eu tinha a impressão de que ele estava ouvindo a conversa, em todo caso. Virando-me de volta para Michael, sussurrei:

— Eu mencionei que ia procurar um emprego de meio-período, e... olha, que surpresa! De repente, você me aparece com uma coisa para fazer quando eu não estiver na faculdade. Você sempre sabe onde estou agora, e se você não está por perto, seus amigos aparecem para ficar de olho em mim.

Ele se sentou mais ereto, se afastando um pouco de mim.

— Acha que não confio em você?

Fiquei em silêncio, incerta sobre o que dizer. Algumas semanas atrás, comentei com ele que estava pensando em arranjar um emprego de meio-período só pela experiência mesmo, e ele pareceu ficar nervoso. Não sabia se ele estava bolado porque minha programação não giraria mais ao redor dele ou se estava com medo de que minha escolha de ter uma vida não o envolvesse, mas eu suspeitava que era a última opção.

Ele deu um longo suspiro, me olhando com atenção.

— Se eu não confiasse em você, eu a colocaria no mesmo ambiente que Kai, dia após dia, e toleraria que ele oferecesse te dar aulas particulares de Kendô?

Franzi o cenho, ciente de que ele tinha razão. Nós raramente falávamos sobre o que havia acontecido entre nós três, mas Michael sabia a quem meu coração pertencia, e eu estava grata por ele não duvidar disso.

— Não há ninguém em quem eu confie mais do que você — ele sussurrou.

Então seu olhar cintilou para além do meu ombro, focando em Will e Kai antes de se voltar para mim.

— Ninguém — repetiu.

Meu peito foi inundando com calor, e me senti aliviada. Eu sabia que ele se importava com os amigos, mas era importante saber que eu vinha em primeiro lugar.

— Porém, você está certa — ele continuou, seus olhos cor de mel travados com os meus. — Eu quero você por perto. Estou sempre viajando, você sempre está sozinha, e se eu não estiver aqui, vou me sentir bem melhor sabendo que eles estão. Damon ainda está à solta, afinal de contas.

Soltei um suspiro e assenti.

— Eu sei disso, e entendo, mas você não administra a segurança deles. — Ergui o queixo, gesticulando em direção aos meninos atrás de mim. — E se você quer que a Graymor Cristane funcione, eu não posso ser mimada.

— Tudo bem — ele consentiu. — Vou parar com isso. — Então se inclinou para me beijar, sussurrando contra os meus lábios: — Assim que Kai te ensinar alguns golpes de Jiu-jitsu.

Bufei uma risada, me afastando, mas ele apertou ainda mais os braços ao meu redor, sua respiração quente se tornando mais intensa.

— Pare — eu o repreendi, baixinho.

Sua outra mão trilhou um caminho pelo interior da minha perna outra vez, desaparecendo abaixo do vestido enquanto mordiscava meu lábio inferior.

— Só um gostinho — arfou. — Por favor?

A mão se esgueirou mais acima na minha coxa e sua boca e língua dominaram a minha.

— Michael, não — sussurrei, entredentes, tentando afastar sua mão sob o vestido.

CORRUPT

No entanto, os dedos subitamente encontraram a pele úmida e uma expressão surpresa cintilou em seu semblante. Ele continuou a subir a mão, mais e mais, cada vez mais perto da umidade quente entre minhas pernas, e acabei gemendo, seus dedos acariciando a pele nua.

Seus olhos se tornaram ardentes ao me encarar.

— Meia-calça de renda e nada mais? — comentou. — Isso não é muito legal, Rika.

Merda. Senti sua protuberância abaixo de mim se tornar mais grossa e dura, e ele me puxou para perto, nossos lábios roçando um ao outro conforme seus dedos se curvavam na parte interna da minha coxa, tão perto de onde eles não deveriam estar nesse instante.

Pensei que seria sexy provocá-lo um pouco esta noite ao não usar nada com exceção das meias sob o vestido, e ainda que eu tenha ficado surpresa por sairmos com Will e Kai, eu não imaginava que ele tentaria me foder com os dedos a poucos metros dos amigos.

— Puta merda — ele arfou, rilhando os dentes enquanto eu sentia o calor de seu hálito. — Isso é um problema.

Fechou os olhos, arrastando a ponta do nariz pelo meu rosto e pescoço, inspirando fundo. Em seguida, depositou uma trilha de beijos suaves sobre a minha pele, e um calor intenso inundou minha barriga à medida que minha respiração acelerava.

Rapidamente, lancei um olhar por sobre meu ombro, reparando que Will ainda estava alheio ao que acontecia enquanto servia a si mesmo mais uma dose de bebida e Kai ainda encarava o celular. No entanto, o franzido em seus lábios deixava claro que ele sabia o que estava acontecendo, embora tenha, respeitosamente, desviado o olhar.

Mas quando os dedos de Michael roçaram minha boceta, arfei e me virei para encará-lo.

— Pare — murmurei, meu coração acelerando.

— Olhe para mim, amor — ele sussurrou, tomando meus lábios com beijos rápidos e breves. — Meu Deus, eu te amo.

— Michael, por favor — implorei, fechando os olhos e rosnando quando seus dedos, ocultos pelas camadas de tecido do meu vestido, começaram a esfregar meu clitóris em círculos tentadores.

— Por favor, o quê? — debochou, mordiscando meus lábios de novo. — Sua boca diz "não", mas seu corpo está dizendo outra coisa. Estou confuso.

Babaca.

A pulsação entre minhas coxas se tornou mais intensa, e tudo o que eu queria era abrir as pernas com vontade.

— Nós. Não. Estamos. Sozinhos — rosnei.

— Eu sei. — Ele sorriu, adorando me ver nervosa. — E posso sentir o quanto isso está te deixando com tesão agora mesmo. Seja mais compreensiva. Faz dias desde que minha língua e meu pau estiveram enterrados dentro de você.

Vacilei, tentando a todo custo conter o gemido que queria escapulir. A lembrança de ser acordada, quatro dias atrás, com minhas pernas arreganhadas e sua língua me devorando como se ele estivesse morrendo de fome era ainda muito vívida.

— Continue gemendo desse jeitinho — provocou. — É sexy pra caralho.

Seus dedos circularam de um lado ao outro, e eu ficava cada vez mais molhada e frustrada.

Lambi meus lábios secos e agarrei as lapelas de seu terno. Então, gritei:

— Encoste o carro, por favor!

O peito de Michael vibrou com o riso, e eu encarei o motorista por cima do meu ombro.

— Agora!

— Sim, senhora.

Os olhares de Kai e Will agora estavam fixos em nós dois, sendo que Will estava confuso. Michael mordiscou logo abaixo do lóbulo da minha orelha quando o motorista parou no acostamento, então olhei para os meninos.

— O teatro de ópera fica a poucos quarteirões de distância. Vão andando.

Michael arfou em minha orelha e Kai riu baixinho antes de balançar a cabeça e concordar.

— Apressem-se — ele urgiu e abriu a porta, ambos descendo do carro. Em seguida, fecharam a porta com força e Michael acionou o botão do vidro de privacidade entre nós e o motorista.

— Dirija em voltas até que o mande parar — ordenou, antes de o vidro se fechar por completo.

— Sim, senhor.

Assim que ficamos a sós, os lábios de Michael tomaram os meus, e suas mãos se afastaram de sob o vestido e aceleraram para abrir o zíper às costas.

— Porra, senti sua falta — grunhiu, baixando o zíper e abrindo o tecido.

Eu me afastei e fiquei de pé, me inclinando contra ele enquanto tentava me desfazer do vestido. Ele caiu farfalhando no piso da limosine, e Michael me puxou contra ele, beijando e mordiscando minha barriga antes de abocanhar meus seios.

CORRUPT

Gemi em um grunhido, sem me importar em manter a voz baixa dessa vez.

— Também senti sua falta.

Ele me comeu gostoso, mordendo meus mamilos e tornando-os picos duros ao puxar por entre os dentes. Eu me arrepiei, sentindo um ciclone girar em meu ventre quando as mãos firmes se arrastaram para cima e para baixo pelas minhas coxas.

— Essas meias estão me matando, porra — disse ele, apertando minha bunda e me levantando de leve. — Deite-se.

— Não, eu quero te montar — afirmei, me sentando escarranchada em seu colo.

— Tem certeza? — perguntou, desafivelando o cinto e abrindo a braguilha da calça social.

Assenti rapidamente. Os vidros eram escuros, mas ele sabia que eu ainda me sentiria exposta. Eu estava excitada demais para me importar com isso.

Ele puxou o pau para fora, e eu inspirei fundo quando ele agarrou seu membro e esfregou a cabeça contra o meu clitóris, me provocando.

— Romântico pra caralho, né? — criticou a si mesmo. — Sinto muito, amor.

— Não se desculpe. — Fiquei imóvel por um segundo, baixando aos poucos contra seu membro e amando cada segundo ao senti-lo deslizar dentro de mim. — Não foi por esse cara que me apaixonei. Não preciso de meiguice. Só preciso disso aqui. — Rebolei os quadris e ergui o corpo de novo, sentindo seu gemido vibrar contra minha palma em seu peito.

E, então, beijei seus lábios, sentindo o gosto da primeira vez que ele me tocou nas catacumbas e da primeira vez que me beijou no armazém. A primeira vez que me abraçou no cemitério, quando eu tinha 13 anos, e a primeira vez que esteve dentro de mim.

— Não pare de jeito nenhum.

Acelerei o ritmo, rebolando os quadris contra ele e ambos gememos e grunhimos, até que começamos a trepar como loucos em um frenesi tão intenso a ponto de eu sentir uma gota de suor deslizar pelas minhas costas.

— Goze, amor — rosnou, agarrando minha bunda com tanta força que deixaria hematomas.

Sua boca capturou um dos meus seios, e eu o cavalguei com mais vontade, sentindo-o atingir aquele ponto tão profundo que tudo o que eu queria era continuar daquele jeito para sempre. Nada era melhor do ele.

— Não pare nunca — arfei, sentindo a pressão, o calor e a necessidade se avolumarem dentro de mim; eu não conseguiria me conter nem se quisesse.

— Nunca — disse ele, entredentes, puxando meus quadris para baixo com mais força. — Quero essa sua boceta mais do que quero respirar, porra.

Dei um sorriso, incapaz de segurar o riso.

— Agora, isso, sim, foi bem romântico.

Ele riu também, seu corpo inteiro sacudindo e interrompendo nosso ritmo.

— Vá se ferrar, Monstrinha. Eu tentei.

Balancei a cabeça, enlaçando seu pescoço e olhando para ele.

— Não — instruí. — Você sabe do que eu gosto. Apenas dê um tapa na minha bunda e agarre meu pescoço no meu banho matinal.

Ele sorriu, inclinando a cabeça para trás e fechando os olhos enquanto eu acelerava o ritmo.

— Essa é a minha garota.

KAI

Onde diabos eles estavam? O espetáculo estava prestes a começar.

Levei o copo aos lábios e meu olhar percorreu lentamente ao redor do ambiente, menos interessado em quem estava aqui e muito mais em detectar as pessoas que eu queria evitar.

Mulheres andavam de braços dados com seus maridos, enquanto as risadas masculinas e vozes graves ressoavam pelo saguão do teatro de ópera – que era uma pobre imitação dos antigos teatros de Paris. Muito menor, mais barato e um punhado mais brega.

Beberiquei o refrigerante com vodca, mas meus lábios tocaram algo suave, então parei, afastando o copo. Olhei para baixo e avistei uma fatia de limão no fundo da bebida, e enfiei os dedos para retirar, jogando no lixo ao lado do bar.

Isto não era inesperado.

Suspirei, averiguando meu relógio de pulso outra vez e imaginando se eles decidiram nos dar um bolo. Will estava de papo com uma garota universitária no canto, e, embora eu não me importasse em ficar sozinho, preferia estar em casa.

Quanto mais tempo eu tentava me reintegrar ao restante do mundo, mais tempo passava imaginando o porquê. Eu estava ficando cada vez mais impaciente com os olhares e questionamentos. Estava cansado de bancar o simpático com pessoas que realmente não tinham nada a ver comigo, porém me toleravam por causa do meu pai.

No entanto, não... Michael queria que estivéssemos aqui esta noite, então viemos.

— Cadê o Will?

Virei a cabeça e olhei para baixo, deparando com Rika ao meu lado, corada e com os olhos cintilando ao sorrir para mim.

Meu coração saltou uma batida, mas ignorei por completo, gesticulando com o queixo na direção mais distante do saguão.

Ela seguiu o meu olhar, avistando Will trocando o número de telefone com a garota.

— Você está com o rosto vermelho — brinquei, tomando mais um gole.

Ela apenas riu, aparentando nervosismo.

— Eu sou uma desavergonhada.

Olhei com mais atenção para ela, notando algumas mechas do cabelo fora do lugar quando ela inclinou a cabeça e sorriu como se não pudesse se conter.

— Não mude.

Ela segurou meu braço, com ambas as mãos, e soltou um suspiro exasperado com o rosto corado de vergonha.

— Não vou mudar. Estou feliz demais — disse ela, com meiguice.

Sim.

Se alguma vez considerasse a possibilidade de tentar roubá-la para mim, não seria capaz. Ela estava perdidamente apaixonada por Michael.

— Estávamos lá esperando vocês se aproximarem — uma voz feminina disse, muito familiar —, mas o espetáculo vai começar em breve, então...

Olhei para o lado e avistei minha mãe se aproximando de braços dados com meu pai. Ela se inclinou um pouco e eu dei um beijo em sua bochecha.

— Estava me preparando para isso — murmurei.

Ela se afastou, me dando um sorriso gentil, e eu rapidamente lancei um olhar para o meu pai, vendo-o me observar como de costume. Em silêncio e com total atenção, como estivesse tentando decifrar um quebra-cabeças.

— Boa noite. — Minha mãe estendeu a mão para Rika quando não me prontifiquei a fazer as apresentações.

— Oi — Rika cumprimentou e também estendeu a mão para o meu pai.

— Rika, este é meu pai, Katsu Mori — informei conforme se cumprimentavam —, e minha mãe, Vittoria.

— Ah — ela respondeu, parecendo surpresa. — É um prazer finalmente conhecer vocês.

— Você é a filha de Schraeder Fane.

Os olhos astutos do meu pai a observavam com seriedade.

— Sim. Você conheceu meu pai?

Ele assentiu.

— Conheci muito bem. Ele era um bom homem.

— Obrigada. — A mão de Rika voltou a segurar meu braço, e vi que meu pai notou o gesto.

Mas então ela espiou para além de onde meus pais estavam, avistando Michael conversando com Will, e se desculpou com educação, fazendo um último carinho no meu braço antes de se afastar.

Meu pai se inclinou e deu um beijo na testa da minha mãe.

— Você poderia nos dar um minuto, por favor?

O olhar dela intercalou de um ao outro, seus olhos castanho-escuros meio hesitantes enquanto eu me preparava para o que estava por vir. Meu relacionamento com meu pai nem sequer chegou perto de voltar ao que era três anos atrás, e eu sabia que ela estava preocupada. Toda vez que conversávamos, as coisas desandavam.

No entanto, ela confiava no meu pai, porque quase sempre ele estava certo. Logo, ela assentiu e me deu um breve sorriso antes de subir a escadaria, provavelmente para seu camarote privativo.

Assim que ela se foi, ele se postou ao meu lado.

— Então... Erika Fane?

— Não. — Balancei a cabeça, entrecerrando os olhos e ciente de onde ele queria chegar. — Ela não é minha. Está comprometida.

Ele cruzou os braços, dando de ombros.

— Sua mãe também estava quando a conheci. E isso não me impediu de conseguir o que eu queria.

Sim, ouvi essa história inúmeras vezes. De como ele não tinha nada,

CORRUPT

nem mesmo uma aliança para colocar no dedo dela, e como ele roubou a garota italiana do noivo ricaço que a família havia escolhido para ela. E como os dois, juntos, construíram tudo o que possuíam do nada.

É, meu pai era um homem fantástico, e eu não era nada. Eu o desonrei quando fui preso.

Desonrei minha família inteira, e eles nem sabiam a metade das coisas. Nem mesmo Michael sabia metade das coisas.

Eu era o pior de nós quatro. Não o Damon. Eu era o pior, e escondia melhor sobre tudo.

— Ela é do Michael — esclareci, bebericando meu drinque.

— Sim, claro que ela é.

— O que isso deveria significar?

Eu o ouvi dar um longo suspiro antes de virar a cabeça para mim.

— Significa que Michael sempre fica com a melhor fatia da carne, não é mesmo?

Cerrei o punho ao redor do copo, sentindo os músculos da mão doerem enquanto meu pai se afastava, seguindo minha mãe escadaria acima.

Ele sempre ficava tempo o suficiente para me lembrar do quanto eu não estava à altura, e então, ia embora.

Sim, Michael sempre ficava com as melhores fatias. Isso foi o que meu pai disse, mas não o que ele realmente quis dizer. Não, o que ele quis dizer com a expressão de que ele "ficava" com as melhores fatias era porque ele não perdia tempo ou hesitava, Kai. Ele conhecia a forma dele pensar.

E isso, acima de qualquer coisa, foi o que meu pai tentou me ensinar desde sempre. A única coisa que eu parecia nunca compreender.

— Onde há certeza, não há escolha, e onde há escolha, há sofrimento.

Estava escrito na parede do dojo na casa dos meus pais. Fazer escolhas significava sempre estar levemente decepcionado por desistir de uma coisa em prol de outra, mas se você se conhece bem o suficiente, nunca há uma escolha a ser feita. Você já sabe o que deve fazer.

Michael escolheu Rika acima de nós naquela cozinha, naquela noite, e quando a escolha foi imposta a ele, não foi difícil. Ele sabia exatamente o que queria.

Tudo para mim era mais difícil.

As luzes diminuíram, e avistei Will, Michael e Rika subindo a escadaria; Michael olhou para baixo, à minha procura, e gesticulou para que eu subisse também.

Com relutância, coloquei meu copo sobre o balcão e atravessei o saguão, subindo as escadas e ignorando os olhares que nos acompanhavam a cada passo.

Meus pais tinham um camarote do outro lado, mas Michael reservou um mais abaixo para permitir uma vista mais privilegiada do espetáculo. Ela nunca esteve em uma ópera.

Andamos apressadamente pelo corredor, e eu os segui até a pequena sacada iluminada pela suave luz proveniente das arandelas nas paredes. Todos nós nos aproximamos da sacada, olhando para a multidão abaixo e apreciando a vista.

Não levou muito tempo para que os olhares curiosos nos descobrissem ali em cima e começassem os bochichos que se espalharam de um lugar ao outro. A maioria dessas pessoas provavelmente conhecia Michael, a contar pelo seu status social, mas eles apenas ouviram falar sobre mim e Will, e aquilo que eles sabiam havia sido sussurrado em seus ouvidos.

E, então, a atenção de todos, em pouco tempo, recaiu sobre Rika. Eles olharam para ela, cochicharam sobre ela...

Quem era aquela bela mulher com três homens a reboque? Dei um sorriso, olhando para ela e notando a expressão divertida em seu rosto enquanto observava a todos abaixo, sem medo.

Eu me sentei, acomodando Rika entre mim e Michael, enquanto Will se acomodava do meu outro lado. Depois de vários minutos, a iluminação diminuiu, encobrindo o teatro em escuridão, e o espetáculo teve início.

Na verdade, eu não curtia muito óperas, não da mesma forma que gostava de sinfonias e concertos, observando o talento de dezenas de instrumentos trabalhando em sincronia para criar algo belo, mas era impossível não ficar fascinado pela expressão de admiração no rosto de Rika, visível pelo canto do meu olho. O jeito como os lábios entreabertos ofegavam de leve sempre que a música a tocava, e a forma como ela assistia com tamanha atenção através dos binóculos do teatro.

Ela estava hipnotizada, e eu tinha que admitir que gostava de viver através dela. Era melhor do que nada.

Mas então algo atingiu o meu pé, e quando olhei para baixo, percebi que ela havia deixado cair os binóculos. Ela ofegou, e quando Michael se virou para conferir do que se tratava, os olhos de Rika já não se encontravam mais no espetáculo.

— Tem alguém nos observando — disse ela.

CORRUPT

Segui a direção de seu olhar, olhando para os camarotes adiante, repletos de pessoas, mas não fazia a menor ideia do que ela estava vendo.

— Quem? — perguntei, pegando os binóculos do chão.

— Não sei — respondeu, se levantando. — Eles estavam naquele camarote vazio ali.

Ergui os binóculos e detectei o camarote do qual ela falava. No entanto, estava vazio.

— Não tem ninguém ali. — Entreguei os binóculos para Michael, que rapidamente os pegou da minha mão.

— Acho que era uma mulher — Rika informou. — E ela estava usando uma máscara.

Ela se virou e saiu do camarote, e todos nós a seguimos na mesma hora.

— Rika, aonde você vai? — Michael exigiu saber, à medida que corríamos atrás dela.

Ela ergueu a barra do vestido e disparou pelo corredor, gritando por cima do ombro em uma voz séria:

— Ela era magra. Estava toda vestida de preto e com um gorro cobrindo o cabelo. Will, vasculhe o mezanino. Kai, dê uma olhada no saguão.

Will deu uma risada sardônica.

— Sim, senhora. — Então virou à direita e correu escada acima.

— Rika, você tem certeza? — insisti. Será que isso era realmente necessário?

— Eles estavam usando máscaras — salientou novamente, como se isso significasse alguma coisa. Ela seguiu pelo corredor com Michael em direção aos elevadores, enquanto eu parei diante de mais um lance de escadas.

Máscaras? Metade do elenco da ópera estava usando máscara. Poderia ser qualquer pessoa.

De todo jeito, desci as escadas e fui em direção ao saguão conforme ela e Michael sumiam dentro do elevador, provavelmente a caminho do camarote vazio onde ela avistou a pessoa misteriosa.

Mas após vasculhar o saguão inteiro, de olho nas portas da frente, esperando ver alguém saindo dos banheiros, eventualmente balancei a cabeça e subi a escadaria para ir atrás deles.

Rika estava fora de si. Era só isso, e a culpa era toda nossa por termos ferrado com a cabeça dela por tanto tempo. Ela era cuidadosa em não deixar nada a impedir de fazer as coisas, mas estava paranoica, vendo coisas onde não havia.

A caminho do andar superior, notei um nível inteirinho fechado para reforma. Todos os camarotes estavam vagos, e, por fim, encontrei Rika, Michael e Will em uma ampla sala que ficava nos fundos da sacada onde Rika viu a pessoa mascarada. A sala estava repleta de caixas e engradados, e uma janela circular imensa cobria a parede distante, com apenas a luz da lua se infiltrando pelo vidro.

— Vocês descobriram alguma coisa? — perguntei para eles.

Mas ninguém me respondeu.

Olhei ao redor, confuso, até que reparei em Michael com uma máscara em mãos. Rika e Will encaravam a coisa como se fosse uma bomba prestes a explodir a qualquer momento.

— Onde vocês acharam isso? — sondei.

— Na cadeira. — Michael inclinou a cabeça na direção da varanda onde se encontravam duas cadeiras.

— Bem, isso não é de nenhum de nós.

— É minha — Rika disse, de supetão.

Michael entrecerrou os olhos.

— O quê?

Seu rosto adquiriu um ar pensativo, e ela estendeu a mão e pegou de Michael.

— Eu fiz minha mãe comprar isso na loja esportiva, em Thunder Bay, quando tinha 14 anos. — Deu um sorriso sucinto, olhando para Michael. — Eu queria ser igual a você.

Ela virou a máscara em sua mão, refletindo.

— Mas ninguém sabia sobre isso, e sempre a mantive escondida no meu guarda-roupas de casa. Eu nunca a usei.

— Eles devem fabricar essa coisa em grande quantidade — expliquei. — Talvez não seja a sua.

Mas ela ergueu a cabeça e mostrou a parte interna da máscara, onde seu nome estava escrito.

O nome que ela mesma deve ter escrito ali.

— Quando foi a última vez que você viu isso? — Will perguntou, se aproximando.

Ela balançou a cabeça de um lado ao outro.

— Não desde… antes do incêndio, acho.

Rika olhou para cima, e todos nós chegamos à mesma conclusão.

O incêndio. Meu corpo tensionou, cada músculo como se estivesse em chamas.

CORRUPT

439

— Tem certeza de que não foi o Damon que você viu? — perguntei, entredentes.

Damon, Will e eu estivemos na casa dela aquela noite. Será que ele encontrou a máscara?

— Certeza — disse ela, ainda parecendo preocupada. — Ela era baixinha. E era uma garota.

Peguei a máscara de sua mão, analisando cada pedaço.

— Bem, quem diabos era ela? — disse eu, mais para mim mesmo. — E por que ela estava na sua casa?

No entanto, ela não respondeu; simplesmente se virou para a porta.

— Preciso ligar para a minha mãe.

Will e Michael hesitaram por um segundo antes de a seguirem para fora da sala.

— Vamos — Michael comandou.

Encarei a máscara, quase idêntica à nossa, só que branca e com um pequeno coração vermelho na testa. Um milhão de ideias se passou pela minha cabeça conforme meu cérebro buscava uma explicação.

Havia um punhado de pessoas a quem irritamos ao longo dos anos, mas eu não conseguia pensar em uma mulher que tivesse um problema com a gente.

Ou, talvez... ela estivesse trabalhando junto com outra pessoa. Alguém que queria nos ferrar.

Damon brotou na mesma hora na minha mente, porém rapidamente descartei a ideia. Não, ele não trabalharia em conluio com uma mulher ou contrataria uma.

Mas talvez o pai dele, sim.

Gabriel Torrance era implacável, mas inteligente. Eu mesmo tive um embate com ele, onde ele deixou claro, sem a menor sombra de dúvidas, de que queria seu filho de volta.

E eu disse a ele que o filho estava tão seguro quanto possível.

A não ser que ele tenha pisado o pé em Meridian City ou em Thunder Bay.

E eu quase desejei que ele tivesse feito isso. A vida estava ficando um pouco monótona demais para o meu gosto.

Fui até a porta, com a máscara em mãos, porém ouvi um suave farfalhar às minhas costas, me fazendo estacar em meus passos.

O piso rangeu, e os cantos dos meus lábios se curvaram em um sorriso.

Ela ainda estava aqui.

Inspirei fundo, sentindo uma pitada de seu perfume. A adrenalina aqueceu meu sangue, e debati se deveria ir atrás dela, mas, por alguma razão... permaneci imóvel.

Talvez eu quisesse atraí-la para fora. Ver quem estava por trás de suas ações.

Ou talvez eu quisesse algo pelo qual buscar.

Mas sabia que não deveria me mover. Ainda não.

— Tem certeza de que sabe o que está fazendo, Pequena? — perguntei, sem me virar. — Seja lá quem te contratou deveria ter avisado antes. Uma vez que isso começar, nós não vamos parar até que esteja acabado.

A música da ópera ressoava ao longe, porém a sala estava imersa no mais absoluto silêncio, embora eu a sentisse me observando.

— Bem, se você tem certeza... — caçoei, adorando a sensação poderosa que se alastrava pelo meu peito.

Se ela estava metida nisso, então nós também estávamos. Mas eu não ia agir. Agora não. A aparição na ópera, a máscara... ela estava brincando com a gente. E eu ia deixá-la me surpreender.

Ninguém sabia quão mau eu podia ser, mas ela descobriria por si só.

Dei um passo adiante, seguindo até a porta.

— Se eu fosse você, pararia de usar esse perfume — aconselhei —, pois serei capaz de sentir seu cheiro da próxima vez que se aproximar.

FIM

SOBRE A AUTORA

Penelope Douglas é autora best-seller do New York Times, USA Today e Wall Street Journal. Seus livros foram traduzidos em quinze idiomas e incluem a série Falling Away, The Devil's Night e os livros únicos Misconduct, Credence, além de Punk 57 e Birthday Girl, publicados pela The Gift Box.

Ela se veste com roupas de outono o ano inteiro, ama tudo que tenha sabor limão, e faz compras no Target quase todos os dias.

Vive em Las Vegas com o marido e a filha.

SÉRIE DEVIL'S NIGHT

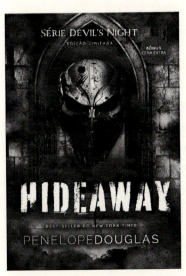

Livro 2:
BANKS

Imerso nas sombras da cidade, há um hotel chamado The Pope. Decadente, deserto e sombrio, encontra-se abandonado e rodeado por um mistério há muito esquecido.

Mas você acha que é verdadeira, não é, Kai Mori? A história a respeito do décimo segundo andar. O mistério que cerca o hóspede sombrio que nunca se registrou para entrar ou sair. Você acha que vou ajudá-lo a encontrar o refúgio secreto para chegar até ele, não é?

Você e seus amigos podem até tentar me assustar. Podem tentar me pressionar. Porque mesmo que eu lute para disfarçar o que sinto quando você olha pra mim — desde adolescente —, acredito que talvez o que está procurando esteja mais perto do que imagina.

Eu nunca vou traí-lo.

Então se prepare.

Na Devil's Night, você será a caça.

KAI

Você não faz a menor ideia do que estou procurando, pequena. Você não sabe o que tive que fazer para sobreviver aos três anos na prisão, quando fui condenado por um crime que cometeria outra vez com o maior prazer.

Ninguém pode saber o que me tornei.

Eu quero aquele hotel, quero encontrá-lo e acabar logo com isso.

Quero minha vida de volta.

Mas quanto mais tempo passo ao seu lado, mais percebo que este novo eu é exatamente quem sempre fui destinado a ser.

Então pode vir, garotinha. Não se acovarde. Minha casa fica na colina. Existem muitas maneiras de entrar, mas apenas com sorte você conseguirá sair.

Eu vi o seu refúgio. Está na hora de você ver o meu.

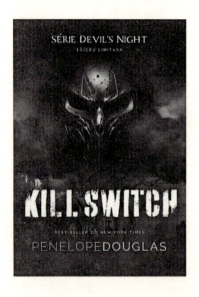

Livro 3:
WINTER

Mandá-lo para a cadeia foi a pior coisa que já fiz. Não importava se ele havia cometido o crime ou que eu desejava que ele estivesse morto. Talvez eu tenha pensado que teria tempo suficiente para desaparecer antes que ele fosse solto, ou então que ele teria tomado jeito e se tornado alguém melhor.

Mas estava errada. Três anos se passaram rápido demais, e agora ele parecia pior do que nunca. A prisão apenas serviu para que ele tivesse tempo para elaborar um plano.

E por mais que eu tenha previsto sua vingança, não esperava por isso. Ele não queria só me machucar. Ele queria acabar com tudo.

DAMON

Em primeiro lugar, eu acabaria com o pai dela. Foi ele quem afirmou a todos que eu a obriguei. Ele disse que sua garotinha havia sido uma vítima, mas eu era um garoto também, e ela quis tanto quanto eu.

Segundo... acabar com qualquer possibilidade de fuga para ela, sua irmã e sua mãe. As mulheres Ashby estavam sozinhas agora, e desesperadas por um cavaleiro em uma armadura brilhante.

Mas não era isso que elas encontrariam.

Não, já era hora de dar ouvidos ao meu pai e assumir o controle do meu futuro. Era hora de mostrar a todos eles – minha família, a dela, aos meus amigos –, que eu nunca mudaria e que minha única ambição era me tornar o pesadelo de suas vidas.

Começando com ela.

Ela ficaria tão apavorada, que nem mesmo sua mente seria um lugar seguro quando eu a destruísse. E a melhor parte de tudo é que eu não precisaria invadir sua residência para fazer isso.

Como o novo homem da casa, agora teria livre acesso a ela.

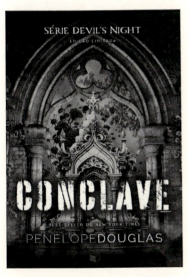

Livro 3,5:
DAMON

Will estava desaparecido. Ninguém o via há meses, e as mensagens que chegavam de seu celular eram, com certeza, falsas. Algo estava errado. E precisávamos tomar uma atitude agora.

Michael está prestes a destruir a enseada, Rika está escondendo alguma coisa, Evans Crist é uma ameaça e o pai de Winter continua sumido.

Todo mundo estava atordoado e sem saber o que fazer, totalmente vulneráveis. Era hora de agir.

Era hora de reivindicar nosso lugar.

RIKA

Alguns anos atrás, nunca imaginei que estaria aqui. A bordo do Pithom. Em alto-mar. Sentada à mesa com Michael Crist, Kai Mori e Damon Torrance – homens que agora considerava como minha família.

Havíamos nos isolado nesse iate até alinhar nossos planos, e só sairíamos daqui depois de tudo resolvido.

Até mesmo segredos sobre os quais não queria falar, coisas que Michael desconhecia.

Encontraríamos Will. Nós consolidaríamos nossos planos, e acabaríamos com qualquer ameaça.

Se sobrevivêssemos ao Conclave.

Livro 4:
EMORY

Eles a chamam de Blackchurch. Uma mansão isolada em uma localização desconhecida e remota, onde os ricos e poderosos enviam seus filhos desajustados para que esfriem a cabeça longe dos olhares indiscretos.

Will Grayson sempre agiu como um animal. Irresponsável, selvagem e alguém que nunca se apegou a regras, fazendo sempre o que ele queria. De forma alguma, seu avô se arriscaria à humilhação de ver o nome da família na lama outra vez.

Mesmo que a última vez não tenha sido inteiramente sua culpa. Ele pode até ter gostado muito de me encurralar nos cantos dos corredores da escola quando ninguém estava olhando, para que ninguém percebesse que o Sr. Popular, na verdade, queria colocar a mão na pequena e pacata nerd que ele amava perturbar, mas...

Ele também podia ser cordial. E cruel em uma tentativa de me proteger.
A verdade é que... Ele tem todo o direito de me odiar.
Aquilo tudo é minha culpa. Tudo.
A Noite do Diabo. Os vídeos. As prisões.
Eu sou culpada por tudo isto.
E não me arrependo nem um pouco.

WILL

Eu nunca me importei em estar preso. Aprendi há muito tempo que ser tratado como um animal te dá permissão para agir como um. Ninguém nunca olhou para mim de outra forma.

O único erro deles é achar que qualquer coisa que eu faça, é por acidente. Posso ficar aqui nesta casa sem Internet, televisão, bebidas ou garotas, mas sairei daqui com algo muito mais assustador para aqueles que são meus inimigos.

Um plano.
E uma nova matilha de lobos.
Eu só não esperava que meus inimigos viessem até mim.

Não faço ideia de quem a enfiou aqui dentro ou se realmente a intenção era deixá-la à minha mercê, mas posso farejá-la se escondendo pela casa. Ela está aqui.

E quando a equipe de segurança vai embora depois de deixar os suprimentos, os portões se fecham e a porta da minha jaula é aberta, dando-me livre acesso à mansão e ao terreno da propriedade, por mais um mês sem supervisão alguma... Um sorriso se espalha pelo meu rosto quando me lembro...

Blackchurch abriga cinco prisioneiros. Eu sou apenas um de seus problemas.

Livro 4,5:

Já vimos a turma da Noite do Diabo aterrorizar geral. Agora, vamos vê-los entrar no espírito...

As badaladas do relógio em St. Killian ressoam, enquanto sussurros flutuam escadaria acima. A neve pode ser vista caindo do céu escuro, através das janelas, e as velas cintilam e iluminam a noite mais longa do ano.

A Noite do Diabo não é o único feriado que comemoramos. Esta noite, usaremos uma máscara diferente.

Alguns chamam de Solstício de inverno.
Outros chamam de Natal.
Nós a chamamos de Noite da Fogueira.

Compre no site da The Gift Box:

A The Gift Box é uma editora brasileira, com publicações de autores nacionais e estrangeiros, que surgiu no mercado em janeiro de 2018. Nossos livros estão sempre entre os mais vendidos da Amazon e já receberam diversos destaques em blogs literários e na própria Amazon.

Somos uma empresa jovem, cheia de energia e paixão pela literatura de romance e queremos incentivar cada vez mais a leitura e o crescimento de nossos autores e parceiros.

Acompanhe a The Gift Box nas redes sociais para ficar por dentro de todas as novidades.

 www.thegiftboxbr.com

 /thegiftboxbr.com

 @thegiftboxbr

 @thegiftboxbr